D1619602

J.R.R. TOLKIEN
WŁADCA PIERŚCIENI

POWRÓT KRÓLA

J.R.R. TOLKIEN
WŁADCA PIERŚCIENI

POWRÓT KRÓLA

przełożyła
MARIA SKIBNIEWSKA

WARSZAWSKIE
WYDAWNICTWO
LITERACKIE
MUZA SA

Tytuł oryginału: *The Lord of the Rings*
The Return of the King

Projekt okładki: *Maciej Sadowski*
Redakcja merytoryczna: *Marek Gumkowski*
Redakcja techniczna: *Sławomir Grzmiel*
Korekta: *Jolanta Urban*

Wiersze w przekładach *Autorki tłumaczenia,
Andrzeja Nowickiego i Tadeusza A. Olszańskiego*
Dodatki D oraz E przełożył *Ryszard Derdziński*
Tekst na okładce zapisany w certarze
przełożył *Wojciech Burakiewicz*
Na okładce wykorzystano fragmenty obrazów
Pietera Bruegla (st.)

Originally published in the English language by HarperCollins Publishers Ltd.
under the title *The Lord of the Rings* by J.R.R. Tolkien
The Return of the King © The Trustees of The J.R.R. Tolkien 1967 Settlement,
1955, 1966

 and 'Tolkien' ® are registered trade marks
of The J.R.R. Tolkien Estate Limited

© for the Polish edition by MUZA SA, Warszawa 1996, 2011
© for the Polish translation by Rafał Skibiński

ISBN 978-83-7495-888-2

Warszawskie Wydawnictwo Literackie
MUZA SA
Warszawa 2011

*Trzy Pierścienie dla królów elfów pod otwartym niebem,
Siedem dla władców krasnali w ich kamiennych pałacach,
Dziewięć dla śmiertelników, ludzi śmierci podległych,
Jeden dla Władcy Ciemności na czarnym tronie
W Krainie Mordor, gdzie zaległy cienie,
Jeden, by wszystkimi rządzić, Jeden, by wszystkie odnaleźć,
Jeden, by wszystkie zgromadzić i w ciemności związać
W Krainie Mordor, gdzie zaległy cienie.*

Synopsis

Oto trzecia część *Władcy Pierścieni*.

Część pierwsza – zatytułowana *Drużyna Pierścienia* – opowiada, jak Gandalf Szary odkrył, że Pierścień znajdujący się w posiadaniu hobbita Froda jest tym Jedynym, który rządzi wszystkimi Pierścieniami Władzy; jak Frodo i jego przyjaciele uciekli z rodzinnego, cichego Shire'u, ścigani przez straszliwych Czarnych Jeźdźców Mordoru, aż w końcu, dzięki pomocy Aragorna, Strażnika z Eriadoru, przezwyciężyli śmiertelne niebezpieczeństwo i dotarli do domu Elronda w dolinie Rivendell.

W Rivendell odbyła się Wielka Narada, na której postanowiono, że trzeba zniszczyć Pierścień, Froda zaś mianowano Powiernikiem Pierścienia. Wybrano też wówczas ośmiu towarzyszy, którzy mieli Frodowi pomóc w jego misji, miał bowiem podjąć próbę przedarcia się do Mordoru w głąb nieprzyjacielskiego kraju i odnaleźć Górę Przeznaczenia, ponieważ tylko tam można było zniszczyć Pierścień. Do drużyny należeli Aragorn i Boromir, syn władcy Gondoru – dwaj przedstawiciele ludzi; Legolas, syn króla Leśnych Elfów z Mrocznej Puszczy; Gimli, syn Glóina spod Samotnej Góry – krasnolud; Frodo ze swym sługą Samem oraz dwoma młodymi krewniakami, Peregrinem i Meriadokiem – hobbici, wreszcie – Gandalf Szary, czarodziej.

Drużyna wyruszyła tajemnie z Rivendell, dotarła stamtąd daleko na północ, musiała jednak zawrócić z wysokiej przełęczy Caradhrasu, niemożliwej zimą do przebycia; Gandalf, szukając drogi pod górami, poprowadził ośmiu przyjaciół przez ukrytą w skale bramę do olbrzymich kopalń Morii, lecz w walce z potworem podziemi runął w czarną otchłań. Przewodnictwo objął wówczas Aragorn, który okazał się potomkiem dawnych królów Zachodu, i wywiódłszy drużynę przez Wschodnią Bramę Morii, skierował ją do krainy elfów Lórien, a potem w łodziach z biegiem Wielkiej Rzeki Anduiny aż do wodogrzmotów Rauros. Wędrowcy już wtedy spostrzegli, że są śledzeni przez szpiegów Nieprzyjaciela i że tropi ich Gollum – stwór, który ongi posiadał Pierścień i nie przestał go pożądać.

Drużyna nie mogła dłużej odwlekać decyzji, czy iść na wschód, do Mordoru, czy też wraz z Boromirem na odsiecz stolicy Gondoru, Minas Tirith, zagrożonej wojną, czy też rozdzielić się na dwie grupy. Kiedy stało się jasne, że Powiernik Pierścienia nie odstąpi od swego beznadziejnego przedsięwzięcia i pójdzie dalej, aż do nieprzyjacielskiego kraju, Boromir spróbował wydrzeć Frodowi Pierścień przemocą. Pierwsza część kończy się właśnie tym upadkiem Boromira, skuszonego przez zły czar Pierścienia, ucieczką i zniknięciem Froda oraz Sama, rozbiciem Drużyny, napadniętej znienacka przez orków, wśród których prócz żołnierzy Czarnego Władcy Mordoru byli również podwładni zdrajcy Sarumana z Isengardu. Zdawać by się mogło, że sprawa Powiernika Pierścienia jest już ostatecznie przegrana.

W drugiej części, obejmującej księgę trzecią i czwartą, a zatytułowanej *Dwie wieże*, dowiadujemy się o dalszych losach rozbitej Drużyny. Księga trzecia opowiada o skrusze i śmierci Boromira, którego ciało przyjaciele złożyli w łodzi i oddali w opiekę rzece; o schwytaniu Meriadoka i Peregrina, których okrutni orkowie pędzili przez stepy Rohanu w stronę Isengardu, podczas gdy przyjaciele – Aragorn, Legolas i Gimli – starali się odnaleźć i ocalić porwanych hobbitów.

W tym momencie pojawili się Jeźdźcy Rohanu. Oddział konny pod wodzą Éomera otoczył orków i rozbił ich w puch na pograniczu puszczy Fangorn; hobbici uciekali do lasu i tam spotkali enta Drzewca, tajemniczego władcę Fangornu. U jego boku byli świadkami wzburzenia leśnego ludu i marszu entów na Isengard.

Tymczasem Aragorn z dwoma towarzyszami spotkał Éomera powracającego po bitwie. Éomer użyczył wędrowcom koni, aby mogli prędzej dotrzeć do lasu. Próżno szukali tam zaginionych hobbitów, lecz niespodzianie zjawił się Gandalf, który wyrwał się z krainy śmierci i był teraz Białym Jeźdźcem, chociaż ukrytym jeszcze pod szarym płaszczem. Razem udali się na dwór króla Rohanu, Théodena. Gandalf uzdrowił sędziwego króla i wyzwolił go od złego doradcy, Gadziego Języka, który okazał się tajnym sprzymierzeńcem Sarumana. Z królem i jego wojskiem Aragorn, Legolas i Gimli ruszyli na wojnę przeciw potędze Isengardu i wzięli udział w rozpaczliwej, lecz ostatecznie zwycięskiej bitwie o Rogaty Gród. Potem Gandalf powiódł ich do Isengardu, gdzie zastali warownię w gruzach, zburzoną przez entów, a Sarumana i Gadziego Języka oblężonych w niezdobytej wieży Orthank.

Podczas rokowań u stóp wieży Saruman, nieskruszony, stawił opór, Gandalf wykluczył go więc z Białej Rady Czarodziejów i złamał jego różdżkę, po czym zostawił go pod strażą entów. Gadzi Język cisnął z okna wieży kamień, chcąc ugodzić Gandalfa, lecz pocisk chybił celu; Peregrin podniósł tajemniczą kulę, która była, jak się okazuje, jednym z trzech palantírów – kryształów jasnowidzenia – przywiezionych ongi przez ludzi z Númenoru. Później tej samej nocy Peregrin, ulegając czarodziejskiej sile kryształu, wykradł go, a kiedy się w niego wpatrywał, mimo woli nawiązał łączność z Sauronem. Księga trzecia kończy się w chwili przelotu nad stepami Rohanu Nazgûla, skrzydlatego Upiora Pierścienia, zwiastującego bliską już grozę wojny. Gandalf oddaje *palantír* Aragornowi, a Peregrina bierze na swoje siodło, jadąc do Minas Tirith.

Księga czwarta zawiera historię Froda i Sama, zabłąkanych wśród nagich skał Emyn Muil. Dwaj hobbici przedostali się wreszcie przez góry, lecz dogonił ich Sméagol-Gollum. Frodo obłaskawił Golluma i niemal zwyciężył jego złośliwość, tak że stwór stał się przewodnikiem wędrowców przez Martwe Bagna i spustoszony kraj w drodze do Morannonu, Czarnych Wrót Mordoru na północy.

Nie sposób jednak było przejść przez tę bramę, Frodo więc za radą Golluma postanowił spróbować położonej dalej na południu drogi – tajemnej ścieżki, znanej rzekomo przewodnikowi, a pnącej się na przełęcz w Górach Cienia, stanowiących zachodni mur Mordoru. W drodze natknęli się na zwiadowców armii Gondoru, którymi dowodził Faramir, brat Boromira. Faramir odgadł cel wyprawy, lecz oparł się pokusie, której uległ Boromir, i pomógł hobbitom, zmierzającym ku przełęczy Cirith Ungol, czyli Przełęczy Pająka, ostrzegł jednak Froda, że na tej ścieżce, o której Gollum nie powiedział wszystkiego, co sam wie, grozi im śmiertelne niebezpieczeństwo. Kiedy hobbici doszli do Rozstaja Dróg, przed wstąpieniem na ścieżkę do złowrogiego grodu Minas Morgul, ogarnęły ich wielkie ciemności płynące z Mordoru, które zaległy całą okolicę. Pod osłoną ciemności Sauron wysyłał z warowni swoje pierwsze pułki, z Królem Upiorów na czele. Wojna o Pierścień już się zaczęła.

Gollum poprowadził Froda i Sama na tajemną ścieżkę, omijającą Minas Morgul. Nocą podeszli wreszcie pod Cirith Ungol. Gollum znów dostał się we władzę złych sił i próbował zaprzedać hobbitów potwornej strażniczce przełęczy, Szelobie. Zdradzieckie zamiary udaremnił bohaterski Sam, odpierając napaść Golluma i raniąc Szelobę.

Czwarta księga kończy się w chwili, gdy Sam musi dokonać trudnego wyboru. Frodo, zatruty jadem Szeloby, leży, wyglądając jak martwy. Trzeba więc albo pogrzebać sprawę Pierścienia, albo Sam, porzucając swego pana, musi kontynuować jego misję. Sam decyduje się przejąć Pierścień i bez nadziei, samotnie ponieść go dalej. W ostatnim jednak momencie, gdy Sam już schodzi z przełęczy do Mordoru, spod wieży wieńczącej Cirith Ungol nadciąga patrol orków. Niewidzialny dzięki czarom Pierścienia Sam podsłuchuje rozmowę żołdaków i dowiaduje się, że Frodo, wbrew jego przypuszczeniom, żyje, jest tylko uśpiony trucizną. Sam nie może dogonić orków, unoszących ciało Froda przez tunel do podziemnego wejścia fortecy. Pada zemdlony przed zatrzaśniętą żelazną bramą.

Trzecia i ostatnia część *Władcy Pierścieni* opowiada o strategicznej rozgrywce między Gandalfem a Sauronem, zakończonej rozpędzeniem Ciemności, zwyciężonych raz na zawsze. Wróćmy więc do ważących się losów bitwy na Zachodzie.

Księga piąta

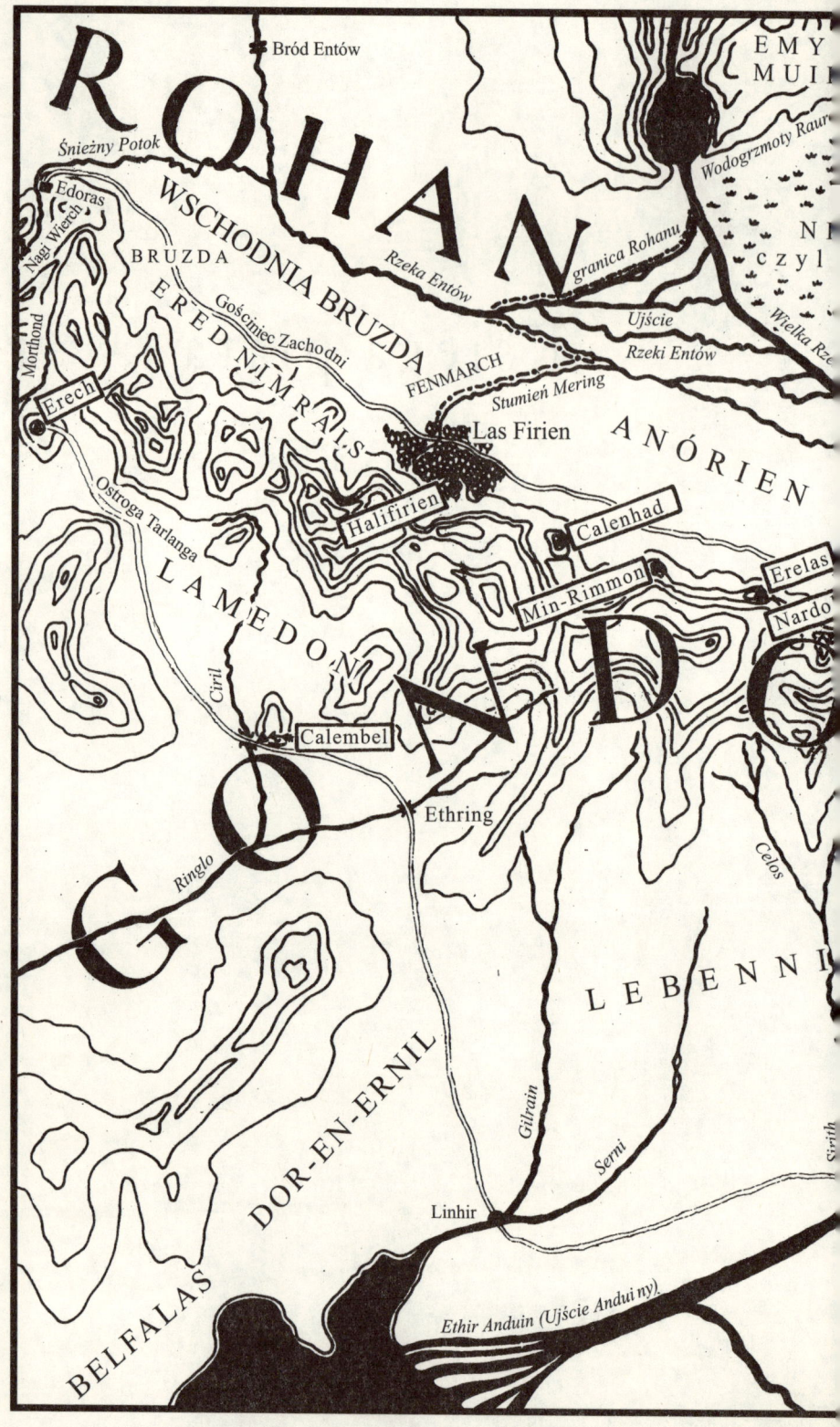

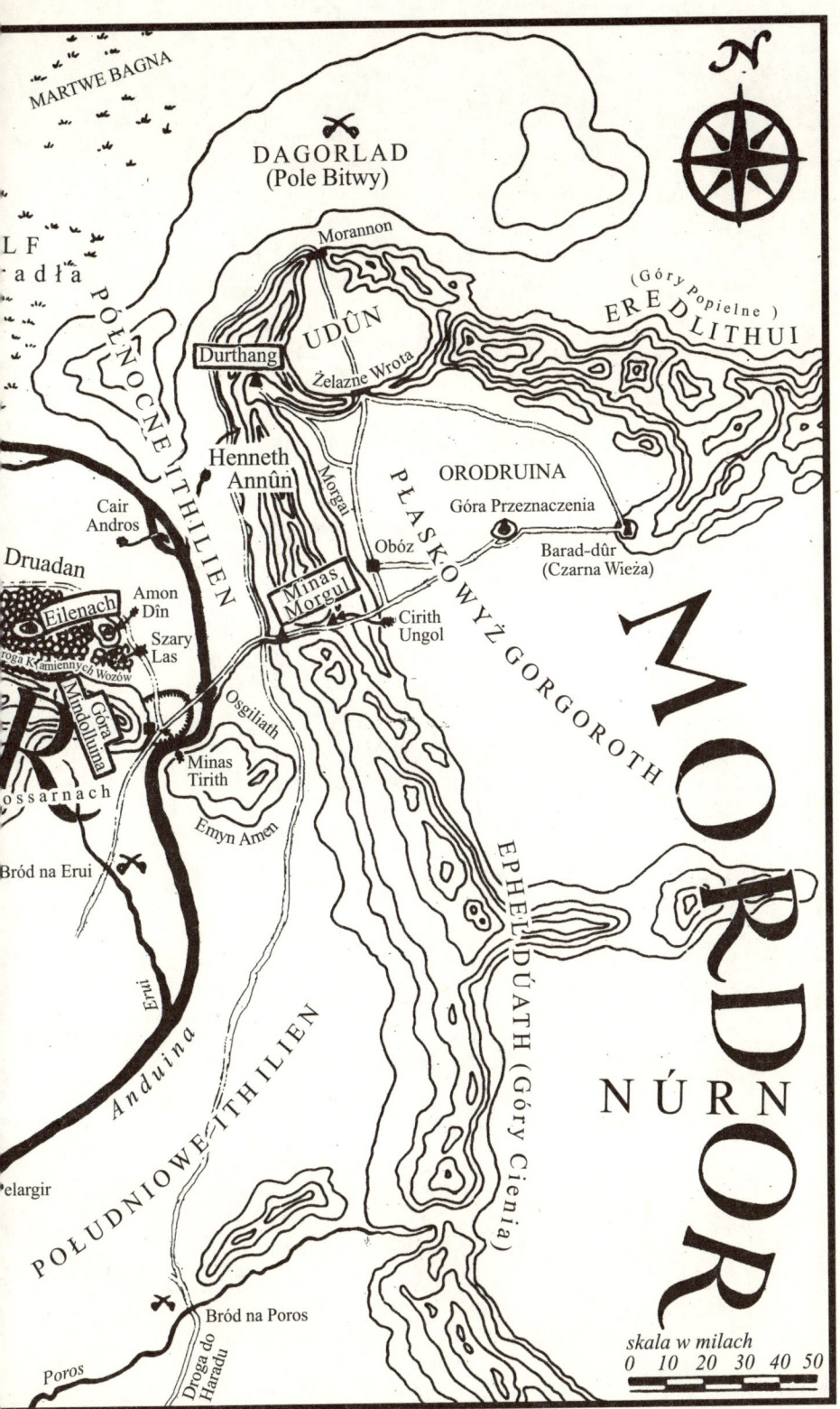

Rozdział 1

Minas Tirith

Pippin wyjrzał spod osłony Gandalfowego płaszcza. Nie był pewny, czy się już zbudził, czy też śpi dalej i przebywa wśród migocących szybko wizji sennych, które go otaczały, odkąd zaczęła się ta oszałamiająca jazda. W ciemnościach świat cały zdawał się pędzić wraz z nim, a wiatr szumiał mu w uszach. Nie widział nic prócz sunących po niebie gwiazd i olbrzymich gór południa, majaczących gdzieś daleko po prawej stronie na widnokręgu, i także umykających wstecz. Ospale próbował wyliczyć czas i poszczególne etapy podróży, lecz pamięć, otępiała od snu, zawodziła.

Przypomniał sobie pierwszy zawrotny pęd bez wytchnienia, a potem o brzasku nikły blask złota i przybycie do milczącego miasta i wielkiego pustego domu na wzgórzu. Ledwie się pod dach tego domu schronili, gdy znów Skrzydlaty Cień przeleciał nad nimi, a ludzie pobledli z trwogi. Gandalf wszakże przemówił do hobbita paru łagodnymi słowy i Pippin usnął w kątku znużony, lecz niespokojny, jak przez mgłę słysząc dokoła krzątaninę i rozmowy, a także rozkazy wydawane przez Czarodzieja. Po zmierzchu ruszyli dalej. Była to druga... nie, trzecia już noc od przygody z palantírem. Na to okropne wspomnienie Pippin otrząsnął się ze snu i zadrżał, a szum wiatru rozbrzmiał groźnymi głosami.

Światło rozbłysło na niebie, jakby łuna ognia spoza czarnego wału. Pippin skulił się zrazu przestraszony, zadając sobie pytanie, do jakiej złowrogiej krainy wiezie go Gandalf. Przetarł oczy i wówczas zobaczył, że to tylko księżyc, teraz już niemal w pełni, wstaje na mrocznym niebie u wschodu. A więc noc dopiero się zaczęła, jazda w ciemnościach potrwa jeszcze wiele godzin. Hobbit poruszył się i zapytał:

– Gdzie jesteśmy, Gandalfie?

– W królestwie Gondoru – odparł Czarodziej. – Jedziemy wciąż jeszcze przez Anorien.

Na chwilę zapadło milczenie. Potem Pippin krzyknął nagle i chwycił kurczowo za płaszcz Gandalfa.

– Co to jest? – zawołał. – Spójrz! Płomień, czerwony płomień! Czy w tym kraju są smoki? Patrz, drugi!

Zamiast odpowiedzieć hobbitowi, Gandalf krzyknął głośno do swego wierzchowca:

– Naprzód, Cienistogrzywy! Trzeba się spieszyć. Czas nagli. Patrz! W Gondorze zapalono wojenne sygnały, wzywają pomocy. Wojna już wybuchła. Patrz, płoną ogniska na Amon Dîn, na Eilenach, zapalają się coraz dalej na zachodzie! Rozbłyska Nardol, Erelas, Min-Rimmon, Calenhad, a także Halifirien na granicy Rohanu.

Lecz Cienistogrzywy zwolnił biegu i przeszedł w stępa, a potem zadarł łeb i zarżał. Z ciemności odpowiedziało mu rżenie innych koni, zagrzmiał tętent kopyt, trzej jeźdźcy niby widma przemknęli pędem w poświacie księżyca i zniknęli na zachodzie. Dopiero wtedy Cienistogrzywy zebrał się w sobie i skoczył naprzód, a noc jak burza huczała wokół pędzącego rumaka.

Pippin znowu poczuł się senny i niezbyt uważnie słuchał, co Gandalf opowiada mu o zwyczajach Gondoru. Wszędzie tu na szczytach najwyższych gór wzdłuż granic rozległego kraju były przygotowane stosy i czuwały posterunki z wypoczętymi końmi, by na rozkaz władcy w każdej chwili móc rozpalić wici i rozesłać gońców na północ do Rohanu i na południe do Belfalas.

– Od dawna już nie zapalano tych sygnałów – mówił Gandalf. – Za starożytnych czasów Gondoru nie było to potrzebne, bo królowie Zachodu mieli siedem palantírów! – Na te słowa Pippin wzdrygnął się niespokojnie, więc Czarodziej szybko dodał: – Śpij, nie bój się niczego. Nie podążasz, jak Frodo, do Mordoru, lecz do Minas Tirith, tam zaś będziesz bezpieczny o tyle, o ile w dzisiejszych czasach można być gdziekolwiek bezpiecznym. Jeśli Gondor upadnie albo też Pierścień dostanie się w ręce Nieprzyjaciela, wtedy nawet Shire nie zapewni spokojnego schronienia.

– Ładnieś mnie pocieszył – mruknął Pippin, lecz mimo to senność ogarnęła go znowu. Zanim pogrążył się w głębokim śnie, mignęły mu w oczach białe szczyty wynurzone jak pływające wyspy z morza chmur i świecące blaskiem zachodzącego księżyca. Zdążył pomyśleć o przyjacielu, pytając sam siebie, czy Frodo już dotarł do Mordoru i czy żyje. Nie wiedział, że Frodo z daleka patrzył na ten sam księżyc zniżający się nad Gondorem przed świtem nowego dnia.

Obudził Pippina gwar licznych głosów. A więc przeminęła znów jedna doba, dzień w ukryciu i noc w podróży. Szarzało już, zbliżał się chłodny brzask, zimne szare mgły spowijały świat. Cienistogrzywy parował, zgrzany po galopie, lecz szyję trzymał dumnie podniesioną i nie zdradzał zmęczenia. Dokoła stali rośli ludzie w grubych płaszczach, a za nimi majaczył we mgle kamienny mur. Zdawał się częściowo zburzony, lecz mimo wczesnej pory krzątali się przy nim robotnicy, słychać było stuk młotów, szczęk kielni, skrzyp kół. Tu i ówdzie przez mgłę przebłyskiwały nikłe światła pochodni i latarń. Gandalf pertraktował z ludźmi, którzy mu zastąpili drogę, a przysłuchując się, Pippin stwierdził, że mowa właśnie o nim.

– Ciebie, Mithrandirze, znamy – powiedział przywódca ludzi – zresztą ty znasz hasło Siedmiu Bram, wolno ci więc jechać dalej. O twoim towarzyszu wszakże nic nam nie wiadomo. Co to za jeden? Krasnolud z gór północy? Nie chcemy w dzisiejszych czasach mieć w swoim kraju obcych gości, chyba że są to mężni i zbrojni wojownicy, na których pomocy i wierności możemy polegać.

– Poręczę za niego przed tronem Denethora – odparł Gandalf. – A co do męstwa, nie trzeba go mierzyć wzrostem. Mój towarzysz ma za sobą więcej bitew i niebezpiecznych przygód niż ty, Ingoldzie, chociaż jesteś od niego dwakroć wyższy. Przybywa prosto ze zdobytego Isengardu, o którego upadku przywozimy wam nowinę; jest bardzo utrudzony, gdyby nie to, zaraz bym go obudził. Nazywa się Peregrin; to mąż wielkiej waleczności.

– Mąż? – z powątpiewaniem rzekł Ingold, a inni zaśmiali się drwiąco.

– Mąż! – krzyknął Pippin, nagle trzeźwiejąc ze snu. – Mąż! Nic podobnego! Jestem hobbitem, nie człowiekiem i nie wojownikiem, chociaż zdarzało mi się wojować, gdy innej rady nie było! Nie dajcie się Gandalfowi zbałamucić!

– Niejeden zasłużony w bojach nie umiałby piękniej się przedstawić – powiedział Ingold. – Cóż to znaczy: hobbit?

– Niziołek – odparł Gandalf, a spostrzegając wrażenie, jakie ta nazwa wywarła na ludziach, wyjaśnił: – Nie, nie ten, lecz jego współplemieniec.

– I towarzysz jego wyprawy – dodał Pippin. – Był też z nami Boromir, wasz rodak, on to mnie ocalił wśród śniegów północy, a potem zginął w mojej obronie, stawiając czoło przewadze napastników.

– Bądź cicho! – przerwał mu Gandalf. – Tę żałobną wieść wypada najpierw oznajmić jego ojcu.

– Już się jej domyślamy – odparł Ingold – bo dziwne znaki przestrzegały nas ostatnimi czasy. Skoro tak, jedźcie, nie zwlekając, do grodu. Władca Minas Tirith zechce pewnie co prędzej wysłuchać tego, kto mu przynosi ostatnie pożegnanie od syna, niechby to był człowiek czy też...

– Hobbit – rzekł Pippin. – Niewielkie usługi mogę oddać waszemu Władcy, lecz przez pamięć dzielnego Boromira zrobię wszystko, co w mojej mocy.

– Bądźcie zdrowi – powiedział Ingold. Ludzie rozstąpili się przed Cienistogrzywym, który wszedł zaraz w wąską bramę otwartą w murach. – Obyś wsparł Denethora dobrą radą w godzinie ciężkiej dla niego i dla nas wszystkich, Mithrandirze! – zawołał Ingold. – Szkoda, że znów przynosisz wieści o żałobie i niebezpieczeństwie, jak to jest podobno twoim zwyczajem.

– Rzadko się bowiem zjawiam i tylko wtedy, gdy potrzebna jest moja pomoc – odparł Gandalf. – Jeśli chcesz mojej rady, to sądzę, że za późno bierzecie się do naprawy murów wokół Pelennoru. Przeciw burzy, która się zbliża, najlepszą obroną będzie wam własna odwaga, a także nadzieja, którą wam przynoszę. Nie same tylko złe wieści wiozę! Zaniechajcie kielni, pora ostrzyć miecze!

– Te roboty skończymy dziś przed wieczorem – rzekł Ingold. – Naprawiamy już ostatnią część muru, najmniej zresztą narażoną, bo zwróconą w stronę sprzymierzonego z nami Rohanu. Czy wiesz coś o Rohańczykach? Czy stawią się na wezwanie? Jak sądzisz?

– Tak jest, przyjdą. Ale stoczyli już wiele bitew na waszym zapleczu. Ta droga, podobnie jak wszystkie inne, dziś już nie prowadzi w bezpieczne strony. Czuwajcie! Gdyby nie Gandalf, kruk złych wieści, zobaczylibyście ciągnące od Anorien zastępy Nieprzyjaciela zamiast Jeźdźców Rohanu. Nie wiem na pewno, czy tak się mimo wszystko nie stanie. Żegnajcie i pamiętajcie, że trzeba mieć oczy otwarte!

Gandalf wjechał więc w szeroki pas ziemi za Rammas Echor – tak Gondorczycy nazwali zewnętrzny mur, wzniesiony niemałym trudem, gdy Ithilien znalazło się w zasięgu wrogiego cienia. Mur ten miał ponad dziesięć staj długości i odbiegając od stóp gór, wracał ku nim, zatoczywszy szeroki krąg wokół pól Pelennoru; piękne, żyzne podgrodzie rozpościerało się na wydłużonych zboczach i terasach, które opadały ku głębokiej dolinie Anduiny. W najdalej na północno-wschód wysuniętym punkcie mur odległy był od Wielkich Wrót stolicy o cztery staje; w tym miejscu szczególnie wysoki i potężny, górował na urwistej skarpie ponad pasmem nadrzecznej równiny; tu bowiem na podmurowanej grobli biegła od brodów i mostów Osgiliath droga przechodząca między warownymi wieżami przez strzeżoną bramę. Na południo-zachodzie odległość między murem a miastem wynosiła najmniej, bo tylko jedną staję; tam Anduina, opływając szerokim zakolem góry Emyn Arnen w południowym Ithilien, skręcała ostro na zachód, a zewnętrzny mur piętrzył się tuż nad jej brzegiem, gdzie ciągnęły się bulwary i przystań Harlond dla łodzi przybywających pod prąd Rzeki z południowych prowincji. Podgrodzie było bogate w pola uprawne i sady, koło domów stały szopy i spichrze, owczarnie i obory; liczne potoki, perląc się, spływały z gór do Anduiny. Niewielu wszakże pasterzy i rolników żyło na tym obszarze, większość ludności Gondoru skupiała się w siedmiu kręgach stolicy lub w wysoko położonych dolinach na podgórzu, w Lossarnach czy też na południe w pięknej krainie Lebennin, nad jej pięciu bystrymi strumieniami. Dzielne plemię osiadło między górami a Morzem. Uważano ich za Gondorczyków, lecz mieli w żyłach krew mieszaną, byli przeważnie krępej budowy i smagłej cery; wywodzili się od dawno zapomnianego ludu, który żył w cieniu gór za Czarnych Lat, przed nastaniem królów. Dalej jeszcze, w lennej krainie Belfalas mieszkał w zamku Dol Amroth nad Morzem książę Imrahil, potomek wielkiego rodu, a całe jego plemię rosłych ludzi miało oczy szarozielone jak morskie fale.

Gandalf jechał czas jakiś, aż niebo rozwidniło się zupełnie, Pippin zaś, wybity wreszcie ze snu, rozglądał się wkoło. Po lewej ręce widział tylko jezioro mgieł wzbijających się ku złowrogim cieniom wschodu, po prawej natomiast spiętrzony od zachodu łańcuch górski urywał się nagle, jak gdyby kształtująca ten teren potężna Rzeka przerwała olbrzymią zaporę i wyżłobiła szeroką dolinę, która miała się stać później polem bitew i kością niezgody. Tam zaś, gdzie Białe Góry, Ered Nimrais, kończyły się, ujrzał Pippin – tak jak zapowiedział to Gandalf – ciemną bryłę góry Mindolluiny, fioletowe cienie w głębi wysoko położonych wąwozów i strzelistą ścianę bielejącą w blasku wstającego dnia. Na wysuniętym ramieniu tej góry stało miasto, strzeżone przez siedem kręgów kamiennych murów, tak stare i potężne, że zdawało się nie zbudowane, lecz wyrzeźbione przez olbrzymów w kośćcu ziemi.

Pippin patrzył z podziwem, gdy nagle szare mury zbielały i zarumieniły się od porannej zorzy, słońce wychynęło nad cienie wschodu i wiązka promieni objęła gród. Hobbit krzyknął z zachwytu, bo wieża Ectheliona, wystrzelająca pośród ostatniego i najwyższego obrębu murów, rozbłysła na tle nieba jak iglica z pereł i srebra, smukła, piękna, kształtna, uwieńczona szczytem iskrzącym się jak kryształ. Z blanków powiały białe chorągwie, trzepocząc na rannym wietrze, a z wysoka i z daleka dobiegł głos dźwięczny jakby srebrnych trąb.

Tak Gandalf i Peregrin o wschodzie słońca wjechali pod Wielkie Wrota Gondoru i żelazne drzwi otwarły się przed Cienistogrzywym.

– Mithrandir! Mithrandir! – zawołali ludzie. – A więc burza jest naprawdę już blisko.

– Burza nadciąga – odparł Gandalf. – Przylatuję na jej skrzydłach. Muszę stanąć przed waszym władcą Denethorem, póki trwa jego namiestnictwo. Cokolwiek bowiem się zdarzy, zbliża się koniec Gondoru takiego, jaki znaliście dotychczas. Nie zatrzymujcie mnie!

Ludzie na rozkaz posłusznie odstąpili od niego i nie zadawali więcej pytań, chociaż ze zdziwieniem przyglądali się hobbitowi siedzącemu przed nim, a także wspaniałemu wierzchowcowi.

Mieszkańcy grodu nie używali bowiem koni i rzadko widywano je na ulicach, chyba że niosły gońców Denethora. Toteż ludzie mówili między sobą:

– To z pewnością koń ze sławnych stajen króla Rohanu. Może Rohirrimowie wkrótce przybędą nam na pomoc.

Cienistogrzywy tymczasem dumnie stąpał po długiej, krętej drodze pod górę.

Gród Minas Tirith rozsiadł się na siedmiu poziomach, z których każdy wrzynał się w zbocze góry i otoczony był murem, w każdym zaś murze była brama. Bram tych nie rozmieszczono wzdłuż prostej linii, jednej nad drugą. Pierwsza, Wielkie Wrota, otwierała się w dolnym kręgu murów od wschodu, następna odsunięta była nieco na południe, trzecia – na północ, i tak dalej, aż pod szczyt, tak że brukowana droga wspinająca się ku twierdzy przecinała stok zygzakiem to w tę, to w drugą stronę. Ilekroć zaś znalazła się nad Wielkimi Wrotami, wchodziła w sklepiony tunel, przebijający olbrzymi filar skalny, którego potężny, wystający blok dzielił wszystkie kręgi grodu z wyjątkiem pierwszego. Częściowo ukształtowała tak górę sama przyroda, częściowo praca i przemyślność ludzi sprzed wieków, dość że na tyłach rozległego dziedzińca za Wrotami piętrzył się bastion kamienny, ostrą niby kil statku krawędzią zwrócony ku wschodowi. Wznosił się aż do najwyższego kręgu, gdzie wieńczyła go obmurowana galeria; obrońcy twierdzy mogli więc jak załoga olbrzymiego okrętu z bocianiego gniazda spoglądać z wysoka na Wrota leżące o siedemset stóp niżej. Wejście do twierdzy również otwierało się od wschodu, lecz było wgłębione w rdzeń skały; stąd długi, oświetlony latarniami skłon prowadził pod Siódmą Bramę. Za nią dopiero znajdował się Najwyższy Dziedziniec i Plac Wodotrysku u stóp Białej Wieży. Wieża ta, piękna i wyniosła, mierzyła pięćdziesiąt sążni od podstawy do szczytu, z którego flaga Namiestników powiewała na wysokości tysiąca stóp ponad równiną.

Była to doprawdy potężna warownia, nie do zdobycia dla największej nawet nieprzyjacielskiej armii, jeśli w murach znaleźli się ludzie zdolni do noszenia broni; napastnicy mogliby wtargnąć łatwiej od tyłu, wspinając się po niższych od tej strony zboczach Mindolluiny, aż na wąskie ramię, które łączyło Górę Straży z głównym masywem. Lecz ramię to, wzniesione do wysokości piątego muru, zagradzały mocne szańce wsparte o urwistą, przewieszoną nad nimi ścianę skalną. Tutaj w sklepionych grobowcach spoczywali dawni królowie i władcy, na zawsze milczący między górą a wieżą.

Pippin z coraz większym podziwem patrzył na ogromne kamienne miasto, nawet we śnie nie widział dotąd nic równie wielkiego i wspaniałego. Ten gród był od Isengardu nie tylko rozleglejszy i potężniejszy, lecz znacznie piękniejszy. Niestety, wszystkie oznaki wskazywały, że podupadał z roku na rok i żyła w nim już teraz ledwie połowa ludzi, których by mógł wygodnie pomieścić. Na każdej ulicy jeźdźcy mijali wielkie domy i dziedzińce, a nad łukami bram Pippin spostrzegał rzeźbione piękne litery dziwnego i starodawnego pisma; domyślał się, że to nazwiska dostojnych mężów i rodów, zamieszkujących tu niegdyś; teraz siedziby ich stały opuszczone, na bruku wspaniałych dziedzińców nie dźwięczały niczyje kroki, głos żaden nie rozbrzmiewał w salach, ani jedna twarz nie ukazywała się w drzwiach czy też w pustych oknach.

Wreszcie znaleźli się przed Siódmą Bramą, a ciepłe słońce, to samo, które lśniło za Rzeką, gdy Frodo wędrował dolinkami Ithilien, błyszczało tu na gładkich ścianach, na mocno osadzonych w skale filarach i na ogromnym sklepieniu, którego zwornik wyrzeźbiony był na kształt ukoronowanej królewskiej głowy. Gandalf zsiadł z wierzchowca, bo koni nie wpuszczano do wnętrza twierdzy, a Cienistogrzywy, zachęcony łagodnym szeptem swego pana, pozwolił się odprowadzić na bok.

Strażnicy u bramy mieli czarne płaszcze, a hełmy niezwykłe, bardzo wysokie, nisko zachodzące na policzki i ciasno obejmujące twarze; hełmy te, ozdobione nad skronią białym skrzydłem mewy, błyszczały jak srebrne płomienie, były bowiem wykute ze szczerego mithrilu i stanowiły dziedzictwo z dni dawnej chwały. Na czarnych pancerzach widniało wyhaftowane białym jak śnieg jedwabiem kwitnące drzewo, a nad nim srebrna korona i gwiazdy. Był to tradycyjny strój potomków Elendila i nikt go już nie nosił w Gondorze prócz strażników twierdzy pilnujących wstępu na Plac Wodotrysku, gdzie ongi rosło Białe Drzewo.

Wieść o przybyciu gości musiała ich zapewne wyprzedzić, bo otwarto bramę natychmiast, o nic nie pytając. Gandalf szybkim krokiem wszedł na wybrukowany białymi płytami dziedziniec.

Urocza fontanna tryskała tu w blasku porannego słońca; otaczała ją świeża zieleń, lecz pośrodku, schylone nad basenem, stało Martwe Drzewo, a krople smutnie spadały z jego nagich, połamanych gałęzi z powrotem w czystą wodę.

Pippin zerknął na nie, spiesząc za Gandalfem. Wydawało mu się ponure i zdziwił się, że zostawiono uschnięte drzewo w tak porządnie utrzymanym otoczeniu.

Gwiazd siedem, siedem kamieni i drzewa białego pęd.

Przypomniał sobie te słowa, wyszeptane kiedyś przez Gandalfa. Lecz już stał u drzwi wielkiej sali pod jaśniejącą wieżą; w ślad za Czarodziejem minął rosłych, milczących odźwiernych i znalazł się w chłodnym, cienistym, dzwoniącym echami wnętrzu kamiennego domu. W długim, pustym, wyłożonym płytami korytarzu Gandalf po cichu przemówił do Pippina:

– Rozważaj każde słowo, mości Peregrinie! Nie miejsce to i nie pora na hobbickie gadulstwo. Théoden to dobrotliwy staruszek. Denethor jest z innej zgoła gliny, dumny i przebiegły, znacznie też wspanialszego rodu i możniejszy, chociaż nie tytułują go królem. Będzie przede wszystkim zwracał się do ciebie i zada ci mnóstwo pytań, skoro możesz mu wiele powiedzieć o jego synu Boromirze. Kochał go bardzo, może za bardzo; tym bardziej że wcale do siebie nie byli podobni. Lecz zapewne użyje osłony miłości, żeby dowiedzieć się wszystkiego, co chce, licząc, że łatwiej się tego dowie od ciebie niż ode mnie. Nie mów nic ponad to, co konieczne, a zwłaszcza nie wspominaj o misji Froda. Ja sam to wyjaśnię we właściwej chwili. Jeśli się da, nie mów też nic o Aragornie.

– Dlaczego? Co zawinił Obieżyświat? – szepnął Pippin. – Chciał przecież także przyjść tutaj, prawda? I niechybnie wkrótce zjawi się we własnej osobie.

– Może, może – odparł Gandalf. – Jeśli się jednak zjawi, nadjedzie pewnie inną drogą, niż myślimy, inną, niż myśli sam

Denethor. Tak będzie lepiej. W każdym razie nie my zapowiemy jego przybycie.

Gandalf zatrzymał się przed wysokimi drzwiami z polerowanego metalu.

– Widzisz, mój Pippinie, brak mi czasu na wykład z historii Gondoru, chociaż wielka szkoda, żeś się czegoś więcej nie nauczył za młodu, zamiast plądrować ptasie gniazda po drzewach i wagarować w lasach Shire'u. Posłuchaj jednak mojej rady. Nie byłoby mądrze, przynosząc potężnemu władcy wieść o śmierci spadkobiercy, opowiadać szeroko o bliskim nadejściu kogoś, kto – jeśli przyjdzie – ma prawo zażądać tronu. Zrozumiałeś?

– Tronu? – powtórzył oszołomiony Pippin.

– Tak jest – rzekł Gandalf. – Jeżeli dotychczas wędrowałeś po świecie z zatkanymi uszami i uśpionym umysłem, obudź się wreszcie!

I zapukał do drzwi.

Drzwi się otwarły, lecz nikogo za nimi nie było. Pippin ujrzał ogromną salę. Światło docierało do niej przez okna, głęboko wcięte w grube mury dwóch bocznych naw, odgrodzonych od środkowej rzędami wysmukłych kolumn podpierających strop. Kolumny z litego czarnego marmuru rozkwitały u szczytów kapitelami wyrzeźbionymi w dziwne postacie zwierząt i liście osobliwego kształtu. Wysoko w górze ogromne sklepienie połyskiwało w półmroku matowym złotem, inkrustowanym w różnobarwny deseń. W tej długiej, uroczystej sali nie było zasłon ani dywanów, żadnych tkanin ani drewnianych sprzętów, tylko pomiędzy kolumnami mnóstwo milczących posągów wykutych w zimnym kamieniu.

Pippin nagle przypomniał sobie wyciosane w skale Argonath pomniki i z trwożną czcią spojrzał w perspektywę tego szpaleru dawno zmarłych królów. W głębi, wzniesiony na kilku stopniach, stał wysoki tron pod baldachimem z marmuru rzeźbionym na kształt ukoronowanego hełmu. Za nim na ścianie mozaika z drogocennych kamieni przedstawiała kwitnące drzewo. Tron był pusty. U podnóża wzniesienia, na najniższym stopniu, szerokim i wysokim, umieszczono kamienny fotel, czarny i gładki, a na nim siedział stary człowiek ze spuszczonymi oczyma. W ręku trzymał białą różdżkę opatrzoną złotą gałką. Nie podniósł wzroku. Dwaj przybysze z wolna szli ku niemu, aż stanęli o trzy kroki przed kamiennym fotelem. Wówczas Gandalf przemówił:

– Witaj, Władco i Namiestniku Minas Tirith, Denethorze, synu Echeliona! Przynoszę ci radę i wieści w tej ciężkiej godzinie.

Dopiero wtedy stary człowiek dźwignął głowę. Pippin zobaczył rzeźbioną pięknie twarz, dumne rysy, cerę koloru kości słoniowej, długi, orli nos pomiędzy ciemnymi, głęboko osadzonymi oczyma. Wydała mu się bardziej podobna do Aragorna niż do Boromira.

– Godzina jest zaprawdę ciężka – rzekł starzec – a ty masz zwyczaj zjawiać się w takich właśnie chwilach, Mithrandirze. Lecz chociaż wszystkie znaki zwiastują nam, że wkrótce los Gondoru się przesili, mniej ciąży mojemu sercu ta sprawa niźli własne nieszczęście. Powiedziano mi, żeś przywiózł kogoś, kto był świadkiem zgonu mojego syna. Czy to ten twój towarzysz?

– Tak jest – odparł Gandalf. – Jeden z dwóch świadków. Drugi został u boku Théodena, króla Rohanu, i niebawem zapewne też przybędzie. Są to, jak widzisz, niziołki, lecz żaden z nich nie jest tym, o którym mówi przepowiednia.

– Bądź co bądź niziołki – posępnie stwierdził Denethor – a niezbyt miła jest dla mnie ta nazwa, odkąd złowieszcze słowa zakłóciły spokój tego dworu i popchnęły mojego syna do szaleńczej wyprawy, w której znalazł śmierć! Mój Boromir! Jakże nam go dzisiaj brak! To Faramir powinien był iść zamiast niego.

– I poszedłby chętnie – rzekł Gandalf. – Nie bądź niesprawiedliwy w swoim żalu. Boromir domagał się tej misji dla siebie i za nic nie zgadzał się, by go ktoś inny zastąpił. Miał charakter władczy, zagarniał to, czego pragnął. Długo wędrowałem w jego towarzystwie i dobrze go poznałem. Ale mówisz o jego śmierci. Więc ta wiadomość doszła do ciebie wcześniej niż my?

– Doszło do moich rąk to – powiedział Denethor i odkładając różdżkę, podniósł ze swych kolan przedmiot, w który się wpatrywał, gdy goście zbliżali się do tronu. W każdej ręce trzymał połowę dużego, pękniętego na dwoje bawolego rogu okutego srebrem.

– To róg, który Boromir nosił zawsze przy sobie! – wykrzyknął Pippin.

– Tak jest – rzekł Denethor. – W swoim czasie i ja go nosiłem, jak wszyscy pierworodni synowie w moim rodzie od zamierzchłych czasów, jeszcze sprzed upadku królów, od czasów, gdy Vorondil, ojciec Mardila, polował na białe bawoły Arawa na dalekich stepach Rhûn. Trzynaście dni temu usłyszałem znad północnego pogranicza ściszony głos rogu, potem zaś Rzeka przyniosła mi go, lecz pęknięty; nigdy już więcej nie zagra. – Denethor umilkł i zapadła posępna cisza. Nagle zwrócił czarne oczy na Pippina. – Co powiesz na to, niziołku?

– Trzynaście dni temu... – wyjąkał Pippin. – Tak, to się zgadza. Stałem przy nim, gdy zadął w róg. Lecz pomoc nie nadeszła. Tylko nowe bandy orków.

– A więc byłeś przy tym – rzekł Denethor, patrząc pilnie w twarz hobbita. – Opowiedz mi wszystko. Dlaczego pomoc nie nadeszła? Jakim sposobem ty ocalałeś, a poległ Boromir, mąż tak wielkiej siły, mając tylko garść orków przeciw sobie?

Pippin zaczerwienił się i zapomniał o strachu.

– Najsilniejszy mąż zginąć może od jednej strzały – odparł – a Boromira przeszył cały rój strzał. Gdy go ostatni raz widziałem, osunął się pod drzewo i wyciągał ze swego boku czarnopióry grot. Co do mnie, omdlałem w tym momencie i wzięto mnie do niewoli. Później już nie widziałem Boromira i nic więcej o nim nie słyszałem. Ale czczę jego pamięć, bo to był mężny człowiek. Umarł, żeby nas ocalić, mnie i mego współplemieńca Meriadoka; żołdacy Czarnego Władcy porwali nas obu i powlekli w lasy. Chociaż nie zdołał nas obronić, nie umniejsza to mojej wdzięczności.

Pippin spojrzał Denethorowi prosto w oczy, bo zbudziła się w nim jakaś dziwna duma i zranił go ton wzgardy czy podejrzenia w zimnym głosie starca.

– Wiem, że tak możnemu władcy ludzi nie na wiele się przydadzą usługi hobbita, niziołka z dalekiego północnego kraju, lecz to, na co mnie stać, ofiarowuję ci na spłatę mego długu.

I odrzucając z ramion szary płaszcz, Pippin dobył mieczyka, by złożyć go u stóp Denethora.

Nikły uśmiech, jak chłodny błysk słońca w zimowy wieczór, przemknął po starczej twarzy; Denethor spuścił jednak głowę i wyciągnął rękę, odkładając na bok szczątki Boromirowego rogu.

– Podaj mi swój oręż! – rzekł. Pippin podniósł mieczyk i podał władcy rękojeścią do przodu.

– Skąd go masz? – spytał Denethor. – Wiele, wiele lat przetrwała ta stal. To niewątpliwie ostrze wykute przez nasze plemię na Północy w niepamiętnej przeszłości.

– Broń ta pochodzi z Kurhanów, które wznoszą się na pograniczu mojego kraju – odparł Pippin. – Lecz dziś mieszkają tam jedynie złośliwe upiory i wolałbym o nich nie mówić więcej.

– Dziwne legendy krążą o was – rzekł Denethor. – Raz jeszcze sprawdza się przysłowie, że nie należy sądzić człowieka – lub niziołka – po pozorach. Przyjmuję twoje usługi. Niełatwo cię bowiem nastraszyć słowami i umiesz przemawiać dworną mową, chociaż brzmi ona niezwykle w uszach ludów Południa. Nadchodzą czasy, gdy potrzebni nam będą pomocnicy rycerskich obyczajów, mali czy wielcy. Przysięgnij mi teraz wierność.

– Ujmij rękojeść miecza – pouczył hobbita Gandalf – i powtarzaj za Denethorem przysięgę, jeśli nie zmieniłeś postanowienia.

– Nie zmieniłem – rzekł Pippin.

Starzec położył mieczyk na swych kolanach i zaczął recytować formułę przysięgi, Pippin zaś, z ręką na gardzie, powtarzał z wolna słowo po słowie:

– Ślubuję wierność i służbę Gondorowi i Namiestnikowi władającemu tym królestwem. Jemu posłuszny, będę usta otwierał lub zamykał, czynił lub powstrzymywał się od czynów, pójdę, gdzie mi rozkaże, lub wrócę na jego wezwanie, służyć mu będę w biedzie lub w dostatku, w czas pokoju lub wojny, życiem lub śmiercią, od tej chwili, aż dopóki mój pan mnie nie zwolni lub śmierć nie zabierze, lub świat się nie skończy. Tak rzekłem ja, Peregrin, syn Paladina, niziołek z Shire'u.

– Przyjąłem te słowa, ja, Denethor, syn Ectheliona, Władca Gondoru, Namiestnik Wielkiego Króla, i nie zapomnę ich ani też nie omieszkam wynagrodzić sprawiedliwie: wierności miłością, męstwa czcią, wiarołomstwa pomstą.

Po czym Pippin otrzymał z powrotem swój mieczyk i wsunął go do pochwy.

– A teraz – rzekł Denethor – daję ci pierwszy rozkaz: mów i nie przemilczaj prawdy. Opowiedz mi całą historię, przypomnij sobie wszystko, co wiesz o moim synu Boromirze. Siądź i zaczynaj!

Mówiąc to, uderzył w mały srebrny gong stojący obok jego podnóżka i natychmiast zjawili się słudzy. Pippin zrozumiał, że stali od początku w niszach po obu stronach drzwi, gdzie ani on, ani Gandalf nie mogli ich widzieć.

– Przynieście wino, jadło i krzesła dla gości – rzekł Denethor – i pilnujcie, by nikt nam nie przeszkodził w ciągu następnej godziny.

– Tyle tylko czasu mogę wam poświęcić – dodał, zwracając się do Gandalfa – bo wiele spraw ciąży na mojej głowie. Może nawet ważniejszych, lecz mniej dla mnie pilnych. Ale jeśli się da, porozmawiamy znowu dziś wieczorem.

– Mam nadzieję, że wcześniej jeszcze – odparł Gandalf. – Spieszyłem bowiem z wiatrem na wyścigi z odległego o sto pięćdziesiąt staj Isengardu nie po to tylko, by ci przywieźć jednego małego wojaka, choćby najdworniejszych obyczajów. Czy nie ma dla ciebie wagi wiadomość, że Théoden stoczył wielką bitwę, że Isengard padł i że złamałem różdżkę Sarumana?

– Nowiny bardzo ważne, lecz wiedziałem o tym bez ciebie, dość by powziąć własne plany ku obronie od groźby ze wschodu.

Denethor zwrócił ciemne oczy na Gandalfa, a Pippin nagle spostrzegł między nimi dwoma jakieś podobieństwo i wyczuł napięcie dwóch sił, jak gdyby tlący się lont łączył dwie pary oczu i lada chwila mógł wybuchnąć płomieniem.

Denethor nawet bardziej wyglądał na czarodzieja niż Gandalf, więcej miał w sobie majestatu, urody i siły. Zdawał się też starszy. Lecz inny jakiś zmysł na przekór wzrokowi upewnił Peregrina, że Gandalf posiada większą moc, głębszą mądrość i majestat wspanialszy, chociaż ukryty. Na pewno był też starszy. „Ile on może mieć lat?" – pomyślał Pippin i zdziwił się, że nigdy dotychczas nie zadał sobie tego pytania. Drzewiec mruczał coś o czarodziejach, lecz słuchając go, hobbit nie pamiętał, że to dotyczy również Gandalfa. Kim jest naprawdę Gandalf? W jakiej odległej przeszłości, w jakim kraju przyszedł na świat? Kiedy go opuści? Pippin ocknął się z zadumy. Denethor i Gandalf wciąż patrzyli sobie w oczy, jakby nawzajem czytając swe myśli. Lecz Denethor pierwszy odwrócił twarz.

– Tak – powiedział. – Kryształy jasnowidzenia podobno zaginęły, mimo to władcy Gondoru mają wzrok bystrzejszy niż pospolici ludzie i wiele nowin dociera do nich. Ale teraz proszę, siądźcie.

Słudzy przynieśli fotel i niskie krzesełko, podali na tacy srebrny dzban, kubki i białe ciasto. Pippin usiadł, lecz nie mógł oderwać oczu od starego władcy. Czy mu się zdawało, czy też rzeczywiście, mówiąc o kryształach, Denethor z nagłym błyskiem w oczach spojrzał na niego.

– Opowiedz swoją historię, mój wasalu – rzekł Denethor na pół żartobliwie, a na pół drwiąco. – Cenne są dla mnie słowa tego, kto przyjaźnił się z moim synem.

Pippin na zawsze zapamiętał tę godzinę spędzoną w ogromnej sali pod przenikliwym spojrzeniem Władcy Gondoru, w ogniu coraz to nowych podchwytliwych pytań, z Gandalfem u boku przysłuchującym się czujnie i powściągającym – hobbit wyczuwał to nieomylnie – gniewną niecierpliwość. Kiedy minął wyznaczony czas i Denethor znów zadzwonił w gong, Pippin był bardzo znużony.

„Jest chyba niewiele po dziewiątej – myślał. – Mógłbym teraz zjeść trzy śniadania za jednym zamachem".

– Zaprowadźcie dostojnego Mithrandira do przygotowanego dlań domu – powiedział Denethor do sług. – Jego towarzysz może, jeśli sobie życzy, zamieszkać tymczasem razem z nim. Ale wiedzcie, że zaprzysiągł mi służbę; nazywa się Peregrin, syn Paladina, trzeba go wtajemniczyć w pomniejsze hasła. Zawiadomcie dowódców, że mają się stawić tutaj u mnie możliwie zaraz po wybiciu trzeciej godziny. Ty, czcigodny Mithrandirze, przyjdź również, jeśli i kiedy ci się spodoba. O każdej porze masz do mnie wstęp wolny, z wyjątkiem krótkich godzin mego snu. Ochłoń z gniewu, który w tobie wzbudziło szaleństwo starca, i wróć, by mnie wesprzeć radą i pociechą.

– Szaleństwo? – powtórzył Gandalf. – O nie! Prędzej umrzesz, niż stracisz rozum, dostojny panie. Umiesz nawet żałoby użyć jako płaszcza. Czy sądzisz, że nie zrozumiałem, dlaczego przez godzinę wypytywałeś tego, który wie mniej, chociaż ja siedziałem tuż obok?

– Jeśli zrozumiałeś, możesz być zadowolony – odparł Denethor. – Szaleństwem byłaby duma, która by wzgardziła pomocą i radą w potrzebie; lecz ty udzielasz tych darów wedle własnych zamysłów. Władca Gondoru nie będzie nigdy narzędziem cudzych planów, choćby najszlachetniejszych. W jego bowiem oczach żaden cel na tym świecie nie może górować nad sprawą Gondoru. A Gondorem ja rządzę, nikt inny, chyba że wrócą królowie.

– Chyba że wrócą królowie? – powtórzył Gandalf. – Słusznie, czcigodny Namiestniku, twoim obowiązkiem jest zachować królestwo na ten przypadek, którego dziś już mało kto się spodziewa. I w tym zadaniu użyczę ci wszelkiej pomocy, jaką zechcesz ode mnie przyjąć. Ale powiem jasno: nie rządzę żadnym królestwem, Gondorem ani innym państwem, wielkim czy małym. Obchodzi mnie wszakże każde dobro zagrożone niebezpieczeństwem na tym dzisiejszym świecie. W moim sumieniu nie uznam, że nie spełniłem obowiązku, choćby Gondor zginął, jeśli przetrwa tę noc coś innego, co może jutro rozkwitnąć i przynieść owoce. Ja bowiem także jestem namiestnikiem. Czyś o tym nie wiedział?

I rzekłszy to, odwrócił się i wyszedł z sali, a Pippin pobiegł za nim do wyjścia, usiłując dotrzymać mu kroku.

Gandalf nie spojrzał na hobbita ani się nie odezwał do niego przez całą drogę. Przewodnik wyprowadził ich od drzwi sali przez Plac Wodotrysku na uliczkę między wysokie kamienne budynki. Skręcali parę razy, nim wreszcie zatrzymali się przed domem w pobliżu muru strzegącego twierdzy od północnej strony, opodal ramienia, które łączyło gród z głównym masywem góry. Weszli po szerokich rzeźbionych schodach na piętro, gdzie znaleźli się w pięknym pokoju, jasnym i przestronnym, ozdobionym zasłonami z gładkiej, lśniącej, złocistej tkaniny. Sprzętów było tu niewiele, nic prócz stolika, dwóch krzeseł i ławy, ale po obu stronach w niezasłoniętych alkowach przygotowano łóżka z porządną pościelą, a także miski i dzbany z wodą do mycia. Trzy wysokie wąskie okna otwierały widok na północ, ponad szeroką pętlą Anduiny, wciąż jeszcze osnutej mgłą, ku odległym wzgórzom Emyn Muil i wodogrzmotom Rauros. Pippin musiał wleźć na ławę i wychylić się przez szeroki kamienny parapet, by wyjrzeć na świat.

– Czy gniewasz się na mnie, Gandalfie? – spytał, gdy przewodnik pozostawił ich samych i zamknął drzwi. – Zrobiłem, co mogłem.

– Bez wątpienia! – odparł Gandalf, wybuchając nagle śmiechem; podszedł do Pippina, objął go ramieniem i także popatrzył przez okno. Pippin zerknął na twarz Czarodzieja, górującą tuż nad jego głową, trochę zaskoczony, bo śmiech zabrzmiał beztrosko i wesoło. A jednak porysowana zmarszczkami twarz Gandalfa wydała mu się w pierwszej chwili zakłopotana i smutna; dopiero po dłuższej obserwacji dostrzegł pod tą maską wyraz wielkiej radości, ukryte źródło wesela, tak bogate, że mogłoby śmiechem wypełnić całe królestwo, gdyby trysnęło swobodnie.

– Niewątpliwie zrobiłeś, co mogłeś – rzekł Czarodziej. – Mam nadzieję, że nieprędko po raz drugi znajdziesz się w równie trudnym położeniu, między dwoma tak groźnymi starcami. Mimo wszystko Władca Gondoru dowiedział się od ciebie więcej, niż przypuszczasz, Pippinie. Nie zdołałeś ukryć przed nim, że nie Boromir przewodził Drużynie po wyjściu z Morii i że był wśród was ktoś niezwykle dostojny, kto wkrótce przybędzie do Minas Tirith, i że ten ktoś ma u boku legendarny miecz. Ludzie w Gondorze myślą wiele o starych legendach, a Denethor, odkąd Boromir ruszył na wyprawę, nieraz rozważał słowa wyroczni i zastanawiał się, co miała znaczyć „Zguba Isildura".

To człowiek niepospolity wśród ludzi tych czasów, Pippinie; kimkolwiek byli jego przodkowie, niemal najczystsza krew Westernesse płynie w żyłach Denethora, tak jak i w żyłach jego młodszego syna Faramira; Boromir, którego ojciec najbardziej kochał, był jednak inny. Denethor sięga wzrokiem daleko. Jeśli wytęży wolę, może wyczytać wiele z tego, co inni myślą, nawet jeśli przebywają w odległym kraju. Niełatwo go oszukać i niebezpiecznie byłoby tego próbować.

Pamiętaj o tym, Pippinie. Zaprzysiągłeś mu bowiem służbę. Nie wiem, skąd ci ten pomysł przyszedł do głowy czy może do serca. Ale dobrze postąpiłeś. Nie przeszkodziłem ci w tym, bo zimny rozsądek nie powinien nigdy hamować szlachetnych porywów. Nie tylko wprawiłeś go w dobry humor, ale wzruszyłeś jego serce. Zyskałeś zaś przynajmniej swobodę poruszania się do woli po Minas Tirith – gdy nie będziesz na służbie. Medal ma bowiem drugą stronę.

Oddałeś się pod rozkazy Denethora; on o tym nie zapomni. Bądź nadal ostrożny!

Gandalf umilkł i westchnął.

– No tak, ale nie trzeba zbyt wiele myśleć o jutrze. Przede wszystkim dlatego, że każdy następny dzień przez długi czas jeszcze będzie przynosił gorsze troski niż poprzedni. A ja nie będę ci mógł teraz w niczym pomóc. Szachownica jest zastawiona, figury już poszły w ruch; jedną z nich bardzo chciałbym odnaleźć, a mianowicie Faramira, który jest obecnie spadkobiercą Denethora. Nie sądzę, by przebywał w stolicy, ale nie miałem czasu na zasięgnięcie języka. Muszę już iść, Pippinie. Muszę wziąć udział w naradzie dowódców i dowiedzieć się z niej jak najwięcej. Teraz jednak kolej na ruch przeciwnika, który lada chwila otworzy wielką grę. A pionki zagrają w niej nie mniejsze role niż figury, Peregrinie, synu Paladina, żołnierzu Gondoru. Wyostrz swój miecz!

Gandalf podszedł do drzwi, lecz odwrócił się od progu raz jeszcze.

– Spieszę się, Pippinie – rzekł. – Oddaj mi pewną przysługę, gdy wyjdziesz na miasto. Zrób to, zanim położysz się na spoczynek, jeśli nie jesteś zanadto zmęczony. Odszukaj Cienistogrzywego i sprawdź, jak go zaopatrzono. Tutejsi ludzie są dobrzy dla zwierząt, bo to lud zacny i rozumny, ale nie umieją się obchodzić z końmi tak, jak Rohirrimowie.

Z tymi słowy Gandalf wyszedł, a w tejże chwili z wieży fortecznej rozległ się głos dzwonu, czysty i dźwięczny. Trzy uderzenia srebrzyście rozbrzmiały w powietrzu i umilkły: wybiła godzina trzecia po wschodzie słońca.

Pippin wkrótce potem zbiegł ze schodów i rozejrzał się po ulicy. Słońce świeciło jasne i ciepłe, wieże i wysokie domy rzucały wydłużone, ostre cienie w stronę zachodu. W górze pod błękitem szczyt Mindolluiny wznosił kołpak i okryte śnieżnym płaszczem ramiona. Wszystkimi ulicami grodu zbrojni mężowie dążyli w różnych kierunkach, jakby z wybiciem trzeciej godziny spieszyli zmienić straże i objąć posterunki.

– W Shire liczylibyśmy godzinę dziewiątą – stwierdził głośno sam do siebie Pippin. – Pora smacznego śniadania i otwarcia okna na blask wiosennego słońca. Ach, jak chętnie bym zjadł śniadanie! Ciekawe, czy ci ludzie tutaj w ogóle znają ten zwyczaj; może u nich już dawno po śniadaniu? Kiedy też podają obiad i gdzie?

W tym momencie zobaczył mężczyznę w czarno-białej odzieży zbliżającego się wąską uliczką od centrum twierdzy. Pippin czuł się samotny, postanowił więc zagadnąć nieznajomego, gdy ten będzie go mijał; okazało się to jednak niepotrzebne, bo mężczyzna podszedł wprost do niego.

– Ty jesteś niziołek Peregrin? – spytał. – Powiedziano mi, że złożyłeś przysięgę na służbę władcy tego grodu. Witaj! – Wyciągnął rękę, którą Pippin uścisnął. – Nazywam się Beregond, syn Baranora. Mam wolne przedpołudnie, więc zlecono mi wyuczyć cię haseł i wyjaśnić przynajmniej część tego, co z pewnością chciałbyś wiedzieć. Ja ze swej strony też spodziewam się nauczyć od ciebie niejednego. Nigdy bowiem jeszcze nie widzieliśmy w tym kraju niziołka, a choć doszły nas różne słuchy o waszym plemieniu, stare historie, które się u nas zachowały, nic prawie o was nie mówią. Co więcej, jesteś przyjacielem Mithrandira. Czy znasz go dobrze?

– Jak by ci rzec? – odparł Pippin. – Nasłuchałem się o nim wiele przez całe moje krótkie życie, ostatnio zaś odbyłem daleką podróż w jego towarzystwie. Ale w tej księdze czytać by można długo, a ja nie mogę się chwalić, że poznałem z niej więcej niż jedną, może dwie kartki. Myślę jednak, że mało kto zna go lepiej. Na przykład w naszej kompanii tylko Aragorn znał go naprawdę.

– Aragorn? – spytał Beregond. – Co to za jeden?

– Hm... – zająknął się Pippin. – Człowiek, który z nami wędrował. Zdaje się, że teraz bawi w Rohanie.

– Ty również, jak mi mówiono, byłeś w Rohanie. Chętnie bym cię o ten kraj także wypytywał, bo znaczną część tej nikłej nadziei, jaka nam została, w nim właśnie pokładamy. Ale zaniedbuję swe obowiązki, przede wszystkim bowiem miałem odpowiadać na twoje pytania. Czego pragniesz się dowiedzieć, Peregrinie?

– Jeśli wolno... hm... najpierw chciałbym zadać pytanie dość dla mnie w tej chwili palące, w sprawie śniadania i rzeczy temu podobnych. Mówiąc prościej, ciekaw jestem, w jakich porach jada się u was, a także gdzie mieści się sala jadalna, jeśli w ogóle istnieje. A gospody? Rozglądałem się, jadąc pod górę, lecz nic w tym rodzaju

33

nie dostrzegłem, chociaż w drodze krzepiła mnie nadzieja na łyk dobrego piwa, który spodziewałem się dostać w tej siedzibie mądrych i uprzejmych ludzi.

Beregond popatrzył na niego z powagą.

– Stary wojak z ciebie, jak widzę – rzekł. – Powiadają, że żołnierze na wyprawie wojennej zawsze rozglądają się za okazją do jadła i napitku; nie wiem, czy to prawda, bo sam niewiele po świecie podróżowałem. A więc nic jeszcze dzisiaj w ustach nie miałeś?

– Żeby nie skłamać, muszę przyznać, że miałem – odparł Pippin – ale tylko kubek wina i kawałek ciasta, z łaski waszego władcy, który mnie przy tym poczęstunku tak wyżyłował pytaniami, że mi się jeszcze bardziej jeść zachciało.

Beregond śmiał się serdecznie.

– Jest u nas gadka, że mali ludzie największych przy stole prześcigają. Wiedz, że nie gorsze jadłeś śniadanie niż reszta załogi w grodzie, chociaż bardziej zaszczytne. Żyjemy w warowni, w wieży strażniczej i w stanie wojennego pogotowia. Wstajemy wcześniej niż słońce, przegryzamy byle czym o brzasku i obejmujemy służbę wraz ze świtem. Ale nie rozpaczaj! – Zaśmiał się znowu, widząc, jak Pippinowi mina zrzedła. – Ci, którzy wykonują ciężkie prace, posilają się dodatkowo w ciągu przedpołudnia. Potem jemy śniadanie w południe lub później, jak komu obowiązki pozwolą; a po zachodzie słońca zbieramy się na główny posiłek i zabawiamy się wtedy, o tyle, o ile jeszcze w tych czasach zabawiać się można. A teraz chodźmy! Oprowadzę cię po grodzie, postaramy się o jakiś prowiant i zjemy na murach, ciesząc się pięknym porankiem.

– Zaraz, zaraz! – odparł, rumieniąc się, Pippin. – Łakomstwo czy też głód, jeśli zechcesz łaskawie tak to nazwać, wymazało z mej pamięci ważniejszą sprawę. Gandalf – Mithrandir, jak wy go nazywacie – polecił mi, bym odwiedził jego wierzchowca Cienistogrzywego, wspaniałego rumaka z Rohanu, perłę królewskiej stadniny, którego mimo to król Théoden podarował Mithrandirowi za jego zasługi. Zdaje mi się, że nowy właściciel kocha to zwierzę serdeczniej niż niejednego człowieka, jeśli więc chcecie go sobie zjednać, potraktujcie Cienistogrzywego z wszelkimi honorami, w miarę możności lepiej nawet niż hobbita...

– Hobbita? – przerwał mu Beregond.
– Tak my siebie nazywamy – wyjaśnił Pippin.
– Cieszę się, żeś mnie tej nazwy nauczył – rzekł Beregond – bo teraz mogę powiedzieć, że obcy akcent nie szpeci pięknej wymowy, a hobbici to plemię bardzo wymowne. Chodźmy! Zapoznasz mnie z tym szlachetnym koniem. Lubię zwierzęta, niestety rzadko je widuję w naszym kamiennym grodzie; wychowałem się jednak gdzie indziej, w dolinie u podnóża gór, a rodzina moja pochodzi z Ithilien. Bądź wszakże spokojny! Złożymy Cienistogrzywemu krótką wizytę, tyle tylko, ile grzeczność wymaga, potem zaś pospieszymy do spiżarni.

Pippin zastał Cienistogrzywego w porządnej stajni i dobrze opatrzonego. W szóstym bowiem kręgu poza murami warowni było kilka stajen, gdzie trzymano rącze wierzchowce w pobliżu kwatery gońców Namiestnika; gońcy czuwali, gotowi zawsze do drogi na rozkaz Denethora lub któregoś z najwyższych dowódców. Tego jednak ranka wszyscy ci ludzie i ich konie byli poza grodem na służbie. Cienistogrzywy na widok Pippina zarżał i zwrócił ku niemu łeb.
– Dzień dobry! – powiedział Pippin. – Gandalf przyjdzie, jak tylko będzie miał chwilę wolną. Jest zajęty, ale przysyła ci pozdrowienia oraz mnie, żebym sprawdził, czy ci czego nie brakuje i czyś już odpoczął po trudach.

Cienistogrzywy zadzierał łeb i grzebał nogą, lecz pozwolił Beregondowi pogłaskać się i poklepać lekko po karku.
– Wygląda, jakby rwał się do wyścigu, a nie jakby właśnie przybył z dalekiej drogi – rzekł Beregond. – Silny i dumny koń. A gdzie siodło i uzda? Należałby mu się strój bogaty i piękny.
– Nie ma dość bogatego i pięknego rzędu dla takiego konia – odparł Pippin. – Nie zniósłby też wędzidła. Jeśli zgodzi się nieść jeźdźca, niczego więcej nie trzeba; jeśli nie zechce, nie zmusisz go wędzidłem, ostrogą ani biczem. Do widzenia, Cienistogrzywy. Bądź cierpliwy. Bitwa już blisko.

Rumak zadarł łeb i zarżał tak potężnie, że mury stajni zatrzęsły się, a Beregond i Pippin zatkali uszy. Sprawdzili jeszcze, czy w żłobie jest dość obroku, i wreszcie pożegnali Cienistogrzywego.

– A teraz poszukajmy obroku dla siebie – rzekł Beregond, prowadząc Pippina z powrotem do twierdzy, pod bramę w północnym murze ogromnej wieży. Stąd zeszli po długich schodach wiodących w szeroki chłodny korytarz, oświetlony latarniami. Po obu jego stronach widniały szeregi drzwi, a jedne z nich były właśnie otwarte.

– Tu mieszczą się składy i spiżarnie mojego oddziału – powiedział Beregond. – Witaj, Targonie! – zawołał przez uchylone drzwi. – Wcześnie jeszcze, ale przyprowadziłem gościa, którego Denethor przyjął dziś do służby. Przybywa z daleka, wypościł się w drodze, ranek spędził na ciężkiej pracy i jest głodny. Daj nam, co tam masz pod ręką.

Dostali chleb, masło, ser i jabłka z resztek zimowego zapasu, pomarszczone, lecz zdrowe i słodkie, a także skórzany bukłak z młodym piwem oraz drewniane talerze i kubki. Wszystko to zapakowali do łozinowego koszyka i wyszli znowu na słoneczny świat. Beregond zaprowadził teraz Pippina na wschodni kraniec wielkiego, wysuniętego niby ramię muru, gdzie była wnęka strzelnicza, a pod jej parapetem kamienna ława. Otwierał się stąd szeroki widok na okolicę zalaną światłem poranka.

Zjedli i wypili, a potem gawędzili trochę o Gondorze, o tutejszym życiu i obyczajach, a trochę o dalekiej ojczyźnie Pippina i o dziwnych krajach, które w swych wędrówkach poznał. Beregond z coraz większym podziwem przyglądał się hobbitowi, gdy ten kiwał w powietrzu krótkimi nogami, siedząc na kamiennej ławie, lub włazł na nią i wspinał się na palce, aby wyjrzeć na kraj rozpostarty u stóp fortecy.

– Nie chcę taić przed tobą, zacny Pippinie – rzekł wreszcie – że wśród nas wyglądasz jak dziecko, nie jesteś większy niż nasi chłopcy w dziewiątym roku życia; a mimo to zaznałeś tylu niebezpieczeństw i widziałeś takie różne cuda, że niewielu siwych i brodatych starców mogłoby się podobnymi przygodami pochwalić. Myślałem, że dla kaprysu nasz władca chce wziąć sobie szlachetnie urodzonego pazia, jak podobno mieli dawni królowie w zwyczaju. Widzę jednak, że się myliłem i przepraszam cię za tę omyłkę.

– Wybaczam ci – odparł Pippin – tym bardziej żeś się niewiele pomylił. W mojej ojczyźnie uchodziłbym za wyrostka, cztery lata brakuje mi jeszcze do pełnoletności, jak ją w Shire liczą. Lecz nie mówmy wciąż o mnie. Rozejrzyjmy się razem po okolicy i objaśnij mi łaskawie, co stąd widać.

Słońce stało już dość wysoko na niebie, mgła z nizin podniosła się w górę, a resztki jej płynęły nad głowami jak białe strzępy obłoku przygnanego od wschodu wiatrem, który wzmógł się teraz i łopotał białymi flagami i sztandarami na wieży. W dole, na dnie doliny, o jakieś pięć staj w linii prostej od wylotu strzelnicy, połyskiwały szare wody Wielkiej Rzeki, która, płynąc od północo-zachodu, zataczała szeroki łuk na południe i z powrotem na zachód, by zginąć w omglonym blasku, kryjącym odległe o pięćdziesiąt staj Morze.

Pippin obejmował wzrokiem cały obszar Pelennoru, usiany w dali mnóstwem zagród wiejskich; widział niskie murki, stodoły i obory, lecz nigdzie nie dostrzegał bydła ani zwierząt domowych. Drogi i ścieżki gęstą siecią przecinały zieleń pól i ruch na nich panował ożywiony; sznury wozów ciągnęły ku Wielkiej Bramie lub spod niej w głąb kraju. Od czasu do czasu u Bramy zjawiał się jeździec, zeskakiwał z siodła i spieszył do grodu. Najbardziej uczęszczany zdawał się główny gościniec prowadzący na południe, przecinający Rzekę skróconym szlakiem u podnóża gór i ginący szybko z oczu. Gościniec był szeroki, porządnie wybrukowany, a jego wschodnim skrajem pod wysokim murem biegła szeroka zielona ścieżka dla konnych. Tędy jeźdźcy pędzili w obu kierunkach, lecz duże, kryte budami wozy, tłumnie zapełniające bity szlak, kierowały się wszystkie na południe. Przyjrzawszy się uważnie, Pippin stwierdził, że ruch odbywa się w wielkim porządku, wozy toczą się trzema kolumnami; w pierwszej sunęły najszybsze wozy, ciągnione przez konie, w drugiej – wielkie furgony okryte różnobarwnymi budami, zaprzężone w powolne woły; w trzeciej, na zachodnim skraju, ludzie popychali lekkie, małe wózki.

– Ta droga prowadzi do dolin Tumladen i Lossarnach, a także do wiosek górskich, dalej zaś do Lebenninu – powiedział Beregond. – Wozami odjeżdżają ostatni już wyprawiani dla bezpieczeństwa z grodu starcy i dzieci, a z nimi kobiety, niezbędne jako ich opiekunki. Do południa muszą wszyscy znaleźć się poza Bramą i oswobodzić drogę na długość jednej staji; taki jest rozkaz. Smutna konieczność! – westchnął. – Wielu z tych, którzy dziś się rozstali, nigdy się już z sobą w życiu nie spotka. Zawsze było za mało dzieci w naszym mieście, teraz nie ma ich już wcale, z wyjątkiem garstki chłopców, którzy nie zgodzili się opuścić grodu i dla których znajdą się jakieś zadania. Między nimi został mój syn.

Na chwilę zaległo milczenie. Pippin z niepokojem spoglądał na wschód, jakby w obawie, że lada chwila ujrzy tysiączne bandy orków nacierające stamtąd na zielone pola.

– A co tam widać? – spytał, wskazując coś pośrodku wielkiego łuku Anduiny. – Drugi gród chyba?

– Był to niegdyś najwspanialszy gród Gondoru, a tu, gdzie się znajdujemy, znajdowała się jedynie jego twierdza – odparł Beregond. – Dziś po obu stronach Rzeki piętrzą się tylko ruiny Osgiliath, zdobytego i spalonego przez Nieprzyjaciela wiele lat temu. W czasach młodości Denethora odbiliśmy te ruiny, nie zamierzając zresztą wskrzeszać miasta; utrzymaliśmy tam jednak wysuniętą placówkę i odbudowaliśmy most, po którym nasze wojska mogły się przeprawiać. Ale potem z Minas Morgul wysłano Okrutnych Jeźdźców.

– Czarnych Jeźdźców? – rzekł Pippin, a jego oczy rozszerzyły się i pociemniały od rozbudzonej na nowo dawnej grozy.

– Tak – przyznał Beregond. – Widzę, że wiesz o nich coś niecoś, chociaż nic nie wspomniałeś o tym w swoich opowieściach.

– Wiem o nich różne rzeczy – odszepnął Pippin – ale nie chcę mówić tego tutaj, tak blisko... tak blisko... – Urwał, podniósł wzrok ku drugiemu brzegowi Rzeki i wydawało mu się, że nie widzi tam nic prócz ogromnego złowrogiego cienia. Może był to majaczący na widnokręgu łańcuch gór, których poszarpane szczyty z odległości przeszło dwudziestu staj rozpływały się niejako we mgle. Pippin jednak miał wrażenie, że mrok rośnie w jego oczach, gęstnieje powoli, wzbierając, by zalać słoneczną krainę.

– Tak blisko Mordoru? – spokojnie skończył za niego Beregond. – Tak, tam leży Mordor. Rzadko wymieniamy tę nazwę, lecz od dawna widzimy wciąż ten cień nad naszą granicą, niekiedy wydaje się bledszy i bardziej odległy, niekiedy przybliża się i ciemnieje. Teraz rośnie i zagęszcza się coraz bardziej, a wraz z nim rośnie nasz niepokój i strach. Niespełna rok temu Okrutni Jeźdźcy znów zawładnęli przeprawą przez Rzekę. Wielu naszych najdzielniejszych rycerzy poległo wówczas w boju. Wreszcie Boromir wyparł nieprzyjaciela z zachodniego brzegu i utrzymaliśmy po dziś dzień bliższą połowę Osgiliath. Na razie. Czeka nas bowiem lada chwila nowa bitwa na tym polu. Będzie to może najważniejsza bitwa wojny, która rozegra się wkrótce.

– Kiedy? – spytał Pippin. – Skąd wiecie? Widziałem tej nocy rozpalone wici i pędzących gońców. Gandalf wyjaśnił mi, że to są sygnały rozpoczętej już wojny. Spieszył tu, jakby każda chwila rozstrzygała o życiu lub śmierci. Dziś jednak nie widzę tu gorączkowego pośpiechu.

– Tylko dlatego, że wszystko już gotowe – rzekł Beregond. – Nabieramy tchu przed wielkim skokiem.

– Czemuż więc ogniska na wzgórzach płonęły tej nocy?

– Za późno wzywać pomoc, gdy już się jest osaczonym – odparł Beregond. – Nie znam jednak zamysłów władcy i jego wodzów. Mają oni różne sposoby zdobywania wieści. Nasz Denethor nie jest zwykłym człowiekiem, wzrok jego sięga daleko. Powiadają, że gdy nocą w swojej komnacie na wieży skupia myśli, to odgaduje przyszłość; czyta nawet w myślach Nieprzyjaciela, zmagając się z jego wolą. Dlatego właśnie postarzał się i wyniszczył przedwcześnie. Nie wiem, ile jest w tym prawdy, ale wiem, że dowódca mój, Faramir, przebywa daleko za Anduiną na niebezpiecznej wyprawie; może to on nadsyła Namiestnikowi nowiny.

Powiem ci jednak szczerze, Pippinie, czego się domyślam: wici kazano rozpalić z powodu wieści, jakie wczoraj z wieczora nadeszły z Lebennin. W pobliżu ujścia Anduiny zgromadziła się wielka flota, okręty korsarzy z Umbaru na południu. Od dawna rozbójnicy ci przestali bać się potęgi Gondoru i zawarli sojusz z Nieprzyjacielem, teraz zaś gotują się zadać nam cios, by wesprzeć jego sprawę. Napaść ich zwiąże znaczną część sił Lebennin i Belfalas, na których pomoc liczyliśmy, bo tamtejsze plemiona są liczne i dzielne. Z tym większym więc niepokojem zwracamy oczy na północ, ku Rohanowi, i tym bardziej raduje nas wieść o zwycięstwie, którą nam przynosicie.

A jednak... – Beregond urwał i wstał, by się rozejrzeć na trzy strony świata. – A jednak wydarzenia, które się rozegrały w Isengardzie, powinny nas przestrzec, że już się wokół zamyka wielka sieć, że zaczyna się wielka gra. To już nie utarczki na przeprawach rzecznych, nie wypady z Ithilien lub Anórien, nie zasadzki i rabunkowe najazdy. To wielka, z dawna zaplanowana wojna, w której my – cokolwiek by nam duma podszeptywała – jesteśmy tylko jednym z pionków. Zwiadowcy donoszą, że wszędzie wszczął się ruch: daleko na wschodzie za Morzem Wewnętrznym, na północy w Mrocznej Puszczy i poza nią, na południu w Haradzie. Wszystkie królestwa stoją wobec rozstrzygającej próby, oprą się lub runą, a wtedy wpadną pod władzę Ciemności.

Jednakże, mój Peregrinie, przypadł nam zaszczyt, że nas pierwszych i z największą siłą atakuje zawsze nienawiść Czarnego Władcy, nienawiść zrodzona w głębi wieków za głębiną Morza. Na ten kraj spadnie najcięższe uderzenie młota. Dlatego właśnie Mithrandir dążył tu z takim pośpiechem. Jeśli my się załamiemy, któż się ostoi? Czy dostrzegasz, Peregrinie, chociaż iskrę nadziei, że zdołamy się obronić?

Pippin nie odpowiedział. Patrzył na grube mury, na wieże i dumne proporce, na słońce stojące wysoko na niebie, a potem spojrzał na zbierający się u wschodu mrok i pomyślał o chciwych palcach Cienia, o bandach orków czających się w lasach i wśród gór, o zdradzie Isengardu, o szpiegujących ptakach, o Czarnych Jeźdźcach zapędzających się aż na ścieżki Shire'u – i o skrzydlatych posłańcach strachu, o Nazgûlach. Dreszcz go przejął, nadzieja przygasła w sercu. I w tym momencie słońce na chwilę zaćmiło się, jakby je zasłonił cień przelatującego czarnego skrzydła. Pippinowi wydało się, że słyszy niemal nieuchwytny dla ucha, daleki, z wysoka dolatujący krzyk, stłumiony, lecz mrożący krew w żyłach, okrutny i zimny. Pobladł i skulił się pod ścianą.

– Co to było? – spytał Beregond. – Czyś ty także coś wyczuł?

– Tak – szepnął Pippin. – To zwiastun naszej klęski, cień zguby, Okrutny Jeździec cwałujący w powietrzu.

– Tak, cień zguby – rzekł Beregond. – Boję się, że Minas Tirith padnie. Nadciąga noc. Mam wrażenie, jakby krew we mnie zastygła.

Czas jakiś siedzieli, spuściwszy głowy, bez słowa. Potem Pippin nagle podniósł wzrok: słońce świeciło znowu, flagi powiewały na wietrze. Otrząsnął się z przygnębienia.

– Przeleciał – rzekł. – Nie, nie straciłem jeszcze nadziei. Gandalf runął w przepaść, lecz powrócił i jest z nami. Ostoimy się, choćby na jednej tylko nodze, a w najgorszym razie przetrwamy na klęczkach.

– Dobrze mówisz! – zawołał Beregond; wstał i zaczął przechadzać się tam i sam. – Każda rzecz na świecie osiąga kres w swoim czasie, lecz Gondor nie zginie jeszcze teraz. Nawet jeśli zuchwały Nieprzyjaciel wedrze się na mury, ścieląc pod nimi zwały trupów. Mamy inne twierdze, są też tajemne drogi ucieczki w góry. Nadzieja i pamięć przetrwają w jakiejś ukrytej dolince, gdzie trawa zieleni się świeżością.

– Bądź co bądź, wolałbym, żeby już było po wszystkim, wóz albo przewóz – powiedział Pippin. – Nie jestem wojakiem, nie lubię myśleć o wojnie. Ale nie ma chyba nic gorszego niż oczekiwanie na bliską już bitwę, której nie sposób uniknąć. Jakże się dłuży ten dzień dzisiaj! Lżej byłoby mi na duszy, gdybyśmy nie musieli stać z założonymi rękoma, lecz zamiast czekać, uderzyli pierwsi. Jeśli się nie mylę, Rohan też by się nie ruszył, gdyby nie Gandalf.

– Otóż to, dotknąłeś naszego bolesnego miejsca – rzekł Beregond. – Może jednak wszystko się zmieni, gdy powróci Faramir. On ma odwagę, ma więcej odwagi, niż ludzie sądzą; w naszych bowiem czasach ludziom trudno uwierzyć, że taki mędrzec, uczony badacz starych ksiąg i pieśni, jak Faramir, może być zarazem nieugiętym żołnierzem i dowódcą zdolnym do szybkich, śmiałych decyzji w polu. Faramir jest takim wodzem. Mniej zuchwały i porywczy niż Boromir, dorównuje mu wszakże męstwem. Cóż jednak może zrobić? Nie sposób zaatakować gór tamtego... tamtego królestwa. Za krótkie mamy ramię, nie możemy uderzyć, póki Nieprzyjaciel nie stanie na naszej ziemi. Ale wówczas trzeba będzie mieć ciężką rękę.

– To mówiąc, Beregond położył dłoń na rękojeści miecza.

Pippin spojrzał na niego; był wysoki, dumny, szlachetny jak wszyscy ludzie spotykani w tym kraju; na myśl o bitwie oczy mu się iskrzyły.

„Niestety, moja ręka nie więcej waży niż piórko – pomyślał hobbit. – Jak to mówił Gandalf? Pionek? Może, ale ustawiony na niewłaściwym polu szachownicy".

Rozmawiali tak z sobą, póki słońce nie dosięgło zenitu i nie odezwały się nagle dzwony ogłaszające południe. Ruch powstał w grodzie, wszyscy bowiem z wyjątkiem wartowników spieszyli na obiad.

– Pójdziesz ze mną? – spytał Beregond. – Mógłbyś dzisiaj przyłączyć się do naszego stołu; nie wiem, w której kompanii masz służyć; kto wie, czy Namiestnik nie zatrzyma cię przy sobie do szczególnych poruczeń. Moi towarzysze z pewnością przyjmą cię mile. Warto też, byś poznał tu jak najwięcej ludzi, póki jeszcze mamy trochę wolnego czasu.

– Chętnie pójdę z tobą – odparł Pippin. – Prawdę rzekłszy, czuję się nieco osamotniony. Najbliższy mój przyjaciel został w Rohanie, nie mam z kim pogawędzić i pożartować. Czy nie mógłbym dostać się do twojej kompanii na służbę? Czy ty nią dowodzisz? W takim razie zechcesz mnie chyba przyjąć albo przynajmniej poprzeć moją prośbę?

– Nie, nie! – zaśmiał się Beregond. – Nie jestem dowódcą. Nie mam wysokiej rangi, nie piastuję żadnych urzędów ani godności, jestem prostym żołnierzem w Trzeciej Kompanii twierdzy. Ale wiedz, Peregrinie, że być prostym żołnierzem gwardii strzegącej tej wieży to nie lada zaszczyt w naszym grodzie, cały kraj patrzy na takich ludzi ze czcią.

– Trudno mi to wszystko pojąć – rzekł Pippin. – Zaprowadź mnie najpierw na naszą kwaterę, a jeśli nie zastaniemy tam Gandalfa, pójdę z tobą, gdzie zechcesz, i będę twoim gościem.

Nie zastali Gandalfa ani żadnych od niego poleceń, Pippin poszedł więc z Beregondem na obiad i zawarł znajomość z Trzecią Kompanią. Doznał tam przyjęcia, które pochlebiło nie tylko jemu, lecz również Beregondowi, wprowadzającemu tak pożądanego gościa. W grodzie bowiem rozeszły się już pogłoski o przyjacielu Mithrandira i o długiej rozmowie, jaką z nim Namiestnik odbył na osobności. Opowiadano w mieście, że książę niziołków przybył z północy, by ofiarować Gondorowi usługi i pięć tysięcy zbrojnych. Ktoś puścił nawet plotkę, że gdy nadjadą Rohirrimowie, każdy z nich na siodle przywiezie jednego niziołka, wprawdzie niskiego wzrostu, lecz dzielnego żołnierza.

Pippin, choć z żalem, musiał rozwiać te złudne nadzieje, lecz tytuł księcia przylgnął do niego na dobre; w pojęciu bowiem Gondorczyków musiał być co najmniej księciem, skoro przyjaźnił się z Boromirem i został z honorami potraktowany przez Denethora. Dziękowali mu więc za przybycie, chłonęli z zapartym tchem każde słowo jego opowiadań o nieznanych krajach, karmiąc przy tym gościa i pojąc go obficie. Jeśli mu czegoś do szczęścia brakowało, to tylko swobody, musiał bowiem pamiętać o doradzanej przez Gandalfa ostrożności i nie pozwalał sobie rozpuścić języka, jak by to chętnie zrobił w zaufanym hobbickim towarzystwie.

Wreszcie Beregond wstał.
– Czas się pożegnać, Peregrinie – rzekł. – Teraz bowiem kolej na mnie, a jak się zdaje, na całą kompanię również, objąć służbę aż do zachodu słońca. Jeśli dokucza ci samotność, może chciałbyś mieć wesołego przewodnika. Syn mój chętnie pokaże ci miasto. To dobry chłopiec. Jeśli spodoba ci się ta myśl, zejdź w najniższy krąg i spytaj o drogę do Starej Gospody przy Rath Celerdain, czyli ulicy Latarników. Zastaniesz tam mojego syna wraz z wszystkimi chłopcami, którzy nie opuścili miasta. Myślę, że ciekawych rzeczy napatrzysz się przy Wielkiej Bramie, zanim ją dzisiaj na noc zamkną.

Beregond wyszedł, a wkrótce rozeszła się też reszta kompanii. Dzień wciąż był pogodny, chociaż nieco mglisty i jak na tę porę roku niezwykle gorący, nawet w tym południowym kraju. Pippina trochę sen morzył, lecz w pustych pokojach czuł się nieswojo, postanowił zatem wyjść i zwiedzić miasto. Zaniósł Cienistogrzywemu parę zaoszczędzonych kąsków, które rumak przyjął wdzięcznie, chociaż na niczym mu w gościnie nie zbywało.

Opuściwszy stajnię, hobbit skierował się krętymi ulicami w dół. Ludzie pilnie mu się przyglądali. Kłaniali się z powagą, bardzo grzecznie, zwyczajem Gondoru pochylając głowy i krzyżując ręce na piersi, a za jego plecami wymieniali różne uwagi. Niejeden, stojąc na progu lub w oknie, przywoływał z wnętrza resztę domowników, by także zobaczyli księcia niziołków, przybyłego wraz z Mithrandirem. Większość ludzi używała tu języka różnego od Wspólnej Mowy, ale Pippin wkrótce oswoił się z nim przynajmniej na tyle, że odróżniał nadawany mu tytuł: *Ernil i Pheriannath*, przekonując się w ten sposób, że pogłoska o rzekomym jego dostojeństwie już obiegła miasto.

Idąc tak pod sklepionymi krużgankami przez piękne aleje i place, znalazł się w końcu w najniższym i największym kręgu grodu; wskazano mu ulicę Latarników, szeroką drogę wiodącą do Wielkiej Bramy, a przy niej Starą Gospodę, duży budynek z szarego kamienia, na którym czas odcisnął swoje piętno. Dwa skrzydła zwrócone bokiem do ulicy obejmowały z dwóch stron wąski trawnik, w głębi zaś błyszczał mnóstwem okien dom z wspartym na kolumnach podcieniem, ciągnącym się wzdłuż całej fasady, i schodami zbiegającymi wprost na murawę. Wśród kolumn bawili się chłopcy. Pippin dotychczas nie widział w Minas Tirith dzieci, z tym większą więc ciekawością przystanął, aby się im przyjrzeć.

W pewnej chwili jeden z chłopców zauważył go i z głośnym okrzykiem puścił się pędem przez trawnik ku ulicy. Inni pobiegli za przywódcą. Stanęli gromadą naprzeciw Pippina, mierząc go wzrokiem od stóp do głów.

– Witamy! – powiedział pierwszy chłopak. – Skąd przybywasz? Bo jesteś nietutejszy.

– Byłem nietutejszy – odparł Pippin – aż do dzisiaj, teraz jednak zostałem żołnierzem Gondoru.

– Patrzcie państwo! – zawołał chłopiec. – Wszyscy jesteśmy żołnierzami Gondoru. Ile masz lat i jak się nazywasz? Bo ja mam dziesięć lat i mało mi już brakuje wzrostu do pięciu stóp. Jestem wyższy od ciebie. Co prawda mój ojciec służy w gwardii i należy do najroślejszych w swojej kompanii. A co robi twój ojciec?

– Na które pytanie mam najpierw odpowiedzieć? – spytał Pippin. – Zacznę od końca. Ojciec mój gospodaruje nad Białym Źródłem, pod Tukonem, w Shire. Kończę lat dwadzieścia dziewięć, biję cię więc w tym punkcie. Mierzę natomiast tylko cztery stopy i nie spodziewam się już urosnąć, chyba wszerz.

– Dwadzieścia dziewięć! – gwizdnął z podziwu chłopiec. – Stary chłop! Jesteś w wieku mojego wuja Iorlasa. Mimo to – dodał dufnie – mógłbym postawić cię na głowie albo położyć na łopatki.

– Mógłbyś, gdybym ci pozwolił – odparł Pippin ze śmiechem. – Pewnie też ja mógłbym ci się odwzajemnić; znamy różne chwyty walki zapaśniczej w naszym kraiku. Wiedz też, że w mojej ojczyźnie uchodzę za wyjątkowo rosłego i silnego; nigdy jeszcze nikomu nie udało się postawić mnie na głowie. Jeślibyś ty chciał spróbować tej sztuki, gotów bym cię zabić, gdyby inne sposoby zawiodły. Jak będziesz starszy, przekonasz się, że nie trzeba nikogo sądzić z pozorów; wziąłeś mnie za obcego chłopca i niedojdę, za łatwą ofiarę, ale muszę cię ostrzec: mylisz się, jestem niziołkiem, silnym, odważnym i złym niziołkiem.

To mówiąc, Pippin zrobił tak srogą minę, że chłopiec cofnął się o krok, zaraz jednak znów podszedł bliżej z zaciśniętymi pięściami i wojowniczym błyskiem w oczach.

— Nie! — zaśmiał się Pippin. — Nie trzeba wierzyć we wszystko, co obcy opowiadają o sobie! Nie jestem wcale zabijaką! Ale byłoby grzeczniej, gdybyś, wzywając do walki, przedstawił się najpierw.

Chłopak wyprostował się dumnie.

— Jestem Bergil, syn Beregonda, żołnierza gwardii — oświadczył.

— Domyślałem się tego — rzekł Pippin — boś bardzo podobny do ojca. Znam go i właśnie on mnie tutaj do ciebie przysłał.

— Dlaczego od razu tego nie powiedziałeś? — odparł Bergil i nagle spochmurniał. — Chyba ojciec nie rozmyślił się i nie chce mnie wyprawić z miasta razem z dziewczętami? Nie, to niemożliwe, ostatnie wozy już odjechały.

— Polecenie, które przynoszę od ojca, nie jest aż tak przykre, chociaż może nie będzie ci miłe — rzekł Pippin. — Ojciec twój radzi, żebyś zamiast kłaść mnie na łopatki, oprowadził po mieście i pocieszył trochę w samotności. Odwdzięczę ci się opowieścią o różnych dalekich krajach.

Bergil klasnął w ręce i roześmiał się z ulgą.

— Świetnie! — wykrzyknął. — Zgoda! Zamierzaliśmy właśnie wybrać się pod Bramę i popatrzeć. Pójdziemy zaraz.

— A cóż tam dzieje się ciekawego?

— Spodziewamy się, że przed zachodem słońca nadciągną Południowym Gościńcem wodzowie z zaprzyjaźnionych ościennych krajów. Chodź z nami, zobaczysz.

Bergil okazał się miłym kompanem, najmilszym, jakim Pippina los obdarzył od rozłąki z Meriadokiem; wkrótce obaj śmiali się i gawędzili wesoło, idąc ulicami i nie zważając na zaciekawione spojrzenia, którymi ich obrzucano. Niebawem znaleźli się w tłumie ludzi dążących ku Wielkiej Bramie. Tu Pippin zyskał sobie szacunek Bergila, gdy bowiem przedstawił się i wymówił hasło, strażnicy zasalutowali i przepuścili go natychmiast, a co ważniejsze, pozwolili przejść również jego towarzyszowi.

– To się udało! – stwierdził Bergil. – Nas, chłopców, nie wypuszczają teraz za Bramę bez opieki dorosłego mężczyzny. Stąd będziemy widzieli lepiej.

Za Bramą wzdłuż drogi i wokół brukowanego placu, gdzie zbiegały się wszystkie drogi prowadzące do Minas Tirith, ludzie cisnęli się gęstym szpalerem. Wszystkie oczy zwrócone były w stronę południa i wkrótce rozległy się szepty:

– Tam, tam, już się podnosi tuman pyłu! Idą!

Pippin i Bergil przecisnęli się do pierwszego szeregu i czekali wraz z innymi. Z oddali dobiegł głos rogów, a zgiełk powitalnych okrzyków zbliżał się jak wzbierająca wichura. Potem trąbka zagrała przeciągle i krzyk rozległ się tuż koło ich uszu.

– Forlong! Forlong!

Słysząc te powtarzające się wołania, Pippin zapytał swego przewodnika:

– O czym oni mówią?

– Forlong przybył! – odparł Bergil. – Stary Forlong Gruby, władca Lossarnach, krainy, gdzie mieszkają moi dziadkowie. Hura! Forlong jedzie, zacny stary Forlong!

Pierwszy jechał na ogromnym, grubokościstym koniu barczysty, opasły mężczyzna, stary już, z siwą brodą, ale w kolczudze, w czarnym hełmie na głowie i z długą, ciężką włócznią u siodła. Za nim w obłoku pyłu maszerowali dumnie wojownicy dobrze uzbrojeni, z potężnymi wojennymi toporami w rękach; twarze mieli posępne, byli niższego wzrostu i smaglejszej cery niż ludzie, których Pippin dotychczas spotkał w Gondorze.

– Forlong! – krzyczał tłum. – Wierne serce, wierny przyjaciel! Forlong!

Kiedy jednak oddział przeszedł, odezwały się szepty:

– Tylko ta garstka! Cóż znaczą dwie setki toporników! Spodziewaliśmy się dziesięćkroć liczniejszych posiłków. Oto skutek wieści o gromadzeniu się korsarskiej floty opodal ujścia Anduiny. Nasi sojusznicy mogli nam użyczyć ledwie dziesiątej części swoich sił. No, trudno, każdy żołnierz się przyda.

Za tym pierwszym nadciągały inne oddziały; a wszystkie, pozdrawiane okrzykami, przekraczały Bramę. Ludzie z ościennych krajów szli bronić stolicy Gondoru w godzinie niebezpieczeństwa, lecz wszystkie kraje nadesłały posiłki mniej liczne, niż oczekiwano i niż wymagała ciężka potrzeba. Syn władcy doliny Ringlo, Dervorin, prowadził trzy setki pieszych. Z wyżyny Morthondu, z wielkiej Doliny Czarnego Korzenia, smukły Duinhir, z synami Duilinem i Derufinem, wiódł pięciuset łuczników. Z Anfalas, odległego Długiego Wybrzeża, przymaszerowali rozciągniętą kolumną myśliwcy, pasterze, ludzie z wiosek, lecz z wyjątkiem przybocznej straży ich władcy Golasgila nędznie odziani i uzbrojeni. Z Lamedonu przyszła garstka zawziętych górali, bez wodza. Z Ethiru ponad setka rybaków, tylu, ilu można było zwolnić ze służby na wojennych statkach. Hirluin Piękny z Pinnath Gelin, czyli Zielonych Gór, przywiódł trzystu dzielnych wojaków w zielonych mundurach. Ostatni zjawił się najdumniejszy z wodzów książę Dol Amrothu, Imrahil, krewny Namiestnika, pod złocistymi chorągwiami, na których błyszczały godła jego rodu: Okręt i Srebrny Łabędź, z pocztem rycerzy w pełnym uzbrojeniu, na siwych koniach; za nimi z pieśnią na ustach szło siedmiuset pieszych, a wszyscy wysokiego wzrostu jak ich książę, siwoocy i ciemnowłosi.

Na tym się skończyło, naliczono razem nie więcej niż trzy tysiące żołnierzy. Nie było już na co czekać. Gwar i tupot nóg przebrzmiał, oddalając się ku miastu, aż ucichł zupełnie. Tłum stał jeszcze chwilę w milczeniu. Kurz wisiał w powietrzu, bo wiatr ustał i wieczór był duszny. Zbliżała się godzina zamknięcia Bramy, czerwona tarcza słońca skryła się za górę Mindolluinę. Cień zapadł nad grodem. Pippin podniósł wzrok i wydało mu się, że niebo ma kolor popiołu, jakby ogromna chmura pyłu i dymu rozpostarła się w górze, przyćmiewając światło dzienne. Tylko na zachodzie gasnące słońce rozjarzyło opary płomienną czerwienią i Mindolluina rysowała się czarną bryłą na przydymionym, iskrzącym się jeszcze tu i ówdzie tle.

– Tak więc piękny dzień kończy się pożogą! – szepnął Pippin, zapominając o chłopcu, który stał przy nim.

– Dla mnie też źle się skończy, jeśli nie wrócę przed wieczornym dzwonieniem – odparł Bergil. – Chodźmy! Już trąbią na zamknięcie Bramy.

Trzymając się za ręce, wrócili do grodu i ostatni przekroczyli Bramę, zanim ją zamknięto, a gdy weszli na ulicę Latarników, odezwał się z wież uroczysty głos dzwonów. W oknach zabłysły światła, z domów i kwater żołnierskich rozmieszczonych pod murami rozległy się śpiewy.

– Na razie żegnaj – powiedział Bergil. – Pozdrów ode mnie ojca i podziękuj w moim imieniu za przysłanie tak miłego towarzysza. Mam nadzieję, że wkrótce znów mnie odwiedzisz. Niemal wolałbym, żeby nie doszło do wojny, bo moglibyśmy we dwóch bawić się wspaniale. Pojechalibyśmy na przykład do Lossarnach, do moich dziadków; pięknie tam wiosną, kiedy w lasach i na łąkach jest pełno kwiatów. Ale kto wie, może kiedyś znajdziemy się tam razem. Nikt przecież nie pokona naszego władcy, a mój ojciec jest bardzo dobrym żołnierzem. Żegnaj i do zobaczenia!

Rozstali się i Pippin pospieszył do twierdzy. Droga wydała mu się długa, bo był zgrzany i bardzo głodny. Noc zapadała szybko. Ani jedna gwiazda nie wypłynęła na niebo. Hobbit spóźnił się na wspólną wieczerzę, lecz Beregond powitał go z radością, zrobił mu miejsce przy stole obok siebie i wypytywał o syna. Po wieczerzy Pippin gawędził chwilę z kompanią, lecz pożegnał ją dość prędko, ponieważ ogarnął go dziwny niepokój i pragnął co rychlej spotkać się znów z Gandalfem.

– Czy trafisz sam do swojej kwatery? – spytał Beregond, zatrzymując się na progu małej sali pod północną ścianą twierdzy, gdzie spędzili wieczór. – Noc ciemna dzisiaj, tym ciemniejsza, że nakazano przyćmić światła w mieście, a nie zapalać ich w ogóle po zewnętrznej stronie murów. Mam też dla ciebie inną nowinę: jutro wczesnym rankiem zostaniesz wezwany do Denethora. Obawiam się, że Namiestnik nie przydzieli cię do Trzeciej Kompanii. Mimo to spotkamy się chyba jeszcze. Do widzenia, śpij spokojnie!

Na kwaterze panowały ciemności, ledwie rozproszone światłem stojącej na stole małej latarni. Gandalfa nie było. Pippin czuł się coraz bardziej przygnębiony. Wspiął się na ławkę i usiłował wyjrzeć przez okno, lecz miał wrażenie, że patrzy w kałużę atramentu. Zlazł więc, zamknął okiennice i położył się do łóżka. Czas jakiś nasłuchiwał, tęskniąc do powrotu Gandalfa, potem zapadł w niespokojny sen.

W nocy obudziło go światło. Przez szparę w kotarze osłaniającej alkowę zobaczył Gandalfa przechadzającego się tam i sam po pokoju. Na stole płonęły świece i leżały zwoje pergaminu. Czarodziej westchnął i szepnął:

– Kiedyż wreszcie powróci Faramir!

– Hej, Gandalfie! – zawołał Pippin, wytykając głowę za kotarę. – Myślałem, żeś o mnie całkiem zapomniał. Cieszę się, że cię w końcu widzę. Dzień bez ciebie dłużył mi się bardzo.

– Noc za to będzie krótka – odparł Gandalf. – Wróciłem, bo muszę namyślić się w spokoju i samotności. Śpij, póki możesz wylegiwać się w łóżku. O świcie zaprowadzę cię znowu do Denethora. A raczej nie o świcie, lecz kiedy przyjdzie wezwanie. Zapadły już Ciemności. Nie będzie świtu.

Rozdział 2

Szara Drużyna

Gandalf odjechał, a tętent kopyt Cienistogrzywego ucichł wśród nocy, gdy Merry wrócił do Aragorna. Niósł tylko lekkie zawiniątko, stracił bowiem worek podróżny w Parth Galen i nie miał nic, prócz kilku najniezbędniejszych rzeczy pozbieranych wśród ruin Isengardu.

Hasufel już czekał osiodłany. Legolas i Gimli stali obok ze swoim wierzchowcem.

– A więc zostało nas czterech – rzekł Aragorn. – Pojedziemy dalej razem. Nie sami wszakże, jak przedtem myślałem. Król chce wyruszyć, nie zwlekając. Gdy przeleciał nad nami Skrzydlaty Cień, Théoden zmienił plany i postanowił wracać pod osłoną nocy do swoich górskich gniazd.

– A z nich dokąd? – spytał Legolas.

– Tego nie wiem jeszcze – odparł Aragorn. – Król podąży do Edoras, tam bowiem za cztery dni ma się odbyć na jego rozkaz wielki przegląd sił. Myślę, że skoro nadejdą wieści o wojnie, Jeźdźcy Rohanu ruszą na pomoc do Minas Tirith. Jeśli o mnie chodzi i o tych, którzy zechcą dalej trzymać się ze mną...

– Ja pierwszy! – krzyknął Legolas.

– A Gimli drugi! – zawołał krasnolud.

– Otóż jeśli chodzi o mnie, nic jeszcze nie wiem – ciągnął dalej Aragorn. – Muszę także spieszyć do Minas Tirith, lecz nie widzę przed sobą drogi. Zbliża się z dawna dojrzewająca godzina.

– Weźcie i mnie – odezwał się Merry. – Nie na wiele się przydałem do tej pory, ale nie chcę być odstawiony w kąt niby tobołek, który odbiera się z przechowalni dopiero wtedy, gdy już jest po wszystkim.

Rohirrimowie pewnie teraz nie mieliby ochoty taszczyć mnie ze sobą. Co prawda król wspominał, że gdy wróci do domu, pragnie mnie mieć u swego boku, żebym mu opowiedział o naszym Shire.

– Tak – rzekł Aragorn. – Myślę, że twoja droga wiedzie u boku króla. Nie spodziewaj się jednak u jej celu samych radości. Dużo wody upłynie, zanim Théoden znów zasiądzie spokojnie w Meduseld. Wiele nadziei zwarzy ta sroga wiosna.

Wkrótce byli gotowi wszyscy; dwadzieścia cztery konie, a na jednym z nich Gimli siedział za Legolasem, na drugim – Merry przed Aragornem w siodle. Pomknęli wśród nocy. Nie ujechali wszakże daleko za bród na Isenie, gdy jeździec zamykający pochód dopadł galopem pierwszego szeregu i zameldował królowi:

– Miłościwy panie, jacyś jeźdźcy gonią nas. Już podczas przeprawy przez rzekę wydawało mi się, że ich słyszę. Teraz jestem pewny. Dopędzają nas, jadą ostro.

Théoden natychmiast wstrzymał pochód. Rohirrimowie zawrócili końmi i chwycili za włócznie. Aragorn zeskoczył z siodła, zsadził Meriadoka na ziemię i dobywszy miecza, stanął tuż przy królewskim strzemieniu. Éomer ze swoim giermkiem cwałem wrócił do tylnej straży. Merry czuł się bardziej niż kiedykolwiek niepotrzebnym tobołkiem i zastanawiał się gorączkowo, jak się powinien zachować w razie bitwy. Cóż by się z nim stało, gdyby nieliczna królewska eskorta uległa nieprzyjacielskiej przewadze, on zaś zdołałby umknąć w ciemnościach? Jak poradziłby sobie sam na pustkowiach Rohanu, nie mając pojęcia, gdzie się znajduje wśród bezbrzeżnych stepów?

„Źle ze mną" – pomyślał. Wyciągnął mieczyk i zacisnął pasa. Na chwilę chmura przesłoniła zniżający się już księżyc, który teraz wypłynął i zaświecił jasno. Wszyscy już słyszeli narastający grzmot końskich kopyt, a w tym momencie ujrzeli pędzące ścieżką od strony brodu ciemne postacie. Ostrza włóczni połyskiwały w księżycowym blasku. Liczbę napastników trudno było ustalić, zdawało się jednak, że jest ich co najmniej tylu, ilu obrońców ma król w swojej świcie. Gdy zbliżyli się na pięćdziesiąt kroków, Éomer krzyknął gromkim głosem:

– Stój! Stój! Kto jedzie przez pola Rohanu?

Tamci osadzili wierzchowce w miejscu. Zapadła cisza, a potem Rohirrimowie w świetle księżyca dostrzegli, że jeden z jeźdźców zeskakuje z konia i wolno podchodzi ku nim. Wyciągnął białą w mroku rękę, otwartą dłonią do góry, na znak pokojowych zamiarów, lecz ludzie królewscy nie podnieśli włóczni. Nieznajomy zatrzymał się o dziesięć kroków przed nimi. Widzieli smukłą, wyprostowaną sylwetkę. Potem usłyszeli dźwięczny głos:

– Pola Rohanu? Pola Rohanu, powiadasz? Dobra to dla nas nowina. Z daleka jedziemy i pilno nam właśnie do tego kraju.

– To jest Rohan – odpowiedział Éomer. – Weszliście w jego granice, gdy przeprawiliście się brodem przez rzekę. Ale to jest ziemia króla Théodena. Nikt nie śmie jej deptać bez królewskiego zezwolenia. Coście za jedni? Dlaczego tak spieszycie?

– Jestem Halbarad Dúnadan, Strażnik Północy! – krzyknął tamten. – Szukamy Aragorna, syna Arathorna, a doszły nas wieści, że przebywa w Rohanie.

– Znaleźliście go! – zawołał Aragorn. Rzucił uzdę Meriadokowi, podbiegł do Halbarada i padł mu w ramiona.

– Halbarad! Wszystkiego raczej się spodziewałem niż tej radości!

Merry odetchnął. Obawiał się, że to ostatni podstęp Sarumana, by zaskoczyć króla w szczerym polu, z garstką ledwie ludzi u boku; przyszłoby wtedy hobbitowi pewnie polec w obronie majestatu, ale, jak się okazało, jeszcze ta godzina nie wybiła. Wsunął więc mieczyk do pochwy.

– Wszystko w porządku – oznajmił Aragorn, powracając do orszaku. – To moi pobratymcy z dalekiego kraju, gdzie dotąd mieszkałem. Ale dlaczego tu przybywają i w jakiej sile, powie nam sam Halbarad.

– Wybrało się ze mną trzydziestu – rzekł Halbarad. – Tylu, ilu z naszego ludu dało się skrzyknąć naprędce; ale przyłączyli się potem bracia Elladan i Elrohil, pragnąc wziąć udział w wojnie. Spieszyliśmy co tchu i ruszyliśmy natychmiast po otrzymaniu twojego wezwania.

– Ależ ja was nie wzywałem! – rzekł Aragorn. – Chyba tylko w głębi serca. Myśli moje często zwracały się ku wam, a już najbardziej uporczywie tej ostatniej nocy, nie wysłałem jednak do was gońca. Nie pora wszakże o tym rozprawiać. Spotkaliście nas w podróży, pilnej i niebezpiecznej. Jedźcie razem z nami, jeśli król zezwoli.

Théoden przyjął propozycję z radością.

– Dobrze się stało – rzekł. – Jeśli twoi krewniacy podobni są do ciebie, Aragornie, trzydziestu takich rycerzy to potęga, której nie da się ocenić wedle pogłowia.

Ruszono więc w dalszą drogę razem; Aragorn czas jakiś jechał wśród Dúnedainów, a gdy już wymienili najważniejsze wiadomości z północy i południa, Elrohir odezwał się do niego:
– Ojciec kazał ci powtórzyć te słowa: „Dni są policzone. Jeśli się spieszysz, pamiętaj o Ścieżce Umarłych".
– Zawsze dni zdawały mi się za krótkie, by wypełnić moje zadanie – odparł Aragorn. – Bardzo jednak musiałbym się spieszyć, żeby wybrać tę ścieżkę.
– Wkrótce rzecz się wyjaśni – powiedział Elrohir. – Teraz, w otwartym polu, nie mówmy lepiej o tym.
Aragorn zwrócił się do Halbarada:
– Co to wieziesz z sobą, krewniaku? – spytał, widząc, że Strażnik zamiast włóczni ma długie drzewce, jak gdyby chorągiew, lecz zwiniętą i szczelnie okrytą czarnym suknem, mocno ściągniętym rzemieniami.
– Wiozę podarek dla ciebie od Pani z Rivendell – odparł Halbarad. – Przygotowała go w tajemnicy i wiele godzin pracowała nad nim. Przesyła ci również te słowa: „Dni są już policzone. Zbliża się spełnienie naszej nadziei lub kres wszelkiej nadziei świata. Dlatego ślę ci ten dar, robotę własnych mych rąk. Bądź zdrów, Kamieniu Elfów!".
– Wiem, co to jest – rzekł Aragorn – ale proszę cię, zatrzymaj ten dar przez krótki czas przy sobie.
Odwrócił się i spojrzał w stronę północy, gdzie świeciły wielkie gwiazdy, a potem zamyślił się i od tej chwili milczał aż do końca nocnej jazdy.

Noc przemijała, niebo szarzało na wschodzie, gdy wreszcie wyjechali z Zielonej Roztoki i znaleźli się znów w Rogatym Grodzie. Tu mieli wytchnąć, przespać się trochę i naradzić.
Merry spał długo, aż w końcu Legolas i Gimli obudzili go.
– Słońce już wysoko – rzekł elf. – Wszyscy dawno są na nogach. Wstawaj, leniuchu, nie trać okazji i obejrzyj warownię.
– Przed trzema dniami toczyła się tu bitwa – powiedział Gimli – a my z Legolasem stanęliśmy do zawodów; wygrałem, chociaż

miałem tylko o jednego orka więcej na swoim rachunku. Chodź, opowiemy ci, jak to było. A jakie tu są groty, jakie cudowne groty! Czy moglibyśmy je zwiedzić, jak myślisz, Legolasie?

– Nie, na to nie ma czasu – odparł elf. – W pośpiechu nie docenia się cudów. Dałem ci słowo, że kiedyś tutaj wrócę z tobą, jeśli nastaną dni pokoju i wolności. Teraz jednak południe już blisko, a w południe zjemy obiad i zaraz potem ruszymy, jak słyszałem, dalej.

Merry wstał, ziewając. Kilka godzin snu nie zadowoliło go wcale, był zmęczony i trochę niespokojny. Brakowało mu Pippina, czuł się piątym kołem u wozu, podczas gdy wszystkich towarzyszy zaprzątały plany doniosłego przedsięwzięcia, którego celu i wagi hobbit nie pojmował.

– Gdzie jest Aragorn? – spytał.

– W górnej komnacie Wieży – odparł Legolas. – O ile mi wiadomo, nie spał ani nie odpoczywał wcale. Poszedł na górę przed paru godzinami, mówiąc, że musi zebrać myśli; tylko jego krewniak Halbarad dotrzymuje mu towarzystwa. Czuję, że nękają go jakieś wątpliwości czy może troski!

– Dziwni ludzie ci jego pobratymcy – powiedział Legolas. – Postawę mają tak wspaniałą, że Jeźdźcy Rohanu wyglądają przy nich niemal na młodzieniaszków, a twarze surowe, zniszczone niby skała od wichrów i słoty, podobnie jak Aragorn, i przeważnie milczą.

– Ale podobnie jak Aragorn, jeśli się odzywają, mówią bardzo dwornie – rzekł Legolas. – Czy zwróciłeś uwagę na braci Elladana i Elrohira? Ci noszą jaśniejsze płaszcze, a piękni są i pogodni jak książęta elfów. Nic w tym zresztą dziwnego, to przecież synowie Elronda z Rivendell.

– Dlaczego oni także przybyli tutaj? Może wiesz, Legolasie? – spytał Merry. Był już ubrany i zarzucił na ramiona swój szary płaszcz. Wszyscy trzej poszli w stronę rozwalonej bramy grodu.

– Słyszałeś, że stawili się na wezwanie – rzekł Gimli. – Powiadają, że w Rivendell otrzymano wiadomość: „Aragorn potrzebuje wsparcia swych pobratymców. Niech Dúnedainowie pospieszą do Rohanu". Skąd jednak ta wieść nadeszła, nie wiadomo na pewno. Ja myślę, że przysłał ją Gandalf.

– Nie, raczej Galadriela – powiedział Legolas. – Czyż nie zapowiadała przez usta Gandalfa przybycia Szarej Drużyny z Północy?

– Masz słuszność – przyznał Gimli. – Piękna Pani ze Złotego Lasu! Galadriela umie czytać w sercach i zgaduje ich pragnienia. Szkoda, że my też nie wezwaliśmy tajemnie naszych współplemieńców, Legolasie!

Legolas stał przed bramą i wpatrywał się bystrymi oczami w dal, na północ i na wschód; piękną twarz powlókł mu teraz cień smutku.
– Myślę, że nie przyszliby i tak – odparł. – Po cóż mieliby spieszyć na spotkanie wojny, skoro wojna już wkracza w ich własne granice.

Długą chwilę rozmawiali, przechadzając się, o różnych momentach pamiętnej bitwy, a potem zeszli spod rozbitej bramy i minąwszy usypane wzdłuż drogi mogiły poległych, wspięli się na Helmowy Szaniec i spojrzeli z góry na Zieloną Roztokę. Kopiec Śmierci już wznosił się pośród równiny, czarny, ogromny, kamienisty, a wokół trawa sczerniała, stratowana ciężkimi stopami Huornów.

Dunlendingowie i inni ludzie pracowali, naprawiając zburzone wały, usuwając szkody na polach i w zewnętrznych murach obronnych. Mimo tej krzątaniny dziwny spokój panował w okolicy, jakby zmęczona dolina odpoczywała po strasznej burzy. Trzej przyjaciele wkrótce musieli wracać na obiad do sali zamkowej.

Król już tam był, a gdy weszli, zawołał Meriadoka i wyznaczył mu miejsce obok siebie.

– Inaczej to sobie planowałem – rzekł – bo nie jest tutaj tak pięknie, jak w moim pałacu w Edoras, a przy tym brakuje twego przyjaciela, którego pragnąłbym również mieć przy sobie. Ale nieprędko pewnie będziemy mogli zasiąść razem za stołem w Meduseld. Nawet gdy tam wrócę, nie pora będzie na uczty. Tymczasem więc tutaj jedzmy, pijmy i rozmawiajmy, póki czas pozwala. Potem zaś pojedziesz ze mną.

– Doprawdy? – wykrzyknął Merry, zaskoczony i uradowany. – To wspaniale! – Nigdy chyba nie był równie wdzięczny za łaskawe słowo. – Obawiam się, że tylko zawadzam w tej wyprawie – wyjąkał – ale chciałbym się przydać i gotów bym wszystko zrobić, wszystko!

– Nie wątpię – rzekł król. – Kazałem przygotować dla ciebie dzielnego górskiego kucyka. Nie da się on prześcignąć dużym koniom na drogach, które nas czekają. Pojadę bowiem stąd górskimi ścieżkami, nie zaś przez równinę, tak że po drodze do Edoras zawadzimy o Dunharrow, gdzie czeka na mnie Éowina. Jeśli chcesz, będziesz moim giermkiem. Czy znajdzie się w tutejszej warowni zbroja stosowna dla mojego przybocznego giermka, Éomerze?

– Zbrojownia tu skromna – odparł Éomer – ale może się dobierze lekki hełm; zbroi ani miecza nie mamy na jego miarę.

– Miecz mam – oświadczył Merry, zsuwając się ze stołka i dobywając z czarnej pochwy małe błyszczące ostrze. W nagłym porywie czułości do dostojnego starca przyklękł na jedno kolano i ucałował królewską rękę. – Królu Théodenie! – zawołał. – Czy pozwolisz, bym na twych kolanach złożył miecz Meriadoka z Shire'u? Czy przyjmiesz moje usługi?

– Szczerym sercem przyjmuję – odparł król i kładąc długie, starcze dłonie na ciemnej czuprynie hobbita, pobłogosławił go uroczyście. – Wstań, Meriadoku, rycerzu Rohanu, domowniku królewskiego dworu w Meduseld! – rzekł. – Weź swój miecz i niech ci służy szczęśliwie i sławnie.

– Będziesz mi ojcem, miłościwy królu – powiedział Meriadok.

– Przez krótki już tylko czas – odparł Théoden.

Tak rozmawiali przy stole, aż wreszcie Éomer powiedział:
– Królu, zbliża się godzina, którą wyznaczyłeś. Czy mam rozkazać, by zagrały rogi? Gdzie się podziewa Aragorn? Miejsce jego jest puste, nie jadł nic.

– Przygotujmy się do odjazdu – odrzekł Théoden – ale uprzedźcie zaraz Aragorna, że wkrótce pora wyruszać.

Król ze swą świtą i z Meriadokiem u boku zszedł spod bramy grodu na błonia, gdzie gromadzili się jeźdźcy. Wielu już siedziało na koniach. Zastęp był liczny, bo król zostawiał w grodzie tylko niezbędną, szczupłą załogę, wszyscy inni ciągnęli do Edoras na wielki przegląd sił zbrojnych. Tysiąc włóczników odmaszerowało już nocą, lecz około pięciuset miało towarzyszyć królowi; w większości byli to ludzie z pól i dolin Zachodniej Bruzdy.

Strażnicy trzymali się nieco na uboczu, w porządnym szyku, milczący, uzbrojeni we włócznie, łuki i miecze. Ubrani byli w ciemnoszare płaszcze, z kapturami naciągniętymi na hełmy. Konie, mocne i szlachetnej krwi, sierść jednak miały szorstką i niewypielęgnowaną; jeden z pustym siodłem czekał na jeźdźca – wierzchowiec Aragorna, Roheryn, którego strażnicy przywiedli z północy. W rynsztunku ludzi ani też w rzędach końskich nie lśniły drogie kamienie, złoto czy inne ozdoby; Dúnedainowie nie mieli godeł ani odznak, z wyjątkiem srebrnej klamry w kształcie promienistej gwiazdy, spinającej płaszcz na lewym ramieniu.

Król dosiadł Śnieżnogrzywego, a Merry wskoczył na grzbiet kucyka, który się zwał Stybba. W tej samej chwili od strony bramy ukazał się Éomer, a za nim Aragorn i Halbarad, z długim drzewcem omotanym czarną płachtą w ręku, oraz dwaj wysmukli rycerze, którzy zdawali się ani starzy, ani młodzi. Synowie Elronda tak byli do siebie podobni, że mało kto ich odróżniał; obaj mieli ciemne włosy, siwe oczy i piękne rysy elfów, ubrani zaś byli jednakowo, w lśniące kolczugi pod srebrzystoszarymi płaszczami. Za nimi szli Legolas i Gimli. Merry jednak nie mógł oczu oderwać od Aragorna, zdumiewając się zmianą, jaka w nim zaszła, jak gdyby w ciągu jednej nocy przybyło mu wiele lat. Twarz miał posępną, zszarzałą i znużoną.

– Dręczy mnie rozterka, królu – rzekł, przystając obok królewskiego wierzchowca. – Otrzymałem dziwną radę i widzę przed sobą nowe niebezpieczeństwa. Długo biłem się z myślami i muszę niestety zmienić poprzednie plany. Powiedz mi, królu Théodenie, jak długo potrwa marsz stąd do Dunharrow?

– Od południa upłynęła już godzina – odpowiedział za króla Éomer. – Dojedziemy do warowni przed wieczorem trzeciego dnia. Będzie wtedy pierwsza noc po pełni księżyca, a następnego dnia zbiorą się wezwane przez króla do Edoras wojska. Nic się w tym planie przyspieszyć nie da, jeśli mamy zgromadzić wszystkie siły Rohanu.

Aragorn chwilę milczał.

– Trzy dni – szepnął wreszcie – zanim się rozpocznie przegląd sił. Rozumiem jednak, że nie można tych terminów skrócić. – Podniósł wzrok i łatwo było zgadnąć, że powziął jakąś decyzję, bo twarz mu się rozjaśniła. – Wobec tego, za twoim, królu, pozwoleniem, muszę wytyczyć sobie i swoim pobratymcom inne plany. Pojedziemy własną drogą i już nie będziemy się dłużej kryli. Skończył się dla mnie czas działania w ukryciu. Pospieszę na wschód najkrótszą drogą, Ścieżką Umarłych.

– Ścieżką Umarłych! – powtórzył Théoden i zadrżał. – Dlaczego o niej wspominasz? – Éomer odwrócił się i spojrzał Aragornowi w oczy; Merry miał wrażenie, że twarze stojących w pobliżu rycerzy, którzy dosłyszeli te słowa, pobladły nagle. – Jeśli rzeczywiście istnieje ta ścieżka – ciągnął Théoden – jej brama jest w Dunharrow, ale nikt z żyjących tą drogą nie przejedzie.

– Niestety, Aragornie, przyjacielu, miałem nadzieję, że ramię przy ramieniu wyruszymy na wojnę – odezwał się Éomer – lecz skoro wybrałeś Ścieżkę Umarłych, musimy się rozstać i mało jest prawdopodobne, byśmy kiedykolwiek znów się spotkali na słonecznym świecie.

– Mimo to poszukam tej drogi – odparł Aragorn. – Lecz nie wątpię, że w boju znajdziemy się, Éomerze, znów razem, choćby cała potęga Mordoru stanęła między nami.

– Zrób wedle swojej woli, Aragornie – powiedział Théoden. – Może twój los każe ci właśnie obierać ścieżki, na które inni nie ważą się wstąpić. Rozłąka z tobą zasmuca mnie i uszczupla moje siły. Teraz jednak pora ruszać górskimi drogami, nie ma czasu do stracenia. Bądź zdrów, Aragornie.

– Bądź zdrów, królu Théodenie. Jedź po nową sławę. Bądź zdrów, Merry. Zostawiam cię w dobrych rękach, nie mogłem spodziewać się dla ciebie tak pomyślnej odmiany, gdy ścigaliśmy bandę orków aż pod las Fangorn. Legolas i Gimli będą nadal wędrować ze mną, ale nie zapomnimy o tobie.

– Do widzenia! – powiedział Merry. Nie mógł wykrztusić nic więcej. Czuł się bardzo mały, wszystkie te posępne słowa brzmiały dla niego zagadkowo i przygnębiały go. Bardziej niż kiedykolwiek tęsknił za niewyczerpanym humorem wesołego Pippina. Jeźdźcy byli już gotowi, konie zniecierpliwione tańczyły w miejscu. Hobbit także już czekał niecierpliwie, żeby wreszcie skończyła się scena pożegnania.

Z kolei Théoden dał rozkaz Éomerowi; ten podniósł rękę i krzyknął głośno. Oddział ruszył. Wyjechali jarem i dalej przez Zieloną Roztokę, a potem skręcili ostro ku wschodowi na ścieżkę, która na odcinku mniej więcej mili biegła wzdłuż podnóży górskiego łańcucha, następnie zaś zataczała łuk ku południowi i znikała wśród gór. Aragorn z szańca patrzył za oddalającym się królewskim pocztem. Kiedy oddział zginął mu z oczu, zwrócił się do Halbarada.

– Pożegnałem trzech przyjaciół, których wszystkich kocham, a najmniejszego z nich nie mniej niż wielkich – rzekł. – Nie wie on, ku jakiemu losowi podąża, lecz gdyby wiedział, nie cofnąłby się na pewno.

– Ludek z Shire'u jest mały wzrostem, ale wielkie ma zalety – powiedział Halbarad. – Nic prawie nie wie o długich latach naszych trudów na straży jego granic, nie żal mi jednak, że się dla niego trudziłem.

– Losy nasze są teraz związane – odparł Aragorn – a mimo to trzeba się było dzisiaj rozstać. Teraz muszę coś zjeść naprędce i nie zwlekając, ruszymy także. Chodź, Legolasie. Chodź, Gimli. Chcę z wami porozmawiać.

Razem wrócili do fortecy, lecz przy stole Aragorn długo milczał, a dwaj przyjaciele nie odzywali się, czekając, by przemówił pierwszy. W końcu Legolas przerwał milczenie.

– Mów! – powiedział do Aragorna. – Zrzuć z serca, co na nim ciąży, otrząśnij się ze smutku. Co się stało przez tych kilka godzin, które upłynęły od szarego brzasku, gdy wróciliśmy do tej posępnej twierdzy?

– Stoczyłem walkę cięższą dla mnie niż wielka bitwa o Rogaty Gród – odparł Aragorn. – Zajrzałem w kryształ Orthanku.

– Zajrzałeś w ten przeklęty zaczarowany kryształ! – krzyknął Gimli z trwogą i zdumieniem. – Czy to znaczy, że widziałeś... Jego? Nawet Gandalf bał się tego spotkania.

– Zapominasz, z kim mówisz – surowo odparł Aragorn i oczy mu rozbłysły. – Czyż u bram Edoras nie rozgłosiłem przysługującego mi tytułu? Nie, mój Gimli – ciągnął łagodniejszym już tonem; twarz mu się rozpogodziła, lecz wyglądał jak ktoś, kto wiele nocy spędził bezsennie na ciężkiej pracy. – Nie, moi przyjaciele, jestem prawowitym panem tego kryształu, mam zarówno prawo, jak i siłę, by go użyć. Tak przynajmniej sądziłem. Co do prawa, nie można go podać w wątpliwość. Ale siły zaledwie starczyło na tę próbę.

Odetchnął głęboko.

– Była to straszna walka i zmęczenie po niej jeszcze nie minęło. Nie odezwałem się do Tamtego ani słowem i w końcu zmusiłem kryształ do posłuszeństwa mojej woli. Już to samo będzie dla Nieprzyjaciela przykrą porażką. Poza tym – zobaczył mnie. Tak, Gimli, zobaczył mnie, ale w innej postaci, niż ty mnie widzisz w tej chwili. Jeśli to wyjdzie mu na pożytek, zrobiłem błąd. Myślę jednak, że nie. Wiadomość, że żyję dotychczas i chodzę po ziemi, jest dla niego bolesnym ciosem. Nie wiedział bowiem o tym do dziś. Nie zapomniał wszakże Isildura i miecza Elendila. Teraz, w rozstrzygającej godzinie, gdy przystępuje do urzeczywistnienia wielkiego planu, ukazał mu się spadkobierca Isildura i jego miecz; pokazałem mu bowiem ostrze przekute na nowo do walki z nim. Nie jest tak potężny, by nie znał już lęku; nie, jego także nękają wątpliwości.

– Ale włada potężnym państwem – rzekł Gimli – i teraz pewnie tym szybciej uderzy.

– Pospieszne ciosy zwykle chybiają celu – odparł Aragorn. – Musimy naciskać wroga, już nie pora czekać biernie na jego pierwszy ruch. Wiedzcie też, przyjaciele, że patrząc w kryształ, dowiedziałem się wielu rzeczy. Dostrzegłem poważne niebezpieczeństwo grożące Gondorowi z nieoczekiwanej strony, od południa; dzieje się tam coś, co odciągnie znaczną część sił od obrony Minas Tirith. Jeżeli nie zażegnamy tej groźby, lękam się, że gród upadnie, zanim upłynie dziesięć dni.

– A więc musi upaść – powiedział Gimli. – Jakiej bowiem pomocy możemy mu udzielić z takiej odległości? Jak moglibyśmy zdążyć na czas?

– Nie mogę wysłać posiłków, a więc muszę iść sam – odparł Aragorn. – Jest tylko jedna droga przez góry, która zaprowadzi nas do nadbrzeżnych krain, zanim los Minas Tirith będzie przesądzony: Ścieżka Umarłych.

– Ścieżka Umarłych – powtórzył Gimli. – Okropna nazwa. Zauważyłem też, że Rohirrimowie bardzo jej nie lubią. Czy żywi mogą użyć tej drogi i nie zginąć na niej? A nawet jeśli przejdziemy, cóż znaczy nas trzech przeciw potędze Mordoru?

– Nikt z żywych nie zapuszczał się na tę ścieżkę, odkąd Rohirrimowie osiedli w tym kraju – powiedział Aragorn. – Jest bowiem dla nich zamknięta. Lecz w czarnej godzinie spadkobierca Isildura może jej użyć, jeśli mu starczy odwagi. Słuchajcie. Oto, jaką radę przynieśli mi synowie Elronda z Rivendell od swego ojca, najznakomitszego mędrca, uczonego w księgach dziejów: „Niech Aragorn pamięta o słowach wróżby i o Ścieżce Umarłych".

– Jak brzmią słowa wróżby? – spytał Legolas.

– Wieszczek Malbeth za czasów Arvedui, ostatniego króla na Fornoście, przepowiedział tak:

Nad krajem wielki zaległ Cień,
Na zachód czarnym skrzydłem sięga,
Drżą mury wieży; ku monarchów grobom
Nadciąga zguba. Budzą się umarli.
Bije godzina dla wiarołomców,
Aby stanęli znów u Głazu Erech,
Gdzie im głos rogu echo gór przyniesie.
Czyj to róg zagra? Kto rzuci wyzwanie
I lud z pomroki wskrzesi zapomniany?
Potomek tego, któremu przysięgli.
Z północy przyjdzie w wyrocznej godzinie,
I drzwi przekroczy na Ścieżce Umarłych.[1]

– Tajemnicza ścieżka, ale dla mnie również tajemnicze są te wiersze – rzekł Gimli.

– Jeżeli je mimo to trochę rozumiesz, proszę cię, chodź ze mną tą ścieżką, którą obrałem – powiedział Aragorn. – Nie wstępuję na nią chętnie, zmusza mnie do tego konieczność. Ty jednak, jeżeli pójdziesz, musisz to zrobić z własnej wolnej woli, inaczej nie zgodzę się wziąć cię ze sobą; wiedz, że czeka cię zarówno wiele trudu, jak i strachu, a może coś jeszcze gorszego.

– Pójdę z tobą nawet Ścieżką Umarłych i wszędzie, gdzie poprowadzisz – rzekł Gimli.

– Ja także pójdę z tobą – powiedział Legolas – elf bowiem nie lęka się Umarłych.

– Mam nadzieję, że lud zapomniany nie zapomniał sztuki wojennej – dodał Gimli. – W przeciwnym razie daremnie byśmy go trudzili.

– Przekonamy się, gdy staniemy na Erech, jeżeli w ogóle tam dojdziemy – odparł Aragorn. – Przysięga, którą złamali, obowiązywała ich do walki z Sauronem, muszą więc walczyć, aby jej dopełnić. Na Erech stoi Czarny Głaz, przywieziony, jak mówią, przez Isildura z Númenoru. Ustawiono go na szczycie i tu Król Gór przysiągł Isildurowi służbę w zaraniu królestwa Gondoru. Kiedy Sauron powrócił i odzyskał potęgę, Isildur wezwał Lud Gór do wypełnienia

---
[1] Przełożyła Maria Skibniewska.

zobowiązań przysięgi. Górale wszakże odmówili, ponieważ ongi, za Czarnych Lat, składali hołd Sauronowi.

Wówczas Isildur powiedział Królowi Gór: „Będziesz ostatnim królem swego plemienia. Jeśli Númenor okaże się potężniejszy od Czarnego Władcy, niechaj na lud twój spadnie ta klątwa: oby nigdy nie zaznał spoczynku, póki nie uczyni zadość przysiędze. Wojna bowiem potrwa przez niezliczone wieki, a nim się zakończy, będziecie raz jeszcze wezwani do walki". Górale uciekli przed gniewem Isildura i nie ośmielili się wziąć udziału w wojnie po stronie Saurona. Kryli się po tajemnych zakątkach górskich, unikając spotkań z innymi plemionami i wycofując się coraz wyżej, między nagie szczyty, aż wyginęli z czasem. Ale groza Umarłych, co nie zaznali spoczynku, przetrwała na Erech i wszędzie, gdzie kiedyś żył ten lud. Tam więc muszę iść, skoro spośród żyjących nikt mi nie może pomóc.

Aragorn wstał.

– W drogę! – zawołał, dobywając miecza, który błysnął w półmroku zamkowej sali. – Do Głazu na Erech! Szukam Ścieżki Umarłych. Kto gotów, za mną!

Legolas i Gimli bez słowa wstali także i wyszli za Aragornem z sali. Na błoniu czekali, milczący i nieruchomi, zakapturzeni Strażnicy. Legolas i Gimli dosiedli koni. Aragorn skoczył na grzbiet Roheryna. Halbarad podniósł wielki róg, a głos jego rozległ się echem w Helmowym Jarze. Ludzie z załogi twierdzy patrzyli z podziwem, jak oddział Aragorna ruszył z miejsca galopem i niby burza przemknął przez Zieloną Roztokę.

Podczas gdy Théoden posuwał się z wolna górskimi dróżkami, Szara Drużyna szybko przebyła równinę i nazajutrz po południu stanęła w Edoras; odpoczywała tu krótko i zaraz pociągnęła dalej w górę doliny, by dotrzeć tegoż wieczora do Dunharrow.

Éowina powitała ich z radością, ciesząc się z takich gości, bo nie spotkała w życiu wspanialszych rycerzy niż Dúnedainowie i piękni synowie Elronda, lecz najczęściej wzrok jej zatrzymywał się na twarzy Aragorna. Posadziła go po swej prawej ręce przy stole i rozmawiali z sobą wiele; dowiedziała się wszystkich szczegółów wydarzeń, które się rozegrały od chwili wyjazdu Théodena, a które znała dotąd jedynie ze skąpo nadsyłanych wieści; oczy jej błyszczały, gdy słuchała o bitwie w Helmowym Jarze, o rozgromieniu napastników i o wyprawie, którą król podjął na czele swych rycerzy. W końcu powiedziała jednak:

– Zmęczeni jesteście, zacni panowie, powinniście teraz odpocząć; naprędce przygotowaliśmy dla was posłania niezbyt wygodne, ale jutro postaramy się dla miłych gości o lepsze kwatery.

– Nie troszcz się o nas, pani – odparł Aragorn. – Wystarczy, jeśli pozwolisz nam przespać tę noc i posilić się jutro rano. Pilna sprawa zmusza mnie do wielkiego pośpiechu, skoro świt wyruszymy stąd dalej.

Éowina uśmiechnęła się do niego, mówiąc:

– Bardzo to łaskawie z twojej strony, że zechciałeś trudzić się, nadkładając tyle mil, żeby przywieźć Éowinie wieści i pocieszyć biedną wygnankę.

– Nie ma na świecie mężczyzny, który by taki trud uważał za stracony – odparł Aragorn – lecz nie przybyłbym tutaj, gdyby nie to, że droga, którą wypadło mi obrać, prowadzi przez Dunharrow.

Widać było, że nie w smak poszła jej ta odpowiedź.

– W takim razie zabłądziłeś, panie. Z Harrowdale nie ma drogi ani na wschód, ani na południe; będziesz musiał zawrócić tą samą, która cię tu przywiodła.

– Nie, nie zabłądziłem. Znam tę ziemię, po której chodziłem, zanim ty, o pani, urodziłaś się ku jej ozdobie. Jest droga z tej doliny i tę drogę wybrałem. Jutro pojadę Ścieżką Umarłych.

Spojrzała na niego jakby gromem rażona i pobladła bardzo; długi czas nie odzywała się, a wszyscy wokoło milczeli także.

– Czy śmierci szukasz, Aragornie? – spytała wreszcie. – Nic bowiem innego nie znajdziesz na tej ścieżce. Umarli nie pozwalają przejść nikomu z żyjących.

– Mnie jednak może przepuszczą – powiedział Aragorn. – Bądź co bądź postanowiłem zaryzykować. Innej drogi dla mnie nie ma.

– Ależ to szaleństwo! – zawołała. – Są z tobą sławni i mężni rycerze, których nie w cień śmierci godzi się prowadzić, lecz na pole walki, gdzie bardziej są potrzebni. Błagam cię, zostań. Pojedziesz do Edoras wraz z moim bratem. Twoja obecność pokrzepi serca i doda nam wszystkim nadziei.

– Nie popełniam szaleństwa – odparł Aragorn – bo wstępuję na ścieżkę, na którą zostałem wezwany. Lecz ci, którzy idą za mną, robią to z własnej, nieprzymuszonej woli. Oni więc, jeśli chcą, mogą zostać i wyruszyć później z Rohirrimami na wojnę. Ja pójdę swoją drogą choćby sam, jeśli tak się stanie.

Na tym skończyła się rozmowa i reszta wieczerzy upłynęła w milczeniu, lecz Éowina nie odrywała oczu od Aragorna w jawnym wzburzeniu i rozterce. Wreszcie wszyscy wstali od stołu, skłonili się przed panią domu, podziękowali za gościnność i rozeszli się na spoczynek.

Gdy wszakże Aragorn zbliżał się do namiotu, gdzie miał nocować wraz z Legolasem i Gimlim, którzy wcześniej już tam się udali, usłyszał głos Éowiny. Biegła za nim, wołając go po imieniu. Odwrócił się i zobaczył w ciemności blask białej sukni i rozognionych oczu.

– Aragornie, dlaczego chcesz iść drogą śmierci? – spytała.

– Muszę – odparł. – Inaczej nie ma nadziei, bym spełnił swoje zadanie w walce z Sauronem. Nie wybieram ścieżek niebezpieczeństwa, Éowino. Gdybym mógł iść tam, gdzie zostało moje serce, poszedłbym na daleką północ i przebywałbym dziś w pięknej dolinie Rivendell.

Przez chwilę Éowina nie odzywała się, jakby rozważając, co miały znaczyć te słowa. Nagle położyła rękę na jego ramieniu.

– Jesteś surowy i stanowczy – powiedziała. – Tacy zdobywają sławę. – Umilkła, potem jednak podjęła znowu: – Jeśli musisz tamtą drogą iść, pozwól mi przyłączyć się do twojej świty. Zbrzydło mi już to czajenie się w górskich kryjówkach, chcę stawić czoło niebezpieczeństwu w otwartej walce.

– Masz obowiązek zostać ze swoim ludem – odparł.

– Wciąż tylko słyszę o swoich obowiązkach! – krzyknęła. – Czyż nie jestem córką rodu Eorla, której przystoi walka i zbroja bardziej niż niańczenie niedołęgów i pieluchy? Dość już długo czekałam i uginałam kolana. Teraz, gdy wreszcie mocno stoję na nogach, czy mi nie wolno rozporządzić swoim życiem tak, jak sama chcę?

– Innej kobiecie przyniosłaby zaszczyt taka wola – odparł. – Ty jednak wzięłaś na siebie pieczę i władzę nad ludem, póki nie wróci król. Gdyby nie wybrano ciebie, któryś z marszałków lub dowódców znalazłby się na twoim miejscu i nie ważyłby się opuścić posterunku, choćby mu zbrzydło podjęte zadanie.

– Czy zawsze na mnie padać będzie wybór? – spytała z goryczą. – Czy zawsze mam zostawać w domu, gdy jeźdźcy ruszają w pole, pilnować gospodarstwa, gdy oni zdobywają sławę, czekać na ich powrót, przygotowując dla nich jadło i kwatery?

– Wkrótce może nadejdzie taki dzień, że nie wróci żaden z tych, co ruszyli w pole – powiedział Aragorn. – Wtedy potrzebne będzie męstwo bez sławy, bo nikt nie zapamięta czynów dokonanych w ostatniej obronie naszych domów. Ale brak chwały nie ujmuje tym czynom męstwa.

– Piękne słowa, lecz naprawdę znaczą tylko tyle: jesteś kobietą, siedź w domu – odpowiedziała Éowina. – Kiedy mężowie polegną na polu chwały, będzie ci wolno podpalić dom, na nic im już niepotrzebny, i spłonąć z nim razem. Ale jam z rodu Eorla, a nie dziewka służebna. Umiem dosiadać konia i władać mieczem, nie boję się trudu ani śmierci.

– A czego się boisz, Éowino? – zapytał.

– Klatki – odpowiedziała. – Czekania za kratami, aż zmęczenie i starość każą się z nimi pogodzić, aż wszelka nadzieja wielkich czynów nie tylko przepadnie, lecz straci powab.

– I mimo to radziłaś mi, żebym się wyrzekł obranej drogi, ponieważ jest niebezpieczna?

– Innym można dawać takie rady – odparła. – Nie namawiam cię jednak, żebyś uciekał przed niebezpieczeństwem, lecz żebyś stanął do bitwy, w której możesz mieczem zasłużyć na zwycięstwo i sławę. Ścierpieć nie mogę, gdy wyrzuca się na marne rzecz cenną i doskonałą.

– Ja także bym tego nie ścierpiał – rzekł Aragorn. – Toteż powiadam ci, Éowino: zostań! Nie masz obowiązku do spełnienia na południu.

– Jeźdźcy, którzy ci towarzyszą, także nie mają tego obowiązku. Jadą, ponieważ nie chcą rozstać się z tobą, ponieważ cię kochają.

Odwróciła się i znikła wśród nocy.

Gdy niebo pojaśniało, chociaż słońce jeszcze nie wyjrzało znad wysokiej krawędzi gór na wschodzie, Aragorn kazał przygotować się do odjazdu. Drużyna już dosiadła koni, on zaś właśnie miał skoczyć na siodło, kiedy nadeszła Éowina, żeby ich pożegnać. Miała na sobie strój jeźdźca i miecz u pasa. W ręku trzymała puchar, z którego upiła łyk wina, życząc swym gościom szczęśliwej drogi, po czym podała go Aragornowi, a ten wychylił kielich, mówiąc:

– Żegnaj, księżniczko Rohanu. Piję za pomyślność twego rodu, twoją i całego plemienia. Powtórz swojemu bratu te słowa: na drugim brzegu ciemności może spotkamy się znowu!

Gimlemu i Legolasowi, stojącym tuż obok, zdawało się, że Éowina jest bliska łez, i wzruszył ich jej smutek, tym bardziej że zazwyczaj była tak dumna i dzielna. Spytała jednak tylko:

– Więc jedziesz, Aragornie?

– Jadę, księżniczko.

– I nie pozwolisz mi jechać w swojej świcie, jakem cię prosiła?

– Nie, księżniczko. Nie mogę ci na to pozwolić bez wiedzy twego ojca i brata, którzy nie zjawią się tutaj wcześniej niż jutro wieczorem. Ja zaś nie mam teraz ani godziny, ani chwili do stracenia. Bądź zdrowa!

Wtedy padła na kolana, mówiąc:

– Błagam cię, Aragornie!

– Nie, księżniczko! – odparł i ująwszy Éowinę za ręce, podniósł ją, ucałował jej dłoń, skoczył na siodło i ruszył, nie oglądając się już za siebie. Tylko ci, którzy najlepiej go znali i byli najbliżej, rozumieli, jak bardzo cierpiał.

Lecz Éowina stała niby posąg kamienny, opuściwszy ramiona, i zaciskając pięści, patrzyła za odjeżdżającymi, póki nie skryli się w cieniu pod czarną ścianą Dwimorbergu, Nawiedzonej Góry, w której otwierała się Brama Umarłych. Kiedy znikli jej z oczu, zawróciła i potykając się jak ślepiec, poszła ku domowi. Nikt jednak z jej ludu nie widział tego pożegnania, bo wszyscy pochowali się wystraszeni i nie chcieli wyjść ze swych kątów, póki dzień nie rozjaśni się na dobre i nie opuszczą Dunharrow obcy, nieulękli goście.

Ten i ów mówił:

– To nasienie elfów. Niechże jadą tam, gdzie ich miejsce, w jakieś ciemne krainy, i nigdy do nas nie wracają. I bez nich dość mamy biedy.

Jechali w szarym półmroku, bo słońce jeszcze nie podniosło się nad wysoki czarny grzbiet Nawiedzonej Góry, spiętrzonej przed nimi. Dreszcz ich przeszedł, gdy między dwoma rzędami starych głazów zbliżali się do Dimholt. Tu pod czarnymi drzewami, których posępny cień nawet Legolas znosił z trudem, odszukali otwarte miejsce u korzeni góry, a pośrodku ścieżki ujrzeli samotny olbrzymi głaz, sterczący groźnie jak palec ostrzegający przed zgubą.

– Krew zamarza mi w żyłach – powiedział Gimli, inni wszakże milczeli, a głos krasnoluda zabrzmiał głucho, jakby się zapadł w wilgotną ściółkę świerkowych igieł pod ich stopami. Konie wzdragały się przejść obok złowróżbnego kamienia, więc jeźdźcy zsiedli i pieszo poprowadzili wierzchowce. Tak zeszli w głąb i stanęli przed nagą ścianą, w której Czarne Wrota ziały jak paszcza nocy. Wyryte na ogromnym łuku sklepienia znaki i cyfry tak się zatarły z biegiem lat, że były już nieczytelne, lecz groza je spowijała niby czarny obłok.

Drużyna zatrzymała się i pewnie nie było w tej gromadzie ani jednego serca, które by nie zadrżało z trwogi, prócz serca Legolasa, bo elfowie nie boją się ludzkich upiorów.

– To straszne wrota – powiedział Halbarad. – Czuję, że za nimi czai się moja śmierć. Mimo to wejdę w nie, ale konie wejść nie zechcą.

– Musimy wejść, a więc i konie muszą pójść z nami – odparł Aragorn. – Jeśli bowiem uda nam się przebrnąć przez ciemności, będziemy mieli jeszcze więcej staj drogi przed sobą, a każda chwila zwłoki przybliżyłaby tryumf Saurona. Za mną!

Wszedł pierwszy, a taka była potęga jego woli w tej godzinie, że wszyscy Dúnedainowie poszli za nim, a ich wierzchowce dały się im wprowadzić. Konie Strażników tak bowiem kochały swoich panów, że gotowe były przezwyciężyć nawet grozę tych Czarnych Wrót, gdy wyczuwały spokój w sercach ludzi. Lecz Arod, koń z Rohanu, nie chciał przekroczyć progu ciemności i stanął, zlany potem i dygocący z przerażenia tak, że budził litość. Wówczas Legolas zasłonił mu rękoma oczy i zanucił kilka słów, które łagodnie zadźwięczały w mroku; koń poddał się i elf przeszedł z nim razem. Gimli został sam. Kolana uginały się pod nim i zły był na siebie.

– Niesłychana rzecz – powiedział. – Elf wchodzi do podziemi, a krasnolud wzdraga się wejść!

Z tymi słowy skoczył naprzód. Ale zdawało mu się, że wlecze przez próg nogi ciężkie jak z ołowiu, i ogarnęły go ciemności tak nieprzeniknione, że nawet on, Gimli, syn Glóina, który bez trwogi przemierzał najgłębsze lochy świata – jakby oślepł nagle.

Aragorn zaopatrzył się w Dunharrow w łuczywa i teraz, idąc na czele, trzymał jedno z nich wzniesione nad głową; drugie niósł Elladan, który szedł ostatni za grupą Strażników; Gimli, potykając się, usiłował go dopędzić. Nie widział nic prócz dymiących płomieni pochodni, lecz kiedy drużyna przystanęła na chwilę, miał wrażenie, że otacza go ze wszystkich stron szmer nieustannego szeptu, ściszony gwar słów w języku, którego nigdy jeszcze nie słyszał w życiu.

Nikt ich nie napastował, żadne przeszkody nie hamowały marszu, a mimo to strach rosnący z każdą chwilą ogarniał krasnoluda; przede wszystkim wiedział, że nie ma z tej drogi odwrotu, bo czuł za swoimi plecami tłum niewidzialnej armii, prącej w ciemnościach naprzód trop w trop za drużyną.

Tak szli czas jakiś, aż wreszcie Gimli ujrzał widok, którego nigdy później nie mógł wspomnieć bez grozy. Ścieżka, o ile się orientował, była od początku dość szeroka, lecz w pewnej chwili ściany z obu stron jakby się rozstąpiły i drużyna wydostała się niespodzianie na rozległą pustą przestrzeń. Strach niemal obezwładnił krasnoluda. Daleko po lewej ręce coś zalśniło w ciemnościach w świetle łuczywa, z którym zbliżał się tam właśnie Aragorn. Najwidoczniej chciał zbadać ów lśniący przedmiot.

– Że też on się nie boi – mruknął krasnolud. – W każdej innej pieczarze Gimli, syn Glóina, pierwszy pobiegłby za przebłyskiem złota. Ale nie tutaj! Niechby zostało tu w spokoju!

Mimo wszystko podsunął się bliżej i zobaczył, że Aragorn klęczy, Elladan zaś przyświeca mu dwiema pochodniami. Przed nimi widniał szkielet ogromnego mężczyzny, w kolczudze, obok niego zaś broń, niezniszczona, bo w jaskini było niezwykle sucho, a zmarły miał zbroję i oręż pozłacane, pas złoty wysadzany granatami i bogato zdobiony złotem hełm, wciśnięty na trupią czaszkę; leżał twarzą do ziemi. Upadł pod odsuniętą w głąb ścianą. Wpatrując się, Gimli dostrzegł w tej ścianie zamknięte kamienne drzwi; palce trupa czepiały się zarysowanej w nich szczeliny, a wyszczerbiony miecz, porzucony u jego boku, świadczył, że rycerz w śmiertelnej rozpaczy próbował wyrąbać sobie przejście w skale.

Aragorn nie dotknął szkieletu, ale długo przyglądał mu się w milczeniu, potem zaś wstał i westchnął głęboko.

– Temu nieborakowi kwiaty *simbelmynë* nie zakwitną do końca świata! – szepnął. – Dziewięć Kurhanów i siedem mogił zieleni się o tej porze pod słońcem, on jednak przeleżał długie lata pod drzwiami, których nie zdołał otworzyć. Dokąd prowadzą? Dlaczego chciał przez nie przejść? Nikt nigdy się nie dowie.

– To nie moja sprawa! – krzyknął, odwracając się ku rozszeptanym ciemnościom podziemi. – Zachowajcie swoje skarby i swoje tajemnice zrodzone w Czarnych Latach! Ja nie żądam niczego prócz pośpiechu. Dajcie nam przejść i przybywajcie, wzywam was pod Głaz na Erech!

Nikt mu nie odpowiedział, chyba że odpowiedzią była głucha cisza, bardziej jeszcze przerażająca niż poprzednie szepty; potem mroźny podmuch wionął podziemiem, płomienie łuczywa zachybotały, zgasły i nie dały się już na nowo zapalić. Z tego, co się działo przez następną godzinę, Gimli niewiele zapamiętał. Drużyna parła naprzód, on jednak wciąż biegł ostatni, gnany lękiem przed czającą się grozą, wciąż pod wrażeniem, że niewidzialny tłum następuje mu niemal na pięty; słyszał za swymi plecami szelest, jakby widmowe kroki niezliczonych stóp. Potykał się, osuwał na czworaki jak zwierzę, myśląc w trwodze, że nie zniesie dłużej tej męczarni, że jeśli nie nastąpi wkrótce jej koniec, oszalały ze strachu zawróci i ucieknie prosto w ramiona ścigającej go zmory.

Nagle usłyszał szmer wody, twardy i czysty dźwięk jak odgłos kamienia spadającego w senną czarną studnię. Rozwidniło się i drużyna niespodzianie przekroczyła drugą bramę, sklepioną wysokim i szerokim łukiem; obok nich płynął potok, a pod nim rysowała się ścieżka, stromo opadająca pomiędzy ścianami urwiska spiętrzonego ostrymi jak noże szczytami aż pod niebo. Wąwóz był tak głęboki i wąski, że niebo zdawało się ciemne i błyszczały na nim maleńkie gwiazdy. A przecież – jak się później Gimli dowiedział – brakowało jeszcze dwóch godzin do zachodu słońca i do wieczora tego dnia, w którym wyruszyli z Dunharrow; w tym jednak momencie uwierzyłby, gdyby mu powiedziano, że to zmierzch dnia wiele lat później lub nad innym światem.

Jeźdźcy znów dosiedli koni. Gimli wraz z Legolasem wspólnego wierzchowca. Jechali dwójkami, a tymczasem wieczór zapadł i otoczył ich ciemnoszafirowym zmrokiem. Strach ścigał ich wciąż. Kiedy Legolas odwrócił się, mówiąc coś do krasnoluda, i spojrzał wstecz, Gimli dostrzegł dziwny blask w jasnych oczach elfa. Za nimi cwałował Elladan, ostatni z drużyny, lecz nie ostatni z wędrowców spieszących tą drogą ku nizinom.

– Umarli ciągną za nami – rzekł Legolas. – Widzę sylwetki ludzi i koni, widzę sztandary blade jak strzępy obłoków, włócznie jak nagi zimowy las we mgle. Umarli ciągną za nami.

– Tak jest – potwierdził Elladan. – Usłuchali wezwania.

Wychynęli wreszcie z wąwozu, a stało się to tak nagle, jakby przez szczelinę w murze wypadli na otwartą przestrzeń. Przed nimi leżała górna część wielkiej doliny, a płynący obok potok z zimnym pluskiem spadał z jej progów w dół.

– W jakim miejscu Śródziemia jesteśmy teraz? – spytał Gimli.

– Zjechaliśmy wąwozem od źródła Morthondy, długiej i zimnej rzeki, która daleko stąd wpada do Morza obmywającego skały Dol Amrothu. Nie będziesz już musiał pytać, bo sam zrozumiesz, dlaczego ludzie nazwali ją Czarnym Korzeniem.

Dolina Morthondy tworzyła szerokie zakole, sięgając aż pod urwistą południową ścianę gór. Strome stoki porastała trawa, zdawały się jednak szare o tej porze, bo słońce już zaszło i daleko w dole w oknach siedzib ludzkich migotały światełka. Dolina była żyzna i miała wielu mieszkańców.

W pewnej chwili Aragorn, nie odwracając się, zawołał tak donośnie, że wszyscy go usłyszeli:

– Przyjaciele, zapomnijcie o zmęczeniu! Naprzód! Naprzód! Trzeba nam stanąć przy Głazie na Erech, zanim ten dzień się skończy, a droga jeszcze daleka.

Nie oglądając się więc na nic, mknęli przez górskie hale, aż trafili na most przerzucony nad wezbranym potokiem, a stąd na drogę prowadzącą ku nizinom.

W domach wiosek, które mijali, światła gasły, drzwi się zatrzaskiwały, a ludzie, jeśli byli w polu, uciekali przed nimi z krzykiem, spłoszeni jak ścigane sarny. W gęstniejącym mroku coraz to rozlegały się te same okrzyki:

– Król Umarłych! Król Umarłych najechał naszą krainę!

Gdzieś w dole dzwony uderzyły na trwogę; nie było człowieka, który by na widok Aragorna nie umykał w popłochu. Ale Szara Drużyna pędziła niby gromada myśliwych za zwierzyną, aż wreszcie konie znużone zaczęły potykać się i ustawać. Tuż przed północą, wśród ciemności równie czarnych jak pod ziemią w górskich pieczarach, znaleźli się na szczycie Erech.

Z dawna groza Umarłych panowała nad tym wzgórzem i nad pustką okolicznych pól. Na szczycie bowiem stał Czarny Głaz, utoczony na kształt olbrzymiej kuli, której wierzchołek sięgał na wysokość rosłego mężczyzny, chociaż do połowy zagrzebana była w ziemi.

Wyglądała niesamowicie, jak gdyby spadła tutaj z nieba; niektórzy nawet twierdzili, że tak właśnie było, lecz inni, pamiętający jeszcze stare dzieje Westernesse, powiadali, że przywieziono ów Głaz z zatopionego Númenoru i że to Isildur po wylądowaniu na tym wybrzeżu kazał go tutaj ustawić. Ludzie z doliny nie śmieli do niego się zbliżać ani osiedlać się w jego bliskim sąsiedztwie, mówiąc, że na tym miejscu wyznaczają sobie spotkania cienie ludzkie, by w dniach trwogi, cisnąc się wokół Głazu, toczyć szeptem narady.

Do tego to Głazu dotarła Drużyna i przy nim zatrzymała się wśród głuchej nocy. Elrohir podał srebrny róg Aragornowi, który podniósł go do ust i zagrał; stojącym wokół wydawało się, że słyszą odzew wielu innych rogów, jakby echo z głębi odległych pieczar. Innych głosów nie słyszeli, mimo to czuli obecność wielkiej armii zgromadzonej wokół wzgórza; mroźny wiatr niby tchnienie upiorów ciągnął od szczytów. Aragorn zsiadł z konia i stojąc tuż przy Głazie, krzyknął donośnie:

– Wiarołomcy, po coście tu przyszli?

Z ciemności, jak gdyby z bardzo daleka nadeszła odpowiedź:

– Aby dopełnić przysięgi i odzyskać spokój.

Wówczas Aragorn rzekł:

– Wybiła dla was wreszcie ta godzina. Jadę do Pelargiru nad Anduinę, wy zaś pojedziecie za mną. I dopiero gdy cały ten kraj zostanie oczyszczony ze sług Saurona, uznam, że dotrzymaliście przysięgi; wtedy odejdziecie, by na zawsze odnaleźć spokój. Jam jest Elessar, spadkobierca Isildura z Gondoru.

To rzekłszy, kazał Halbaradowi rozwinąć wielką chorągiew, którą przywiózł z Rivendell. O dziwo, była cała czarna, jeśli zaś na niej wyszyto jakieś znaki czy słowa, nikt ich nie mógł w ciemności dostrzec. Potem zaległa cisza, której przez długie godziny nocy nie zmącił nawet szept ani westchnienie. Drużyna rozbiła obóz przy Głazie, lecz niewiele zaznała snu, bo groza osaczających wzgórze Cieni nie pozwalała zmrużyć oczu.

Gdy zajaśniał świt, blady i zimny, Aragorn zerwał się i powiódł drużynę w dalszą drogę, marszem tak forsownym i nużącym, że nawet dla zahartowanych wędrowców niesłychanym; sam tylko Aragorn jakby nie znał zmęczenia i jego wola wszystkich podtrzymywała. Nikt z ludzi śmiertelnych nie zniósłby takich trudów prócz Dúnedainów z północy i dwóch ich towarzyszy: elfa Legolasa i krasnoluda Gimlego.

Przez Ostrogę Tarlanga wydostali się do Lamedonu, a Zastęp Cieni wciąż pędził ich tropem, przed nimi zaś wciąż biegła trwoga, aż wreszcie dotarli do Calembel, grodu położonego nad rzeką Ciril, skąd ujrzeli słońce zachodzące krwawo za Pinnath Gelin, które zostawili daleko za sobą. Miasto i brody na rzece zastali opustoszałe, bo większość mężczyzn ruszyła na wojnę, reszta zaś ludności zbiegła w góry na wieść, że zbliża się Król Umarłych. Następnego dnia brzask nie rozjaśnił nieba, Szarą Drużynę ogarnęły ciemności Mordoru tak, że zniknęła sprzed oczu ludzkich. Ale Umarli ciągnęli za nią wciąż trop w trop.

Rozdział 3

Przegląd sił Rohanu

Wszystkie drogi zbiegały się w jedną, zmierzając ku wschodowi na spotkanie bliskiej już wojny i napaści złowrogiego Cienia. W tej samej chwili, gdy Pippin patrzył na księcia Dol Amrothu, wjeżdżającego w łopocie sztandarów przez Wielką Bramę grodu, król Rohanu wyprowadzał swój poczet jeźdźców spośród gór.

Dzień chylił się ku wieczorowi. W ostatnich promieniach słońca wydłużone spiczaste cienie jeźdźców kładły się przed nimi na ziemi. Pod szumiące świerki, które porastały strome górskie zbocza, zakradł się już zmrok. Król jechał teraz wolno po całym dniu marszu. Ścieżka właśnie okrążyła ogromne nagie ramię skalne, zanurzając się w cień i łagodny poszum drzew. Kiedy wreszcie znaleźli się u wylotu wąwozu, wieczór już panował na nizinie. Słońce zniknęło. Zmierzch przesłonił wodospady.

Przez cały dzień widzieli pod swymi stopami bystry potok, spływający z wysokiej przełęczy, która została za nimi, wrzynający się wąskim korytem między porośnięte lasem zbocza; tu, w dole, potok przelewał się przez kamienną bramę w szerszą dolinę. Jeźdźcy, posuwając się teraz wzdłuż jego brzegu, ujrzeli nagle Harrowdale i usłyszeli głośny szum wody wśród ciszy wieczoru. Tędy bowiem biały Śnieżny Potok, zgarniając z obu stron mniejsze strumienie, mknął, pieniąc się po kamieniach, ku Edoras, ku zielonym wzgórzom i równinom. Daleko na prawo u przyczółka wielkiej doliny majaczył potężny Nagi Wierch, spiętrzony na szerokim cokole spowitym w chmury; tylko poszarpany szczyt ubielony wiecznym śniegiem lśnił ponad światem, okryty od wschodu niebieskim cieniem, od zachodu zaś migocący czerwonym odblaskiem chylącego się słońca.

Merry z podziwem przyglądał się nieznanej krainie, o której nasłuchał się wiele podczas długiej podróży. Był to świat bez nieba, gdzie wzrok poprzez mętne topiele mglistego powietrza błądził tylko wśród coraz wyżej wznoszących się zboczy i groźnych przepaści, osnutych białym oparem. Hobbit siedział długą chwilę rozmarzony, wsłuchując się w szum wody, w szepty ciemnych drzew, w trzask kamieni, w ogromną ciszę przyczajoną jakby w oczekiwaniu pod tymi wszystkimi głosami. Kochał góry, a raczej kochał ich obraz ukazujący się na marginesach opowieści przyniesionych z dalekich stron, teraz jednak przytłaczał go nad miarę wielki ciężar Śródziemia i Merry zatęsknił, by odciąć się od tych ogromów czterema ścianami i zasiąść w zacisznym pokoju przy kominku.

Był zmęczony, bo chociaż posuwali się z wolna, bardzo rzadko popasali. Przez trzy długie dni godzina po godzinie trząsł się na siodle, to wspinając się pod górę, to zjeżdżając w dół, przez przełęcze, przez doliny, w bród przez niezliczone potoki. Czasem, gdy ścieżka rozszerzała się, jechał obok króla, nie spostrzegając uśmiechów, z jakimi inni jeźdźcy przyglądali się dziwnej parze: hobbitowi na małym, kudłatym, siwym kucyku i Władcy Rohanu na ogromnym białym koniu. Gawędził wtedy z Théodenem, opowiadając mu o swojej ojczyźnie i zwyczajach mieszkańców Shire'u albo słuchając opowieści o Riddermarchii i jej dawnych bohaterach. Najczęściej jednak, zwłaszcza ostatniego dnia, trzymał się samotnie tuż za królem, milcząc i starając się zrozumieć powolną, dźwięczną mowę Rohanu, którą posługiwali się wokół niego ludzie. Miał wrażenie, że jest w tym języku wiele słów znajomych, jakkolwiek brzmiących w ustach Rohirrimów soczyściej i mocniej niż w Shire; nie mógł jednak powiązać tych wyrazów w zdania. Niekiedy któryś z jeźdźców śpiewał czystym głosem jakąś wzruszającą pieśń, a wówczas serce hobbita biło żywiej, mimo że nie rozumiał treści.

Bądź co bądź czuł się osamotniony, a teraz, pod koniec podróży, bardziej jeszcze niż na początku. Zastanawiał się, gdzie pośród tego dziwnego świata obraca się Pippin, co dzieje się z Aragornem, Legolasem i Gimlim. W pewnej chwili mróz przejął mu serce, gdy nagle stanęli mu w pamięci Frodo i Sam. „Zapomniałem o nich! – powiedział do siebie z wyrzutem. – A przecież oni dwaj ważniejsi są od nas wszystkich. Wyruszyłem z domu, żeby im pomóc, a teraz są gdzieś daleko, o setki mil ode mnie, jeśli w ogóle jeszcze żyją". I na tę myśl zadrżał.

– Wreszcie Harrowdale przed nami! – rzekł Éomer. – Jesteśmy niemal u celu.

Zatrzymali się; ścieżka opadała wąskim jarem stromo w dół. W omglonej dali ledwie mały wycinek wielkiej doliny ukazywał się jak gdyby przez wysokie okno; nad rzeką mrugało jedno jedyne światełko.

– Na dziś podróż się kończy – rzekł Théoden – ale przede mną droga jeszcze daleka. Zeszłej nocy księżyc był w pełni, jutro o świcie ruszę więc do Edoras na wielki zlot wojowników Marchii.

– Jeśli jednak posłuchasz mojej rady, królu – powiedział, zniżając głos, Éomer – wrócisz po przeglądzie znowu tutaj, by przeczekać, aż wojna się rozstrzygnie zwycięstwem albo klęską.

Théoden uśmiechnął się na to.

– Nie, mój synu – bo pozwól, że tak będę cię teraz nazywał – nie sącz ospałych słówek Gadziego Języka w moje starcze uszy! – Wyprostował się w siodle i obejrzał na szeregi rozciągniętej za nim kolumny jeźdźców, ginącej dalej w mroku. – Zdaje mi się, że lata całe przeżyłem w ciągu tych dni, które upłynęły, odkąd wyruszyłem na zachód, lecz nigdy już nie będę wspierał się ciężko na lasce. Jeśli wojnę przegramy, cóż mi pomoże kryć się wśród gór? Jeśli zaś wygramy, któż by się martwił, choćbym zginął, strawiwszy dla zwycięstwa resztkę sił? Na razie wszakże nie będziemy o tym rozprawiali. Tę noc spędzę w Warowni Dunharrow. Przynajmniej ten jeden wieczór spokoju pozostał nam jeszcze. Naprzód!

W gęstniejącym zmierzchu zagłębili się w dolinę. Śnieżny Potok płynął tu pod zachodnimi jej ścianami; ścieżka wkrótce doprowadziła jeźdźców do brodu, gdzie płytko rozlana woda pluskała głośno wśród kamieni. Bród był strzeżony. Gdy oddział zbliżył się, spod skał, gdzie kryli się w cieniu, wyskoczyli zbrojni ludzie, lecz poznając króla, zakrzyknęli z radością:

– Król Théoden! Król Théoden! Król Marchii wrócił!

Potem któryś z nich zadął w róg. Echo poszło po dolinie. Inne rogi odpowiedziały na apel i na drugim brzegu rozbłysły światła.

Nagle z góry, jakby z ukrytej wśród szczytów kotliny, zabrzmiały trąby; głosy ich połączone w zgodny chór rozlegały się donośnie, odbite od kamiennych ścian.

Tak król Marchii wrócił zwycięsko z wyprawy na zachód do Warowni Dunharrow u podnóży Białych Gór. Zastał tu zgromadzoną już resztę wojowników ze swego plemienia, bo na wieść o jego pochodzie dowódcy pospieszyli na spotkanie króla do brodu, przynosząc zlecone przez Gandalfa rady. Przewodził im Dúnhere, wódz ludu zamieszkującego Harrowdale.

– Trzy dni temu o świcie Cienistogrzywy przygnał jak wiatr z zachodu do Edoras – mówił Dúnhere. – Gandalf, ku wielkiej naszej radości, przywiózł nowinę o twoim, królu, zwycięstwie. Przywiózł także twój rozkaz, by przyspieszyć zlot zbrojnych jeźdźców w stolicy. Potem wszakże zjawił się Skrzydlaty Cień.

– Skrzydlaty Cień? – powiedział Théoden. – Widzieliśmy go także, lecz w ciemną noc, przed rozstaniem z Gandalfem.

– Być może, królu – odparł Dúnhere. – Lecz ten sam Cień lub może drugi, zupełnie do tamtego podobny, złowroga ciemna chmura w postaci olbrzymiego ptaka, przeleciał dziś rano nad Edoras, a na wszystkich ludzi padła wielka trwoga. Nurkując bowiem nad pałacem Meduseld, zniżył się tak, że niemal musnął szczyt dachu, i wydał okrzyk, od którego serca w nas zamarły. Wówczas to Gandalf poradził nam nie gromadzić się na przegląd w otwartym polu, lecz spotkać cię, królu, tutaj, w dolinie pod górami. Zalecał też nie zapalać ognisk i świateł, prócz najniezbędniejszych. Tak też robiliśmy. Gandalf przemawiał bowiem bardzo stanowczo. Ufamy, że nie sprzeciwia się to twoim królewskim zamiarom. W Harrowdale nie zauważono żadnych złowróżbnych znaków.

– Dobrze zrobiliście – rzekł Théoden. – Pojadę teraz do Warowni i tam przed udaniem się na spoczynek chcę naradzić się z marszałkami i dowódcami. Niech więc wszyscy stawią się jak najrychlej.

Droga prowadziła na wschód w poprzek doliny, która w tym miejscu miała nieco ponad pół mili szerokości. Wkoło ciągnęła się równina, łąka porośnięta szorstką trawą, szarą w zapadającym mroku, lecz w dali u drugiego krańca doliny Merry dostrzegł surową ścianę, ostatnią wysuniętą straż olbrzymich korzeni Nagiego Wierchu, w której rzeka przebiła sobie wyłom przed niezliczonymi wiekami. Wszędzie, gdzie teren był bardziej wyrównany, roiło się od ludzi. Niektórzy cisnęli się na skraju drogi, witając radosnymi okrzykami króla i jeźdźców wracających z zachodu. Za tym jednak szpalerem ciągnęły się jak okiem sięgnąć regularne rzędy namiotów i szałasów, szeregi uwiązanych przy palikach koni, stosy broni, pęki włóczni zatknięte w ziemię i zjeżone niby gąszcz młodego lasu. Całe to wielkie zgromadzenie tonęło w mroku, lecz mimo nocnego chłodu wiejącego od gór nigdzie nie błyszczały latarnie ani też nie rozpalono ognisk. Wartownicy otuleni w grube płaszcze przechadzali się tam i sam wokół obozowiska.

Merry zastanawiał się, ilu też jeźdźców pomieściła dolina. W mroku nie mógł ocenić dokładnie liczby, miał jednak wrażenie, że jest tu ogromna, wielotysięczna armia. Rozglądał się ciekawie na wszystkie strony i ani się spostrzegł, gdy oddział królewski dotarł pod nawisłe groźne urwisko u wschodniej ściany doliny; ścieżka nagle zaczęła piąć się stromo pod górę, Merry zaś, podniósłszy wzrok, osłupiał z podziwu. Takiej drogi nigdy jeszcze w życiu nie spotkał; musiało to być dzieło potężnych ludzkich rąk z czasów dawniejszych niż najdawniejsze pieśni. Droga, wijąc się jak wąż, wrzynała się w nagą skałę. Stroma jak schody, skręcała to w jedną, to w drugą stronę, wstępując coraz wyżej. Mogły po niej iść konie, mogły nawet powoli wjeżdżać wozy, lecz jeśliby obrońcy czuwali na górze, Nieprzyjaciel nie zdołałby jej pokonać, chyba lotem ptaka. U każdego zakrętu sterczał wielki kamień, wyrzeźbiony na podobieństwo ludzkiej postaci, z grubo ciosanymi kończynami; jakby olbrzym kamienny przycupnął, krzyżując potężne, niezdarne uda i splótłszy krótkie, tępe ręce na tłustym brzuchu. Wielu z nich czas zatarł oblicza, pozostawiając tylko ciemne jamy oczu, które smutnie patrzyły na jadących drogą podróżnych. Jeźdźcy prawie ich nie dostrzegali, nazywali je Púkelami i nie zwracali na nich uwagi, rzeźby straciły bowiem od dawna odstraszającą moc; Merry jednak przyglądał im się z podziwem i niemal z litością, tak żałosne wydały mu się wśród zmierzchu.

Kiedy po chwili obejrzał się za siebie, stwierdził, że jest już o paręset stóp ponad doliną, lecz wciąż jeszcze, choć z dala, dostrzega w mroku krętą kolumnę jeźdźców przeprawiających się przez brody i ciągnących ku przygotowanemu dla nich obozowisku. Tylko król z przyboczną gwardią jechał na górę do Warowni.

Wreszcie poczet królewski dotarł na ostrą grań, skąd droga, wrzynając się między ściany skalne, wiodła krótkim zboczem na rozległą platformę. Ludzie zwali ją Firienfeld, a była to zielona hala porosła trawą i wrzosem, górująca nad głębokim korytem Śnieżnego Potoku, wsparta o zbocza ogromnych gór, które ją osłaniały; od południa piętrzył się nad nią Nagi Wierch, od północy zębaty jak piła masyw Irensagi, między nimi zaś, na wprost jadących, wznosiła się ponura czarna ściana Dwimorbergu, Nawiedzonej Góry, wystrzelającej ponad zalesione ciemnymi świerkami stoki. Dwa szeregi sterczących pionowo, bezkształtnych głazów dzieliły płaszczyznę na pół, niknąc w oddali w mroku i w cieniu drzew. Kto by się odważył iść tą drogą, zaprowadziłaby go wkrótce do czarnego lasu Dimholt pod Nawiedzoną Górą, przed ostrzegawczy kamienny słup i ziejącą ciemną paszczę zakazanych drzwi.

Tak wyglądała Warownia Dunharrow, dzieło dawno zapomnianego plemienia. Zaginęło w niepamięci nawet jego imię, niezachowane w żadnej pieśni ani legendzie. Nikt też nie wiedział, jakiemu celowi służyło pierwotnie to obronne miejsce, czy było tu ongi miasto, czy może tajemna świątynia, czy też grobowiec króla. Ludzie trudzili się, ociosując tu skały za Czarnych Lat, zanim pierwszy statek przybił do zachodnich wybrzeży, zanim Dúnedainowie założyli państwo Gondoru; nie zostało po dawnych mieszkańcach innych śladów prócz kamiennych posągów wytrwale strzegących każdego zakrętu drogi.

Merry przyglądał się szpalerowi kamieni; były czarne i poszczerbione zębem czasu, niektóre pochyliły się, inne padły na ziemię, jeszcze inne popękały i rozsypały się w gruzy. Wyglądały jak rzędy starych drapieżnych zębów. Zastanawiając się, jakie mogło być ich przeznaczenie, hobbit miał nadzieję, że król nie zamierza jechać wytyczonym przez nie szlakiem dalej w noc. Nagle spostrzegł po obu stronach kamiennej drogi zgrupowane namioty i szałasy, wszystkie jednak odsunięte nieco od drzew i skupione raczej w pobliżu krawędzi urwiska. Większa ich część znajdowała się na prawo od drogi, tam bowiem Firienfeld rozpościerało się szerzej; na lewo rozbity był mniejszy obóz, w środku którego wznosił się wysoki namiot. Z tej właśnie strony na spotkanie skręcających z drogi przybyszów wyjechał jeździec.

Jeździec okazał się kobietą, jak Merry stwierdził, podjeżdżając bliżej; w zmroku lśniły długie warkocze, chociaż głowę okrywał rycerski hełm, a pierś zbroja, u pasa zaś zwisał miecz.

– Witaj, władco Marchii! – krzyknęła. – Serce moje raduje się z twojego powodu.

– Witaj, Éowino! – odparł Théoden. – Wszystko w porządku?

– W porządku – odpowiedziała, lecz Merry miał wrażenie, że głos kłamie słowom i że młoda pani jest spłakana, jeśli można posądzać o łzy kobietę o tak mężnym obliczu. – Wszystko dobrze. Ciężka to była wyprawa dla ludzi oderwanych znienacka od rodzinnych domów. Doszło do sprzeczek i narzekań, bo przecież dawno już wojna nie wypędzała nas z naszych zielonych pól. Teraz jednak panuje zgoda i porządek, jak widzisz. Mieszkanie dla ciebie przygotowane, doszły mnie bowiem wieści, że wracasz, i oczekiwałam cię właśnie o tej godzinie.

– A więc Aragorn dojechał pomyślnie – rzekł Éomer. – Czy jest może jeszcze tutaj?

– Nie, już go nie ma – odparła Éowina, odwracając twarz i patrząc na góry, ciemniejące od wschodu i południa.

– Dokąd pojechał? – spytał Éomer.

– Nie wiem – odparła. – Przybył późnym wieczorem i ruszył dalej wczoraj o świcie, zanim słońce wyjrzało zza szczytów.

– Widzę, że jesteś zmartwiona, moja córko – rzekł Théoden. – Co się stało? Powiedz, czy mówił ci o tej ścieżce? – Wskazał Nawiedzoną Górę majaczącą u końca kamiennej drogi, która już ginęła w mroku. – Czy wspominał o Ścieżce Umarłych?

– Tak, królu – odparła Éowina. – Przekroczył próg ciemności, z których nikt nigdy jeszcze nie powrócił. Nie mogłam go od tego powstrzymać. Poszedł tam.

– A więc rozstały się nasze drogi – powiedział Éomer. – Aragorn zginął. Musimy dalej jechać bez niego i z mniejszą nadzieją w sercu.

Posuwali się z wolna przez niskie wrzosy i trawę, nie rozmawiając już więcej, aż znaleźli się przed namiotem królewskim. Wszystko było na przyjęcie gości gotowe, a Merry przekonał się, że nie zapomniano nawet o nim. Tuż obok królewskiej siedziby wzniesiono namiocik, z którego hobbit, siedząc samotnie, obserwował ludzi wchodzących do wielkiego namiotu i wychodzących z niego po otrzymaniu od króla rozkazów. Noc zapadła, gwiazdy uwieńczyły ledwie widoczne szczyty górskie na zachodzie, lecz na wschodzie niebo było czarne i puste. Szpaler kamieni ginął sprzed oczu, za nim jednak majaczyła czarniejsza niż ciemność nocy ogromna i zwalista bryła Nawiedzonej Góry.

– Ścieżka Umarłych – mruknął do siebie Merry. – Ścieżka Umarłych? Co to znaczy? Wszyscy mnie porzucili. Wszyscy poszli na spotkanie groźnego losu: Gandalf i Pippin na wschód, na wojnę; Sam i Frodo do Mordoru, a Legolas z Gimlim na Ścieżkę Umarłych. Ale teraz pewnie przyjdzie wkrótce kolej i na mnie. Ciekawe, o czym oni tu dokoła tak rozprawiają i co król zamierza robić. Bo oczywiście wypadnie mi pójść tam, dokąd on pójdzie.

Wśród tych posępnych rozmyślań nagle przypomniał sobie, że jest okropnie głodny, wstał więc, żeby rozejrzeć się po dziwnym obozowisku, czy nie znajdzie się w nim nikt, kto by podzielał jego apetyt. W tej samej jednak chwili zagrała trąbka i przed namiocikiem stanął goniec, wzywając Théodenowego giermka do służby przy królewskim stole.

Pośrodku namiotu odgrodzono haftowanymi zasłonami niewielką przestrzeń i wysłano ją skórami. Tam przy małym stole zasiadł Théoden z Éowiną, Éomerem i Dúnhere, wodzem ludzi z Harrowdale. Merry stanął za krzesłem króla, aby mu służyć, lecz po chwili starzec, ocknąwszy się z zadumy, zwrócił się do niego z uśmiechem:

– Nie, mości Meriadoku – rzekł – nie będziesz tak stał. Możesz siedzieć obok mnie zawsze, dopóki jesteśmy w granicach mego królestwa, i masz rozweselać mnie opowieściami.

Zrobiono hobbitowi miejsce po lewej ręce króla, nikt jednak nie prosił go o opowieści. Mało rozmawiano w ogóle, wszyscy jedli i pili w milczeniu, aż w końcu, zbierając się na odwagę, Merry zadał pytanie, które dręczyło go od dawna.

– Miłościwy panie, dwakroć już przy mnie wspominano o Ścieżce Umarłych – rzekł. – Co to za szlak? Gdzie jest Obieżyświat, czyli, chciałem powiedzieć, dostojny Aragorn? Dokąd się udał?

Król westchnął, nikt jednak nie kwapił się z odpowiedzią, dopiero po dłuższej chwili odezwał się Éomer:

– Nie wiemy i bardzo jesteśmy stroskani. A co do Ścieżki Umarłych, to ty sam, Meriadoku, postawiłeś już na niej pierwsze kroki. Nie, nie chcę cię przerażać złą wróżbą! Po prostu droga, którą wspinaliśmy się tutaj, prowadzi dalej pod Drzwi otwierające się w lesie Dimholt. Co jednak za nimi się znajduje, nikt nie wie.

– Nikt nie wie – rzekł Théoden – lecz stare legendy, rzadko dziś opowiadane, mówią o tym coś niecoś. Jeśli nie kłamią te pradawne opowieści, które w rodzie Eorla przekazywano z ojca na syna, za drzwiami pod Nawiedzoną Górą istnieje tajemna ścieżka prowadząca pod ziemią ku nieznanemu celowi. Nie znalazł się śmiałek, który by odważył się zbadać jej sekrety, od czasu gdy Baldor, syn Brega, przekroczył owe drzwi, by nigdy nie wrócić pomiędzy żyjących. Podczas uczty, którą Brego wyprawił z okazji uroczystego otwarcia pałacu Meduseld, Baldor, rozgrzany winem, złożył pochopnie przysięgę, że wyjaśni tajemnicę tej drogi. Tak stało się, iż nigdy nie zasiadł na tronie, przeznaczonym mu z prawa dziedzictwa.

Ludzie mówią, że ścieżki tej strzeże plemię Umarłych z czasów Czarnych Lat i że ci strażnicy nie dopuszczają nikogo z żyjących do swej tajemnej siedziby, lecz sami niekiedy pokazują się w postaci cieni, przemykających spod drzwi wzdłuż kamiennej drogi.

Mieszkańcy Harrowdale zamykają wtedy na trzy spusty drzwi swych domów, zasłaniają okna i drżą ze strachu. Ale Umarli rzadko wychodzą z podziemi, zdarza się to tylko w czasach wielkiego niepokoju i śmiertelnego zagrożenia.

– Mówią jednak w Harrowdale – powiedziała Éowina, ściszając głos – że niedawno w bezksiężycową noc widziano przeciągające tędy wielkie wojska w dziwnych zbrojach. Skąd ta armia przybyła, nie wiadomo, lecz dążyła kamienną drogą pod górę i zniknęła w jej wnętrzu, jakby spiesząc na umówione spotkanie.

– Dlaczego więc Aragorn obrał tę drogę? – spytał Merry. – Czy nikt nie może tego wyjaśnić?

– Jeśli tobie, jako przyjacielowi, nic o tym nie powiedział – odparł Éomer – nikt z ludzi żyjących nie wie, czym się kierował i do czego zmierzał.

– Wydał mi się bardzo zmieniony od owego dnia, gdy go pierwszy raz ujrzałam w królewskim pałacu – powiedziała Éowina

– bardziej posępny i starszy. Można by myśleć, że go coś urzekło, jak bywa z ludźmi, których wzywają Umarli.

– Może go wezwali – odparł Théoden. – Serce mi mówi, że już go więcej w życiu nie zobaczę. Ale to mąż królewskiej krwi, powołany do wielkich przeznaczeń. Tym się pociesz, córko, bo widzę, że zasmuca cię jego los i potrzebujesz pociechy. Legendy mówią, że kiedy potomkowie Eorla po przybyciu z Północy przeprawili się przez Śnieżny Potok, szukając obronnych miejsc i schronów na dni grozy, Brego ze swoim synem Baldorem wspiął się po skalnych schodach do tej Warowni i tędy doszedł pod Drzwi Umarłych.

W progu siedział starzec, którego lat nie dało się zliczyć wedle naszej rachuby czasu; był wysoki, królewskiej postawy, lecz zmurszały jak odwieczny głaz. Toteż w pierwszej chwili wzięli go za stary kamień, bo nie poruszał się i nie odzywał, dopóki nie spróbowali wyminąć go i wejść do pieczary. Wtedy z jego piersi jak spod ziemi dobył się głos i ku ich zdumieniu przemówił w języku zachodnich plemion:

„Droga jest zamknięta".

Zatrzymali się więc, spojrzeli na niego uważniej i dopiero wówczas zrozumieli, że to żywy człowiek. On jednak nie patrzył na nich.

„Droga jest zamknięta – powtórzył. – Zbudowali ją ci, którzy dziś są Umarli, oni też jej strzegą, póki się czas nie dopełni. Droga jest zamknięta".

„A kiedy czas się dopełni?" – spytał Baldor. Nie usłyszał jednak odpowiedzi. W tym bowiem momencie starzec padł martwy, twarzą ku ziemi. Nigdy nikt w naszym plemieniu nie zdobył więcej wiadomości o dawnych mieszkańcach tych gór. Kto wie, może dziś właśnie wybiła zapowiedziana godzina i zamknięta droga otworzy się przed Aragornem.

– Jakże jednak inaczej przekonać się, czy już czas się dopełnił, jeśli nie próbując przekroczyć progu? – rzekł Éomer. – Nie, ja nie zrobiłbym tego, choćby mnie ścigała cała armia Mordoru, choćbym był sam i nie miał innej drogi ucieczki. Wielkie to nieszczęście, że na wezwanie Umarłych odpowiedział mąż tak wspaniałego męstwa, tak nam potrzebny w ciężkiej godzinie. Czy nie dość złych istot nawiedziło świat, by szukać ich jeszcze pod ziemią? Wojna przecież wybuchnie lada dzień.

Umilkł, bo w tym momencie z dworu dobiegł gwar: ktoś wywoływał imię Théodena, a wartownik przed namiotem bronił wstępu.

Dowódca straży rozchylił zasłonę.

– Konny wysłaniec Gondoru, miłościwy panie – zameldował. – Prosi, żeby mógł bez zwłoki stanąć przed tobą.

– Wprowadzić go! – rzekł Théoden.

Wszedł wysmukły mężczyzna. Merry omal nie krzyknął głośno, bo w pierwszej chwili wydało mu się, że to wskrzeszony Boromir powrócił z zaświatów. Potem, przyjrzawszy się lepiej, stwierdził, że nie jest to Boromir, lecz ktoś tak do niego podobny jak bliski krewny: wysoki, z siwymi oczyma, dumnej postawy. Miał na sobie strój jeźdźca i ciemnozielony płaszcz zarzucony na kolczugę pięknej roboty. Hełm nad czołem zdobiła mała srebrna gwiazda. W ręku trzymał strzałę, opatrzoną czarnym piórem i stalowym ostrzem, pomalowanym na końcu czerwoną farbą. Przyklękł na jedno kolano, pokazując Théodenowi strzałę.

– Pozdrawiam cię, Władco Rohirrimów, przyjacielu Gondoru – rzekł. – Nazywam się Hirgon, jestem gońcem Denethora, który przysyła ci ten znak wojny. Gondor pilnie potrzebuje pomocy. Rohirrimowie wspierali nas nieraz, dziś jednak pan nasz, Denethor, wzywa ich, aby przybyli w jak największej sile i jak najspieszniej, inaczej bowiem Gondor zginie.

– Czerwona Strzała! – powiedział Théoden, biorąc z rąk gońca strzałę. Widać było po nim, że z dawna oczekiwał tego znaku, a mimo to nie mógł obronić się przed zgrozą, gdy go ujrzał. Ręka mu drżała. – Nigdy jeszcze za moich dni nie zjawiła się w Marchii Czerwona Strzała! A więc do tego już doszło! Na jakie posiłki, na jaki pośpiech z mojej strony liczyć może Denethor?

– To już sam wiesz najlepiej, miłościwy królu – odparł Hirgon. – Lecz wkrótce może się zdarzyć, że Minas Tirith będzie ze wszech stron otoczone, jeśli więc nie rozporządzasz taką potęgą, by przebić się przez pierścień wielu oblegających gród armii, władca nasz, Denethor, polecił mi oznajmić, że w takim przypadku wedle jego mniemania lepiej byłoby, aby siły zbrojne Rohanu znalazły się w obrębie fortecznych murów, nie zaś poza nimi.

– Lecz władca wasz z pewnością wie, że Rohirrimowie przywykli raczej bić się konno i w otwartym polu, a także i to, że plemię nasze żyje w rozproszeniu i trzeba czasu, żeby zgromadzić wszystkich jeźdźców. Czy mylę się, Hirgonie, sądząc, że Władca Minas Tirith więcej wie, niż powiedział w swoim wezwaniu? Sam chyba widzisz, że my już toczymy wojnę i że nie zastałeś nas całkowicie nieprzygotowanych. Był u nas Gandalf Szary, a dziś właśnie zebraliśmy się tutaj na przegląd sił przed wyruszeniem do boju na wschód.

– Nie mogę ci odpowiedzieć, królu, na pytanie, co nasz władca wie o tych sprawach i czego się domyśla – odparł Hirgon. – To wszakże pewne, że jesteśmy w rozpaczliwym położeniu. Mój władca nie przysyła rozkazów, lecz prosi, abyś wspomniał na dawną przyjaźń i na z dawna wiążące cię przysięgi i uczynił wszystko, co w twojej mocy, zarówno dla naszego, jak i dla własnego dobra. Doszły nas wieści, że wielu królów ze Wschodu ciągnie ze swymi zastępami, by oddać się na służbę Mordorowi. Od Północy aż do pól Dagorladu wszędzie już toczą się utarczki i słychać zgiełk wojenny. Na południu ruszyli się Haradrimowie i strach padł na całą krainę zaprzyjaźnionych z nami nadbrzeżnych plemion, tak że niewiele od nich możemy oczekiwać posiłków. Pospieszaj, królu! Nie gdzie indziej bowiem, lecz pod murami Minas Tirith rozstrzygnie się los dzisiejszego świata, a jeśli tam nie powstrzymamy fali, zaleje ona wkrótce piękne stepy Rohanu i nawet ta warownia wśród gór nie będzie bezpiecznym schronieniem.

– Straszne przynosisz wieści, lecz nie wszystkie one są dla nas niespodzianką – rzekł Théoden. – Powiedz Denethorowi, że nawet gdyby Rohan nie czuł się sam zagrożony i tak przyszedłby mu z pomocą. Lecz ponieśliśmy srogie straty w bitwie ze zdrajcą Sarumanem i musimy pamiętać zarówno o naszych północnych, jak i wschodnich granicach; przypominają nam o tym nowiny przez Denethora nadesłane. Może się też zdarzyć wobec wielkiej potęgi, jaką teraz Władca Ciemności rozporządza, że nas okrąży, zanim dotrzemy do waszego grodu, i że natrze przeważającymi siłami zza rzeki, nie dopuszczając do Królewskiej Bramy.

Ale dość na dziś tych słów rozwagi. Pójdziemy wam na pomoc. Jutro ma się odbyć przegląd broni. Potem wydam rozkazy i wyruszymy w drogę. Myślałem, że będę mógł wysłać stepem na postrach wrogowi dziesięć tysięcy włóczni. Teraz niestety widzę, że będzie ich mniej; nie śmiem bowiem zostawić moich warowni bez obrony. Sześć tysięcy wszakże poprowadzę pod Minas Tirith. To powiedz Denethorowi, że w ciężkiej godzinie król Marchii sam spieszy do

Gondoru, choć pewnie żywy nie wróci z tej wyprawy. Ale to daleka droga, przy tym ludzie i konie muszą dojść na miejsce w pełni sił do walki. Od jutrzejszego ranka upłynie tydzień, zanim usłyszycie bojowy okrzyk synów Eorla nadciągających z północy.

– Tydzień! – powiedział Hirgon. – Musimy się z tym pogodzić, skoro inaczej być nie może. Ale kto wie, czy przybywając za siedem dni, nie ujrzycie już tylko zburzonych murów, jeśli nie zjawi się wcześniej jakaś inna pomoc z nieoczekiwanej strony. Nawet jednak w najgorszym razie dobrze się stanie, że zakłócicie orkom i Dzikim Ludziom ich tryumfalną ucztę wśród ruin Białej Wieży.

– Tyle przynajmniej zrobimy na pewno – rzekł Théoden. – Teraz wybacz, jestem znużony po niedawnej bitwie i długim marszu, muszę odpocząć. Zostań tutaj na tę jedną noc. Jutro zobaczysz przegląd sił Rohanu i napatrzywszy się im, odjedziesz z lżejszym sercem i tym żwawiej po wypoczynku. Ranek nieraz przynosi radę, a noc często odmienia myśli.

Król podniósł się i wszyscy wstali ze swoich miejsc.
– Rozejdźcie się i śpijcie dobrze – powiedział król. – Ciebie, mój Meriadoku, nie będę już dziś potrzebował. Bądź jednak gotów na wezwanie o wschodzie słońca.

– Będę gotów – odparł Merry – choćbyś mi, królu, kazał za sobą jechać Ścieżką Umarłych.

– Nie wymawiaj tych złowróżbnych słów! – rzekł król. – Niejedną bowiem ścieżkę można by takim mianem nazwać. Nie powiedziałem też wcale, że wezmę cię z sobą w dalszą drogę. Dobranoc!

– Nie chcę zostać i czekać, aż przypomną sobie o mnie po wszystkim – rzekł Merry. – Nie chcę zostać, nie chcę!

I tak powtarzając wciąż w kółko ten protest, usnął wreszcie pod swoim namiotem. Zbudził go jakiś człowiek, potrząsając za ramiona.

– Wstawaj, wstawaj, mości niziołku! – krzyczał. Merry w końcu ocknął się z głębokiego snu i zerwał z posłania. Stwierdził, że jest jeszcze bardzo ciemno.

– Co się stało? – zapytał.
– Król cię wzywa.
– Słońce przecież nie wzeszło jeszcze.

– Nie i nie wzejdzie dzisiaj. Wygląda na to, że nigdy go już nie zobaczymy zza tej chmury. Ale czas nie zatrzymał się, chociaż zagubił słońce. Pospiesz się, żywo!

Chwytając szybko płaszcz, Merry wyjrzał z namiotu. Świat był mroczny. Nawet powietrze zdawało się jakieś bure, wszystko wkoło było czarne i szare, a żaden kształt nie rzucał na ziemię cienia; cisza panowała zupełna. Nie widać było zarysów chmury, tylko gdzieś w dali rozpostarty szeroko na wschodzie mrok wysuwał przed siebie jak gdyby łapczywe palce, między którymi przeświecała odrobina światła. Wprost nad głową hobbita zawisł ciężki strop bezkształtnych ciemności, a światło, zamiast się potęgować, przygasało z każdą chwilą.

Na polanie dostrzegł mnóstwo ludzi, a wszyscy patrzyli w górę i coś mruczeli z cicha; twarze mieli smutne i zszarzałe, niektórzy wyraźnie drżeli z lęku. Ze ściśniętym sercem szedł Merry do króla. Hirgon, goniec z Gondoru, wyprzedził hobbita, a towarzyszył mu drugi człowiek, podobny do niego z rysów i ubioru, lecz niższy i tęższy. Gdy Merry wchodził do królewskiego namiotu, Gondorczyk rozmawiał z Théodenem.

– Ciemność przyszła z Mordoru – mówił. – Nadciągnęła wczoraj o zachodzie słońca. Ze wzgórz Wschodniej Bruzdy twojego królestwa widziałem, jak się podnosi i pełznie po niebie, w nocy zaś, gdy jechałem, goniła mnie, pożerając gwiazdy. Teraz ogromna chmura zawisła nad całą krainą pomiędzy nami a Górami Cienia i coraz bardziej się rozrasta. Wojna już się zaczęła.

Przez chwilę król milczał. Wreszcie przemówił:
– A więc stało się! Już wybuchła ta wielka bitwa naszych czasów, która przyniesie kres wielu rzeczy. Bądź co bądź nie pora już ukrywać się dłużej. Pojedziemy najprostszą drogą, otwarcie, ile sił w koniach. Przegląd zacznie się natychmiast, nie będziemy czekali na maruderów. Czy macie w Minas Tirith przygotowane zapasy? Jeśli bowiem mamy ruszyć spiesznym marszem, nie możemy obciążać się niczym, weźmiemy tyle tylko wody i chleba, żeby przeżyć do pierwszej bitwy.

– Mamy wielkie zapasy z dawna przygotowane – odparł Hirgon. – Jedźcie bez juków i pospieszajcie.

– Zawołaj, Éomerze, trębaczy – powiedział Théoden. – Niech jeźdźcy staną w ordynku.

Éomer wyszedł i niemal zaraz potem w Warowni rozległa się pobudka, a w dolinie odpowiedziały na nią głosy trąbek; nie zabrzmiały jednak teraz w uszach Meriadoka tak czysto i śmiało jak poprzedniego wieczora. W ciężkim powietrzu grały głucho i ochrypłe, złowieszczo i jękliwie.

Król zwrócił się do hobbita:

– Jadę na wojnę, mój Meriadoku – rzekł. – Ruszam za chwilę w drogę. Zwalniam cię ze służby, chociaż nie cofam ci przyjaźni. Zostaniesz tutaj i jeżeli zechcesz, będziesz służył księżniczce Éowinie, która w moim zastępstwie sprawować ma rządy nad naszym ludem.

– Ale... ale... królu – wyjąkał Merry – ofiarowałem ci przecież mój miecz... Nie chcę rozstać się z tobą w ten sposób, królu Théodenie. Wszyscy moi przyjaciele wezmą udział w walce, wstydziłbym się zostać na tyłach.

– Jedziemy na dużych i śmigłych koniach – powiedział Théoden – a ty, chociaż serce masz dzielne, nie możesz dosiąść takiego wierzchowca.

– Więc mnie przywiąż do siodła albo powieś na strzemieniu. Zrób, co chcesz, byleś mnie wziął ze sobą – odparł Merry. – Droga daleka, ale ja muszę ją przebyć. Jeśli nie konno, to piechotą, choćbym miał nogi zedrzeć i przyjść o parę tygodni za późno.

Théoden uśmiechnął się na to.

– Wolałbym wziąć cię na siodło Śnieżnogrzywego wraz z sobą, niż pozwolić na coś podobnego. W każdym razie pojedziesz ze mną do Edoras i zobaczysz Meduseld. Tamtędy bowiem wiedzie nasza droga. Do Edoras doniesie cię twój Stybba, wielki bieg zacznie się dopiero potem, na równinie.

– Chodź ze mną, Meriadoku – odezwała się, wstając, Éowina. – Pokażę ci zbroję, którą kazałam dla ciebie przygotować.

Wyszli więc we dwoje.

– O jedno tylko prosił mnie Aragorn – powiedziała Éowina, prowadząc hobbita między namiotami. – O to, żebym cię uzbroiła do bitwy. Obiecałam mu zrobić wszystko, co w mojej mocy. Serce mi mówi, że będzie ci potrzebna zbroja, zanim ta wojna się skończy.

Stanęli przed szałasem pośród stanowisk królewskiej gwardii. Zbrojmistrz wyniósł z wnętrza mały hełm, okrągłą tarczę i inne części bojowego rynsztunku.

– Nie znalazła się u nas kolczuga na twoją miarę – powiedziała Éowina – i nie było czasu, żeby wykuć dla ciebie nową; jest za to mocna kurtka ze skóry, pas i nóż. Miecz masz własny.

Merry skłonił się, a księżniczka pokazała mu tarczę, podobną do tej, którą dostał Gimli, i naznaczoną godłem Białego Konia.

– Weź to wszystko – powiedziała – i niech ci służy szczęśliwie. Bądź zdrów, Meriadoku. Myślę, że się jeszcze spotkamy.

Tak więc w gęstniejącym mroku król Marchii gotował się do wyruszenia na czele swoich jeźdźców ku wschodowi. Serca ludziom ciążyły, niejeden kulił się z trwogi przed ciemnością. Ale był to lud mężny, wierny swemu królowi, toteż niewiele słyszało się płaczu i szemrania, nawet w obozowisku Warowni, gdzie schronili się uchodźcy z Edoras, kobiety, dzieci i starcy. Złowrogi los zawisł nad nimi, stawili mu jednak czoło bez skarg.

Dwie godziny przemknęły szybko i król już siedział na swoim siwym koniu, lśniącym w półmroku. Zdawał się dumny i wielki, chociaż spod wysokiego hełmu spływały mu na ramiona białe jak śnieg włosy. Ten i ów, spoglądając na niego z podziwem, nabierał otuchy, widząc, że król jest nieugięty i niestrudzony.

Na rozległej płaszczyźnie za huczącym potokiem ustawiły się w porządku zastępy wojska, około pięciu tysięcy jeźdźców w pełnym uzbrojeniu, dalej zaś kilkuset luzaków z zapasowymi końmi, lekko objuczonymi. Zagrała jedna tylko trąbka. Król podniósł rękę i armia Marchii w głuchej ciszy ruszyła z miejsca. Najpierw jechało dwunastu przybocznych królewskich gwardzistów, doborowi, najsławniejsi jeźdźcy; potem sam król z Éomerem u boku. Pożegnał się z Éowiną na górze, w Warowni, i pamięć tej chwili bolała go jeszcze, ale już zwracał myśli ku drodze, która leżała przed nim. Tuż za królem człapał na kucyku Merry wśród dwóch gońców z Gondoru, a za nimi znów dwunastu królewskich gwardzistów. Jechali zrazu między długim podwójnym szpalerem żołnierzy, czekających z surowymi, niewzruszonymi twarzami. Dopiero gdy dosięgli niemal końca wyciągniętych szeregów, jeden z ludzi spojrzał uważnie i przenikliwie na hobbita.

Odwzajemniając spojrzenie, Merry zobaczył młodego, jak mu się wydało, jeźdźca, mniejszego i szczuplejszego niż inni. Dostrzegł błysk jasnoszarych oczu i zadrżał, bo nagle zrozumiał, że to jest twarz człowieka, który rusza w drogę bez nadziei, szukając śmierci.

Zjeżdżali w dół drogą wzdłuż Śnieżnego Potoku rwącego kamienistym łożyskiem, przez wioski Podskale i Przyrzecze, gdzie z uchylonych drzwi ciemnych chat patrzyły na nich smutne kobiety; bez grania rogów, bez muzyki i bez śpiewu zaczynała się ta pamiętna wyprawa na Wschód, którą potem przez wiele pokoleń sławić miała pieśń Rohanu:

> *Z mroku Dunharrow o mglistym poranku*
> *z wodzami swymi wyruszył syn Thengla*
> *Wprost ku prastarym pałacom Edoras*
> *Marchii monarchów, we mgle teraz skrytym;*
> *złote ich dachy zmierzchu przykrył ciężar.*
> *Tam król swój naród pożegnał swobodny,*
> *salę tronową, miejsca uświęcone,*
> *w których świętował, nim światło przygasło.*
> *Ruszył Théoden. Trwogę miał za sobą,*
> *los miał przed sobą. Swych przysiąg dotrzymał,*
> *sojuszy dawnych miał wiernie dopełnić.*
> *Król ruszył w pole. Przez pięć dni i nocy*
> *na wschód dążyły wojska Eorlingów*
> *przez Bruzdę, Fenmarch i przez lasy Firien;*
> *lanc sześć tysięcy gnało ku Sunlending,*
> *Mundburga grodu pod Mindolluiną,*
> *pięknej stolicy Królestwa Południa*
> *w pierścieniu ognia, w pętli oblężenia.*
> *Los ich prowadził. Ciemność pochłonęła*
> *konie i jeźdźców. Kopyt głos daleki*
> *zatonął w ciszy. Tak pieśń nam powiada.*[1]

Król wjeżdżał do Edoras w samo południe, lecz mrok coraz ciemniejszy zalegał nad światem. Théoden zatrzymał się w stolicy krótko i wzmocnił swój zastęp o kilka dziesiątków jeźdźców, którzy

---

[1] Przełożył Tadeusz A. Olszański.

nie zdążyli stawić się na przegląd wojsk. Posiliwszy się, gotów był do dalszej drogi, zechciał jednak przedtem łaskawie pożegnać swego giermka. Merry raz jeszcze spróbował ubłagać króla, żeby mu pozwolił towarzyszyć w wyprawie.

– Czeka nas droga, której na takim wierzchowcu jak Stybba nie zdołałbyś przebyć – odparł Théoden. – Cóż byś zresztą robił w bitwie, którą mamy stoczyć na polach Gondoru, mój dzielny Meriadoku, mimo że nosisz miecz i że serce masz wielkie w małym ciele?

– Nikt tego z góry nie wie, co zrobi w bitwie – rzekł Merry. – Ale po co, miłościwy panie, przyjąłeś mnie na giermka, jeśli nie po to, żebym był zawsze u twego boku? Nie chcę, żeby kiedyś w pieśni wspominano o mnie tylko jako o tym, który stale zostawał w domu.

– Powierzono mi ciebie w opiekę – odpowiedział Théoden – i zdano twój los na moją wolę. Żaden z mych jeźdźców nie może wziąć dodatkowego ciężaru na siodło. Gdyby bitwa rozgrywała się tutaj, u naszych bram, kto wie, czy nie dokonałbyś czynów godnych uwiecznienia w pieśniach; ale od Mundburga, stolicy Denethora, dzieli nas przeszło sto staj. To moje ostatnie słowo, Meriadoku.

Merry skłonił się i odszedł zrozpaczony, by jeszcze przyjrzeć się ustawionym w szeregach jeźdźcom. Kompanie przygotowywały się do wymarszu, ludzie zaciskali popręgi, opatrywali siodła, poklepywali konie; ten i ów niespokojnie zerkał na nisko nawisłe chmury. Nagle jeden z jeźdźców chyłkiem przysunął się do hobbita.

– Gdzie nie brak chęci, tam sposób zawsze się znajdzie – szepnął mu do ucha. – Dlatego na twojej drodze ja się znalazłem. – Merry spojrzał mu w twarz i poznał młodego rycerza, który rano zwrócił jego uwagę. – Chcesz jechać tam, dokąd wybiera się Władca Marchii, czytam to z twoich oczu.

– Tak – przyznał Merry.

– A więc pojedziesz ze mną – rzekł młody jeździec. – Wezmę cię przed siebie na siodło i ukryję pod płaszczem, póki nie będziemy daleko stąd, na stepie, wśród bardziej jeszcze nieprzeniknionych ciemności. Takiej dobrej woli, jaką ty masz, nie wolno się sprzeciwiać. Nie mów nic nikomu i chodź za mną.

– Dziękuję ci, dziękuję z całego serca – powiedział Merry. – Nie znam jednak twojego imienia.

– Nie znasz? – z cicha odparł jeździec. – Możesz mnie nazywać Dernhelmem.

Tak stało się, że gdy król wyruszał w dalszy pochód, na siodle przed Dernhelmem jechał z nim hobbit Meriadok, a rosły siwy wierzchowiec Windfola nie czuł nawet dodatkowego ciężaru; Dernhelm bowiem, choć zwinny i zgrabnej budowy, ważył mniej niż większość rycerzy.

Cwałowali wśród mroków. Na noc rozbili obóz w gęstwie wierzb opodal ujścia Śnieżnego Potoku do Rzeki Entów, o dwanaście staj na wschód od Edoras. O świcie ruszyli dalej przez Bruzdę, a potem przez Bagna, gdzie po ich prawej ręce wielkie lasy dębowe pięły się na podnóża gór w cieniu Halifirien, wznoszącej się na pograniczu Gondoru, po lewej zaś mgły zasnuwały trzęsawiska ciągnące się nad dolnym biegiem Rzeki. W drodze doszły ich pogłoski o wojnie na północy. Samotni jeźdźcy pędzący co koń wyskoczy zatrzymywali się, by królowi meldować o napaści na wschodnie granice, o bandzie orków, która wtargnęła na płaskowyż Rohanu.

– Naprzód! Naprzód! – wołał Éomer. – Nie czas już oglądać się na boki. Moczary nadrzeczne muszą strzec naszych flanków. Nam nie wolno tracić ani chwili. Naprzód!

Król Théoden porzucił więc własne królestwo, oddalał się od niego mila za milą, po długiej drodze wijącej się na wschód, i mijał w pochodzie kolejne wzgórza ognistych wici: Calenhad, Min-Rimmon, Erelas, Nardol. Ale ogniska na szczytach już wygasły. Kraj wokół był szary i cichy, tylko w miarę jak się posuwali, cień gęstniał, a nadzieja słabła we wszystkich sercach.

Rozdział 4

Oblężenie Gondoru

Pippina obudził Gandalf. W izbie paliły się świece, bo przez okna sączył się ledwie mętny półmrok. Powietrze było parne jak przed burzą.

– Która godzina? – spytał, ziewając, Pippin.

– Minęła druga – odparł Gandalf. – Pora, żebyś wstał i ubrał się przyzwoicie. Wzywa cię władca grodu; zaczniesz się uczyć swoich nowych obowiązków.

– A czy władca da mi śniadanie?

– Nie, ale ja ci tu przygotowałem coś do przegryzienia. To musi ci wystarczyć do południa. Wydano rozkaz oszczędzania prowiantów.

Pippin markotnie spojrzał na skąpą kromkę chleba i zupełnie – jego zdaniem – niedostateczną porcję masła, przygotowane obok kubka cienkiego mleka.

– Ach, po cóż mnie tu przywiozłeś! – westchnął.

– Dobrze wiesz, po co – odparł Gandalf. – Żeby cię ustrzec od gorszych tarapatów. A jeśli ci się tutaj nie podoba, nie zapominaj, że sam sobie napytałeś biedy.

Pippin ucichł od razu.

Wkrótce potem znów szedł wraz z Gandalfem przez zimne korytarze do drzwi Sali Wieżowej. Denethor siedział tam w szarym półmroku. „Jak stary, cierpliwy pająk" – pomyślał Pippin; można by uwierzyć, że nie ruszył się z tego miejsca od wczoraj. Wskazał Gandalfowi krzesło, ale na stojącego przed nim Pippina przez dłuższą chwilę nie zwracał jakby uwagi. Wreszcie zwrócił się do niego, mówiąc:

– No, mości Peregrinie, mam nadzieję, że dzień wczorajszy spędziłeś pożytecznie i przyjemnie? Obawiam się tylko, że wikt w naszym mieście jest nieco za skromny jak na twoje upodobania.

Pippin doznał niemiłego wrażenia, że władca grodu jakimś sposobem zna wszystkie jego słowa i uczynki, a nawet zgaduje myśli. Nic nie odpowiedział.

– Co chcesz robić w mojej służbie?

– Myślałem, miłościwy panie, że ty wyznaczysz mi obowiązki.

– Tak też zrobię, ale najpierw muszę się dowiedzieć, do czego się nadajesz – odparł Denethor. – A dowiem się tego wcześniej, jeżeli zatrzymam cię przy sobie. Właśnie mój przyboczny giermek pałacowy poprosił o zwolnienie, wezmę więc ciebie tymczasem na jego miejsce. Będziesz mi usługiwał, chodził na posyłki i zabawiał mnie rozmową, jeżeli wojna i narady pozostawią na to czas wolny. Czy umiesz śpiewać?

– Owszem – odrzekł Pippin. – To znaczy, że umiałem śpiewać dość dobrze w swoim kółku, ale my, w Shire, nie znamy pieśni stosownych do wielkich pałaców ani też na ciężkie czasy, miłościwy panie. Większość naszych piosenek mówi o rzeczach zabawnych, z których można się pośmiać, albo o jedzeniu i piciu.

– Czemuż by takie pieśni miały być niestosowne na moim dworze i w dzisiejszych czasach? Żyliśmy tak długo pod grozą Cienia, że tym chętniej posłuchamy echa z kraju, który tych trosk nie zaznał. Może wtedy lepiej zrozumiemy, że czuwaliśmy tutaj nie na próżno, chociaż ci, którzy z tego korzystali, nie wiedzieli, komu swoje szczęście zawdzięczają.

Pippin zmarkotniał. Nie zachwycała go myśl o śpiewaniu Władcy Minas Tirith piosenek z Shire'u, a zwłaszcza piosenek żartobliwych, które umiał najlepiej; wydawały mu się zanadto prostackie na tak uroczystą okazję. Na razie jednak ciężka próba została mu oszczędzona. Denethor nie zażądał śpiewu. Zwrócił się do Gandalfa, wypytując o Rohirrimów, o ich zamiary i o stanowisko Éomera, królewskiego siostrzeńca. Pippin nie mógł się nadziwić, że Denethor, który z pewnością od wielu lat nie oddalał się poza granice państwa, tyle ma wiadomości o narodzie mieszkającym tak daleko od jego stolicy.

W pewnej chwili władca skinął na hobbita i znów go odprawił.

– Idź do zbrojowni w Twierdzy – rzekł. – Dostaniesz tam ubiór i broń jak wszyscy, którzy pełnią służbę w Wieży. Zastaniesz te rzeczy przygotowane. Wczoraj dałem odpowiednie rozkazy. Przebierz się i wracaj do mnie.

Wszystko było rzeczywiście gotowe i wkrótce Pippin ujrzał się w niezwykłym stroju – całym z czerni i srebra. Mała kolczuga z pierścieni, jak się zdawało, stalowych, była czarna jak agat; wysoki hełm zdobiły z obu stron małe skrzydła krucze, nad czołem zaś widniała srebrna gwiazda wpisana w koło. Zbroję przykrywała krótka czarna kurtka z wyhaftowanym na piersi srebrnym godłem Drzewa. Stare ubranie hobbita zwinięto i odłożono do magazynów, pozwolono mu tylko zatrzymać szary płaszcz, dar z Lórien, chociaż miał go używać jedynie poza służbą. Pippin oczywiście tego nie wiedział, ale wyglądał w tym stroju doprawdy jak *Ernil i Pheriannath*, Książę Niziołków, jak go w Gondorze przezwano; czuł się jednak bardzo nieswojo. Ponury mrok działał na niego przygnębiająco.

Przez cały dzień było ciemno i chmurno. Od bezsłonecznego świtu do wieczora cień gęstniał coraz bardziej, a wszystkie serca w grodzie ściskały się od złych przeczuć. Od Kraju Ciemności górą pełzła z wolna na zachód ogromna chmura, która pochłaniała światło i posuwała się wraz z wichrem wojny; w dole jednak powietrze było jeszcze ciche i spokojne, jak gdyby cała Dolina Anduiny czekała na nadejście niszczycielskiej burzy.

Około jedenastej, nareszcie zwolniony na chwilę ze służby, Pippin wyszedł na poszukiwanie kęsa strawy i kropli napoju, by rozpogodzić serce i skrócić czas nieznośnego oczekiwania.

W żołnierskiej kantynie spotkał znów Beregonda, który powrócił właśnie z Pelennoru, gdzie go wysłano z rozkazami do wież strażniczych czuwających na Wielkiej Grobli. We dwóch więc wyszli na mury, bo Pippin czuł się wśród ścian jak w więzieniu i duszno mu było nawet pod wysokimi stropami Wieży. Siedli znów w niszy otwartej ku wschodowi, na tym samym miejscu, gdzie posilali się i gawędzili poprzedniego dnia.

Miało się ku zachodowi, lecz całun cieni rozpostarł się daleko i słońce dopiero w ostatniej chwili, już zanurzając się w Morzu, zdołało przed nocą przemycić kilka pożegnalnych promieni, tych właśnie, które Frodo ujrzał złocące głowę obalonego króla u Rozstaja Dróg. Na pola Pelennoru jednak, okryte cieniem Mindolluiny, nie sięgnął nawet ten przelotny blask; pozostały brunatne i posępne.

Pippin miał wrażenie, że lata upłynęły od chwili, gdy siedział tutaj po raz pierwszy, w jakiejś odległej, na pół zapomnianej epoce, gdy był jeszcze hobbitem, lekkomyślnym wędrowcem, którego serce ledwo po wierzchu musnęły wszystkie przebyte niebezpieczeństwa. Teraz stał się małym żołnierzem w grodzie przygotowującym się do odparcia straszliwej napaści, nosił dumny, lecz ponury strój strażników Wieży.

W innym czasie i innym miejscu Pippin może by się bawił nowym przebraniem, lecz rozumiał, że to nie w zabawie bierze udział, że jest naprawdę w służbie posępnego władcy i związał się ze sprawami śmiertelnej powagi. Kolczuga uwierała go, hełm ciążył na głowie. Płaszcz położył obok na kamiennej ławie. Odwrócił zmęczony wzrok od ciemniejących na dole pól, ziewnął i westchnął.

– Zmęczył cię dzisiejszy dzień? – spytał Beregond.

– Bardzo! – odparł Pippin. – Zmęczyło mnie próżniactwo i oczekiwanie. Obijałem pięty o zamknięte drzwi komnaty mojego pana, podczas gdy on przez długie godziny toczył narady z Gandalfem, z księciem i innymi dostojnymi osobami. Wiedz też, Beregondzie, że nie przywykłem z pustym brzuchem usługiwać ludziom, kiedy jedzą. To jest dla hobbita ciężka próba. Ty zapewne uważasz, że powinienem sobie wyżej cenić ów zaszczyt. Ale co po takich zaszczytach? Więcej powiem, co po jadle i napitkach pod grozą tego nadpełzającego cienia? Co to za cień? Powietrze samo zdaje się gęste i bure. Czy macie często takie ponure mgły, kiedy wiatr wieje od wschodu?

– Nie – odrzekł Beregond. – To nie jest zwykła niepogoda. To złośliwy podstęp Tamtego, który znad Góry Ognia śle jakieś trucizny i dymy, żeby zamroczyć serca i rozumy. Bardzo skutecznie zresztą. Chciałbym, żeby już wrócił Faramir. On nie poddałby się lękowi. Ale kto wie, czy Faramir zdoła w ogóle powrócić zza Rzeki pośród tych Ciemności?

– Tak, Gandalf także jest zaniepokojony – rzekł Pippin. – Zdaje mi się, że nieobecność Faramira odczuł jako dotkliwy zawód. Gdzie się podziewa Gandalf? Opuścił naradę u władcy przed południowym posiłkiem, i to z bardzo, jak widziałem, chmurną miną. Może ma złe przeczucia albo dostał niepomyślne wiadomości?

Nagle rozmowa urwała się, obaj oniemieli, zastygli, nasłuchując. Pippin przycupnął na kamieniach, zatykając rękami uszy, lecz Beregond, który, mówiąc o Faramirze, podszedł do parapetu i wyglądał zza niego ku wschodowi, pozostał w tej postawie, wpatrzony wytężonym wzrokiem przed siebie. Pippin znał przerażający krzyk, który przed chwilą rozdarł im uszy; słyszał go ongi na Moczarach w Shire, lecz głos od tamtego dnia spotężniał, nabrzmiał bardziej jeszcze nienawiścią, przeszywał serca i sączył w nie jad rozpaczy.

Wreszcie Beregond otrząsnął się i z trudem znowu przemówił:

– Nadleciały! Zdobądź się na odwagę i spójrz! Zobaczysz okrutne potwory.

Pippin niechętnie wdrapał się na kamienną ławę i wyjrzał zza muru. U jego stóp majaczyły w mroku pola Pelennoru, ginąc we mgle na linii Wielkiej Rzeki, którą odgadywał raczej, niż dostrzegał w oddali. Lecz na pośredniej wysokości, pomiędzy szczytem Mindolluiny a równiną, krążyły szybko, niby cienie nocy, olbrzymie, podobne do ptaków stwory, odrażające jak sępy, lecz większe niż orły, a bezlitosne jak sama śmierć. To przybliżały się zuchwale, niemal na odległość strzału z łuku, to oddalały, zataczając szersze kręgi.

– Czarni Jeźdźcy! – szepnął Pippin. – Czarni Jeźdźcy w powietrzu! Ale spójrz, Beregondzie! – krzyknął nagle. – Oni czegoś szukają! Spójrz, jak kołują i zniżają lot wciąż nad jednym miejscem. Czy widzisz? Tam coś rusza się na ziemi. Drobne, ciemne figurki... Tak, to ludzie na koniach! Czterech, pięciu konnych. Ach, nie mogę na to patrzeć! Gandalfie! Gandalfie, ratuj!

Po raz drugi rozległ się okropny, przeciągły okrzyk, a Pippin odskoczył od parapetu i skulił się za murem, dysząc jak ścigane zwierzę. Nikły, stłumiony przez tamten straszliwy głos, przebił się z dołu sygnał trąbki zakończony długą, wysoką nutą.

– Faramir! Nasz Faramir! To jego sygnał! – krzyknął Beregond. – On się nie ulękł. Ale jakże utoruje sobie drogę do Bramy, jeśli te piekielne ptaki mają inną broń prócz strachu! Patrz! Nasi jeźdźcy nie cofnęli się, dotrą do Bramy... Nie! Konie uciekają spłoszone.

Patrz! Jeźdźcy zeskoczyli z siodeł, biegną pieszo ku Bramie. Jeden został na koniu, ale i on spieszy za innymi. To kapitan. Jego słuchają zwierzęta i ludzie. Ach! Potwór zniża się, godzi w niego! Ratunku! Ratunku! Czy nikt nie przyjdzie mu z pomocą? Faramir!

I Beregond z tym imieniem na ustach pobiegł po murze, zniknął w ciemności. Zawstydzony, że bał się o własną skórę, gdy Beregond przede wszystkim myślał o ukochanym dowódcy, Pippin podniósł się i znów wyjrzał zza parapetu. W tej samej chwili od północy mignęła mu jakby biała i srebrna gwiazdka pośród ciemnych pól. Mknęła jak strzała i zbliżając się, rosła, zmierzając w trop za czterema ludźmi w stronę Bramy. Pippinowi zdawało się, że gwiazdka promieniuje bladym światłem i że czarne cienie ustępują przed nią, a gdy już znalazła się blisko, posłyszał niby echo odbite od murów potężne wołanie.

– Gandalf! – krzyknął Pippin. – Gandalf! On zawsze się zjawia w najczarniejszej godzinie. Naprzód, naprzód, Biały Jeźdźce! Gandalf! Gandalf! – wykrzykiwał gorączkowo jak widzowie podczas wielkich wyścigów zagrzewający głosem zawodnika, który wcale ich zachęty nie potrzebuje.

Teraz już czarne, krążące w powietrzu cienie także dostrzegły nowego przeciwnika. Jeden skręcił i zniżył się nad nim, lecz w okamgnieniu Biały Jeździec podniósł rękę i Pippinowi wydało się, że strzeliła z niej w górę wiązka jasnych promieni. Nazgûl z przeciągłym jękliwym okrzykiem poszybował chwiejnie wstecz, a cztery inne zawahały się, potem zaś, szybkimi spiralami wzbijając się wyżej, odleciały na wschód i zniknęły w nawisłej na widnokręgu czarnej chmurze. Przez chwilę nad Pelennorem mrok trochę pojaśniał.

Pippin patrzył, jak konny rycerz spotkał się z Białym Jeźdźcem, jak obaj zatrzymali się, czekając na pieszych. Z grodu biegli teraz ku nim ludzie. Wkrótce zewnętrzny mur przesłonił ich tak, że hobbit nie widział już nikogo, wiedział jednak, że weszli pod Bramę, i zgadywał, że udadzą się prosto do Wieży i do Namiestnika. Zbiegł więc szybko z murów, podążając ku Bramie twierdzy. Znalazł się w tłumie, wszyscy bowiem, którzy z murów obserwowali wyścig i szczęśliwy jego wynik, spieszyli witać ocalonych.

97

Wieść o całym zdarzeniu rozeszła się w lot po mieście i na ulicach, wiodących od zewnętrznych jego kręgów ku górze, zgromadzili się ludzie, wiwatując i wykrzykując imiona Faramira i Mithrandira.

Wreszcie Pippin zobaczył pochodnie i na czele cisnącego się tłumu dwóch jeźdźców posuwających się stępa; jeden, cały w bieli, nie jaśniał już blaskiem, blady zdawał się w półmroku, jakby walka wyczerpała lub stłumiła jego ogień; drugi, w ciemnej odzieży, jechał z głową pochyloną na piersi. Zsiedli z koni, które zaraz stajenni wzięli pod opiekę, i ruszyli pieszo ku posterunkom strzegącym wejścia do Cytadeli. Gandalf szedł pewnym krokiem; szary płaszcz odrzucił z ramion, w oczach tlił mu się jeszcze żar. Drugi przybysz, w zielonym płaszczu, szedł powoli, chwiejąc się trochę na nogach, jak gdyby bardzo znużony albo ranny.

Pippin przesunął się do pierwszego szeregu wiwatujących i w świetle latarni pod sklepieniem Bramy spojrzał z bliska w bladą twarz Faramira. Z wrażenia aż mu dech zaparło. Była to bowiem twarz człowieka, który przeżył okropny strach czy może ból, i opanował je wielkim wysiłkiem. Dumny i poważny, stał przez chwilę, rozmawiając z wartownikiem; Pippin przyglądał mu się i dostrzegł teraz niezwykłe jego podobieństwo do Boromira, którego hobbit od pierwszej chwili bardzo lubił, podziwiając jego trochę wielkopańską, choć dobrotliwą postawę. Lecz Faramir zbudził w nim niespodzianie jakieś nieznane dotychczas uczucie. Ten rycerz Gondoru miał w sobie dziwne dostojeństwo; takie, jakie niekiedy objawiało się w Aragornie, nie tak może wzniosłe, ale też mniej nieobliczalne i niedostępne; był to jeden z królów ludzkich, urodzonych w tej późnej epoce, lecz tchnęła od niego zarazem mądrość i smutek starszych braci ludzkiego rodu – elfów. Pippin zrozumiał, dlaczego Beregond wymawiał imię Faramira z taką miłością. Za tym dowódcą chętnie szli żołnierze, za nim nawet hobbit poszedłby bez wahania, choćby w cień czarnych skrzydeł.

– Faramir! – krzyknął Pippin wraz z innymi. – Faramir!

Faramir dosłyszał ten głos, odmienny w chórze Gondorczyków, odwrócił się i spojrzawszy z góry na Pippina, zdziwił się bardzo.

– A ty skąd się tutaj wziąłeś? – zapytał. – Niziołek w barwach wieżowej straży! Skąd?

W tej chwili Gandalf podszedł do niego i wyjaśnił:
– Przybył wraz ze mną z ojczyzny niziołków – rzekł. – Ja go tu przywiodłem. Ale nie marudźmy dłużej. Wiele mamy do omówienia i zrobienia, a ty jesteś zmęczony. Niziołek pójdzie zresztą z nami. Musi, jeśli bowiem pamięta nie gorzej ode mnie o swoich nowych obowiązkach, wie, że powinien stawić się do służby przy swoim panu. Chodź, Pippinie!

Wreszcie więc dotarli do osobistej komnaty władcy grodu. Przed kominkiem, na którym tlił się żar, ustawiono głębokie fotele; podano wino, ale Pippin, stojąc za plecami Denethora, nawet nie spojrzał na nie i nie pamiętał już o zmęczeniu, z takim zaciekawieniem słuchał, co mówiono.

Faramir zjadł kromkę białego chleba, wypił łyk wina i usiadł na niskim fotelu po lewej ręce swego ojca. Po drugiej stronie, trochę na uboczu, zajął miejsce na rzeźbionym krześle Gandalf; z początku zdawał się drzemać. Faramir bowiem zaczął od relacji ze swej wyprawy, na którą go posłał władca przed dziesięciu dniami; przekazywał wiadomości z Ithilien, mówił o ruchach Nieprzyjaciela i jego sprzymierzeńców, o walce stoczonej na gościńcu, o rozbiciu oddziału ludzi z Haradu, którzy z sobą sprowadzili straszliwe bestie, olifanty; słowem, było to jedno z tych sprawozdań, które władca zapewne nieraz już słyszał z ust swoich wysłanników, opowieść o pogranicznych utarczkach, tak częstych, że już się im nie dziwiono i nie przywiązywano do nich większej wagi.

Nagle Faramir spojrzał na Pippina.
– Teraz zaczyna się dziwna część mojej relacji – rzekł. – Albowiem ten giermek nie jest pierwszym niziołkiem, który z północnych legend zawędrował w nasze południowe kraje.

Gandalf ocknął się, wyprostował i mocno zacisnął ręce na poręczach krzesła. Nie rzekł jednak nic i wzrokiem nakazał Pippinowi milczenie. Denethor spojrzał na nich obu i skinął głową na znak, że wiele z tych nowin znał, zanim mu je oznajmiono. Wszyscy więc milczeli, a Faramir z wolna snuł swą opowieść, nie spuszczając niemal oczu z twarzy Gandalfa, chyba po to, by zerknąć od czasu do czasu na Pippina, jak gdyby chciał odświeżyć w pamięci obraz niziołków spotkanych za Wielką Rzeką.

Gdy mówił o spotkaniu z Frodem i jego wiernym sługą, a potem o wydarzeniach w Henneth Annûn, Pippin zauważył, że ręce Gandalfa, zaciśnięte na poręczach fotela, drżą. Wydawały się teraz białe, bardzo stare, i hobbit z nagłym dreszczem przerażenia zrozumiał, że Gandalf – nawet Gandalf! – jest zaniepokojony, może nawet przestraszony. W pokoju było duszno i cicho. Wreszcie, gdy Faramir opowiedział, jak rozstał się z wędrowcami, którzy postanowili iść na przełęcz Cirith Ungol, głos mu się załamał, rycerz potrząsnął głową i westchnął. Gandalf poderwał się z miejsca.

– Cirith Ungol? Dolina Morgul? – zawołał. – Kiedy to było, Faramirze? Powiedz dokładnie, kiedy się z nimi pożegnałeś? Kiedy mogli dotrzeć do tej przeklętej doliny?

– Rozstaliśmy się rankiem dwa dni temu – odparł Faramir. – Jeśli szli wprost na południe, mieli stamtąd do doliny Morgulduiny piętnaście staj, a potem jeszcze pięć na wschód do przeklętej wieży. Nawet najspieszniejszym marszem nie mogli więc dojść wcześniej niż dziś, a może do tej pory jeszcze nie doszli. Rozumiem, czego się lękasz. Ale ciemności nie są skutkiem ich wyprawy. Zaczęły się bowiem gromadzić wczoraj wieczorem i całe Ithilien ogarnęły w ciągu ostatniej nocy. Jasne jest dla mnie, że Nieprzyjaciel z dawna planował napaść na nas i wyznaczył godzinę ataku, zanim jeszcze wypuściłem tych wędrowców spod mojej straży.

Gandalf przemierzał nerwowo komnatę.

– Rankiem przed dwoma dniami, blisko trzy dni marszu! Jak daleko stąd do miejsca, w którym się rozstaliście?

– Około dwudziestu pięciu staj lotem ptaka – odparł Faramir. – Nie mogłem przybyć wcześniej. Wczoraj zatrzymałem oddział na Cair Andros, długiej wyspie na środku rzeki, gdzie trzymamy stały posterunek. Konie zostawiliśmy na drugim brzegu. Gdy nadciągnęły ciemności, wiedziałem, że trzeba się spieszyć, więc nie czekając na resztę, ruszyłem z trzema jeźdźcami, którzy mieli wierzchowce pod ręką. Oddziałowi kazałem iść na południe, aby wzmocnić załogę broniącą brodów pod Osgiliath. Mam nadzieję, że nie popełniłem błędu? – spytał, patrząc na ojca.

– Dlaczego pytasz? – krzyknął Denethor z nagłym błyskiem w oczach. – Ty jesteś dowódcą, tobie podlega oddział. A może chcesz usłyszeć mój sąd o wszystkich innych swoich poczynaniach?

W mojej obecności zachowujesz się pokornie, ale od dawna ani razu nie zawróciłeś z własnej drogi, żeby mnie zapytać o radę. Przed chwilą mówiłeś tak zręcznie, jak zwykle. Widziałem jednak, żeś wpijał oczy w twarz Mithrandira, szukając na niej potwierdzenia, czy dobrze przedstawiasz sprawę, czyś nie za wiele powiedział. Od dawna Mithrandir panuje nad twoim sercem. Tak, synu, ojciec jest stary, lecz wiek nie zaćmił jego umysłu. Wzrok i słuch mam bystry jak za młodu. Nic z tego, czegoś nie dopowiedział lub co pominąłeś milczeniem, nie uszło mej uwagi. Znam odpowiedzi na wiele z tych zagadek. Biada mi, biada, żem stracił Boromira!

– W czym cię nie zadowoliłem, ojcze? – spytał spokojnie Faramir.
– Boleję, że nie mogłem zasięgnąć twojej rady, nim musiałem wziąć na swoje barki brzemię tak wielkiej odpowiedzialności.

– Czy zmieniłbyś swoje zdanie pod moim wpływem? – odparł Denethor. – Z pewnością postąpiłbyś i tak wedle własnego rozumu. Znam cię na wylot. Zawsze chcesz wydać się wielkoduszny i wspaniałomyślny jak dawni królowie, łaskawy i łagodny. Może to przystoi potomkowi wielkiego rodu, władającemu w czasach pokoju. Ale w godzinie rozpaczliwego niebezpieczeństwa łagodność często przypłaca się życiem.

– Gotów jestem zapłacić – rzekł Faramir.
– Gotów jesteś zapłacić? – krzyknął Denethor. – Ale nie twoje tylko życie postawiłeś na kartę, Faramirze! Także życie swego ojca i całego ludu, którego masz obowiązek bronić dziś, skoro zabrakło Boromira.

– Żałujesz, ojcze, że nie spotkał mnie los Boromira? – spytał Faramir.
– Tak! – odparł Denethor. – Ponieważ Boromir był mi wiernym synem, a nie wychowankiem Czarodzieja. On pamiętałby, w jakiej ciężkiej potrzebie znalazł się ojciec, i nie roztrwoniłby tego, co mu przypadek włożył w ręce. Przyniósłby ten wspaniały dar ojcu.

Na chwilę Faramir dał się ponieść wzburzeniu.

– Zechciej przypomnieć sobie, ojcze, dlaczego nie mój brat, lecz ja właśnie znalazłem się w Ithilien. Rozstrzygnęła o tym twoja wola. Władca grodu sam wybrał Boromira na wysłannika w tamtej misji.

– Nie poruszaj goryczy w tym pucharze, który sam sobie przyrządziłem – rzekł Denethor. – Czyż nie czuję smaku jej w ustach, od wielu nocy lękając się, że najgorsza trucizna czeka mnie jeszcze w mętach na dnie? I dziś sprawdzają się moje obawy. Czemuż się tak stało! Czemuż nie dostałem tego w swoje ręce!

– Pociesz się – odezwał się Gandalf – bo w żadnym przypadku Boromir nie przyniósłby ci tego. Zginął, zginął szlachetną śmiercią, niech śpi w pokoju. Ale ty się łudzisz, Denethorze. Gdyby Boromir sięgnął po ten skarb i posiadł go, zatraciłby się na zawsze. Zatrzymałby go dla siebie i gdyby z nim tutaj wrócił, nie poznałbyś własnego syna.

Denethor zachował twarz zimną i zaciętą:

– Tobie nie udało się Boromira nagiąć do swej woli, prawda, Mithrandirze? – odparł z cicha. – Ale ja, rodzony jego ojciec, powiadam ci, że Boromir oddałby mi na pewno ów skarb. Może jesteś mądry, ale mimo całej swojej chytrości nie zjadłeś wszystkich rozumów. Są rady i sposoby inne niż sieci intryg snute przez czarodziejów i niż pochopne zuchwalstwa głupców. Wiem o tych sprawach więcej, niż ci się wydaje.

– Cóż zatem wiesz? – spytał Gandalf.

– Dość, żeby rozumieć, iż dwóch błędów należało się wystrzegać. Posługiwać się ową rzeczą jest niebezpiecznie. Ale w tej groźnej godzinie wysłać ją pod opieką głupiego niziołka do kraju Nieprzyjaciela, jak to zrobiłeś ty, Mithrandirze, do spółki z moim synem – to szaleństwo.

– A jak postąpiłby mądry Denethor?

– Nie popełniłby ani pierwszego, ani drugiego z tych błędów. Ale przede wszystkim z pewnością nie dałby się żadnym argumentem skłonić do tego ryzykownego kroku, któremu szaleniec tylko może rokować jakieś szanse powodzenia, a który tym się skończy, że Nieprzyjaciel odzyska swoją zgubę, to zaś oznaczać będzie naszą ostateczną klęskę. Ten skarb należało zatrzymać wśród nas, ukryć jak najgłębiej i jak najtajniej. Nie użyć go, chyba w najbardziej rozpaczliwej potrzebie, ale zabezpieczyć tak, żeby Nieprzyjaciel nie mógł go wydrzeć, chyba po zwycięstwie druzgocącym wszystko; wtedy jednak nic by nas to już nie obchodziło, ponieważ nie zostalibyśmy żywi na świecie.

– Myślisz, jak władcy Gondoru przystoi, o swoim tylko kraju – rzekł Gandalf. – Ale są inne plemiona, inni ludzie i świat się nie kończy na dniu dzisiejszym. Co do mnie, lituję się nawet nad niewolnikami Tamtego.

– A dokąd zwrócą się inni ludzie o pomoc, jeśli Gondor upadnie? – spytał Denethor. – Gdybym miał tę rzecz teraz ukrytą w głębokich lochach mojej fortecy, nie drżelibyśmy z lęku przed cieniem, nie balibyśmy się najgorszego, moglibyśmy naradzić się w spokoju. Jeżeli nie ufasz, że wyszedłbym z tej próby zwycięsko, nie znasz mnie, Gandalfie.

– Mimo wszystko nie ufam ci, Denethorze – odparł Gandalf. – Gdyby nie to, przysłałbym ową rzecz tutaj na przechowanie, oszczędzając sobie i innym wielu trudów. Słysząc zaś, co dziś mówisz, tym mniej mogę ci ufać, podobnie jak nie mogłem ufać Boromirowi. Ale nie unoś się gniewem! W tej sprawie sobie samemu także nie ufam, odmówiłem przyjęcia tego skarbu, chociaż mi go dobrowolnie ofiarowywano. Jesteś silny, Denethorze, i wiem, że władasz sobą w pewnych sprawach. Gdybyś jednak dostał ów skarb, on by tobą zawładnął. Choćbyś go zagrzebał pod korzeniami Mindolluiny, paliłby twoje serce, spalałby je w miarę jak narastałyby okrutne zdarzenia, które nas czekają już wkrótce.

Na moment oczy Denethora rozbłysły znowu, gdy władca zwrócił twarz ku Gandalfowi, i Pippin wyczuł znów napięte, zmagające się z sobą siły dwóch starców, lecz tym razem spojrzenia jak sztylety godziły w siebie i skrzyły się ogniem gniewu. Pippin drżał, oczekując jakiegoś straszliwego ciosu. Nagle jednak Denethor przygasł i jego twarz zlodowaciała znowu. Wzruszył ramionami.

– Gdybym ja go dostał! Gdybyś ty go zatrzymał! – powiedział. – Gdyby... Próżne słowa. Odszedł do Kraju Ciemności i tylko czas może nam objawić, jaki los czeka jego i nas. Czas już niedługi. W te dni, które nam zostały, niechże wszyscy walczący, chociaż różnymi sposobami, z wspólnym Nieprzyjacielem mają nadzieję, póki jeszcze mieć ją wolno, a gdy nadzieja zgaśnie, niech starczy im męstwa, żeby umrzeć jak wolni ludzie. – Zwrócił się do Faramira. – Co sądzisz o załodze w Osgiliath?

– Nie jest dość silna – odparł Faramir. – Posłałem oddział z Ithilien, żeby ją wzmocnić, jak już mówiłem.

– Te posiłki nie wystarczą, moim zdaniem – rzekł Denethor. – Osgiliath musi wytrzymać pierwszy impet napaści. Trzeba by tam najdzielniejszego dowódcy.

– I tam, i w wielu innych miejscach – powiedział z westchnieniem Faramir. – Niestety, brak mego brata, którego ja też serdecznie kochałem! – Wstał. – Czy wolno mi pożegnać cię, ojcze?

To mówiąc, zachwiał się i musiał oprzeć się o krzesło.

– Jesteś, jak widzę, bardzo znużony – rzekł Denethor. – Za szybko jechałeś, za daleko się zapuściłeś pod grozą zła krążącego w powietrzu.

– Nie mówmy teraz o tym – powiedział Faramir.

– Jak sobie życzysz – odparł Denethor. – Idź, odpocznij, póki można. Jutro czeka cię dzień cięższy jeszcze niż dzisiejszy.

Wszyscy pożegnali Władcę i odeszli, by odpocząć, korzystając z ostatnich chwil ciszy przed bitwą. Na dworze noc była czarna i bezgwiezdna, kiedy Gandalf z Pippinem, który przyświecał Czarodziejowi łuczywem, wracali na swoją kwaterę. Nie rozmawiali, póki nie znaleźli się za zamkniętymi drzwiami. Wtedy dopiero hobbit chwycił Gandalfa za rękę.

– Powiedz mi – prosił – czy jest bodaj iskra nadziei? Chodzi mi o Froda, a przynajmniej najbardziej o Froda.

Gandalf położył dłoń na jego głowie.

– Od początku nie było wiele nadziei – powiedział. – Tylko szaleniec mógł rokować szansę powodzenia całemu przedsięwzięciu, jak nam przed chwilą powiedziano. Ale kiedy usłyszałem o Cirith Ungol... – Urwał i podszedł do okna, jakby chcąc wzrokiem przebić noc czerniejącą na wschodzie. – Cirith Ungol – szepnął. – Dlaczego obrał tę drogę? – Odwrócił się do hobbita. – Wiedz, Pippinie, że na dźwięk tej nazwy serce omal nie zamarło we mnie. A jednak mówię ci prawdę, że w wieściach przyniesionych przez Faramira upatruję pewną nadzieję. Wynika z nich bowiem jasno, że Nieprzyjaciel rozpoczął pierwsze wojenne kroki, gdy Frodo jeszcze chodził wolny po świecie. A więc Oko przez kilka dni na pewno będzie zwrócone w innym kierunku, poza granice Kraju Ciemności. Wyczuwam jednak z daleka niepokój i pośpiech Nieprzyjaciela. Zaczął rozgrywkę wcześniej, niż zamierzał. Musiało się zdarzyć coś, co go przynagliło.

Przez chwilę Gandalf rozmyślał w milczeniu.

– Może – szepnął. – Może nawet twój szaleńczy wybryk pomógł w tym trochę, Pippinie. Zastanówmy się: jakieś pięć dni temu odkrył zapewne, że rozgromiliśmy Sarumana i zabrali z Orthanku kryształ. Ale cóż z tego? Nie bardzo mogliśmy się nim posługiwać bez wiedzy Nieprzyjaciela. A może... Może Aragorn? Jego dzień się przybliża. On jest silny i surowy, śmiały i stanowczy, zdolny do powzięcia własnej decyzji i zaryzykowania w potrzebie najwyższej stawki. To wydaje się prawdopodobne. Aragorn mógł zajrzeć w kryształ i ukazać się Nieprzyjacielowi, aby mu rzucić wyzwanie. Ciekawe! Ano, nie dowiemy się prawdy, dopóki nie przybędą jeźdźcy Rohanu... jeśli nie przybędą za późno! Czekają nas złe dni. Śpijmy dziś, skoro jeszcze można.

– Ale... – zaczął Pippin.
– O co chodzi? Na dziś wypraszam sobie więcej „ale".
– Ale Gollum! – powiedział Pippin. – Jakże to możliwe, że Frodo i Sam wędrują razem z Gollumem, a nawet za jego przewodem? Wyczułem, że droga, którą obrali, przeraża Faramira nie mniej niż ciebie. Co na niej grozi?
– Tego ci nie mogę dzisiaj wytłumaczyć – odparł Gandalf – ale serce moje z dawna przeczuwało, że Frodo spotka się z Gollumem, zanim dopełni swojej misji. Na szczęście albo na zgubę. O Cirith Ungol na razie nie chcę nic mówić. Boję się zdrady ze strony tego nieszczęsnego stwora. Tak jednak być musi. Pamiętajmy, że często zdrajca sam siebie zdradza i mimo woli oddaje usługi dobrej sprawie. Bywa tak, bywa. Dobranoc, Pippinie!

Nazajutrz poranek był szary jak zmierzch, a w sercach ludzkich otucha, na krótko ożywiona dzięki powrotowi Faramira, znów zamarła. Skrzydlatych Cieni nie ujrzano tego dnia nad grodem, lecz raz po raz z wysoka dochodził uszu mieszkańców nikły okrzyk i każdy, kto go usłyszał, kulił się na chwilę z przerażenia, a co słabsi duchem jęczeli i płakali.

Faramir znów opuścił stolicę. „Nie dają mu wytchnąć – szemrali ludzie. – Władca zbyt wiele wymaga od swego syna; obciąża go podwójnymi obowiązkami, skoro drugi syn zginął". Wszyscy też wypatrywali od północy przybycia sojuszników, pytając: „Gdzie są jeźdźcy Rohanu?"

Faramir nie wyjechał z własnej ochoty. Władca grodu zazwyczaj narzucał swoją wolę Radzie, a w owych dniach mniej niż kiedykolwiek skłonny był ulegać cudzemu zdaniu. Wczesnym rankiem zwołał Radę. Podczas niej wszyscy dowódcy stwierdzili zgodnie, że wobec zagrożenia od południa siły ich są niedostateczne i nie mogą ze swej strony podjąć żadnych kroków wojennych, dopóki nie przybędą Jeźdźcy Rohanu. Na razie trzeba tylko obsadzić mury wojskiem i czekać.

– Mimo wszystko – rzekł Denethor – nie wolno lekkomyślnie opuszczać zewnętrznych placówek obronnych, murów Rammas z tak wielkim nakładem pracy pobudowanych. Nieprzyjaciel musi drogo zapłacić za przekroczenie Rzeki. Nie może zaś tego dokonać w większej sile, zdolnej zagrozić naszemu grodowi, ani od północy w Cair Andros, gdzie chronią przeprawy bagna, ani też od południa w okolicy Lebennin, gdzie Rzeka jest bardzo szeroka i potrzebowałby wielkiej floty, aby ją przebyć. Uderzy z całą pewnością całym impetem na Osgiliath, jak niegdyś, kiedy Boromir zagrodził mu skutecznie drogę.

– To była tylko próba – powiedział Faramir. – Teraz, gdyby nawet przeprawa kosztowała Nieprzyjaciela dziesięćkroć więcej niż nas, i tak byłby to dla nas opłakany rachunek. On bowiem mniej ucierpi na stracie całej armii niż my na stracie jednej kompanii. A ci, których pozostawiamy na tak daleko wysuniętych placówkach, będą mieli odwrót odcięty, gdy nieprzyjacielskie wojska wedrą się w głąb granic.

– Co stanie się z Cair Andros? – spytał książę. – Tę strażnicę koniecznie trzeba utrzymać, jeśli chcemy obronić Osgiliath. Nie zapominajmy o niebezpieczeństwie grożącym od lewego skrzydła. Rohirrimowie może nadejdą, a może nie. Faramir powiadomił nas, jak wielka potęga zgromadziła się za Czarną Bramą. Niejedna armia stamtąd wyruszy i nie w jednym tylko miejscu spróbuje zapewne przekroczyć Rzekę.

– Na wojnie nie obejdzie się bez wielkiego ryzyka – odparł Denethor. – W Cair Andros mamy załogę, większych posiłków nie możemy posłać na tak odległą placówkę. Ale nie oddam linii Rzeki ani Pelennoru bez walki, chyba żeby zabrakło dowódcy, gotowego spełnić mężnie rozkazy swego Władcy.

Na te słowa umilkli wszyscy. Po długiej chwili odezwał się Faramir:

– Nie sprzeciwię się twojej woli, ojcze. Skoro los zabrał Boromira, pójdę, gdzie rozkażesz, i zrobię, co w mojej mocy, aby go zastąpić. Czy taka jest twoja decyzja?

– Tak – powiedział Denethor.

– A więc żegnaj, ojcze – rzekł Faramir. – Jeżeli wrócę, może wtedy zechcesz mnie sądzić łaskawiej.

– To będzie zależało od tego, z czym powrócisz – odparł Denethor.

Ostatni rozmawiał z Faramirem Gandalf, zanim syn Namiestnika wyruszył na wschód.

– Nie szukaj pochopnie i w rozgoryczeniu śmierci – powiedział. – Będziesz potrzebny tutaj do innych zadań niż wojenne. Ojciec kocha cię, Faramirze, i z pewnością o tym sobie przypomni w ostatniej chwili. Bywaj zdrów!

Tak więc Faramir znów odjechał, biorąc z sobą garstkę żołnierzy, których można było ująć załodze stolicy i którzy chcieli w tej wyprawie wziąć udział. Z murów Gondoru ludzie spoglądali ku zburzonej twierdzy Osgiliath, usiłując odgadnąć, co się tam dzieje, i nic nie widząc w pomroce. Inni patrzyli wciąż ku północy, licząc staje dzielące ich gród od Rohanu i jeźdźców Théodena. „Czy przybędzie? Czy nie zapomniał o dawnym przymierzu?" – pytali z niepokojem.

– Tak, przybędzie – odpowiadał Gandalf. – Nawet gdyby miał przybyć za późno. Ale zastanówcie się: Czerwona Strzała mogła dojść do jego rąk w najlepszym razie przed dwoma dniami, a droga z Edoras daleka.

Nowin doczekali się dopiero w nocy. Od brodów na rzece przygnał konny wysłaniec z wieścią, że z Minas Morgul wyszła wielka armia i ciągnie na Osgiliath; są w niej pułki rosłych, okrutnych ludzi z południa, Haradrimów.

– Dowiedzieliśmy się – mówił wysłaniec – że dowodzi nimi znowu Czarny Wódz, a imię jego szerzy postrach na wybrzeżach Rzeki.

Tymi złowieszczymi słowy zakończył się trzeci dzień pobytu Pippina w Minas Tirith. Mało kto zasnął tej nocy w grodzie, wszyscy bowiem rozumieli, że nadzieja jest znikoma i że nawet Faramir nie utrzyma długo brodów na Anduinie.

Nazajutrz, chociaż ciemności osiągnęły już swoją pełnię i nie mogły się bardziej jeszcze pogłębiać, ciążyły coraz dotkliwszym brzemieniem na sercach ludzkich przejętych trwogą. Znowu nadeszły złe nowiny. Nieprzyjaciel przekroczył Anduinę. Faramir cofnął się ku murom Pelennoru, ściągając swe oddziały do strażnic na Grobli, ale napastnik rozporządzał dziesięćkroć większymi siłami niż obrońcy.

– Jeśli Faramir przedrze się przez pola Pelennoru, Nieprzyjaciel będzie mu następował na pięty – mówił goniec. – Przeprawa kosztowała go drogo, ale nie tak jednak drogo, jak się spodziewaliśmy. Plan napaści był doskonale obmyślony. Teraz dopiero wydało się, że od dawna we wschodnim Osgiliath budowano potężną flotę i przygotowano mnóstwo łodzi. Przepłynęli Rzekę całym mrowiem. Ale zgubą naszą jest Czarny Wódz. Mało kto chce mu stawić czoło, a wielu ucieka na sam dźwięk jego imienia. Jego poddani drżą przed nim, każdy gotów poderżnąć sobie gardło na jedno jego słowo.

– Bardziej tam jestem potrzebny niż tutaj – oświadczył Gandalf i natychmiast skoczył na Cienistogrzywego. Jak błyskawica mignął na polach i zniknął z oczu. A Pippin – przez całą noc samotny – czuwał na murach, wytężając wzrok w stronę wschodu.

Znowu ozwały się dzwony oznajmiające świt nowego dnia, jak na urągowisko, bo ciemności nie ustąpiły. W tej samej chwili Pippin dostrzegł w oddali ognie rozbłyskujące to tu, to tam na majaczącej niewyraźnie linii zewnętrznych murów Pelennoru. Wartownicy krzyknęli głośno, wszyscy żołnierze grodu stanęli w pogotowiu bojowym. Czerwone płomienie mnożyły się na widnokręgu i przez duszne powietrze już dochodziły głuche grzmoty wybuchów.

– Zdobyli mury! – wołali ludzie. – Wysadzają je w powietrze, by otworzyć wyłomy! Nadchodzą!

– Gdzie Faramir? – krzyknął z rozpaczą Beregond. – Nie mówcie mi, że zginął!

Pierwsze dokładne wiadomości przywiózł Gandalf. Wraz z kilku jeźdźcami zjawił się przed południem, eskortując kolumnę krytych budami wozów. Na wozach przywieziono rannych, niedobitków straszliwej walki stoczonej w Strażnicach na Grobli. Gandalf udał się natychmiast do Denethora. Władca siedział w komnacie na szczycie Białej Wieży, nad wielką salą, a Pippin stał u jego boku. Patrząc przez mętne okna to na północ, to na południe, to na wschód, Denethor wytężał swe ciemne oczy, usiłując przebić złowrogie ciemności otaczające gród ze wszystkich stron. Najczęściej zwracał wzrok ku północy i nasłuchiwał, jak gdyby jego uszy znały jakąś starodawną sztukę i umiały złowić z daleka tętent kopyt na równinie.

– Czy Faramir wrócił? – spytał.

– Nie – odrzekł Gandalf. – Ale żył, kiedym się z nim rozstawał. Postanowił zostać z tylną strażą, aby odwrót przez pola Pelennoru nie zamienił się w paniczną ucieczkę. Może uda mu się utrzymać żołnierzy dostatecznie długo w karności, nie jestem tego jednak pewien. Ma przeciw sobie druzgocącą przewagę. Pojawił się bowiem ktoś, kogo najbardziej lękałem się ujrzeć na czele nieprzyjacielskich wojsk.

– Czy... czy to sam Władca Ciemności?! – krzyknął Pippin, z przerażenia zapominając, gdzie jest i co mu wolno.

Denethor zaśmiał się z goryczą.

– Nie, jeszcze nie, mości Peregrinie! On zjawi się dopiero po zwycięstwie, żeby nade mną tryumfować. Do walki używa innych swoich narzędzi. Tak postępują wszyscy wielcy władcy, jeśli mają rozum, wiedz o tym, niziołku. Gdyby nie to, czyż ja siedziałbym w swojej Wieży i rozmyślał, i wypatrywał, i czekał, poświęcając nawet własnych synów? Wszakże sam umiem jeszcze władać orężem!

Wstał i odrzucił długi płaszcz, pod którym ukazała się kolczuga i zawieszony u pasa miecz o wielkiej gardzie, ukryty w czarno--srebrnej pochwie.

– W takim odzieniu chadzam i sypiam od wielu lat – powiedział – aby z wiekiem ciało nie zmiękło i nie straciło hartu.

– Mimo to w tej chwili zewnętrzne mury twojego kraju zdobył w imieniu Władcy Barad-dûr najokrutniejszy z jego wodzów – rzekł Gandalf – ten, który niegdyś był królem Angmaru, Czarnoksiężnikiem, Upiorem Pierścienia, a teraz jest Wodzem Nazgûlów, biczem postrachu w ręku Saurona, cieniem rozpaczy.

– W takim razie masz wreszcie, Mithrandirze, godnego siebie przeciwnika – odparł Denethor. – Co do mnie, to od dawna wiedziałem, kto jest naczelnym wodzem sił Czarnej Wieży. Czy wróciłeś tylko po to, żeby mnie o tym powiadomić? Czy też może wycofałeś się ze starcia, ponieważ zostałeś już pokonany?

Pippin zadrżał, bojąc się, że Gandalf pod wpływem zniewagi wpadnie w gniew, lecz obawy hobbita okazały się płonne.

– Mogłoby się to stać – odparł łagodnie Gandalf – ale nie doszło jeszcze do próby sił między nami. Jeżeli jednak wierzyć starym przepowiedniom, ten mój przeciwnik nie zginie z ręki mężczyzny, ale jaki spotka go los, tego żaden z mędrców nie wie. W każdym razie Wódz Rozpaczy nie wysuwa się na czoło w walce. Trzyma się raczej zasady, o której wspomniałeś, Denethorze, i z zaplecza kieruje swoimi podwładnymi, zagrzewając ich do morderczego marszu naprzód.

Powróciłem tu przede wszystkim po to, żeby ochraniać w drodze transport rannych, których można jeszcze uratować. Wyłomy poczynione w zewnętrznych szańcach są szerokie i liczne, wkrótce armia Morgulu wtargnie przez nie w wielu miejscach naraz.

Chciałem ci też jedną jeszcze dać radę, Denethorze. Lada godzina bitwa rozegra się na tych polach. Trzeba przygotować zbrojną wycieczkę za mury grodu. Najlepiej oddział konny. W konnicy nasza cała nadzieja, bo to jedyna broń, na której Nieprzyjacielowi zbywa.

– My jej także nie mamy wiele. Teraz już liczę chwile do zjawienia się Jeźdźców Rohanu – rzekł Denethor.

– Wcześniej zapewne doczekamy się innych gości – odparł Gandalf. – Uchodźcy z Cair Andros już są w grodzie. Wyspa zdobyta. Inna armia wymaszerowała z Czarnej Bramy i okrążyła nas od północo-wschodu.

– Zarzucano ci, Mithrandirze, jakobyś lubił przynosić złe wieści – powiedział Denethor – lecz ta nie jest dla mnie nowiną. Znam ją od wczorajszego wieczora. Co do zbrojnej wycieczki, już o niej pomyślałem. A teraz zejdźmy na dół.

Czas płynął. Wkrótce strażnicy z murów zobaczyli wycofujące się ku grodowi załogi pogranicznych placówek. Najpierw pojawiły się bezładne drobne grupy znużonych, a często też rannych żołnierzy;

wielu z nich biegło w panice, jak gdyby ich ścigano. W oddali na wschodzie migotały płomienie; potem zaczęły się rozpełzać coraz bardziej i bliżej po równinie. Paliły się domy i spichrze. Wreszcie z wielu punktów rozbiegły się szybkie, małe strużki ognia, znacząc się czerwienią w szarym zmroku, dążąc wszystkie na linię szerokiego gościńca, który od bramy grodu prowadził do Osgiliath.

– Nieprzyjaciel! – szeptali ludzie. – Grobla zdobyta. Wdzierają się przez jej wyłomy w głąb kraju. Niosą, jak się zdaje, żagwie. Gdzie podziewają się nasi?

Wedle zegarów był wczesny wieczór, lecz ściemniło się tak, że nawet najbystrzejsze oczy nie mogły wiele dostrzec z tego, co się rozgrywało na przedpolach, prócz linii ognia, które rozszerzały się i przysuwały coraz szybciej. W końcu w odległości niespełna mili od grodu pojawił się dość znaczny oddział, maszerujący w porządku, nie biegnący, trzymający się w zwartej grupie. Obserwatorzy na murach krzyknęli bez tchu:

– Faramir! To Faramir z pewnością ich prowadzi! Jego słuchają ludzie i zwierzęta. Faramir mimo wszystko opanuje sytuację.

Główna kolumna cofających się wojsk znalazła się już o niespełna ćwierć mili od murów. Z ciemności wyłonił się w galopie mały konny oddział, reszta straży tylnej. Raz jeszcze jeźdźcy zawrócili półkolem i stawili czoło nadciągającej ognistej linii. Nagle wzbił się w niebo zgiełk dzikich okrzyków. Zjawiła się nieprzyjacielska konnica. Linie ognia zlały się w wezbrany potok, szereg za szeregiem parli naprzód orkowie z zapalonymi żagwiami, dzicy południowcy pod czerwonymi chorągwiami wykrzykujący coś w swoim chrapliwym języku, a cały ten tłum rósł w oczach i już wyprzedzał oddział Gondorczyków w odwrocie. I w tym momencie z przenikliwym wrzaskiem spadły nań spod nieba Skrzydlate Cienie; Nazgûle nurkowały nad polem, szerząc śmierć.

Odwrót zamienił się w panikę. Szeregi załamały się, ludzie w obłędzie rozbiegli się na wszystkie strony, rzucając broń, z okrzykiem strachu padając na ziemię.

Wtedy z wyżyn twierdzy zagrała trąbka. Denethor wreszcie wysyłał oddział zbrojnych na odsiecz. Żołnierze od dawna czekali na sygnał ukryci pod Bramą lub w cieniu zewnętrznego kręgu murów.

Zebrano tu wszystkich konnych, jacy byli w grodzie. Skoczyli naprzód, sformowali się w szyku, pomknęli galopem i natarli z głośnym okrzykiem. Z murów odpowiedział im krzyk współplemieńców; na czele bowiem rycerzy spod znaku Łabędzia cwałował książę Dol Amrothu, a nad nim powiewała błękitna chorągiew.

– Amroth z Gondorem! – wołali ludzie. – Amroth z Faramirem!

Jak grom runęli na nieprzyjaciół na obu skrzydłach okrążających oddział w odwrocie. Lecz jeden jeździec wszystkich innych wyprzedził, szybszy niż wiatr w stepie: niósł go Cienistogrzywy. Blask bił od Gandalfa, błyskawice strzelały w górę z podniesionej ręki.

Nazgûle z wrzaskiem odleciały na wschód, bo wódz ich nie przybył jeszcze, żeby się zmierzyć z białym ogniem swego wroga. Bandy Morgulu, zaprzątnięte walką, zaskoczone znienacka, rozpierzchły się jak iskry rozniesione przez wichurę. Oddziały Gondorczyków, wiwatując głośno, rzuciły się z kolei w pościg za nimi. Zwierzyna przeobraziła się w myśliwych. Odwrót zamienił się w krwawe zwycięstwo. Trupy orków i ludzi zasłały pole, nad którym z porzuconych żagwi wiły się słupy cuchnącego dymu. Jeźdźcy z księciem na czele gnali za pierzchającym nieprzyjacielem. Denethor jednak nie pozwolił im zapędzić się daleko. Wprawdzie napaść była na razie powstrzymana i odparta, lecz od wschodu ciągnęły nowe i potężne siły. Raz jeszcze zagrała trąbka, tym razem wzywając do powrotu. Jeźdźcy Gondoru wstrzymali konie. Za ich osłoną oddziały ze straconych pogranicznych placówek sformowały szeregi. Teraz maszerowali w stronę grodu pewnym krokiem. Z dumą też patrzyli na nich ludzie z grodu, sławiąc ich męstwo okrzykami, lecz serca ściskał smutek. Szeregi bowiem powracających były bardzo przerzedzone. Faramir stracił jedną trzecią swego wojska. I gdzież był Faramir?

Przybył ostatni. Wszyscy jego żołnierze już się znaleźli za Bramą. Nadjechali też konni, a na końcu pod błękitną chorągwią książę Dol Amrothu; obejmował przed sobą na siodle ciało swego krewniaka, Faramira, syna Denethora, zabrane z pobojowiska.

– Faramir! Faramir! – z płaczem wołali zgromadzeni na ulicach ludzie. Nie mógł im odpowiedzieć. Tłum odprowadzał go krętymi drogami aż pod Wieżę, dom jego ojca. W momencie kiedy Nazgûle rozpierzchły się przed Białym Jeźdźcem, mordercza strzała dosięgła Faramira, który właśnie staczał pojedynek z olbrzymim jeźdźcem z Haradu. Syn Denethora padł na ziemię. Tylko szarża konnicy księcia Dol Amrothu ocaliła go od dzikich południowców, którzy niechybnie dobiliby rannego. Książę Imrahil wniósł Faramira do Białej Wieży.

– Twój syn wrócił, Denethorze – oznajmił. – Dokonał czynów godnych bohatera.

I opowiedział o wszystkim, co na własne oczy widział. Denethor wstał, spojrzał w twarz swego syna i nie wyrzekł ani słowa. Wreszcie kazał złożyć Faramira na posłaniu w swojej komnacie i odprawił wszystkich. Sam zaś udał się do tajemnej izby pod szczytem Wieży; ktokolwiek w tym czasie podniósł wzrok ku górze, mógł obserwować nikłe światło błyszczące i mrugające przez chwilę w wąskich oknach, a potem rozbłysk i ciemność. Kiedy Denethor zszedł i usiadł, milcząc przy wezgłowiu Faramira, poszarzała twarz ojca zdawała się wyraźniej naznaczona piętnem śmierci niż twarz syna.

Miasto było teraz oblężone, zamknięte w pierścieniu wrogich wojsk. Zewnętrzne szańce pękły. Cały Pelennor znalazł się w rękach napastnika. Ostatnie wieści, jakie dotarły spod murów, przynieśli przed zamknięciem Bramy uciekinierzy, którzy przybyli drogą z północy. Była to garstka żołnierzy ocalałych z pogromu placówki strzegącej miejsca, gdzie szlaki z Anórien i Rohanu wychodziły na przedpola grodu. Prowadził ich Ingold, ten sam, który ledwie pięć dni temu, gdy jeszcze słońce świeciło i ranek darzył nadzieją, przepuścił Gandalfa i Pippina przez zewnętrzną Bramę.

– O Rohirrimach ani słychu – powiedział. – Teraz już nie można ich oczekiwać. A nawet gdyby przybyli, na nic to się już nie zda. Wyprzedziło ich inne wojsko, które, jak nam mówiono, przeprawiło się przez rzekę koło Cair Andros. Potężna armia, są w niej pułki orków z godłem Oka, a prócz nich zastępy ludzi nieznanego dotychczas plemienia. Niewysocy, ale krzepcy i okrutni, brody noszą jak krasnoludy i uzbrojeni są w ciężkie topory. Przybyli pono z jakiegoś dzikiego kraju daleko na wschodzie. Ci panują nad szlakami północnymi, a wielu przeszło też do Anórien. Rohirrimowie nie mogą przybyć.

Zamknięto Bramę. Przez całą noc strażnicy na murach słyszeli, jak na polach mrowią się nieprzyjacielskie wojska, paląc zboża i drzewa, nie szczędząc nikogo, żywych ani umarłych. W ciemnościach trudno było odgadnąć, ilu napastników już przeprawiło się na ten brzeg Anduiny, lecz rankiem, a raczej w bledszej nieco pomroce za dnia, przekonano się, że strach nocny niewiele wyolbrzymił groźną prawdę. Na równinie aż czarno było od maszerujących oddziałów, a jak wzrokiem sięgnąć otaczało miasto mrowie czarnych lub ciemnoczerwonych namiotów, wyglądających jak potworne grzyby, co wyrosły w ciągu jednej nocy na polach.

Pracowici jak mrówki orkowie krzątali się, kopali w olbrzymim kręgu głębokie rowy, na strzał z łuku odległe od murów grodu; gdy rowy były gotowe, zapalono w nich ognie, nie wiadomo jaką sztuką czy diabelskim czarem, bo nie gromadzono ani nie dorzucano drew czy też innego paliwa. Przez cały dzień nie ustawała robota, a ludzie z Minas Tirith przyglądali się jej bezsilnie, nie mogąc w niczym przeszkodzić. Kiedy wszystkie rowy osiągnęły wyznaczoną długość, nadjechały ogromne kryte wozy. Wkrótce nowe oddziały nieprzyjacielskie zaczęły się spiesznie krzątać, ustawiając pod osłoną okopów wielkie machiny do miotania pocisków. W grodzie nie było machin równie potężnych, zdolnych sięgnąć pociskiem tak daleko i zahamować złowrogie przygotowania.

Z początku ludzie śmiali się i nie bardzo bali się tych dziwnych wynalazków. Główny bowiem mur twierdzy był wysoki i gruby nad podziw, zbudowany jeszcze za dawnych czasów, nim ludzie z Númenoru zatracili na wygnaniu swoje siły i umiejętności. Zewnętrzna ściana, twarda i czarna jak Wieża Orthanku, mogła się oprzeć stali i płomieniom; żeby ją rozbić, trzeba było wstrząsnąć chyba fundamentem ziemi, na której stała.

– Nie! – mówili Gondorczycy. – Nawet gdyby Bezimienny we własnej osobie przyszedł tu, nie wdarłby się przez nasze mury, póki my żyjemy.

Ten i ów jednak odpowiadał:

– Póki my żyjemy? A czy pożyjemy długo? Nieprzyjaciel rozporządza bronią, która już najpotężniejszą twierdzę przywiodła do upadku, odkąd świat istnieje: jest nią głód. Wszystkie drogi odcięte. Rohan nie przyjdzie z odsieczą.

Machiny nie trwoniły jednak pocisków na niezwyciężoną ścianę. Atakiem na największego wroga Władcy Mordoru nie kierował przecież prosty zbój ani też dziki ork, lecz umysł mądry w swej złośliwości. Gdy wśród wielu okrzyków, skrzypienia lin i bloków ustawiono wreszcie potężne katapulty, zaczęły one zaraz miotać kule bardzo wysoko, tak że przelatywały tuż nad blankami i spadały z hukiem na pierwszy krąg grodu; wiele z nich dzięki jakiemuś tajemnemu wynalazkowi wybuchało ogniem jeszcze przed upadkiem.

Wkrótce niebezpieczeństwo pożarów zagroziło miastu i wszyscy wolni od innych pilnych obowiązków mieli pełne ręce roboty, gasząc płomienie wytryskujące wciąż w różnych punktach grodu. Potem wśród cięższych bomb sypnął się grad pocisków mniej zabójczych, ale bardziej jeszcze przerażających. Ulice i zaułki za murami usłały dziwne niewielkie kule, które nie buchały ogniem. Gdy jednak ludzie nadbiegli, by zbadać nowe, nieznane niebezpieczeństwo, rozległy się jęki i głośny płacz: Nieprzyjaciel ciskał na miasto głowy poległych w walkach pod Osgiliath, na granicznym murze i na przepolach grodu. Straszny to był widok; wiele głów rozrąbanych okrutnie, zmiażdżonych i bezkształtnych, wiele jednak zachowało rozpoznawalne rysy i twarze świadczące o przedśmiertnej męce: wszystkie nosiły wypalone złowrogie piętno: Oko bez powiek. Niejednokrotnie w tych skalanych i zbezczeszczonych szczątkach poznawano twarze przyjaciół, którzy niedawno jeszcze chodzili dumni i zbrojni po mieście, uprawiali okoliczne pola albo przyjeżdżali tu w dni świąteczne na zabawy z zielonych dolin pośród gór.

Ludzie w bezsilnym gniewie wygrażali pięścią okrutnemu wrogowi, oblegającemu czarnym mrowiem Bramę. Tamci nie słyszeli przekleństw albo ich nie rozumieli, nie znając języka Zachodu, porozumiewając się wrzaskliwie ochrypłymi głosami jak dzikie zwierzęta lub drapieżne ptaki-ścierwojady. Wkrótce też w Minas Tirith mało kto miał jeszcze dość odwagi, by pokazać się na murach i wyzywać napastników. Władca Czarnej Wieży posiadał bowiem broń zwyciężającą szybciej niż głód: strach i rozpacz. Pojawiły się znów Nazgûle, a że Władca Ciemności wzrósł w siły i potęgę, ich głosy, które wyrażały tylko jego wolę i złośliwość, także nabrzmiały większą jeszcze złością i grozą. Nazgûle krążyły wciąż nad miastem niby sępy w oczekiwaniu uczty z ciał skazanych na śmierć ludzi. Latały poza zasięgiem wzroku i strzał, jednak stale obecne, a zabójczy ich krzyk rozdzierał powietrze. Nikt się z nim nie mógł oswoić, każdy następny krzyk przerażał bardziej jeszcze niż poprzedni. Wreszcie nawet najodważniejsi padali na ziemię, gdy nad nimi przelatywał niewidzialny morderca, albo też stawali osłupiali, wypuszczając z bezwładnych rąk oręż, a w ich zamroczonych głowach gasła myśl o walce, ustępując miejsca myślom o kryjówce, pokornym pełzaniu, o śmierci.

Przez cały ten ponury dzień Faramir leżał na posłaniu w komnacie Białej Wieży, majacząc w straszliwej gorączce. Ktoś powiedział: „Umiera" – i wkrótce wszędzie na murach i na ulicach z ust do ust podawano sobie tę wieść: „Umiera". Ojciec siedział, wpatrzony w niego bez słowa, nie troszcząc się już o obronę grodu. Gorszych godzin nie przeżył Pippin nawet w pazurach dzikich Uruk-hai. Obowiązek nakazywał mu usługiwać władcy, który jak gdyby o nim zapomniał, więc hobbit stał u drzwi nieoświetlonej komnaty, starając się w miarę swych sił panować nad strachem. Zdawało mu się, gdy patrzył na Denethora, że w jego oczach władca starzeje się z każdą chwilą, jakby pękła sprężyna jego dumnej woli i zaćmiła jasność surowego umysłu. Zapewne dręczył go żal i wyrzuty sumienia. Hobbit dostrzegł bowiem łzy spływające po tej zawsze tak zimnej twarzy, i przeraziły go one bardziej niż poprzednie wybuchy gniewu.

– Nie płacz, panie – wyszeptał. – Może jeszcze wyzdrowieje. Czy prosiłeś o radę Gandalfa?

– Nie próbuj mnie pocieszać imieniem Czarodzieja – odparł Denethor. – Szaleńcza nadzieja zawiodła. Nieprzyjaciel dostał w swe ręce skarb, władza jego wzrasta; czyta nawet nasze myśli, a wszystko, co podejmujemy, obraca się na naszą zgubę. Wysłałem syna bez dobrego słowa, bez błogosławieństwa, naraziłem go niepotrzebnie; oto leży przede mną, a w jego żyłach płynie trucizna. Nie, nie, jakiekolwiek będą losy tej wojny, mój ród wygasa, kończy się dynastia Namiestników. Samozwańcy będą odtąd rządzili resztką królewskiego plemienia, kryjącego się pośród gór, dopóki ostatni Gondorczyk nie zostanie wytropiony.

Coraz to pod drzwi Wieży przybiegał ktoś, domagając się z krzykiem, by władca wyszedł i wydał rozkazy.

– Nie wyjdę – odpowiadał Denethor. – Muszę czuwać przy moim synu. Może przemówi przed śmiercią. A śmierć jest już blisko. Słuchajcie, kogo chcecie, choćby Szarego Szaleńca, jakkolwiek jego nadzieja zawiodła. Ja tutaj zostanę.

Tak więc Gandalf objął dowództwo w rozpaczliwej obronie stolicy Gondoru. Gdziekolwiek się pojawiał, ludziom serca rosły i zapominali o grozie Skrzydlatych Cieni. Niezmordowanie stary Czarodziej przemierzał wciąż drogę z Cytadeli do Bramy, z północy na południe wzdłuż murów grodu, a z nim książę Dol Amrothu w swej błyszczącej kolczudze. On bowiem i jego rycerze wytrwali w dumnej postawie szczerych potomków Númenoru. Ludzie na jego widok szeptali: „Prawdę mówią stare legendy, krew elfów płynie w żyłach tego plemienia; przecież lud Nimrodel długo przemieszkiwał ongi w ich kraju". I często ktoś wśród zmroku zaczynał nucić strofki o Nimrodel albo inne pieśni z zamierzchłej przeszłości Doliny Wielkiej Rzeki.

Ale kiedy ci dwaj odchodzili, cień znów ogarniał ludzi, serca stygły, męstwo Gondoru rozsypywało się w proch. Tak z wolna mijał mroczny dzień trwogi i nastawała ciemna noc rozpaczy. Pożary już nieposkromione szalały w najniższym kręgu grodu, załoga pierwszego muru była w wielu miejscach odcięta bez możliwości odwrotu. Co prawda, niewielu żołnierzy wytrwało wiernie na tych posterunkach, większość zbiegła za Drugą Bramę.

Tymczasem na zapleczu bitwy przez Rzekę przerzucono zbudowane pospiesznie mosty i w ciągu całego dnia napływały zza niej nowe nieprzyjacielskie wojska i sprzęt wojenny. Wreszcie około północy rozpoczął się szturm na miasto. Przednie straże wysunęły się przed zasieki ognia, w których pozostawiono liczne, chytrze obmyślone przejścia. Żołdacy Mordoru szli naprzód zuchwale, bezładną kupą zbliżyli się na odległość strzału. Na murach jednak niewielu zostało obrońców, zdolnych wyrządzić w ich szeregach poważniejsze szkody, chociaż napastnicy w świetle płomieni stanowili łatwy cel, a Gondor niegdyś szczycił się mistrzostwem swoich łuczników. Widząc, że duch już w oblężonym grodzie podupadł, niewidzialny wódz rzucił do walki główne swoje siły. Olbrzymie wieże oblężnicze zbudowane w Osgiliath toczyły się w ciemnościach ku murom.

Znów gońcy zakołatali do drzwi Białej Wieży, i to tak natarczywie, że Pippin wpuścił ich do komnaty. Denethor powoli odwrócił wzrok od twarzy Faramira i w milczeniu spojrzał na natrętów.

– Pierwszy krąg miasta płonie – mówili. – Jakie są twoje rozkazy? Jesteś przecież władcą i Namiestnikiem. Nie wszyscy chcą iść pod komendę Mithrandira. Ludzie uciekają z murów, pozostawiając je bez obrony.

– Dlaczego? Dlaczego ci głupcy uciekają? – odpowiedział Denethor. – Skoro musimy spłonąć, czyż nie lepiej spłonąć od razu? Wracajcie w ogień. A ja? Ja zbuduję sobie własny stos. Wstąpię nań. Nie będzie grobowców Denethora i Faramira. Nie chcę grobowców ani długiego snu zabalsamowanej śmierci. My dwaj spłoniemy jak pogańscy królowie z dawnych czasów, przed pojawieniem się pierwszych okrętów z Zachodu. Zachód ginie. Wracajcie w ogień.

Wysłańcy bez ukłonu i bez odpowiedzi uciekli.

Denethor wstał, wypuścił z uścisku rozgorączkowaną dłoń Faramira, którą dotychczas trzymał w swych rękach.

– On już płonie, już płonie – rzekł ze smutkiem. – Dom jego już się wali. – Podszedł bliżej do Pippina i spojrzał na niego z góry.

– Żegnaj! – powiedział. – Żegnaj, Peregrinie, synu Paladina. Krótko trwała twoja służba u mnie i już dobiega końca. Zwalniam cię od tej chwili na tę niewielką resztkę życia, jaka ci zostaje. Idź umrzeć śmiercią, która wyda ci się najlepsza. Idź, z kim chcesz, choćby z tym przyjacielem, którego szaleństwo masz przypłacić życiem. Przyślij mi tutaj pachołków, a sam odejdź. Żegnaj.

– Nie, nie żegnam się z tobą, mój panie – odparł Pippin, przyklękając. Lecz nagle ocknęła się w nim hobbicka czupurność; wyprostował się i spojrzał prosto w oczy staremu władcy. – Odejdę teraz – rzekł – ponieważ chcę koniecznie porozumieć się z Gandalfem. Nie jest on szaleńcem, a ja nie chcę myśleć o śmierci, póki on nie straci nadziei na życie. Nie będę się też czuł zwolniony z mego słowa i od służby, dopóki ty, panie, żyjesz. A jeśli nieprzyjaciele wtargną do tej Wieży, mam nadzieję, że będę u twego boku i może okażę się godny tego oręża, który z twojej łaski otrzymałem.

– Zrób, jak ci się podoba, panie niziołku – rzekł Denethor – ale wiedz, że moje życie jest już złamane. Zawołaj tu sługi.

I z tymi słowy wrócił do wezgłowia Faramira.

Pippin wybiegł i zawołał sługi pałacowe, sześciu pachołków krzepkich i dorodnych, którzy mimo to zadrżeli, słysząc wezwanie. Denethor wszakże łagodnym tonem polecił im okryć Faramira ciepłymi derkami i wynieść go wraz z łożem. Spełnili rozkaz, dźwignęli łoże i wynieśli z komnaty. Stąpali ostrożnie, by pogrążony w gorączce chory jak najmniej odczuł wstrząsy; za nimi zgarbiony i wsparty na lasce szedł Denethor, na końcu zaś Pippin.

Niby orszak pogrzebowy wyszli z Białej Wieży w ciemną noc, pod nawisłe ciężkie chmury, rozświetlane od dołu czerwonymi migocącymi skrami. Z wolna minęli Najwyższy Dziedziniec, gdzie na skinienie Denethora przystanęli pod Martwym Drzewem. Z niższych kręgów grodu dochodził zgiełk wojenny, tu jednak panowała taka cisza, że słychać było smutny szelest kropel spadających z uschłych gałęzi do czarnego jeziorka. Potem wyszli za bramę Cytadeli, odprowadzani zdumionym i zrozpaczonym wzrokiem wartownika. Skręcili na zachód i wreszcie dotarli do drzwi w wewnętrznej ścianie szóstego muru. Zwano je Fen Hollen i otwierano jedynie podczas pogrzebów; wolno było tędy przechodzić tylko władcy i ludziom noszącym odznakę służby grobowej, utrzymującej w porządku Domy Umarłych. Za drzwiami kryła się ścieżka zstępująca ślimakiem w dół ku wąskiemu skrawkowi łąki, na której w cieniu urwistej ściany Mindolluiny stały grobowce zmarłych królów oraz królewskich Namiestników.

Odźwierny, siedzący przed małym domkiem przy drodze, na widok nadchodzących zerwał się wystraszony, z latarnią wzniesioną w ręku. Na rozkaz władcy otworzył drzwi, które odchyliły się bezszelestnie. Przeszli przez nie, wziąwszy od odźwiernego latarnię. Na stromej drodze między starymi murami było ciemno, tylko snop światła rzucany przez rozkołysaną latarnię wydobywał z mroku po obu stronach filarki długich rzeźbionych balustrad. Schodzili wciąż w dół, a powolne ich kroki rozlegały się echem w tym kamiennym korytarzu, aż w końcu znaleźli się na Rath Dín – ulicy Milczenia – między bielejącymi niewyraźnie kopułami, pustymi pałacami i posągami z dawna umarłych ludzi. Weszli do Domu Namiestników i tu postawili na podłodze łóżko z rannym Faramirem. Rozglądając się z niepokojem wkoło, Pippin ujrzał dużą sklepioną komnatę, ozdobioną jak gdyby draperiami ogromnych cieni, które mała latarka rzucała na obite kirem ściany. W mroku rozróżnił szeregi rzeźbionych marmurowych stołów, a na każdym z nich postać spoczywającą jakby we śnie, z rękoma skrzyżowanymi na piersi, z głową opartą na kamiennej poduszce. Lecz jeden wielki stół, najbliższy, był pusty. Tam na rozkaz Denethora złożono Faramira; ojciec wyciągnął się obok niego, a słudzy nakryli obu jednym całunem i stanęli, chyląc głowy jak żałobnicy nad łożem śmierci. Denethor ściszonym głosem powiedział:

– Tu będziemy czekali. Nie przysyłajcie mistrzów balsamowania. Przynieście drzewo wysuszone dobrze, podłóżcie kłody wokół nas i pod tym stołem, oblejcie wszystko oliwą. A kiedy dam znak, wrzucicie w stos zapalone żagwie. Tak wam rozkazuję. Nic już teraz nie mówcie do mnie. Żegnajcie!

– Przepraszam, miłościwy panie, ale teraz muszę cię opuścić! – zawołał Pippin, zawrócił na pięcie i w panice umknął z tego domu śmierci. „Biedny Faramir! – myślał. – Trzeba co prędzej odnaleźć Gandalfa. Biedny Faramir! Prawdopodobnie bardziej przydałyby mu się lekarstwa niż łzy. Och, gdzie szukać Gandalfa? Pewnie tam, gdzie najgoręcej kipi walka. Nie będzie może miał czasu do stracenia dla umierających albo obłąkanych".

W drzwiach zagadnął jednego z pachołków, którego zostawiono tutaj na straży.

– Twój pan nie wie, co czyni – powiedział. – Zwlekajcie z wykonaniem jego rozkazów. Nie podpalajcie stosu, dopóki Faramir żyje. Nie róbcie nic, czekajcie, aż przyjdzie Gandalf.

– Kto rządzi w Minas Tirith? Nasz pan, Denethor, czy Szary Wędrowiec? – odparł sługa.

– Jak się zdaje, Szary Wędrowiec i nikt poza nim – odpowiedział Pippin i puścił się ile sił w nogach z powrotem krętą drogą pod górę, minął zdumionego odźwiernego, wypadł za wrota i pędził dalej, dalej, aż znalazł się wreszcie w pobliżu bramy twierdzy. Wartownik krzyknął na niego i Pippin poznał głos Beregonda.

– Dokąd tak pędzisz, mości Peregrinie?

– Szukam Mithrandira! – odkrzyknął Pippin.

– Zapewne władca wysłał cię w pilnych sprawach i nie chciałbym ci w wykonaniu jego zleceń przeszkadzać – rzekł Beregond – lecz jeśli możesz, powiedz mi pokrótce, co się właściwie dzieje? Dokąd udał się Namiestnik? Dopiero co objąłem wartę, ale słyszałem, że poszedł ku Zamkniętej Furcie, a słudzy nieśli przed nim Faramira.

– Tak – odparł Pippin. – Poszedł na ulicę Milczenia.

Beregond zwiesił głowę na piersi, by ukryć łzy.

– Ludzie mówili, że umiera – westchnął. – A więc naprawdę umarł!

– Nie! – zaprzeczył Pippin. – Jeszcze nie! I myślę, że nawet teraz można by go od śmierci ocalić. Ale władca grodu poddał się, Beregondzie, zanim wróg zdobył jego gród. Popadł w niebezpieczny obłęd. – Szybko opowiedział Beregondowi o dziwnych słowach i postępkach Denethora. – Muszę natychmiast odnaleźć Gandalfa – zakończył.

– W takim razie musisz iść w najgorętszy wir bitwy.

– Wiem. Denethor zwolnił mnie ze służby. Tymczasem, Beregondzie, błagam cię, zrób co w twej mocy, żeby nie dopuścić do spełnienia tych okropności.

– Władca nie pozwala tym, którzy noszą barwy czarne i srebrne, opuszczać posterunków pod żadnym pozorem, chyba na jego osobisty rozkaz.

– A więc wybieraj między wiernością rozkazom a życiem Faramira – powiedział Pippin. – A poza tym jestem przekonany, że w tej chwili nie mamy już do czynienia z władcą, lecz z obłąkanym starcem. Ale na mnie czas. Wrócę, gdy będę mógł.

Pobiegł w dół w stronę zewnętrznych kręgów miasta. Spotykał ludzi uciekających z płonących dzielnic, a niektórzy na widok jego barw odwracali się, coś wykrzykując, lecz hobbit nie zważał na nic.

Wreszcie minął Drugą Bramę, za którą spomiędzy murów wszędzie buchały płomienie. Mimo to panowała niesamowita cisza. Nie dochodził tu zgiełk bitwy ani krzyki walczących, ani szczęk broni. Nagle rozległ się okropny wrzask, ziemia zadrżała od potężnego wstrząsu, dał się słyszeć głęboki, grzmiący łoskot. Przezwyciężając strach, który go ogarnął i niemal rzucił dygocącego ze zgrozy na kolana, Pippin wypadł zza zakrętu na duży otwarty plac tuż za Bramą grodu. Stanął jak wryty. Odnalazł Gandalfa, lecz cofnął się skulony w cień muru.

Od późnego wieczora nieprzerwanie trwał szturm na miasto. Grzmiały werble. Od północy i od południa Nieprzyjaciel rzucał coraz to nowe pułki do walki pod mury. Olbrzymie bestie Haradu, mûmakile, niby ruchome domy w czerwonym blasku migotliwych płomieni przesuwały się pomiędzy wieżami oblężniczymi i miotającymi ogień machinami. Wódz Mordoru nie dbał o to, jak walczą jego podwładni i ilu ich zginie. Wysyłał ich do boju tylko po to, by wypróbować siły obrońców i rozproszyć je na całej długości murów. Główne natarcie przygotowywał na Bramę grodu. Była potężna, wykuta ze stali i żelaza, broniona przez wieże i bastiony z niewzruszonego kamienia, lecz stanowiła klucz, najsłabszy punkt w nieprzeniknionym kręgu murów.

Werble odezwały się głośniej. Płomienie wystrzeliły w górę. Ciężkie machiny ruszyły przez pole; między nimi ogromny taran, niby pień olbrzymiego drzewa długi na sto stóp, kołysał się na łańcuchach. Od dawna wykuwano go pracowicie z żelaza w posępnych kuźniach Mordoru; potworna głowica odlana była z czarnej stali na kształt wilczego łba szczerzącego zęby, a na niej wypisane były złowieszcze runiczne zaklęcia. Zwano ten taran Grond, na pamiątkę Młota pradawnych Podziemnych Krain. Ciągnęły go olbrzymie mûmakile, otaczały go tłumy orków, a na końcu szli trolle z gór, siłacze, którzy umieli się nim posługiwać.

Młot pełznął naprzód. Ogień go się nie imał. Ogromne bestie ciągnące taran wpadały niekiedy w szał i tratowały stłoczonych wokół orków, szerząc wśród nich śmierć, lecz nikt się tym nie wzruszał; odsuwano tylko z drogi trupy i zaraz miejsce pomordowanych zajmowali nowi żołdacy.

Młot pełznął naprzód. Werble dudniły dzikim rytmem. Nad zwałami trupów zjawiła się straszliwa postać: wysoki jeździec z twarzą ukrytą w kapturze, spowity czarnym płaszczem. Z wolna, miażdżąc kopytami wierzchowca ciała poległych, zbliżał się, nie zważając na niebezpieczeństwo strzał. Zatrzymał konia i podniósł długi blady miecz. Strach poraził wszystkich, zarówno napastników, jak i obrońców; ludziom na murach ręce zwisły bezwładnie, ani jedna strzała nie śmignęła w powietrzu. Na chwilę zaległa głucha cisza.

Werble wciąż grały. Z potężnym rozmachem ręce olbrzymów pchnęły naprzód żelazny Młot. Dosięgnął Bramy. Zakołysał się, uderzył. Głęboki huk przetoczył się nad miastem jak grzmot w chmurach. Ale żelazne drzwi i stalowe filary wytrzymały cios. Wtedy Czarny Wódz stanął w strzemionach i straszliwym głosem krzyknął w jakimś zapomnianym języku słowa władcze i groźne, zaklęcie burzące serca i kamienie.

Trzykroć powtarzał okrzyk. Trzykroć wielki taran uderzał w Bramę. I nagle za trzecim ciosem Brama Gondoru pękła. Jakby ją rozpruło niewidzialne zaczarowane ostrze, w oślepiających iskrach błyskawicy rozpadła się w bezładny stos żelastwa.

Wjechał go grodu Wódz Nazgûlów. Olbrzymią czarną sylwetką na tle łuny pożarów górował nad wszystkim, urastał do symbolu grozy i rozpaczy. Pod sklepieniem murów, których nigdy jeszcze nie przekroczył nieprzyjaciel, wjechał do grodu Wódz Nazgûlów, a kto żyw umknął albo padł na twarz.

Z jednym jedynym wyjątkiem. Na pustym placu za Bramą czekał Gandalf na swoim wierzchowcu; spośród wolnych koni całej ziemi tylko Cienistogrzywy nie ugiął się przed grozą, niewzruszony, spokojny, jak kamienny posąg rumaka z Rath Dínen.

– Nie wejdziesz! – powiedział Gandalf, a czarny olbrzymi cień zatrzymał się w miejscu. – Wracaj do otchłani, która cię oczekuje. Wracaj tam! Rozwiej się w nicość, która czeka ciebie i twojego pana. Precz stąd!

Czarny Jeździec zrzucił kaptur i oto ukazała się królewska korona; nie było jednak pod nią widzialnej głowy. Między koroną a ramionami, okrytymi szerokim czarnym płaszczem, świeciły czerwone płomienie. Z niewidzialnych ust dobył się śmiech mrożący krew w żyłach.

– Stary głupcze! – wyrzekł upiór. – Stary głupcze! Dziś wybiła moja godzina. Czy nie poznajesz śmierci, kiedy patrzysz w jej oblicze? Próżne są twoje klątwy! Giń!

Podniósł swój długi miecz, płomienie przebiegły po klindze.

Gandalf nie drgnął. W tym samym momencie gdzieś daleko, na którymś podwórku miejskim zapiał kogut. Przenikliwie, donośnie, ptak niewiedzący nic o czarach ani o wojnie pozdrawiał nowy dzień, który wysoko ponad mrokami śmierci wstawał wraz ze świtem na niebie. Jak gdyby w odpowiedzi z daleka odezwały się inne głosy: granie rogów. Echo rozniosło ich muzykę po ciemnych zboczach Mindolluiny. Sławne rogi Północy grały wezwanie do boju. Rohan wreszcie przybył z odsieczą.

Rozdział 5

Droga Rohirrimów

W ciemnościach, leżąc na ziemi i okryty derką, Merry nic nie widział, ale chociaż noc była parna i bezwietrzna, wszędzie dokoła niewidoczne drzewa wzdychały z cicha. Merry podniósł głowę. Wciąż słyszał ten sam dźwięk, jak gdyby nikłe dudnienie bębnów dochodzące z zalesionych podgórzy i stoków górskich. Dudnienie to milkło nagle, to odzywało się znowu w innym miejscu, raz bliżej, raz dalej. Hobbit zadał sobie pytanie, czy wartownicy również słyszą te dziwne odgłosy.

Nie widział ich, ale wiedział, że wszędzie wokół obozują Rohirrimowie. Czuł w ciemności zapach koni, słyszał, jak przestępują z nogi na nogę albo uderzają kopytem o miękką iglastą ściółkę. Jeźdźcy rozbili biwak w sosnowym borze pod wzgórzem ognistych wici zwanym Eilenach, wystrzelającym nad długim grzbietem lasu Drúadan, który opodal gościńca ciągnął się do wschodniego Anórien.

Mimo zmęczenia Merry nie mógł spać. Wędrował na końskim grzbiecie od czterech dni, a pogłębiający się stopniowo mrok przytłaczał go coraz bardziej. Hobbit zaczął już nawet dziwić się sam sobie, dlaczego tak się upierał, żeby wziąć udział w tej wyprawie, skoro wszystko, nawet królewski rozkaz, upoważniał go do pozostania w Edoras. Zastanawiał się, czy stary król wie o jego nieposłuszeństwie i czy się bardzo gniewa. Może wcale nie?

Wydawało się, że istnieje jakieś ciche porozumienie między Dernhelmem a dowódcą éoredu Elfhelmem, który, podobnie jak wszyscy inni Rohirrimowie, jak gdyby nie widział i nie słyszał hobbita. Traktowali go, jakby był dodatkowym workiem przytroczonym do siodła Dernhelma. W Dernhelmie nie znalazł Merry pocieszyciela, bo młody jeździec okazał się bardzo małomówny. Hobbit czuł się mały, nikomu niepotrzebny i osamotniony. W powietrzu wisiał niepokój, dokoła czaiło się niebezpieczeństwo. Niespełna dzień marszu dzielił teraz Rohirrimów od zewnętrznych murów Minas Tirith, opasujących szeroki krąg podgrodzia. Wysłano naprzód zwiadowców. Niektórzy w ogóle nie wrócili, inni przynieśli wieści, że dalsza droga jest odcięta. O trzy mile na zachód od Amon Dîn rozbiła po obu jej stronach obóz nieprzyjacielska armia, silne patrole zapuszczają się wzdłuż drogi w głąb kraju, dochodząc do miejsca postoju wojsk Rohanu na odległość nie większą niż trzy staje. Po górach i lasach okolicznych grasują orkowie. Król i Éomer naradzali się do późna w noc.

Merry tęsknił za towarzyszem, z którym mógłby pogadać, i wiele myślał o Pippinie. Ale te myśli jeszcze potęgowały jego niepokój. Biedny Pippin, zamknięty w wielkim kamiennym mieście, samotny i przerażony. Merry żałował, że nie jest dużym jeźdźcem, jak Éomer, bo wówczas zadąłby w róg, dałby przyjacielowi jakiś sygnał i galopem pomknąłby mu na ratunek. Usiadł, nasłuchując głosu bębnów, które teraz dudniły gdzieś bliżej. W tej samej chwili tuż obok niego odezwały się przyciszone głosy ludzkie i zamajaczyła na pół osłonięta latarka posuwająca się wśród drzew. Obozujący w pobliżu ludzie zaczęli krzątać się niepewnie po ciemku.

Jakaś wysoka postać wychynęła z mroku, potknęła się o leżącego hobbita, mruknęła coś o przeklętych korzeniach, o które człowiek nogi może połamać. Merry poznał głos Elfhelma, dowódcy szwadronu, z którym wędrował.

– Nie jestem korzeniem, poruczniku, ani workiem – powiedział – tylko posiniaczonym hobbitem. Należy mi się dla zadośćuczynienia przynajmniej informacja, co się właściwie święci.

– Nikt tego dokładnie nie wie w tych diabelskich ciemnościach – odparł oficer. – Dostałem jednak rozkaz, abyśmy byli w pogotowiu, bo w każdej chwili można się spodziewać wymarszu.

– Czy nieprzyjaciel się zbliża? – zapytał zaalarmowany Merry. – Co to za bębny tak grają? Już myślałem, że mnie słuch łudzi, bo nikt prócz mnie na to bębnienie nie zwraca uwagi.

– Nie, nie – uspokoił go Elfhelm. – Nieprzyjaciel jest na drodze, nie wśród gór. Słyszysz bębny Wosów, Dzikich Leśnych Ludzi, oni w ten sposób porozumiewają się między sobą na odległość. Podobno zamieszkują jeszcze las Drúadan. To już tylko szczątek prastarego plemienia, niewielu ich jest i żyją w ukryciu, dzicy i czujni – jak leśne zwierzęta. Nie biorą udziału w wojnach przeciw Gondorowi lub Marchii. Teraz zaniepokoiły ich ciemności i nadejście w te strony band orków; boją się powrotu Czarnych Lat, co wydaje się dość prawdopodobne. Dziękujmy losowi, że nie na nas polują, mają bowiem zatrute strzały, a jak chodzą słuchy, myśliwcy z nich są niezrównani. Ale ofiarowali swe usługi Théodenowi. Właśnie w tej chwili ich przywódcę prowadzą na rozmowę z królem. O, tam idą ze światłami. Tyle wiem, nic ponadto. Zbierz się do kupy, panie worku. Teraz muszę się zająć wypełnianiem królewskich rozkazów.

Elfhelm zniknął w ciemności. Merry niezbyt był podniesiony na duchu opowiadaniem o zatrutych strzałach i Dzikich Ludziach, lecz niezależnie od tego nękał go szczególny niepokój. Oczekiwanie przewlekało się nieznośnie. Hobbit niecierpliwił się, bardzo chciał wreszcie wiedzieć, co najbliższa przyszłość mu gotuje. Wstał i markotnie powlókł się za światełkiem ostatniej latarki, zanim zniknęło pośród drzew.

Wyszedł na polanę, gdzie pod wielkim drzewem ustawiono mały namiot króla. Z konara zwisała duża, nakryta od góry latarnia, rzucając na trawę krąg bladego światła. Tam siedział Théoden z Éomerem, przed nim zaś na ziemi przycupnął dziwaczny, krępy człowiek, obrośnięty jak stary głaz, z rzadką brodą zjeżoną niby suchy mech na masywnej szczęce. Nogi miał krótkie, ramiona grube, mięsiste i toporne, odziany był jedynie w spódniczkę z traw okrywającą biodra. Merry miał wrażenie, że już go gdzieś w życiu widział, i nagle przypomniał sobie figurki Púkelów w Dunharrow. Oto miał teraz przed oczyma jakby ożywiony tamten posążek lub może istotę w prostej linii pochodzącą od tych, które posłużyły za wzór rzeźbiarzowi w zamierzchłej przeszłości.

Gdy Merry przemykał bliżej, panowało właśnie milczenie, po chwili jednak Dziki Leśny Człowiek przemówił, jakby odpowiadając na zadane pytanie. Głos miał gruby i gardłowy, lecz ku zdumieniu hobbita posługiwał się Wspólną Mową, jakkolwiek trochę zająkliwie i mieszając od czasu do czasu jakieś barbarzyńskie wyrazy.

– Nie, Ojcze Jeźdźców – mówił. – Nie prowadzimy wojny. Polujemy tylko. Zabijamy w lesie gorgûny, nienawidzimy orków. Wy także nienawidzicie gorgûnów. Pomagamy, jak możemy. Dzicy Ludzie mają bystre oczy, czujne uszy; znają wszystkie ścieżki. Dzicy Ludzie byli tu wcześniej niż kamienne domy, zanim Wysocy Ludzie przypłynęli zza Wielkiej Wody.

– Nam trzeba pomocy w bitwie – odparł Éomer. – Jaką może nam dać twój lud?

– Możemy dostarczać wieści – powiedział Dziki Człowiek. – Wypatrujemy ze szczytów gór. Wspinamy się wysoko i spoglądamy w doliny. Kamienne miasto jest otoczone. Dokoła niego ogień, a teraz widać już także płomienie w samym mieście. Chcecie tam dojechać? Musicie się spieszyć. Ale gorgûny i ludzie stamtąd – machnął krótkim sękatym ramieniem w stronę wschodu – obsadzili gościniec. Jest ich dużo, bardzo dużo, więcej niż waszych jeźdźców.

– Skąd to wiesz? – zapytał Éomer.

Ani płaska twarz starca, ani jego ciemne oczy nie zmieniły wyrazu, lecz w głosie zabrzmiała uraza:

– Dzicy Ludzie są dzicy i wolni, ale nie są dziećmi – odparł. – Ja wśród nich jestem wielkim naczelnikiem, nazywają mnie Ghân--buri-Ghân. Umiem liczyć różne rzeczy: gwiazdy na niebie, liście na drzewach i ludzi w ciemności. Was jest dziesięć i pięć razy po dwadzieścia dwusetek. Tamtych dużo więcej. Wielka bitwa. Kto wygra? A wokół murów kamiennego miasta zebrało się też dużo wojska.

– Niestety, mądrze, aż za mądrze mówi ten człowiek – powiedział Théoden. – Zwiadowcy donieśli, że nieprzyjaciel zrobił wykopy i palisady w poprzek drogi. Nie będziemy mogli zaskoczyć przeciwników i zgnieść impetem natarcia.

– Mimo to trzeba się spieszyć – rzekł Éomer. – Mundburg płonie.

– Pozwólcie, żeby Ghân-buri-Ghân dokończył – odezwał się Dziki Człowiek. – On zna niejedną drogę. Poprowadzi was taką, na której nie ma wilczych dołów, po której nie chodzą gorgûny, a tylko

Dzicy Ludzie i zwierzęta. Za czasów, gdy ludzie z kamiennych domów byli silniejsi, pobudowali dużo różnych ścieżek. Ćwiartowali skały tak, jak myśliwy ubitego zwierza. Dzicy Ludzie myślą, że się żywili kamieniami. Jeździli przez Drúadan ku Rimmon wielkimi wozami. Teraz już nie jeżdżą. Zapomnieli o tej drodze, ale Dzicy Ludzie pamiętają o niej. Biegnie ona nad górą i za górą w trawie, pośród drzew, za Rimmon w dół ku Dîn i zawraca znów do Szlaku Jeźdźców. Dzicy Ludzie pokażą wam tę drogę. Pozabijacie gorgûny, rozpędzicie te brzydkie ciemności jasnymi mieczami, a Dzicy Ludzie będą mogli znowu spać spokojnie w dzikim lesie.

Éomer wymienił z królem kilka zdań w języku Rohanu. Wreszcie Théoden zwrócił się do Dzikiego Człowieka.

– Przyjmujemy twoją propozycję – powiedział. – Wprawdzie zostawimy w ten sposób za swoimi plecami poważne siły nieprzyjacielskie, ale to już nie ma znaczenia. Jeśli Kamienne Miasto upadnie, i tak nie będzie dla nas odwrotu. Jeśli zaś ocaleje, bandy orków znajdą się w potrzasku. Okaż się wierny, Ghân-buri-Ghânie, a przyrzekam ci sowitą nagrodę i przyjaźń Marchii na wieki.

– Umarli nie mogą być przyjaciółmi żywych ani obdarzać ich podarkami – odrzekł Dziki Człowiek. – Lecz jeśli będziesz żywy po przeminięciu ciemności, zostaw Dzikich Ludzi w spokoju w lasach i nie poluj na nich jak na zwierzynę. Ghân-buri-Ghân nie zwabi cię w pułapkę. Sam pójdzie z Ojcem Jeźdźców, a gdyby prowadził źle, możesz go zabić.

– A więc umowa zawarta! – powiedział Théoden.

– Ile trzeba czasu, żeby wyminąć nieprzyjaciół i powrócić na szlak? – spytał Éomer. – Będziemy musieli jechać stępa, skoro będziesz szedł przed nami. A droga z pewnością jest wąska.

– Dzicy Ludzie chodzą szybko. Droga w Dolinie Kamiennych Wozów jest dość szeroka, by mogło nią jechać czterech konnych obok siebie – odparł Ghân i wskazał w stronę południa. – Ale na początku i na końcu bardzo wąska. Dzicy Ludzie, jeśli stąd wyjdą o świcie, są w Dîn o południu.

– Można więc spodziewać się, że czoło pochodu dojdzie w siedem godzin – rzekł Éomer. – Dla całego wojska trzeba jednak liczyć około dziesięciu godzin. Mogą też być jakieś nieprzewidziane przeszkody, a że kolumna będzie bardzo rozciągnięta, musimy mieć sporo czasu na sformowanie szyku, gdy wyjdziemy z gór. Która jest teraz godzina?

– Któż to zgadnie? – powiedział Théoden. – Teraz noc trwa całą dobę.

– Jest ciemno, ale już nie noc – stwierdził Ghân. – Kiedy słońce wschodzi, czujemy je, chociaż się ukrywa. Już się wznosi nad Wschodnie Góry. Wysoko na niebie dzień się właśnie zaczyna.

– Skoro tak, trzeba ruszać, nie zwlekając – rzekł Éomer. – Wątpię jednak, czy nawet przy największym pośpiechu zdążymy jeszcze dziś przyjść Gondorowi z pomocą.

Merry nie czekał dłużej, wymknął się i zaczął przygotowywać do wymarszu. A więc kończył się ostatni popas przed bitwą. Hobbit nie miał nadziei, by wielu z nich ją przeżyło, lecz myśl o Pippinie i o płonącym grodzie Minas Tirith tak go pochłaniała, że zapomniał o własnym strachu.

Wszystko tego dnia poszło gładko, nie widzieli też ani nie słyszeli nieprzyjaciół czyhających w zasadzce na drodze. Dzicy Ludzie dla osłony rozstawili doświadczonych myśliwców wzdłuż szlaku, którym miał ciągnąć oddział, aby żaden ork czy też inny szpieg nie zauważył ruchu w górach. Mrok gęstniał w miarę, jak przybliżali się do oblężonego miasta, jeźdźcy sunęli długą kolumną niby cienie ludzi i koni. Na czele każdego szwadronu szedł przewodnik, Leśny Człowiek, a stary Ghân trzymał się u boku króla. Z początku posuwali się wolniej, niż przewidywali, bo jeźdźcy musieli zsiąść z koni i prowadzić je za uzdy, wyszukując przejść w gęstwinie na stoku wznoszącym się nad miejscem biwaku i potem schodzić w dół ku ukrytej Dolinie Kamiennych Wozów. Późnym popołudniem czoło pochodu dotarło do szarych zarośli za wschodnim zboczem Amon Dîn, maskującym szeroką wyrwę w łańcuchu gór, które ciągnęły się z zachodu na wschód od Nardol do Dîn. Przez tę wyrwę zapomniana stara droga wozów zbiegała ku niżej położonemu głównemu szlakowi dla konnych, łączącemu gród z prowincją Anórien; od wielu pokoleń ludzkich miejsce to było zaniedbane, wyrosły więc gęsto drzewa, potworzyły się zapadliska i wyboje, liście niezliczonych jesieni usłały grubą warstwą ziemię. Lecz właśnie ta gęstwina dawała jeźdźcom ostatnią szansę ukrycia się przed wystąpieniem do otwartej walki, dalej bowiem ciągnął się szlak konny i rozpościerała równina Anduiny, a od wschodu i południa wznosiły się nagie skaliste stoki, gdyż tu góry skupiały się i piętrzyły bastion za bastionem ku rozłożystym ramionom i potężnemu masywowi Mindolluiny.

Czoło pochodu zatrzymało się, czekając, by wszystkie szwadrony nadeszły z głębi doliny i rozstawiły się w porządku pod szarymi drzewami. Król wezwał dowódców na odprawę. Éomer rozesłał zwiadowców, żeby przepatrzyli szlak, ale stary Ghân kręcił na to głową.

– Nie ma po co wysyłać jeźdźców – rzekł. – Dzicy Ludzie już wypatrzyli wszystko, co można dostrzec w tej ciemności. Przyjdą tu wkrótce, żeby zdać mi sprawę.

Dowódcy zebrali się wokół króla, a w tym momencie spośród drzew wychynęło ostrożnie kilka stworów tak podobnych do Ghâna, że Merry'emu trudno je było od niego odróżnić. Zaszeptali coś do swego naczelnika w dziwnym, chrapliwym języku. Ghân zwrócił się do króla:

– Dzicy Ludzie mówią wiele różnych rzeczy – powiedział. – Po pierwsze: bądźcie ostrożni! O niespełna godzinę marszu stąd w obozowisku za Dînen jest jeszcze dużo nieprzyjacielskich żołnierzy. – Wskazał w kierunku czarnego szczytu. – Ale nie ma nikogo pomiędzy nami a nowymi murami Kamiennych Ludzi; tam jest wielki ruch. Mury są obalone. Gorgûny rozbijają je za pomocą podziemnych piorunów i drągów z czarnego żelaza. Na nic nie zważają, nie oglądają się za siebie. Myślą, że ich przyjaciele dobrze pilnują wszystkich dróg!

To mówiąc, stary Ghân wydawał z gardła dziwne bulgoczące odgłosy, zapewne oznaczające śmiech.

– Dobra nowina! – zawołał Éomer. – Mimo mroków znowu nam świta nadzieja. Podstępy wroga na przekór jego zamiarom wyjdą nam na pożytek. Nawet te przeklęte ciemności posłużyły nam za osłonę. A burząc w niszczycielskim zapale mury Gondoru, orkowie usunęli przeszkodę, której się najbardziej obawiałem. Mogliby nas długo przetrzymać za zewnętrznymi murami. Teraz przedostaniemy się przez nie bez trudu... jeśli zdołamy się do nich przebić.

– Raz jeszcze dziękuję ci, Ghân-buri-Ghânie, dzielny człowieku z lasów – rzekł Théoden – za dobre wieści i przewodnictwo.

– Zabijcie gorgûny! Zabijcie orków! Niczym innym nie ucieszycie Dzikich Ludzi – odparł Ghân. – Rozpędźcie złą pogodę i ciemności jasnymi mieczami!

– Po to właśnie przybyliśmy tutaj z daleka – powiedział król – i spróbujemy tego dokonać. Czy nam się uda, jutro dopiero pokaże.

Ghân-buri-Ghân skulił się i swoim twardym czołem dotknął ziemi na znak pożegnania. Potem wstał i już miał się oddalić, gdy nagle zatrzymał się i podniósł głowę, jak leśne zwierzę węsząc ze zdziwieniem jakiś osobliwy zapach. Oczy mu rozbłysły.

– Wiatr się zmienia! – krzyknął. Z tymi słowy Ghân i jego współplemieńcy zniknęli w okamgnieniu w mroku drzew i żaden z Jeźdźców Rohanu w życiu już ich nie spotkał. Wkrótce potem daleko na wschodzie odezwało się nikłe dudnienie bębnów. Lecz w niczyjej głowie nie postała myśl, że Dzicy Ludzie mogliby okazać się zdrajcami, chociaż byli tak dziwaczni i brzydcy z pozoru.

– Teraz już nie potrzeba nam przewodników – rzekł Elfhelm – są bowiem między nami jeźdźcy, którzy nieraz za dni pokoju odbywali drogę do Mundburga. Na przykład ja sam. Gdy znajdziemy się na szlaku w miejscu, gdzie skręca on ku południowi, będziemy mieli jeszcze siedem staj do zewnętrznych murów podgrodzia. Po obu stronach drogi ciągną się bujne łąki. Na tym odcinku konni posłańcy Gondoru osiągają zwykle najlepsze tempo. My też możemy tam puścić się galopem, nie czyniąc hałasu.

– Wówczas będziemy musieli najbardziej wystrzegać się zasadzek i być w pełni sił – powiedział Éomer. – Moim zdaniem powinniśmy tutaj odpocząć i ruszyć nocą, obliczając tak, by rozpocząć bój na polach pod grodem z pierwszym brzaskiem dnia, chociaż zapewne niewiele on da nam światła, lub też w każdej chwili na znak dany przez króla.

Król przychylił się do tej rady i dowódcy się rozeszli. Po chwili jednak Elfhelm wrócił.

– Zwiadowcy nic godnego uwagi nie spostrzegli poza granicą szarego lasu – oznajmił królowi – prócz dwóch trupów ludzkich i dwóch końskich.

– Jak to sobie tłumaczyć? – spytał Éomer.

– Zabici to dwaj gońcy Gondoru, jednym z nich był zapewne Hirgon. Tak przypuszczam, bo w ręku ściskał jeszcze Czerwoną Strzałę, ale głowę odrąbali mu zbóje. Można też wnosić z różnych oznak, że gońcy polegli, uciekając na zachód. Myślę, że wracając po spełnieniu poselstwa, zastali nieprzyjaciół już na zewnętrznym murze lub też nań właśnie nacierających; musiało to się dziać wieczorem dwa dni temu, jeśli użyli rozstawnych koni, jak to mają w zwyczaju. Niemożliwe, żeby dotarli do grodu i zawrócili stamtąd.

– A więc Denethor nie doczekał się wiadomości, że Rohan rusza mu z odsieczą – rzekł Théoden – i nie może pokrzepić się nadzieją na pomoc z naszej strony.

– Dwakroć daje, kto w porę daje – powiedział Éomer – ale też lepiej późno niż nigdy. Kto wie, czy tym razem stare przysłowie nie okaże się bardziej niż kiedykolwiek prawdziwe.

Była noc. Jeźdźcy Rohanu mknęli bezszelestnie w trawie po obu stronach drogi. Właśnie tu szlak, okrążając wysunięte podnóże Mindolluiny, skręcał na południe. W oddali, na wprost przed nimi, czerwona łuna świeciła pod czarnym niebem, a na jej tle rysowały się ciemne zbocza ogromnej góry. Zbliżali się do zewnętrznych murów opasujących Pelennor, ale dzień jeszcze nie świtał.

Król jechał w czołowym oddziale, otoczony przez straż przyboczną. Następnie ciągnął *éored* Elfhelma; Merry zauważył, że Dernhelm opuścił swoje miejsce w szeregach i pod osłoną ciemności wysuwa się stale ku przodowi, aż wreszcie wmieszał się pomiędzy tylną straż królewskiego pocztu. W pewnej chwili czoło pochodu zatrzymało się nagle. Merry usłyszał prowadzoną ściszonym głosem rozmowę. To wysłani naprzód zwiadowcy, którzy dotarli niemal pod same mury, powrócili z wiadomościami. Zdawali sprawę królowi.

– Widać wielkie pożary – mówił jeden. – Miasto całe zdaje się objęte płomieniami, a pola wokół roją się od nieprzyjacielskich wojsk. Wszystkie siły, jak można przypuszczać, ściągnęli do oblężenia. Przy zewnętrznych murach zostało niewielu żołnierzy, a ci, zajęci burzeniem, na nic poza tym nie zważają.

– Pamiętasz, miłościwy panie, słowa Dzikiego Człowieka? – zapytał drugi goniec. – Ja w czasach pokojowych mieszkam na otwartej wyżynie, nazywam się Wídfara i umiem z powietrza łowić wiadomości. Wiatr się już zmienia. Tchnienie ciągnie od południa, jest w nim zapach Morza, nikły, ale nieomylny. Ranek przyniesie zmiany. Ponad dymami zobaczymy świt, gdy przejdziemy za mury.

– Jeśli to prawda, bądź błogosławiony za taką nowinę do końca swoich dni, Wídfaro! – odparł król. Odwrócił się do skupionych najbliżej ludzi z przybocznej straży i przemówił tak donośnie, że usłyszało go wielu jeźdźców z pierwszego éoredu: – Teraz bije nasza godzina, jeźdźcy Marchii, synowie Eorla! Przed wami nieprzyjaciel, za wami daleko wasze rodzinne domy. Pamiętajcie, że chociaż walczyć będziecie na obcym polu, sława, którą się okryjecie, do was będzie należała na wieki. Złożyliście przysięgę, dzisiaj ją wypełnimy wszyscy, wierni swemu władcy, krajowi i sojuszowi przyjaźni.

Jeźdźcy uderzyli włóczniami o tarcze.

– Éomerze, synu mój! Ty poprowadzisz pierwszy *éored* – rzekł Théoden – który uderzy pod królewskim sztandarem pośrodku; Elfhelm zaraz po przebyciu muru powiedzie swoich na prawe skrzydło. Grimbold na lewe. Następne éoredy pójdą śladem trzech pierwszych, jak im się uda. Nacierajcie wszędzie, gdzie skupia się nieprzyjaciel. Ściślejszych planów teraz nie możemy robić, nie wiedząc, co się dzieje na polach Pelennoru. Naprzód i nie lękajcie się ciemności.

Oddział czołowy ruszył, jak mógł najspieszniej, było bowiem wciąż bardzo ciemno, mimo przepowiedni Wídfary. Merry siedział na koniu za Dernhelmem, jedną ręką trzymając się mocno siodła, drugą usiłując rozluźnić miecz w pochwie. Gorzko w tej chwili odczuwał prawdę królewskich słów: „W takiej bitwie, cóż byś zdziałał, Meriadoku?". „Tylko tyle – myślał zrozpaczony hobbit – że przeszkadzam jeźdźcowi, a w najlepszym razie mogę mieć nadzieję, że utrzymam się na koniu i nie dam się stratować na miazgę kopytami w galopie".

Nie więcej niż staja dzieliła ich od linii, na której dawniej ciągnęły się zewnętrzne mury. Toteż osiągnęli je prędko, aż za prędko, jak na życzenie Meriadoka. Buchnął dziki wrzask, tu i ówdzie wywiązała się potyczka, ale trwało to wszystko bardzo krótko. Garstkę orków, zaprzątniętych swoją niszczycielską robotą i zaskoczonych znienacka, rozniesiono i wybito niemal błyskawicznie. Nad gruzami północnej bramy murów Pelennoru król zatrzymał się przez chwilę. Pierwszy *éored* osłonił go od tyłu i otoczył z dwóch stron. Dernhelm nie odstępował króla, chociaż oddział Elfhelma skręcił w prawo. Jeźdźcy pod wodzą Grimbolda zawrócili w lewo i przeszli przez szeroki wyłom, otwarty nieco dalej na wschód.

Merry wyjrzał zza pleców Dernhelma. Daleko, o jakieś dziesięć mil od nich, widać było ogromny pożar, lecz między nim a królewskim wojskiem płonęły wszędzie linie ognia wygięte w kształt półksiężyca, a najbliższa znajdowała się nie dalej niż o staję. Hobbit niewiele poza tym mógł dostrzec na ciemnej równinie i jak dotąd nie widział nadziei poranka ani też nie czuł powiewu wiatru z tej czy innej strony.

W ciszy Jeźdźcy Rohanu wtargnęli na pola Gondoru, sunąc naprzód wolno, lecz wytrwale, niby wezbrana fala przypływu, gdy raz przerwie tamy, które ludziom zdawały się niezwyciężone. Umysł i wola Czarnego Wodza skupiły się wyłącznie na walce o gród; dotychczas nie dosięgło go żadne ostrzeżenie o niespodziance, która mogła pokrzyżować jego zamiary.

Po jakimś czasie król poprowadził swój oddział nieco ku wschodowi, aby się znaleźć między ogniem oblężenia a zewnętrznym polem. Wciąż jeszcze posuwali się bez zaczepki i Théoden nie dawał rozkazu natarcia. Wreszcie znów się zatrzymał. Gród był już bliżej. W powietrzu czuło się swąd spalenizny i przyczajony cień śmierci. Konie się niepokoiły. Król jednak siedział na swym wierzchowcu nieporuszony i patrzył na agonię Minas Tirith, jakby nagle poraził go zły urok zgrozy czy może lęku. Zdawało się, że zmalał, przytłoczony wiekiem. Merry też poddał się grozie i zwątpieniu. Serce w jego piersi zwolniło. Miał wrażenie, że czas zatrzymał się i zawahał. Przybyli za późno! Za późno to gorzej niż nigdy. Może Théoden zapłacze, skłoni sędziwą głowę, zawróci i wyśliźnie się, żeby szukać schronienia w górach.

Nagle Merry wyczuł zmianę, tym razem bez wątpliwości. Wiatr dmuchał mu prosto w twarz. Dzień się rozwidniał. Daleko, bardzo daleko na południu można było rozróżnić chmury: majaczące niewyraźnie odległe szare kształty, skłębione, podnoszące się ku górze; za nimi jaśniał poranek.

Lecz w tym momencie trysnęło światło, jakby błyskawica strzeliła z ziemi pod grodem. Przez krótką wstrząsającą chwilę miasto ukazało się w olśniewającym blasku, czarne i białe, z wieżą na szczycie niby roziskrzona iglica; potem zasłona ciemności zapadła z powrotem, a ciężki grzmot przetoczył się nad polami.

Zgarbiona sylwetka króla wyprostowała się nagle. Zdawała się znów wysmukła i dumna. Théoden stanął w strzemionach i głosem jasnym, jakiego nigdy chyba żaden z obecnych nie słyszał dotąd z ust śmiertelnika, zakrzyknął:

> *Powstańcie, jeźdźcy Théodena!*
> *Srogi was czeka bój, ogień i rzeź!*
> *Niejedna włócznia wypadnie z rąk,*
> *Niejedna pęknie tarcza,*
> *Czerwonym błyskiem miecz*
> *Rozjaśni dzień przed świtem.*
> *Naprzód, naprzód, do Gondoru!* [1]

Chwycił z rąk chorążego Guthláfa wielki róg i zadął weń tak potężnie, że róg pękł na dwoje. Natychmiast wszystkie rogi podjęły muzykę i pieśń Rohanu rozległa się nad polami jak burza, echo zaś grzmotem odbiło ją wśród gór.

> *Naprzód, naprzód, do Gondoru!*

Król krzyknął coś Śnieżnogrzywemu i koń skoczył naprzód. Za nim trzepotała na wietrze chorągiew, godło białego konia na zielonym polu, lecz król ją wyprzedził. Za nim mknęli rycerze przyboczni, lecz ich także wyprzedził król. Éomer spiął swego wierzchowca ostrogą, biały ogon koński na hełmie rozwiał się w pędzie, cały pierwszy *éored* gnał w grzmocie podków jak spieniona fala z szumem atakująca brzeg, lecz króla nikt nie prześcignął. Zdawał się urzeczony, a może w jego żyłach zakipiała bojowa furia praojców, bo dawał się ponosić Śnieżnogrzywemu, a wyglądał jak dawny bóg, jak Oromë Wielki walczący w wojnie Valarów w czasach, gdy świat był jeszcze młody. Odsłonięta złota tarcza

---

[1] Przełożyła Maria Skibniewska.

błyszczała odbiciem słońca i trawa jaśniała świeżą zielenią pod białymi nogami królewskiego rumaka. Bo oto wstał ranek i wiatr dmuchał od Morza. Ciemności rozpierzchły się, jęk przebiegł przez zastępy Mordoru, zdjęci przerażeniem wojownicy Czarnego Wodza uciekali i ginęli pod kopytami rozjątrzonych bitwą koni. Z szeregów Rohanu buchnęła chóralna pieśń; śpiewali, zadając śmierć, bo radość bitwy przepełniała ich serca, a piękny i groźny głos pieśni dosięgnął uszu obrońców oblężonego miasta.

Rozdział 6

Bitwa na polach Pelennoru

Ale napaścią na Gondor nie kierował herszt orków ani zwykły rozbójnik. Ciemności ustąpiły za wcześnie, przed terminem, który im wyznaczył ich władca. Szczęście zawiodło go na chwilę, świat obrócił się przeciw niemu, zwycięstwo wymykało się w momencie, gdy je już niemal dosięgał ręką. Miał jednak długie ramię. Dowodził armią, rozporządzał wielką potęgą. Król Upiorów Pierścienia, Wódz Nazgûlów władał niejedną bronią. Opuścił Bramę i zniknął.

Król Marchii Théoden dotarł do drogi, biegnącej spod Bramy ku Rzece, i zwrócił się w stronę miasta, odległego już tylko o niespełna milę. Wstrzymał nieco wierzchowca, rozglądając się za nowym przeciwnikiem, a wtedy wreszcie dopędzili go jego rycerze; między nimi był też Dernhelm. Dalej na przedzie, a bliżej murów grodu, jeźdźcy Elfhelma szaleli wśród machin oblężniczych, rąbiąc, siekąc, zapędzając nieprzyjacielskich żołdaków w ziejące ogniem rowy. Cała prawie północna połać Pelennoru była oczyszczona z wroga, obóz nieprzyjacielski płonął, orkowie uciekali ku Rzece jak zwierzyna ścigana przez myśliwców; wszędzie tam Rohirrimowie panowali nad polem bitwy. Lecz nie przerwali jeszcze oblężenia, nie zdobyli Bramy. Pod nią zostały znaczne siły przeciwnika, a na drugiej połowie pola zgromadziły się nietknięte jeszcze, niezliczone zastępy Mordoru. Na południu od drogi skupił się trzon armii Haradrimów, ich konnica otaczała chorągiew dowódcy. Ten dostrzegł w jasnym już teraz świetle dziennym sztandar króla, powiewający w tej chwili z dala od głównego wiru walki pośród garstki jeźdźców. Wódz Haradrimów zapłonął wściekłym gniewem, krzyknął, rozwinął swoją chorągiew, czarnego węża na krwawym szkarłacie, i runął do ataku na sztandar z białym koniem na tle zieleni, a za nim gnał tłum Haradrimów; wzniesione w górę krzywe ich szable migotały niby rój gwiazd.

Théoden zobaczył go, a nie chcąc czekać biernie na napaść, pomknął na spotkanie przeciwnika. Starli się ze straszliwym impetem. Lecz biała furia rycerzy Północy rozgorzała goręcej, lepiej też znali wojenne rzemiosło, bieglej i bardziej zabójczo władali długimi włóczniami. Mniej ich było, lecz rąbali sobie drogę przez tłum Haradrimów niby przesiekę w lesie. W najgęstszym bitewnym wirze przecisnął się Théoden, syn Thengla. Włócznia jego śmignęła w powietrzu, godząc w nieprzyjacielskiego dowódcę. Błyskawicznie dobył miecza i jednym ciosem rozszczepił drzewce chorągwi wraz z ciałem chorążego; czarny wąż opadł na ziemię. Resztka rozgromionej konnicy Haradrimów umknęła w popłochu.

Lecz nagle w tym momencie tryumfu złota tarcza króla przygasła. Jasny poranek zniknął z nieba. Przesłonił go znowu mrok. Konie zarżały, stając dęba. Ludzie spadali z siodeł i wili się po ziemi.

– Do mnie! Do mnie! – krzyknął Théoden. – Naprzód, Eorlingowie! Nie lękajcie się ciemności!

Ale oszalały ze strachu Śnieżnogrzywy wspiął się na zadnie nogi, jakby walcząc z powietrzem, i z głośnym rżeniem zwalił się na bok, przeszyty czarną strzałą. Król runął wraz z koniem, przygnieciony jego ciężarem.

Czarny cień zniżył się jak chmura oderwana od stropu nieba. Nie, to nie była chmura. Dziwna skrzydlata poczwara, jeśli ptak – to większy niż wszystkie znane ptaki świata i nagi, nieupierzony; skrzydła miał wielkie, z grubej błony rozpiętej między zrogowaciałymi palcami. Stwór, być może, z dawnego świata, z gatunku, który przetrwał w zakątku niezbadanych, zimnych gór pod księżycem dłużej niż jego epoka i w jakimś ohydnym gnieździe na szczytach wyhodował to ostatnie zapóźnione potomstwo, zwyrodniałe i złowieszcze. Czarny Władca wziął je pod swoją opiekę, wykarmił ochłapami mięsa, aż potwór wyrósł ponad miarę wszelkich innych latających istot. Wtedy Czarny Władca podarował go swemu słudze jako wierzchowca. Skrzydlaty stwór spuścił się na ziemię, zwinął błoniaste skrzydła, wydał z siebie okropny chrapliwy wrzask i usiadł na ciele Śnieżnogrzywego, wpijając w nie szpony i wyginając w dół długą, nagą szyję.

Dosiadał go jeździec w czarnym płaszczu, olbrzymi i groźny, w stalowej koronie, lecz między jej obręczą a zapięciem płaszcza ziała pustka, pośród której świeciły tylko morderczym blaskiem oczy. Wódz Nazgûlów! Gdy rozwiały się ciemności, zniknął z pola, aby przywoławszy swego wierzchowca, powrócić i znów szerzyć śmierć, zmienić nadzieję w rozpacz, zwycięstwo w pogrom. W ręku trzymał wielką czarną buławę.

Lecz Théoden nie przez wszystkich był opuszczony. Wprawdzie przyboczni rycerze albo polegli przy nim, albo nie zdołali opanować oszalałych koni, które ponosiły ich dalej w pole, jeden wszakże pozostał przy królu: młody Dernhelm, nieustraszony w swojej wierności, płakał nad leżącym starcem, którego snadź kochał jak ojca. Przez cały czas walki Merry, siedząc za Dernhelmem, nie doznał żadnego szwanku, dopóki Cień nie nadciągnął ponownie, wtedy bowiem Windfola, w panice stając dęba, zrzucił obu jeźdźców i uciekł. Merry czołgał się teraz na czworakach jak oszołomiony zwierzak, oślepły i bezwładny ze zgrozy.

„Giermek królewski! Giermek królewski! – powtarzał sobie w duchu. – Musisz wytrwać przy królu. Sam powiedziałeś, że będziesz go czcił jak rodzonego ojca".

Lecz wola nie odpowiadała głosowi serca, a całe ciało dygotało ze strachu. Merry nie śmiał otworzyć oczu i spojrzeć. W pewnej chwili wydało mu się, że słyszy głos Dernhelma, lecz bardzo dziwny, podobny do głosu innej spotkanej kiedyś osoby.

– Precz stąd, odmieńcze, wodzu sępów! Zostaw umarłych w spokoju.

Lodowaty głos odpowiedział:

– Nie wtrącaj się między Nazgûla a jego łup. Ukarze cię gorzej niż śmiercią. Zabierze cię do kraju rozpaczy, na dno ciemności, gdzie staniesz się bezcielesnym upiorem, gdzie Oko Bez Powiek przejrzy na wylot każdą twoją myśl.

Szczęknął wyciągany z pochwy miecz.

– Możesz grozić, czym chcesz, ale ja zrobię wszystko, co w mojej mocy, żeby ci w spełnieniu groźby przeszkodzić.

– Przeszkodzić? Mnie? Głupcze! Żadnemu najwaleczniejszemu nawet mężowi świata nie uda się nigdy i w niczym mi przeszkodzić.

Wtedy Merry usłyszał coś, czego najmniej się w tej groźnej chwili spodziewał: śmiech. Dernhelm śmiał się, a jego czysty głos dźwięczał jak stal.

– Ale ja nie jestem żadnym z mężów tego świata! Masz przed sobą kobietę. Jestem Éowina, córka Éomunda. Bronisz mi dostępu do mojego króla i krewnego. Idź precz, chyba żeś pewny swej nieśmiertelności. Czymkolwiek bowiem jesteś, żywą istotą czy też chodzącym trupem, mój miecz spadnie na ciebie, jeżeli dotkniesz króla.

Skrzydlaty potwór krzyknął, lecz Upiór Pierścienia nic nie odpowiedział, umilkł, jakby nagle ogarnęły go wątpliwości. Zdumienie i ciekawość pomogły hobbitowi przezwyciężyć na chwilę strach. Otworzył oczy, czarna zasłona lęku już mu nie przesłaniała widoku. O parę kroków przed nim siedziała olbrzymia poczwara, a nad nią niby cień rozpaczy górował Wódz Nazgûlów. Nieco w lewo, twarzą do nich zwrócona stała ta, którą Merry do niedawna nazywał Dernhelmem. Nie krył już jej twarzy hełm, jasne włosy uwolnione spływały na ramiona, lśniąc bladym złotem. Szare jak morze oczy spoglądały surowo i gniewnie, a mimo to łzy spływały z nich na policzki. W ręku trzymała miecz, wzniesioną tarczą osłaniała się od okropnego spojrzenia wroga.

To była Éowina i Dernhelm zarazem, Merry bowiem w przebłysku wspomnienia ujrzał twarz, która zwróciła jego uwagę przy wyjeździe z Dunharrow, twarz młodego rycerza, ruszającego na spotkanie śmierci, bez nadziei w sercu. Wraz z podziwem ocknęła się w hobbicie litość i właściwe temu plemieniu nieskore męstwo. Zacisnął pięści. Nie mógł pozwolić, by ta piękna, zrozpaczona księżniczka zginęła. Przynajmniej nie dopuści, by zginęła sama i bez obrony.

Twarz wroga była od niego odwrócona, pomimo to Merry nie śmiał poruszyć się, żeby nie ściągnąć na siebie morderczego spojrzenia tych okropnych oczu. Z wolna zaczął czołgać się w trawie. Lecz Czarny Wódz, z wahaniem i złością wpatrzony w kobietę, która mu stawiała czoło, nie zważał na hobbita bardziej niż na robaka pełznącego w błocie.

Nagle ohydny smród wionął powietrzem; to skrzydlaty potwór zatrzepotał skrzydłami, poderwał się w górę i błyskawicznie rzucił się na Éowinę, z przeraźliwym wrzaskiem godząc w nią dziobem i szponami.

Éowina nie drgnęła nawet: księżniczka Rohirrimów, córka królów, smukła, lecz silna jak stal, piękna, lecz groźna. Zadała cios z rozmachem, potężny i celny. Miecz przeciął wyciągniętą szyję potwora, odrąbana głowa jak kamień spadła na ziemię. Éowina odskoczyła wstecz przed walącym się olbrzymim cielskiem, które z rozpostartymi skrzydłami runęło w trawę. W tym samym momencie rozwiał się cień. Światło zalało postać księżniczki, a jasne jej włosy rozbłysły w rannym słońcu.

Lecz znad ścierwa zabitego wierzchowca dźwignął się Czarny Jeździec, straszny, olbrzymi, górujący nad smukłą przeciwniczką. Z okrzykiem nabrzmiałym taką nienawiścią, że sam dźwięk jego głosu rozdzierał uszy i zatruwał serca, podniósł ciężką buławę i uderzył. Tarcza Éowiny rozsypała się w kawałki, strzaskane ramię opadło bezsilnie. Księżniczka osunęła się na kolana. Upiór schylił się nad nią, przesłonił ją jak chmura; oczy pałały mu ogniem. Znów podniósł buławę, tym razem, żeby dobić ofiarę.

Nagle zachwiał się z jękiem bólu, cios chybił, koniec buławy zarył w ziemi. To Merry, zaszedłszy z tyłu, śmignął mieczykiem i przebijając czarny płaszcz, przeciął niechronione kolczugą ścięgno pod kolanem.

– Éowino! Éowino! – krzyknął Merry.

Éowina dźwignęła się z trudem i ostatkiem sił rąbnęła mieczem między płaszcz a koronę, nad schylonymi ku niej potężnymi ramionami. Miecz, sypiąc skry, rozpadł się w drzazgi. Korona z brzękiem potoczyła się po ziemi. Éowina padła twarzą naprzód na trupa przeciwnika. O dziwo! Płaszcz i kolczuga kryły pustkę. Leżały jak łachman w trawie, a w górze nad polem rozległ się krzyk, przechodzący w jęk coraz cichszy, oddalający się z wiatrem, w głos bezcielesny i wątły, który zamierał, ginął, by nigdy już więcej nie odezwać się nad światem.

Meriadok stał pośród zasłanego trupami pobojowiska, mrużąc oczy jak sowa w blasku dnia, bo łzy oślepiły go zupełnie. Przez mgłę widział piękną głowę Éowiny, znieruchomiałej, wyciągniętej w trawie, a tuż obok oblicze króla Théodena poległego w chwale. Śnieżnogrzywy w drgawkach agonii zsunął się z ciała swego pana, którego zabił mimo woli.

Merry schylił się i podniósł królewską rękę, żeby na niej złożyć pocałunek, wtedy jednak Théoden otworzył oczy; patrzyły przytomnie, a głos zabrzmiał spokojnie, chociaż słabo, gdy król przemówił:

– Żegnaj, zacny hobbicie. Moje ciało – zdruzgotane. Odchodzę do ojców. Lecz nawet w ich dostojnym towarzystwie nie będę się teraz musiał wstydzić. Powaliłem czarnego węża. Po mrocznym ranku wstał dzień jasny i zaświeciło złote słońce.

Merry nie mógł mówić, płakał znów gorzko.

– Przebacz mi, królu – wyjąkał wreszcie – że złamałem twój rozkaz, chociaż nie mogę ci oddać innych usług prócz tych łez na pożegnanie.

Sędziwy król odpowiedział uśmiechem.

– Nie martw się, hobbicie. Przebaczam ci nieposłuszeństwo. Szczerego serca nikt nie odtrąci. Obyś żył długo i szczęśliwie, a kiedy w czasach pokoju siądziesz, ćmiąc fajkę przy kominku, wspomnij o mnie! Ja bowiem nie będę mógł już dotrzymać obietnicy i w Meduseld nauczyć się od ciebie sztuki fajkowego ziela. – Przymknął powieki, Merry zaś schylił się nad nim. Po chwili król odezwał się znowu: – Gdzie jest Éomer? Ciemność zasnuwa mi oczy, a chciałbym go ujrzeć jeszcze przed śmiercią. On ma być po mnie królem. Przekaż też słowa pożegnania Éowinie. Wzdrygała się rozstać ze mną... Teraz już nigdy nie zobaczę tej, którą kochałem bardziej niż rodzoną córkę.

– Królu, królu – zaczął urywanym głosem Merry. – Éowina... Lecz w tym momencie rozległa się wrzawa, jakby dokoła wszystkie rogi i trąby zagrały naraz. Merry rozejrzał się po polu. Zapomniał o wojnie, o całym świecie; zdawało mu się, że od chwili, gdy król ruszył do swego ostatniego boju, minęło wiele godzin, w rzeczywistości jednak cały dramat rozegrał się w ciągu kilku minut. Teraz hobbit zrozumiał, że grozi im niebezpieczeństwo, bo mogą znaleźć się w sercu bitwy, która rozgorzeje lada chwila z nową siłą.

Wróg rzucał do walki świeże pułki sprowadzone pospiesznie drogą znad Rzeki; spod murów grodu zbliżały się zastępy Morgulu, od południa ciągnęła piechota Haradu, poprzedzana przez konnicę, za nią zaś widać było z daleka olbrzymie grzbiety mûmakili, dźwigających wieże oblężnicze. Od północy natomiast biała kita na hełmie Éomera powiewała na czele Rohirrimów, sformowanych znów w szyku bojowym, a z grodu wyszli na pole wszyscy zdolni jeszcze do noszenia broni mężczyźni, którym przewodził Srebrny Łabędź Dol Amrothu i którzy zdołali odeprzeć napastników spod Bramy.

Przez głowę hobbita przemknęła myśl: „Gdzie jest Gandalf? Czy nie ma go tutaj? On może umiałby ocalić króla i Éowinę". W tym samym momencie nadjechał w galopie Éomer, a z nim garstka niedobitków świty, przybocznych rycerzy króla, którzy zdołali wreszcie opanować spłoszone wierzchowce. Patrzyli teraz zdumieni na cielsko ubitej poczwary; konie nie chciały podejść do niej bliżej. Éomer zeskoczył z siodła, a ból i żal odmalowały się na jego twarzy, gdy zobaczył króla, i stanął w milczeniu nad jego bezwładnym ciałem.

Jeden z rycerzy wyjął królewską chorągiew z zaciśniętej dłoni poległego chorążego Guthláfa i podniósł ją w górę. Théoden z wolna otworzył oczy. Widząc wzniesione godło, dał znak, by je oddano Éomerowi.

– Witaj, królu Marchii – powiedział. – Ruszaj teraz po zwycięstwo! Pożegnaj ode mnie Éowinę!

Z tymi słowami skonał, nie wiedząc, że Éowina leży tuż obok.

Otaczający go ludzie płakali, wołając: „Król Théoden! Nasz Król Théoden!". Wtedy przemówił do nich Éomer:

Nie wylewajcie próżnych łez. Odszedł mężny
I chlubną poległ śmiercią. Nad jego kurhanem
Niech zapłaczą kobiety. Nas dziś wzywa bój![1]

Lecz sam, mówiąc to, płakał.

– Niechaj giermkowie królewscy zostaną tutaj – rzekł – i wyniosą ze czcią zwłoki króla z pola, które lada chwila ogarnąć może znów bitwa. Są też inni polegli ze świty Théodena.

---

[1] Przełożyła Maria Skibniewska.

Spojrzał na leżące wkoło trupy, poznając i nazywając po imieniu towarzyszy broni. Nagle ujrzał swoją siostrę Éowinę leżącą opodal. Stanął bez tchu jak człowiek, który w pół krzyku oniemiał, trafiony strzałą prosto w serce; śmiertelna bladość powlokła jego oblicze, a gniew zmroził mu krew w żyłach tak, że długo nie mógł dobyć słowa z gardła. Jakby szał nim zawładnął.

– Éowino! Éowino! – krzyknął wreszcie. – Éowino, skąd się tutaj wzięłaś? Czy to obłęd, czy zły czar mami moje oczy? Śmierci, śmierci, śmierci! Śmierci, zabierz nas wszystkich!

I bez namysłu, nie czekając, aż zbliży się oddział wysłany z grodu, skoczył na konia, pognał sam przeciw całej nieprzyjacielskiej armii, dmąc w róg i głośnym okrzykiem wzywając swoich do natarcia. Nad polem rozbrzmiał jego czysty donośny głos:

– Śmierci! Naprzód, po śmierć, po koniec świata!

Wojsko ruszyło za nim. Rohirrimowie już teraz nie śpiewali, idąc do walki. Tylko złowieszczy okrzyk: „Śmierci!" towarzyszył tętentowi kopyt, gdy fala jeźdźców, mijając poległego króla, runęła na spotkanie nieprzyjaciół ku południowemu krańcowi pola.

A hobbit Meriadok wciąż jeszcze stał, ślepy od łez, na tym samym miejscu; nikt do niego się nie odezwał, nikt chyba nawet go nie zauważył. Otarł oczy, schylił się, żeby podnieść zieloną tarczę, dar Éowiny, i zarzucić ją sobie na plecy. Potem rozejrzał się za mieczykiem, który zgubił, w chwili bowiem, gdy zadawał cios Czarnemu Wodzowi, ramię nagle mu ścierpło i odtąd mógł posługiwać się jedynie lewą ręką. Znalazł swój oręż, lecz ze zdumieniem ujrzał, że ostrze dymi niby sucha gałąź wyjęta z płomieni; patrzył na nie, jak gięło się i kurczyło, aż całe je strawił ogień.

Taki był koniec miecza wykutego ongi przez ludzi z Westernesse i znalezionego przez hobbita pod Kurhanem. Lecz dumny z jego losu byłby płatnerz, który go przed wiekami wykuwał cierpliwie w Królestwie Północnym, gdy Dúnedainowie byli młodym plemieniem, a najzawziętszym ich wrogiem było straszliwe królestwo Angmar i jego król, Czarnoksiężnik. Żaden inny oręż, chociaż w mocniejszych rękach, nie zadał wrogowi równie dotkliwej rany, rozdzierając upiorne ciało, niszcząc zły urok, który niewidzialne ścięgna łączył ze źródłem woli.

Rycerze z włóczni nakrytych płaszczami sporządzili naprędce nosze i dźwignęli króla, niosąc go w stronę grodu, podczas gdy inni nieśli za nim ostrożnie Éowinę. Nie mogli jednak zabrać wszystkich poległych z królewskiej świty, siedmiu bowiem gwardzistów padło obok swego pana, a między nimi Déorwin, dowódca gwardii. Tych więc złożyli Rohirrimowie z dala od trupów nieprzyjacielskich i od zabitej skrzydlatej bestii i zatknęli wokół nich włócznie. Później wrócili na to miejsce i spalili ścierwo poczwary, dla Śnieżnogrzywego wszakże wykopali grób i naznaczyli go kamieniem, na którym w dwóch językach – Marchii i Gondoru – wyryto napis:

Zgubą był panu ten sługa poczciwy –
Po Lekkostopym szybki Śnieżnogrzywy. [1]

Zielona i bujna trawa wyrosła na mogile Śnieżnogrzywego, lecz na zawsze czarna i jałowa pozostała ziemia w miejscu, gdzie spalono skrzydlatą bestię.

Powoli wlókł się smutny Merry obok noszy, nie zważając wcale na toczącą się jeszcze bitwę. Był znużony, zbolały, drżał jak w febrze. Wiatr od Morza przyniósł rzęsisty deszcz i zdawało się, że cały świat płacze po Théodenie i Éowinie, gasząc pożary w grodzie potokami szarych łez. Jak przez mgłę zobaczył hobbit zbliżające się pierwsze szeregi obrońców Gondoru. Imrahil, książę Dol Amrothu, zatrzymał konia na widok smutnego orszaku.

– Kogo niesiecie, przyjaciele z Rohanu? – zapytał.

– Króla Théodena – odpowiedzieli. – Król Théoden poległ. Ale król Éomer walczy, poznacie go po białej kicie na hełmie.

Książę zsiadł z konia, ukląkł przy noszach, oddając hołd zmarłemu królowi i jego bohaterskiej śmierci, i zapłakał. Potem wstał, a widząc na drugich noszach Éowinę, zdumiał się bardzo.

– Przecież to kobieta – rzekł. – Czy kobiety Rohirrimów także chwyciły za oręż w naszej obronie?

– Nie, tylko ta jedna – odpowiedzieli Rohirrimowie. – Księżniczka Éowina, siostra Éomera. Nie wiedzieliśmy, że była między nami,

---

[1] Przełożył Tadeusz A. Olszański.

dopóki nie znaleźliśmy jej na pobojowisku, i opłakujemy ją gorzko.

Piękność jej twarzy, chociaż bladej i zimnej, wzruszyła księcia, pochylił się, by z bliska przyjrzeć się księżniczce, i dotknął jej ręki.

– Przyjaciele! – krzyknął. – Czy nie ma między wami lekarzy? Księżniczka jest ranna, może śmiertelnie, ale jeszcze żyje!

Zsunął z ramienia polerowany naramiennik i przytknął go do zimnych warg Éowiny: lekka, prawie niedostrzegalna mgiełka oddechu przyćmiła blask metalu.

– Nie ma chwili do stracenia – powiedział, wyprawiając konnego gońca z powrotem do grodu z wieścią, że ranna potrzebuje pilnie pomocy. Sam jednak skłonił się raz jeszcze poległemu królowi i rannej księżniczce, pożegnał Rohirrimów, wskoczył na siodło i pomknął na czele swoich do walki.

Bitwa rozgorzała teraz wściekła na polach Pelennoru, szczęk oręża wzbijał się ku niebu wraz z krzykiem ludzi i rżeniem koni. Grały rogi i trąby, ryczały pędzone do boju mûmakile. Pod południowym murem grodu piechota Gondoru natarła na skupione tu jeszcze znaczne siły Morgulu. Jeźdźcy wszakże pognali ku wschodniej stronie pola, na pomoc Éomerowi: Húrin Smukły, Strażnik Kluczy, i książę Lossarnach, Hirluin z Zielonych Wzgórz i piękny książę Imrahil w otoczeniu swoich żołnierzy.

W samą porę zjawiła się ta pomoc dla Rohirrimów, szala bowiem przeważała na stronę nieprzyjaciela, a zapał bojowy Éomera obrócił się przeciw niemu. Furia pierwszego natarcia zmiażdżyła pierwsze nieprzyjacielskie szeregi, Jeźdźcy Rohanu szerokimi klinami wbili się w głąb tłumu południowców, zrzucając z siodeł konnych, tratując pieszych. Tam wszakże, gdzie były mûmakile, konie iść nie chciały, stawały dęba i uskakiwały na boki; olbrzymie zwierzęta, nieatakowane, górowały nad bitwą niby fortece, a Haradrimowie skupili się wokół nich. Jeśli od początku Rohirrimowie mieli przeciw sobie trzykrotną liczebną przewagę samych tylko Haradrimów, teraz stosunek sił jeszcze się zmienił na ich niekorzyść, nowe bowiem zastępy wroga ściągały od strony Osgiliath. Zebrano je na zapleczu, aby na ostatku rzucić na zdobyty gród, który miały splądrować i złupić; czekały tylko na rozkaz swego wodza. Wódz zginął, lecz teraz Gothmog, dowódca wojsk Morgulu, poprowadził ich w wir bitwy; szli za nim ludzie ze Wschodu zbrojni w topory, Variagowie z Khandu, południowcy w szkarłatnej odzieży i wojownicy z Dalekiego Haradu, podobni do trollów, błyskający białkami oczu i czerwienią języków w czarnych twarzach. Część tej armii okrążyła Rohirrimów od tyłu, część stanęła na wschodnim skrzydle, by powstrzymać oddziały Gondoru i nie dopuścić do ich połączenia z Jeźdźcami Rohanu.

W tym samym momencie, gdy na polu zarysowała się tak groźna dla obrońców sytuacja i zwątpienie zakradło się znów do serc, krzyk rozległ się w grodzie, bo wtedy właśnie, późnym przedpołudniem, wiatr dmuchnął silniej, unosząc deszcz ku północy, słońce błysnęło i w jego blasku wartownicy z murów dostrzegli w oddali nowe niebezpieczeństwo, widok niweczący resztkę nadziei.

Anduina, zataczając łuk od Harlondu, widoczna była z miasta na dość znacznym odcinku swego biegu i bystre oczy dostrzegły płynące po niej statki. Wytężywszy wzrok, strażnicy krzyknęli z rozpaczy, bo na tle lśniącej wstęgi Rzeki ukazała im się sunąca z wiatrem groźna flotylla: galery wojenne pchane wielu parami wioseł i okręty o czarnych żaglach wydętych bryzą.

– Korsarze z Umbaru! – wołali ludzie. – Korsarze z Umbaru! Patrzcie! Korsarze z Umbaru przybywają. A więc Belfalas został zdobyty, Ethir i Lebennin są w ręku wroga. Korsarze ciągną tutaj. To ostatni cios, jesteśmy zgubieni.

Ten i ów – bez rozkazu, bo w grodzie zabrakło dowódcy – biegł do dzwonów i uderzał na alarm; inni, chwyciwszy trąby, zagrali sygnał do odwrotu.

– Na mury! – krzyczeli. – Wracajcie na mury! Wracajcie do grodu, zanim was do szczętu rozgromią.

Ale paniczny krzyk rozwiewał wiatr, który gnał ku miastu obce okręty.

Rohirrimom zresztą ostrzeżenie nie było potrzebne. Aż za dobrze sami widzieli czarne żagle. Éomer bowiem zapędził się tak, że dzieliła go od Harlondu niespełna mila, na której między nim a przystanią skupiły się nieprzyjacielskie siły odparte z przedpola miasta, podczas gdy inni wojownicy zaroili się za plecami Rohirrimów, odcinając ich od oddziału księcia Imrahila. Teraz Éomer spojrzał na Rzekę i nadzieja zgasła w jego sercu; przeklinał wiatr, dotychczas błogosławiony. Natomiast w żołdaków Mordoru nowy duch wstąpił i z furią, z tryumfalnym wrzaskiem natarli na jeźdźców.

Éomer ochłonął już z oszołomienia, myślał trzeźwo i jasno. Kazał zadąć w rogi i zwołać ludzi, by każdy, kto tylko zdoła, stanął przy sztandarze królewskim. Postanowił bowiem tutaj wznieść z tarcz ostatni mur obronny i bić się, póki sił starczy, stoczyć walkę godną legendy i pieśni, chociażby nikt nie miał pozostać na tych ziemiach, kto by zachował pamięć o ostatnim królu Marchii. Wjechał na zielony pagórek, tu zatknął trzepoczący na wietrze sztandar z godłem Białego Konia.

> *Po zwątpieniach i mroku przedświtu*
> *Pieśnią i nagim mieczem powitałem słońce.*
> *Walczyłem do kresu nadziei, w żałobie serca,*
> *Noc zajdzie w krwawej łunie nad ostatnią klęską.* [1]

Ale ze śmiechem wygłaszał tę strofę pieśni. Znów bowiem porwał go zapał wojenny; oszczędziły go dotychczas miecze i dzidy, był młody i przewodził dzielnemu plemieniu. Wzywając pieśnią niebezpieczeństwo, spojrzał na czarne okręty i podniósł miecz.

Nagle zobaczył coś, co zdumiało go i napełniło radością. Podrzucił miecz w blask słońca, chwycił zręcznie, nie przerywając śpiewu. Wszystkie oczy zwróciły się w ślad za jego spojrzeniem. W tym momencie na głównym maszcie pierwszego statku, skręcającego właśnie ku przystani w Harlondzie, wiatr rozwiał flagę. Kwitło na niej Białe Drzewo Gondoru, lecz otaczało je Siedem Gwiazd i w górze nad nim błyszczała wysoka korona – godło Elendila, królewskie godło, którego tu nikt nie widział od niepamiętnych lat. Gwiazdy skrzyły się w słońcu, bo Arwena, córka Elronda, wyszyła ten sztandar drogimi kamieniami; korona z mithrilu i złota jaśniała w blasku dnia.

Aragorn, syn Arathorna, Elessar, spadkobierca Isildura, przebył Ścieżkę Umarłych i teraz z wiatrem od Morza przypłynął do Gondoru. Wesołość Rohirrimów wybuchnęła w śmiechu i szczęku oręża, a radość miasta rozśpiewała się fanfarami trąb i muzyką dzwonów. Ale żołdacy Mordoru, zdjęci trwogą, nie mogli pojąć, jaki

---

[1] Przełożyła Maria Skibniewska.

czar sprawił, że na okrętach ich sprzymierzeńców zjawili się wrogowie, i drżąc, zrozumieli, że los odwrócił się od nich i że muszą zginąć.

Rycerze Dol Amrothu pędzili teraz przed sobą na wschód rozbite zastępy trollów, Variagów i orków, którzy nie znoszą blasku słońca. Éomer ze swoimi jeźdźcami pomknął w stronę południa, a nieprzyjaciel, znalazłszy się niejako między młotem a kowadłem, uciekał w popłochu. Bo już ze statków na nadbrzeża Harlondu wysypywał się zbrojny oddział i jak burza parł na północ. W pierwszych szeregach biegli Legolas i Gimli z toporkiem w ręku, Halbarad ze sztandarem, Elladan i Elrohir z gwiazdami na czołach, Dúnedainowie, Strażnicy Północy, o krzepkich rękach, a za nimi dzielny lud z Lebenninu i Lamedonu i z innych lennych krajów Południa. Prowadził ich wszystkich Aragorn, wznosząc w ręku Płomień Zachodu, Andúril, miecz ognisty, przekuty na nowo stary Narsil, nie mniej niż ongi groźny. Na czole Aragorna świeciła Gwiazda Elendila.

Tak się stało, że spotkali się wśród bitwy Éomer i Aragorn; wsparci na mieczach spojrzeli sobie w oczy z radością.

– A więc spotkaliśmy się znów, chociaż nas rozdzieliły wszystkie zastępy Mordoru – rzekł Aragorn. – Czyż nie obiecałem ci tego, wówczas, w Rogatym Grodzie?

– Tak! – odparł Éomer – ale nadzieja często zwodzi, a nie wiedziałem, że umiesz przepowiadać przyszłość. Podwójnym błogosławieństwem jest pomoc, gdy zjawia się nieoczekiwana. Nigdy chyba dwaj przyjaciele nie radowali się tak bardzo ze spotkania! – Uścisnęli sobie ręce, po czym Éomer dodał: – Nigdy też chyba nie spotkali się tak bardzo w porę. Przybyłeś w ostatniej chwili. Ponieśliśmy ciężkie straty.

– A więc pomścijmy je, zanim mi o nich opowiesz – odparł Aragorn i ramię przy ramieniu ruszyli obaj do bitwy.

Sroga jeszcze czekała ich walka i wiele trudów, południowcy bowiem byli plemieniem bitnym i dzielnym, a rozpacz dodawała im męstwa, wojownicy zaś z krain Wschodu przeszli dobrą szkołę wojenną w Mordorze i żaden z nich nie myślał się poddawać. Wszędzie więc na rozległym polu, na zgliszczach zagród i spichrzów, na pagórkach, pod murami skupiały się gromady nieprzyjaciół, gotowych walczyć do ostatka, i bitwa przeciągała się do wieczora.

Wreszcie słońce skryło się za Mindolluinę, rozlewając na niebie ogromną łunę, tak że wzgórza i szczyty gór zarumieniły się krwawym odblaskiem. Rzeka zdawała się płonąć, a trawa nabrała odcienia rudej czerwieni. Wraz z zachodem słońca skończyła się wielka bitwa pod Minas Tirith i ani jeden nieprzyjaciel nie został żywy w kręgu zewnętrznych murów Pelennoru. Wybito ich co do nogi, a ci, którzy zbiegli, mieli niemal wszyscy wyginąć z ran lub utonąć w spienionych nurtach Rzeki. Ledwie garstka niedobitków wróciła do Morgulu lub Mordoru, a do Haradu dotarła tylko legenda o strasznej zemście i potędze napadniętego Gondoru.

Aragorn, Éomer i Imrahil razem wracali ku Bramie grodu, tak zmęczeni, że niezdolni zarówno do radości, jak i do smutku. Wszyscy trzej wyszli z bitwy niedraśnięci nawet, bo sprzyjało im szczęście, chroniła moc ramienia i niezawodny oręż; mało kto ośmielał się stawiać im czoło lub bodaj spojrzeć w twarze, rozognione gniewem. Lecz wielu innych rycerzy poległo na polu chwały albo odniosło ciężkie rany. Forlong, walcząc samotnie po utracie konia, padł od ciosów topora; Duilin z Morthondu i brat jego stratowani zostali na śmierć, gdy prowadzili do ataku na mûmakile łuczników, którzy z bliska puszczali strzały w ślepia bestii. Nigdy już piękny Hirluin nie miał wrócić do ojczystego Pinnath Gelin ani też Grimbold do swego domu w Grimslade, ani krzepki Strażnik Halbarad do swego rodzinnego kraju na dalekiej północy. Niemało poległo bojowników, sławnych i bezimiennych, dowódców i żołnierzy. Była to wielka bitwa i nikt jeszcze nie opowiedział całej jej historii. Wiele lat później śpiewak z Rohanu tak mówił o tym w swej pieśni o mogilnych kopcach Mundburga:

> *Słyszeliśmy o brzmiących rogach pośród wzgórz,*
> *mieczach połyskujących w Królestwie Południa.*
> *Rumaki popędziły jak poranny wiatr*
> *do Stoninglandu. Rozgorzała wojna.*
> *I zginął Théoden, potężny Thengling,*
> *pan zbrojnych zastępów, do złotych pałaców,*

zielonych łąk północy nie powrócił nigdy.
Harding i Guthláf, Dúnhern i Déorwin,
dzielny Grimbold, Herefara, Herubrand i Horn,
i Fastred walczyli i polegli tam,
w kraju dalekim: w grobowcach Mundburga
spoczywają pospołu z panami Gondoru,
swymi sprzymierzeńcami. Szlachetny Hirluin
do nadmorskich wzgórz ani Forlong stary
do kwitnących dolin Arnachu już nigdy
nie powrócą w tryumfie; ni smukli łucznicy,
Derufin i Duilin, nie wrócą do czarnych
jezior Morthondu ukrytych wśród gór.
Śmierć rankiem i kiedy już kończył się dzień
panów brała i sługi. Od dawna już śpią
pod trawą Gondoru, gdzie brzeg Wielkiej Rzeki,
teraz szarej jak łzy, srebrem połyskliwej.
Wtedy były czerwone jej pieniste wody:
krwią barwione gorzały w zachodzącym słońcu;
niby wici płonęły góry o wieczorze;
czerwień rosą spadała na Rammas Echor.[1]

---

[1] Przełożył Andrzej Nowicki.

Rozdział 7

Stos Denethora

Kiedy posępny cień cofnął się sprzed Bramy, Gandalf przez długą jeszcze chwilę trwał nieruchomo pośród dziedzińca. Pippin natomiast zerwał się błyskawicznie i wyprostował, jak gdyby ktoś zdjął nieznośne brzemię z jego ramion; stał, nasłuchując grania rogów i radość rozpierała mu serce. Zawsze odtąd, nawet po latach, łzy napływały mu do oczu na dźwięk odzywającego się w oddali rogu. Teraz jednak przypomniał sobie nagle, z jaką wieścią spieszył do Gandalfa. Podbiegł więc do niego w momencie, gdy Czarodziej, który właśnie ocknął się z zadumy i szepnął coś Cienistogrzywemu nad uchem, zamierzał wyjechać poza Bramę.

– Gandalfie! Gandalfie! – krzyknął Pippin.

Cienistogrzywy przystanął w miejscu.

– A ty co tutaj robisz? – spytał Gandalf. – O ile wiem, wedle praw grodu, tym, którzy noszą srebrno-czarne barwy, nie wolno opuszczać Cytadeli bez specjalnego pozwolenia.

– Denethor zwolnił mnie ze służby – odparł Pippin. – Odprawił mnie. Gandalfie, drżę z przerażenia. Tam na górze mogą się stać okropne rzeczy. Denethor popadł w obłęd, jak mi się wydaje. Boję się, że chce zabić nie tylko siebie, ale także Faramira. Czy nie mógłbyś temu przeszkodzić?

Gandalf patrzył przed siebie, w wylot otwartej Bramy. Z pola już dobiegał wzmożony zgiełk bitwy. Czarodziej zacisnął pięści.

– Muszę iść tam, gdzie toczy się bitwa – powiedział. – Czarny Jeździec krąży wolny po polu, może ściągnąć na nas zgubę. Nie mam teraz czasu na nic innego.

– Ale co będzie z Faramirem? – krzyknął Pippin. – On żyje! Denethor gotów go spalić żywcem, jeśli nikt go nie powstrzyma.

– Spalić żywcem? – powtórzył Gandalf. – O czym ty mówisz? Wytłumacz mi, ale prędko!

– Denethor wszedł do grobowca i zabrał ze sobą Faramira. Mówi, że i tak wszyscy spłoniemy, więc nie chce dłużej na to czekać; kazał zbudować stos i zamierza na nim spłonąć razem z Faramirem. Posłał pachołków po drewno i oliwę. Ostrzegłem Beregonda, ale nie jestem pewny, czy ośmieli się opuścić posterunek, bo właśnie stoi u drzwi Wieży na warcie. Zresztą, cóż Beregond może tu pomóc? – Pippin jednym tchem wyrecytował swą opowieść, a na zakończenie wyciągnął błagalnie ramiona i drżącymi palcami dotknął kolan Gandalfa. – Czy nie możesz ocalić Faramira?

– Może bym mógł – odparł Gandalf – lecz jeśli nim się zajmę, obawiam się, że tymczasem poginą inni. No tak, pójdę z tobą, skoro Faramirowi nikt prócz mnie pomóc nie może. Ale wynikną z tego nieuchronnie rzeczy złe i smutne. Nieprzyjaciel swoim jadem sięga w samo serce grodu, jego to bowiem wola działa w tej okrutnej sprawie.

Skoro raz powziął decyzję, szybko zamienił ją w czyn. Podniósł Pippina z ziemi, wziął przed siebie na konia, jednym słowem dał Cienistogrzywemu znak, by zawrócił do grodu. Pięli się spiesznie stromymi ulicami Minas Tirith, których bruk dzwonił pod kopytami rumaka, a z pola dolatywał coraz głośniejszy zgiełk bitwy. Zewsząd biegli ludzie, zbudzeni z rozpaczy i drętwoty, chwytając za broń i nawołując jedni drugich:

– Rohan przybył z odsieczą!

Dowódcy wykrzykiwali rozkazy, oddziały ustawiały się w szyku i ciągnęły w dół ku Bramie. W drodze spotkał Gandalf księcia Imrahila, który go zagadnął:

– Dokąd spieszysz, Mithrandirze? Rohirrimowie walczą na polach Gondoru! Trzeba teraz skupić wszystkie nasze siły.

– Wiem, każde ręce będą potrzebne – odparł Gandalf. – Toteż wrócę na pole, gdy tylko będę mógł. Ale teraz mam do Denethora sprawę, która nie cierpi zwłoki. Obejmij dowództwo w zastępstwie Namiestnika!

Jechali dalej, a im byli bliżej Cytadeli, tym wyraźniej czuli na twarzach powiew wiatru i dostrzegali blask poranka na rozjaśniającym się u wschodu niebie. Niewiele jednak dodawało im to nadziei, nie wiedzieli bowiem, co zastaną na górze i czy nie zjawią się na ratunek poniewczasie.

– Ciemności przemijają – powiedział Gandalf – ale nad miastem jeszcze ciąży mrok.

U drzwi Cytadeli nie było warty.

– A więc Beregond poszedł do Denethora – stwierdził trochę pocieszony Pippin.

Skręcili spod Wieży i pospieszyli drogą ku Zamkniętej Furcie. Stała otworem; odźwierny leżał przed jej progiem zabity; nie miał klucza w ręku.

– To także robota Nieprzyjaciela – rzekł Gandalf. – Nic go tak nie cieszy jak bratobójcza walka, niezgoda posiana między wierne serca, które nie mogą rozeznać drogi obowiązku. – Zsiadł z konia, polecił Cienistogrzywemu wrócić do stajni. – Powinniśmy obaj, przyjacielu, od dawna być na polu bitwy – rzekł do niego – lecz wstrzymują mnie inne sprawy. Przybiegnij szybko, gdy cię zawołam!

Przeszli Furtę i zbiegli krętą ścieżką w dół. Rozwidniło się, smukłe kolumny i rzeźbione posągi po obu stronach zdawały się sunąć obok nich jak szare zjawy.

Nagle ciszę zakłóciły krzyki i szczęk broni dochodzące z dołu – zgiełk, jakiego nigdy od dnia zbudowania grodu nie słyszało to uświęcone miejsce. Wreszcie znaleźli się na ulicy Milczenia, przed Domem Namiestników mającym w półmroku pod ogromną kopułą.

– Wstrzymajcie się! – krzyknął Gandalf. – Wstrzymajcie się, szaleńcy!

Albowiem w progu pachołkowie Denethora z mieczami i żagwiami w rękach nacierali na Beregonda, który sam jeden w swoich srebrno-czarnych barwach gwardii stał na najwyższym stopniu schodów pod sklepionym gankiem i bronił przystępu do drzwi. Dwóch ludzi już padło od jego miecza, plamiąc krwią świętość grobowca, inni miotali przekleństwa, nazywając Beregonda wyrzutkiem i zdrajcą, zbuntowanym przeciw własnemu panu.

Podbiegając, Gandalf i Pippin usłyszeli z wnętrza Domu Umarłych głos Denethora nawołujący do pośpiechu:

– Prędzej! Prędzej! Róbcie, co wam rozkazałem. Zabijcie tego zdrajcę albo też sam go ukarzę.

Drzwi, które Beregond usiłował podeprzeć lewą ręką, otworzyły się nagle i w progu ukazał się władca grodu, wspaniały i groźny. Oczy skrzyły mu się gorączkowo, obnażony miecz wznosił się do ciosu.

Lecz Gandalf jednym susem znalazł się na schodach. Słudzy rozstąpili się przed nim, osłaniając oczy, bo Czarodziej wdarł się między nich jak lśnienie białej błyskawicy w ciemności, cały rozpłomieniony gniewem. Podniósł ramię i w okamgnieniu miecz zawahał się w ręku Denethora, wysunął się z bezsilnej dłoni starca i padł na posadzkę mrocznej sieni. Denethor jakby oślepiony cofnął się przed Gandalfem.

– Co tu się dzieje, Denethorze? – spytał Czarodziej. – Dom Umarłych nie jest miejscem dla żywych. Dlaczego twoi słudzy biją się pośród grobów, gdy pod Bramą grodu toczy się rozstrzygająca walka? Czyżby Nieprzyjaciel dotarł aż tu, na ulicę Milczenia?

– Odkąd to Władca Gondoru obowiązany jest zdawać ci sprawę ze swoich zarządzeń? – spytał Denethor. – Czy już nie wolno mi rozkazywać własnym pachołkom?

– Wolno ci, Denethorze – odparł Gandalf – ale wolno też ludziom przeciwstawić się twoim rozkazom, jeśli są szaleńcze i złe. Gdzie jest twój syn, Faramir?

– Tu, we wnętrzu Domu Namiestników – powiedział Denethor. – Płonie, już płonie! Już podłożyli ogień pod jego ciało. Wkrótce spłoniemy wszyscy. Zachód ginie. Chcę odejść stąd w wielkim ognistym całopaleniu, niech wszystko skończy się w ogniu, w popiele, w słupie dymu, który uleci z wiatrem.

Gandalf, widząc, że władcę szał opętał, zląkł się, czy starzec nie wprowadził już w czyn swoich okrutnych zamiarów, rzucił się więc naprzód, a za nim pobiegli Pippin i Beregond. Denethor cofnął się tymczasem i stanął przy marmurowym stole w wielkiej sali. Faramir leżał tam, pogrążony w gorączkowym śnie, lecz żywy jeszcze. Pod jego posłaniem i dokoła niego piętrzył się stos z suchego drewna oblanego oliwą, którą przesycona była także odzież Faramira i okrywająca go płachta. Stos był gotów, ale nie zapalono go jeszcze. W tym momencie Gandalf okazał siłę, która w nim tkwiła, podobnie jak blask czarodziejskiej mocy, ukryta pod szarym płaszczem. Skoczył na spiętrzone kłody, chwycił rannego na ręce, zeskoczył na podłogę i pędem puścił się wraz ze swym cennym brzemieniem do wyjścia. Faramir jęknął i przez sen zawołał swego ojca.

Denethor jakby się nagle ocknął z osłupienia; oczy mu przygasły, spłynęły z nich łzy.

– Nie odbierajcie mi syna! On mnie woła! – powiedział.

– Tak – odparł Gandalf. – Syn cię woła, lecz jeszcze nie możesz się do niego zbliżyć. Faramir stoi na progu śmierci, ale być może nie przekroczy go, może uda się go uzdrowić. Ty zaś powinieneś teraz być na polu bitwy pod Bramą twojego grodu, gdzie być może czeka cię śmierć. Sam o tym wiesz w głębi serca.

– Faramir już się nie obudzi – odparł Denethor – a walka jest daremna. Dlaczegoż miałbym pragnąć przedłużenia życia? Dlaczego nie mielibyśmy umrzeć razem?

– Ani tobie, ani żadnemu władcy na ziemi nie przysługuje prawo wyznaczania godziny własnej śmierci – rzekł Gandalf. – Tylko pogańscy królowie podlegli Władzy Ciemności sami sobie zadawali śmierć, zaślepieni pychą i rozpaczą, zabijając też swoich najbliższych, aby lżej im było rozstać się z tym światem.

Wyniósł Faramira z Domu Umarłych, złożył go na tym samym łożu, na którym go tu przyniesiono, a które stało w sieni. Denethor szedł za Czarodziejem, zatrzymał się jednak w progu i drżąc, wpatrywał się z wyrazem tęsknoty w twarz syna. Wszyscy umilkli i znieruchomieli w obliczu widocznej udręki starca, który stał długą chwilę niezdecydowany.

– Pójdź z nami, Denethorze – powiedział wreszcie Gandalf. – Obaj jesteśmy w grodzie potrzebni. Możesz jeszcze wiele dokonać.

Nagle Denethor wybuchnął śmiechem. Wyprostował się znów dumnie, szybko wbiegł do sali i chwycił ze stołu poduszkę, na której przedtem opierał głowę. Wracając do drzwi, odsłonił powłoczkę: był pod nią ukryty *palantír*! Starzec podniósł go w górę i świadkom tej sceny wydało się, że kryształowa kula w ich oczach rozżarza się wewnętrznym płomieniem, rzucając czerwony odblask na wychudłą twarz Namiestnika, na rysy jakby wyrzeźbione w kamieniu, ostro podkreślone cieniami, szlachetne, dumne i groźne. Oczy mu znów się roziskrzyły.

– Pycha i rozpacz! – krzyknął. – Czy myślisz, że w Białej Wieży oczy były ślepe? Nie, widziały więcej, niż ty z całą swoją mądrością dostrzegasz, Szary Głupcze! Twoja nadzieja polega na niewiedzy. Idź, próbuj uzdrawiać umarłych. Idź i walcz! Wszystko daremne! Na krótko, na jeden dzień może zatryumfujesz na polu bitwy. Ale przeciw potędze, która rozrosła się w Czarnej Wieży, nic nie wskórasz. Tylko jeden palec tej potęgi sięgnął po nasz gród. Cały Wschód rusza na podbój. Ten wiatr, który złudził cię nadzieją, pędzi po Anduinie flotę czarnych żagli. Zachód ginie. Pora, by wszyscy, którzy nie chcą być niewolnikami, odeszli ze świata.

– Gdybyśmy słuchali takich rad, rzeczywiście oddalibyśmy zwycięstwo Nieprzyjacielowi – powiedział Gandalf.

– A więc łudź się dalej nadzieją! – zaśmiał się Denethor. – Czyż nie znam cię, Mithrandirze? Masz nadzieję, że obejmiesz po mnie władzę, że staniesz za tronami wszystkich władców Północy, Południa i Zachodu. Czytam w twoich myślach, przeniknąłem twoje plany. Wiem, żeś temu niziołkowi kazał przemilczeć prawdę. Żeś go wprowadził do mnie jako swojego szpiega. Mimo to z rozmów z nim dowiedziałem się imion i zamiarów wszystkich twoich sojuszników. Tak! Jedną ręką chciałeś mnie pchnąć przeciw Mordorowi, bym ci posłużył za tarczę, drugą zaś ściągnąłeś tutaj owego Strażnika Północy, aby zajął moje miejsce. Ale powiadam ci, Gandalfie Mithrandirze, nie będę w twoim ręku narzędziem! Jestem Namiestnikiem rodu Anáriona. Nie dam się poniżyć do roli zgrzybiałego szambelana na dworze byle przybłędy. Nawet gdyby udowodnił swoje prawa, jest tylko dalekim potomkiem Isildura. Nie skłonię głowy przed ostatnim z rodu od dawna wyzutego z władzy i godności.

– Jakże byś więc chciał ułożyć sprawy, Denethorze, gdybyś mógł przeprowadzić swoją wolę? – zapytał Gandalf.

– Chciałbym, aby wszystko pozostało tak, jak było za dni mego życia aż po dziś – odparł Denethor – i za dni moich pradziadów; chciałbym w pokoju władać grodem i przekazać rządy synowi, który by miał własną wolę, a nie ulegał podszeptom czarodzieja. Jeśli tego mi los odmawia, niech raczej wszystko przepadnie, nie chcę życia poniżonego, miłości podzielonej, czci uszczuplonej.

– W moim przeświadczeniu Namiestnik, który wiernie zwraca władzę prawowitemu królowi, nie traci miłości ani czci – rzekł Gandalf. – W każdym zaś razie nie powinieneś swego syna pozbawiać prawa wyboru, gdy jeszcze nie zgasła nadzieja, że może uniknąć śmierci.

Ale na te słowa płomień gniewu znowu się rozjarzył w oczach Denethora; wsunąwszy sobie kryształ pod ramię, starzec dobył sztyletu i podszedł do noszy. Beregond jednak uprzedził go błyskawicznym skokiem i zasłonił Faramira własnym ciałem.

– A więc to tak – krzyknął Denethor. – Już mi ukradłeś połowę synowskiego serca. Teraz okradasz mnie także z miłości moich sług, aby ci pomogli obrabować mnie nawet ze szczątków mego syna. W jednym przynajmniej nie zdołasz mi przeszkodzić, umrę tak, jak postanowiłem. Do mnie! – zawołał na sługi. – Do mnie! Czy sami tylko zaprzańcy zostali między wami?

Dwóch pachołków wbiegło po schodach na rozkaz swego władcy. Denethor wyrwał jednemu z nich żagiew i uskoczył w głąb domu. Nim Gandalf zdążył go powstrzymać, cisnął płonącą żagiew na stos, który natychmiast gwałtownie zajął się ogniem.

Denethor wskoczył na stół; stojąc tak w ognistym wieńcu, podniósł swoje namiestnikowskie berło i złamał je na kolanie. Rzucił je w ogień, a sam położył się na stole, oburącz przyciskając *palantír* do piersi. Wieść głosi, że odtąd ktokolwiek spojrzał w kryształ, jeśli nie miał dość potężnej woli, by go do swoich celów nakłonić, widział w nim tylko dwie starcze dłonie trawione żarem płomieni.

Gandalf w bólu i zgrozie odwrócił twarz i zamknął drzwi. Chwilę stał zamyślony i milczący w progu; z wnętrza grobowego domu słychać było szum rozszalałego ognia. Potem Denethor krzyknął wielkim głosem jeden jedyny raz i umilkł na zawsze. Nikt ze śmiertelnych nie ujrzał go już nigdy.

– Tak zginął Denethor, syn Ectheliona – rzekł Gandalf. Zwrócił się do Beregonda i do pachołków, osłupiałych z przerażenia. – I z nim razem skończyły się dni Gondoru, takiego, jaki znaliście przez całe swoje życie. Wszystko bowiem, dobre czy złe, kiedyś się kończy. Byliśmy tu świadkami wielu niecnych czynów, ale wyzbądźcie się wrogich uczuć, które was dzielą, bo wszystko to stało się za sprawą Nieprzyjaciela i on to posłużył się wami do własnych celów.

Wpadliście w sieć sprzecznych obowiązków, lecz nie wasze ręce tę sieć usnuły. Pamiętajcie, wierni słudzy Denethora, ślepi w swym posłuszeństwie, że gdyby nie zdrada Beregonda – Faramir, dowódca straży Białej Wieży, już byłby tylko garstką popiołu. Zabierzcie z tego nieszczęsnego miejsca ciała waszych zabitych towarzyszy. My zaś poniesiemy Faramira, Namiestnika Gondoru, tam, gdzie będzie mógł spać spokojnie lub umrzeć, jeśli tak los każe.

Gandalf i Beregond dźwignęli nosze i ruszyli w stronę Domów Uzdrowień. Pippin szedł za nimi z głową zwieszoną na piersi. Ale pachołkowie Denethora jakby w ziemię wrośli, zapatrzeni na Dom Umarłych; Gandalf był już u wylotu ulicy Milczenia, gdy rozległ się głośny łoskot. Obejrzawszy się za siebie, zobaczyli, że kopuła Domu Namiestników pękła i kłęby dymu wydobywają się z niej ku niebu; zapadła się ze straszliwym rumorem walących się kamieni, lecz na gruzach wciąż jeszcze pełgały żywe płomienie. Dopiero wtedy pachołkowie, zdjęci strachem, uciekli w ślad za Czarodziejem ku furcie.

Kiedy przed nią stanęli, Beregond z gorzkim żalem spojrzał na martwego odźwiernego.

– Ten swój uczynek będę opłakiwał do śmierci – powiedział – ale szał mnie ogarnął, czas naglił, on zaś nie chciał słuchać moich błagań i wyciągnął miecz. – Kluczem, wyrwanym przedtem z rąk wartownika, zamknął furtę. – Teraz klucz ten należeć będzie do Faramira – powiedział.

– Pod nieobecność Namiestnika władzę pełni tymczasem książę Dol Amrothu – rzekł Gandalf. – Skoro go nie ma tutaj, pozwolę sobie rozstrzygnąć tę sprawę. Proszę cię, Beregondzie, zachowaj ten klucz i strzeż go, dopóki w mieście nie zapanuje na nowo porządek.

Wreszcie znaleźli się w górnych kręgach grodu i w blasku dnia szli dalej ku Domom Uzdrowień; były to piękne domy, przeznaczone w czasach pokoju dla ciężko chorych, teraz jednak przygotowane dla rannych znoszonych z pola bitwy. Stały w pobliżu Bramy Cytadeli, w szóstym kręgu, opodal południowego muru, otoczone ogrodem i łąką porośniętą drzewami, w jedynym zielonym zakątku grodu. Krzątało się tu kilka kobiet, którym pozwolono zostać w Minas Tirith, ponieważ były biegłe w sztuce leczniczej i wyćwiczone w posługach dla chorych.

Gandalf ze swymi towarzyszami właśnie wchodził przez główne wejście do ogrodu, gdy z pola pod Bramą wzbił się przeraźliwy, głośny krzyk, przemknął z wiatrem nad ich głowami i zamarł w oddali. Głos brzmiał tak okropnie, że na chwilę stanęli oszołomieni, lecz gdy przeminął, wstąpiła nagle w ich serca otucha, jakiej nie było w nich od dnia, kiedy ciemności nadciągnęły od Wschodu. Wydało im się, że dzień rozwidnił się nagle i że słońce przebiło się spoza chmur.

Lecz twarz Gandalfa zachowała wyraz powagi i smutku; Czarodziej polecił Beregondowi i Pippinowi wnieść Faramira do Domu Uzdrowień, sam zaś wybiegł na najbliższy mur. Stanął tam jak biały posąg i w świeżym blasku słonecznym wyjrzał na pole. Objął wzrokiem wszystko, co się tam rozgrywało, i dostrzegł Éomera, który jadąc do walki, zatrzymał się przy poległych i rannych. Gandalf z westchnieniem owinął się znów szarym płaszczem i zbiegł z muru. Beregond i Pippin, wychodząc z Domu Uzdrowień, zastali go zadumanego przy wejściu. Patrzyli nań pytająco, lecz Czarodziej długą chwilę milczał. Wreszcie przemówił:

– Przyjaciele moi i wy wszyscy, obywatele tego grodu i mieszkańcy zachodnich krajów! Zdarzyło się dziś wiele rzeczy bolesnych i wiele chlubnych. Czy powinniśmy płakać, czy też się radować? Stało się coś, czego w najśmielszych nadziejach nie mogliśmy się spodziewać, zginął bowiem Wódz wrogiej armii; słyszeliśmy echo jego ostatniego rozpaczliwego krzyku. Lecz tryumf ten przypłacony został ciężką żałobą i wielką stratą. Mogłem był jej zapobiec, gdyby nie szaleństwo Denethora. Aż tak daleko w głąb naszego obozu sięgnęła władza Nieprzyjaciela! Dziś dopiero zrozumiałem w pełni, jakim sposobem zdołał swoją wolę narzucić tu, w samym sercu grodu. Namiestnicy przypuszczali, że nikt nie zna ich sekretu, ja jednak od dawna wiedziałem, że w Białej Wieży, podobnie jak w Orthanku, przechował się jeden z Siedmiu Kryształów. Za dni swej mądrości Denethor nie ważył się nim posługiwać ani wyzywać Saurona, zdając sobie sprawę z granicy własnych sił. Lecz rozum starca osłabł. Gdy niebezpieczeństwo zagroziło bezpośrednio jego królestwu, spojrzał w kryształ i dał się oszukać; po wyprawieniu Boromira na północ robił to zapewne coraz częściej. Był zbyt wielkoduszny, by się poddać woli Władcy Ciemności, lecz widział w krysztale tylko to, co tamten mu dojrzeć pozwolił. Zdobywał dzięki temu bez wątpienia wiadomości nieraz pożyteczne, jednakże wizje ogromnej potęgi Mordoru, które mu wciąż podsuwano, rozjątrzały w jego sercu rozpacz, aż w końcu zaćmiły jego umysł.

– Teraz wyjaśnia się zagadka, nad którą się głowiłem – powiedział Pippin, drżąc na samo wspomnienie przeżytych okropności. – Denethor wyszedł na czas pewien z komnaty, w której leżał Faramir, i dopiero po powrocie wydał mi się odmieniony, zgrzybiały i złamany.

– Wkrótce potem, jak wniesiono Faramira do Wieży, ludzie zauważyli dziwne światła w najwyższym jej oknie – odezwał się Beregond. – Widywaliśmy co prawda takie światła nieraz i od dawna w grodzie krążyły pogłoski, że Namiestnik zmaga się myślą z Nieprzyjacielem.

– Niestety, były to trafne przypuszczenia – rzekł Gandalf. – Tą drogą wola Saurona wdarła się do Minas Tirith. Dlatego też ja, zamiast być w polu, tu musiałem pozostać. I teraz jeszcze odejść stąd nie mogę, bo wkrótce oprócz Faramira będę miał innych rannych i chorych pod opieką. Pójdę na ich spotkanie. Zobaczyłem z murów widok bardzo dla mego serca bolesny, kto wie, czy nie czekają nas dotkliwsze jeszcze troski. Chodź ze mną, Pippinie. A ty, Beregondzie, powinieneś wrócić do Cytadeli i zdać dowódcy sprawę z wszystkiego, co zaszło. Obawiam się, że uzna za swój obowiązek wykluczyć cię z gwardii. Powiedz mu jednak, że – jeśli zechce się liczyć z moim zdaniem – radzę mu odesłać cię do Domów Uzdrowień, abyś służył tam swojemu choremu Władcy i znalazł się przy nim, gdy ocknie się ze snu – jeśli w ogóle kiedyś się ocknie. Tobie bowiem zawdzięcza, że nie spłonął żywcem. Idź, Beregondzie. Co do mnie, powrócę tu niebawem.

Z tymi słowy ruszył ku niższym kręgom grodu w towarzystwie Pippina. Szli przez miasto, gdy zaczął padać rzęsisty deszcz, gasząc wszystkie pożary, tak że tylko ogromne kłęby dymu wzbijały się wszędzie przed nimi.

Rozdział 8

Domy Uzdrowień

Zmęczenie i łzy przesłaniały mgłą oczy Meriadoka, kiedy się zbliżał do zburzonej Bramy Minas Tirith. Hobbit prawie nie widział ruin i trupów zalegających pole. Powietrze gęste było od ognia, dymu i zaduchu, wiele bowiem machin wojennych spłonęło lub zwaliło się w huczące płomieniami rowy, gdzie spadł też niejeden trup ludzki lub zwierzęcy. Tu i ówdzie leżały ogromne martwe cielska południowych mûmakilów, na pół zwęglone albo zmiażdżone kamiennymi pociskami, z oczami wykłutymi przez celne strzały łuczników z Morthondu; wszędzie w dolnych dzielnicach grodu cuchnęło spalenizną.

Ludzie już krzątali się na przedpolach, oczyszczając drogę przez pobojowisko, a z Bramy wyniesiono nosze. Złożono Éowinę ostrożnie na miękkich poduszkach, zwłoki zaś króla okryto wspaniałym złocistym całunem; otoczyli je Rohirrimowie z zapalonymi pochodniami w ręku i blade w słonecznym blasku płomyki chwiały się na wietrze.

Tak wkroczyli do grodu król Théoden i Éowina, a każdy na ich widok odkrywał głowę i schylał ją z czcią. Niesiono ich wśród pogorzelisk i dymów spalonego kręgu przez kamienne ulice ku górze. Meriadokowi dłużył się ten marsz nieznośnie, szedł jak w koszmarnym, niezrozumiałym śnie, wspinając się mozolnie do jakiegoś odległego celu, którego nie mógł odnaleźć w pamięci. Coraz niklej przebłyskiwały przed jego oczyma światła pochodni, aż wreszcie pogasły zupełnie i hobbit wlókł się w ciemnościach, myśląc: „To podziemny korytarz, wiodący do grobu, w którym zostaniemy już na zawsze". Nagle w jego sen wtargnął czyjś żywy głos:

– Merry! Nareszcie! Co za szczęście, że cię odnalazłem!

Podniósł wzrok i mgła przesłaniająca mu oczy przerzedziła się nieco. Zobaczył Pippina! Stali twarzą w twarz pośrodku wąskiej uliczki, gdzie prócz nich dwóch nie było nikogo. Merry przetarł oczy.

– Gdzie jest król? – spytał. – Gdzie Éowina?

Zachwiał się, przysiadł na jakimś progu i rozpłakał się znowu.

– Ponieśli ich na górę, do Cytadeli – odparł Pippin. – Zdaje się, że idąc, usnąłeś i zabłądziłeś na którymś zakręcie. Kiedy stwierdziliśmy, że nie ma cię w królewskim orszaku, Gandalf wysłał mnie na poszukiwania. Biedaczysko! Jakże się cieszę, że cię znowu widzę. Ale ty jesteś okropnie wyczerpany, teraz nie będę cię męczył rozmową. Powiedz tylko, czy jesteś ranny? Skaleczony?

– Nie – powiedział Merry. – Zdaje się, że nie. Ale wiesz, Pippinie, od chwili, kiedy zraniłem tamtego, straciłem władzę w prawym ramieniu, a mój miecz spalił się do szczętu jak kawałek drewna.

Na twarzy Pippina odmalowało się zaniepokojenie.

– Myślę, że powinieneś teraz iść ze mną, jak możesz najspieszniej – rzekł. – Niestety, nie mogę cię zanieść. Widzę, że ledwie powłóczysz nogami. Szkoda, że nie wzięli cię od razu na nosze, trzeba im to jednak wybaczyć; za wiele strasznych rzeczy zdarzyło się dziś w grodzie, nic dziwnego, że przegapiono małego biednego hobbita wracającego z pola bitwy.

– Czasem można na takim przegapieniu wygrać – odparł Merry. – Nie dostrzegł mnie przecież w porę... Nie! Nie mogę o tym teraz mówić. Pomóż mi, Pippinie. Ciemno mi w oczach, a ramię mam zimne jak lód.

– Oprzyj się na mnie, Merry, przyjacielu kochany! Chodźmy! Powolutku dojdziemy. To już niedaleko.

– Czy wyprawisz mi pogrzeb? – spytał Merry.

– Co ty pleciesz? – zaprotestował Pippin, siląc się na wesołość, chociaż serce ściskało mu się ze strachu i litości. – Idziemy do Domów Uzdrowień.

Z uliczki biegnącej między rzędem wysokich kamienic a zewnętrznym murem czwartego kręgu skręcili na główną ulicę, która wspinała się ku Cytadeli. Posuwali się krok za krokiem, Merry chwiał się na nogach i mruczał coś jak gdyby przez sen.

„Nigdy w ten sposób nie dojdziemy – martwił się w duchu Pippin. – Czy nikt mi nie pomoże? Nie mogę przecież biedaka zostawić ani na chwilę samego".

Ledwie to pomyślał, niespodziewanie dogonił ich biegnący chyżo chłopiec, a gdy ich mijał, Pippin poznał Bergila, syna Beregonda.

– Hej, Bergilu! – zawołał. – Dokąd pędzisz? Cieszę się, że cię znów spotykam, całego i zdrowego.

– Jestem Gońcem Uzdrowicieli – oznajmił Bergil. – Nie mogę się zatrzymać.

– Nie trzeba! – powiedział Pippin. – Powiedz tylko, że mam tutaj chorego hobbita, periana, jak wy nas zwiecie, który wraca z pola bitwy. Zdaje się, że nie zajdzie o własnych siłach tak daleko. Jeżeli tam jest Mithrandir, uradujesz go tą nowiną.

Bergil pobiegł naprzód.

„Lepiej będzie, jeśli tutaj poczekamy na pomoc" – pomyślał Pippin.

Łagodnie usadowił Meriadoka na krawędzi chodnika w słonecznym miejscu i siadłszy obok niego, ułożył głowę chorego przyjaciela na własnych kolanach. Ostrożnie obmacał ciało i ujął jego ręce w swoje dłonie. Prawa ręka była zimna jak lód.

Wkrótce zjawił się Gandalf we własnej osobie. Pochylił się nad Meriadokiem i pogłaskał jego czoło, potem dźwignął chorego w ramionach.

– Należałby mu się tryumfalny wjazd do grodu – powiedział. – Nie zawiódł mego zaufania, gdyby bowiem Elrond nie ustąpił moim naleganiom, żaden z was, moi hobbici, nie wziąłby udziału w tej wyprawie i ponieślibyśmy dziś cięższe jeszcze straty. – Czarodziej westchnął i dodał: – No i mam jednego więcej chorego na głowie, a tymczasem los bitwy wciąż waży się na szali.

Wreszcie wszyscy: Faramir, Éowina i Merry, znaleźli się w łóżkach w Domu Uzdrowień, pod troskliwą opieką. Wprawdzie w tych czasach dawna wiedza nie jaśniała już pełnią światła, jak w odległej przeszłości, lecz sztuka uzdrawiania stała jeszcze w Gondorze wysoko, umiano leczyć rany i wszelkie choroby, którym podlegali ludzie na wschodnich wybrzeżach Morza. Wszystkie oprócz starości. Na nią nie znano lekarstwa i tutejsi ludzie żyli teraz niewiele dłużej niż inne plemiona, a szczęśliwców, którzy wtedy w pełni sił przekraczali setkę lat, można było na palcach zliczyć, z wyjątkiem rodów najczystszej krwi. Ostatnio wszakże sztuka uzdrowicieli zawodziła, szerzyła się bowiem nowa choroba, na którą nie znano rady. Nazwano ją Czarnym Cieniem, ponieważ jej sprawcami były Nazgûle. Dotknięci nią chorzy zapadali stopniowo w coraz głębszy sen, potem milkli i śmiertelny chłód ogarniał ich ciała, w końcu umierali. W Domu Uzdrowień podejrzewano, że właśnie ta straszna choroba nęka niziołka i księżniczkę Rohanu. Przed południem oboje chorzy jeszcze mówili, szepcząc coś jakby we śnie; opiekunowie pilnie się temu przysłuchiwali w nadziei, że dowiedzą się może czegoś, co pomoże w zrozumieniu ich cierpień i znalezieniu na nie ratunku. Lecz chorzy wkrótce umilkli, zasnęli głębiej, a gdy słońce schyliło się ku zachodowi, szary cień powlókł ich twarze. Faramira natomiast spalała gorączka, której żadne środki nie mogły uśmierzyć.

Gandalf chodził od jednego do drugiego łoża, a opiekunowie powtarzali mu każde słowo zasłyszane z ust chorych. Tak mijał tutaj dzień, podczas gdy na polu wielka bitwa toczyła się wśród zmiennego szczęścia i dziwnych niespodzianek. Wreszcie czerwony blask zachodu rozlał się po niebie i przez okna dosięgnął poszarzałych twarzy chorych. Tym, którzy wtedy przy nich czuwali, wydawało się, że rumieńce zdrowia wracają na wynędzniałe policzki, ale była to zwodnicza nadzieja.

Patrząc na piękne oblicze Faramira, najstarsza z posługujących w Domu Uzdrowień kobiet, Ioreth, zapłakała, bo wszyscy w grodzie kochali młodego rycerza.

– Wielkie to będzie nieszczęście, jeśli nam umrze! – powiedziała.
– Gdybyż byli na świecie królowie Gondoru, jak za dawnych czasów! Stare księgi mówią, że „ręce króla mają moc uzdrawiania". Po tym właśnie rozpoznawano zawsze prawowitych królów.

Gandalf, który stał obok, odpowiedział jej:
– Oby ludzie zapamiętali twoje słowa, Ioreth! W nich bowiem jest nadzieja. Może naprawdę król wrócił do Gondoru. Czy nie słyszałaś dziwnych wieści, które krążą w grodzie?

– Miałam tu pełne ręce roboty, nie słuchałam, co krzyczą albo szepczą – odparła. – A co do nadziei, to spodziewam się przynajmniej tego, że ci mordercy nie wtargną do naszych Domów i nie zakłócą spokoju chorych.

Gandalf wyszedł spiesznym krokiem. Łuna już dopalała się na niebie, rozżarzone szczyty gór zbladły, szary jak popiół wieczór rozpełzał się po nizinie.

Po zachodzie słońca Aragorn, Éomer i książę Imrahil nadciągnęli wraz ze swymi dowódcami i rycerzami pod miasto, a gdy znaleźli się pod Bramą, Aragorn przemówił:

– Spójrzcie na ten pożar, który roznieciło zachodzące słońce! To znak kresu i upadku wielu rzeczy i zmiany w biegu spraw na tym świecie. Gród ten pozostawał pod władzą Namiestników przez tak długie wieki, iż lękam się, że gdybym do niego wkroczył nieproszony, wybuchłyby spory i wątpliwości, bardzo niepożądane w czasie wojny. Nie wejdę więc do stolicy ani nie zgłoszę swoich roszczeń do tronu, póki nie rozstrzygnie się ostatecznie, kto zwyciężył: my czy też Mordor. Każę rozbić swój namiot na polu i tutaj będę czekał, aż wezwie mnie z dobrej woli Władca grodu.

– Już podniosłeś sztandar królewski i objawiłeś godła rodu Elendila – odparł na to Éomer. – Czy ścierpisz, by ktoś odmówił im należnej czci?

– Nie – powiedział Aragorn – ale czas nie dojrzał jeszcze, a ja nie chcę starcia z nikim, chyba z Nieprzyjacielem i jego sługami.

Zabrał z kolei głos książę Imrahil:

– Jeżeli pozwolisz, by swoje zdanie wyraził bliski krewny Denethora, wiedz, że twoje postanowienie wydaje mi się mądre. Denethor jest uparty i dumny, ale stary. Odkąd ujrzał syna ciężko rannego, zachowuje się bardzo dziwnie. Nie godzi się jednak, abyś pozostał jak żebrak przed Bramą.

– Nie jak żebrak – odparł Aragorn – ale jak dowódca Strażników, którzy nie przywykli do miast i domów z kamienia.

Kazał zwinąć swój sztandar, a przedtem zdjął z niego gwiazdę Północnego Królestwa i oddał ją na przechowanie synom Elronda.

Książę Imrahil i Éomer pożegnali więc Aragorna i bez niego weszli do grodu, aby wśród wiwatujących na ulicach ludzi wspiąć się na górę do Cytadeli. Tu w Sali Wieżowej spodziewali się zastać

Namiestnika, lecz zobaczyli jego fotel pusty, a pośrodku, pod baldachimem, spoczywające na wspaniałym łożu zwłoki Théodena, króla Marchii. Dwanaście pochodni płonęło wokół niego i dwunastu rycerzy, z Rohanu i Gondoru, pełniło straż. Łoże udrapowano barwami białą i zieloną, lecz całun, okrywający króla po pierś, był ze złotogłowiu, na nim zaś błyszczał nagi miecz i u stóp zmarłego leżała jego tarcza. Siwe włosy w migotliwym świetle pochodni lśniły jak krople wody w słońcu, piękna twarz zdawała się młoda, chociaż bił z niej spokój, jakiego nie zna młodość. Można by pomyśleć, że sędziwy król śpi.

Długą chwilę stali w milczeniu przed zmarłym królem, wreszcie odezwał się książę Imrahil:

– Gdzie jest Namiestnik? Gdzie Mithrandir?

Odpowiedział mu jeden z pełniących wartę rycerzy:

– Namiestnik Gondoru przebywa w Domu Uzdrowień.

– A gdzie moja siostra Éowina? – spytał Éomer. – Zasłużyła na miejsce obok króla, w nie mniejszej chwale. Dokąd ją zabrano?

– Ależ księżniczka żyła, gdy ją podniesiono z pobojowiska! – odparł książę Imrahil. – Czy nie wiedziałeś o tym, Éomerze?

Tak więc niespodziewana już nadzieja powróciła w serce Éomera, a wraz z nią nowe troski i obawy. Bez słowa wyszedł z sali; książę podążył za nim. Na dworze wieczór już zapadł i rój gwiazd świecił na niebie. U drzwi Domu Uzdrowień spotkali Gandalfa, któremu towarzyszył jakiś człowiek spowity szarym płaszczem. Powitali Czarodzieja, mówiąc:

– Szukamy Namiestnika. Powiedziano nam, że znajduje się w tych Domach. Czy odniósł jakieś rany? I gdzie jest Éowina?

– Éowinę znajdziecie tutaj – odparł Gandalf. – Nie umarła, lecz bliska jest śmierci. Faramir, zraniony zatrutą strzałą, także tu leży chory. On jest teraz Namiestnikiem Gondoru. Denethor odszedł do swych przodków, jego domem jest garść popiołów.

Z bólem i zdumieniem słuchali, gdy opowiadał im o śmierci starego władcy.

– A więc święcimy zwycięstwo bez radości – rzekł książę Imrahil – okupione wielką ceną, skoro w jednym dniu zarówno Rohan, jak i Gondor utraciły swych Władców. Rohirrimom przewodzi Éomer. Kto będzie tymczasem rządził w grodzie? Czy nie należałoby posłać po Aragorna?

– Jest już między wami – odezwał się człowiek w szarym płaszczu.

Postąpił krok naprzód i w świetle latarni wiszącej nad drzwiami poznali Aragorna, który na zbroję narzucił szary płaszcz z Lórien i z wszystkich godeł zachował tylko zielony kamień Galadrieli.
– Przyszedłem na gorącą prośbę Gandalfa – ciągnął dalej Aragorn – ale jedynie jako dowódca Dúnedainów z Arnoru. Rządy w grodzie należą do księcia Dol Amrothu, dopóki Faramir nie odzyska przytomności. Moim wszakże zdaniem wszyscy powinniśmy w najbliższych dniach oddać się pod rozkazy Gandalfa w naszej wspólnej walce z Nieprzyjacielem.

– Przede wszystkim nie stójmy dłużej pod tymi drzwiami – rzekł Gandalf. – Nie ma chwili do stracenia. Wejdźmy do środka, bo w Aragornie cała nadzieja ratunku dla chorych, leżących w tym domu. Tak powiedziała Ioreth, doświadczona stara kobieta: „Ręce królewskie mają moc uzdrawiania, po tym poznaje się prawowitego króla".

Aragorn wszedł pierwszy, inni za nim. W progu czuwało dwóch gwardzistów w srebrno-czarnych barwach Białej Wieży. Jeden z nich był rosłym mężczyzną, drugi miał wzrost małego chłopca. Ten właśnie na widok wchodzących krzyknął głośno ze zdziwienia i radości:

– Obieżyświat! Co za spotkanie! Wiesz, od razu zgadłem, że to ty płyniesz na czarnym okręcie. Ale wszyscy krzyczeli: „Korsarze!", i nikt nie chciał mnie słuchać. Jakżeś tego dokonał?

Aragorn ze śmiechem uścisnął rękę hobbita.
– Ja też się cieszę z tego spotkania – rzekł. – Teraz jednak nie ma czasu na opowieści o przygodach w podróży.

Imrahil zwrócił się do Éomera:
– Czy tak rozmawiacie ze swoimi królami? – spytał. – Spodziewam się, że ukoronujemy go pod innym imieniem!

Aragorn usłyszał tę uwagę i odpowiedział księciu:
– Z pewnością. W szlachetnym dawnym języku nazywam się Elessar, Kamień Elfów, i Envinyatar, Odnowiciel! – To mówiąc, wskazał zielony kamień przypięty do piersi. – Ale ród mój – jeśli w ogóle założę ród – przyjmie miano Obieżyświat. W mowie

Númenoru nie będzie to brzmiało źle: Telcontar. Takie imię przekażę mojemu potomstwu.

Z tymi słowami wszedł do Domu Uzdrowień, a zanim doszli do pokoju, gdzie leżeli chorzy, Gandalf opowiedział mu o czynach Éowiny i Meriadoka na polu bitwy.

– Długo czuwałem u ich wezgłowi – rzekł. – Z początku wiele mówili przez sen, zanim popadli w śmiertelną drętwotę. Resztę wiem, ponieważ dany mi jest dar widzenia rzeczy odległych.

Aragorn pospieszył najpierw do Faramira, potem do Éowiny, na końcu do Meriadoka. Gdy przyjrzał się ich twarzom i ranom, westchnął.

– Muszę tu użyć całej mocy i wiedzy, jaką rozporządzam – powiedział. – Szkoda, że nie ma wśród nas Elronda, on bowiem jest najstarszy w naszym plemieniu i najpotężniejszy.

Éomer, widząc, że obaj – Gandalf i Aragorn – zdają się zatroskani i zmęczeni, rzekł:

– Czy nie powinniście najpierw odpocząć i posilić się trochę?

– Nie, dla tych trojga, a szczególnie dla Faramira, każda chwila może rozstrzygnąć o życiu – odparł Aragorn. – Nie wolno zwlekać.

Przywołał starą Ioreth i zapytał:

– Ty masz pieczę nad zapasami ziół w tym domu, prawda?

– Tak, panie – odpowiedziała – ale nie starczy nam ziół dla wszystkich, którzy potrzebują leczenia. Nie wiem, skąd wziąć ich więcej, bo w mieście po tych okropnych zdarzeniach niczego się nie znajdzie, ogień zniszczył tyle domów, chłopców na posyłki mamy niewielu, a drogi odcięte. Od niepamiętnych dni nie przybywają z Lossarnach wozy z dostawami na rynek. Gospodarujemy tym, co tu mamy, jak się da najlepiej, dostojny pan może mi wierzyć.

– Uwierzę, gdy zobaczę – powiedział Aragorn. – Brak nie tylko ziół, ale również czasu na dłuższe gawędy. Czy macie liście *athelas*?

– Nie wiem, dostojny panie – odparła Ioreth. – W każdym razie nie znam takiej nazwy. Zapytam mistrza zielarza, on zna stare nazwy.

– Niekiedy zwą je również królewskimi liśćmi – wyjaśnił Aragorn – może pod tym mianem o nich słyszałaś, bo tak je lud w późniejszych czasach przezwał.

– Ach, te liście! – zdziwiła się Ioreth. – Owszem, gdyby wielmożny pan od razu tak je nazwał, mogłabym odpowiedzieć bez namysłu.

Nie, nie mamy ich tutaj. Nigdy też nie słyszałam, żeby miały jakieś uzdrawiające własności; często nawet mówiłam siostrom, kiedy spotkałyśmy to ziele w lesie: „To są królewskie liście. – Tak mówiłam. – Dziwaczna nazwa, ciekawe, dlaczego je tak nazwano, bo gdybym ja była królem, hodowałabym piękniejsze rośliny w swoim ogrodzie". Ale przyznaję, że pachną bardzo przyjemnie, gdy je zmiąć w ręku. Może zresztą źle się wyraziłam, nie tyle przyjemnie, ile orzeźwiająco.

– Bardzo orzeźwiająco – rzekł Aragorn. – Ale teraz, jeśli kochasz Faramira, puść w ruch nogi zamiast języka i pobiegnij po te zioła. Przetrząśnij całe miasto i przynieś choćby jeden liść.

– A jeśli nie znajdzie się nic w grodzie – wtrącił się Gandalf – pogalopuję do Lossarnach i wezmę z sobą Ioreth, żeby tym razem nie swoim siostrom, ale mnie pokazała w lesie owe liście. W zamian Cienistogrzywy pokaże jej, jak się należy spieszyć w potrzebie.

Po odprawieniu Ioreth polecił Aragorn innym kobietom, żeby zagrzały wodę, sam zaś siadł przy Faramirze i jedną ręką ująwszy dłoń chorego, drugą położył na jego czole. Było zroszone obficie potem; Faramir nie poruszał się, nie zareagował na dotknięcie, ledwie oddychał.

– Resztki sił z niego uchodzą – rzekł Aragorn, zwracając się do Gandalfa. – Nie sama rana jest jednak tego przyczyną. Spójrz, goi się dobrze. Gdyby go ugodziła strzała Nazgûla, jak przypuszczałeś, już by nie przeżył tej nocy. Musiał go zranić z łuku jakiś południowiec. Kto wyciągnął strzałę? Czy ją zachowano?

– Strzałę wyciągnąłem ja – powiedział Imrahil – i założyłem pierwszy opatrunek. Nie zachowałem jej wszakże, bo działo się to w gorączce bitwy. Wyglądała, jeśli mnie pamięć nie myli, jak zwykłe strzały używane przez południowców. Myślę jednak, że zesłał ją z powietrza Skrzydlaty Cień, jakże bowiem inaczej tłumaczyć sobie tę uporczywą gorączkę i całą chorobę; rana nie jest przecież głęboka, nie zostały naruszone żadne ważne narządy ciała. Jak to wyjaśnisz?

– Wszystko się tutaj razem sprzysięgło: utrudzenie, ból z powodu ojcowskiej niełaski, rana, a co najgorsze, tchnienie Ciemnych Sił – odparł Aragorn. – Faramir ma wiele hartu, lecz jeszcze przed bitwą o zewnętrzne mury Pelennoru przebywał długi czas na obszarach, których Cień dosięgał. Stopniowo ciemność go przenikała, nawet w momentach najgorętszej walki. Wielka szkoda, że nie mogłem tu przybyć wcześniej!

W tejże chwili wszedł do pokoju mistrz zielarstwa.

– Dostojny pan zapytywał o królewskie liście, jak je lud nazywa, czyli *athelas* w języku uczonych lub tych, którzy mają niejakie pojęcie o mowie Valinoru...

– Tak, pytałem, i jest mi obojętne, czy nazwiecie to ziele *asëa aranion* czy królewskim liściem, bylem je dostał – przerwał mu Aragorn.

– Proszę mi wybaczyć, dostojny panie – odparł zielarz. – Widzę, że mam przed sobą człowieka uczonego, nie zaś zwykłego wojaka. Niestety, nie trzymamy tego ziela w naszych Domach Uzdrowień, gdzie pielęgnujemy wyłącznie poważnie rannych lub chorych. Ziele to bowiem nie posiada, o ile nam wiadomo, cennych właściwości poza tą, że odświeża powietrze i rozprasza przelotne uczucie znużenia. Chyba że ktoś daje wiarę starym porzekadłom, które powtarzają po dziś dzień babinki takie jak Ioreth, nie rozumiejąc nawet, co mówią:

> *Przeciw czarnych potęg tchnieniu,*
> *Gdy zabójcze rosną cienie,*
> *Gdy ostatni promień zgasł,*
> *Ty nas ratuj, athelas!*
> *Ręką króla liść podany*
> *Wraca życie, goi rany!*[1]

Ale, moim zdaniem, to zwykła bajka, tkwiąca w pamięci przesądnych kobiet. Dostojny pan sam osądzi, jaki z niej wyciągnąć wniosek i czy w ogóle ma ona sens. Starzy ludzie rzeczywiście piją wywar z tego ziela, który rzekomo pomaga im na bóle głowy.

– A więc w imieniu króla idź i poszukaj jakiegoś starego człowieka, mniej uczonego, ale za to rozumniejszego od mędrców rządzących w tym domu! – krzyknął Gandalf.

---

[1] Przełożyła Maria Skibniewska.

Aragorn ukląkł przy łóżku Faramira, trzymając wciąż rękę na jego czole. Wszyscy obecni wyczuli, że toczy się tutaj jakaś ciężka walka. Twarz Aragorna bowiem pobladła z wysiłku; powtarzał imię Faramira, lecz głos jego coraz słabiej dochodził do uszu świadków tej sceny, jak gdyby Aragorn oddalał się od nich i zagłębiał w jakąś ciemną dolinę, nawołując zabłąkanego w niej przyjaciela.

Wreszcie nadbiegł Bergil, niosąc sześć liści zawiniętych w chustkę.

– Proszę, oto królewskie liście – oznajmił. – Niestety, nie są świeże. Zerwano je przed dwoma co najmniej tygodniami. Mam nadzieję, że pomimo to przydadzą się na coś.

I spojrzawszy na Faramira, chłopiec wybuchnął płaczem. Aragorn wszakże uśmiechnął się do niego.

– Przydadzą się na pewno! – powiedział. – Najgorsze już przeminęło. Zostań tutaj i bądź dobrej myśli.

Wybrał dwa liście, położył na swej dłoni, chuchnął na nie, a potem skruszył je w ręku; natychmiast odżywcza woń napełniła pokój, jakby powietrze samo zbudziło się i zaperliło radością. Aragorn rzucił ziele do misy z wrzącą wodą, którą przed nim postawiono. W serca wszystkich wstąpiła nagle otucha, zapach ten bowiem każdemu przyniósł jak gdyby wspomnienie błyszczących od rosy wiosennych poranków pod bezchmurnym niebem, w krainie, która sama jest wiosną, przelotnym wspomnieniem piękniejszego świata. Aragorn wstał, jak gdyby pokrzepiony na nowo, z uśmiechem w oczach podsunął misę przed uśpioną twarz Faramira.

– Patrzcie państwo! – powiedziała Ioreth do stojącej obok kobiety. – Któż by się spodziewał? Lepsze to ziele, niż myślałam. Przypomina mi róże z Imloth Melui, które widziałam, kiedy byłam jeszcze młodą dziewczyną; sam król nie mógł żądać wspanialszego zapachu.

Faramir poruszył się, otworzył oczy i spojrzał na schylonego nad łożem Aragorna wzrokiem przytomnym i pełnym miłości, mówiąc z cicha:

– Wołałeś mnie, królu. Jestem. Co mój król rozkaże?

– Abyś się dłużej nie błąkał w ciemnościach. Zbudź się, Faramirze! – odparł Aragorn. – Jesteś zmęczony. Odpocznij, posil się i bądź gotów, gdy po ciebie wrócę.

– Będę gotów, miłościwy panie – rzekł Faramir. – Któż chciałby leżeć bezczynnie w chwili, gdy król powraca?

– Tymczasem żegnaj! – powiedział Aragorn. – Muszę iść do innych, którzy także mnie potrzebują.

Wyszedł wraz z Gandalfem i Imrahilem, Beregond jednak i jego syn pozostali przy Faramirze; nie usiłowali nawet taić swej radości. Pippin, idąc za Gandalfem, usłyszał, nim zamknął drzwi, okrzyk starej Ioreth:

– Król! Słyszeliście? A co, nie mówiłam? Ręce królewskie mają moc uzdrawiania. Dawno to wiedziałam!

Wieść obiegła błyskawicą Dom Uzdrowień i wkrótce rozeszła się po całym grodzie nowina, że król prawowity wrócił i uzdrawia tych, którzy w bitwie odnieśli rany.

Aragorn tymczasem stanął nad łożem Éowiny i orzekł:

– Ciężkie to rany, okrutny cios poraził księżniczkę. Złamane ramię opatrzono jak należy i powinno zrosnąć się z czasem, jeśli chora okaże się dość silna, by przeżyć. W lewej ręce, która trzymała tarczę, kość została strzaskana, ale głównym źródłem choroby jest prawa, która władała mieczem; chociaż w niej kość jest nienaruszona, ręka zdaje się martwa. Éowina walczyła z przeciwnikiem potężnym nad miarę jej sił cielesnych i duchowych. Kto na takiego wroga chce podnieść miecz, musi być twardszy niźli stal; inaczej zabije go sam wstrząs starcia. Zły los postawił tego nieprzyjaciela na jej drodze. A przecież to młoda dziewczyna i piękna, najpiękniejsza wśród córek królewskich. Nie wiem zresztą, jak ją osądzić. Kiedy pierwszy raz zobaczyłem tę księżniczkę i zrozumiałem jej smutek, zdawało mi się, że patrzę na biały kwiat, smukły i dumny, uroczy jak lilia, a zarazem wyczuwałem w nim hart, jakby go elfowie wyrzeźbili ze stali. A może to mróz ściął lodem jego soki i dlatego kwiat wyprostowany jeszcze, słodki i gorzki jednocześnie, piękny z pozoru, był już we wnętrzu swym zraniony, skazany na wczesne zwiędnięcie i śmierć? Choroba zaczęła ją nurtować bardzo dawno, prawda, Éomerze?

– Dziwię się, że mnie właśnie pytasz o to, miłościwy panie – odparł Éomer. – Nie obwiniam cię w tej sprawie ani w żadnej innej, lecz wiem, że Éowiny, mojej siostry, nie zmroził nigdy złowrogi dreszcz, póki ciebie nie ujrzała. Żywiła pewne troski i obawy, którymi dzieliła się ze mną, za czasów, gdy Gadzi Język władał umysłem naszego króla i trzymał go pod swoim złym urokiem. Czuwała nad Théodenem z coraz większym niepokojem. Ale nie to przecież doprowadziło ją do tak ciężkiej choroby.

– Przyjacielu! – rzekł Gandalf. – Ty miałeś konie, zbrojne wyprawy, swobodę otwartych stepów, ale twoja siostra urodziła się z ciałem pięknej dziewczyny, chociaż duch w niej żył nie mniej mężny od twego. Przypadło jej w udziale pielęgnowanie starca, którego kochała jak ojca, i czuwanie, aby nie zhańbił swej sławy, poddając się niedołęstwu starości. W tej roli czuła się czymś mniej ważnym niż laska, na której wspierał się sędziwy król. Czy myślisz, że Gadzi Język sączył truciznę tylko w uszy Théodena? „Stary ramol! Dwór potomków Eorla to kryta strzechą chałupa, w której zbóje wędzą się w dymie i piją, a ich bachory tarzają się razem z psami po podłodze". Czyś nie słyszał kiedyś tych obelg? Tak mówił Saruman, mistrz Gadziego Języka. Nie wątpię, oczywiście, że Gadzi Język wyrażał ten sąd bardziej oględnie i podstępnie pod dachem Théodena. Gdyby miłość do ciebie, Éomerze, i wierność obowiązkom nie zamykały jej ust, usłyszałbyś może od swojej siostry i takie słowa. Ale kto wie, co mówiła w ciemności, gdy była sama, w gorzkie bezsenne noce, myśląc o swoim życiu, z każdym dniem uboższym, w czterech ścianach pokoju, w którym czuła się uwięziona jak leśne zwierzątko w ciasnej klatce.

Éomer nic nie odpowiedział. Patrzył na swoją siostrę, jakby teraz w innym świetle zobaczył wszystkie dni dzieciństwa i młodości przeżyte z nią razem.

– Wiem o tym, coś ty odgadł, Éomerze – odezwał się Aragorn. – Wśród ciosów, które nam los gotuje na tym świecie, mało jest równie gorzkich i tak zawstydzających dla męskiego serca, jak miłość ofiarowana przez piękną i godną czci dziewczynę, gdy jej nie można odpowiedzieć wzajemnością. Ból i żal ani na chwilę nie opuściły mnie, odkąd w Dunharrow pożegnałem księżniczkę tak głęboko zrozpaczoną, aby przemierzyć Ścieżkę Umarłych, i żaden strach na tej Ścieżce nie stłumił we mnie lęku o dalsze losy Éowiny. A jednak, Éomerze, wiem, że ciebie ona kocha głębiej niż mnie. Ciebie bowiem zna dobrze, we mnie zaś pokochała tylko cień i marzenie, nadzieję sławy i wielkich czynów, urok nieznanych krajów, odległych od stepów Rohanu.

Może mam moc, by uzdrowić jej ciało i przywołać je do powrotu z mrocznych dolin. Ale nie wiem, do czego się zbudzi: do nadziei, do zapomnienia czy też do rozpaczy. Jeśliby się zbudziła w rozpaczy, umrze, chyba że uzdrowi ją inne lekarstwo, którym ja nie rozporządzam. Byłaby to wielka strata, tym bardziej że twoja piękna siostra zdobyła swymi ostatnimi czynami miejsce wśród najsławniejszych księżniczek świata.

Aragorn pochylił się, zajrzał w jej twarz białą jak lilie, ściętą lodem, zastygłą niby kamienna rzeźba. Pocałował jej czoło, szepcąc łagodnie:

– Zbudź się, Éowino, córko Éomunda! Twój nieprzyjaciel zginął z twojej ręki!

Nie poruszyła się, lecz zaczęła oddychać głębiej, tak że widać było, jak pod białym prześcieradłem pierś podnosi się i opada miarowo. Znowu więc Aragorn skruszył dwa liście ziela *athelas* i rzucił je na kipiącą wodę; przemył naparem czoło chorej i prawe ramię, zimne i bezwładnie spoczywające na kołdrze.

Może Aragorn rzeczywiście posiadał jakąś zapomnianą czarodziejską moc dawnego plemienia Dúnedainów, a może słowa jego wzruszyły słuchaczy, dość, że gdy słodki zapach ziela rozszedł się po izbie, wszystkim zebranym wydało się, że od okna powiał chłodny wiatr, który nie niósł z sobą żadnych woni, lecz powietrze świeże, czyste, młode, nieskażone oddechem żadnego żywego stworzenia, płynące prosto z ośnieżonych szczytów, spod kopuły gwiazd albo z dalekich wybrzeży obmywanych srebrną pianą morza.

– Zbudź się Éowino, księżniczko Rohanu! – powtórzył Aragorn, ujmując jej prawą rękę w swoją dłoń. – Zbudź się! Cień przeminął, ciemności rozwiały się, świat jest znowu jasny. – Cofnął się, powierzając rękę chorej Éomerowi. – Zawołaj ją, Éomerze – powiedział i cicho wyszedł z pokoju.

– Éowino! Éowino! – krzyknął Éomer z płaczem.

Księżniczka otworzyła oczy.

– Éomer! Co za szczęście! Mówili mi, żeś poległ. Ach nie, to mi tylko podszeptywały złe głosy we śnie. Czy długo spałam?

– Niedługo, siostro – odparł Éomer. – Nie myśl już o tym.

– Jestem dziwnie zmęczona – powiedziała. – Muszę chwilę odpocząć. Ale powiedz mi, co się stało z królem Marchii? Niestety wiem, że to nie był sen, nie próbuj mnie łudzić. Zginął, sprawdziły się moje przeczucia.

– Umarł – powiedział Éomer – lecz przed śmiercią przekazał słowa pożegnania dla Éowiny, droższej mu niż rodzona córka. Spoczywa w chwale w wielkiej Sali Wieżowej Gondoru.

– Bolesna nowina, a mimo to dobra ponad spodziewanie; o takiej śmierci dla niego nie śmiałam marzyć w ponurych latach, gdy zdawało się, że Dom Eorla mniej godny się stał chwały niż najnędzniejsza pasterska chata. A co się stało z giermkiem króla, niziołkiem? Wiesz, Éomerze, zasłużył sobie, żeby go mianować rycerzem Marchii. Mężnie stawał w polu.

– Leży tu obok, chory. Zaraz do niego pójdę – wtrącił się Gandalf. – Ty, Éomerze, zostań tu jeszcze chwilę. Nie rozmawiajcie jednak o wojnie i smutkach, póki Éowina nie odzyska sił. Cieszymy się wszyscy, że się zbudziła, znów zdrowa i pełna nadziei, najwaleczniejsza z księżniczek!

– Zdrowa? Może. Przynajmniej dopóty, dopóki będę mogła na pustym siodle zastąpić w szeregach Rohanu poległego jeźdźca. Ale pełna nadziei? Nie, nie wiem, czy odzyskam nadzieję – odparła Éowina.

Gandalf i Pippin weszli do pokoju, gdzie leżał Merry, i zastali tu, przy wezgłowiu hobbita, Aragorna.

– Mój biedny, kochany Merry! – zawołał Pippin, podbiegając do łóżka, wydało mu się bowiem, że przyjaciel wygląda gorzej niż przedtem: twarz jego przybrała szary odcień i jakby postarzała, napiętnowana troską i smutkiem. Strach zdjął nagle Pippina, że Merry umiera.

– Nie bój się – uspokoił go Aragorn. – Zjawiłem się w porę, przywołałem go już z powrotem do życia. Jest bardzo zmęczony i zasmucony; odniósł taką samą ranę jak Éowina, bo odważył się zadać cios straszliwemu przeciwnikowi. Ale te rany zagoją się, zwycięży je ten silny i wesoły duch, który w nim tkwi. O przeżytym smutku Merry już nie zapomni, lecz nie straci wesela w sercu, będzie tylko odtąd mądrzejszy.

Aragorn położył dłoń na czole Meriadoka, pogładził łagodnie ciemną czuprynę, dotknął powiek i zawołał hobbita po imieniu. A gdy aromat królewskich liści rozszedł się w powietrzu niby zapach sadów i wrzosowiska brzęczącego od pszczół w dzień słoneczny, Merry ocknął się nagle i powiedział:

– Jeść mi się chce. Która to godzina?

– Pora kolacji minęła – odparł Pippin – ale postaram się przynieść ci coś do przegryzienia, jeśli mi tutejsi ludzie nie odmówią.

– Nie odmówią z pewnością – rzekł Gandalf. – Wszystko, co się znajdzie w Minas Tirith, dadzą chętnie dla tego rycerza Rohanu, którego imię cieszy się wielką sławą.

– Świetnie! – wykrzyknął Merry. – W takim razie proszę najpierw o kolację, a potem o fajkę... – Spochmurniał nagle. – Nie, fajki nie chcę. Nie będę już chyba nigdy palił fajkowego ziela.

– Dlaczego? – spytał Pippin.

– Dlatego – z wolna odpowiedział Merry – że stary król nie żyje. Teraz wszystko sobie przypomniałem. Żegnając mnie, żałował, że nie miał sposobności pogawędzić ze mną o sztuce palenia fajki. To były niemal ostatnie jego słowa. Nigdy bym nie mógł zapalić fajki bez wspomnienia o nim, Pippinie, i o tym dniu, gdy przybył do Isengardu i potraktował nas tak łaskawie.

– A więc pal fajkę i wspominaj króla Théodena! – rzekł Aragorn. – Miał zacne serce i był wielkim królem; dotrzymał przysięgi i wydźwignął się z mroków w ostatni piękny, słoneczny poranek. Krótko trwała twoja służba przy nim, ale powinno ci po niej zostać wspomnienie miłe i chlubne do końca twoich dni.

Merry uśmiechnął się na to.

– A więc dobrze – powiedział. – Jeżeli Obieżyświat dostarczy mi wszystkiego, co trzeba, będę ćmił fajeczkę, myśląc o królu Théodenie. Miałem w swoim tobołku garść ziela, najprzedniejszego z zapasów Sarumana, ale nie wiem, gdzie się po bitwie moje bagaże podziały.

– Grubo się mylisz, mości Meriadoku, jeżeli sądzisz, że przedarłem się przez góry i przemierzyłem pola Gondoru, torując sobie drogę ogniem i mieczem, po to, żeby zaopatrzyć w fajkowe ziele niedbałego żołnierza, który zgubił cały swój ekwipunek – odparł Aragorn. – Albo się twój tobołek odnajdzie, albo będziesz musiał zwrócić się do tutejszego mistrza zielarza. On powie ci, że nic mu nie wiadomo, jakoby to pożądane przez ciebie ziele posiadało jakieś zalety, wie natomiast, że nazywa się ono wulgarnie fajkowym liściem, naukowo *galenas*, a w mowie różnych plemion tak lub owak; uraczy cię starym rymowanym porzekadłem, którego sensu sam nie rozumie, po czym z ubolewaniem oświadczy, że ziela tego w Domu Uzdrowień nie ma ani na lekarstwo, ty zaś będziesz mógł się pocieszyć rozmyślaniem o historii języków. Ale teraz muszę cię pożegnać. Nie spałem w takim łóżku, w jakim ty się tu wylegujesz, odkąd opuściłem Dunharrow, a od wczorajszego wieczora nic w ustach nie miałem.

Merry chwycił jego rękę i ucałował.

– Przepraszam, że cię zatrzymałem – powiedział. – Idź, nie zwlekając dłużej. Od tamtej nocy w gospodzie „Pod Rozbrykanym Kucykiem" w Bree wiecznie ci tylko przysparzamy kłopotów. Ale my, hobbici, taki już mamy zwyczaj, że w chwilach wzruszenia uciekamy się do błahych słów i mniej mówimy, niż czujemy. Boimy się powiedzieć za dużo. Dlatego brak nam właściwych słów, gdy nie wypada żartować.

– Wiem o tym, znam was dobrze – odparł Aragorn. – Gdyby nie to, nie odpłacałbym wam często tą samą monetą. Niech żyje Shire i nigdy nie straci humoru!

Pocałował Meriadoka i wyszedł, zabierając z sobą Gandalfa.

Pippin został z przyjacielem.

– Kogo w świecie można porównać z Aragornem? – powiedział. – Chyba jednego Gandalfa. Myślę, że między nimi jest jakieś pokrewieństwo. Słuchaj, gapo, przecież twój tobołek leży pod łóżkiem; miałeś go na plecach, kiedy cię spotkałem. Obieżyświat oczywiście widział go przez cały czas, kiedy z tobą rozprawiał. Zresztą ja też mam zapasik fajkowego ziela. Nie żałuj sobie! Liście z Południowej Ćwiartki Shire'u! Nabij fajkę, a ja tymczasem skoczę poszukać czegoś do zjedzenia. A potem wreszcie pogadamy zwyczajnie jak hobbici. U licha! My, Tukowie i Brandybuckowie, nie umiemy długo żyć na wyżynach.

– Nie umiemy – przyznał Merry. – Przynajmniej ja. Jeszcze nie. Ale bądź co bądź umiemy je teraz dostrzec i uczcić. Myślę, że najlepiej jest, kiedy się po prostu kocha to, do czego serce samo od urodzenia ciągnie; od czegoś przecież trzeba zacząć, a gleba w Shire jest głęboka. Ale istnieją rzeczy głębsze i wyższe. I gdyby nie one, żaden dziadek w naszym kraju nie mógłby uprawiać swego ogródka, ciesząc się pokojem – czy tym, co mu się pokojem wydaje. Cieszę się, że teraz o tych rzeczach coś niecoś wiem. Ale po co ja o tym gadam. Daj no te liście. I wyjmij z tobołka moją fajkę, jeśli się nie połamała.

Aragorn i Gandalf poszli do Głównego Opiekuna Domu Uzdrowień i poradzili mu, żeby Faramira i Éowinę zatrzymał jeszcze przez czas dłuższy, pielęgnując troskliwie.

– Księżniczka Éowina – powiedział Aragorn – będzie się rwała z łóżka i zechce wkrótce wyjść na świat, ale nie trzeba jej na to pozwolić, jeśli da się przekonać, co najmniej przez dziesięć dni.

– Co do Faramira – dodał Gandalf – będzie musiał wkrótce dowiedzieć się o śmierci ojca. Nie należy jednak opowiadać mu całej prawdy o szaleństwie Denethora, póki nie wyzdrowieje zupełnie i nie przyjdzie pora na objęcie przez niego nowych obowiązków. Trzeba dopilnować, żeby Beregond i niziołek, *perian*, którzy byli świadkami tych strasznych zdarzeń, nie wygadali się przed czasem.

– A jak mam postąpić z drugim perianem, z tym, który leży również chory? – spytał Opiekun.

– Prawdopodobnie zechce już jutro na chwilę wstać – odparł Aragorn. – Można mu na to pozwolić, jeśli będzie miał ochotę. Niech się trochę przespaceruje pod opieką przyjaciół.

– Bardzo dziwne plemię – stwierdził Opiekun, kręcąc głową. – Kijem ich nie dobijesz!

U wejścia do Domów Uzdrowień tłum się zgromadził, czekając na Aragorna; zebrani pospieszyli za nim. Gdy wreszcie zjadł wieczerzę, zaczęli go nagabywać różni ludzie, prosząc, żeby uzdrowił temu krewniaka, a innemu przyjaciela niebezpiecznie rannego lub zatrutego przez Czarny Cień. Aragorn wezwał do pomocy synów Elronda i we trzech do późna w noc odwiedzali chorych. Po całym grodzie rozeszła się nowina: „Król wrócił naprawdę". Gondorczycy nazwali go Kamieniem Elfów, z powodu zielonego klejnotu, który lśnił na jego piersi, i w ten sposób od własnego ludu otrzymał imię, które przepowiedziano mu niegdyś w dniu jego urodzenia.

Gdy w końcu zabrakło mu sił, owinął się płaszczem i wymknął cichaczem z grodu, aby pod namiotem przespać choć parę godzin do świtu. Rankiem na Wieży powiewała flaga Dol Amrothu, biały okręt niby łabędź kołysał się na błękitnej fali, a lud spoglądając nań, dziwił się i pytał sam siebie, czy powrót króla nie był tylko przywidzeniem sennym.

Rozdział 9

Ostatnia narada

Nazajutrz po bitwie dzień wstał pogodny, lekkie białe obłoczki płynęły po niebie, a wiatr obrócił się ku wschodowi. Legolas i Gimli wcześniej byli na nogach i wyjednali sobie pozwolenie pójścia do grodu, chcieli bowiem co prędzej zobaczyć Meriadoka i Pippina.

– Cieszę się, że obaj żyją – powiedział Gimli. – Dużo mieliśmy z nimi kłopotów w marszu przez Rohan, dobrze, że przynajmniej tyle trudu nie poszło na marne.

Elf z krasnoludem razem wkroczyli do Minas Tirith, a Gondorczycy na ulicach ze zdziwieniem patrzyli na tę osobliwą parę, bo Legolas jaśniał niespotykaną wśród ludzi urodą i śpiewał, idąc w porannym blasku, jakąś pieśń elfów czystym i dźwięcznym głosem, Gimli zaś dreptał u jego boku, gładząc brodę i rozglądając się ciekawie wkoło.

– Znają się na kamieniarskiej robocie – orzekł, przyjrzawszy się murom – ale czasem partaczą, bo ten bruk uliczny można by lepiej ogładzić. Jak Aragorn obejmie gospodarstwo, zaofiaruję mu usługi naszych kamieniarzy spod Góry; już my zbudujemy mu stolicę, którą będzie mógł się szczycić.

– Przydałoby się tu więcej ogrodów – zauważył Legolas. – Domy są martwe, za mało żywej zieleni, która rośnie i cieszy się z życia. Jeśli Aragorn obejmie gospodarstwo, Leśne Plemię przyśle mu śpiewające ptaki i drzewa, które nie umierają zimą.

Stanęli wreszcie przed księciem Imrahilem. Legolas przyjrzał mu się i złożył niski ukłon, bo poznał człowieka, w którego żyłach płynęła krew elfów.

– Witaj! – powiedział. – Dawno już potomkowie Nimrodel opuścili lasy Lórien, a jednak nie wszyscy, jak widać, pożeglowali z przystani Amrotha na zachód, za wielką wodę.

– Tak mówią stare legendy mojej ojczyzny – odparł książę – ale nigdy jeszcze od niepamiętnych lat nie zjawił się w tych stronach syn najpiękniejszego plemienia. Dziwi mnie to spotkanie pośród trosk i wojny. Czego szukasz tutaj?

– Jestem jednym z dziewięciu uczestników wyprawy, którą Mithrandir podjął, wyruszając z Imladris – przedstawił się Legolas – i przybyłem tu wraz z moim przyjacielem, tym oto krasnoludem, w ślicie Aragorna. Chcielibyśmy zobaczyć się z naszymi druhami, Meriadokiem i Peregrinem, którzy, jak nam mówiono, są twoimi podkomendnymi.

– Znajdziecie ich obu w Domu Uzdrowień. Chętnie was tam zaprowadzę – odparł książę.

– Wystarczy, jeśli będziesz łaskaw dać nam jakiegoś mniej dostojnego przewodnika – rzekł Legolas. – Przyniosłem bowiem wezwanie od Aragorna; nie chce on teraz wracać do grodu, ale ponieważ trzeba, żeby dowódcy naradzili się niezwłocznie, zaprasza ciebie i Éomera do swego namiotu. Mithrandir już tam jest, Aragornowi zależy na pośpiechu.

– Pójdziemy zaraz – odrzekł Imrahil i rozstali się, wymieniając jeszcze na pożegnanie uprzejme słowa.

– Szlachetny książę i wielki wódz – stwierdził Legolas. – Jeśli Gondor takich mężów ma jeszcze dziś, o zmierzchu swojej historii, jakże wspaniały musiał być ten kraj w chwale swego świtu.

– W kamieniu też wtedy dobrze pracowali – zauważył Gimli. – Najlepsza robota w najwcześniejszych budowlach. Tak to jest z ludźmi; zaczynają gorliwie, ale wiosną zdarzają się przymrozki, a latem burze i późniejsze dzieło nie dotrzymuje pierwszych obietnic.

– Rzadko jednak ziarno obumiera całkowicie – powiedział Legolas. – Czeka nieraz w pyle i zgniliźnie, by wykiełkować mimo wszystko w czasie i w miejscu nieprzewidzianym. Dzieła ludzkie przeżyją nas, mój Gimli.

– A przecież w końcu okażą się tylko cieniem tego, co być mogło – rzekł krasnolud.

– Na to elfowie nie znają odpowiedzi – odparł Legolas.

Nadszedł wyznaczony przez księcia sługa, aby ich zaprowadzić do Domu Uzdrowień, gdzie zastali w ogrodzie swych przyjaciół. Radosne to było spotkanie; chwilę przechadzali się razem, korzystając z krótkiego odpoczynku w spokoju i ciszy poranka, chłonąc świeży powiew w tych górnych, wystawionych na wiatr kręgach grodu. Potem, gdy Merry zmęczył się, zasiedli na murze, plecami odwróceni do zielonej oazy otaczającej Domy Uzdrowień, twarzami na południe, ku lśniącej w słońcu Anduinie, która płynęła w oddali tak, że nawet bystre oczy Legolasa nie widziały jej wyraźnie, i ginęła pośród rozległych równin i przymglonej zieleni Lebenninu i Południowego Ithilien.

Legolas milczał, gdy inni gawędzili, wpatrzony w dal, aż dostrzegł w słońcu białe morskie ptaki lecące w górę Rzeki.

– Patrzcie! – zawołał. – Mewy! Lecą w głąb lądu. Dziwi mnie to i niepokoi. Nigdy jeszcze nie spotkałem ich, dopóki nie dotarliśmy do Pelargiru, a i tam słyszałem tylko ich okrzyk w powietrzu, kiedy płynęliśmy do bitwy na okrętach. Wtedy na moment zapomniałem o wojnie na obszarach Śródziemia, bo ich żałosny głos mówił mi o Morzu. Morze! Niestety, nie widziałem go. Ale głęboko w sercach moich współplemieńców drzemie tęsknota do Morza, którą niebezpiecznie jest budzić. Mewy ją we mnie zbudziły. Nie zaznam już spokoju pod dębami i bukami w lesie.

– Nie mów tak! – odparł Gimli. – Zostało nam jeszcze w Śródziemiu mnóstwo rzeczy do zobaczenia i wiele do zrobienia. Gdyby wszyscy elfowie odpłynęli z Przystani, świat byłby mniej piękny dla tych, którzy muszą trwać tutaj dalej.

– Mniej piękny i straszny – powiedział Merry. – Nie myśl o Szarej Przystani, Legolasie. Zawsze będą różne istoty, duże albo małe, a nawet przemądrzałe krasnoludy, którym będziesz bardzo potrzebny. Przynajmniej taką mam nadzieję. Chociaż czasem myślę, że najgorsze dni tej wojny są jeszcze przed nami. Jakżebym chciał, żeby się wreszcie skończyła i żeby się skończyła dobrze.

– Nie kracz! – zawołał Pippin. – Słońce świeci, jesteśmy razem dziś, a pewnie potrwa to jeszcze co najmniej parę dni. Opowiedzmy sobie o swoich przygodach. Mów, Gimli! Obaj z Legolasem dziś od rana wiele razy napomykaliście o dziwnej podróży, którą odbyliście z Obieżyświatem, ale nie opowiedzieliście właściwie nic o niej.

– Tu wprawdzie słońce świeci – rzekł Gimli – ale zachowałem po tej podróży wspomnienia, których wolę nie wywoływać z mroku. Gdybym z góry wiedział, co mnie tam czeka, nawet najserdeczniejsza przyjaźń nie skłoniłaby mnie chyba do wstąpienia na Ścieżkę Umarłych.

– Ścieżka Umarłych! – powtórzył Pippin. – Słyszałem, jak Aragorn wspominał tę nazwę, i dziwiłem się, co to znaczy. Czy możesz mi wytłumaczyć?

– Niechętnie – odparł Gimli. – Spotkał mnie na tej Ścieżce wstyd. Ja, Gimli, syn Glóina, który siebie uważałem za odważniejszego i wytrwalszego od ludzi, a w podziemiach nawet od elfów, zawiodłem się na sobie. Tylko wola Aragorna trzymała mnie podczas tej podróży.

– Wola Aragorna i twoja miłość do niego – powiedział Legolas. – Ktokolwiek bowiem go pozna, musi go pokochać na swój sposób, nawet ta zimna księżniczka Rohirrimów. Opuszczaliśmy Dunharrow o świcie w wilię tego dnia, w którym ty przybyłeś tam, Merry; strach tak poraził ludzi, że nikt nie zjawił się, by nas pożegnać, prócz tej pięknej dziewczyny, która teraz leży tutaj ciężko ranna. Rozstanie było bolesne, i mnie, gdym na nie patrzył, też serce bolało.

– Ja, niestety, miałem dość własnych zmartwień – oświadczył Gimli. – Nie, nie chcę mówić o tej podróży.

Umilkł, ale Pippin i Merry tak dopominali się o opowieść, że w końcu Legolas rzekł:

– Powiem wam tyle, ile trzeba, żeby zaspokoić na razie waszą ciekawość. Co do mnie, widma ludzi nie budziły we mnie zgrozy ani strachu, wydawały się bowiem bezsilne i wątłe.

Pokrótce opowiedział o upiornej drodze pod górami, o spotkaniu przy Głazie Erech, o spiesznym marszu do odległego stamtąd o dziewięćdziesiąt trzy staje Pelargiru nad Anduiną.

– Cztery dni i cztery noce jechaliśmy bez spoczynku od Czarnego Głazu, aż piątego dnia, kiedy znaleźliśmy się w Cieniu Mordoru, wstąpiła we mnie otucha, bo w ciemnościach Zastęp Cieni jak gdyby nabrał więcej sił i wyglądał znacznie groźniej. Byli tam wojownicy na koniach i piesi, wszyscy jednak posuwali się równie szybko. Milczeli, ale oczy im błyszczały. Na wyżynie Lamedonu prześcignęli naszych jeźdźców i otoczyli nas, byliby bez nas poszli naprzód, gdyby ich Aragorn nie wstrzymał. Na jego rozkaz cofnęli się natychmiast. „Nawet widma umarłych ludzi są posłuszne jego woli – pomyślałem. – Mogą nam jeszcze oddać duże usługi".

Minął jeden dzień jasny i drugi, w którym słońce nie wzeszło, a my jechaliśmy wciąż dalej, przeprawiając się przez rzeki Ciril i Ringló. Trzeciego dnia dotarliśmy do Linhiru, przy ujściu Gilrainy. Tam ludzie z Lamedonu bronili brodów przed zbójcami z Umbaru i Haradu, którzy napłynęli z dolnego biegu rzeki. Ale zarówno obrońcy, jak i napastnicy porzucili bitwę i uciekli na nasz widok, krzycząc, że zjawił się Król Umarłych. Tylko władca Lamedonu, Angbor, odważył się czekać na niezwykłych gości. Aragorn polecił mu zebrać znów swoich wojowników i po przejściu widmowego wojska pociągnąć za nami, jeśli im starczy na to odwagi. „W Pelargirze spadkobierca Isildura będzie was potrzebował" – rzekł Aragorn.

Przeprawiliśmy się więc przez Gilrainę, pędząc przerażonych sojuszników Mordoru przed sobą, a na drugim brzegu odpoczęliśmy chwilę. Wkrótce jednak Aragorn zerwał się, mówiąc: „Minas Tirith już jest oblężone! Lękam się, że gród padnie, zanim przybędziemy z odsieczą". Nie czekając, aż noc minie, skoczyliśmy znów na siodła i pomknęli ile sił w koniach przez równiny Lebenninu.

Legolas przerwał, westchnął i zwracając wzrok na południe, zaśpiewał z cicha:

> *Srebrem płyną rzeki od Celos do Erui*
> *Przez zielone łąki Lebenninu!*
> *Bujna rośnie trawa, na wietrze od Morza*
> *Lilie się kołyszą.*
> *Dzwonią złote dzwonki, mallos i alfirin,*
> *Na wietrze od Morza.*[1]

– W pieśniach elfów łąki Lebenninu są zielone, wtedy jednak zalegał nad nimi mrok i zdawały się szare wśród czarnej nocy. Po

---

[1] Przełożyła Maria Skibniewska.

całym ich rozległym obszarze, depcąc kwiaty i trawę, ścigaliśmy nieprzyjaciół do rana i przez następny dzień, aż wieczorem dotarliśmy nad Wielką Rzekę.

Serce mi mówiło, że Morze jest stamtąd niedaleko, woda bowiem rozlewała się w ciemności szeroka i niezliczone chmary ptactwa gnieździły się po wybrzeżach. Tam na swoją niedolę usłyszałem krzyk mew. Czyż piękna Pani z Lórien nie ostrzegała mnie przed nim? Odtąd już go nie mogę zapomnieć.

– Co do mnie, to nie zwracałem na ptactwo uwagi – rzekł Gimli – bo tam nareszcie na dobre zaczęła się bitwa. W przystani Pelargiru stała główna flota Umbaru, pięćdziesiąt dużych okrętów i mniejszych statków bez liku. Wielu uchodzących przed nami nieprzyjaciół dobiegło wcześniej już do Pelargiru, siejąc tam panikę. Niektóre okręty wypłynęły z przystani, próbując uciec w dół Rzeki albo schronić się przy odległym przeciwległym brzegu, a sporo mniejszych statków podpalono, by ich nie oddać w nasze ręce. Ale Haradrimowie, przyciśnięci niejako do muru, zdecydowali się stawić nam czoło i bili się z desperacką furią. Ze śmiechem natarli na nasz mały oddział, bo mieli wciąż jeszcze ogromną przewagę liczebną. Wtedy jednak Aragorn stanął w strzemionach, obrócił się i potężnym głosem krzyknął: „Do mnie! Na Czarny Głaz zaklinam, do mnie!". I nagle Zastęp Cieni, który trzymał się dotychczas za nami, runął naprzód niby szara fala przypływu, zmiatając wszystko, co napotkał na swej drodze. Słyszałem stłumione wołania, nikły głos rogów, szept niezliczonych ust; brzmiało to jak echo jakiejś zapomnianej bitwy z dawnych zamierzchłych Czarnych Lat. Błyskały blade miecze, ale nie dowiedziałem się, czy ostrza ich nie stępiały po wiekach, bo Umarli nie potrzebowali używać innego oręża prócz strachu. Nikt nie ośmielił się im przeciwstawić.

Najpierw wpadli na okręty przycumowane przy brzegu, potem zagarnęli te, które stały na kotwicy pośrodku nurtu; załoga, oszalała z przerażenia, skakała za burty, z wyjątkiem niewolników przykutych do wioseł. Bez przeszkód, rozbijając w puch resztki uciekających nieprzyjaciół, osiągnęliśmy brzeg Rzeki. Na każdy z dużych okrętów posłał Aragorn jednego z Dúnedainów, którzy uspokoili wylękłych galerników i uwolnili ich z łańcuchów.

Zanim się ten mroczny dzień skończył, zabrakło nam przeciwników do walki; kto z nich nie zginął lub nie utonął, ten umykał na południe w nadziei, że pieszo uda mu się dotrzeć do swej ojczyzny. Dziwne i niepojęte wydało mi się, że zamiary Mordoru pokrzyżowane zostały za sprawą upiorów szerzących postrach i wylęgłych z ciemności. Pokonaliśmy Nieprzyjaciela jego własną bronią.

– Tak, to dziwna rzecz – przyznał Legolas. – Patrzyłem wtedy na Aragorna i myślałem, jak wielkim i groźnym władcą mógłby się stać człowiek o takiej sile woli, gdyby zatrzymał dla siebie Pierścień Władzy. Nie na próżno Mordor tak przed nim drży. Ale to duch szlachetniejszy, ponad pojęcie Saurona; czyż nie jest z rodu pięknej Lúthien? Nigdy potomstwo jej nie wyginie, choćby nieprzeliczone lata przeszły nad światem.

– Takie przepowiednie sięgają dalej niż wzrok krasnoludów – rzekł Gimli – ale to prawda, że wspaniały i potężny wydał nam się Aragorn owego dnia. Cała czarna flota znalazła się w jego ręku; wybrał sobie największy okręt i wszedł na jego pokład. Kazał zagrać na wszystkich surmach zdobytych na nieprzyjacielu; na ten sygnał Zastęp Cieni wycofał się na brzeg. Umarli stanęli tam w ciszy; nie było widać nic prócz ich oczu, świecących czerwonym odblaskiem pożaru okrętów. Aragorn przemówił do nich grzmiącym głosem: „Słuchajcie, co wam oznajmia spadkobierca Isildura! Dopełniliście przysięgi. Wracajcie do swej siedziby i nigdy więcej nie nawiedzajcie dolin. Odejdźcie w pokoju!"

Król Umarłych wystąpił naprzód, złamał włócznię i rzucił jej szczątki na ziemię. Skłonił się nisko, odwrócił i szara chmura jego wojowników zaczęła oddalać się, aż znikła niby mgła rozwiana gwałtownym podmuchem wiatru. Miałem wrażenie, że budzę się ze snu.

Tej nocy odpoczywaliśmy, gdy inni pracowali. Uwolniono wielu jeńców i niewolników, wśród których nie brakowało Gondorczyków pojmanych w czasie łupieżczych wypadów; wkrótce też zgromadziło się mnóstwo ludzi z Lebenninu i Ethiru; przybył Angbor z Lamedonu, prowadząc tylu jeźdźców, ilu zdołał zebrać. Skoro strach posiany przez Zastęp Cieni rozwiał się, przyszli nam na pomoc i pragnęli zobaczyć spadkobiercę Isildura, którego imię było już na ustach wszystkich i przyciągało tłumy niby ogień świecący w ciemności.

Opowieść nasza dobiega końca. Wieczorem bowiem i nocą przygotowano okręty do dalszej drogi i obsadzono załogą, a ze świtem flota popłynęła w górę Rzeki. Wydaje się, że to już bardzo dawna historia, a przecież działo się to zaledwie przedwczoraj, rankiem szóstego dnia od wyruszenia z Dunharrow. Aragorn wciąż przynaglał do pośpiechu, bojąc się przybyć pod Minas Tirith za późno.

„Czterdzieści dwie staje dzielą Pelargir od przystani w Harlondzie – powiedział. – A musimy tam dopłynąć jutro. Inaczej wszystko będzie stracone".

Przy wiosłach siedzieli teraz wolni ludzie i pracowali dzielnie. Posuwaliśmy się jednak wolno, bo pod prąd, a chociaż tu, w dolnym biegu Rzeki, nie jest on zbyt ostry, nie wspierał nas w żegludze wiatr. Toteż mimo zwycięstwa odniesionego w Pelargirze ciężko byłoby mi na sercu, gdyby Legolas nie roześmiał się nagle.

„Podnieś brodę do góry, synu Durina! – zawołał. – Przypomnij sobie przysłowie: «Kiedy jest najciemniej, wtedy błyska znów nadzieja»". Nie chciał mi wszakże powiedzieć, w czym upatruje nadzieję. Noc nie była ciemniejsza od dnia, a nas paliła niecierpliwość, bo w dali na północy zobaczyliśmy pod chmurami ogromną łunę, Aragorn zaś rzekł: „Minas Tirith płonie!"

Lecz około północy rzeczywiście zjawiła się nadzieja. Doświadczeni żeglarze, spoglądając na południe, przepowiadali zmianę pogody i wiatr od Morza. Daleko jeszcze było do świtu, gdy na maszty wciągnięto żagle i statki popłynęły szybciej, tak że o brzasku dzioby ich pruły ostro białą pianę wody. Dalszy ciąg znasz: około trzeciej godziny poranka przy pomyślnym wietrze wpłynęliśmy do przystani w Harlondzie i rozwinęliśmy sztandar, idąc do bitwy. Wielki to był dzień, pamiętna zostanie ta godzina, cokolwiek miałoby się w przyszłości zdarzyć.

– Cokolwiek się zdarzy, wielkich czynów nic nie umniejszy – powiedział Legolas. – Przejście Ścieżki Umarłych było wielkim czynem i wielkim czynem zostanie, choćby w Gondorze zabrakło kiedyś ludzi, aby o nim wyśpiewali pieśń.

– Kto wie, czy nie dojdzie do tego – rzekł Gimli. – Aragorn i Gandalf miny mają zatroskane. Ciekaw jestem, co uradzą pod namiotem w polu. Zgadzam się z Meriadokiem i także bym pragnął, żeby tym naszym zwycięstwem zakończyła się już wojna. Ale jeżeli zostało jeszcze coś do zrobienia, chciałbym w tym wziąć udział dla honoru plemienia spod Samotnej Góry.

– A ja dla honoru plemienia z Wielkiego Lasu – powiedział Legolas – i z miłości do Władcy Krainy Białego Drzewa.

Przyjaciele umilkli, chociaż dość długo jeszcze siedzieli w tym górującym nad polami ogrodzie, każdy zatopiony we własnych myślach. A dowódcy tymczasem toczyli naradę.

Książę Imrahil, pożegnawszy Gimlego i Legolasa, natychmiast wysłał gońca po Éomera i razem z nim wyszedł z grodu, spiesząc ku namiotowi Aragorna, ustawionemu na polu niedaleko od miejsca, gdzie poległ król Théoden. Zastali tam, prócz Aragorna i Gandalfa, synów Elronda, również wezwanych na tę naradę.

– Najpierw chcę wam przekazać ostatnie słowa Namiestnika Gondoru, które przed zgonem w mojej obecności wypowiedział – zagaił Gandalf. – Denethor rzekł: „Na krótko, na jeden dzień może zatryumfujesz na polu bitwy. Ale przeciw potędze, która rozrosła się w Czarnej Wieży, nic nie wskórasz". Nie wzywam was, za jego przykładem, do rozpaczy, ale do rozważenia zawartej w tych słowach prawdy.

Kryształy nie kłamią, nawet władca Barad-dûr do tego zmusić ich nie umie. Może jednak podsuwać słabszemu duchem człowiekowi te widoki, które sam wybierze, lub też narzucić mu błędne ich rozumienie. Mimo wszystko nie wątpię, że Denethor, gdy zobaczył potężne siły zgromadzone przeciw nam w Mordorze i wciąż narastające – zobaczył rzeczy prawdziwe.

Ledwie nam starczyło sił, żeby odepchnąć pierwsze poważne natarcie. Następne będzie z pewnością jeszcze groźniejsze. W tej wojnie, jak słusznie mówił Denethor, nie mamy nadziei na ostateczne zwycięstwo. Nie da się osiągnąć go zbrojnie, czy to siedząc w grodzie i wytrzymując jedno oblężenie po drugim, czy to ruszając w otwarte pole za Rzekę, gdzie musielibyśmy ulec miażdżącej przewadze. Możemy wybierać między tymi dwiema możliwościami, a obie są złe. Ostrożność radziłaby umocnić posiadane fortece i czekać na napaść. W ten sposób przedłużylibyśmy czas, jaki nam jeszcze został.

– A więc radzisz zamknąć się w Minas Tirith czy też w Dol Amroth albo w Dunharrow i siedzieć tam jak dzieci w zamku z piasku, gdy nadciąga fala przypływu? – zapytał Imrahil.

– Nie byłoby to nic nowego – odparł Gandalf. – Czy wiele więcej robiliście przez cały czas panowania Denethora? Ale ja tego nie radzę. Powiedziałem, że tak radziłaby ostrożność. Nie jestem zwolennikiem ostrożności. Stwierdziłem, że nie da się osiągnąć zwycięstwa czynem zbrojnym. Wierzę nadal w zwycięstwo, nie liczę tylko na siłę oręża. Pamiętajmy, że główną sprężyną wojennych poczynań Mordoru jest Pierścień Władzy, fundament siły Barad-dûr, nadzieja Saurona.

Wszyscy tu obecni wiedzą o tej sprawie dość, by jasno rozumieć położenie nasze i Saurona. Jeżeli Nieprzyjaciel odzyska Pierścień, na nic się nie zda nasze męstwo; Sauron odniesie zwycięstwo szybkie i tak pełne, że nikt nie mógłby spodziewać się końca jego tryumfów, póki trwać będzie ten świat. Jeśli Pierścień zostanie zniszczony, Sauron upadnie, i to tak głęboko, że nie sposób przewidywać, by kiedykolwiek powstał. Straci bowiem najcenniejszą cząstkę swojej potęgi, tę, którą miał na początku, która była nieodłączna od jego istoty; wszystko, cokolwiek z jej pomocą zdziałał i rozpoczął, zwali się wtedy w gruzy, on zaś na zawsze będzie pokonany, zmieni się w nędznego złego ducha, który w ciemnościach sam siebie zżera, nie mogąc na nowo przybrać kształtu ani rosnąć. Wtedy świat byłby uwolniony od wielkiego zła.

Inne złe siły mogą się pojawić, bo Sauron też jest tylko sługą czy też wysłannikiem. Ale nie do nas należy panowanie nad wszystkimi erami tego świata; my mamy za zadanie zrobić, co w naszej mocy, dla epoki, w której żyjemy, wytrzebić zło ze znanego nam pola, aby przekazać następcom rolę czystą, gotową do uprawy. Jaka im będzie sprzyjała pogoda, to już nie nasza rzecz.

Sauron wszystko to dobrze wie i wie, że skarb, który niegdyś utracił, został odnaleziony. Nie wie jednak, gdzie jest ten skarb... przynajmniej mam nadzieję, że tego jeszcze nie wie. Toteż dręczą go wątpliwości. Gdyby Pierścień był w naszym posiadaniu, są między nami ludzie dość silni, by się nim posłużyć. To również wie Sauron. Nie mylę się chyba, Aragornie, zgadując, że pokazałeś mu się w krysztale Orthanku?

– Tak, zrobiłem to przed wyjazdem z Rogatego Grodu – odparł Aragorn. – Osądziłem, że czas dojrzał do tego i że kryształ nie przypadkiem wpadł mi w ręce. Było to dziesięć dni po wyruszeniu powiernika Pierścienia znad wodogrzmotów Rauros na wschód; uważałem, że trzeba odciągnąć Oko Saurona od jego własnej krainy. Zbyt nieliczni byli śmiałkowie, którzy odważali się rzucać mu wyzwanie, odkąd powrócił do Czarnej Wieży. Gdybym jednak przewidział, jak błyskawicznie odpowie przyspieszeniem napaści, może bym się nie ośmielił mu pokazać. O mały włos, a nie zdążyłbym z odsieczą do Minas Tirith.

– Nie rozumiem – odezwał się Éomer. – Powiedziałeś, Gandalfie, że wszelkie wysiłki byłyby daremne, gdyby Sauron odzyskał Pierścień. Czyżby on nie zaniechał daremnej napaści, gdyby podejrzewał, że my go posiadamy?

– Nie jest pewny – odparł Gandalf – i nie budował swojej potęgi na biernym oczekiwaniu, aż przeciwnik umocni swoje stanowisko, jak to my robiliśmy. Wie też, że z dnia na dzień nie nauczylibyśmy się wykorzystywać w pełni władzy Pierścienia. Pierścień może mieć jednego tylko pana, nigdy kilku naraz. Może Sauron czyha na wybuch sporu między nami; gdyby jeden z najsilniejszych wśród nas zagarnął skarb, poniżając innych, Sauron mógłby może coś na tym zyskać, gdyby się w porę zorientował.

Toteż czuwa i śledzi nas. Dużo widzi, dużo słyszy. Nazgûle wciąż krążą nad światem. Dzisiaj przed wschodem słońca przelatywały nad tym polem, chociaż mało kto z utrudzonych i śpiących ludzi to zauważył. Bada znaki: miecz, który ongi zabrał mu Pierścień i który teraz przekuto na nowo; wiatr, który się obrócił na naszą korzyść; niespodziewaną porażkę pierwszego natarcia; upadek swego wielkiego wodza.

Przez ten czas, gdy tutaj obradujemy, jego wątpliwości jeszcze się wzmogły. Oko, wysilone, śledzi nas, niemal ślepe na wszystko inne. Musimy je na sobie jak najdłużej skupić. W tym cała nadzieja. Moja rada jest więc taka: Nie mamy Pierścienia. Mądrość czy też szaleństwo kazało nam wysłać go tam, gdzie może zostać zniszczony, nie zaś czekać, by on nas zniszczył. Bez niego nie możemy siłą przeciwstawić się potędze Saurona. Ale musimy za wszelką cenę odwrócić uwagę Oka od istotnego niebezpieczeństwa, które mu grozi. Nie możemy zwyciężyć orężem, lecz walką orężną możemy wzmocnić tę nikłą szansę, jedyną szansę, jaką ma Powiernik Pierścienia, by spełnić swoją misję.

Trzeba podjąć to, co zaczął Aragorn, zmusić Saurona do wypuszczenia ostatniej strzały z kołczana. Wywabić do walki wszystkie jego siły, aby z nich ogołocił własny kraj. Ruszymy na spotkanie z Nieprzyjacielem natychmiast. Staniemy się przynętą, chociaż pewnie wpadniemy w jego paszczę. Chwyci tę przynętę jako jedyną szansę albo z chciwości, pomyśli bowiem, że nasze zuchwalstwo jest dowodem zadufania nowego posiadacza Pierścienia. Powie sobie: „A więc tak! Zbyt pospiesznie i za daleko nowy władca wysuwa głowę. Niech no podejdzie bliżej, a już ja go złapię w potrzask, z którego się nie wymknie. Zmiażdżę go, a skarb, który miał czelność zagarnąć, znów będzie mój, i to na wieki!"

Musimy z otwartymi oczyma wleźć do pułapki, odważnie, bez wielkiej nadziei na własne ocalenie. Bardzo wydaje się prawdopodobne, że zginiemy w boju z ciemnością, w krainie cieni, z dala od ojczyzny i przyjaciół; nawet jeżeli Barad-dûr rozsypie się w gruzy, my nie dożyjemy może nowych, lepszych czasów. Mimo to uważam, że obowiązek nakazuje nam tak właśnie postąpić. Zresztą lepiej zginąć w ten sposób niż inaczej, bo zguba nieuchronnie spotkałaby nas i tak, gdybyśmy bezczynnie tutaj czekali, ale wtedy ginęlibyśmy, wiedząc, że nowy, lepszy dzień nigdy nad światem nie wzejdzie.

Długą chwilę trwało milczenie. Wreszcie odezwał się Aragorn.

– Skoro zacząłem, pójdę aż do końca tą drogą. Stanęliśmy teraz na krawędzi, gdzie się spotyka nadzieja z rozpaczą; wahając się, na pewno runiemy w przepaść. Nie wolno dziś odrzucać rady Gandalfa, bo prowadzona przez niego od lat walka z Sauronem teraz dojrzała do ostatecznej próby. Gdyby nie Gandalf, dawno wszystko byłoby stracone. Jednakże nie chcę nikomu narzucać mojej woli. Niech każdy sam dokona wyboru.

Zabrał głos Elrohir:

– Po to wędrowaliśmy aż tutaj z dalekiej Północy i taką samą radę przynieśliśmy od naszego ojca Elronda. Nie zawrócimy z drogi.

– Co do mnie – rzekł Éomer – niewiele wiem o tych trudnych i tajemniczych sprawach. Ale też niepotrzebna mi głębsza wiedza. Wystarczy mi wiedzieć, że mój przyjaciel Aragorn ocalił mnie i mój lud. Pójdę za jego wezwaniem.

– Ja zaś uważam się za lennika króla Aragorna, czy on tego żąda, czy nie – powiedział książę Imrahil. – Jego życzenie jest dla mnie rozkazem. Pójdę za nim. Tymczasem jednak zastępuję Namiestnika Gondoru i winienem przede wszystkim myśleć o plemieniu, które mi powierzono w opiekę. Nie wolno zaniedbać całkowicie ostrożności. Musimy być przygotowani zarówno na nieszczęśliwy, jak i na pomyślny wynik przedsięwzięcia. Zostaje mimo wszystko iskra nadziei, że zwyciężymy, a w takim razie Gondor warto zabezpieczyć. Nie chciałbym wrócić zwycięski do zburzonego grodu i wyniszczonego kraju. A mogłoby się to stać za naszymi plecami. Rohirrimowie donieśli, że na prawym skrzydle została armia nieprzyjacielska jeszcze nietknięta.

– To prawda – rzekł Gandalf. – Nie radzę też wcale, aby gród ogołocić z załogi. Niepotrzebna nam w tej wyprawie na wschód armia, która by mogła poważnie zagrozić Mordorowi, lecz taka, która wystarczy, by skusić Nieprzyjaciela do stoczenia bitwy. Ważny jest też pośpiech. Pytam więc dowódców wojskowych, jakie siły mogą zebrać i mieć gotowe do wymarszu najdalej za dwa dni? Muszą to być ludzie mężni, świadomi niebezpieczeństwa i gotowi zmierzyć się z nim dobrowolnie.

– Wszyscy są strudzeni, wielu jest ciężej lub lżej rannych – powiedział Éomer. – Ponieśliśmy duże straty w koniach, co dotkliwie umniejsza gotowość naszych oddziałów. Jeśli mamy ruszyć już za dwa dni, nie spodziewam się zgromadzić więcej niż dwa tysiące jeźdźców, tym bardziej że trzeba przecież drugie tyle zostawić do obrony grodu.

– Możemy liczyć nie tylko na oddziały, które walczyły pod Minas Tirith – rzekł Aragorn. – Nowe nadciągną z południowych krajów lennych, skoro już wybrzeże zostało wyzwolone od nieprzyjaciela. Cztery tysiące ludzi wysłałem z Pelargiru przez Lossarnach dwa dni temu, prowadzi je nieustraszony Angbor. Jeśli wyruszymy dopiero za dwa dni, zdążą tu na czas. Poza tym liczniejsze jeszcze zastępy wezwałem do przybycia drogą wodną, wszelkimi statkami i barkami, jakimi mogą rozporządzać. Wiatr jest pomyślny, więc przypłyną wkrótce, wiele statków już się zjawiło w Harlondzie. Myślę, że zbierzemy około siedmiu tysięcy konnych i pieszych i mimo to zostawimy w grodzie silniejszą załogę, niż miało Minas Tirith w momencie pierwszej napaści.

– Brama zburzona – przypomniał Imrahil. – Gdzie znaleźć rzemieślników, zdolnych ją odbudować jak należy?

– W Ereborze, w królestwie Dáina – odparł Aragorn. – Jeśli nasze nadzieje nie zawiodą, wyślę później Gimlego, syna Glóina, z prośbą o użyczenie nam biegłych robotników spod Samotnej Góry. Ludzie jednak więcej znaczą niż najmocniejsze bramy; nie wstrzyma Nieprzyjaciela żadna brama, jeśli opuszczą ją obrońcy.

Na tym skończyła się narada dowódców. Postanowiono wyruszyć dwa dni później, w sile siedmiu tysięcy, jeżeli uda się tyle żołnierzy zebrać; znaczną część miała stanowić piechota, bo górzysty kraj, do którego się wybierano, nie nadawał się dla konnicy.

Aragorn miał zgromadzić około dwóch tysięcy spośród zwerbowanych na południu lenników; Imrahil przyrzekł trzy i pół tysiąca wojowników; Éomer – pięciuset Rohirrimów, którzy stracili konie, lecz byli zdolni do walki; sam zaś miał stanąć na czele pięciuset doborowych jeźdźców; w drugim oddziale jazdy, również złożonym z pięciuset konnych, mieli jechać Dúnedainowie i rycerze z Dol Amrothu; w sumie – sześć tysięcy pieszych i tysiąc konnych. Główne siły Rohirrimów, którzy mieli wierzchowce i sami byli w pełni zdolni do władania bronią, około trzech tysięcy jeźdźców, miały strzec Zachodniego Szlaku przed nieprzyjacielską armią z Anórien. Natychmiast rozesłano zwiadowców na północ i na wschód, żeby przepatrzyli kraj między Osgiliath a drogą do Minas Morgul.

Gdy zakończono obrachunek sił, zarządzono przygotowania do wyprawy i opracowano marszrutę, nagle Imrahil wybuchnął śmiechem.

– Doprawdy! – wykrzyknął. – To najwspanialszy żart w dziejach Gondoru. Ruszamy w siedem tysięcy, z oddziałem godnym stanowić w najlepszym razie tylko przednią straż tej armii, którą rozporządzaliśmy za dni naszej potęgi, aby sforsować ścianę gór i niezdobytą Czarną Bramę! Równie dobrze mogłoby dziecko napaść na zakutego w zbroję rycerza, mając łuk ze sznurka i strzałę z wierzbowej gałązki. Jeżeli Władca Ciemności rzeczywiście tak dużo wie, jak nam to mówiłeś, Mithrandirze, to pewnie zamiast drżeć ze strachu, uśmiecha się w tej chwili, pewny, że zgniecie nas jednym palcem niby natrętną osę, która go chciała ukłuć.

– Nie. Będzie próbował złowić osę, żeby jej wyrwać żądło – odparł Gandalf. – Są też wśród nas tacy, których imię więcej na wojnie znaczy niż tysiąc zakutych w zbroję rycerzy. Nie. Sauron nie będzie się uśmiechał.

– Ani my – powiedział Aragorn. – Jeśli to żart, to zbyt gorzki, by pobudzać do uśmiechów. Ale to nie żart, lecz ostatnie posunięcie, które rozstrzygnie i tak czy owak zakończy bardzo groźną grę.
– Dobył Andúrila i uniósł go w blask słońca. – Nie wrócisz już do pochwy, póki nie rozegra się ostatnia bitwa!

Rozdział 10

Czarna Brama się otwiera

Dwa dni później armia gotowa do wymarszu zebrała się na polach Pelennoru. Banda orków i ludzi służących Sauronowi posunęła się z Anórien ku grodowi, lecz zaatakowana i rozbita przez Rohirrimów, pierzchła niemal bez walki w stronę Cair Andros; kiedy więc to zagrożenie znikło i nadeszły posiłki z południa, gród był dość dobrze zabezpieczony. Zwiadowcy stwierdzili, że na wschodnim szlaku aż do Rozstaja Dróg przy pomniku obalonego króla nigdzie nie ma nieprzyjacielskich wojsk. Wszystko było gotowe do ostatniej próby.

Legolas i Gimli na jednym koniu jechali w oddziale Aragorna; Gandalf, Dúnedainowie i synowie Elronda należeli do jego przedniej straży. Ale Merry, ku swemu wielkiemu zawstydzeniu, nie uczestniczył w wyprawie.

– Brak ci jeszcze sił do takiej podróży – powiedział Aragorn – nie masz się jednak czego wstydzić. Gdybyś nawet w tej wojnie nic więcej nie zdziałał, już zdobyłeś prawo do największej chluby. Peregrin będzie z nami jako przedstawiciel plemienia hobbitów z Shire'u. Nie zazdrość mu tego niebezpiecznego zaszczytu, bo chociaż sprawiał się dzielnie, na tyle, na ile mu na to pozwalały okoliczności, nie dorównał jeszcze twoim wyczynom. Wiedz też, że w gruncie rzeczy wszyscy są jednako narażeni. Może nam przyjdzie zginąć pod Bramą Mordoru, a wówczas ty będziesz walczył na ostatniej placówce, czy tutaj, czy gdziekolwiek cię nawała ciemności dosięgnie. Bywaj zdrów!

Stał więc Merry zrozpaczony i patrzył na wyciągnięte w szyku szeregi. Towarzyszył mu Bergil, również smutny, bo ojciec jego miał maszerować w oddziale ochotników z grodu, nie mogąc powrócić do królewskiej gwardii, póki nie zostanie osądzony. Do tego samego oddziału włączono Pippina jako żołnierza Gondoru. Merry widział go z dość bliska, małą, lecz dzielnie sprężoną figurkę między rosłymi ludźmi z Minas Tirith.

Zagrały trąby i armia ruszyła w pochód. Pułk za pułkiem, kompania za kompanią przesuwały się, dążąc na wschód. Dawno już zniknęli z oczu na drodze wiodącej ku Grobli, a Merry wciąż stał zamyślony na miejscu. Ostatni odblask porannego słońca zamigotał w grotach włóczni i hełmach i zgasł w oddali, lecz hobbit nie mógł się zdecydować na powrót do miasta; zwiesił głowę, zasmucony rozłąką z przyjaciółmi i bardzo samotny. Wszyscy najbliżsi sercu odeszli i zniknęli we mgle osnuwającej widnokrąg na wschodzie, nie było też wielkiej nadziei, że kiedykolwiek w życiu zobaczy ich znowu.

Jak gdyby rozbudzony przez ten bolesny nastrój, ból w ręce odezwał się na nowo; Merry czuł się stary i słaby, a słońce zdawało mu się dziwnie blade. Ocknął się, gdy Bergil dotknął jego ramienia.

– Chodźmy, dzielny perianie – powiedział chłopiec. – Jesteś jeszcze cierpiący, jak widzę. Odprowadzę cię do Domów Uzdrowień. Nic się nie bój! Nasi wrócą. Nikt nie pokona ludzi z Minas Tirith, tym bardziej teraz, kiedy jest z nimi Kamień Elfów, no i gwardzista Beregond!

Przed południem armia dotarła do Osgiliath. Krzątali się tam robotnicy i rzemieślnicy, ilu ich zdołano zgromadzić. Jedni wzmacniali promy i związane z czółen mosty, które nieprzyjaciel zbudował, a potem przed ucieczką częściowo zniszczył; inni porządkowali w składach zapasy i zdobycze, a jeszcze inni na wschodnim brzegu Rzeki sypali pospiesznie obronne szańce.

Czoło pochodu minęło ruiny Dawnego Gondoru i przeprawiwszy się przez Anduinę, pociągnęło dalej gościńcem, który za dobrych czasów łączył piękną Wieżę Słońca ze strzelistą Wieżą Księżyca, dziś przezwaną Minas Morgul i sterczącą nad przeklętą doliną. Pięć mil za Osgiliath rozbito obóz, kończąc marsz dzienny.

Jeźdźcy wszakże pocwałowali dalej, by przed wieczorem stanąć u Rozstaja Dróg. W wielkim kręgu drzew cisza panowała zupełna; nie widać było nigdzie w pobliżu nieprzyjaciół, nie słychać było krzyków ani wołania, żadna strzała nie świsnęła spośród skalnych złomisk czy też z gęstwy zarośli, a mimo to w miarę posuwania się naprzód wszyscy wyczuwali czujne napięcie całej okolicy. Drzewa, kamienie i liście jak gdyby nasłuchiwały. Ciemności rozproszyły się i słońce zachodziło w blasku nad doliną Anduiny, a białe szczyty gór rumieniły się w niebieskiej dali, lecz nad Ephel Dúath zalegał cień i mrok.

Aragorn rozstawił trębaczy na każdej z czterech dróg rozbiegających się z kręgu drzew, by zagrali głośną fanfarę, po czym heroldowie obwieścili donośnie: „Prawi władcy Gondoru powrócili i obejmują znów w posiadanie podległy sobie kraj!". Strącono i rozbito szkaradny łeb orka sterczący na kamiennym posągu i osadzono z powrotem na swym miejscu głowę króla, nie tykając jednak wieńca białych i złocistych kwiatów, które ją oplotły koroną; ludzie zmyli i zatarli też bluźniercze znaki, którymi orkowie splugawili kamienny cokół.

Podczas narady były głosy, aby zacząć od ataku na Minas Morgul, gdyby zaś udało się wieżę zdobyć, zburzyć ją doszczętnie. „Kto wie – mówił Imrahil – czy droga prowadząca stamtąd na przełęcz nie okaże się dogodniejsza do głównego natarcia na siedzibę Nieprzyjaciela niż Czarna Brama od północy".

Gandalf jednak sprzeciwiał się temu stanowczo z uwagi na złą sławę tej doliny, której okropność przyprawiała ludzi o obłęd, a także z powodu wiadomości dostarczonych przez Faramira. Jeśli bowiem Powiernik Pierścienia rzeczywiście tę drogę obrał, nie wolno było na nią ściągnąć uwagi czujnego Oka Mordoru. Gdy więc nazajutrz cała armia dołączyła się do przedniej straży, rozstawiono silne warty na Rozstaju Dróg, aby bronić tego miejsca, gdyby Nieprzyjaciel próbował przez przełęcz Morgul wysłać jakieś wojska lub ściągnąć tędy posiłki z południa. Do tej służby przeznaczono najlepszych łuczników znających teren w Ithilien; mieli oni, ukryci w lesie i na stokach, czuwać wokół Rozstaja Dróg. Gandalf i Aragorn wraz z czołowym oddziałem podjechali jednak do wylotu doliny Morgul, żeby spojrzeć z dala na przeklętą fortecę.

Ukazała im się ciemna i cicha, bo orkowie oraz inni pośledniejsi słudzy Władcy Ciemności, zazwyczaj stanowiący jej załogę, wyginęli w bitwie, Nazgûlów zaś nie było teraz w tych stronach. Mimo to powietrze doliny zdawało się ciężkie od grozy i wrogości. Gondorczycy rozwalili most i podpalili cuchnące łąki, po czym opuścili to miejsce.

Następnego dnia, trzeciego od wyruszenia z Minas Tirith, armia rozpoczęła marsz gościńcem na północ. Tą drogą było od Rozstaja do Morannonu około stu mil, nikt też nie mógł przewidzieć, co ich czeka, nim do celu dotrą. Posuwali się jawnie, chociaż ostrożnie, poprzedzani przez konnych zwiadowców i strzeżeni z obu stron gościńca, zwłaszcza od wschodu, przez pieszych; tu bowiem biegł wzdłuż drogi ciemny gąszcz, teren był zryty rozpadlinami i zjeżony skałkami, nad którymi piętrzył się wydłużony, ponury grzbiet Ephel Dúath. Pogoda była dość piękna, wiatr wciąż dmuchał od zachodu, lecz nic nie mogło rozwiać mroków i posępnych mgieł lgnących do zboczy Gór Cienia; zza ich ściany wzbijały się niekiedy słupy gęstego dymu, tworząc ciemne chmury wysoko na niebie.

Od czasu do czasu na rozkaz Gandalfa heroldowie powtarzali zawołanie: „Władcy Gondoru wracają! Niech bezprawni posiadacze opuszczą ten kraj i oddadzą go prawowitemu gospodarzowi".

– Nie powinni wołać: „Władcy Gondoru", lecz: „Król Elessar powrócił" – rzekł Imrahil. – To przecież prawda, chociaż król jeszcze nie objął tronu, a na Nieprzyjacielu większe zrobi wrażenie, jeśli heroldowie będą rozgłaszać to imię.

Odtąd więc trzy razy dziennie heroldowie oznajmiali pochód króla Elessara. Nikt jednak nie odpowiedział na to wyzwanie.

Jakkolwiek posuwali się pozornie bez przeszkód, ciężar niepokoju przytłaczał wszystkie serca, od najwyższych dowódców do ostatniego żołnierza, z każdą zaś przebytą milą potęgowały się złe przeczucia. Pod koniec drugiego dnia od wymarszu z Rozstaja Dróg po raz pierwszy nadarzyła się sposobność starcia z nieprzyjacielem. Silny oddział orków i ludzi z dalekich wschodnich krajów spróbował wciągnąć przednią straż w zasadzkę. Stało się to w tym samym miejscu, gdzie Faramir zaskoczył kiedyś wojska Haradu; droga tu wcinała się głęboko pomiędzy wysunięte ramiona górskiego łańcucha. Lecz zwiadowcy, doświadczeni żołnierze z Henneth Annûn prowadzeni przez Mablunga, w porę ostrzegli o niebezpieczeństwie, a zasadzka zamieniła się w pułapkę dla orków. Jcźdźcy bowiem ominęli to miejsce szerokim łukiem od zachodu i natarli z flanki na nieprzyjaciół, kładąc większość trupem, a niedobitków przepędzając ku wschodowi i górom.

Zwycięstwo to niezbyt jednak podniosło na duchu dowódców.

– To był podstęp – rzekł Aragorn – który miał na celu, jak przypuszczam, omamienie nas rzekomą słabością przeciwnika, nie zaś poważne przeszkodzenie nam w marszu.

Od tego wieczora pojawiły się Nazgûle i śledziły wszystkie ruchy armii. Latały wciąż wysoko, niedostrzegalne dla oczu słabszych niż oczy Legolasa, lecz ludzie poznawali ich obecność po gęstnieniu cieni i zamgleniu słońca, a chociaż Upiory Pierścienia nie zniżały się nad wojskiem i milczały, nie trwożąc ludzi krzykiem, siały strach, z którego trudno było się otrząsnąć.

Tak mijał czas i ciągnął się beznadziejny marsz. Czwartego dnia po opuszczeniu Rozstaja, a szóstego od wyjścia z Minas Tirith dotarli do kresu krain kwitnących życiem i wkroczyli na ziemie spustoszone, leżące przed wrotami przełęczy Cirith Gorgor; stąd widzieli bagniska i pustkowia, które ciągnęły się na północ i wschód aż do Emyn Muil. Był to kraj tak posępny i tchnący tak okropną grozą, że co słabszym ludziom zabrakło odwagi, by iść lub jechać dalej na północ.

Aragorn patrzył na nich raczej ze smutkiem niż z gniewem, byli to bowiem młodzi chłopcy z Rohanu, z odległej Zachodniej Bruzdy, albo też rolnicy z Lossarnach, którzy od dzieciństwa przywykli Mordor uważać nie za kraj istniejący rzeczywiście, lecz za symbol zła, za legendę, niemającą nic wspólnego z ich powszednim życiem. Teraz nagle koszmarny sen okazał się okrutną jawą, a nieszczęśnicy nie rozumieli ani sensu tej wojny, ani dlaczego los ich właśnie w jej wiry zepchnął.

– Wracajcie – powiedział im Aragorn – ale zachowajcie przynajmniej tyle honoru, aby nie uciekać w panice. Możecie też spełnić pewne zadanie, aby uniknąć ostatecznej hańby. Kierujcie się na południowy zachód, by trafić na Cair Andros, a jeśli tamtejsza placówka, jak przypuszczam, jest w ręku wroga, odbijcie ją, bo to się wam może udać, i utrzymujcie do końca dla ochrony Gondoru i Rohanu.

Niektórzy, zawstydzeni litością wodza, przezwyciężyli swój strach i zostali, by dalej uczestniczyć w wyprawie; inni, ożywieni nową nadzieją, że mają do spełnienia obowiązek nieprzekraczający ich sił, odeszli. Ponieważ zaś spory oddział został już przedtem na straży Rozstaja, ledwie sześć tysięcy ruszyło teraz do boju o Czarną Bramę przeciw potędze Mordoru.

Posuwali się wolno, oczekując lada chwila jakiejś odpowiedzi na rzucone wyzwanie, i trzymali się w zwartej kolumnie, bo wysłanie zwiadowców lub małych patroli zdawało się próżną stratą, osłabiającą tylko główne siły. Wieczorem piątego dnia marszu z Doliny Morgul rozbili ostatni obóz i rozpalili ogniska z suchych gałęzi i wrzosów, z trudem zebranych na tej jałowej ziemi. Noc spędzili, czuwając, na pół świadomi obecności różnych stworów, które czaiły się wokół, i nasłuchując wycia wilków. Wiatr ustał, powietrze znieruchomiało. Nic prawie nie było widać, mimo czystego nieba i rosnącego od czterech nocy księżyca, bo dymy i opary snuły się nad ziemią, a księżyc przesłaniała mgła Mordoru.

Zrobiło się zimno. Nad ranem wiatr się znów podniósł, lecz wiał teraz z północy i wkrótce zmienił się w ostry, chłodny podmuch. Nocne stwory zniknęły, okolica wydawała się pusta. Na północy wśród cuchnących jam pokazały się pierwsze ogromne usypiska żużlu, rumowisk skalnych, spopielałej ziemi – ślady kreciej roboty niewolników Mordoru; na południu i znacznie już bliżej piętrzył się potężny mur Cirith Gorgor, z Czarną Bramą pośrodku, z dwiema wysokimi, ponurymi Zębatymi Wieżami z obu jej stron. Na ostatnim bowiem etapie marszu dowódcy sprowadzili swoją armię ze starego gościńca w miejscu, gdzie skręcał on na wschód, i uniknąwszy w ten sposób zdradzieckich pagórków, zbliżali się teraz do Morannonu od północo-zachodu, podobnie jak przedtem Frodo.

Ujrzeli dwoje ogromnych odrzwi Czarnej Bramy, zamkniętych szczelnie pod surowymi łukami sklepień. Na wieżach nie było widać żywej duszy. Panowała cisza, ale cisza pełna napięcia. Doszli więc do celu szaleńczej wyprawy i stanęli bezradnie, zziębnięci w szarym brzasku dnia, przed fortecą i murami tak potężnymi, że nie mogli mieć nadziei, próbując je atakować, nawet gdyby przyprowadzili z sobą machiny oblężnicze i gdyby Nieprzyjaciel rozporządzał tylko garstką obrońców, wystarczającą zaledwie do obsadzenia samej Bramy. A przecież, jak wiedzieli, góry i skały nad Morannonem roiły się od ukrytych nieprzyjacielskich żołnierzy, a w ciemnym wąwozie z wydrążonymi tunelami czyhały złowrogie siły. Zobaczyli też wszystkie Nazgûle, krążące niby sępy w powietrzu nad Zębatymi Wieżami, wiedzieli, że są śledzeni, lecz wciąż jeszcze Nieprzyjaciel nie dawał znaku życia.

Nie mieli wyboru, musieli do końca prowadzić rozpoczętą grę. Aragorn ustawił swoją armię w takim porządku, na jaki teren pozwalał; szeregi skupiły się na dwóch dużych pagórkach, utworzonych ze zgruchotanych kamieni i ziemi podczas długich lat mozolnej pracy orków. Przed nimi ku Mordorowi ciągnęło się niby fosa rozległe bagnisko, pełne cuchnącego błota i zgniłych rozlewisk. Gdy skończono przygotowania, grupa dowódców wysunęła się pod Czarną Bramę w otoczeniu przybocznej straży, z chorągwią, heroldami i trębaczami. Byli w tej grupie Gandalf, jako główny herold, Aragorn, synowie Elronda, Éomer z Rohanu i książę Imrahil; dołączono też Legolasa, Gimlego oraz Pippina, żeby wszystkie plemiona walczące z Mordorem miały swoich świadków w tym poselstwie.

Zbliżyli się do Morannonu na odległość głosu, rozwinęli sztandar i zadęli w trąby; heroldowie wysunęli się naprzód, by donośnymi głosami dosięgnąć uszu ukrytych za murami.

– Pokażcie się! – krzyknęli. – Niech Władca Kraju Ciemności wyjdzie do nas na rozmowę! Przybywamy wymierzyć sprawiedliwość. Albowiem winien jest napaści na Gondor i zniszczenia tego kraju. Król Gondoru żąda, aby naprawił wyrządzone szkody i wycofał się na zawsze. Wyjdźcie do nas na rozmowę!

Zapadła cisza i przez długą chwilę żaden głos, okrzyk ani szmer nie odpowiedział na wyzwanie. Sauron wszystko jednak z góry obmyślił i zamierzał okrutnie poigrać z myszą, nim zada jej śmiertelny cios. Kiedy dowódcy chcieli zawrócić spod Bramy, nagle ciszę zakłócił przeciągły werbel niby grzmot toczący się wśród gór, a potem ryk rogów tak potężny, że kamienie zadrżały, a ludzie zdrętwieli, ogłuszeni. Jedne z odrzwi Czarnej Bramy otwarły się z głośnym brzękiem i ukazało się w nich poselstwo wysłane z Czarnej Wieży. Na czele jechał wysoki mąż odrażającej postaci, na czarnym koniu, jeśli godzi się nazwać koniem ogromną, wstrętną bestię o straszliwym pysku, z łbem podobnym do trupiej końskiej czaszki, ziejącą płomieniem z oczodołów i nozdrzy. Jeździec, owinięty czarnym płaszczem, w wysokim czarnym szyszaku, nie był jednak upiorem, lecz żywym człowiekiem. Imienia tego pełnomocnika Barad-dûr nie zachowała żadna pieśń ani legenda, on sam bowiem je zapomniał, kiedy przedstawiając się, rzekł:

– Jestem rzecznikiem Saurona.

Mówiono jednak, że był to odszczepieniec z plemienia tak zwanych Czarnych Númenorejczyków, którzy osiedli w Śródziemiu za czasów potęgi Saurona i oddawali mu cześć, ponieważ rozmiłowali się w tajemnej wiedzy czarnoksięstwa. Ten człowiek oddał się służbie Czarnej Wieży natychmiast po odrodzeniu się jej potęgi, a dzięki chytrości piął się coraz wyżej w hierarchii sług Saurona i pozyskał jego łaski. Zgłębił też sztukę czarnoksięską i znał dość dobrze zamysły swego pana, w okrucieństwie zaś nie ustępował orkom.

Takiego parlamentariusza wysłał Sauron w otoczeniu kilku tylko na czarno odzianych żołnierzy, z czarną flagą naznaczoną czerwonym godłem strasznego Oka. Zatrzymawszy się w odległości paru kroków od grupy Aragorna, poseł Mordoru zmierzył wzrokiem przeciwników i roześmiał się głośno.

– Czy jest w tej zgrai ktoś na tyle poważny, by ze mną prowadzić rokowania? – spytał. – Albo przynajmniej dość rozgarnięty, żeby mnie zrozumieć? Chyba nie ty? – zadrwił, zwracając się do Aragorna. – Żeby uchodzić za króla, nie wystarczy przypiąć sobie szkiełko elfów i otoczyć się zbrojną hałastrą. No cóż, każdy rozbójnik z gór może poszczycić się podobną bandą.

Aragorn nic nie odpowiedział, lecz spojrzał tamtemu w oczy i nie odrywał wzroku przez długą chwilę; zmagali się spojrzeniem, a chociaż Aragorn nie poruszył się ani ręką nie sięgnął do broni, wysłannik Mordoru zachwiał się i cofnął, jakby pod grozą ciosu.

– Jestem heroldem i posłem, nie godzi się mnie tknąć! – krzyknął.

– Tam, gdzie tego rodzaju prawa są w poszanowaniu, poseł zazwyczaj nie pozwala sobie na tak obelżywy ton – odparł Gandalf. – Nikt jednak tutaj nie zamierzał cię tknąć. Nie obawiaj się z naszej strony niczego, dopóki pełnisz swoją misję poselską. Potem wszakże, jeśli twój pan nie okaże rozsądku, wszyscy jego słudzy z tobą włącznie znajdą się rzeczywiście w wielkim niebezpieczeństwie.

– Ach tak! – rzekł poseł Mordoru. – A więc ty jesteś rzecznikiem tej zgrai, siwy brodaczu! Od dawna cię znamy, wiemy wszystko o twoich podróżach, o spiskach i złośliwych przeciw nam intrygach, które knujesz, sam jednak trzymając się zwykle w bezpiecznej odległości. Tym razem nareszcie wysunąłeś swój wścibski nos za daleko, Gandalfie, przekonasz się, co spotyka tych, którzy ośmielają się w swym szaleństwie spiskować przeciw Wielkiemu Sauronowi. Mam tutaj kilka drobiazgów, które on polecił właśnie tobie przekazać, gdybyś ośmielił się przyjść pod jego Bramę.

To rzekłszy, skinął na jednego ze swoich żołnierzy, który wystąpił, niosąc zawiniątko okryte czarną płachtą.

Wysłannik Mordoru rozwinął je; ku swemu zdumieniu i rozpaczy towarzysze Aragorna zobaczyli w ręku strasznego posła najpierw krótki mieczyk, który zwykł był nosić u boku Sam, potem szary płaszcz spięty klamrą elfów, wreszcie kolczugę z mithrilu, którą Frodo ukrywał pod zniszczonym wierzchnim ubraniem. Na ten widok pociemniało im w oczach; mieli wrażenie, że przez chwilę napiętej ciszy świat zatrzymał się w biegu, serca w ich piersi zamarły i ostatnia iskra nadziei zgasła. Pippin, stojący za księciem Imrahilem, skoczył naprzód z okrzykiem bólu.

– Spokój! – surowo rozkazał Gandalf, osadzając hobbita w miejscu. Wysłannik Mordoru roześmiał się szyderczo.

– A więc przyprowadziliście z sobą więcej tych pokurczów! – zawołał. – Trudno pojąć, jaki z nich pożytek, w każdym razie wysłanie ich jako szpiegów do Mordoru to pomysł przekraczający nawet granice waszego znanego szaleństwa. Mimo wszystko, dziękuję temu smykowi, bo dostarczył mi dowodu, że nie pierwszy raz widzi te rzeczy; próżno teraz wypieralibyście się, że ich nie znacie.

– Nie myślę się tego wypierać – odparł Gandalf. – Tak jest, znam te rzeczy i całą ich historię; ty natomiast, mimo swej pychy, nikczemny rzeczniku Mordoru, niewiele o nich wiesz. Dlaczego je tutaj przyniosłeś?

– Zbroja krasnoludów, płaszcz elfów, miecz z zatopionego Zachodu i szpieg z nędznego kraiku zwanego Shire... Wzdrygnąłeś się? Tak, tak, o tym kraiku także nam wszystko wiadomo. A więc – mamy niezbite dowody spisku. Może ten, który te rzeczy nosił, jest wam obojętny i jego los wcale was nie wzrusza, a może przeciwnie, jest wam bardzo drogi? Jeśli tak, radzę wam iść po rozum do głowy, po tę resztkę rozumu, jaka wam została. Sauron nie cacka się ze szpiegami, a los tego pokurcza zawisł od tego, co teraz postanowicie.

Nikt mu nie odpowiedział, ale rzecznik Mordoru spostrzegł bladość na ich twarzach i wyraz zgrozy w oczach; roześmiał się znowu, rad z celności zadanego ciosu.

– A więc tak! – powiedział. – Jest wam drogi, to jasne. Albo może zadanie, które mu wyznaczyliście, miało dla was szczególną wagę? Nie spełnił go oczywiście. Teraz poniesie karę, powolną, na wiele lat rozłożoną torturę, wedle sztuki, z której słynie nasza Wspaniała Wieża, i nigdy nie wyjdzie na wolność, chyba po to, żeby się wam pokazać tak odmieniony i złamany, iż pożałujecie własnego szaleństwa. To się stanie, jeżeli nie przyjmiecie warunków mojego Władcy.

– Wymień je – rzekł Gandalf głosem stanowczym, lecz ci, którzy stali blisko niego, widzieli na twarzy Czarodzieja wyraz tajonej udręki i wydał im się nagle bardzo starym, bardzo znużonym człowiekiem, przybitym i ostatecznie pokonanym. Nikt nie wątpił, że Gandalf przyjmie podyktowane warunki.

– Oto one – powiedział wysłannik Saurona i ze złośliwym uśmiechem powiódł spojrzeniem po twarzach przeciwników. – Banda Gondoru i jego obałamuconych sprzymierzeńców wycofa się natychmiast poza Anduinę, złożywszy przedtem przysięgę, że nigdy więcej nie ośmieli się napastować Wielkiego Saurona zbrojnie, jawnie ani też skrycie. Wszystkie ziemie na wschód od Anduiny należeć będą do Saurona odtąd i na wieki. Kraj położony na zachodnim brzegu Anduiny aż po Góry Mgliste i Wrota Rohanu będzie stanowił lenno Mordoru; ludziom tam zamieszkałym nie wolno będzie posiadać broni, lecz zarząd sprawami wewnętrznymi w tych krajach pozostanie w ich rękach. Pomogą w odbudowie Isengardu, który tak bezmyślnie zniszczyli, a który odtąd należeć będzie do Saurona; mój władca osadzi tam swego pełnomocnika, nie Sarumana, lecz kogoś bardziej godnego zaufania.

Słuchacze, patrząc w oczy wysłannika Mordoru, odgadli jego myśl. On to miał być pełnomocnikiem Mordoru w Isengardzie i stamtąd sprawować władzę nad niedobitkami Zachodu; miał być ich tyranem, oni zaś jego niewolnikami.

– Wysoka cena za jednego jeńca – odparł Gandalf. – Twój władca chciałby w zamian za niego otrzymać to wszystko, co inaczej musiałby zdobywać w wielu ciężkich wyprawach wojennych. Czy może na polach Gondoru zgubił wiarę w wojenne zwycięstwa i woli przetargi od walki? Gdybyśmy nawet byli gotowi zapłacić tak drogo za tego jeńca, jakież mamy gwarancje, że Sauron, nikczemny mistrz oszustwa, dotrzyma ze swej strony umowy? Gdzie jest ten jeniec? Przyprowadź go i oddaj nam, dopiero wówczas zastanowimy się nad twoimi żądaniami.

Gandalf nie spuszczał wzroku z twarzy wysłannika Mordoru, czujny jak szermierz w śmiertelnym pojedynku, i wydawało mu się, że na jedno okamgnienie tamten zawahał się, nie znajdując odpowiedzi, szybko jednak zapanował nad sobą i wybuchnął śmiechem.

– Nie targuj się, kiedy mówisz do rzecznika Wielkiego Saurona! – krzyknął. – Wymagasz gwarancji? Sauron ci ich nie da. Skoro uciekasz się do jego łaski, musisz mu wierzyć na słowo. Znacie warunki. Możecie je przyjąć lub odrzucić.

– Przyjmiemy to! – niespodzianie krzyknął Gandalf. Rozchylił płaszcz i białe światło rozbłysło jak ostrze miecza na tle czarnych murów. Wysłannik Mordoru cofnął się przed podniesioną ręką Czarodzieja, a Gandalf szybko chwycił płaszcz elfów, kolczugę i miecz Sama. – To przyjmiemy na pamiątkę po naszych przyjaciołach! – zawołał. – Ale wasze warunki odrzucamy bez namysłu! Możesz odejść, twoje poselstwo skończone, a śmierć stoi już blisko przy tobie. Nie przyszliśmy tutaj, by tracić słowa na rokowania z Sauronem, przeklętym wiarołomcą, a tym bardziej nie chcemy rokować z jego niewolnikami. Idź precz!

Wysłannik Mordoru już się teraz nie śmiał. Zdumienie i złość wykrzywiły mu twarz; wyglądał jak dziki zwierz, który w ostatniej chwili, kiedy już wpijał pazury w ofiarę, dostał nagle rozpalonym prętem przez pysk. Wściekły, trzęsącymi się konwulsyjnie wargami rzucił jakieś niezrozumiałe przekleństwo, z trudem dobywając głosu z zaciśniętego gardła. Spojrzał w srogie twarze i błyszczące gniewem oczy towarzyszy Gandalfa i strach zatryumfował w nim nad złością. Z krzykiem odwrócił się, skoczył na swego wierzchowca i galopem ruszył z powrotem w stronę Cirith Gorgor, a cała jego świta za nim. Lecz zawracając, żołnierze Mordoru zdążyli zatrąbić, dając umówiony z góry sygnał. Nim jeszcze dopadli Bramy, Sauron uruchomił przygotowaną pułapkę.

Zagrzmiały bębny, wystrzeliły w górę płomienie. Wszystkie drzwi Morannonu rozwarły się nagle na oścież. Runęły przez nie zbrojne oddziały, jak fala przez otwarte śluzy.

Aragorn ze swą świtą odjechał sprzed Bramy, żegnany wrzaskiem dzikich żołdaków Mordoru. Kurz wzbił się chmurą w powietrze spod nóg maszerującego pułku Easterlingów, którzy na sygnał wyszli z cienia Ered Lithui, wznoszącego się za dalszą Wieżą. Niezliczone zastępy orków zbiegały po zboczach gór po obu stronach Morannonu. Armia ludów Zachodu znalazła się w potrzasku; wokół szarych pagórków, na których się skupiła, wkrótce zamknął się krąg wojsk nieprzyjacielskich, dziesięciokroć co najmniej liczniejszych. Sauron schwycił przynętę w stalowe szczęki.

Niewiele czasu miał Aragorn na ustawienie swojej armii do bitwy. Sam stał na pagórku wraz z Gandalfem pod chorągwią z Drzewem i Gwiazdami, którą kazał rozwinąć w pięknym i desperackim geście. Na drugim pagórku jaśniały sztandary Rohanu i Dol Amrothu, Biały Koń i Srebrny Łabędź. Wokół każdego wzgórza stanął żywy mur wojowników, twarzami zwróconych na wszystkie strony świata, zbrojnych we włócznie i miecze. Na wprost Bramy Mordoru, skąd miał przyjść pierwszy, najzaciętszy atak, stali synowie Elronda, mając po lewej ręce Dúnedainów, a po prawej księcia Imrahila i smukłych rycerzy Dol Amrothu oraz wybranych najdzielniejszych gwardzistów z Minas Tirith.

Zadął wiatr, zagrały surmy, świsnęły strzały; słońce podnoszące się ku zenitowi przesłoniły dymy Mordoru i w tej złowrogiej aureoli świeciło z daleka ciemną czerwienią, jakby już zbliżał się koniec dnia czy może koniec wszystkich jasnych dni świata. W gęstniejącym mroku ukazały się Nazgûle i rozległ się ich mrożący krew w żyłach morderczy krzyk; nadzieja zamarła w sercach.

Pippin skulił się ze zgrozy, gdy usłyszał, jak Gandalf odrzuca warunki Nieprzyjaciela, skazując Froda na tortury Czarnej Wieży; pokonał jednak rozpacz i stał teraz obok Beregonda w pierwszym szeregu Gondorczyków, wraz z rycerzami Dol Amrothu. Uznał bowiem, że gdy wszystko zawiodło, trzeba co rychlej przypieczętować śmiercią tę gorzką historię życia.

– Szkoda, że nie ma tutaj Meriadoka! – usłyszał swój własny głos. Myśli roiły się w jego głowie, gdy śledził ruchy przeciwnika, posuwającego się już do natarcia. – Teraz dopiero zaczynam rozumieć biednego Denethora. Moglibyśmy przynajmniej razem zginąć, Merry i ja, skoro i tak zginąć trzeba. No, ale Merry jest daleko stąd, miejmy więc nadzieję, że przypadnie mu w udziale śmierć mniej okrutna. Bądź co bądź, muszę sprzedać życie jak najdrożej.

Wyciągnął miecz i przyjrzał się splecionym na ostrzu czerwonym i złotym liniom; piękne pismo Númenoru lśniło ogniście w stali.

„Wykuto tę broń na tę właśnie godzinę – myślał Pippin. – Gdyby mi się udało zabić tego nikczemnego wysłannika, dorównałbym niemal Meriadokowi. No, kogoś z tej podłej zgrai na pewno uśmiercę, zanim sam padnę. Szkoda, że nigdy już nie zobaczę jasnego słońca i świeżej trawy!"

W tym momencie pierwsza fala natarcia uderzyła o mur obrońców. Orkowie, nie mogąc się przedostać przez bagnisko leżące u stóp pagórka, zatrzymali się na brzegu i stamtąd sypnęli strzałami. Lecz przez bandę orków przecisnął się duży oddział górskich trolli z Gorgoroth. Biegli, rycząc jak dzikie bestie; więksi i tężsi niż ludzie, okryci tylko przylegającą ciasno do ciała łuską, która może była ich zbroją, a może własną potworną skórą, mieli wielkie, krągłe, czarne tarcze i w sękatych potężnych rękach nieśli wzniesione do ciosu ciężkie młoty. Bez wahania skoczyli w błotniste rozlewiska i brnęli przez nie wśród ogłuszającego wrzasku. Jak burza spadli na zwarte szeregi Gondoru, druzgocąc hełmy i czaszki, ramiona i tarcze, niby kowale kujący rozgrzane i miękkie żelazo. U boku Pippina Beregond zachwiał się i padł. Olbrzymi przywódca trolli pochylił się nad leżącym, wyciągając chciwe pazury, bo te bestie miały zwyczaj przegryzać gardła pokonanych przeciwników. Pippin dźgnął w pasji mieczem; pokryte runami ostrze przebiło łuski i dosięgło trzewi trolla. Trysnęła czarna posoka. Olbrzym jak podcięta skała runął naprzód, grzebiąc pod swoim cielskiem hobbita. Pippin, przygnieciony, jęknął z bólu; otoczyła go ciemność, wstrętny smród zaparł mu oddech; tracił przytomność, zapadał w czarną otchłań.

„A więc koniec taki, jak przewidziałem" – podszepnęła mu ostatnia umykająca myśl i zdążył jeszcze zaśmiać się w głębi duszy, bo wydało mu się niemal radosne, że wyzwala się wreszcie z resztek wątpliwości, trosk i strachu. Ale pogrążając się w niepamięci, usłyszał głosy i rozróżnił w nich słowa, jak gdyby wracające z dalekiego, zapomnianego świata: „Orły! Orły nadlatują!"

Na mgnienie oka Pippin zawahał się na krawędzi ciemności. „Bilbo! – przemknęło mu przez głowę. – Ale nie! To działo się w jego historii, dawno, dawno temu. A teraz rozgrywa się, a właściwie kończy, moja historia. Żegnajcie!" Myśli uciekły gdzieś bardzo daleko, przed oczami rozpostarła się ciemność.

Księga szósta

Rozdział 1

Wieża nad Cirith Ungol

Sam z trudem dźwignął się z ziemi. W pierwszym momencie nie mógł się zorientować, gdzie jest, ale po chwili przypomniał sobie wszystko, całą beznadziejną i rozpaczliwą prawdę. Znajdował się przed dolną bramą orkowej fortecy; spiżowe drzwi były zamknięte.

Musiał zemdleć, gdy próbował je otworzyć naporem własnego ciała, ale nie wiedział, jak długo leżał nieprzytomny. Przedtem był rozgorączkowany, zdesperowany i wściekły, teraz dygotał z zimna. Przyczołgał się pod drzwi i przytknął do nich ucho.

Z daleka dochodziła wrzawa i zmieszane głosy orków, lecz coraz niklejsze, oddalające się, aż wreszcie ucichły zupełnie. Głowa go bolała, przed oczami migotały w ciemności skry, starał się jednak pozbierać myśli. Jedno zdawało się bądź co bądź jasne: że przez te drzwi nie dostanie się do fortecy orków. Musiałby czekać na ich otwarcie, kto wie, ile dni, a na to nie mógł sobie pozwolić, każda chwila była rozpaczliwie cenna. Nie miał już wątpliwości, co jest jego pierwszym obowiązkiem; wiedział, że musi ocalić Froda, choćby mu przyszło tę próbę przypłacić własnym życiem.

„Najbardziej prawdopodobne, że zginę, to zresztą najłatwiejsze" – powiedział sobie markotnie, chowając Żądło do pochwy i odwracając się od spiżowych drzwi. Z wolna wlókł się w górę ciemnym tunelem, nie odważając się użyć światła elfów. Idąc, usiłował w głowie uporządkować wszystkie zdarzenia od początku wędrówki z Rozstaja Dróg. Nie mógł się zorientować w porze dnia; przypuszczał, że jest noc, ale nawet rachunek dni mylił mu się teraz. W tym kraju ciemności gubiło się dni, tak jak gubił się każdy, kto tutaj zabłądził.

„Ciekawe, czy też przyjaciele w ogóle o nas pamiętają – myślał
– i co się z nimi dzieje tam, w ich świecie?" Niezdecydowanym
gestem wskazał przed siebie, nie wiedząc, że kierując się znów do
tunelu Szeloby, jest zwrócony twarzą ku południowi, nie ku
zachodowi, jak sądził. Na jasnym świecie słońce stało blisko
zenitu i był dzień czternastego marca według kalendarza Shire'u;
Aragorn właśnie płynął na czele czarnej floty z Pelargiru, Merry
z Rohirrimami cwałował przez Dolinę Kamiennych Wozów,
a w Minas Tirith szerzyły się pożary i Pippin z przerażeniem
śledził coraz wyraźniejszy obłęd w oczach Denethora. Ale wśród
wszystkich trosk i niebezpieczeństw myśli przyjaciół wciąż zwracały się do Froda i Sama. Nie byli zapomniani, ale znaleźli się
poza zasięgiem bratniej pomocy, a najżyczliwsza myśl nie mogła
poratować w tym momencie Sama, syna Hamfasta. Był zdany
wyłącznie na siebie.

Dotarł wreszcie do kamiennych drzwi zagradzających wejście
orkowego korytarza, a nie mogąc wykryć zamka ani skobla, przelazł
tak jak poprzednio górą i zgrabnie zsunął się znów na ziemię.
Ostrożnie przekradł się obok wylotu tunelu Szeloby, gdzie w zimnym przeciągu powiewały jeszcze szczątki podartej ogromnej sieci
pajęczej. Po cuchnącym cieple w głębszym korytarzu, tutaj owiał
Sama przejmujący chłód, lecz to orzeźwiło go nieco. Chyłkiem
wypełznął na otwartą ścieżkę.

Panowała tu złowroga cisza. Nie było jaśniej, niż zazwyczaj bywa
o zmierzchu chmurnego dnia. Ogromne kłęby pary wzbijające się
znad Mordoru płynęły nisko nad jego głową w stronę zachodu,
tworząc pułap z dymu i chmur, oświetlony od spodu posępnym
krwawym blaskiem.

Sam podniósł wzrok na wieżę orków i nagle z jej wąskich okien
błysnęły światła jak małe czerwone oczy. Mógł to być jakiś sygnał.
Strach przed orkami, na czas pewien przytłumiony gniewem i rozpaczą, znowu ogarnął hobbita. Nie widział innej rady, musiał szukać
głównego wejścia do strasznej Wieży, lecz kolana uginały się pod
nim i dygotał z przerażenia. Odwracając oczy w dół od Wieży
i sterczących nad wąwozem urwisk, zmusił oporne nogi do posłuszeństwa i nasłuchując pilnie, wpatrzony w gęsty mrok skupiony

pod skalnymi ścianami po obu stronach drogi, z wolna zawrócił, minął miejsce, gdzie przedtem leżał Frodo i gdzie jeszcze przetrwał wstrętny smród Szeloby, poszedł dalej, pod górę, aż dotarł znów do tej samej wnęki, w której ukrył się przed orkami, kładąc na palec Pierścień, i skąd obserwował przemarsz oddziału Szagrata.

Przystanął, usiadł; na razie nie mógł zdobyć się na dalszą wędrówkę.

Rozumiał, że jeśli przejdzie szczyt przełęczy, następny krok zaprowadzi go już naprawdę do Mordoru i że będzie to krok nieodwołalny. Nie mógłby marzyć o odwrocie. Bez wyraźnego celu wsunął znowu Pierścień na palec. Natychmiast poczuł ogromny ciężar tego brzemienia i jeszcze silniej, jeszcze bardziej paląco niż przedtem wyczół złośliwość Oka Mordoru; szukało skarbu, usiłowało przeniknąć ciemności, które Nieprzyjaciel dla własnej osłony zesłał, lecz które mu teraz przeszkadzały, potęgując jego niepokój i wątpliwości.

I znowu Sam stwierdził, że nagle słuch mu się wyostrzył, lecz wszystkie przedmioty świata przedstawiają się jego oczom blado i niewyraźnie. Widział ściany skalne jak przez mgłę, za to z wielkiej odległości słyszał bełkot nieszczęsnej Szeloby, a jak gdyby tuż obok ostre, wyraźne krzyki i szczęk metalu. Zerwał się i przylgnął płasko do skały przy ścieżce. Na szczęście miał Pierścień na palcu, bo nadciągała nowa banda orków. Tak mu się przynajmniej w pierwszej chwili zdawało. Potem jednak zrozumiał omyłkę; wyczulony słuch wprowadził go w błąd. Wrzaski orków pochodziły z wnętrza wieży, której najwyższy róg sterczał wprost nad nim, po lewej stronie skalnej wnęki.

Drżał, walczył sam ze sobą, żeby zmusić się do działania. Z pewnością w wieży rozgrywały się jakieś okropne sceny. Może wbrew rozkazom orkowie ulegli wrodzonemu okrucieństwu i torturują Froda, może rozszarpują go na sztuki. Sam wytężył słuch; odzyskał odrobinę nadziei. Niewątpliwie w wieży toczyła się walka, orkowie bili się ze sobą, doszło do bójki między Szagratem a Gorbagiem. Nadzieja, jaką ten domysł natchnął hobbita, była bardzo znikoma, a jednak wystarczyła, żeby go zagrzać do czynu. W niezgodzie orków upatrywał pewną szansę. Nad wszystkimi myślami zatryumfowała miłość do Froda i zapominając o niebezpieczeństwach, Sam krzyknął w głos: „Idę, panie Frodo!"

Potem pędem wbiegł na przełęcz i przekroczył ją. Droga skręcała w lewo i opadała stromo w dół. Sam był w Mordorze.

Zdjął Pierścień; zrobił to może za podszeptem jakiegoś bardzo głęboko ukrytego przeczucia groźby, ale zdawało mu się, że po prostu chce widzieć jaśniej. „Lepiej nawet najgorszej prawdzie patrzeć w oczy – mruknął do siebie. – Nic niewarte takie błądzenie we mgle".

Surowy, okrutny i przykry widok ukazał się oczom hobbita. Spod jego stóp najwyższa grań Ephel Dúath opadała stromo w ciemność jaru, za którym wznosiła się grań następna, znacznie niższa, poszarpana i najeżona turniami sterczącymi niby czarne kły na tle czerwonego blasku: ponury łańcuch Morgai, wewnętrzny krąg obronnych wałów Mordoru. Dalej, bardzo jeszcze daleko, lecz niemal na wprost, za rozlanym jeziorem ciemności przetkanej rozbłyskującymi tu i ówdzie płomieniami żarzyła się ogromna łuna; strzelały z niej wielkie słupy dymu ciemnoczerwone u podstawy, a czarne w górze, tam, gdzie łączyły się w skłębiony baldachim rozpięty nad całą tą przeklętą krainą.

Sam widział przed sobą Orodruinę, Górę Ognia. Wieczne, niewyczerpane źródła ognia, zagrzebane głęboko pod stożkiem popiołów, rozpalały się wciąż na nowo, wzbierały i z łoskotem wyrzucały potoki stopionej skały przez pęknięcia i szczeliny ziejące na zboczach. Jedne z nich spływały ku Barad-dûr szerokimi kanałami, inne wiły się, torując sobie drogę przez kamienistą równinę, aż wreszcie ochłodzone zastygały w dziwne kształty, niby potworne smoki wyplute z głębi udręczonej ziemi. W takim to momencie ujrzał Sam Górę Przeznaczenia, a jej złowrogi blask, przesłonięty wysokim grzbietem Ephel Dúath przed wzrokiem wędrowców, którzy wspinali się ścieżką od zachodu, teraz ukazał się hobbitowi wśród nagich skalnych ścian, jak gdyby skąpanych we krwi.

Sam, olśniony tym światłem, osłupiał ze zgrozy, albowiem po swej lewej ręce zobaczył w całej okazałości Wieżę Cirith Ungol. Sterczący róg, który przedtem widział z tamtej strony przełęczy, był tylko jej szczytową iglicą. Wschodnia ściana wznosiła się trzema kondygnacjami nad półką skalną, wysuniętą ze zbocza daleko w dole; od tyłu wsparta o potężną skałę, wyrastała z niej obronnymi bastionami, które, spiętrzone jeden nad drugim, zwężały się ku górze i zwracały na północo-wschód oraz na południo-wschód olbrzymie mury, wygładzone przez dobrze w swej sztuce wyćwiczonych kamieniarzy. Wokół dolnej kondygnacji, dwieście stóp poniżej miejsca, gdzie stał Sam, wznosił się groźny mur opasujący wąski dziedziniec. Od południo-wschodu otwierała się brama, a prowadziła ku niej szeroka droga, której zewnętrzny parapet biegł skrajem przepaści, a która dalej skręcała na południe i zygzakami schodziła w mroczną dolinę, gdzie łączyła się z drogą zstępującą z Przełęczy Morgul, potem zaś ciągnęła się dnem żlebu w stoku Morgai aż w Dolinę Gorgoroth i dalej do Barad-dûr. Wąski górski szlak, na którym stał Sam, zniżał się gwałtownie schodami i stromą ścieżką ku głównej drodze i spotykał się z nią w cieniu groźnych murów opodal bramy Wieży.

Sam doznał niemal wstrząsu, gdy nagle zrozumiał, że tę twierdzę zbudowano nie po to, by nie dopuścić wroga do Mordoru, lecz by go tam zatrzymać. Była dziełem ludzi z Gondoru, ich wysuniętą najdalej na wschód placówką służącą obronie Ithilien; wzniesiono ją, gdy po zawarciu Ostatniego Przymierza ludzie z Westernesse trzymali straż nad złowrogim krajem Saurona, którego poplecznicy jeszcze się czaili wśród gór. Lecz podobnie jak w dwóch Zębatych Wieżach, Narchost i Carchost, czujność tutaj zawiodła, zdrada wydała Wieżę Wodzowi Upiorów Pierścienia i odtąd przez długie wieki pozostawała ta forteca we władaniu sił ciemności. Sauron po powrocie do Mordoru uznał, że będzie mu bardzo użyteczna, miał bowiem niewiele oddanych mu sług, mnóstwo natomiast niewolników trzymanych postrachem; toteż głównym celem twierdzy było teraz, tak jak ongi, zapobieganie ucieczkom z Mordoru. Na wszelki jednak wypadek, gdyby znalazł się śmiałek, który zdołałby zakraść się w granice tej krainy, czuwała tu ostatnia, bezsenna straż, aby ująć zuchwalca, jeśliby nawet wymknął się wszystkim innym granicznym posterunkom i uszedł z życiem z tunelu Szeloby.

Z rozpaczliwą jasnością Sam uświadomił sobie, jak beznadziejne byłyby próby prześliźnięcia się pod murem strzeżonym przez tyle par oczu i pod bramą, gdzie z pewnością czuwały warty. Gdyby wbrew prawdopodobieństwu tego dokonał, nie zaszedłby daleko; nawet czarne cienie zalegające wszędzie tam, gdzie nie sięgał czerwony blask łuny, nie ukryłyby go przed orkami, lepiej widzącymi w nocy niż w dzień. A przecież obowiązek narzucał mu jeszcze trudniejsze zadanie, kazał nie unikać bramy, nie uciekać od Wieży jak najdalej, lecz wejść samotnie do jej wnętrza.

Wspomniał o Pierścieniu, ale w tej myśli zamiast pociechy znalazł strach i nowe zagrożenie. Odkąd zobaczył płonącą w oddali Górę Przeznaczenia, Pierścień zaciążył mu z nową siłą. W miarę zbliżania się do wielkich ognisk, w których ongi, w zamierzchłej przeszłości, został wykuty i ukształtowany, Pierścień wzmagał swą władzę i przewrotność tak, że opanować go mogłaby tylko bardzo potężna wola. Sam nie miał go na palcu, lecz na łańcuszku założonym na szyję; mimo to czuł się jak gdyby sztucznie powiększony, spowity we własny rozdęty cień, i stał niby ogromny, groźny siłacz na murach Mordoru. Czuł, że ma teraz do wyboru tylko dwie drogi: albo sprzeciwi się pokusie Pierścienia, chociaż oznaczało to znoszenie okrutnych męczarni, albo przywłaszczy go sobie i wyzwie potęgę zaczajoną w ponurej fortecy w dolinie ciemności. Pierścień kusił go, kruszył jego wolę, zaćmiewał umysł. W głowie roiły się hobbitowi fantastyczne wizje; widział już siebie, Samwise'a Potężnego, Bohatera Historii, kroczącego z płomiennym mieczem przez mroczny kraj na czele armii, która zgromadziła się na jedno jego skinienie, maszerującego na podbój Barad-dûr. A gdyby zwyciężył, wszystkie chmury rozpierzchłyby się, zajaśniałoby słońce, na rozkaz tryumfatora Dolina Gorgoroth zmieniłaby się w kwitnący ogród, pełen drzew owocujących obficie. Wystarczyłoby wsunąć Pierścień na palec i przejąć go na własność, a spełniłoby się fantastyczne marzenie.

W tej godzinie próby najwięcej pomogła mu miłość do Froda, ale poza tym tkwiący w jego naturze, mocno zakorzeniony, wciąż żywy i niezwyciężony zdrowy hobbicki rozsądek. Sam w głębi serca wiedział, że nie dorósł do udźwignięcia takiego brzemienia, nawet gdyby uwodzicielskie wizje nie były tylko złudą podsuniętą umyślnie i zdradziecko, aby go zmamić. Zdawał sobie sprawę, że w gruncie rzeczy potrzebuje do szczęścia i powinien pragnąć jedynie małego ogródka, w którym by mógł gospodarować swobodnie, nie zaś olbrzymiego królestwa; rozumiał, że jego zadaniem jest praca własnych rąk, a nie rozporządzanie trudem rąk cudzych.

„Zresztą wszystko to jest oszustwo – powiedział sobie. – Tamten wytropiłby mnie i zgniótł, zanimbym zdążył krzyknąć. Tutaj, w Mordorze, znalazłby mnie w okamgnieniu, gdybym teraz włożył Pierścień na palec. No cóż, trzeba przyznać, że moje położenie jest beznadziejne jak przymrozek na wiosnę. Właśnie teraz, kiedy najbardziej przydałaby mi się niewidzialność, nie wolno mi użyć Pierścienia! A jeżeli nawet zdołam posunąć się dalej w głąb kraju, Pierścień nie tylko nic mi nie pomoże, ale na dobitkę z każdym krokiem coraz bardziej będzie mi ciążył i okrutniej będzie mnie dręczył. Co robić?"

Naprawdę jednak nie miał wcale wątpliwości. Wiedział, że musi zejść do Bramy, nie ociągając się dłużej. Wzruszył ramionami, jakby otrząsając z siebie cień i przywidzenia, i z wolna ruszył w dół. Miał wrażenie, że z każdym krokiem maleje. Wkrótce już czuł się znowu bardzo małym i przestraszonym hobbitem. Znalazł się tuż pod ścianą Wieży i wrzaski oraz zgiełk bójki słyszał wyraźnie nawet bez pomocy Pierścienia. Teraz zgiełk dochodził z bliska, z dziedzińca, zza zewnętrznego muru.

Sam był w połowie zbiegającej stromo w dół ścieżki, kiedy z ciemnej bramy wypadło dwóch orków. Pędzili jednak nie w jego stronę: zmierzali ku głównej drodze; niespodzianie jeden, potem drugi potknął się, padł i znieruchomiał. Sam nie widział strzał, ale odgadł, że to orkowie ukryci na murze lub w cieniu Bramy strzelili za własnymi kamratami. Szedł dalej, tuląc się do ściany lewym ramieniem. Jedno spojrzenie w górę przekonało go, że o wspięciu się na mur nie ma mowy. Gładki kamień bez szczelin i pęknięć wznosił się na trzydzieści stóp ku przewieszonym skośnie blankom. Nie było innej drogi do wnętrza niż przez bramę.

Pełznąc wytrwale naprzód, Sam zastanawiał się, ilu orków siedzi w wieży, ilu ma pod swoją komendą Szagrat, a ilu Gorbag, i o co się dwaj dowódcy pokłócili – jeśli rzeczywiście, jak przypuszczał, wybuchła między nimi kłótnia. Oddział Szagrata liczył około czterdziestu żołnierzy, a Gorbaga dwakroć więcej, ale Szagrat poprowadził oczywiście na patrol tylko część załogi twierdzy. Niemal pewny był, że posprzeczali się o Froda i łupy. Tknięty nagłą myślą Sam aż zatrzymał się na chwilę; zrozumiał wszystko tak jasno, jakby cała scena rozgrała się na jego oczach. Kolczuga z mithrilu! Frodo przecież miał ją na sobie, musieli ją znaleźć. Z tego zaś, co Sam podsłuchał, wynikało, że Gorbag bardzo chciał tę kolczugę zagarnąć. Jedyną obroną Froda były rozkazy z Czarnej Wieży, jeśli dowódca orków je złamie, Frodo może zginąć każdej chwili.

„Prędzej, nikczemny leniu!" – przynaglił sam siebie i dobywając Żądła, pobiegł do otwartej bramy. Lecz gdy miał już przejść pod ciemnym łukiem wielkiego sklepienia, poczuł wstrząs, jakby się natknął na pajęczą zasłonę Szeloby, tym razem jednak niewidzialną. Nie widział przeszkody, która zagradzała mu drogę, silniejsza od jego woli, niepokonana. Rozejrzał się i w mroku bramy zobaczył dwóch Wartowników.

Niby olbrzymie posągi siedzieli na wysokich tronach. Każdy miał trzy zrośnięte tułowia i trzy głowy, zwrócone ku wnętrzu dziedzińca, ku środkowi bramy i ku drodze. Były to głowy sępów, a złożone na kolanach ręce miały palce na kształt szponów. Jakby wyrzeźbieni z ogromnego bloku skalnego, Wartownicy siedzieli nieruchomo, a jednak czuwali; tkwiła w nich jakaś straszliwa, czujna siła, poznająca nieprzyjaciół. Widzialna czy niewidzialna istota nie mogła przemknąć obok nich niedostrzeżona. Nie pozwalali ani wejść, ani uciec nikomu.

Wytężając wolę, Sam raz jeszcze rzucił się naprzód i znów stanął, chwiejąc się na nogach, jakby odepchnięty potężnym ciosem, który go trafił w pierś i głowę. Nie mogąc nic innego wymyślić, w porywie odwagi wyciągnął zza kurtki flakonik Galadrieli i podniósł go w górę. Białe światło rozbłysło natychmiast, rozpraszając mroki pod bramą. Potworni Wartownicy, zimni i niewzruszeni, ukazali się teraz w całej okropności. Lśnienie ich czarnych kamiennych oczu miało w sobie tak straszny ładunek wrogiej siły, że Sam na moment skulił się z przerażenia; jednak zdawał sobie sprawę, że z każdą chwilą wola potworów słabnie i załamuje się w lęku.

Jednym susem przemknął między nimi, ale gdy, jeszcze w pędzie, chował znów flakonik za pazuchę, odczuł wyraźnie, że Wartownicy znów się ocknęli i jakby stalowa sztaba zapadła za jego plecami w bramie. Z potwornych głów dobył się wysoki, świdrujący w uszach krzyk, który echo rozniosło wśród murów Wieży przed nim. Gdzieś w górze odpowiedziało na sygnał pojedyncze ochrypłe uderzenie dzwonu.

„Już po mnie! – pomyślał Sam. – Jakbym zadzwonił do frontowych drzwi!".
– No, wychodź tam który! – krzyknął. – Zamelduj kapitanowi Szagratowi, że wielki wojownik, elf, przyszedł z wizytą i ma w garści miecz elfów!
Nie doczekał się odpowiedzi. Biegł dalej. Żądło lśniło błękitnie w jego ręku. Dziedziniec tonął w mroku, mimo to Sam zauważył gęsto rozrzucone na kamiennym bruku trupy. Niemal potknął się o ciała dwóch orków-łuczników, z których pleców sterczały sztylety. Im dalej, tym było ich więcej; jedni leżeli samotnie, tak jak padli od ciosu lub strzały, inni parami, spleceni ze sobą w walce, jeszcze inni gromadnie, zastygli w dzikich gestach, wzajemnie dusząc się, gryząc, dźgając nożami. Kamienie stały się śliskie od rozlanej ciemnej posoki. Sam rozróżniał na odzieży martwych orków dwa godła: Znak Czerwonego Oka i Znak Księżyca, zniekształconego ohydną trupią maską; nie zatrzymywał się jednak, aby zbadać rzecz z bliska. W głębi dziedzińca u stóp Wieży drzwi były uchylone i z wnętrza sączyło się czerwone światło. W progu leżał trup ogromnego orka. Sam przeskoczył przez niego i stanął, rozglądając się bezradnie. Od drzwi ku stokom góry biegł szeroki, dzwoniący echem korytarz. Oświetlały go mętnie migocące pochodnie, zatknięte w specjalnych uchwytach na ścianach, lecz głąb korytarza niknęła w ciemności. Po obu stronach hobbit dostrzegał mnóstwo drzwi; nigdzie nie było żywej duszy, tylko kilka trupów poniewierało się na ziemi. Z tego, co zasłyszał, Sam wiedział, że Frodo – żywy czy umarły – najprawdopodobniej zamknięty jest w górnej komorze na szczycie wysokiej wieży, mógłby jednak szukać przez cały dzień, zanimby odkrył właściwą drogę.
– Wejście musi być chyba gdzieś w głębi – powiedział do siebie Sam. – Cała Wieża spiętrza się jakby na tyłach. W każdym razie najlepiej kierować się światłami.
Posuwał się naprzód korytarzem, ale bardzo wolno; z każdą chwilą musiał przezwyciężać większy opór. Znowu ogarniał go

strach. W głuchej ciszy jego wyolbrzymione echem kroki rozlegały się głośno, można by pomyśleć, że to jakiś olbrzym klepie płaską dłonią kamienie. Trupy, pustka, wilgotne ściany, jak gdyby ociekające krwią, strach przed nagłą śmiercią, może przyczajoną za najbliższymi drzwiami lub w ciemnym zakamarku, świadomość, że za plecami w bramie czuwa i czeka tajemnicza zła siła – za wiele tego było na jednego hobbita. Wolał stoczyć walkę – byle nie z całą zgrają nieprzyjaciół naraz – niż cierpieć tę okropną, ponurą niepewność. Starał się skupiać myśl na przyjacielu, udręczonym, a może martwym i leżącym gdzieś wśród tych groźnych murów. Szedł wytrwale dalej. Już za nim została oświetlona łuczywami część korytarza, już prawie dotarł do wielkich sklepionych drzwi w głębi, które, jak się domyślał, stanowiły wewnętrzny wylot podziemnej bramy, gdy nagle z góry dobiegł do jego uszu przeraźliwy zduszony krzyk. Sam stanął jak wryty. Usłyszał tupot zbliżających się kroków. Ktoś pędził w dół po schodach, które musiały być blisko, bo tupot rozlegał się tuż nad głową hobbita.

Wola była w nim zbyt słaba i nie działała dość szybko, żeby powstrzymać rękę, która sięgnęła do łańcuszka i szukała Pierścienia. Sam jednak nie włożył go na palec; w momencie, gdy już zamykał na nim dłoń, zobaczył biegnącego przeciwnika. Ork wyskoczył z ciemnego otworu ziejącego w prawej ścianie i biegł prosto na niego; Sam słyszał zdyszany oddech i widział błysk w przekrwionych oczach. Ork zatrzymał się osłupiały. Ujrzał bowiem nie małego wystraszonego hobbita, z trudem utrzymującego miecz w drżącej ręce, lecz wielką milczącą postać, spowitą w szary cień, rysującą się groźnie na tle migotliwego światła pochodni; postać ta wznosiła broń, której blask zadawał ból oczom orka, drugą zaś rękę zaciskała na piersi, kryjąc jakiś tajemniczy oręż, źródło wielkiej i zabójczej mocy.

Ork skulił się, wrzasnął z przerażenia, zawrócił i uciekł tam, skąd przyszedł. Nigdy jeszcze żaden pies na widok umykającej zwierzyny nie wpadł w taki bojowy szał, jak Sam wobec tego nieoczekiwanego zwycięstwa. Z krzykiem puścił się w pogoń.

– Tak! – wołał. – Elf, niezwyciężony wojownik, wtargnął do waszej twierdzy. Naprzód! Pokaż mi drogę na szczyt Wieży, jeśli nie chcesz, żebym cię ze skóry obłupił, łajdaku!

Ale ork był na własnym, znanym sobie terenie, przy tym zwinny i dobrze odżywiony, Sam natomiast nie znał tego miejsca, był głodny i wyczerpany. Schody wiły się stromo, stopnie miały bardzo wysokie; wkrótce hobbit zasapał się na nich. Ork zniknął mu z oczu, tupot jego nóg dochodził coraz cichszy, z coraz wyższych pięter. Jeszcze od czasu do czasu echo niosło wśród murów jego przenikliwe wrzaski. Potem wszystko ucichło.

Sam brnął dalej. Czuł, że jest na właściwej drodze, i nabrał otuchy. Odtrącił ręką Pierścień, zacisnął pasa. „Dobra nasza – rzekł sobie. – Jeżeli wszyscy orkowie tak nie lubią mnie i mego Żądła, może cała sprawa lepiej się zakończy, niż przewidywałem. Jak się zdaje, Szagrat, Gorbag i ich kamraci odwalili za mnie lwią część roboty. Z wyjątkiem tego spłoszonego szczura, nie ma chyba już w fortecy żywej duszy".

Ledwie to wymówił, zdrętwiał i stanął, jakby głową wyrżnął o kamienną ścianę. Uprzytomnił sobie nagle sens ostatniego zdania. Nie ma już żywej duszy! Czyj to przedśmiertny jęk słyszał przed chwilą? „Frodo! Frodo! – zaszlochał Sam. – Mój pan kochany! Jeśli cię zabili, co zrobię? Idę, idę aż na szczyt Wieży, muszę się dowiedzieć całej prawdy, choćby najgorszej!".

Wspinał się coraz wyżej. Otaczały go ciemności, tylko z rzadka rozproszone światłem łuczywa na zakręcie lub przy wejściu na następne piętra wieży. Próbował liczyć schody, lecz po dwustu stracił rachunek. Posuwał się teraz ostrożnie, bo miał wrażenie, że gdzieś w górze słychać głosy, jakby rozmowę. Znaczyłoby to, że nie jeden szczur pozostał żywy w twierdzy.

W chwili gdy już desperował, nie mogąc złapać tchu i udźwignąć zmęczonych nóg, schody skończyły się niespodzianie. Sam przystanął. Rozmowa dochodziła teraz wyraźnie do jego uszu. Rozejrzał się wkoło. Stał na płaskim dachu trzeciej, najwyższej kondygnacji wieży, na otwartym tarasie szerokości około dwudziestu kroków, ogrodzonym niskim parapetem. Wylot schodów znajdował się pośrodku dachu, w małej, nakrytej kopułą komórce, skąd dwoje niskich drzwi prowadziło na wschód i zachód. Na wschodzie widział Sam ciągnącą się w dole rozległą, ciemną równinę Mordoru i w oddali buchającą ogniem górę. Właśnie znów zakipiała w swych przepaścistych głębiach, bo nowe ogniste potoki wylały się z jej wnętrza tak rozżarzone, że łuna docierała nawet na tę odległość i oblewała czerwonym blaskiem szczyt Wieży. Widok na zachód przesłaniał cokół potężnej iglicy, sterczącej na tyłach górnego tarasu; jej zagięty róg wznosił się nad grzbietami okolicznych gór, a z wąskiego okna sączyło się światło. Drzwi do niej znajdowały się nie dalej niż dziesięć kroków od miejsca, gdzie stał Sam; były ciemne, lecz otwarte, i dobiegały zza nich głosy.

Zrazu Sam nie słuchał rozmowy, lecz wysunąwszy się ze wschodnich drzwi, wyjrzał na taras. Od jednego rzutu oka stwierdził, że tutaj rozegrała się najzawzietsza walka. Taras usłany był trupami orków, odrąbanymi głowami, rękami, nogami. Zaduch śmierci unosił się nad tym pobojowiskiem. Nagle Sam uskoczył pod osłonę kopuły, spłoszony chrapliwym warknięciem, po którym zaraz rozległ się łoskot i wrzask. Hobbit poznał podniesiony, gniewny głos, ostry, brutalny i zimny głos Szagrata, komendanta Wieży.

– A więc powiadasz, Snago, że nie wrócisz na dół? Podły tchórzu! Jeżeli ci się zdaje, że już mi nie starczy sił, żeby się z tobą rozprawić, to mylisz się grubo. Chodź no bliżej. Wyłupię ci oczy, tak jak przed chwilą Radbugowi. A jak przybiegną inni, każę im rzucić cię na pastwę Szeloby.

– Nikt nie przyjdzie, a w każdym razie ty już tego nie dożyjesz – odparł zuchwale Snaga. – Czy ci nie mówiłem, że łajdak Gorbag pierwszy dopadł Bramy i żaden z naszych przez nią się nie wydostał? Lagduf i Muzgash wyskoczyli, ale zaraz za progiem padli od strzał. Widziałem wszystko dokładnie z okna. Ci dwaj byli ostatni z naszych.

– A więc musisz iść. Ja muszę zostać. Zresztą jestem ranny. Żeby Czarna Otchłań pożarła tego przeklętego buntownika Gorbaga! – Szagrat bluznął potokiem najplugawszych wyzwisk i przekleństw. – Dałem mu więcej, niż sam wziąłem, a ten łotr dźgnął mnie nożem, zanim zdążyłem go udusić. Musisz iść, jeśli nie chcesz, żebym cię tu na śmierć zagryzł. Trzeba przekazać zaraz wiadomość do Lugbúrza, inaczej obu nas czeka Czarna Otchłań. Tak, tak, ciebie też! Nie wymigasz się, jeśli będziesz tu dłużej tkwił, tchórzu.

– Nie zejdę drugi raz po tych schodach – warknął Snaga – choćby mi dziesięciu dowódców rozkazywało. Rzuć ten nóż, bo ci wpakuję strzałę w brzuch. Niedługo będziesz komendantem, jak się w Lugbúrzu dowiedzą, co tu się działo. Ja zrobiłem swoje, biłem się z tymi morgulskimi szczurami w obronie Wieży, ale wy, obaj dowódcy, ładnego piwa nawarzyliście, kłócąc się o łupy.

– Nie pyskuj! – ofuknął go Szagrat. – Trzymałem się rozkazów. To Gorbag zaczął bójkę, bo chciał przywłaszczyć sobie tę piękną kolczugę.

– Ale tyś go rozjątrzył, dmąc się i chełpiąc. On zresztą okazał się mądrzejszy od ciebie. Powtarzał ci parę razy, że najgroźniejszy szpieg pozostał na wolności, a ty nie chciałeś uwierzyć. Gorbag miał rację. Kręci się tu wielki wojownik, przeklęty elf czy też tark. Powiadam ci, że idzie tu na górę. Słyszałeś przecież dzwon. Przeszedł między Wartownikami, a to mogło się udać tylko tarkowi. Jest na schodach. I dopóki z nich nie zejdzie, ja nie pójdę na dół. Choćbyś był nie orkiem, ale Nazgûlem, nie pójdę.

– Tak gadasz? – wrzasnął Szagrat. – To zrobisz, tamtego nie zrobisz? A jak ten wojownik zjawi się tutaj, umkniesz i zostawisz mnie samego? Niedoczekanie twoje! Przedtem ci flaki wypruję.

Z wieżyczki wyskoczył mniejszy ork, za nim Szagrat, rosły ork z długimi rękami, które sięgały do ziemi, gdy biegł zgarbiony. Lecz jedno ramię zwisało mu bezwładnie i krwawiło, pod drugim zaś trzymał spory tobołek, owinięty w czarną płachtę. Sam przykucnął za drzwiami; dostrzegł w przelocie oświetloną czerwoną łuną wstrętną, wykrzywioną z wściekłości twarz, pooraną jakby pazurami i umazaną krwią; pomiędzy wyszczerzonymi kłami pieniła się ślina, z gardła dobywał się zwierzęcy ryk.

Na ile Sam ze swego ukrycia mógł obserwować tę scenę, Szagrat ścigał Snagę wokół tarasu, aż w końcu mniejszy ork, wymigując się z łap większego, dał nura z powrotem do wnętrza wieżyczki i zniknął. Szagrat nie pobiegł za nim. Przez wschodnie drzwi Sam zobaczył go stojącego przy parapecie, zasapanego, bezsilnie poruszającego lewą dłonią. Ork odłożył tobołek na podłogę, prawą ręką wyciągnął długi czerwony sztylet i splunął na ostrze.

Wychylając się przez parapet, spoglądał w dół na dziedziniec przed bramą. Dwakroć krzyknął, lecz nikt mu nie odpowiedział.

Gdy Szagrat stał tak pochylony, odwrócony plecami do tarasu, Sam ku swemu zdumieniu spostrzegł, że jeden z rzekomych trupów porusza się, czołga, wysuwa chciwe szpony i chwyta czarne zawiniątko, a potem dźwiga się na chwiejne nogi. Miał w ręku dzidę o szerokim ostrzu na krótkim złamanym trzonku. Zamierzył się, żeby przebić nią plecy Szagrata, lecz w tym momencie syknął z bólu czy może z nienawiści. Szagrat, zwinny jak jaszczurka, uchylił się błyskawicznie, okręcił na pięcie i wbił sztylet w gardło napastnika.

– Masz za swoje, Gorbagu! – krzyknął. – A więc jeszcze nie zdechłeś? No, teraz wykończyłem cię wreszcie.

Skoczył na pierś trupa i z furią tratował, miażdżył martwe już ciało, przysiadając co chwila, by raz jeszcze dźgnąć je nożem. W końcu nasycił się zemstą, odrzucił wstecz głowę i straszliwym, ochrypłym głosem wrzasnął tryumfalnie. Oblizał ostrze sztyletu, chwycił go w zęby, porwał zawiniątko i puścił się pędem w stronę drzwi prowadzących na schody.

Sam nie miał czasu, żeby się zastanawiać. Mógłby wymknąć się przez drugie drzwi, lecz prawie na pewno ork by go dostrzegł i niedługo trwałaby zabawa w chowanego między hobbitem a dwoma okrutnymi orkami. Sam zrobił więc to, co miał najlepszego do zrobienia. Z głośnym okrzykiem wyskoczył z ukrycia, by zastąpić Szagratowi drogę. Nie trzymał już ręki na Pierścieniu, ale miał na piersi tę ukrytą broń, ujarzmiającą postrachem niewolników Mordoru, a z wzniesionego w prawej ręce miecza bił blask i ranił oczy orka jak bezlitosne światło gwiazd ze straszliwego kraju elfów, którego wspomnienie wystarczało, żeby zmrozić krew w żyłach nikczemnych sług ciemności. Szagrat nie mógł przyjąć walki, nie porzucając cennego łupu. Zatrzymał się, warcząc złowrogo i szczerząc kły. Potem z właściwą orkom zwinnością dał susa w bok, a gdy Sam skoczył naprzód do ataku, Szagrat użył ciężkiego tobołka jako tarczy i oręża zarazem, ciskając go z rozmachem w twarz przeciwnika. Sam zachwiał się i nim odzyskał równowagę, Szagrat przemknął obok niego i zbiegł po schodach w dół.

Sam, klnąc, puścił się w pogoń, ale po paru krokach dał za wygraną. Przede wszystkim musiał ratować Froda; przypomniał sobie, że drugi ork wrócił do wieżyczki. Raz jeszcze trzeba było wybierać, a Sam nie miał ani chwili do namysłu. Jeśli pozwoli uciec Szagratowi, dowódca orków sprowadzi kamratów i wróci na czele całej zgrai. Jeśli go będzie gonił, mniejszy ork może tymczasem dokonać straszliwej zbrodni. Zresztą Sam nie mógł być pewny, czy zdoła dogonić Szagrata i czy nie polegnie w walce z nim. Zawrócił więc na górę. „Może znowu robię błąd – westchnął – ale cokolwiek potem się stanie, teraz powinienem jak najszybciej odnaleźć Froda".

Szagrat więc bez przeszkód zbiegł po schodach, przemknął przez dziedziniec i wypadł za bramę, tuląc pod pachą czarne zawiniątko. Gdyby Sam to widział, gdyby mógł wiedzieć, jakie skutki wynikną z ucieczki Szagrata, pewnie by zadrżał. Lecz Sam był zajęty wyłącznie swoim bezpośrednim zadaniem na tym ostatnim etapie drogi do uwięzionego przyjaciela. Ostrożnie podszedł do drzwi wieżyczki i przekroczył próg. Było ciemno, lecz z prawej strony zauważył mętne światło płynące z wylotu wąskiej klatki schodowej; kręte schody biegły wokół ścian na szczyt wieżyczki. Wysoko w górze migotał płomień łuczywa.

Sam zaczął się wspinać, jak umiał najciszej. Dotarł do pochodni, dopalającej się nad drzwiami z lewej strony, naprzeciw wąskiego jak strzelnica okna zwróconego na zachód. A więc to było jedno z tych czerwonych oczu, które wraz z Frodem zobaczyli z dołu, gdy wybiegli z tunelu! Szybko minął drzwi i pospieszył na następne piętro, drżąc ze strachu, że lada chwila wróg napadnie go znienacka od tyłu i zaciśnie mu palce na gardle. Następne okno wychodziło na wschód i znów naprzeciw niego płonęła pochodnia nad drzwiami prowadzącymi na korytarz, który przecinał wieżyczkę po średnicy. Drzwi były otwarte, korytarz ciemny, rozjaśniony tylko odblaskiem łuczywa i czerwonej łuny świecącej przez szczelinę okna. Schody tutaj się kończyły. Sam ostrożnie wśliznął się na korytarz. Po obu stronach zobaczył niskie drzwi, zamknięte i zaryglowane. Panowała głucha cisza.

„Zapędziłem się w ślepą uliczkę – pomyślał Sam. – I po to wspinałem się tyle pięter! Niemożliwe, żeby to był szczyt wieżyczki. Co teraz robić?"

Wrócił na niższe piętro i spróbował pchnąć drzwi. Nie drgnęły nawet. Wbiegł znów wyżej. Pot kroplisty spływał mu po twarzy. Zdawał sobie sprawę, że każda minuta jest bezcenna, lecz tracił ich wiele na daremnych wciąż próbach. Już mu było obojętne, co zrobią Szagrat, Snaga i wszyscy orkowie, jakich ziemia nosiła. Pragnął tylko jednego: odnaleźć swego pana, spojrzeć w jego twarz, dotknąć jego ręki.

W końcu, zmęczony, z poczuciem ostatecznej porażki, siadł na stopniu poniżej korytarza i ukrył twarz w dłoniach. Otaczała go cisza, złowróżbna cisza. Pochodnia, która już się dopalała w chwili, gdy tu przyszedł, syknęła i zgasła. Ciemności jak fala przypływu zalały hobbita. I nagle, ku własnemu zdumieniu, siedząc tak bezradnie u kresu długiej daremnej wędrówki, przytłoczony smutkiem, Sam zaczął śpiewać, posłuszny jakiemuś niezrozumiałemu podszeptowi z głębi serca.

Głos brzmiał słabo i drżąco w zimnej, ciemnej wieży; był to głos zabłąkanego i znużonego hobbita, żaden obdarzony uszami ork nie mógłby się pomylić i wziąć tego śpiewu za hymn wspaniałego Księcia Elfów. Sam nucił stare dziecinne piosenki, z Shire'u i urywki wierszy układanych przez Bilba, które mu nasuwały wspomnienie dalekiej ojczyzny. Niespodzianie wstąpiły w niego nowe siły i głos zmężniał, a słowa same cisnęły się na usta w rytm prostej melodii:

> *W zachodnich krajach, w słońcu wiosny*
> *kwiaty się budzą, kwitną drzewa,*
> *ruszają wody, śpiew radosny*
> *ptaków, być może, tam rozbrzmiewa.*
> *Lub może tam, bezchmurną nocą,*
> *buki wiatrami kołysane*
> *elfickich gwiazd klejnoty rodzą*
> *w gałęzie ich wczesane.*
>
> *Tutaj, u kresu mej podróży,*
> *spoczywam pogrążony w mroku*
> *z dala od wież dumnych i dużych,*
> *z dala od gór wysokich;*
> *tam nad cieniami słońca blask*
> *i gwiazd tam milion lśni:*
> *lecz ja nie żegnam światła gwiazd*
> *ani słonecznych dni.*[1]

– „Z dala od wież dumnych i dużych" – powtórzył i urwał. Wydało mu się bowiem, że usłyszał nikły głos, odpowiadający

---

[1] Przełożył Andrzej Nowicki.

śpiewem na śpiew. Ale na próżno teraz wytężał słuch. Owszem, słyszał coś, lecz wcale nie śpiew: kroki, coraz bliższe. Ktoś cicho otworzył drzwi do korytarza na górze; skrzypnęły zawiasy. Sam przyczaił się, nastawiając uszu. Drzwi zamknęły się z głuchym łoskotem i rozległ się chrapliwy głos orka:

– Hola! Słuchaj no, przeklęty szczurze, co tam siedzisz w pułapce! Przestań piszczeć, bo przyjdę i nauczę cię rozumu. Słyszałeś?

Nikt nie odpowiedział.

– Nie chcesz gadać, dobrze – warknął Snaga. – Zajrzę wobec tego do ciebie i sprawdzę, co tam wyprawiasz.

Znów skrzypnęły zawiasy i Sam, wysuwając ze swego kącika głowę nad ostatni stopień schodów, zobaczył światełko migające w otwartych drzwiach i niewyraźną sylwetkę wychodzącego z nich orka. Niósł coś na ramieniu, jak gdyby drabinę. Teraz Sam wszystko zrozumiał. Do izby na szczycie wieży można było wejść tylko przez klapę umieszczoną w suficie korytarza. Snaga przystawił drabinę, umocował ją, a potem wspiął się na nią i zniknął z pola widzenia Sama. Hobbit usłyszał stuk odciąganych rygli, a potem ten sam ochrypły głos.

– Leż spokojnie, bo jak nie, to inaczej się z tobą rozprawię. Nie zostawią cię tu długo w spokoju, o ile mi wiadomo, a jeśli nie chcesz, żeby zabawa rozpoczęła się już teraz, radzę ci nie ruszać drzwi pułapki. Żebyś zapamiętał tę naukę, masz tu mały zadatek.

Świsnęła nahajka. Wściekły gniew zakipiał w sercu Sama. Zerwał się i cicho jak kot wbiegł na drabinę. Kiedy wytknął głowę przez otwór, stwierdził, że wylot włazu znajduje się pośrodku dużej okrągłej izby. Z jej stropu zwisała czerwona latarnia, wysokie, wąskie, zwrócone na zachód okno było ciemne. Na podłodze pod ścianą opodal okna leżał więzień; ork stał nad nim rozkraczony i właśnie podnosił nahajkę do następnego ciosu. Lecz cios ten nie spadł nigdy.

Sam z okrzykiem skoczył ku oknu, ściskając mieczyk w garści. Ork odwrócił się szybko, nie zdążył jednak zrobić żadnego gestu, bo Sam błyskawicznie chlasnął go Żądłem po ręce uzbrojonej w nahajkę. Wyjąc z bólu i przerażenia, ale z odwagą rozpaczy ork zaatakował zgięty wpół, głową podany naprzód. Drugi zamach Sama trafił w próżnię, a hobbit, straciwszy równowagę, przewrócił się na wznak, usiłując przytrzymać napastnika, który zwalił się na niego.

Zanim Sam zdołał się dźwignąć, rozległ się wrzask i łoskot. Ork w ślepej panice potknął się o wystający z włazu ostatni szczebel drabiny i runął przez otwór w dół. Sam nie interesował się jego losem. Podbiegł do leżącego więźnia. Był nim Frodo.

Zupełnie nagi leżał jakby omdlały na stosie brudnych szmat; ramieniem osłaniał głowę, na jego boku widniał świeży ślad nahajki.

– Frodo, Frodo, mój panie ukochany! – krzyknął Sam, nie widząc prawie nic przez łzy. – To ja, Sam, przyszedłem do pana.

Podniósł go, przytulił do piersi. Frodo otworzył oczy.

– Czy ja śnię jeszcze? – szepnął. – Ale wszystkie tamte sny były okropne.

– Nie, nie śni pan, panie Frodo – odparł Sam. – Przyszedłem naprawdę. To ja, Sam. Jestem przy panu.

– Trudno mi w to uwierzyć – powiedział Frodo, chwytając go za ramiona. – Był tu jakiś ork z nahajką, a teraz nagle zmienił się w Sama. A więc nie przyśniło mi się tylko, że słyszę z dołu śpiew? Próbowałem odpowiedzieć. To ty śpiewałeś?

– Ja, panie Frodo. Już właściwie straciłem nadzieję. Nie mogłem pana odnaleźć.

– Ale w końcu odnalazłeś, Samie, mój najmilszy Samie – rzekł Frodo i ułożył się w objęciach Sama, zamykając oczy jak dziecko uspokojone, gdy czyjaś łagodna, kochająca ręka lub znajomy głos rozproszy nocne strachy.

Sam chętnie by tak siedział w błogim nastroju do końca świata, ale rozumiał, że nie wolno mu teraz marudzić. Nie dość było odnaleźć Froda, należało go jeszcze wyzwolić i uratować. Pocałował go w czoło.

– Niech pan się zbudzi, panie Frodo, trzeba wstawać – powiedział, starając się nadać tym słowom pogodny ton, jakiego zwykle używał, gdy w letni poranek rozsuwał zasłony w oknach sypialni w Bag End. Frodo usiadł z westchnieniem.

– Gdzie jesteśmy? Skąd ja się tutaj wziąłem? – zapytał.

– Nie ma czasu na wyjaśnienia, póki się stąd nie wydostaniemy – odparł Sam. – Jesteśmy na szczycie wieży, którą obaj widzieliśmy z dołu, kiedy wyszliśmy z tunelu i zanim pana orkowie porwali. Jak dawno to się stało, nie wiem dokładnie. Chyba minęła przeszło doba od tego czasu.

— Tylko doba? — zdziwił się Frodo. — Myślałem, że kilka tygodni. Musisz mi o tym wszystkim opowiedzieć, jeśli będziemy mieli jeszcze sposobność do pogawędki. Coś mnie uderzyło w głowę, prawda? Zapadłem w ciemność, pełną złych snów, a kiedy się ocknąłem, jawa okazała się gorsza od sennych koszmarów. Otaczał mnie tłum orków. Zdaje się, że wlewali mi w gardło jakiś wstrętny, piekący napój. Rozjaśniło mi się w głowie, ale czułem się strasznie zmęczony i obolały. Obdarli mnie do naga; potem przyszli dwaj orkowie, wielkie brutalne bestie, i zaczęli mnie przesłuchiwać, dręcząc pytaniami, aż myślałem, że od tego oszaleję. Stali nade mną i wygrażali nożami. Nigdy nie zapomnę ich pazurów i ślepi.

— Opowiadając o tym, na pewno pan nie zapomni — powiedział Sam. — A jeśli nie chcemy ich znowu zobaczyć, musimy stąd uciekać, im szybciej, tym lepiej. Czy może pan iść?

— Tak, mogę — rzekł Frodo, wstając powoli. — Nie jestem ranny, Samie, tylko bardzo znużony. Coś mnie też boli, tutaj...

Dotknął ręką karku nad lewą łopatką. Podniósł się; Sam widział jego sylwetkę skąpaną w płomieniach, gdyż naga skóra Froda odbija czerwone światło latarni.

Hobbit przeszedł się tam i z powrotem po izbie.

— Trochę mi lepiej — powiedział raźniej. — Gdy tu siedziałem, nie mogłem się ruszyć, bo zaraz wpadał któryś ze strażników. A potem zaczęli wrzeszczeć i bić się ze sobą. Tamci dwaj brutale pokłócili się między sobą o moje rzeczy, jeśli dobrze zrozumiałem. Leżałem tutaj przerażony. A potem zapanowała głucha cisza, bardziej jeszcze przerażająca niż zgiełk.

— Tak, zdaje się, że wybuchła kłótnia między orkami — rzekł Sam. — Musiało być w wieży parę setek tego plugastwa. Siła złego na jednego Sama Gamgee, trzeba przyznać. Ale wyręczyli mnie i pozabijali się nawzajem. Wielkie to dla nas szczęście, ale piosenka jest za długa, żeby ją teraz całą wyśpiewać, dopóki tutaj tkwimy. Co dalej? Pan nie może przecież spacerować nagi po tym kraju.

— Zabrali mi wszystko — rzekł Frodo. — Wszystko, co miałem. Rozumiesz, Samie? Wszystko! — Skulił się znów na podłodze i zwiesił głowę, jakby przy tych słowach uprzytomnił sobie ogrom klęski i poddał się rozpaczy. – Wyprawa kończy się porażką, Samie. Choćbym się stąd wydostał, nie uciekniemy. Tylko elfowie ocaleją. Uciekną daleko z Śródziemia, za Morze, jeśli Morze jest wystarczająco szerokie, by powstrzymać Cień.

– Nie, nie wszystko panu zabrali, panie Frodo – odparł Sam. – Wyprawa nie kończy się klęską, a przynajmniej jeszcze się nie skończyła. To ja zabrałem Pierścień, niech mi pan wybaczy. Przechowałem go bezpiecznie. Mam go na szyi, bardzo mi ciąży. – To mówiąc, Sam dotknął przez kurtkę łańcuszka. – Teraz chyba muszę go panu zwrócić.

Ale czuł dziwną niechęć, gdy przyszła chwila pozbycia się tego brzemienia i obciążenia nim znowu Froda.

– Masz go przy sobie?! – zawołał zdumiony Frodo. – Masz go tutaj? Samie, jesteś nieoceniony! – Nagle głos mu się zmienił. – Oddaj go zaraz! – krzyknął, wstając i wyciągając rozdygotane ręce. – Oddaj natychmiast. Nie wolno ci go zatrzymywać!

– Dobrze, już oddaję – odparł Sam, trochę zaskoczony. – Proszę. – Z wolna wyciągnął Pierścień zza pazuchy i zdjął przez głowę łańcuszek. – Ale jesteśmy w Mordorze, proszę pana; gdy stąd wyjdziemy, zobaczy pan Górę Ognistą i cały ten kraj. Pierścień będzie bardzo niebezpieczny i ciężki do dźwigania. To przykry obowiązek. Czy nie mógłbym z panem dzielić jego trudów?

– Nie! – krzyknął Frodo, chwytając Pierścień i łańcuszek z rąk Sama. – Nie, nie dostaniesz go, złodzieju! – Bez tchu patrzył na Sama oczyma rozszerzonymi z trwogi i złości. Nagle, zaciskając Pierścień w stulonej pięści, znieruchomiał. Zamglony przed chwilą wzrok rozjaśnił się; Frodo przetarł dłonią obolałe czoło. Był wciąż jeszcze oszołomiony od rany i przeżytego strachu, wstrętna wizja wydała mu się niezwykle realna. Sam na jego oczach przeobraził się w orka, sięgającego łapczywie po skarb, w nikczemnego małego stwora z łakomym spojrzeniem i oślinioną gębą. Ale wizja zniknęła. Znów przed nim klęczał Sam, z twarzą skurczoną z bólu, jakby trafiony prosto w serce; oczy miał pełne łez.

– Ach, Samie! – krzyknął Frodo. – Co ja powiedziałem? Jak mogłem! Przebacz mi! Po wszystkim, coś dla mnie zrobił! To potworna władza tego Pierścienia. Bodajby nikt go nigdy nie odnalazł. Nie gniewaj się na mnie, Samie. Muszę dźwigać brzemię do końca. Nie da się już w tym nic odmienić. Nie możesz stanąć między mną a przeznaczeniem.

– Dobrze, dobrze, panie Frodo kochany – odparł Sam, ocierając rękawem łzy. – Rozumiem. Ale pomóc mogę, prawda? Muszę pana stąd wyprowadzić. I to jak najprędzej. Przedtem jednak trzeba zdobyć jakieś ubranie dla pana i broń, a także coś do jedzenia. Najłatwiej będzie o ubranie. Skoro jesteśmy w Mordorze, najlepiej przyodziać się wedle tutejszej mody; zresztą nie ma wyboru. Nie znajdę nic innego jak łachy orka, niestety. Ja też się tak przebiorę. Wędrując razem, musimy wyglądać na dobraną parę. Na razie niech się pan tym okryje.

Zdjąwszy z siebie szary płaszcz, Sam zarzucił go Frodowi na ramiona. Dobył Żądło z pochwy. Zaledwie nikłe lśnienie można było dostrzec na ostrzu.

– Zapomniałem o tym, panie Frodo – rzekł. – Pan mi przecież pożyczył swój miecz, pewnie pan pamięta, a także szkiełko Galadrieli. Mam jedno i drugie. Ale niech mi pan je zostawi jeszcze na chwilę. Rozejrzę się, może znajdę to, czego nam potrzeba. Pan tu na mnie poczeka. Nie będę długo marudził. Nie odejdę daleko.

– Uważaj, Samie – powiedział Frodo – i pospiesz się; kto wie, czy jakieś niedobitki orków nie czają się tutaj po kątach.

– Nie ma rady, trzeba zaryzykować – odparł Sam. Zsunął się po drabinie w dół. W minutę później wytknął znów głowę z włazu. Rzucił na podłogę długi sztylet.

– Może się przydać – rzekł. – Ten ork, który pana bił nahajką, już nie żyje. Z nadmiaru pośpiechu skręcił kark. Niech pan wciągnie drabinę, jeżeli panu starczy sił, i nie spuszcza jej, póki nie zawołam hasła „Elbereth". To słowo elfów, żaden ork na pewno go nie wymówi.

Frodo przez chwilę siedział, drżąc cały; przez głowę przemykały mu gorączkowe, okropne myśli. Wreszcie wstał, owinął się płaszczem elfów i żeby odpędzić strach, zaczął przechadzać się tam i sam po izbie, zaglądając we wszystkie kąty swego więzienia.

W trwodze każda minuta dłużyła się jak godzina, ale wkrótce doczekał się powrotu Sama, który z korytarza zawołał z cicha:

„Elbereth, Elbereth!". Frodo spuścił lekką drabinę. Sam wygramolił się zasapany, niósł na głowie spory tobołek. Z łoskotem cisnął go na podłogę.

– A teraz prędko, panie Frodo – powiedział. – Straciłem trochę czasu, zanim znalazłem te rzeczy, jako tako odpowiednie na naszą miarę. Musimy się tym zadowolić w braku czegoś lepszego. Trzeba się bardzo spieszyć. Nie spotkałem żywej duszy, nic nie widziałem alarmującego, ale jestem niespokojny. Mam wrażenie, że ktoś to miejsce śledzi. Nie umiem tego wytłumaczyć, po prostu czuję, że gdzieś w pobliżu, może na ciemnym niebie, gdzie choć oko wykol, nic nie można dostrzec, kręci się jeden z tych okropnych latających jeźdźców.

Rozwinął tobołek. Frodo z obrzydzeniem patrzył na jego zawartość, ale nie było rady, musiał albo ubrać się w te wstrętne rzeczy, albo chodzić nago. Sam przyniósł długie, kosmate spodnie, zrobione z futra jakiegoś wstrętnego zwierzaka, i brudną skórzaną kurtkę. Frodo włożył to wszystko, a na wierzch kolczugę z mocnych metalowych obrączek, zapewne krótką na rosłym orku, lecz dla hobbita długą i ciężką. Ściągnął ją pasem, u którego w krótkiej pochwie wisiał sztylet o szerokim ostrzu. Sam dostarczył również do wyboru kilka hełmów. Jeden z nich jako tako pasował na Froda; była to czarna czapka z żelaznym rondem i żelazną, obciągniętą skórą przepaską; nad sterczącym niby dziób ptaka nosalem widniało czerwone godło potwornego Oka.

– Rzeczy z godłami Morgulu, należące do żołnierzy Gorbaga, są mniejsze i porządniejsze – powiedział Sam – ale po tej bójce, która się tutaj odbyła, nie byłoby bezpiecznie paradować w nich po Mordorze. Niech się panu przyjrzę, panie Frodo. Istny młody ork, za przeproszeniem, a raczej wyglądałby pan na prawdziwego orka, gdyby panu twarz zasłonić maską, przysztukować ręce i wykoślawić nogi. Dla pewności niech pan jeszcze się tym okryje – dodał, podając mu suty czarny płaszcz. – Teraz jest pan gotów. Po drodze jeszcze weźmiemy jakąś tarczę.

– A ty, Samie? – spytał Frodo. – Miałeś się przebrać ze mną do pary.

– Wie pan, zastanowiłem się, że byłoby nieostrożnie zostawiać tu moje własne łachy, a zniszczyć ich nie ma sposobu – odparł Sam.

– Nie mogę na to wszystko włożyć orkowej kolczugi, więc po prostu zawinę się w jakiś płaszcz.

Przyklękł i starannie złożył płaszcz elfów. Paczuszka okazała się zdumiewająco mała. Wsunął ją do tobołka leżącego na podłodze. Wstał, zarzucił tobołek na plecy, włożył na głowę hełm orka, okrył się cały czarnym płaszczem.

– Tak – powiedział. – Teraz do siebie mniej więcej pasujemy. Trzeba ruszać w drogę.

– Nie będę miał siły, żeby biec długo – rzekł Frodo z markotnym uśmiechem. – Mam nadzieję, że rozpytałeś o najlepsze gospody na szlaku? Czy też zapomniałeś o jadle i napoju?

– Niech mnie kule biją, zapomniałem rzeczywiście! – odparł Sam. Gwizdnął z desperacji. – Teraz, kiedy pan o tym przypomniał, głód mi kiszki skręca, a gardło pali pragnienie. Nie wiem, kiedy ostatni raz miałem coś w ustach. Przez to szukanie pana wszystko inne wyleciało mi z głowy. Zaraz, zaraz... Niedawno przecież sprawdzałem, że lembasy i to, co nam dał na drogę Faramir, przy oszczędnej gospodarce utrzymają mnie na nogach przez parę tygodni. W manierce za to ledwie kropelka została na dnie. Dla dwóch nie starczy, mowy nie ma. Czy ci orkowie nie jedzą ani nie piją? Czy karmią się tylko cuchnącym powietrzem i trucizną?

– Jedzą i piją, Samie – odparł Frodo. – Cień, który ich wyhodował, może tylko przedrzeźniać, ale nie stwarzać; wśród jego dzieł nie ma nic naprawdę nowego. Myślę, że orków także nie powołał do życia, tylko ich zatruł i zaprawił do nikczemności. Skoro żyją, muszą jeść tak jak wszelkie żywe istoty. Zadowalają się brudną wodą i wstrętnym jadłem, lecz nie znieśliby trucizny. Karmili mnie, toteż jestem lepiej odżywiony niż ty. Na pewno muszą tu być jakieś zapasy.

– Ale nie ma czasu na szukanie – stwierdził Sam.

– Sprawa przedstawia się lepiej, niż myślisz – powiedział Frodo. – Podczas twojej nieobecności odkryłem, że rzeczywiście nie zabrali mi wszystkiego. Między szmatami na podłodze znalazłem swój chlebak. Oczywiście przetrząśnięty, ale orkowie nienawidzą widoku i zapachu lembasów jeszcze serdeczniej niż Gollum. Rozsypali je, podeptali częściowo i pokruszyli, trochę jednak zebrałem. Niewiele jestem od ciebie biedniejszy pod tym względem. Żywność od Faramira zrabowali i rozbili moją manierkę.

– No, to nie ma co dłużej dyskutować – rzekł Sam. – Mamy dość jadła na początek. Gorzej będzie z wodą. Chodźmy. Jeśli będziemy marudzili, nie pomoże nam nawet jezioro przy drodze.

– Musisz najpierw posilić się chociaż trochę – odparł Frodo. – Inaczej nie ruszę się z miejsca. Masz tu kawałek chleba elfów, popij go resztką wody ze swej manierki. Cała sprawa jest beznadziejna, nie ma sensu troszczyć się o jutro. Prawdopodobnie jutra w ogóle nie będzie.

Wreszcie wyruszyli. Zeszli po drabinie, którą potem Sam ściągnął i położył w korytarzu obok skulonego ciała zabitego orka. Na schodach było ciemno, lecz płaski dach oświetlała jeszcze łuna Góry Ognistej, chociaż już teraz dogasająca w ponurej, brudnej czerwieni. Hobbici wybrali dwie tarcze i uzupełniwszy w ten sposób swoje przebrania, poszli dalej.

Mozolnie zeszli wielkimi schodami. Górna izba wieży, w której się spotkali i którą zostawili za sobą, wydawała im się niemal przytulnym schronieniem. Teraz bowiem znowu byli ze wszystkich stron odsłonięci, wśród murów tchnących okropną grozą. Wszystko wymarło w Wieży Cirith Ungol, lecz pozostał w niej żywy strach i przyczajona wroga siła.

W końcu dotarli do drzwi prowadzących na zewnętrzny dziedziniec i tu zatrzymali się na chwilę. Nawet z tej odległości obezwładniał ich zły czar Wartowników, dwóch czarnych milczących postaci, które czuwały po obu stronach bramy na tle widocznej w jej wylocie przyćmionej łuny Mordoru. Torując sobie drogę przez usłany ohydnymi trupami orków dziedziniec, z każdym krokiem musieli pokonywać większy opór. Zanim jeszcze osiągnęli sklepiony tunel bramy, stanęli wyczerpani. Posunięcie się bodaj o cal dalej wymagało przezwyciężenia nieznośnego bólu we wszystkich członkach i wytężenia osłabłej woli. Frodo nie miał sił do takiej walki. Osunął się na ziemię.

– Nie mogę iść dalej, Samie – szepnął. – Zdaje się, że zemdleję. Nie wiem, co się ze mną dzieje.

– Ale ja wiem, proszę pana. Niech pan się trzyma! Brama przed nami. To z niej biją jakieś diabelskie czary. A jednak tamtędy dostałem się do twierdzy i tamtędy teraz wyjdziemy. Nie może to być bardziej niebezpieczne, niż było przed godziną. Naprzód!

Dobył zza pazuchy szkiełko Galadrieli. Jakby w nagrodę za męstwo Sama i na chwałę tej wiernej, śniadej hobbickiej ręki, która dokonała tylu niezwykłych czynów, kryształowy flakonik zajaśniał natychmiast i cały mroczny dziedziniec zalało światło olśniewające i nagłe jak błyskawica, lecz trwalsze od niej.

– *Gilthoniel, A Elbereth*! – krzyknął Sam. Nie wiedział dlaczego, ale w tym momencie stanęli mu przed oczyma elfowie spotkani w lasach Shire'u i zabrzmiała w uszach ich pieśń, która spłoszyła kiedyś Czarnego Jeźdźca.

– *Aiya elenion ankalima*! – zawołał Frodo, podążając znów za nim.

Wola Wartowników załamała się tak gwałtownie, jak pęka czasem naciągnięta struna; Frodo i Sam szli, a potem biegli naprzód. Minęli bramę i dwie siedzące w niej postacie z roziskrzonymi oczyma. Rozległ się huk. Niemal tuż za ich plecami zwornik sklepienia runął i cała brama rozsypała się w gruzy. Śmierć o włos minęła hobbitów. Odezwał się dzwon, Wartownicy wydali przeraźliwy, wysoki jęk. Z ciemności kłębiących się w górze nadeszła odpowiedź. Z czarnego nieba jak pocisk spadł Skrzydlaty Cień z upiornym krzykiem, rozdzierając chmury.

Rozdział 2

Kraina Cienia

Sam zachował tyle przytomności umysłu, że prędko wsunął flakonik pod kurtkę na piersi.

– Biegiem, panie Frodo! – krzyknął. – Nie, nie tędy. Tam zaraz za murem jest przepaść. Za mną!

Pomknęli drogą spod bramy. O pięćdziesiąt kroków od niej droga zataczała łuk wokół wystającego, wzniesionego na urwisku bastionu, dzięki czemu znaleźli się poza polem widzenia z Wieży. Na razie byli ocaleni. Lgnąc do skał, zatrzymali się, by zaczerpnąć tchu, i nagle serca w nich znowu zamarły. Z muru obok zburzonej bramy Nazgûl wysłał w świat swój morderczy sygnał. Echo odbiło się od gór.

Hobbici, odrętwiali z przerażenia, powlekli się dalej. Nowy ostry skręt drogi ku wschodowi wydał ich z powrotem na pastwę wrogich oczu z Wieży. Przez tę straszliwą chwilę, gdy biegli bez osłony, zdążyli obejrzeć się i zobaczyć ogromną czarną sylwetkę nad blankami murów; wpadli znów między wysokie skalne ściany żlebu, opadającego stromo ku drodze do Morgulu. Dotarli do skrzyżowania dróg. Nigdzie nie natknęli się na ślad orków, nikt nie odpowiedział na krzyk Nazgûla; mimo to wiedzieli, że cisza nie potrwa długo i że lada moment ruszy za nimi pościg.

– To na nic, Samie – rzekł Frodo. – Gdybyśmy naprawdę byli orkami, pędzilibyśmy w stronę Wieży zamiast od niej uciekać. Pierwszy napotkany nieprzyjaciel pozna nas. Musimy zejść z tej drogi.

– Ale nie możemy tego zrobić – odparł Sam. – Chyba żebyśmy mieli skrzydła.

Wschodnie ściany Ephel Dúath opadały niemal prostopadle nagimi skałami, wśród urwisk i przepaści, ku czarnemu wąwozowi, który je oddzielał od następnego łańcucha górskiego. Za skrzyżowaniem dróg i krótką stromizną natknęli się na mostek przerzucony nad otchłanią i skrótem prowadzący ku groźnym grzbietom i dolinom Morgai. Frodo i Sam z odwagą rozpaczy puścili się na ten most, ledwie jednak dosięgnęli drugiego brzegu, gdy wrzaski i wycia rozdarły powietrze. Wieża Cirith Ungol majaczyła już daleko za nimi i wysoko ponad zboczem, na którym się znaleźli. Jej kamienne ściany lśniły ponuro. Dzwon jęknął ochryple i głos jego rozsypał się drżącym echem. Zagrały rogi. Zza mostu buchnęły w odpowiedzi okrzyki. Do ciemnego wąwozu nie dochodził gasnący już blask Orodruiny, hobbici nie mogli więc nic dostrzec przed sobą, lecz słyszeli tupot podkutych żelazem butów i szczęk podków wybijających spieszny rytm na kamiennej drodze.

– Prędko! Skaczemy! – zawołał Frodo.

Przeleźli przez niską barierę mostu. Na szczęście nie mieli pod stopami przepaści, bo zbocza Morgai w tym miejscu wznosiły się już prawie do poziomu drogi. Było jednak tak ciemno, że nie mogli się zorientować, jak daleko wylądują, skacząc.

– No, to lecę! – odkrzyknął Sam. – Do widzenia, panie Frodo.

Skoczył pierwszy. Frodo za nim. Padając, słyszeli grzmot kopyt na moście, a potem kroki pieszego oddziału orków. Mimo to Sam z trudem powstrzymał się od śmiechu. Ryzykując bowiem złamanie karku na nieznanych skałach, hobbici doznali miłej niespodzianki, gdy zaledwie o kilkanaście stóp niżej z głuchym łoskotem i chrzęstem łamanych gałązek wpadli w gęstą kępę kolczastych krzaków. Sam leżał w nich teraz, ssąc podrapaną rękę. Po chwili, gdy ucichł tętent i tupot, ośmielił się szepnąć:

– A to dopiero, panie Frodo! Nigdy bym się nie spodziewał, że w Mordorze jest jakaś roślinność. Gdybyśmy nawet celowali, nie moglibyśmy lepiej trafić. Ale te ciernie mają chyba stopę długości, sądząc ze skutków. Przebiły na wylot wszystkie łachy, które na siebie powkładałem. Szkoda, że nie pożyczyłem od orków kolczugi.

– Na te ciernie kolczuga orków też by ci nie pomogła – odparł Frodo. – Nawet skórzany kaftan przed nimi nie chroni.

Z trudem wyplątali się z gąszczu. Ciernie i kolczaste gałęzie były twarde jak druty i czepiały się wszystkiego jak szpony. Hobbici podarli w strzępy płaszcze, zanim się wreszcie uwolnili.

– Teraz idziemy w dół – szepnął Frodo. – Co prędzej w dolinę, a potem ile sił w nogach na północ.

Na jasnym świecie wstawał nowy dzień i gdzieś daleko, poza ciemnościami Mordoru, słońce podnosiło się nad wschodnią krawędź Śródziemia, ale tutaj nadal panowała noc. Góra dymiła, ognie jej wygasły. Czerwony odblask przybladł na urwistych ścianach skał. Wschodni wiatr, który dął nieustannie, odkąd opuścili Ithilien, ucichł zupełnie. Powoli, mozolnie schodzili w dół; podpierając się rękami, potykając, klucząc wśród głazów, kłujących zarośli i zwalonych pni, na oślep w mroku wymacując drogę, schodzili coraz niżej, aż do wyczerpania ostatnich sił.

Wreszcie zatrzymali się i usiedli obok siebie, plecami oparci o wielki kamień. Obaj byli mokrzy od potu.

– Nawet gdyby sam Szagrat poczęstował mnie szklanką wody, przyjąłbym z ukłonem – westchnął Sam.

– Nie mów o wodzie – odparł Frodo. – Na samo wspomnienie jeszcze gorzej pić się zachciewa. – Wyciągnął się na ziemi; oszołomiony i zmęczony, przez długą chwilę milczał. Potem z wysiłkiem dźwignął się na nogi. Ku swemu zdumieniu spostrzegł, że Sam śpi.

– Zbudź się, Samie – powiedział. – Wstawaj! Trzeba iść dalej!

Sam podniósł się ciężko

– No wiecie państwo! – rzekł. – Zdrzemnąłem się chyba. Prawdę mówiąc, od dawna już nie spałem jak należy; oczy same musiały mi się skleić.

Teraz prowadził Frodo, starając się kierować możliwie wprost na północ pośród kamieni i złomisk zaścielających dno wielkiego jaru. Nagle stanął.

– Nic z tego nie będzie – rzekł. – Nie dam rady. Nie wytrzymam w tej kolczudze. Zanadto osłabłem. Nawet moja własna kolczuga z mithrilu ciążyła mi bardzo, kiedy byłem zmęczony. A ta jest o wiele cięższa. Zresztą, co mi po niej? Na zwycięstwo w walce i tak nie możemy liczyć.

– Ale musimy się liczyć z tym, że do walki dojdzie – odparł Sam. – Nie zapominajmy też o sztyletach i zabłąkanych strzałach. No i ten łajdak Gollum chodzi jeszcze po świecie. Nie mógłbym być spokojny, gdyby między pańską skórą a zdradzieckim ciosem nie było nic prócz tej cienkiej łosiowej kurty.

– Zrozum, Samie, kochany przyjacielu – odparł Frodo. – Jestem zmęczony, wyniszczony, straciłem nadzieję. Ale dopóki się mogę poruszać, będę usiłował dotrzeć do Góry. Brzemię Pierścienia wystarcza. Każde dodatkowe obciążenie jest zabójcze. Muszę je zrzucić. Nie posądzaj mnie o niewdzięczność. Nie mogę bez drżenia myśleć, że podjąłeś tak odrażającą robotę, obdzierając trupy, byle mi dostarczyć tych rzeczy.

– Nie mówmy o tym, proszę pana. Przecież ja bym chętnie poniósł pana na plecach, gdyby to było możliwe. Dobrze więc, niech pan zdejmie z siebie, co chce.

Frodo zdjął płaszcz, a potem kolczugę, którą odrzucił daleko. Drżał trochę.

– Przydałoby mi się natomiast coś ciepłego – powiedział. – Albo zrobiło się tu zimno, albo ja mam dreszcze.

– Proszę, niech pan weźmie mój płaszcz – rzekł Sam, rozwijając tobołek i wyciągając z niego płaszcz elfów. – Jak się panu podoba? Może pan ten orkowy łach ścisnąć paskiem, a płaszcz włożyć na wierzch. Nie bardzo pasuje do orkowego stroju, za to ogrzeje pana z pewnością, a spodziewam się też, że lepiej niż wszystkie zbroje ochroni od złej przygody. Przecież utkała go Pani ze Złotego Lasu.

Frodo owinął się płaszczem i spiął go pod brodą klamrą.

– Teraz znacznie mi lepiej – oświadczył. – Czuję się dużo lżejszy. Mogę iść dalej. W więzieniu próbowałem przypomnieć sobie Brandywinę, Leśny Zakątek i rzekę płynącą pod młynem w Hobbitonie. Nie mogę jednak teraz wyobrazić sobie tamtych widoków.

– No, proszę, i kto tym razem zaczął mówić o wodzie? – spytał Sam. – Gdyby Galadriela mogła nas widzieć i słyszeć, powiedziałbym jej: „Pani! O nic nie prosimy, tylko o światło i wodę, czystą wodę i zwykłe światło dzienne, cenniejsze niż klejnoty, jeśli mi wolno mieć o tym własne zdanie". Niestety, Lórien zostało tam, daleko stąd.

Sam westchnął i machnął ręką w stronę szczytów Ephel Dúnath, które na tle czarnego nieba majaczyły jeszcze czarniejszą plamą.

Ruszyli znów w drogę. Wkrótce jednak Frodo przystanął.

– Czarny Jeździec jest gdzieś nad nami – powiedział. – Czuję go. Lepiej przeczekajmy chwilę.

Skuleni pod wielkim głazem siedzieli, patrząc ku zachodowi i milcząc dość długo. Wreszcie Frodo odetchnął z ulgą.

– Odleciał! – rzekł.

Wstali i nagle obaj osłupieli ze zdumienia. Po lewej stronie, od południa, niebo szarzało, a szczyty i grzbiety ogromnego łańcucha górskiego rysowały się na nim czarną, wyraźną sylwetą. Na wschodzie rozwidniało się, światło dnia z wolna pełzło ku północy. Gdzieś wysoko w przestworzach toczyła się bitwa. Skłębione chmury Mordoru były w odwrocie, brzegi ich strzępiły się pod tchnieniem wiatru, który wiał z żywego świata, wypierając dymy i ciężkie opary w głąb czarnego kraju. Ponury strop ciemności podnosił się z wolna, a zza niego przezierało nikłe światło, sącząc się do Mordoru jak blady poranek przez mętne okno więzienia.

– Widzi pan, panie Frodo? – rzekł Sam. – Widzi pan? Wiatr się odmienił. Coś się dzieje. Nie wszystko idzie po myśli Nieprzyjaciela. Ciemności rozpraszają się nad światem. Ach, żeby tak wiedzieć, co się tam dzieje!

Był to ranek piętnastego marca, nad doliną Anduiny wstawało słońce, przezwyciężając noc Mordoru, i wiatr dął od południo-zachodu. Théoden konał na polach Pelennoru.

Na oczach hobbitów rąbek światła rozciągał się nad całą linią Ephel Dúath i nagle ujrzeli jakiś kształt mknący w powietrzu od zachodu; zrazu widzieli tylko czarny punkcik na tle świetlistej wstążki nieba rozpiętej ponad górskim łańcuchem, lecz punkcik ten rósł z każdą sekundą, aż wpadł jak pocisk w czarne kłębowisko chmur i przeleciał wysoko nad głowami wędrowców. W locie wydał długi przenikliwy okrzyk, okrzyk Nazgûla, lecz teraz głos ten nie przejął ich już grozą, bo brzmiała w nim rozpacz i skarga, złowieszcze nowiny dla Czarnej Wieży: Wodza Upiornych Jeźdźców dosięgła zguba.

– A co, nie mówiłem – wykrzyknął Sam. – Coś się stało. Szagrat twierdził, że na wojnie powodzi im się znakomicie, ale Gorbag miał co do tego wątpliwości. I słusznie! Karta się odwróciła, panie Frodo. Czy wciąż nie ma pan ani źdźbła nadziei?

– Nie mam jej wiele – westchnął Frodo. – Może dzieje się coś pomyślnego, ale daleko stąd, za górami. My natomiast idziemy na wschód, nie na zachód. Jestem też okropnie zmęczony. A Pierścień bardzo mi ciąży, Samie. Teraz wciąż stoi mi przed oczyma jak ogromne ogniste koło.

Radość Sama zgasła natychmiast. Z niepokojem przyjrzał się swemu panu i wziął go za rękę.

– Głowa do góry, panie Frodo – rzekł. – Jedną z tych rzeczy, do których tęskniliśmy, już mamy; odrobinę światła. Dość, żeby nam ułatwić wędrówkę, ale pewnie też dość, żeby narazić nas na niebezpieczeństwo. Spróbujmy jeszcze trochę dalej się posunąć, a potem położymy się i odpoczniemy. Niech pan jednak zje najpierw kęs chleba elfów, może to pana pokrzepi.

Podzielili się kawałkiem lembasa i żując go z trudem w zaschniętych ustach, powlekli się dalej. Nie było jaśniej, niż bywa o chmurnym zmierzchu, mimo to jednak mogli zorientować się, że są w głębokiej dolinie między górami. Dolina wznosiła się łagodnie ku północy, a jej dno stanowiło łożysko wyschłego już strumienia. Wzdłuż kamienistego koryta biegła, wijąc się u podnóży zachodnich urwisk, wydeptana ścieżka. Gdyby o niej wiedzieli, mogliby wcześniej już do niej dotrzeć, bo skręcała z głównego gościńca do Morgulu przy zachodnim krańcu mostu i prowadziła wykutymi w skale długimi schodami w dolinę. Służyła patrolom i gońcom spieszącym do mniejszych strażnic i twierdz na północy, wznoszących się między Cirith Ungol a przesmykiem Isen, czyli Żelazną Paszczą, zwaną Carach Angren.

Hobbici wiele ryzykowali, zapuszczając się na tę ścieżkę, lecz zależało im na pośpiechu, a Frodo czuł, że nie starczyłoby mu sił, żeby wspinać się mozolnie wśród głazów albo bezdrożami brnąć przez dolinki Morgai. Zdawało mu się też, że prześladowcy będą go szukali raczej na innych szlakach niż na tym, który wiódł wprost ku północy. Zapewne przede wszystkim tropią go na drodze po wschodniej stronie równiny albo na przełęczy otwierającej drogę ku zachodowi. Toteż zamierzał najpierw posunąć się daleko na północ od Wieży i dopiero potem szukać drogi, która by go zaprowadziła na wschód, i rozpocząć ostatni, beznadziejny etap wyprawy. Przeszli więc na drugi brzeg suchego koryta i ruszyli dalej ścieżką orków, której trzymali się przez czas jakiś. Od lewej strony nawisy skalne osłaniały hobbitów przed oczyma tych, którzy by mogli ich tropić z góry, lecz ścieżka miała wiele ostrych zakrętów, a przed każdym wędrowcy zaciskali ręce na głowniach mieczy i skradali się jak najostrożniej.

Dzień nie rozwidniał się bardziej, bo Orodruina wciąż ziała gęstym dymem, który, odpychany przez nieprzychylny mu wiatr, wzbijał się coraz wyżej, aż dosięgnął strefy bezwietrznej i tam się rozpostarł niby olbrzymi strop, podparty w środku niedostrzegalnym w ciemnej dali filarem. Szli dobrą godzinę, gdy usłyszeli dziwny szmer, który kazał im się zatrzymać. Nie do wiary, a jednak słuch nie mógł ich mylić. Gdzieś w pobliżu pluskała woda. Ze żlebu w prawej ścianie, tak wąskiego i ostrego, jak gdyby ktoś olbrzymim toporem rozłupał czarne urwisko, sączyła się woda, może ostatnie krople jakiegoś ożywczego deszczu, który niegdyś wiatr przyniósł znad nagrzanych słońcem mórz i który trafił nieszczęśliwie do skalistego Kraju Ciemności, żeby po daremnej wędrówce wsiąknąć w jałowe popioły. Tutaj ściekał spomiędzy skał wąskim strumykiem, przecinając ścieżkę, zawracał na południe i prędko umykał, ginąc wśród martwych głazów. Sam skoczył ku niemu.

– Jeżeli kiedyś jeszcze spotkam panią Galadrielę, podziękuję jej! – krzyknął. – Światło, a teraz woda! – Nagle zatrzymał się w biegu. – Niech pan pozwoli, że ja napiję się pierwszy – powiedział.

– Dobrze, ale miejsca jest dość dla dwóch.

– Nie o to mi chodzi – odparł Sam. – Myślę, że może być zatruta albo coś w tym rodzaju i że to się od razu pokaże. Lepiej, żeby na mnie padło niż na pana, chyba mnie pan rozumie.

– Rozumiem. Sądzę jednak, że powinniśmy obaj zaufać naszemu szczęściu czy może zesłanemu darowi. Uważaj tylko, czy nie za zimna.

Woda była świeża, lecz nie lodowata i smak miała nieprzyjemny, jednocześnie gorzki i oleisty. Tak by ją ocenili w Shire. Tu wszakże nie znajdowali dla niej dość pochwał i zapomnieli o wszelkiej ostrożności. Ugasili pragnienie i napełnili manierkę Sama. Frodo poczuł się zaraz lepiej, toteż maszerowali kilka mil bez odpoczynku, aż wreszcie ścieżka rozszerzyła się, a na krawędzi ścian ponad nią ukazał się początek surowego muru – znak ostrzegawczy, że w pobliżu jest jakaś warownia orków.

– Tu więc skręcimy ze ścieżki – powiedział Frodo. – I trzeba skręcić na wschód! – Westchnął, spoglądając na posępne urwiska spiętrzone po drugiej stronie doliny. – Wystarczy mi jeszcze sił, żeby tam, na górze, poszukać jakiejś nory. Potem muszę trochę odpocząć.

Koryto rzeki leżało w tym miejscu nieco poniżej ścieżki. Zleźli w nie i zaczęli przecinać w poprzek. Ku swemu zdumieniu natrafili na ciemne kałuże zasilane strużkami wody, która ciekła z jakiegoś źródła, tryskającego w górnej części doliny. Skraj Mordoru pod zachodnią ścianą granicznych gór był krainą zamierającą, lecz jeszcze niezupełnie martwą. Rosły tu jakieś trawy i krzewy, szorstkie, poskręcane, gorzkie, ciężko walczące o życie.

W dolinkach Morgai po drugiej stronie doliny niskie, rozłożyste drzewa czepiały się ziemi, kępy szarej, ostrej trawy wyzierały spomiędzy głazów, na których plenił się suchy mech, wszędzie zaś rozpełzały się wśród kamieni kolczaste, splątane zarośla. Niektóre krzaki miały długie, spiczaste ciernie, inne zakrzywione jak haczyki i tnące jak sztylety kolce. Zwiędłe, skurczone, zeszłoroczne liście chrzęściły i szeleściły smutno, nowe pączki, już zżarte przez robactwo, właśnie się otwierały. Szare, bure i czarne muchy, naznaczone jak orkowie plamą podobną do czerwonego Oka, brzęczały wkoło i kłuły boleśnie; nad gęstwiną cierni tańczyły rozbrzęczane chmary wygłodniałych komarów.

– Zbroja orków na nic się nie zda – rzekł Sam, opędzając się rękami. – Szkoda, że nie mamy orkowej skóry.

W końcu Frodowi zabrakło sił. Wspięli się już wysoko wąskim żlebem, ale długi, mozolny marsz dzielił ich jeszcze od miejsca, z którego mogliby chociaż dostrzec ostatni postrzępiony grzbiet górski.

– Muszę odpocząć, Samie, i przespać się, jeśli to będzie możliwe – powiedział Frodo. Rozejrzał się, lecz na tym okropnym pustkowiu nie było przytulnego schronienia czy bodaj jamki, do której jakieś zwierzę mogłoby wpełznąć. Wreszcie hobbici, wyczerpani, wśliznęli się pod zasłonę splątanych cierni, zwisających niby mata z niskiego występu skalnego.

Siedząc tam, pożywili się ze swoich skąpych zapasów. Odkładając cenne lembasy na przewidywane najcięższe dni, zjedli połowę zachowanych w chlebaku Sama resztek prowiantów od Faramira: po garstce suszonych owoców i po małym plasterku wędzonego mięsa, popijając to wodą. W drodze przez dolinę pili parokrotnie, lecz pragnienie ciągle im dokuczało. Powietrze Mordoru miało gorzki posmak wysuszający gardło. Na myśl o wodzie nawet optymizm Sama przygasał. Za górami Morgai czekał ich przecież marsz przez straszliwą równinę Gorgoroth.

– Niech pan się prześpi pierwszy, panie Frodo – rzekł Sam. – Znowu się robi ciemno. Pewnie to już wieczór.

Frodo westchnął i usnął, zanim Sam zakończył to zdanie. Wierny giermek usiłował przezwyciężyć własną senność i siedząc tuż obok swego pana, trzymał go za rękę; wytrwał tak, dopóki noc nie zapadła na dobre. Wtedy wreszcie, by się nieco otrzeźwić, wypełznął z kryjówki i rozejrzał się wkoło. W ciemności ustawicznie rozlegały się jakieś szelesty, trzaski i szmery, lecz nie było słychać głosów ani kroków. W oddali na zachodzie nad Ephel Dúath nocne niebo wciąż jeszcze szarzało blado. W tej stronie, wysoko nad sterczącym szczytem górskim, biała gwiazda wyjrzała właśnie spośród rozdartych chmur. Gdy ją tak ujrzał, zagubiony w przeklętym wrogim kraju, wzruszyło go jej piękno, a nadzieja wstąpiła znów w jego serce. Jak chłodny, jasny promień olśniła go bowiem nagle myśl, że bądź co bądź Cień jest czymś małym i przemijającym; istnieje światło i piękno, którego nigdy nie dosięgnie. Jeśli Sam śpiewał w Wieży Cirith Ungol, to pieśń jego raczej oznaczała wyzwanie niż nadzieję, ponieważ wtedy myślał o sobie. Teraz na chwilę przestał się troszczyć o własny los, a nawet o los ukochanego pana. Wczołgał się z powrotem pod zasłonę cierni i wolny od wszelkich strachów zasnął głębokim, spokojnym snem.

Zbudzili się obaj jednocześnie, złączeni uściskiem dłoni. Sam czuł się niemal rześki, gotów na trudy nowego dnia, lecz Frodo wzdychał. Noc spędził niespokojnie, we śnie wciąż widział ogień, a przebudzenie też nie przyniosło mu ukojenia. Mimo wszystko sen zawsze krzepi, toteż Frodo odzyskał nieco sił i zdolności do podjęcia brzemienia na następnym etapie wędrówki. Nie orientowali się w porze dnia i nie wiedzieli, jak długo spali; przegryźli coś, wypili łyk wody i ruszyli dalej w górę żlebem, który doprowadził ich wreszcie do stromego zbocza zasypanego piargiem i osuwającym się spod nóg żwirem. Tu już nawet najbardziej uparte życie nie mogło się ostać; ogołocone z krzewów i trawy szczyty Morgai były nagie, poszarpane i martwe.

Po dość długim błądzeniu i poszukiwaniach znaleźli możliwe wejście, chociaż ostatnie sto stóp wzniesienia pokonali z trudem, czepiając się rękami skały. Znaleźli się w szczerbie dzielącej dwie czarne turnie, a kiedy ją przebyli, stanęli na krawędzi ostatniego obronnego wału Mordoru. Przed nimi o jakieś tysiąc pięćset stóp niżej, jak okiem sięgnąć, rozpościerała się wewnętrzna równina i roztapiała się na widnokręgu we mgle i mroku. Wiatr wiał teraz ze świata od zachodu, olbrzymie chmury płynęły wysoko w górze ku wschodowi, ale do ponurych pól Gorgoroth docierało wciąż tylko mętne, szarawe półświatło. Dymy snuły się przy ziemi i zbierały w zagłębieniach terenu, a ze szczelin i rozpadlin wznosiły się opary.

Wciąż jeszcze daleka, o czterdzieści co najmniej mil odległa, ukazała się hobbitom Góra Przeznaczenia; podnóża jej grzęzły w usypisku popiołów, ogromny stożek piętrzył się pod niebo, szczyt tonął w obłoku cuchnących wyziewów. Ogień w tej chwili przygasł, góra tliła się ledwie, groźna jednak i podstępna jak uśpiona bestia. Za nią niby złowroga chmura burzowa rozlewał się szeroko cień, przesłaniając Barad-dûr, Czarną Wieżę, wzniesioną tam, w dali, na długiej ostrodze Gór Popielnych, wysuniętej z północy ku środkowi równiny. Władca Ciemności pogrążony był w myślach, przymknął Oko, rozważając nowiny zagadkowe i niebezpieczne; skupił wzrok na obrazie lśniącego miecza i surowego, królewskiego oblicza. Wszystko w potężnej warowni Mordoru, niezliczone bramy i wieże, spowijał posępny, senny mrok.

Frodo i Sam patrzyli ze wstrętem i zarazem z podziwem na ten znienawidzony kraj. Między sobą a dymiącą górą, a także wszędzie na północy i południu, nie widzieli nic prócz ruin i martwoty, pustkowia wypalonego i dusznego od dymów. Zastanawiali się, jakim sposobem Władca tego królestwa utrzymuje i żywi swych niewolników oraz swoje armie. Bo miał armie wszędzie; gdziekolwiek zwrócili oczy, wzdłuż łańcucha Morgai i dalej na południu, dostrzegali obozy wojskowe, niektóre pod namiotami, inne zabudowane porządnie jak miasteczka. Jeden z największych mieli tuż u swych stóp. O milę niespełna oddalony od ściany gór, podobny był do ogromnego gniazda owadów, przecięty regularnymi monotonnymi ulicami, przy których ciągnęły się szeregi bud i długich, niskich, brzydkich domów. Na polach wokół niego panował ożywiony ruch i krzątały się jakieś postacie; szeroka droga biegła stąd na południo-wschód ku głównemu gościńcowi prowadzącemu do Morgulu, ciągnęły po niej spiesznie liczne kolumny czarnych, drobnych w oddali figurek.

– Wcale mi się to nie podoba – rzekł Sam. – Sprawa wygląda beznadziejnie, choć z drugiej strony trzeba się spodziewać, że gdzie tyle wojska, tam muszą być źródła lub studnie, nie mówiąc już o żywności. Jeśli mnie wzrok nie myli, to nie orkowie, ale ludzie.

Hobbici nic nie wiedzieli o rozległych, uprawianych przez niewolników polach w południowej części ogromnego państwa, ukrytych za dymiącą górą nad smutnymi ciemnymi wodami jeziora Nûrnen; nie wiedzieli też o szerokich bitych drogach łączących Mordor z krajami hołdowniczymi na wschodzie i południu, skąd żołdacy Czarnej Wieży sprowadzali całe karawany wozów naładowanych rozmaitym dobrem i łupami, a ponadto coraz to nowe zastępy niewolników. W północnych prowincjach znajdowały się kopalnie i kuźnie; tu także ćwiczono pułki do z dawna przygotowywanej wojny; tu Czarny Władca, przesuwając całe armie niby pionki na szachownicy, gromadził swoje siły zbrojne. Pierwsze ich ruchy, pierwsze posunięcia mające na celu wypróbowanie sprawności, trafiły na opór na całej linii zachodniej, zarówno na północy, jak i na południu. Wycofał więc je chwilowo i ściągnął nowe armie, skupiając wszystkie w pobliżu Cirith Gorgor, aby stąd rzucić je do następnej, odwetowej kampanii. Nawet gdyby działał celowo, nie mógłby lepiej zagrodzić przeciwnikom dostępu do Ognistej Góry.

– Co prawda, choćby mieli tam najwspanialsze zapasy jadła i trunków, my tych smakołyków nie skosztujemy. Nie widzę sposobu, żeby stąd zejść na dół. A zresztą, nawet gdybyśmy jakoś zleźli, nie moglibyśmy maszerować przez otwarte pola rojące się od nieprzyjaciół.

– A jednak musimy tego spróbować – odparł Frodo. – Sytuacja nie jest gorsza, niż przewidywałem. Nigdy nie miałem nadziei, że się przez ten kraj przedrę. Nie mam jej również teraz. Mimo to muszę zrobić wszystko, co w mojej mocy. W tej chwili najważniejsze zadanie, to wymykać się możliwie jak najdłużej z ich łap. Trzeba więc, jak mi się zdaje, iść dalej na północ i zbadać, jak rzecz wygląda tam, gdzie otwarta równina jest najwęższa.

– Domyślam się z góry – powiedział Sam. – Gdzie równina jest najwęższa, tam ścisk orków i ludzi będzie największy. Przekona się pan, panie Frodo.

– Z pewnością, jeżeli w ogóle dojdziemy tak daleko – odparł Frodo i zawrócił ku północy.

Wkrótce stwierdzili, że nie sposób iść granią Morgai ani nawet pod nią, bo wyższe stoki gór były niedostępne, najeżone skałami i poprzerzynane głębokimi szczelinami. Hobbici musieli ostatecznie zejść z powrotem tym samym żlebem, którym wspięli się przedtem, i szukać drogi wzdłuż doliny. Brnęli bezdrożem, nie śmieli bowiem przeprawiać się na drugą stronę, do ścieżki pod zachodnimi zboczami. O milę mniej więcej na północ zobaczyli przyczajoną forteczkę orków, której istnienia w pobliżu przedtem już się domyślali. Mur i kamienne szałasy otaczały czarny wylot pieczary. Nie zauważyli żadnego ruchu, mimo to czołgali się bardzo ostrożnie i nie wychylali z gąszcza cierni, które tu rosły bujnie na obu brzegach wyschłego strumienia.

Tak posunęli się o następnych parę mil i forteczka orków została za nimi i zniknęła z pola widzenia. Już zaczęli znów swobodniej oddychać, gdy nagle dobiegły ich uszu chrapliwe, donośne głosy. W okamgnieniu obaj hobbici dali nura w brunatne karłowate zarośla. Głosy przybliżały się szybko. Po chwili ukazali się dwaj orkowie. Jeden w obszarpanej burej kurcie, uzbrojony w łuk, drobnej budowy, ciemnoskóry, z szerokimi, rozdętymi nozdrzami: niewątpliwie tropiciel. Drugi z roślejszej rasy wojowników, jak podwładni Szagrata, z godłem Oka na hełmie. Ten również miał przewieszony przez plecy łuk, a w ręku krótką dzidę z szerokim ostrzem. Jak zwykle kłócili się, a że należeli do dwóch różnych szczepów, porozumiewali się we Wspólnej Mowie.

251

Niespełna dwadzieścia kroków od kryjówki hobbitów mniejszy ork przystanął.

– Dość! – warknął. – Wracam do domu! – wskazał w głąb doliny, ku forteczce. – Nie myślę dłużej obijać nosa o kamienie. Powiadam ci, że trop się urwał. Straciłem go przez ciebie, dlatego że ci ustąpiłem. Trop prowadzi w góry, nie wzdłuż doliny, ja miałem rację, a nie ty.

– Niewielki pożytek z takich pętaków węszycieli – odciął się drugi. – Więcej warte nasze oczy niż te wasze zasmarkane nochale.

– A cóżeś ty wypatrzył tymi swoimi ślepiami? – odparł pierwszy. – Nawet nie wiesz, czego szukasz.

– Czyja to wina? – spytał wojownik. – Nie moja przecież. Z dowództwa dostałem bałamutne rozkazy. Najpierw mówili o wielkim elfie w błyszczącej zbroi, potem o karłowatym człowieczku, a w końcu o bandzie zbuntowanych Uruk-hai czy może o wszystkich naraz.

– W dowództwie potracili głowy – rzekł tropiciel. – A niektórzy dowódcy pewnie je stracą naprawdę, jeżeli potwierdzą się krążące już pogłoski, że nieprzyjaciel wtargnął do Wieży, że setki twoich kamratów poległy i że jeniec uciekł. Skoro tak się sprawiacie, wy, bojowi orkowie, nic dziwnego, że z pola bitwy nadchodzą złe nowiny.

– Kto powiedział, że nowiny są złe? – ryknął wojownik.

– A kto mówi, że są dobre?

– To są plotki szerzone przez buntowników! Przestań pyskować, bo cię nożem dźgnę. Zrozumiano?

– Zrozumiano, zrozumiano. Pary z gęby nie puszczę, ale co myślę, to myślę. Ciekawe, co wspólnego z tą całą hecą ma tamten mały krętacz. Ten żarłok z łapami jak płetwy.

– Nie wiem. Może nic. Ale na pewno coś knuje, bo kręci się i nos wścibia, gdzie nie trzeba. Niech go zaraza udusi! Ledwie nam się z rąk wyśliznął i umknął, natychmiast przyszedł rozkaz, żeby go żywcem złapać, i to prędko.

– Mam nadzieję, że go złapią i że dostanie nauczkę – mruknął tropiciel. – To on zmylił ślady, bo ubrał się w kolczugę, którą znalazł porzuconą, i zadeptał całe to miejsce, zanim przyszliśmy.

– Kolczuga tę pokrakę uratowała – powiedział bojowy ork. – Jeszcze nie miałem rozkazu, żeby brać jeńca żywcem, i postrzeliłem go z odległości pięćdziesięciu kroków w plecy, ale nie upadł i pobiegł dalej.

– Boś spudłował – odparł tropiciel. – Strzelasz źle, ruszasz się za wolno, a potem ściągasz biednego tropiciela na pomoc. Mam tego wyżej uszu.

Obrócił się na pięcie i puścił biegiem w drugą stronę.

– Wracaj! – wrzasnął bojowy ork. – Bo zamelduję, żeś zdezerterował!

– Komu? Chyba nie twojemu sławnemu Szagratowi. Ten już nie będzie nami dowodził.

– Podam twoje imię i numer Nazgûlom – odpowiedział bojownik, zniżając głos do syczącego szeptu. – Jeden z nich objął komendę na Wieży.

Mniejszy ork zatrzymał się. Głos mu drżał z wściekłości i strachu.

– Ty łajdaku, zdrajco, donosicielu! – krzyknął. – Nie znasz swego rzemiosła, a tak jesteś podły, że własne plemię byś zaprzedał. Dobrze, idź do tych krzykaczy, niech ci zmrożą krew w żyłach. Jeżeli przedtem tamci ich nie sprzątną. Pierwszego, jak słyszałem, sprzątnęli. Mam nadzieję, że to prawdziwa pogłoska.

Duży ork z dzidą w ręku rzucił się za nim w pogoń. Lecz tropiciel uskoczył, kryjąc się za jakimś głazem, podniósł błyskawicznie łuk i puścił strzałę prosto w oko przeciwnika, który zwalił się ciężko na ziemię. Mniejszy ork umknął i zniknął w głębi doliny.

Przez chwilę hobbici siedzieli w milczeniu. Wreszcie Sam ocknął się pierwszy.

– Ano, bardzo pięknie – rzekł. – Jeśli takie przyjazne stosunki panują powszechnie w Mordorze, będziemy mieli sprawę znacznie ułatwioną.

– Bądź cicho, Samie! – szepnął Frodo. – Mogą się tu kręcić inni w okolicy. Mało brakowało, a byłoby po nas; pościg jest na tropie i bliżej, niż przypuszczaliśmy. Ale tak, taki w Mordorze duch panuje, że do każdego zakątka tego kraju wciska się niezgoda. Jeśli wierzyć starym legendom, orkowie zawsze mieli takie zwyczaje, nawet gdy sami rządzili jeszcze u siebie. Nie należy jednak w tym pokładać wielkich nadziei. Nade wszystko nienawidzą nas, i to także od wieków. Gdyby ci dwaj nas dostrzegli, przestaliby się kłócić, dopóki by nas nie zabili.

Znowu zapadło milczenie. Przerwał je tym razem także Sam, ale już szeptem.

– Słyszał pan, co gadali o tym żarłoku, panie Frodo? Mówiłem panu, że Gollum żyje.

– Pamiętam. Dziwiłem się, jak na to wpadłeś – rzekł Frodo. – Nie powinniśmy stąd wychylać się przed nocą. Mamy więc trochę czasu i możesz mi wreszcie opowiedzieć, skąd wiesz o Gollumie i co się z tobą działo, gdy byliśmy rozłączeni. Ale nie narób hałasu!

– Postaram się – odparł Sam. – Co prawda, gdy myślę o tym śmierdzielu, krew mnie zalewa i mam ochotę krzyczeć.

Przesiedzieli więc pod osłoną kolczastych krzaków, czekając, aż mętne światło dnia zamieni się z wolna w czarną i bezgwiezdną noc Mordoru. Sam opowiedział na ucho Frodowi wszystko, co zdołał w słowach wyrazić, o zdradzieckiej napaści Golluma, o potwornej Szelobie i o własnych przygodach z orkami. Gdy skończył, Frodo w milczeniu uścisnął jego rękę. Dopiero po chwili rzekł:

– Teraz chyba pora wyruszyć. Ciekaw jestem, jak długo uda nam się wymykać, kiedy skończy się wreszcie to skradanie i prześlizgiwanie się chyłkiem, cała ta męka, w dodatku daremna! – Wstał. – Ciemno okropnie, a szkiełka Galadrieli nie możemy użyć. Przechowuj je dla mnie, Samie. Ja nie miałbym gdzie go teraz ukryć, chyba w garści, a będę potrzebował obu rąk, żeby drogę macać po nocy. Co do Żądła, to daję ci je na zawsze. Mam miecz orków, ale myślę, że nie wypadnie mi już nigdy walczyć taką bronią.

Trudno było i niebezpiecznie wędrować po bezdrożach, jednak powoli, potykając się często, hobbici brnęli, godzina za godziną, coraz dalej na północ, wzdłuż wschodniego brzegu kamiennej doliny.

Kiedy blade, szare światło rozpełzło się po zachodnich zboczach w górze, w parę godzin po wejściu dnia nad innymi krajami, wędrowcy znów przycupnęli w ukryciu i przespali się kolejno, czuwając na zmianę. Podczas swojej warty Sam rozmyślał o sprawach aprowizacji. Gdy Frodo zbudził się i powiedział, że trzeba coś przegryźć i przygotować się do dalszych trudów, Sam zadał mu pytanie, które go od dawna mocno niepokoiło:

– Za przeproszeniem pańskim, czy pan ma chociaż jakieś pojęcie, jak długo jeszcze musimy maszerować?

– Bardzo niedokładne – odparł Frodo. – W Rivendell, zanim ruszyliśmy na wyprawę, pokazano mi mapę Mordoru, sporządzoną przed powrotem Nieprzyjaciela do tego kraju, ale nie zapamiętałem jej dobrze. To jedno wiem, że jest takie miejsce, gdzie oba górskie łańcuchy, zachodni i północny, wysuwają ku środkowi równiny ramiona, które się niemal z sobą stykają. Miejsce to musi być odległe co najmniej o dwadzieścia staj od mostu pod Wieżą. Tam chyba najlepiej próbować przeprawy przez równiny. Oczywiście, w ten sposób oddalimy się znacznie od Góry Ognistej, pewnie o jakieś sześćdziesiąt mil. Liczę, że od mostu uszliśmy ze dwanaście staj na północ. Nawet gdyby wszystko układało się pomyślnie, prędzej niż za tydzień nie dotrę do Góry. Obawiam się, Samie, że brzemię stanie się bardzo ciężkie, a ja będę się włókł coraz wolniej w miarę zbliżania się do celu.

Sam westchnął.

– Tego się właśnie bałem – rzekł. – Ano, nie mówiąc już o wodzie, musimy, proszę pana, albo jeść odtąd jeszcze mniej, albo przyspieszyć kroku; w każdym razie teraz, póki idziemy doliną. Jedna przekąska i zapasy się skończą, zostanie tylko trochę chleba elfów.

– Będę się starał iść trochę prędzej – odparł Frodo, nabierając tchu w płuca. – A teraz w drogę. Zaczynamy nowy marsz.

Wyruszyli, choć nie było jeszcze całkiem ciemno. Szli do późna w noc. Godziny mijały, a dwaj hobbici wlekli się wytrwale, z rzadka pozwalając sobie na krótkie wytchnienie. Kiedy pierwszy nikły ślad szarego brzasku pojawił się na skraju ciemnego stropu nieba, zapadli znów w jakąś norę pod występem skalnym.

Rozwidniało się powoli i dzień wstawał jaśniejszy niż wszystkie poprzednie. Silny zachodni wiatr zmiatał dymy Mordoru nawet z górnych warstw nieba. Wkrótce hobbici mogli już rozróżnić zarysy krajobrazu na kilka mil wkoło. Parów, dzielący graniczny łańcuch od pasma Morgai, wspinał się coraz wyżej i stopniowo zacieśniał, aż wreszcie wewnętrzny grzbiet górski przeobraził się w półkę skalną na stromym zboczu Ephel Dúath; od wschodu opadał jednak ku płaszczyźnie Gorgoroth niemal prostopadłą ścianą. Łożysko potoku kończyło się w górze pod spękanymi stopniami skalnymi, tu bowiem od głównego masywu gór wysoka, naga ostroga wybiegała niby mur obronny ku wschodowi. Szary, zamglony łańcuch północny, Eret Lithui, wyciągał na jej spotkanie długie, potężne ramię, tak że pozostawał między nimi tylko wąski przesmyk – Carach Angren, Żelazna Paszcza; za tą bramą skalną leżała głęboka Dolina Udûn. Tutaj, za Morannonem, kryły się podziemne zbrojownie, przygotowane przez służalców Mordoru do obrony Czarnej Bramy, otwierającej dostęp do ich kraju. Tutaj też Czarny Władca gromadził obecnie w pośpiechu wielkie siły, by odeprzeć najazd wodzów Zachodu. Na wysuniętych ostrogach górskich wzniesiono forty i wieże, rozpalono ognie strażnicze, a przesmyk zagrodzono wałem ziemnym i przepaścistą fosą, nad którą przerzucono jeden tylko most.

O parę mil dalej na północ, w załomie, gdzie od głównego łańcucha odgałęziała się zachodnia ostroga, stał wysoko wśród szczytów dawny zamek Durthang, zamieniony teraz na jedną z trzech twierdz strzegących Doliny Udûn. Z miejsca, w którym znaleźli się hobbici, widać już było w potęgującym się świetle poranka wijącą się od zamku w dół drogę; o jakąś milę lub dwie stąd skręcała na wschód i biegła po wykutej w zboczu ostrogi półce, zniżając się stopniowo ku równinie, a potem przez nią zmierzała do Żelaznej Paszczy.

Hobbici, rozglądając się z ukrycia, musieli dojść do wniosku, że całą tę uciążliwą wędrówkę na północ odbyli daremnie. Dolina, rozścielająca się na prawo od nich, była mroczna i zadymiona, nie dostrzegali w niej obozów ani też ruchu wojsk, lecz górująca nad nią forteca Carach Angren dobrze jej strzegła.

– Zabrnęliśmy w ślepą uliczkę, Samie – rzekł Frodo. – Jeśli pójdziemy dalej pod górę, trafimy prosto do twierdzy orków, w dół nie można zejść inaczej niż drogą, która spod tej twierdzy biegnie. Nie pozostaje nam nic, tylko zawrócić, skąd przyszliśmy. Stąd nie zdołamy wspiąć się na zachodni grzbiet ani też zejść ze wschodniego.

– W takim razie trzeba iść drogą – odparł Sam. – Musimy zaryzykować i liczyć na szczęście, jeśli w Mordorze szczęście w ogóle mieszka! Nie sposób błąkać się dłużej ani też próbować odwrotu; to już lepiej byłoby od razu się poddać. Prowiant nam się kończy. Skoro innej rady nie ma, idziemy naprzód, i to biegiem!

– Zgoda, Samie – rzekł Frodo. – Prowadź! Dopóki masz bodaj odrobinę nadziei. Mnie już jej zabrakło. Ale biec naprawdę nie mogę. Będę się, w najlepszym razie, wlókł za tobą.

– Nawet żeby się wlec, potrzeba panu najpierw trochę snu i jedzenia. Skorzystajmy z jednego i drugiego w miarę możności.

Oddał Frodowi manierkę z wodą i dodatkowy kawałek chleba elfów, a potem zwinął swój płaszcz i wsunął go pod głowę ukochanemu panu. Frodo był zanadto zmęczony, żeby protestować, zresztą nie zorientował się, że wypił ostatnią kroplę wody i zjadł, prócz swojej, porcję wiernego giermka. Gdy Frodo usnął, Sam pochylony nad nim wsłuchiwał się w jego oddech i wpatrywał w jego twarz; mimo wychudzenia i głębokich bruzd wydała mu się pogodna i nieustraszona. „Ano, nie ma rady, mój panie! – szepnął w duchu Sam. – Muszę cię na chwilkę opuścić i spróbować szczęścia. Bez wody nie zajdziemy nigdzie".

Wymknął się i skacząc z kamienia na kamień z ostrożnością nawet dla hobbita niezwykłą, zbiegł w dół ku wyschłemu łożysku strumienia, potem zaś zaczął wspinać się jego brzegiem na północ, aż pod stopnie skalne, po których niewątpliwie musiała ongi spływać kaskadą tryskająca ze źródła woda. Teraz miejsce to zdawało się suche i martwe. Sam jednak, nie dając za wygraną, schylił się i przytknął niemal ucho do skał; ku swej wielkiej radości usłyszał nikły szmer kropel. Wdrapał się jeszcze trochę wyżej i trafił na wąską strużkę ciemnej wody ściekającą ze zbocza do małego zagłębienia, skąd rozlewała się znowu, ginąc pod kamieniami. Sam skosztował wody. Wydała mu się wcale niezła. Napił się do syta i napełnił manierkę, lecz w momencie, gdy odwracał się od źródła, mignęła mu wśród skał opodal kryjówki Froda jakaś czarna postać czy może cień. Stłumił okrzyk, który mu się rwał na usta, jednym susem znalazł się u stóp skalnego progu i sadząc w skokach przez kamienie, pomknął ile sił w nogach. Stwór był czujny, krył się zręcznie, ale Sam rozpoznał go niemal na pewno i ręce go świerzbiły, żeby je zacisnąć na gardle zdrajcy. Tamten jednak usłyszał kroki hobbita i wyśliznął się zręcznie. Sam miał wrażenie, że raz jeszcze dostrzegł wytkniętą nad krawędzią wschodniej przepaści głowę, która natychmiast znikła.

– Ano, szczęście mnie nie opuściło – mruknął Sam – ale mało brakowało! Nie dość, że tysiące orków mamy na karku, jeszcze ten śmierdziel przyszedł tutaj węszyć. Że też łajdaka jeszcze ziemia nosi!

Usiadł obok Froda, lecz nie zaalarmował go od razu. Bał się jednak usnąć, a kiedy w końcu zrozumiał, że dłużej się od snu nie obroni, bo oczy same się kleją, zbudził łagodnie swego pana.

– Gollum się znowu koło nas kręci, panie Frodo – rzekł. – A jeśli to nie on, to widać ma sobowtóra. Poszedłem szukać wody i na mgnienie oka dostrzegłem, odwracając się od źródła, jak się czaił i podglądał nas. Uważam, że nie byłoby bezpiecznie, gdybyśmy obaj spali, a z przeproszeniem pańskim, oczy mi się już kleją okropnie.

– Samie kochany! Połóż się i prześpij, należy ci się to od dawna – odparł Frodo. – Z dwojga złego wolę Golluma niż orków. Bądź co bądź on teraz nie wyda nas w ich łapy, chyba żeby sam w nie wpadł.

– Ale własną łapą może się dopuścić grabieży, a nawet morderstwa – mruknął Sam. – Niech pan ma oczy otwarte! Proszę, tu jest manierka pełna wody. Może pan pić śmiało. Zanim stąd ruszymy, napełnię ją na nowo.

I z tymi słowy Sam zasnął.

Kiedy się zbudził, zapadał znowu mrok. Frodo siedział oparty plecami o skałę i spał. Manierka była pusta. Gollum się nie pokazał. Ciemności Mordoru powróciły, tylko ognie strażnicze na szczytach świeciły jaskrawą czerwienią, gdy hobbici rozpoczynali ostatni, najgroźniejszy etap wędrówki. Najpierw poszli do źródła, a potem, mozolnie pnąc się pod górę, dotarli do drogi w miejscu, gdzie zakręcała na wschód ku odległemu o dwadzieścia mil przesmykowi Żelaznej Paszczy. Droga była niezbyt szeroka, niezabezpieczona murem ani poręczą, chociaż biegła skrajem przepaści, pogłębiającej się z każdą chwilą. Hobbici nasłuchiwali chwilę, lecz nie słysząc żadnych podejrzanych szmerów, puścili się energicznym krokiem w kierunku wschodnim.

Dopiero po dwunastu mniej więcej milach przystanęli. Przed chwilą minęli zakręt drogi, która tu zbaczała nieco ku północy, toteż nie mogli obserwować przebytego już odcinka. Okazało się to dla nich zgubne. Ledwie bowiem odpoczęli kilka minut, gdy nagle w ciszy nocnej dobiegł ich uszu odgłos, którego najbardziej się w głębi serc lękali: tupot maszerujących żołnierzy. Przeciwnicy byli jeszcze dość daleko, ale o milę niespełna zza zakrętu błyskały już światła pochodni i zbliżały się szybko, tak szybko, że Frodo nie miał szansy uciec przed nimi, biegnąc naprzód drogą.

– Tego się właśnie bałem – powiedział. – Zaufaliśmy szczęściu i szczęście nas zawiodło. Jesteśmy w pułapce! – Rozejrzał się gorączkowo po niedostępnej ścianie skalnej, którą dawni budowniczowie ociosali i wygładzili na wiele sążni w górę ponad drogą. Przebiegł na drugą stronę i wyjrzał poza krawędź w głąb ciemnej przepaści. – Jesteśmy w pułapce! – powtórzył. Osunął się na skałę i zwiesił głowę na piersi.

– Zdaje się, że tak – powiedział Sam. – Ano, trzeba czekać. Zobaczymy, co dalej się stanie.

Siadł obok Froda w cieniu urwiska.

Nie czekali długo. Orkowie maszerowali bardzo szybko. Żołnierze z pierwszych szeregów nieśli zapalone łuczywa. Zbliżali się, czerwone płomienie rosły w ciemnościach z każdą sekundą. Teraz już Sam także zwiesił głowę, w nadziei, że w ten sposób ukryje twarz, gdy padnie na nich blask pochodni. Tarcze ustawił oparte o kolana tak, by zasłaniały hobbickie stopy.

„Może w pośpiechu zostawią dwóch zmęczonych maruderów w spokoju" – myślał.

Rzeczywiście, zdawało się to możliwe. Pierwsi żołnierze minęli ich zdyszani, ze spuszczonymi głowami. Była to banda mniejszych orków, pędzonych wbrew ich woli do walki za sprawę Czarnego Władcy. Tych nic nie obchodziło, myśleli tylko o tym, żeby wreszcie skończył się ten marsz i żeby uniknąć chłosty. Wzdłuż kolumny uwijali się dwaj ogromni dzicy Uruk-hai, wymachując nahajami i pokrzykując. Szereg za szeregiem sunął drogą, niebezpieczne łuczywa już znalazły się dość daleko na przedzie. Sam wstrzymał oddech. Połowa kolumny już przeszła. Nagle jeden z poganiaczy zauważył dwie postacie przytulone do skalnej ściany. Świsnął nahajem nad nimi i wrzasnął:

– Hej, wstawać, pokurcze!

Nie odpowiedzieli. Ork krzyknął komendę i zatrzymał oddział.

– Ruszcie się, lenie przeklęte! – wrzasnął. – Teraz nie pora spać. – Przysunął się o krok bliżej i mimo mroku rozpoznał godła na tarczach. – Dezerterzy, co? – warknął. – Zachciało wam się wiać? Wszyscy z waszego szczepu powinni już od wczorajszego wieczora być w Dolinie Udûn. Wiecie to dobrze. Dalejże, wstawać! Do szeregu! Prędzej, bo podam wasze numery dowódcy.

Dźwignęli się ciężko, zgarbieni, i kulejąc jak znużeni forsownym marszem żołnierze powlekli się do ostatniego szeregu.

– Nie tam! – huknął poganiacz. – W trzecim szeregu od końca! A nie próbujcie wiać, bo będę miał na was oko.

Długa nahajka świsnęła nad ich głowami, potem strzeliła drugi raz, gdy Uruk-hai krzykiem ponaglał cały oddział do biegu. Nawet Sam, nieborak, wyczerpany długą podróżą, z trudem nadążał, ale Frodo cierpiał męki, które wkrótce spotęgowały się w istną torturę. Zaciął zęby, usiłował stłumić wszelkie myśli, rozpaczliwie parł naprzód. Dusił się od wstrętnego smrodu spoconych orków, omdlewał niemal z pragnienia. Biegli, biegli wciąż; Frodo z największym wysiłkiem chwytał dech w płuca, zmuszał nogi do marszu; nie śmiał odgadywać, do jakiego strasznego celu tak się spieszy. Nie było nadziei, żeby udało im się wymknąć. Poganiacz co chwila podbiegał do tylnych szeregów i sprawdzał, jak się zachowują.

– Biegiem! – wrzeszczał, śmiejąc się i smagając ich nahajem po łydkach. – Pod batem każdy siły znajdzie. Prędzej, pokurcze! Dałbym wam lepszą nauczkę, ale i tak dostaniecie za swoje, jak się stawicie z opóźnieniem do obozu. Dobrze wam to zrobi. Nie wiecie może, że jest wojna?

Przebiegli kilka mil. Frodo już gonił ostatkiem sił i wola w nim słabła, gdy wreszcie droga zaczęła opadać wydłużonym stokiem ku równinie. Frodo zataczał się i potykał. Sam, zrozpaczony, starał się mu pomagać, podtrzymywał go, chociaż jemu także brakło już tchu i nogi się pod nim uginały. Przeczuwał, że lada chwila nastąpi katastrofa, Frodo zemdleje albo upadnie, wszystko się wyda, a cały morderczy wysiłek okaże się daremny. „Ale z tym drabem poganiaczem jeszcze się przedtem porachuję" – myślał. Już sięgał do rękojeści mieczyka, kiedy zjawił się nieoczekiwany ratunek. Byli już na równinie i dość blisko wejścia do Udûn. Nieco przed nimi, przed bramą i przyczółkiem mostu, droga wschodnia łączyła się z innymi, prowadzącymi z południa i od Barad-dûr. Wszystkimi tymi drogami ciągnęły wojska, bo zastępy Gondoru posuwały się naprzód i Władca Ciemności pchał swoje armie na północ. Zdarzyło się właśnie, że u zbiegu dróg, w ciemnościach, gdzie nie dochodziło światło rozpalonych na skałach ognisk, spotkało się kilka oddziałów. Powstał zamęt i zgiełk, rozległy się wrzaski i klątwy, bo każdy oddział chciał pierwszy dotrzeć do celu, odpychając inne. Na próżno poganiacze krzyczeli i wymachiwali nahajkami; między orkami wybuchły bójki, ten i ów wyciągnął nawet miecz z pochwy. Pułk ciężkozbrojnych Uruk-hai z Barad-dûr natarł na maszerującą spod zamku Durthang kolumnę. Szeregi załamały się i rozpierzchły pod tym naporem.

Oszołomiony bólem i zmęczeniem Sam ocknął się i błyskawicznie wykorzystując okazję, rzucił się na ziemię; pociągnął Froda za sobą. Orkowie pośród przekleństw i wrzasków potykali się o nich, przewracali jedni na drugich. Hobbici, czołgając się na czworakach, zdołali z wolna wydostać się z tłoku i niepostrzeżenie dotarli wreszcie na skraj drogi. Ułożono na jej brzegu wysoki krawężnik, żeby dowódcom ułatwić orientację w ciemne noce lub we mgle, a równina ciągnęła się o kilka zaledwie stóp niżej.

Chwilę leżeli nieruchomo. Za ciemno było, żeby rozglądać się za kryjówką, a zresztą pewnie by jej w tych okolicach nie znaleźli. Sam jednak rozumiał, że trzeba odsunąć się jak najdalej od szlaku i poza krąg światła pochodni.

– Naprzód, panie Frodo – szepnął. – Podpełznijmy choć parę kroków, a potem pan będzie mógł odpocząć.

Frodo ostatnim desperackim wysiłkiem przeczołgał się o jakieś dwadzieścia kroków w bok od drogi i nagle natrafił na płytki dół, nieoczekiwanie ziejący pośród pola. Zapadł weń i legł na dnie, śmiertelnie wyczerpany.

Rozdział 3

Góra Przeznaczenia

Sam wsunął swój podarty czarny płaszcz orków pod głowę pana i nakrył się z nim razem szarym płaszczem elfów, a gdy to robił, myśli jego pobiegły do pięknego Lórien i do jego mieszkańców, a w serce wstąpiła otucha, że tkanina ich rękami usnuta osłoni wędrowców w beznadziejnym położeniu, w tym okropnym kraju. Zgiełk i wrzask przycichał stopniowo, pułki orków przeszły za Żelazną Paszczę. Można było pocieszać się, że w zamęcie i przemieszaniu różnych oddziałów nie zauważono braku dwóch maruderów, przynajmniej na razie.

Sam wypił ledwie jeden łyk wody, lecz swego pana napoił obficie, a gdy Frodo wreszcie odzyskał trochę sił, nakłonił go do zjedzenia całego kawałka nieocenionego chleba elfów. Potem, tak wyczerpani, że nawet nie czuli strachu, wyciągnęli się na ziemi. Spali czas jakiś, ale niespokojnie, budząc się często i drżąc, bo obsychający na ciałach pot przejmował ich chłodem, a na twardych kamieniach bolały wszystkie kości. Z północy, od Czarnej Bramy przez Cirith Ungol, ciągnął przy ziemi mroźny powiew.

Rankiem znów zajaśniało szare półświatło, gdyż górą po niebie wciąż jeszcze dął zachodni wiatr, niżej wszakże, w wewnętrznym kręgu gór, na kamiennej równinie Kraju Ciemności powietrze zdawało się niemal martwe, jednocześnie duszne i zimne. Sam wyjrzał z jamy. Otaczały ich posępne, płaskie, szarobure pola. Na pobliskiej drodze wszelki ruch ustał, lecz Sam lękał się czujnych oczu wypatrujących ze strażnic nad Żelazną Paszczą, która otwierała się nie dalej niż o ćwierć mili na północ stąd. Na południo-wschód w oddali Góra Ognista majaczyła niby ogromny, wzniesiony nad horyzontem cień. Biły znad jej wierzchołka dymy, których część, uniesiona wzwyż, płynęła ku wschodowi, część zaś skłębionymi zwałami osuwała się po stokach i rozpełzała po okolicy. O kilka mil na północo-wschód ciemniały szare podnóża Gór Popielnych, a za nimi omglona północna grań niby odległa chmura wisiała w powietrzu, ledwie trochę ciemniejsza na tle niskiego pułapu nieba.

Sam usiłował zorientować się w odległościach i wybrać właściwą drogę.

– Co najmniej pięćdziesiąt mil – mruczał zatroskany, patrząc na złowrogą Górę – czyli dobry tydzień marszu wobec stanu biednego pana Froda.

Tak kalkulując, potrząsał z powątpiewaniem głową, którą z wolna opanowywały czarne myśli. W jego dzielnym sercu nadzieja nie zamierała nigdy i dotychczas zawsze mimo wszystko troszczył się o drogę powrotną. Dopiero w tej chwili uprzytomnił sobie jasno gorzką prawdę: zapasy starczą z trudem na dojście do celu. Potem, po spełnieniu misji, muszą obaj z Frodem zginąć, samotni, bezdomni, głodni pośród okrutnego pustkowia. Nie ma dla nich powrotu.

„A więc na tym polega zadanie, które wziąłem na siebie, wyruszając w tę drogę – myślał Sam. – Mam wspomagać pana Froda do ostatka, a potem umrzeć razem z nim. Ano trudno, jeśli tak jest, muszę zrobić, co do mnie należy. Ale bardzo bym chciał zobaczyć jeszcze w życiu dom Nad Wodą, Różyczkę Cotton i jej braci, i Dziadunia, i Marigold, i wszystkich sąsiadów z Hobbitonu. Jakoś nie mogę uwierzyć, żeby Gandalf wyprawił pana Froda w tę podróż, gdyby nie było odrobiny nadziei, że z niej powróci. Cała sprawa przybrała zły obrót, odkąd Gandalf zginął w Morii. Szkoda! On by nas z pewnością wyratował".

Ale nawet teraz, gdy nadzieja naprawdę, czy może tylko pozornie, zgasła, przeobraziła się w jego duszy w nowe męstwo. Pospolita twarz Sama przybrała wyraz surowy, niemal posępny. Obudziła się w hobbicie zawziętość, dreszcz przebiegł jego ciało, jak gdyby zmieniał się w istotę z kamienia i stali, tak twardą, że ani rozpacz, ani zmęczenie, ani ciągnąca się bez końca wędrówka przez pustkowia nie może jej pokonać.

Z nowym poczuciem odpowiedzialności zwrócił teraz oczy na otaczającą ich bliższą okolicę, zastanawiając się nad następnym krokiem. Tymczasem rozwidniło się trochę i Sam ku swemu zdziwieniu stwierdził, że okolica, która z daleka wydawała się monotonną, wielką płaszczyzną, jest w rzeczywistości pełna nierówności, pokryta rumowiskiem i usypiskami. Cała rozległa równina Gorgoroth zryta była ogromnymi jamami, można by pomyśleć, że niegdyś zalegał ją miękki muł, na który spadł z procy olbrzymów grad kamiennych pocisków. Największe zapadliska otaczał wał gruzów skalnych i we wszystkie strony rozbiegały się od nich promieniście szerokie szczeliny. W takim terenie można było przekradać się od kryjówki do kryjówki bez obawy wytropienia przez najczujniejsze nawet oczy; można było, co prawda, pod warunkiem, że miało się na to dość sił i dużo czasu. Dla zgłodniałych i znużonych wędrowców, którzy musieli odbyć daleką drogę, zanim wyczerpią resztkę zapasów i sił, zadanie przedstawiało się niemal beznadziejnie.

Rozważając te sprawy, Sam wrócił do Froda. Nie potrzebował go budzić. Frodo leżał na wznak z otwartymi oczyma i wpatrywał się w chmurne niebo.

– Ano, proszę pana – rzekł Sam – rozejrzałem się trochę i namyśliłem. Na drogach cisza, trzeba ruszać, póki to możliwe. Da pan radę?

– Dam – odparł Frodo. – Muszę.

Znowu więc ruszyli naprzód, pełznąc od jamy do jamy, wykorzystując każdą osłonę, jaka się nastręczała, i wciąż kierując się na przełaj ku podnóżom północnego łańcucha gór. Najdalej na wschód wysunięta droga biegła zrazu równolegle do szlaku hobbitów, aż wreszcie tuląc się do podnóży gór, zanurzyła się w ich cieniu. Na jej płaskiej szarej taśmie pusto było i cicho, bo przemarsze armii Mordoru już się niemal całkowicie skończyły, a przy tym Władca Ciemności nawet w obrębie swego warownego państwa wolał przesuwać pułki pod osłoną nocy, obawiając się wichrów ze świata, które obróciły się przeciw niemu i rozdzierały dymy; niepokoiły też Saurona pogłoski o zuchwałych szpiegach, którzy przedarli się przez granice.

Po kilku w trudzie przebytych milach hobbici zatrzymali się, żeby wytchnąć. Frodo był u kresu sił. Sam rozumiał, że wiele dalej nie zajdą w ten sposób, to czołgając się, to zgięci wpół, to wlokąc się i niepewnie wymacując drogę, to biegnąc wśród wybojów.

– Wracajmy na drogę, póki jest jasno, proszę pana – rzekł. – Zaufajmy raz jeszcze szczęściu. Omal nas nie opuściło w ostatniej przygodzie, a jednak nie zawiodło. Kilka mil dobrego marszu i będziemy mogli odpocząć.

Ryzyko było większe, niż przypuszczał, lecz Frodo, zajęty brzemieniem, które dźwigał, i wewnętrzną rozterką, przy tym ostatecznie już zdesperowany, zgadzał się na wszystko. Wspięli się na nasyp i poszli dalej twardą, okrutną drogą, wiodącą wprost do Czarnej Wieży. Szczęście jednak nadal im sprzyjało, bo do wieczora nie spotkali żywego ducha, a w nocy skryły ich ciemności. Cały kraj przyczaił się w ciszy jak przed srogą burzą; wodzowie Zachodu minęli już Rozstaj Dróg i podpalili straszne pola Imlad Morgul.

Tak trwała rozpaczliwa wędrówka, Pierścień dążył na południe, a sztandary królewskie na północ. Każdy dzień i każda mila potęgowały udrękę hobbitów, siły bowiem wyczerpywały się, a wrogi kraj stawał się coraz groźniejszy. Za dnia nie spotykali nieprzyjaciół. W nocy, kryjąc się i drzemiąc niespokojnie w jakiejś jamie opodal drogi, słyszeli wrzaski i tupot wielu stóp albo spieszny tętent bezlitośnie poganianych koni. Gorsza jednak od tych niebezpieczeństw była groza tego miejsca, do którego zmierzali, groza tej potęgi, zatopionej w swych myślach, bezsennie knującej przewrotne plany w okrytej zasłoną ciemności stolicy. Im bliżej do niej podchodzili, tym bardziej złowrogi zdawał się jej czarny cień jak ściana nocy na ostatniej granicy świata.

Nadszedł wreszcie najstraszniejszy wieczór; w tym samym czasie, gdy armia Gondoru dotarła do kresu żywych ziem, dwaj wędrowcy przeżywali czarną godzinę rozpaczy. Cztery dni minęły, odkąd uciekli z szeregów orków, lecz ten cały okres zdawał im się stopniowym pogrążaniem w głąb koszmarnego snu. Czwartego dnia Frodo prawie się nie odzywał, szedł zgarbiony, zgięty wpół, i potykał się często, jak gdyby nie widząc już drogi pod stopami. Sam domyślał się, że wśród wspólnie znoszonych cierpień Frodowi przypadło najdotkliwsze: rosnący ustawicznie ciężar Pierścienia, nieznośne brzemię dla ciała i udręka dla duszy. Z niepokojem wierny giermek obserwował, że Frodo często podnosi lewą rękę, jakby broniąc się przed ciosem, lub osłania przerażone oczy przed okrutnym, szukającym go spojrzeniem straszliwego Oka. Czasem też prawa ręka Froda skradała się do zawieszonego na piersiach Pierścienia, sięgała chciwie po niego i w ostatnim momencie opadała, ulegając nakazowi woli.

Gdy teraz wróciły nocne ciemności, Frodo siadł z głową wtuloną między kolana, ręce zwiesił bezwładnie ku ziemi, tylko palce drżały mu lekko. Sam czuwał, patrząc na niego, póki noc nie ogarnęła ich tak, że nie mogli widzieć się nawzajem. Sam nie znajdował już słów pociechy, pogrążył się więc we własnych niewesołych myślach. On też był zmęczony i drżał z lęku, ale zachował trochę sił. Lembasy miały niezwykłą moc krzepiącą, gdyby nie to, obaj hobbici dawno już ustaliby w drodze i poddali się śmierci. Lembasy nie zaspokajały jednak apetytu, toteż Sam nieraz wspominał tęsknie różne potrawy i marzył o zwykłym chlebie i mięsie. Mimo to chleb elfów miał potężne działanie, tym potężniejsze, że wędrowcy posilali się nim teraz wyłącznie, obywając się bez innego jadła. Żywił ich, dawał siłę do przetrwania, krzepił do wysiłku, na jaki żadna śmiertelna istota nie zdobyłaby się bez takiej pomocy. W tej chwili jednak musieli powziąć nową decyzję. Nie mogli dłużej iść tą drogą, wiodła bowiem na wschód, w samo serce ciemności, podczas gdy Góra Ognista, do której powinni zmierzać, wznosiła się na prawo od nich, niemal wprost na południe. Dzieliła ich od niej jeszcze rozległa przestrzeń martwego, dymiącego, pociętego rozpadlinami i zasypanego popiołem kraju.

– Wody! Wody! – szepnął Sam. Skąpił sobie każdej kropli, w zaschniętych ustach język stwardniał mu i spuchł z pragnienia; mimo tej oszczędności zostało im ledwie pół manierki, a mieli przed sobą jeszcze kilka dni wędrówki. Dawno wyczerpaliby skromne zapasy, gdyby nie ośmielili się pójść drogą orków. Przy niej bowiem w dość znacznych odstępach były zbiorniki, przygotowane dla wojska na wypadek spiesznego marszu przez bezwodne pustkowia. W jednym z nich Sam zaczerpnął trochę wody, zatęchłej, zmąconej, ale bądź co bądź zdatnej do użycia w ostatniej potrzebie. Zdarzyło się to jednak przed dwoma dniami. W przyszłości nie mogli liczyć na podobne szczęście.

W końcu zmęczony posępnymi rozmyślaniami Sam zdrzemnął się, rezygnując z troski o jutro, skoro nie mógł na razie i tak nic przedsięwziąć. Sen i jawa mieszały się w jego zgorączkowanej głowie. Widział światła, jak gdyby rozjarzone ślepia, i skradające się cienie; słyszał głosy jak gdyby dzikich zwierząt i okropne krzyki torturowanych, ale gdy zrywał się ze snu, stwierdzał, że otacza go ciemność, pustka i cisza. Raz tylko, stojąc i rozglądając się pilnie dokoła, miał wrażenie, chociaż na pewno w tym momencie nie spał, że dostrzega blady błysk dwojga oczu, które jednak natychmiast przygasły i zniknęły.

Okropna noc wlokła się nieznośnie. Świt nastał mętny, bo w pobliżu Góry Ognistej panował zawsze mrok: sięgały tutaj macki ciemności, które Sauron rozsnuwał wokół swojej Czarnej Wieży. Frodo leżał bez ruchu na wznak, Sam stał nad nim; niechętnie zabierał głos, ale rozumiał, że teraz jest to jego obowiązkiem i że musi skłonić swego pana do nowego wysiłku. Pochylił się i głaszcząc czoło Froda, szepnął mu do ucha:

– Panie Frodo, proszę wstawać! Pora ruszać w drogę!

Frodo podniósł się zaraz, jakby zbudzony nagłym dźwiękiem dzwonka, i spojrzał w stronę południa. Gdy wszakże zobaczył Górę i pustkowie, cofnął się i skulił.

– Nie mogę, Samie – rzekł. – Nie udźwignę tego ciężaru, to nad moje siły.

Sam wiedział, że to, co powie, będzie daremne i że słowa te więcej wyrządzą szkody, niż pomogą, lecz, zdjęty litością, nie mógł ich przemilczeć.

– Niech pan pozwoli, żebym ja go teraz chwilę dźwigał – powiedział. – Pan przecież wie, że zrobię wszystko, dopóki tej resztki sił mi starczy.

Oczy Froda rozbłysły gwałtownym gniewem.

– Nie zbliżaj się do mnie! Nie dotykaj mnie! – krzyknął. – On jest mój. Precz! – Ręką szukał głowicy miecza. Nagle głos mu złagodniał: – Ach, nie, Samie – rzekł ze smutkiem. – Staraj się mnie zrozumieć. To moje brzemię, nikt inny nie może go nieść. Za późno już, Samie, przyjacielu kochany. W ten sposób nie możesz mi teraz pomóc. Jestem już niemal całkowicie w jego władzy. Nie mogę oddać Pierścienia nikomu, a gdybyś chciał mi go odebrać, oszalałbym chyba.

Sam skinął głową.

– Rozumiem – odparł. – Ale myślę, proszę pana, że możemy się pozbyć innych ciężarów. Czemuż by nie ulżyć sobie choć trochę? Pójdziemy stąd możliwie najprostszą drogą do celu. – Wskazał Górę. – Nie warto brać rzeczy, które zapewne nie będą nam niezbędne.

Frodo spojrzał znów w stronę Góry.

– Słusznie – rzekł. – Niewielu rzeczy będziemy odtąd potrzebowali w drodze. U celu nic już nam nie będzie potrzebne.

Chwycił tarczę orków, odrzucił ją daleko od siebie, a potem cisnął też za nią hełm. Zdjął płaszcz, rozpiął ciężki pas i pozwolił mu opaść na ziemię razem z mieczem schowanym w pochwie. Czarny płaszcz podarł na strzępy i rozsypał je wkoło.

– Nie będę udawał orka! – zawołał. – Pójdę dalej bez broni, czy to szlachetnej, czy to nikczemnej. Niech mnie zabiją, jeśli chcą.

Sam poszedł za jego przykładem, pozbył się orkowego przebrania i oręża; wyciągnął też z tobołka własne rzeczy. Dziwnie stały mu się miłe, może po prostu dlatego, że dźwigał je z tak daleka w niemałym trudzie. Najboleśniej było mu rozstać się z przyborami kuchennymi. Łzy stanęły mu w oczach, kiedy je odrzucał.

– Pamięta pan tę potrawkę z królika, panie Frodo? – spytał. – Ten zakątek pod nagrzaną od słońca skarpą w kraju Faramira w dniu, kiedy zobaczyliśmy olifanta?

– Niestety, Samie – odparł Frodo – nic już nie pamiętam, a raczej wiem, że to przeżyłem, ale nie widzę tego oczyma pamięci. Nie zostało mi nic, zgubiłem smak jadła, świeżość wody, szum wiatru, wspomnienie drzew, trawy i kwiatów, obraz księżyca i gwiazd. Jestem nagi wśród ciemności, żadna zasłona nie dzieli mnie od ognistego koła. Widzę je teraz już nawet na jawie, otwartymi oczyma, a wszystko inne zanika we mgle.

Sam pocałował jego rękę.

– A więc trzeba się spieszyć, im prędzej pozbędziemy się brzemienia, tym prędzej będzie pan mógł odpocząć – mówił rwącym się głosem, nie znajdując lepszych słów pociechy. „Gadaniem nic tu nie pomogę – myślał, zbierając porzucone rzeczy. Nie chciał ich zostawiać na pustkowiu, w miejscu otwartym, gdzie łatwo mógłby je ktoś zauważyć. – Śmierdziel znalazł kolczugę, jak się zdaje, nie trzeba, żeby na dodatek uzbroił się w miecz. Z gołymi łapami dość jest niebezpieczny. I niedoczekanie jego, żeby miał dotykać moich rondli!". Zaniósł wszystko nad jedną z licznych szczelin, ziejących w ziemi, i cisnął w głąb. Brzęk cennych rondli spadających w czarną czeluść zabrzmiał w uszach Sama jak dzwony pogrzebowe.

Wrócił do Froda, odciął kawałek liny elfów, opasał nią swego pana i owiązał na nim ciasno szary płaszcz. Resztę liny zwinął starannie i schował do swego tobołka. Zatrzymał prócz niej tylko resztki lembasów, manierkę i Żądło, nadal wiszące mu u pasa. Głęboko w kieszeni na piersiach miał też schowany kryształowy flakonik Galadrieli i małą szkatułkę, którą od niej dostał w darze.

Wreszcie ruszyli, twarzami zwróceni ku Górze, nie kryjąc się już teraz, walcząc ze zmęczeniem i skupiając słabnącą wolę na jedynym zadaniu, byle iść naprzód. W mroku posępnego dnia nawet w tym dobrze strzeżonym kraju trudno byłoby szpiegom wypatrzyć hobbitów, chyba że z bliska. Spośród wszystkich niewolników Czarnego Władcy tylko Nazgûle mogłyby go ostrzec o tych niebezpiecznych wędrowcach, małych, lecz nieugiętych, wlokących się wytrwale w głąb strzeżonego Królestwa Ciemności. Nazgûle jednak poszybowały na swych czarnych skrzydłach daleko stąd, bo wyznaczono im inną służbę: śledziły marsz armii królewskiej ciągnącej z zachodu pod bramy Mordoru; w tamtą stronę zwróciła się też cała uwaga Czarnej Wieży.

Tego dnia Samowi zdawało się, że Frodo odżył, i dziwiło go to, bo przecież ujął swemu panu tylko drobną część ciężaru. Zrazu więc szli znacznie szybciej, niż Sam przewidział. Teren był trudny, okolica wroga, mimo to posunęli się na pierwszym etapie marszu tak, że Góra wyłaniała się przed nimi dość już blisko. Ale dzień minął; wcześnie, za wcześnie zmierzchło mętne światło dzienne, Frodo znów się zgarbił i zaczął się chwiać na nogach, jakby w tym ostatnim zrywie zużył resztki sił. Gdy zatrzymali się na popas, osunął się na ziemię, mówiąc:

– Pić mi się chce, Samie.

Potem umilkł. Sam dał mu łyk wody. W manierce zostało tylko kilka kropel. Sam odmówił ich sobie, toteż gdy raz jeszcze noc

Mordoru zamknęła się wokół wędrowców, nie mógł myśleć o niczym prócz wody; wszystkie rzeki, strumienie i potoki, jakie w życiu widział, jedne błyszczące w słońcu, inne ocienione liśćmi wierzb, ze szmerem i pluskiem przepływały przed jego udręczonymi oczyma. Czuł pod stopami chłodny piasek na dnie stawu Nad Wodą, gdzie brodził w dzieciństwie z Jollym Cottonem i Tomem, i Nibsem, i małą ich siostrą Różyczką. „Ale to było dawno – westchnął – i daleko! Droga powrotna, jeśli w ogóle istnieje, prowadzi przez tę Górę".

Nie mógł zasnąć i dyskutował sam ze sobą.

„Ano przyznaj, że jak dotąd lepiej nam się powiodło, niż się spodziewałeś – pocieszał się w duchu. – Bądź co bądź początek wcale niezły. Chyba przeszliśmy połowę drogi, zanim ustaliśmy w końcu. Jeszcze jeden dzień i będzie po wszystkim".

„Nie bądź głupi, Samie Gamgee – zareplikował po chwili namysłu. – Frodo drugiego dnia takiego marszu nie wytrzyma, a może nie będzie mógł nawet ruszyć z miejsca. Ty także nie zajdziesz daleko, jeżeli będziesz mu odstępował swoje porcje chleba i wody".

„Mogę jeszcze iść dalej i zajdę".

„Dokąd?"

„Na Górę, oczywiście".

„A co potem, Samie Gamgee? Co potem? Co zrobisz, jeśli nawet tam dojdziesz? Frodo o własnych siłach niczego nie zdziała".

Z rozpaczą Sam stwierdził, że na to nie znajduje odpowiedzi. Nie miał pojęcia, co należy zrobić. Frodo niewiele mówił mu o swojej misji, Sam wiedział tylko tyle, że Pierścień trzeba w jakiś sposób wrzucić w ogień. „Szczeliny Zagłady – mruknął, bo nazwa ta wypłynęła nagle z głębi jego pamięci. – Pan Frodo pewnie wie, jak je znaleźć, ale ja nie wiem".

„A widzisz! – odpowiedział sobie. – Wszystko na nic. Frodo też tak mówił. Jesteś głupi, że łudzisz się nadzieją i nie przestajesz się tak męczyć daremnie. Żeby nie twój upór, od dawna już położylibyście się obaj w jakiejś dziurze i zasnęli na dobre. Śmierć was i tak nie minie albo spotka was coś gorszego od śmierci. Lepiej dać za wygraną i nie wstawać już więcej. Nigdy nie zdołacie wedrzeć się na ten szczyt".

„Dojdę na szczyt, choćbym miał tam tylko własne kości dowlec – odparł. – I zaniosę pana Froda, choćby mi grzbiet miał od tego pęknąć razem z sercem. Przestań mi się sprzeciwiać, bo nie ustąpię".

W tej chwili Sam poczuł pod swymi plecami drżenie ziemi i usłyszał jakby daleki grzmot przetaczający się w jej głębi. Pod chmurami błysnął czerwony płomień i zaraz przygasł. Góra Ognista także miała sen niespokojny.

Zaczął się ostatni etap wędrówki i okazał się tak uciążliwy, że Sam nie mógł pojąć, jakim cudem znosi tę mękę. Wyczerpany, obolały, cierpiał okropne pragnienie i przez zaschnięte gardło nie mógł już przepchnąć ani kęsa chleba. Było ciemno, nie tylko z powodu bijących znad Góry dymów; zbierało się na burzę, a w oddali na południo-wschodzie błyskawice migotały po czarnym niebie. Co najgorsze, powietrze tak było przesycone oparami, że hobbici z trudem chwytali oddech; w głowach im się kręciło, zataczali się i przewracali coraz częściej. A jednak z niezachwianą wolą brnęli dalej.

Góra z wolna przybliżała się, aż w pewnym momencie, gdy dźwignęli ociężałe głowy, ujrzeli ją tuż nad sobą; ogromny jej masyw przesłonił im świat. Piętrzyła się, usypana z popiołu, żużlu i przepalonej skały, stromy jej stożek ginął w chmurach. Zanim dogasł półmrok dzienny i zapadła prawdziwa noc, hobbici dowlekli się na chwiejnych nogach aż do samego jej podnóża.

Frodo z jękiem padł na ziemię. Sam usiadł przy nim. Ku swemu zdumieniu mimo zmęczenia czuł się jakby lżejszy i rozjaśniło mu się w głowie. Nie nękała go już rozterka. Znał wszystkie argumenty rozpaczy i nie chciał ich słuchać. Zawziął się, tylko śmierć mogła złamać jego wolę. Otrząsnął się z senności, rozumiał, że musi czuwać. Wiedział, że wszystkie groźby i niebezpieczeństwa skupiają się teraz w jednym punkcie: następny dzień będzie rozstrzygający, jutro dopełni się los, jutro czeka ich ostatni wysiłek albo klęska i kres.

Ale kiedy nadejdzie to jutro? Noc wlokła się w nieskończoność, jakby czas zastygł; minuty upływały w martwocie i składały się na martwe godziny, nieprzynoszące żadnej zmiany. Sam już zaczął przypuszczać, że rozpoczęła się nowa era ciemności i dzień nie zaświta nigdy. Po omacku poszukał ręki Froda. Była zimna i drżała. Frodo dygotał wstrząsany dreszczami.

– Źle zrobiłem, że wyrzuciłem swój koc – mruknął Sam i położył się obok Froda, objął biedaka, usiłując rozgrzać go własnym ciepłem.

W końcu Sama zmorzył sen, a mętny brzask ostatniego dnia wędrówki zastał obu hobbitów śpiących ramię przy ramieniu. Wiatr, który poprzedniego dnia ucichł, wzmagał się teraz i wiał już nie z zachodu, lecz z północy; z wolna światło niewidocznego słońca przedarło się przez cienie do legowiska wędrowców.

– W drogę! Do ostatniego skoku! – zawołał Sam, dźwigając się z ziemi. Łagodnie zbudził swego pana. Frodo jęknął; ogromnym wysiłkiem woli zdołał wstać, lecz natychmiast padł znowu na kolana. Podniósł z trudem oczy na czarne stoki Góry Przznaczenia, która piętrzyła się nad nimi, i zaczął rozpaczliwie czołgać się na czworakach naprzód.

Samowi, gdy patrzył na to, serce pękało z żalu, lecz ani jedna łza nie spłynęła z suchych, przekrwionych oczu. „Powiedziałem, że go zaniosę na grzbiecie, choćby mi grzbiet miał pęknąć – pomyślał. – Tak też i zrobię".

– Nie mogę przejąć pańskiego brzemienia, ale pana mogę przecież nieść z nim razem! – krzyknął. – Niech pan włazi mi na plecy, panie Frodo kochany. Sam posłuży panu za wierzchowca. Powie pan tylko, dokąd iść, i zajedzie pan, gdzie pan zechce.

Frodo przylgnął do pleców Sama, rękami lekko obejmując go za szyję, a Sam mocno przycisnął ramionami nogi Froda do swych boków i przez chwilę stał bardzo niepewnie; brzemię okazało jednak zdumiewająco lekkie. Sam trochę wątpił, czy mu starczy sił, żeby dźwignąć Froda, bał się, że odczuje dodatkowy, przytłaczający ciężar przeklętego Pierścienia. Stało się inaczej. Może Frodo był tak wyniszczony przez długotrwałe trudy, ranę zadaną nożem, jad wsączony przez Szelobę, smutki, trwogę i bezdomne, wędrowne życie, a może Sam w tej chwili otrzymał w darze wyjątkową siłę, dość że podniósł swego pana tak swobodnie, jakby wziął na barana jakieś hobbiciątko, bawiąc się z dziećmi na zielonym trawniku albo na łące w Shire. Zaczerpnął tchu i pomaszerował przed siebie.

Podeszli do Góry od północnego zbocza, w jego zachodniej części; wydłużony szary skłon, chociaż poszarpany, nie był zbyt stromy. Frodo milczał, więc Sam, zdany na własną orientację, kierował się tylko jedną myślą: chciał jak najprędzej dojść jak najwyżej, zanim go siły opuszczą lub wola zawiedzie. Szedł uparcie pod górę, zakosami, by złagodzić stromiznę, często potykając się, padając na kolana, w końcu pełznąc jak ślimak z ciężką muszlą na grzbiecie. Wreszcie wola w nim omdlała, mięśnie odmówiły posłuszeństwa i Sam zatrzymał się, składając Froda ostrożnie na ziemi.

Frodo otworzył oczy i westchnął. Tu, na wysokości, łatwiej było oddychać, bo cuchnące opary spływały po zboczach i gromadziły się u podnóży Góry

– Dziękuję ci, Samie – szepnął ochryple. – Czy stąd daleko jeszcze mam iść?

– Nie wiem – odparł Sam – bo nie mam pojęcia, dokąd idziemy.

Spojrzał w dół, spojrzał w górę i zdziwił się, że ten ostatni wysiłek tak wysoko ich doprowadził. Orodruina, odosobniona i groźna, zdawała się z dołu bardziej wyniosła, niż była w rzeczywistości. Sam przekonał się dopiero teraz, że jest niższa od przełęczy w łańcuchu Ephel Dúath, którą przedtem z Frodem pokonali. Nieregularne, rozłożyste ramiona ogromnej podstawy wznosiły się na jakieś trzy tysiące stóp ponad równinę, a wyrastający z nich smukły główny szczyt w kształcie stożka miał ledwie połowę tej wysokości i przypominał olbrzymi komin chmielarni z otwartym pośrodku kraterem o poszarpanych brzegach. Hobbici przebyli już więcej niż pół drogi zboczem podstawy; równina Gorgoroth niknęła we mgle u ich stóp, spowita w dymy i cienie. Spoglądając w górę, Sam omal nie krzyknął; z zaschniętego gardła nie mógł jednak dobyć głosu. Zobaczył wyraźnie biegnącą między garbami i zapadliskami stoku ścieżkę. Wspinała się od zachodu i w skrętach wiła po zboczu, dosięgała od wschodu podnóży stożka i potem ginęła z oczu, okrążając go z drugiej strony.

Sam nie widział tego jej odcinka, który przebiegał tuż nad miejscem, gdzie stał w tym momencie, ponieważ stromy tutaj stok zasłaniał mu widok; domyślał się jednak, że gdyby wydostali się nieco wyżej, trafiliby na dogodną drogę. Znowu odżyła iskierka nadziei.

Zdobycie szczytu wydało się możliwe. „Jakby ktoś umyślnie podsunął nam ścieżkę – powiedział sobie Sam. – Gdyby jej tutaj nie było, musiałbym uznać, że u kresu drogi zostaliśmy pokonani". Ale ścieżki tej nie zbudowano umyślnie dla Sama. Nic o tym nie wiedząc, hobbit oglądał drogę Saurona łączącą Barad-dûr z Sammath Naur, Komorami Ognia. Z ogromnej zachodniej bramy Czarnej Wieży ta ścieżka biegła po żelaznym moście ponad głęboką przepaścią, a dalej po równinie między dwiema dymiącymi otchłaniami ku długiej, pochyłej grobli wspinającej się na wschodnie zbocze Ognistej Góry. Wijąc się od południa na północ, opasywała potężne jej podnóża i docierała wysoko na wieńczący ją stożek, lecz nie sięgała do dyszącego ogniem szczytu, zmierzając ku ciemnemu otwartemu w stoku wylotowi, zwróconemu na wschód, wprost ku temu oknu spowitej w cień twierdzy, z którego patrzyło straszne Oko Saurona.

Wybuchy Ognistej Góry często zasypywały i niszczyły ścieżkę kamiennymi pociskami, lecz niezliczone zastępy roboczych orków naprawiały ją co prędzej i utrzymywały stale w porządku.

Sam nabrał tchu w płuca. A więc istniała ścieżka; nie wiedział jednak, jak się na nią dostać. Przede wszystkim musiał dać trochę odpoczynku obolałym plecom. Leżał czas jakiś obok Froda. Żaden z nich się nie odzywał. Tymczasem rozwidniało się z wolna. Nagle Sam, nie rozumiejąc dlaczego, poczuł, że trzeba się spieszyć. Jakby mu ktoś krzyknął nad uchem: „Naprzód! Prędko! Za chwilę będzie za późno!". Zebrał siły i wstał. Frodo chyba także usłyszał wezwanie, bo dźwignął się na klęczki.

– Poczołgam się dalej, Samie – szepnął.

Niby szare mrówki pełzli stokiem pod górę. Dotarli na ścieżkę; była szeroka, wybrukowana tłuczonym kamieniem i pokryta ubitym popiołem. Frodo stanął na niej i jakby pod przymusem z wolna obrócił twarz ku wschodowi. W dali snuły się w powietrzu cienie Saurona, lecz rozdarta pod tchnieniem wiatru z innych krain zasłona otwarła się na chwilę; Frodo zobaczył czarne, ciemniejsze niż otaczające je ogromne ciemności, groźne iglice i żelazną koronę na szczycie najwyższej wieży Barad-dûr. Trwało to ledwie chwilę, lecz z jakiegoś wielkiego okna, górującego na niewiarygodnej wysokości, mignęła, lecąc na północ, czerwona błyskawica, płomienne, przeszywające spojrzenie okrutnego Oka. Potem cienie znowu się zwarły i przesłoniły ten straszliwy widok. Oko nie było zwrócone na hobbitów, patrzyło na północ, gdzie u bram Królestwa Ciemności stanęli wodzowie Zachodu; tam także kierowały się wszystkie nienawistne myśli Saurona, zamierzającego właśnie zadać przeciwnikom śmiertelny cios. Mimo to Frodo, jakby porażony płomienną wizją, padł na ziemię. Ręka jego szarpała zwisający z szyi łańcuszek.

Sam uklękł przy nim. Słabym, prawie niedosłyszalnym głosem Frodo szepnął:

– Pomóż, Samie! Pomóż! Zatrzymaj moją rękę. Ja już nie mogę...

Sam ujął obie ręce swego pana, złożył je razem, dłoń na dłoni, i ucałował, a potem łagodnie przytrzymał. Nagle zaświtała mu w głowie myśl: "Wytropił nas! Wszystko przepadło albo przepadnie za chwilę. Teraz, Samie Gamgee, koniec z wami!".

Znowu więc wziął swego pana na plecy, lecz pozwolił już nogom Froda zwisać bez podpory, bo rękoma przyciskał jego złożone dłonie do swojej piersi. Z pochyloną głową wspinał się mozolnie ścieżką pod górę. Nie było to takie łatwe, jak się spodziewał. Szczęściem wybuch, który Sam obserwował niedawno z Cirith Ungol, wyrzucił swoje ogniste potoki głównie na południowe i zachodnie zbocze, ścieżka więc z tej strony nie została zniszczona. W wielu wszakże miejscach zapadła się albo przecinały ją rozwarte szczeliny. Czas jakiś prowadziła wprost na wschód, po czym zawracała pod ostrym kątem z powrotem na zachód. Na zakręcie zagradzał ją do połowy ogromny zmurszały głaz, wypluty ongi z krateru podczas jakiejś gwałtownej eksplozji. Zgięty pod brzemieniem Sam właśnie znalazł się w tym miejscu, gdy nagle kątem oka dostrzegł, że z głazu coś spada, jak gdyby czarny kamień; zdążył pomyśleć, że to on go pewnie strącił, przechodząc, lecz w okamgnieniu silne uderzenie zwaliło go z nóg.

Sam runął na twarz, kalecząc sobie ręce, z których nie wypuścił dłoni Froda. Wtedy dopiero zrozumiał, co się stało, bo tuż nad uchem usłyszał znajomy, znienawidzony głos.

– Zły pan! – syczał ten głos. – Zły! Oszukał nasss! Oszukał Sméagola, glum, glum! Nie wolno iść tam. Nie wolno gubić skarbu. Oddaj go Sméagolowi, oddaj, oddaj...

Sam gwałtownym ruchem zdołał się poderwać z ziemi. Błyskawicznie wyciągnął miecz. Nie mógł jednak go użyć. Gollum i Frodo byli spleceni ze sobą. Gollum szarpał Froda, usiłując chwycić łańcuszek i Pierścień. Nic innego nie wskrzesiłoby tak zamierającej w sercu Froda woli i nie zbudziłoby w nim resztek sił; bronił się z furią, która zadziwiła nie tylko Sama, ale także Golluma. Mimo to walka przybrałaby pewnie inny obrót, gdyby Gollum również nie zmienił się bardzo w ostatnich czasach; wędrówka niewiadomymi ścieżkami, po których od dawna błąkał się samotny, bez jadła i wody, trawiony pożądliwością i nękany strachem, wycisnęła na nieszczęśniku żałosne piętno. Był teraz chudym, zagłodzonym, wynędzniałym stworzeniem, pod zwiotczałą żółtawą skórą zostały mu tylko kości. Oczy błyszczały dziko, ale złość i chytrość nie miały już do rozporządzenia dawnej siły chwytliwych rąk. Frodo strącił go z siebie i wstał, cały drżąc.

– Precz! Precz! – krzyknął rwącym się głosem i rękę zacisnął na piersi, poprzez skórzany kaftan zamykając w dłoni Pierścień. – Precz, podstępny stworze, precz z mojej drogi! Skończyły się twoje czasy. Teraz nie możesz już mnie zdradzić ani zabić!

Nagle znów, jak kiedyś pod ścianą Emyn Muil, ukazała się Samowi inna zupełnie wizja tych dwóch rywali. Jeden, skulony na ziemi, był ledwie cieniem żywej istoty, wyniszczonej do cna i pokonanej, a jednak dyszącej pożądaniem i wściekłością; drugi stał nad nim, niedostępny teraz dla żalu i litości, spowity białym płaszczem, ale przyciskał do piersi ogniste koło. Z płomieni dobywał się rozkazujący głos:

– Idź precz i nie waż się przeszkadzać mi dłużej. Jeżeli mnie chociaż raz jeszcze spróbujesz tknąć, pochłonie cię Ogień Zagłady.

Skulony stwór cofał się, mrużąc przerażone oczy, w których jednak paliła się wciąż gorączka pożądania.

Wizja zgasła. Sam znowu widział Froda stojącego z ręką na piersi, dyszącego ciężko, a Golluma u jego stóp na kolanach, wspartego szeroko rozstawionymi płaskimi dłońmi o ziemię.

– Uwaga! – krzyknął Sam. – On skoczy! – Zrobił krok naprzód z mieczem podniesionym do ciosu. – Panie Frodo, prędko! – jęknął. – Naprzód, naprzód! Nie ma chwili do stracenia. Ja się z nim rozprawię. Naprzód!

Frodo spojrzał na niego jakby z wielkiej dali.

– Tak, trzeba iść naprzód – powiedział. – Żegnaj, Samie. To już nareszcie koniec wszystkiego. Na Górze Przeznaczenia dopełni się przeznaczenie. Żegnaj!

Odwrócił się z wolna, lecz wyprostowany, odszedł ścieżką pod górę.

– Teraz wreszcie mogę porachować się z tobą! – rzekł Sam i z obnażonym mieczem natarł na Golluma. Ale Gollum nie skoczył mu do gardła. Leżał rozpłaszczony na ziemi i płakał.

– Nie zabijaj nas! – chlipał. – Nie rań nas tym wstrętnym, okrutnym żelazem. Pozwól nam żyć jeszcze trochę, chociaż trochę dłużej. Zgubieni, jesteśmy zgubieni! Jeżeli skarb przepadnie, umrzemy, tak, umrzemy, rozsypiemy się w proch! – Długimi kościstymi palcami rozdrapywał na ścieżce popiół. – Proch! – syczał.

Samowi ręka zadrżała. Hobbit kipiał gniewem, rozjątrzony wspomnieniem doznanych od Golluma krzywd. Postąpiłby sprawiedliwie, zabijając tę zdradziecką pokrakę, tego mordercę, który po stokroć na śmierć zasłużył; rozsądek mówił mu, że powinien to zrobić dla bezpieczeństwa Froda i we własnej obronie. Lecz na dnie serca tkwiło coś, co go powstrzymywało: nie mógł uderzyć leżącego w prochu, zabłąkanego, pokonanego nędzarza. Niósł Pierścień na piersi, jakkolwiek przez bardzo krótki czas, i niejasno rozumiał mękę zniczemniałej duszy i zabiedzonego ciała Golluma, niewolnika Pierścienia, tak opętanego przez zły czar, że nie było już dla niego spokoju ani życia na ziemi. Jednak Sam nie umiał swoich uczuć wyrażać w słowach.

– A niech cię licho porwie, śmierdzielu – rzekł. – Jazda stąd! Niech cię nie widzę. Nie ufam ci, brzydziłbym się dotknąć cię, choćby po to, żeby ci dać kopniaka. Jazda! Bo cię połaskoczę tym brzydkim, okrutnym żelazem!

Gollum na czworakach wycofał się na odległość kilku kroków, a potem odwrócił się i widząc, że Sam ma zamiar pożegnać go jednak kopniakiem, umknął ścieżką w dół. Sam przestał się nim interesować. Przypomniał sobie nagle o swoim panu. Spojrzał w górę, ale nie dostrzegł na ścieżce Froda. Ile sił w nogach puścił się w stronę szczytu. Gdyby się obejrzał, pewnie by zauważył, że Gollum o parę stóp niżej zawrócił i z rozpłomienionymi szaleństwem oczyma wspina się ostrożnie, lecz bardzo szybko na stożek Orodruiny, przemykając niby cień pośród kamieni.

Ścieżka pięła się wzwyż. Wkrótce znów skręcała na wschód i stąd już prosto, przecinając zbocze stożka, biegła ku ciemnym wrotom góry, ku drzwiom do Sammath Naur. W oddali słońce, wznosząc się już ku zenitowi, przebijało się przez dymy i opary złowrogim blaskiem zaczerwienionej, przyćmionej tarczy. Wokół Orodruiny rozpościerał się kraj martwy, milczący, osnuty cieniem, jakby przyczajony przed jakimś straszliwym ciosem.

Sam podszedł do ziejącej jamy i zajrzał. Głąb jej była ciemna i gorąca; głuchy podziemny grzmot wstrząsnął powietrzem.

– Panie Frodo! Frodo! – zawołał Sam. Nikt mu nie odpowiedział. Sam stał chwilę, serce waliło mu w piersi, oszalałe ze strachu; potem wszedł. Cień pomknął jego śladem.

Zrazu nie widział nic. W tej ciężkiej potrzebie zdecydował się wyciągnąć znów szkiełko Galadrieli, lecz pozostało blade i zimne w jego drżących rękach i nie rozświetliło dusznych ciemności. Sam znalazł się w samym sercu królestwa Saurona, w kuźni jego dawnej potęgi, panującej nad całym Śródziemiem, nad wszystkimi innymi ujarzmionymi krajami. Posunął się lękliwie parę kroków dalej wśród mroków, gdy nagle czerwona błyskawica trysnęła z dołu pod wysoki czarny pułap. W jej świetle Sam zorientował się, że jest w długiej pieczarze, czy może w tunelu wydrążonym w trzonie Góry, prowadzącym do jej dymiącego stożka. Nieco dalej dno i ściany z obu stron przecinała głęboka szczelina, z której bił czerwony żar, to wystrzelający płomieniem, to zapadający w głąb ciemności; a przez cały czas z dołu dochodził jakby warkot i drganie tętniących ruchem wielkich machin.

Znów błysnęło światło i Sam ujrzał wreszcie Froda: na samej krawędzi otchłani rysowała się jego czarna sylwetka, wyraźnie odcięta na tle łuny, wyprostowana, napięta, ale nieruchoma, jakby skamieniała.

– Panie Frodo! – krzyknął Sam.

Frodo drgnął. Gdy się odezwał, głos jego wydał się Samowi tak dźwięczny i donośny jak nigdy; poprzez zgiełk i zamęt Orodruiny słowa rozbrzmiewały wyraźnie pod stropem i między ścianami tunelu.

– Przyszedłem – powiedział Frodo. – Ale nie spełnię tego, po co tu dążyłem. Nie uczynię tego. Pierścień należy do mnie.

I nagle wsunął Pierścień na palec, niknąc Samowi sprzed oczu. Sam otworzył usta i nabrał tchu, lecz nie zdążył krzyknąć, bo w tym momencie stało się coś dziwnego i wypadki potoczyły się błyskawicznie.

Sam poczuł gwałtowne uderzenie w plecy, ktoś podciął mu nogi i przewrócił, potem odepchnął na bok tak, że hobbit głową rąbnął o kamienną podłogę. Jakiś cień przeskoczył przez niego. Sam na krótką chwilę zapadł w czarną noc.

W tej samej sekundzie, gdy Frodo, stojąc w sercu Królestwa Ciemności, włożył na palec Pierścień, oznajmiając, że przejmuje go na własność, daleko w Barad-dûr zakołysała się ziemia i Czarna Wieża zadrżała od posad aż po dumną i straszną koronę. Teraz Sauron nagle go dostrzegł; jego Oko, przebijając cienie, spojrzało ponad równinę na drzwi, które sam przecież stworzył. W błyskawicznym olśnieniu ujrzał ogrom własnego błędu i jasny stał się dla niego podstęp przeciwników. Gniew jego zapłonął niszczycielskim ogniem, ale strach wzbił się olbrzymią czarną chmurą dymu i zaparł mu dech w piersi. Władca wiedział, że grozi mu ostateczne niebezpieczeństwo i że los jego zawisł na wątłej niteczce.

Umysł kierujący potęgą ciemności otrząsnął z siebie w tej chwili wszystkie plany wojenne, całą sieć uplecioną chytrze z postrachu i zdrady; dreszcz przebiegł przez królestwo Mordoru, niewolnicy zadrżeli, dowódcy, nagle zbici z tropu, zachwiali się bezwolni, ogarnięci rozpaczą. Władca bowiem zapomniał o nich. Myśl i wola, potęga, która nimi władała, odbiegła ich, by skupić się na szczycie Ognistej Góry. Na jej wezwanie Nazgûle, Upiory Pierścienia, z szumem skrzydeł, z rozdzierającym krzykiem pomknęły na południe, prześcigając wiatr w ostatniej, desperackiej gonitwie.

Sam dźwignął się na nogi. Był ogłuszony, krew z rozbitej głowy ściekała mu do oczu. Po omacku brnął przed siebie, aż wreszcie zobaczył dziwną i okropną scenę. Na skraju otchłani Gollum walczył jak opętaniec z niewidzialnym przeciwnikiem. Chwiał się to w przód, to w tył, niekiedy tak blisko krawędzi, że jeden krok tylko dzielił go od zguby, niekiedy odsuwając się od niej, padając na ziemię, wstając, padając znów. I przez cały czas syczał, chociaż nie wymawiał żadnych słów.

Podziemne ognie rozbudziły się, gniewne, czerwony żar buchnął, wypełniając pieczarę blaskiem i gorącem. Nagle Sam spostrzegł, że Gollum podnosi swoje długie ręce do ust; błysnęły białe kły i zwarły się ze szczękiem. Frodo krzyknął. Sam zobaczył go, klęczącego na krawędzi otchłani. Gollum, wirując w szaleńczym tańcu, trzymał we wzniesionej ręce Pierścień razem z palcem Froda, tkwiącym jeszcze w złotej obrączce. Pierścień lśnił jak żywy płomień.

– Mój skarb, mój skarb, mój skarb! – wykrzykiwał Gollum. – Mój skarb! Och, mój skarb!

Tak krzycząc, wpatrzony chciwie w swoją zdobycz, zrobił o jeden krok za wiele, potknął się, przez sekundę chwiał się na krawędzi, potem z przeraźliwym wrzaskiem runął w ognistą czeluść. Ostatni przeciągły jęk: „Mój skarb!" – dobiegł z otchłani. Gollum zniknął.

Rozległ się grzmot, straszliwy zgiełk rozpętał się wkoło. Ognie, wystrzelając z głębi, lizały pułap jaskini. Drżenie ziemi wzmogło się gwałtownie, Góra zatrzęsła się w posadach. Sam podbiegł do Froda, chwycił go w ramiona, wywlókł za drzwi. I tutaj, u progu ciemności Sammath Naur, wysoko ponad równinami Mordoru, ogarnął hobbita taki podziw i taka groza, że zapominając o wszystkim, stanął osłupiały.

Ujrzał bowiem na mgnienie oka wielką wirującą chmurę, a pośrodku niej wieże i fortece potężne jak góry, wzniesione na wspaniałych cokołach ponad niezgłębionymi przepaściami; dziedzińce i bastiony, więzienia o murach nagich i ślepych jak skały, otwarte na oścież stalowe, niezdobyte bramy. Potem wszystko znikło. Wieże runęły, góry się zapadły, ściany rozsypały się w proch i pył; ogromne spirale dymów i słupy pary skłębiły się w powietrzu i wzbijały się coraz wyżej i wyżej, aż spiętrzona olbrzymia fala z postrzępioną dziko grzywą przewaliła się nagle i opadła z powrotem na ziemię. Wtedy dopiero przez cały ogromny obszar przetoczył się głuchy pomruk, potężniejąc do ogłuszającego huku i grzmotu. Ziemia drżała, równina wzdymała się i pękała, Orodruina chwiała się jakby podcięta u korzeni. Ogień tryskał z jej rozłupanego wierzchołka. Pioruny błyskawicami przeszywały niebo. Czarne strugi deszczu jak bicze smagały ziemię. I w to serce nawałnicy z krzykiem, który wzbijał się ponad cały ten zgiełk, rozdzierając skrzydłami chmury, wtargnęły jak ogniste pociski Nazgûle, aż porwane w wir walących się gór i rozszalałego nieba one także rozprysły się, spopieliły, zginęły.

– Koniec, Samie Gamgee – odezwał się głos tuż obok niego. Frodo, blady i zmęczony, był jednak znowu sobą. W oczach miał spokój; napięcie woli, szaleństwo i strach znikneły z nich wreszcie. Frodo uwolnił się od brzemienia. U boku Sama stał jego ukochany pan z dawnych, miłych dni w Hobbitonie.

– O, mój panie kochany! – wykrzyknął Sam, padając na kolana. Pośród ruin świata przeżywał w tej chwili najczystszą wielką radość. Zadanie zostało wykonane, Frodo ocalony, taki jak dawniej, wolny. Lecz potem wzrok Sama padł na jego okaleczoną i krwawiącą rękę.

– Pan jest ranny – powiedział. – A ja nic nie mam tutaj, żeby ranę przewiązać i opatrzyć! Wolałbym temu łajdakowi swoją łapę podarować aż po ramię. Ale już po nim, nie zobaczymy go nigdy.

– Tak – odparł Frodo. – Czy pamiętasz słowa Gandalfa: „Nawet Gollum może jeszcze przyczynić się do naszej sprawy". Gdyby nie on, nie mógłbym zniszczyć Pierścienia. Cała wyprawa byłaby daremna, mimo że doszliśmy do celu z takim trudem. Przebaczmy więc Gollumowi. Zadanie wykonane, wszystko skończone. Cieszę się, że jesteś tutaj ze mną, Samie. Tutaj, w ostatniej godzinie świata.

Rozdział 4

Na polach Cormallen

Wszędzie wokół pagórków roiło się od wojsk Mordoru. Wzbierające morze nieprzyjacielskiej armii niemal zalewało wodzów Zachodu.

Słońce świeciło czerwono, a spod skrzydeł Nazgûlów czarne cienie śmierci padały na ziemię. Aragorn, stojąc pod sztandarem, milczący i surowy, zdawał się zatopiony w myślach o sprawach bardzo dawnych lub dalekich, lecz oczy mu błyszczały jak gwiazdy, tym bardziej promienne, im ciemność była głębsza. Gandalf na samym szczycie wzgórza jaśniał bielą i złotem; jego cień nie dosięgał. Ataki rozbijały się niby fale o zbocza obleganych pagórków, pośród walki i szczęku oręża zgiełk głosów huczał jak morze w godzinie przypływu.

Gandalf drgnął, jakby oczom jego objawił się nagle niezwykły widok; obrócił się ku północy, gdzie niebo było blade i czyste. Potem uniósł ręce i donośnym głosem przekrzykując wrzawę bitwy, zawołał: – Orły nadlatują! – Natychmiast inni podjęli ten okrzyk: „Orły, orły nadlatują!". Żołnierze Mordoru patrzyli w niebo zaskoczeni, nie wiedząc, co może znaczyć ten znak z nieba.

Leciały ku nim: Gwaihir, Władca Wichrów, i brat jego, Landrowal, najwspanialsze z orłów Północy, szlachetnych potomków starego Thorondora, który gniazda swe zbudował na szczytach Gór Okrężnych w zaraniu Śródziemia. Za nimi, gnane wzmagającym się wiatrem, mknęły szeregi ich wasali z gór północnych. Orły, nagle zniżając lot, spadły z wysoka prosto na karki Nazgûlom, ogromne ich skrzydła jak huragan zamiotły powietrze.

Lecz Nazgûle, słysząc w tym momencie straszliwy głos, który ich wzywał z Czarnej Wieży, pierzchły i zniknęły w cieniu Mordoru;

jednocześnie dreszcz przebiegł przez wszystkie szeregi armii ciemności, zwątpienie ogarnęło serca, dziki śmiech zamarł na ustach, z trzęsących się rąk wypadła broń, kolana ugięły się pod niewolnikami Saurona. Władca, którego moc pchała ich do walki, który natchnął ich nienawiścią i furią, zawahał się, przestał ich wspierać swoją wolą. Toteż patrząc w oczy przeciwników, zobaczyli teraz zabójczą światłość i zlękli się jej.

Wodzowie Zachodu krzyknęli tryumfalnie, bo wśród mroków nowa nadzieja zaświtała im w sercach. Rycerze Gondoru, Jeźdźcy Rohanu, Dúnedainowie Północy w zwartych szeregach ruszyli z oblężonych pagórków do ataku na oszołomione zastępy wroga, ostrzem włóczni torując sobie drogę wśród tłumu. Lecz Gandalf podniósł ramiona i znów krzyknął wielkim głosem:

– Stójcie, Ludzie Zachodu! Stójcie i czekajcie! Wybiła godzina przeznaczenia!

Nim przebrzmiało to wołanie, grunt zakołysał się pod ich stopami. W oddali, za wieżami Czarnej Bramy, wysoko ponad szczyty gór wystrzeliła ku niebu olbrzymia ciemna chmura, iskrząca się od płomieni. Ziemia jęczała i drżała. Zębate Wieże Morannonu zachwiały się, zatrzęsły i runęły; potężny mur rozsypał się w gruzy, Czarna Brama legła w prochu; z większej jeszcze dali, to cichszy, to głośniejszy, wzbijający się aż pod obłoki, dobiegł łoskot, huk, zwielokrotniony przez echo grzmot jakby kamiennej lawiny.

– Oto koniec królestwa Saurona! – rzekł Gandalf. – Powiernik Pierścienia wypełnił swoją misję!

A kiedy patrzyli na południe, na krainę Mordor, wydało im się, że widzą, jak na tle bladego obłoku wznosi się ogromny kształt, ciemny, nieprzenikniony, uwieńczony koroną błyskawic, wypełniający całe niebo. Zawisł nad światem, olbrzymi i potworny, wyciągnął ku nim długą rękę, jak gdyby grożąc, złowrogi, ale bezsilny; w chwili bowiem gdy się nad nimi zniżył, silny podmuch wiatru porwał go i uniósł gdzieś w dal. Potem wszystko ucichło.

Wodzowie Gondoru pochylili czoła, a gdy je znów podnieśli, zdumieli się, bo oto wroga armia uciekała w rozsypce, a potęga Ciemności rozwiała się jak kurz na wietrze. Kiedy śmierć porazi obrzmiałą, płodną istotę, zamieszkującą pośrodku mrowiska i rządzącą całym rojem, mrówki rozbiegają się bezradne i niedołężne, słabną i mrą; tak też i słudzy Saurona – orkowie, trolle i ujarzmione złym czarem zwierzęta – rozpierzchli się, ogłupiali nagle, i kręcili się bez sensu to tu, to tam. Niektórzy sami sobie zadawali śmierć, rzucając się na ostrza własnych dzid lub w przepaście, inni z wrzaskiem uciekali, by skryć się w norach i ciemnych podziemiach, gdzie nie sięga światło ani nadzieja. Lecz ludzie z Rhûn i z Haradu, Easterlingowie i południowcy ujrzeli jasno klęskę swojego władcy i wielki majestat wodzów Gondoru. Ci spośród nich, którzy najdłużej służyli Sauronowi i do głębi byli zatruci nienawiścią, a mimo to zachowali dumę i odwagę, zebrali się razem, aby stoczyć ostatnią, rozpaczliwą bitwę. Większość wszakże uciekała w panice na wschód, a było wielu takich, którzy porzucając oręż, błagali o łaskę.

Wówczas Gandalf, pozostawiając wszystkie sprawy wojenne i dowództwo Aragornowi oraz jego sprzymierzeńcom, stanął na szczycie pagórka i krzyknął głośno; spod nieba spłynął na to wezwanie wspaniały orzeł, Gwaihir, Władca Wichrów.

– Dwakroć nosiłeś mnie, Gwaihirze, mój przyjacielu – rzekł Gandalf. – Trzeci raz ukoronujesz swoją przyjaźń, jeśli zechcesz mi usłużyć. Przekonasz się, że nie jestem o wiele cięższy niż wtedy, gdy mnie zabrałeś z Zirakzigil, gdzie przepaliło się w płomieniach moje dawne życie.

– Poniosę cię, dokąd chcesz, choćbyś był ciężki jak kamień – odparł Gwaihir.

– A więc lećmy! Weź też z sobą brata i kilku swoich najlotniejszych współplemieńców, Gwaihirze. Musimy prześcignąć nie tylko wiatr, ale także skrzydła Nazgûlów.

– Wiatr wieje z północy, ale my go prześcigniemy – odparł Gwaihir. Uniósł Gandalfa i pomknął na południe, a z nim Landrowal i Meneldor, orzeł młody i chyży. Kiedy lecieli nad Doliną Udûn i nad równiną Gorgoroth, mieli pod sobą cały kraj w gruzach i w zamęcie, przed sobą zaś Górę Przeznaczenia ziejącą ogniem.

– Cieszę się, że jesteś tutaj ze mną, Samie – powiedział Frodo. – Tutaj, w ostatniej godzinie świata.

– Tak, jestem z panem, panie Frodo – odparł Sam, kładąc okaleczoną rękę Froda ostrożnie na jego piersi. – I pan jest ze mną. Wędrówka skończona. Ale skoro doszliśmy tak daleko, nie mam ochoty dawać teraz za wygraną. To do mnie niepodobne, proszę pana, pan mnie przecież zna.

– Może to do ciebie niepodobne, ale tak właśnie jest na tym świecie – rzekł Frodo. – Nadzieje zawodzą. Wszystko ma swój kres. Teraz już nie będziemy długo czekać. Zabłąkaliśmy się między ruiny, świat się wkoło nas wali i nie ma dla nas ratunku.

– Bądź co bądź, proszę pana, moglibyśmy trochę oddalić się z tego niebezpiecznego miejsca, od tej Szczeliny Zagłady, jak ją podobno nazywają. Tyle przecież możemy zrobić, prawda? Zejdźmy przynajmniej ścieżką w dół.

– Dobrze, Samie. Jeśli chcesz, pójdę z tobą.

Zaczęli z wolna schodzić krętą dróżką, a w momencie, kiedy znaleźli się wreszcie u rozedrganych podnóży Góry, nagle z wrót Sammath Naur buchnął dym i para, zbocze stożka pękło na dwoje, rzygnęła z niego ognista struga, która grzmiącą kaskadą stoczyła się po wschodnim stoku Orodruiny.

Frodo i Sam nie byli zdolni do dalszego marszu. Resztki sił ducha i ciała topniały w nich szybko. Dotarli na niski, usypany z popiołu wzgórek u stóp Orodruiny, ale stąd nie widzieli drogi ratunku.

Byli jak gdyby na wyspie, która nie mogła długo oprzeć się atakom rozszalałej burzy. Wszędzie dokoła ziemia pękała, z rozwartych głębokich szczelin i lejów ziały dymy i opary. Za nimi Góra dygotała w konwulsjach, na zboczach otwierały się rozpadliny, po wydłużonych stokach spełzały leniwie rzeki ognia, zmierzając w stronę ich schronienia. Rozumieli, że wkrótce zaleje ich ta fala.

Na głowy ich sypał się gorący deszcz popiołu.

Stali na pagórku; Sam wciąż tulił rękę Froda do piersi. Westchnął.

– Trzeba przyznać, że wzięliśmy udział w bardzo pięknej historii, prawda, proszę pana? – rzekł. – Szkoda, że nie usłyszę, jak ją będą sobie na świecie opowiadali. Pewnie ktoś zapowie: „A teraz kolej na historię Froda Dziewięciopalcego i Pierścienia Władzy". Wszyscy ucichną, jak my w Rivendell, kiedy czekaliśmy na opowieść o Berenie Jednorękim i Wielkim Klejnocie. Chciałbym to usłyszeć. I bardzo jestem ciekawy następnego rozdziału, już bez nas.

Mówił to, starając się do ostatka bronić przed strachem, lecz jednocześnie wzrok kierował na północ, pod wiatr, gdzie niebo nad widnokręgiem było czyste, bo zimny podmuch, urastający do huraganowej siły, odpychał ciemności i kłęby wzburzonych chmur.

Tak hobbitów dostrzegły bystre oczy Gwaihira; zniżył lot i mimo wichury, nie zważając na groźne burzliwe niebo, okrążył w powietrzu pagórek: dwie drobne, ciemne i osamotnione postacie stały, trzymając się za ręce, na niewielkim wzniesieniu; ziemia drżała pod ich stopami, ziejąc dymem, rzeki ogniste zbliżały się ku nim. W chwili, gdy orzeł wypatrzył ich i opuszczał się już na skrzydłach w dół, obaj zachwiali się i upadli, może mdlejąc z wyczerpania, a może dusząc się od oparów i gorąca albo poddając się w końcu rozpaczy i nie chcąc spojrzeć w oczy nieuchronnej śmierci.

Leżeli obok siebie. A tymczasem spłynął na ziemię Gwaihir i Landrowal, i chyży Meneldor; we śnie, nieświadomych swego losu, orły uniosły hobbitów wysoko w przestworza, daleko od ciemności i ognia.

Sam zbudził się na miękkim posłaniu. Nad nim kołysały się łagodnie grube gałęzie buku, przez młode liście przeświecał blask słońca, zielony i złoty, powietrze pachniało słodkim, złożonym z wielu woni zapachem.

Sam poznał ten zapach, zapach łąk Ithilien. „A to śpioch ze mnie – pomyślał. – Jak też długo spałem?". Zdawało mu się bowiem, że trwa jeszcze tamten dzień, kiedy to rozniecił małe ognisko pod ciepłą od słońca skarpą; wszystko, co się potem zdarzyło, uleciało na razie z jego nie całkiem jeszcze rozbudzonej pamięci. Przeciągnął się i odetchnął głęboko. „Ale też miałem sen! – myślał. – Dobrze, żem się wreszcie zbudził". Usiadł i wtedy dopiero spostrzegł Froda, leżącego obok i śpiącego spokojnie, z jedną ręką zarzuconą nad głową, z drugą złożoną na kołdrze. Była to prawa ręka i brakowało u niej środkowego palca.

Samowi nagle wróciła pamięć. Krzyknął głośno:
– To nie był sen! Ale w takim razie, gdzie jesteśmy?
Ktoś stojący za jego plecami odpowiedział uprzejmie:
– W Ithilien, pod opieką króla, który na was czeka. – Gandalf ukazał się w białym płaszczu, z brodą świecącą jak czysty śnieg

w przesianym przez liście słońcu. – Jak się czujesz, Samie Gamgee? – spytał.

Ale Sam opadł na posłanie i dość długo leżał z otwartymi ustami, oniemiały, zanadto zdumiony i zarazem szczęśliwy, by przemówić. W końcu szepnął: – Gandalf! A ja myślałem, że nie żyjesz. Co prawda o sobie też byłem tego zdania. Czy wszystkie zmartwienia okażą się pomyłką? Co się stało?

– Wielki Cień zniknął – odparł Gandalf i zaśmiał się, a zabrzmiało to jak muzyka. Albo jak szmer wody na wyschłym pustkowiu; Sam uprzytomnił sobie, że od niezliczonych dni nie słyszał śmiechu, tej czystej melodii wesela. Dźwięczała mu teraz w uszach echem wszystkich radości, jakich w życiu zaznał. Ale niespodzianie w odpowiedzi na nią zapłakał. Dopiero po chwili – tak jak po ciepłym deszczu wiatr wiosenny rozpędza chmury i słońce obmyte tym jaśniej świeci – łzy wyschły, a w piersi Sama wezbrał śmiech. Ze śmiechem hobbit zerwał się z łóżka.

– Jak się czuję? – zawołał. – Nie, tego się nie da powiedzieć! Czuję się... czuję... – Rozgarnął ramionami powietrze. – Czuję się jak wiosna po zimie, jak słońce wśród liści, jak fanfara trąb, jak śpiew harfy, jak wszystkie pieśni świata... – Urwał i zwrócił się do swego pana. – Ale jak czuje się pan Frodo? – spytał. – Żal tej jego biednej ręki. Mam nadzieję, że poza tym jest zdrów i cały. Okropne rzeczy musiał przecierpieć.

– Tak, poza tym jestem zdrów – oznajmił Frodo, podnosząc się i także wybuchając śmiechem. – Usnąłem po raz drugi, czekając na ciebie, Samie, niepoprawny śpiochu. Zbudziłem się o świcie, a teraz pewnie już blisko południe.

– Południe? – powtórzył Sam, usiłując obliczyć czas. – Południe, ale którego dnia?

– Czternastego po Nowym Roku – odparł Gandalf – albo, jeśli wolisz, ósmy kwietnia według kalendarza Shire[1]. W Gondorze zawsze odtąd Nowy Rok będzie zaczynał się dwudziestego piątego marca, na pamiątkę dnia, w którym załamała się potęga Saurona, a wy dwaj zostaliście uratowani z ognia i przyniesieni do króla. On

---

[1] Marzec, czyli Rethe, w kalendarzu Shire'u liczył 30 dni.

to was pielęgnował, a teraz wzywa przed swoje oblicze. Z nim razem siądziecie do stołu. Zaprowadzę was, gdy będziecie gotowi.

– Król? – spytał Sam. – Co za król? Kto?

– Król Gondoru, władca wszystkich Krain Zachodnich – rzekł Gandalf – który objął z powrotem we władanie swoje dawne królestwo. Wkrótce pojedzie do stolicy na koronację, ale czekał na was.

– W czym mu się pokażemy? – zapytał Sam, nie widząc nic prócz starych i podartych łachów, w których odbyli wędrówkę i które leżały złożone obok ich łóżek.

– W tych ubraniach, w których wędrowaliście do Mordoru – odparł Gandalf. – Nawet te łachy orka, które musiałeś, Frodo, przywdziać w Krainie Ciemności, przechowamy z szacunkiem. Jedwab ani płótno, zbroja ani herby nie mogłyby wam przynieść więcej zaszczytu. A potem oczywiście pomyślimy o innych strojach.

Wyciągnął do nich ręce i zobaczyli, że z dłoni jego promieniuje światło.

– Co ty tam masz, Gandalfie?! – krzyknął Frodo. – Czy możliwe, że...

– Przyniosłem wam dwa skarby. Znaleźliśmy je ukryte pod kurtką Sama, gdy orły was uratowały. Dary pani Galadrieli: flakonik Froda i szkatułka Sama. Miło wam chyba je odzyskać.

Umyli się, przyodziali, zjedli lekki posiłek i wreszcie poszli za Gandalfem. Wyprowadził ich z bukowego lasku, gdzie odpoczywali, przez długi pas zielonej, zalanej słońcem łąki ku grupie majestatycznych drzew o ciemnych liściach i czerwonych kwiatach. Gdzieś za sobą hobbici słyszeli szum wodospadu, strumień spływał między kwitnącymi brzegami, dążąc do lasu zamykającego łąkę w głębi i wpadał pod strop gałęzi i liści, lecz daleko pomiędzy drzewami przebłyskiwała znów wstążka wody.

Hobbici znaleźli się na polanie i ze zdumieniem ujrzeli tu rycerzy w lśniących zbrojach, rosłych gwardzistów w czerni i srebrze, oczekujących, by powitać wędrowców z honorami, nisko kłaniając się przed nimi. Potem zagrała przeciągle trąbka i ruszyli dalej wyciętą wśród lasu aleją, wzdłuż rozśpiewanego strumienia. Tak doszli do rozległego zielonego pola; dalej widać było szeroką rzekę w srebrzystej mgiełce, nad którą wyrastała długa, zalesiona wyspa, i przy brzegu stojące liczne statki. Na polu wyciągnięte w szeregach stały w blasku słońca pułki wielkiej armii. Kiedy hobbici zbliżyli się, rozbłysły wyciągnięte miecze, szczęknęły włócznie, zagrały rogi i trąby, a chór wielogłosowy i różnojęzyczny zakrzyknął na powitanie:

> *Niech żyją niziołki! Chwała im!*
> *Cuio i Pheriain anann! Aglar'ni Pheriannath!*
> *Sława Frodowi i Samowi!*
> *Daur a Berhael, Conin en Annûn! Eglerio!*
> *Chwała im!*
> *Eglerio!*
> *A laita te, laita te! Andave laituvalmet!*
> *Chwała!*
> *Cormacolindor, a laita tárienna!*
> *Chwała im! Powiernikom Pierścienia sława na wieki!*

Tak Frodo i Sam, oszołomieni, z rumieńcami bijącymi im na policzki, z błyszczącymi oczyma, szli pośród wiwatujących wojsk ku trzem siedziskom wzniesionym z darni. Nad fotelem z prawego brzegu powiewał sztandar z białym koniem na zielonym polu; z lewej zaś strony – ze srebrnym okrętem, o wyrzeźbionym w kształt łabędzia dziobie, na błękitnym morzu; lecz nad najwyższym tronem pośrodku rozpostarty na wietrze ogromny czarny sztandar rozkwitał białym drzewem z koroną i siedmiu roziskrzonymi gwiazdami. Na tronie siedział mąż w kolczudze, z wielkim mieczem złożonym na kolanach, bez hełmu. Wstał, gdy podeszli. Wtedy poznali go, chociaż bardzo się zmienił: zdawał się wspaniały ten władca ludzi, ciemnowłosy, z siwymi oczyma, z twarzą promienną, prawdziwie królewską. Frodo puścił się ku niemu biegiem, Sam za nim.

– To już szczyt wszystkiego! – zawołał. – Obieżyświat, jeśli mnie oczy nie mylą!

– Tak, Samie, Obieżyświat – odparł Aragorn. – Daleką drogę odbyliśmy z Bree, gdzie w gospodzie przy pierwszym spotkaniu wcale ci się nie spodobałem, prawda? Dla wszystkich była to droga daleka, ale najcięższa dla was dwóch.

Ku zdumieniu i wielkiemu zmieszaniu Sama, król zgiął przed nimi kolano; ujął ich za ręce, poprowadził do tronu i usadowił Froda po prawej, a Sama po lewej jego stronie, po czym zwrócił się do zebranych dowódców i rycerzy, wołając głosem donośnym, tak by wszyscy na polu go słyszeli:

– Chwała niziołkom! Sława!

Gromki okrzyk wzbił się z tysięcy piersi, a kiedy ucichł, wystąpił ku wielkiemu zadowoleniu i najczystszej radości Sama minstrel Gondoru, przyklęknął i poprosił o zezwolenie na odśpiewanie pieśni.

Oto, jak zaczął:

– Wzywam was, rycerze i wojownicy o nieulękłych sercach, królowie i książęta, szlachetni mężowie Gondoru, Jeźdźcy Rohanu, i wy, synowie Elronda, i Dúnedainowie Północy, elfie i krasnoludzie, i dzielni synowie Shire'u. Wszystkie wolne ludy, słuchajcie mojej pieśni! Albowiem śpiewać będę o sławnych czynach Froda Dziewięciopalcego i o Pierścieniu Władzy.

Słysząc to, Sam wybuchnął śmiechem uszczęśliwiony i zrywając się z miejsca, krzyknął:

– Jak to wspaniale, jak pięknie! Wszystkie moje życzenia spełniły się teraz.

I rozpłakał się nagle. A z nim razem śmiało się i płakało całe wojsko i dopiero gdy wśród śmiechu i łez czysty głos minstrela wzbił się dźwiękiem złota i srebra, ucichli wszyscy. Minstrel śpiewał to w języku elfów, to we Wspólnej Mowie, aż serca słuchaczy poruszone słodyczą słów wypełniły się radością ostrą jak miecze i myśl ich uleciała w krainę, gdzie ból i szczęście stapiają się w jedno, a łzy poją weselem jak wino.

Wreszcie, kiedy już słońce zaczęło się zniżać, a cienie drzew wydłużyły się, minstrel zakończył pieśń. – Chwała im! – rzekł, przyklękając. Wówczas Aragorn wstał, całe wojsko ruszyło z pola i wszyscy podążyli do zastawionych pod namiotami stołów, aby jeść, pić i weselić się, póki dnia starczyło.

Froda i Sama zaprowadzono do namiotu, gdzie zdjęli stare ubrania, lecz usługujący im ludzie złożyli je starannie i zachowali z szacunkiem; hobbici dostali czystą bieliznę, po czym zjawił się Gandalf, przynosząc, ku zdumieniu Froda, miecz, płaszcz elfów i kolczugę z mithrilu – rzeczy zrabowane jeńcowi Mordoru. Dla Sama znalazła się kolczuga ze złoconej siatki, a płaszcz jego, naprawiony i oczyszczony, znów wyglądał jak nowy.

Wreszcie położył przed nimi dwa miecze.

– Nie, nie chcę miecza – rzekł Frodo.

– Jednakże dziś powinieneś go mieć u boku – odparł Gandalf.

Frodo wziął więc krótki mieczyk, który należał do Sama i który wierny giermek zostawił swemu panu, odchodząc z Cirith Ungol.

– Żądło darowałem Samowi – powiedział.

– Och, nie, panie Frodo! Pan Bilbo dał go panu razem z kolczugą. Z pewnością nie chciał, żeby ktokolwiek inny nosił tę broń!

Frodo ustąpił, a Gandalf, klęknąwszy jak giermek, przypasał im broń, po czym powstał i nałożył im na skronie srebrne przepaski. Kiedy hobbici byli gotowi, udali się na królewską ucztę, gdzie za stołem zasiedli wraz z nimi, prócz króla Aragorna, Gandalf, Éomer, król Rohanu, książę Imrahil, najdostojniejsi spośród dowódców, a także Gimli i Legolas.

Gdy po chwili uroczystego milczenia napełniano kielichy winem, Sam spostrzegł dwóch giermków, którzy, jak sądził, przyszli posługiwać swym władcom; jeden nosił czarno-srebrne barwy gwardii z Minas Tirith, drugi – białe i zielone. Sam w pierwszej chwili zdziwił się, że takich młodzieniaszków przyjęto do służby w armii, pomiędzy rosłych mężów. Gdy się jednak zbliżyli i przyjrzał im się lepiej, wykrzyknął:

– Panie Frodo, niech no pan patrzy! Przecież to Pippin! Czyli pan Peregrin Tuk, chciałem powiedzieć, i pan Meriadok. Jak wyrośli! A niechże to! Widzę, że nie my jedni mamy ciekawą historię do opowiadania.

– Rzeczywiście – odparł Pippin, odwracając się do niego. – I chętnie ją opowiemy zaraz po uczcie. Tymczasem spróbuj pociągnąć za język Gandalfa. Nie jest już teraz taki skryty jak dawniej, chociaż więcej się śmieje, niż mówi. Na razie obaj z Meriadokiem mamy pełne ręce roboty. Ja jestem giermkiem Gondoru, a Merry – Rohanu, jak już pewnie się domyśliłeś.

Skończył się wreszcie ten szczęśliwy dzień, a gdy słońce zaszło i pyzaty księżyc z wolna wypłynął z mgieł nad Anduiną, siejąc przez liście srebrną poświatę, Frodo i Sam siedzieli pod szeleszczącymi drzewami, ciesząc się wonnym powietrzem pięknej ziemi Ithilien. Do późnej nocy gawędzili z Meriadokiem, Pippinem i Gandalfem, a wkrótce przyłączyli się do nich Gimli i Legolas. Frodo i Sam dowiedzieli się wielu rzeczy o losach Drużyny po jej rozproszeniu w pamiętnym, nieszczęsnym dniu na wybrzeżu Parth Galen u wodogrzmotów Rauros, lecz pytań i odpowiedzi nie mogli wciąż jeszcze wyczerpać.

Orkowie, gadające drzewa, mile stepu, jeźdźcy w galopie, błyszczące od klejnotów groty, białe wieże i złote pałace, bitwy, smukłe statki z rozpiętymi żaglami, wszystko to przesuwało się przed oczyma wyobraźni Sama i wprawiało go w oszołomienie. Wśród tylu dziwów wracał uparcie do jednego, nie mogąc pojąć, jakim sposobem Merry i Pippin tak wyrośli. Ustawiał ich plecy w plecy to z Frodem, to z sobą, mierzył, drapał się w głowę.

– Nie rozumiem, jak to się w waszym wieku mogło zdarzyć – rzekł w końcu. – Ale fakt: mierzycie o trzy cale więcej, niż się hobbitom należy, albo też ja jestem krasnolud.

– Na pewno nie – odparł Gimli. – Czy nie mówiłem? Śmiertelnik może pić wody entów i łudzić się, że nie wyniknie z tego nic więcej niż z wychylenia kufla piwa.

– Woda entów? – spytał Sam. – Wciąż wspominacie o jakichś entach, ale niech mnie zabiją, jeśli wiem, co to za jedni. Będzie trzeba kilka tygodni przegadać, zanim wszystko sobie nawzajem wyjaśnimy.

– Co najmniej kilka tygodni – przyznał Pippin. – A Froda zamkniemy chyba na wieży w Minas Tirith, żeby wszystkie swoje przygody opisał. Inaczej gotów połowę zapomnieć i zrobiłby ogromny zawód biednemu Bilbowi.

W końcu Gandalf wstał.

– Ręce króla mają moc uzdrawiania – rzekł – ale wy, moi przyjaciele, staliście na progu śmierci, zanim was przywołał z powrotem, używając całej swojej władzy, i obdarzył słodkim zapomnieniem snu. Spaliście wprawdzie długo i spokojnie, przyda wam się jednak teraz znowu trochę odpoczynku.

– Nie tylko Frodowi i Samowi, tobie także, Pippinie – powiedział Gimli. – Pokochałem cię, choćby za to, żeś mnie wiele fatygi kosztował, czego ci nie zapomnę nigdy. Tak samo jak nie zapomnę chwili, kiedy cię znalazłem na wzgórzu po ostatniej bitwie. Gdyby nie Gimli, zginąłbyś niechybnie. Nauczyłem się przy tej sposobności, jak wygląda stopa hobbita, gdy z całej jego osoby tylko ona sterczy spod zwału trupów. A kiedy ściągnąłem wreszcie z ciebie cielsko trolla, byłem pewny, że już nie żyjesz. O mało sobie brody nie wyrwałem z rozpaczy. Ledwie dzień minął, odkąd się dźwignąłeś z łóżka. Pora, żebyś do niego wrócił na chwilkę. Ja też chętnie to zrobię.

– A ja – odezwał się Legolas – przejdę się trochę po lasach tej pięknej krainy; to będzie najlepszy dla mnie odpoczynek.

W przyszłości, jeśli król nasz się zgodzi, ściągnę tutaj część naszego plemienia, a wtedy Ithilien stanie się krajem szczęśliwym... na czas jakiś... może na miesiąc, może na okres pokolenia, może na sto człowieczych lat. Anduina blisko, Anduina, która jest drogą do Morza. Do Morza!

> *Na Morze, na Morze! Krzyczą mewy białe,*
> *Dmie wicher i pianę rozpryskują fale.*
> *Na zachód, gdzie krągłe zapada się słońce!*
> *Statku, o szary statku, słyszysz wołające*
> *Głosy tych co odeszli, których jestem bratem?*
> *Nasze dni już się kończą, już nam ciążą lata,*
> *Odejdę i opuszczę las, który mnie zrodził.*
> *Przepłynę wielkie wody w mej samotnej łodzi.*
> *Na Brzeg Ostatni fale szeroko się niosą,*
> *Brzmią słodko na Utraconej Wyspie głosy*
> *Na Eressëi, w Kraju Elfów dla ludzi nieznanym,*
> *Gdzie liść z drzewa nie spada, gdzie lud mój kochany!*[1]

Ze śpiewem Legolas zszedł ze wzgórza w las.

---

[1] Przełożył Andrzej Nowicki.

Potem rozeszli się też inni, a Frodo i Sam zasnęli na swoich posłaniach. Nazajutrz zbudzili się pełni nadziei i spokoju. Tak spędzili w Ithilien wiele dni. Pola Cormallen, gdzie obozowało wojsko, leżały w pobliżu Henneth Annûn; nocą słychać tu było szum strumienia, który spływał kaskadą z jej wysokości, przez skalne wrota ku kwitnącym łąkom, by koło wyspy Cair Andros wpaść do Anduiny. Hobbici błąkali się po okolicy, odwiedzając miejsca, które przedtem w swej wędrówce poznali. Sam nie tracił nadziei, że gdzieś w cieniu lasu albo w ukrytej dolinie mignie mu może znów olbrzymi olifant. A gdy się dowiedział, że podczas oblężenia Gondoru wiele tych bestii przyprowadzili nieprzyjaciele pod mury grodu, lecz wszystkie wyginęły w bitwie – bardzo się zmartwił.

– Nie można być wszędzie jednocześnie – westchnął. – Ale, jak widać, straciłem wiele na tym, że mnie tu wtedy nie było.

Tymczasem wojsko gotowe już było powracać do stolicy. Znużenie minęło, rany się zagoiły. Niektóre bowiem oddziały bardzo były utrudzone zawziętą walką z najupartszymi niedobitkami armii Saurona, których ostatecznie wszystkich pokonano. Najpóźniej ściągnęli do obozu ci, którzy zapędzili się aż w głąb Mordoru, żeby zburzyć fortece w północnej części Sauronowego państwa.

W końcu kwietnia wodzowie dali wreszcie rozkaz odwrotu i statki uniosły ich z Cair Andros nurtem Anduiny do Osgiliath; tam popasano dzień jeden, a następnego wieczora cała armia wraz ze świtą królewską dotarła na zielone pola Pelennoru i ujrzała znów białe wieże pod szczytem wyniosłej Mindolluiny, gród Gondoru, ostatnią placówkę ludzi z Westernesse, która po przejściu przez noc i ogień doczekała świtu nowych dni.

Pośród pól rozbito namioty, by spędzić noc pod nimi; nazajutrz bowiem był pierwszy dzień maja i wraz ze wschodem słońca król miał przekroczyć bramę swojej stolicy.

Rozdział 5

Namiestnik i król

W mieście panowało zwątpienie i trwoga. Piękna pogoda i jasne słońce zdawały się ludziom drwiną z ich losu w owych dniach, gdy nadziei nie mieli wiele, oczekując lada godzina wieści o klęsce.

Władca ich umarł, ciało jego spłonęło; w sali na Wieży spoczywały śmiertelne szczątki króla Rohanu, a nowy król, który zjawił się nocą, odszedł znów na wojnę z potęgą tak straszną i złą, że daremne zdawały się przeciw niej wysiłki najmężniejszych nawet rycerzy.

Wieści nie nadchodziły. Odkąd wojska Gondoru opuściły Dolinę Morgul i ruszyły dalej na północ, w cień gór, nie przybył do grodu żaden goniec i nie dotarła żadna pogłoska o losach wojny toczącej się w dalekim kraju.

W dwa dni po wyruszeniu armii księżniczka Éowina kazała przynieść sobie szaty i nie słuchając perswazji pielęgnujących ją kobiet, wstała z łóżka; ubrana, z ręką na temblaku z płótna, udała się do Głównego Opiekuna mającego nadzór nad Domami Uzdrowień.

– Dręczy mnie wielki niepokój – oznajmiła mu – i nie mogę dłużej leżeć bezczynnie.

– Nie jesteś zdrowa, księżniczko – odparł. – Polecono mi otoczyć cię szczególną opieką. Nie powinnaś wstać przez tydzień jeszcze, tak mi nakazano. Proszę cię, wróć do łóżka.

– Jestem już zdrowa – powiedziała. – Przynajmniej na ciele, z wyjątkiem lewej ręki, w której jednak też czuję dużą poprawę. Ale rozchoruję się na nowo, jeśli nie będę mogła w niczym przyczynić się do naszej sprawy. Czy nie ma wieści z pola? Kobiety nic nie umieją mi o tym powiedzieć.

– Wieści nie ma – odparł Opiekun – prócz tej, że wojska weszły w Dolinę Morgul. Podobno dowodzi nimi nowy wódz przybyły z północy. Dostojny mąż i uzdrowiciel; to właśnie najbardziej mnie dziwi, że ręka, która uzdrawia, umie też władać orężem. Tego w Gondorze za naszych czasów się nie spotyka, choć dawniej tak bywało, jeśli wierzyć starym legendom. Od wielu lat my, uzdrowiciele, zajmowaliśmy się tylko gojeniem ran zadawanych przez tych, którzy mieczem wojują. Co prawda i bez tego mielibyśmy dość roboty. Wiele jest na świecie chorób i nieszczęść nawet bez wojny, która je mnoży.

– Wystarczy niekiedy, żeby jeden z przeciwników chciał wojny – odparła Éowina – a ci, którzy mieczem nie wojują, też często od miecza giną. Czy zgodziłbyś się, aby Gondorczycy tylko zioła zbierali, gdy Władca Ciemności gromadzi armie? Nie zawsze też uzdrowienie ciała jest szczęściem. Podobnie jak nie zawsze jest nieszczęściem polec w bitwie, choćby w męce. Gdyby mi zostawiono wybór w tej czarnej godzinie, wolałabym śmierć w boju.

Opiekun przyjrzał się jej uważnie. Stała przed nim wysmukła, z oczyma świecącymi w bladej twarzy, z rękoma splecionymi, zapatrzona w okno wychodzące na wschód. Westchnął i pokiwał głową. Po chwili Éowina podjęła znowu:

– Czy nie ma dla mnie żadnego zadania? – spytała. – Kto rządzi w grodzie?

– Nie wiem dokładnie – odparł. – Nie zajmuję się takimi sprawami. Jeźdźcy Rohanu mają swego dowódcę, a Húrin, jak mi mówiono, rozkazuje Gondorczykom. Ale prawowitym Namiestnikiem jest Faramir.

– Gdzie go mam szukać?

– W tym domu, księżniczko. Odniósł ciężkie rany, ale wraca już po trosze do zdrowia. Nie wiem jednak...

– Zaprowadźcie mnie do niego, a będziecie wiedzieli.

Faramir przechadzał się samotnie po ogrodzie wśród Domów Uzdrowień; słońce grzało i czuł, że nowe życie wstępuje w niego, lecz ciężko mu było na sercu i wciąż spoglądał zza murów ku wschodowi. Tak zastał go Opiekun, przychodząc, by powtórzyć żądanie księżniczki. Zawołany, Faramir odwrócił się i ujrzał księżniczkę Rohanu. Widząc ją bladą i ranną, wzruszył się, tym bardziej że bystre jego oczy dostrzegły jej niepokój i smutek.

– Panie! – rzekł Opiekun. – Oto księżniczka Rohanu, Éowina. Walczyła u boku króla i leczy się u nas z ciężkich ran. Nie jest jednak z pobytu w tym Domu zadowolona i chce rozmawiać z Namiestnikiem Gondoru.

– Chciej mnie dobrze zrozumieć – powiedziała Éowina. – Nie skarżę się na brak troskliwej opieki. Nigdzie nie mogłoby być lepiej komuś, kto pragnie ozdrowienia. Ale ja nie znoszę bezczynności, próżniactwa, zamknięcia w klatce. Szukałam śmierci na polu bitwy. Nie znalazłam jej, a wojna jeszcze trwa.

Na znak dany przez Faramira Opiekun skłonił się i oddalił.

– Co chcesz, abym dla ciebie uczynił? – spytał Faramir. – Ja też jestem więźniem lekarzy. – Patrzył na nią, a że miał serce wrażliwe, piękność i smutek księżniczki raniły je boleśnie. Wychowana pośród wojowników Éowina wiedziała, że ma przed sobą rycerza, którego żaden z Jeźdźców Rohanu nie przewyższyłby męstwem w bitwie, a mimo to w jego poważnym spojrzeniu dostrzegła tkliwość. – Czego żądasz ode mnie? – spytał raz jeszcze. – Wszystko, co w mojej mocy, zrobię dla ciebie.

– Rozkaż Opiekunowi tego Domu, żeby mnie stąd wypuścił – odparła, ale chociaż słowa jej były dumne, serce już się zawahało i po raz pierwszy Éowina zwątpiła o sobie. Zrozumiała, że temu rycerzowi, tak poważnemu i łagodnemu zarazem, może się to wydać po prostu kaprysem, zachcianką dziecka, które nie ma dość hartu, żeby wytrwać w nudnym obowiązku do końca.

– Ja sam jestem pod władzą Opiekuna – rzekł Faramir. – Nie objąłem też jeszcze rządów w grodzie. Ale nawet gdybym je sprawował, słuchałbym rad lekarza i w sprawach, na których on zna się lepiej, nie sprzeciwiałbym się jego woli, chyba w ostatecznej potrzebie.

– Ale ja nie pragnę uzdrowienia – powiedziała Éowina. – Chcę wziąć udział w wojnie, jak mój brat Éomer, a raczej jak król Théoden, bo on poległ, zyskując sławę i spokój zarazem.

– Za późno, księżniczko, nie dogoniłabyś już naszych wojsk, choćby ci sił na tę wyprawę starczyło – odparł Faramir. – Śmierć w boju może jednak spotkać nas również tutaj, czy pragniemy jej, czy też nie. Będziesz umiała lepiej stawić jej czoło, jeśli teraz, póki czas jeszcze, posłuchasz rady lekarza. Oboje musimy cierpliwie znieść godziny oczekiwania.

Nic na to nie odpowiedziała, lecz kiedy na nią spojrzał, wydało mu się, że wyraz jej oczu zmiękł nieco, jakby srogie lody tajały pod pierwszym nikłym powiewem przedwiośnia. Łza błysnęła w jej oku i spłynęła po policzku, lśniąc jak kropla rosy. Dumna głowa pochyliła się lekko. Potem spokojnie, bardziej do siebie niż do niego, powiedziała:

– Lekarze chcieliby mnie jeszcze przez cały tydzień trzymać w łóżku. A z mego pokoju okna wychodzą na inną stronę, nie na wschód.

Głos jej zabrzmiał teraz dziewczęco i smutno.

Faramir uśmiechnął się, chociaż serce w nim topniało z litości.

– Okno nie wychodzi na wschód? Znajdzie się na to rada – rzekł. – W tej sprawie mogę wydać rozkaz Opiekunowi. Jeśli zgodzisz się, księżniczko, pozostać w tym domu pod naszą opieką i odpoczywać tutaj, będziesz mogła do woli przechadzać się w słońcu po tym ogrodzie i spoglądać ku wschodowi, gdzie wszystkie twoje nadzieje odbiegły. W ogrodzie zaś spotkasz zawsze mnie, bo ja też przechadzam się tutaj chętnie i spoglądam na wschód. Osłodzisz mi troskę, jeśli zechcesz ze mną pogawędzić i znosić moje towarzystwo.

Podniosła czoło i znów spojrzała mu w oczy; lekki rumieniec zabarwił jej policzki. – Jakże mogłabym osłodzić twoje troski? – powiedziała. – Nie pragnę zresztą rozmów z żyjącymi.

– Czy chcesz, abym ci odpowiedział szczerze, księżniczko?

– Tak.

– A więc powiem ci, Éowino, że jesteś piękna. W dolinach pośród naszych gór rosną prześliczne jasne kwiaty, a piękniejsze od nich są nasze dziewczęta. Ale żaden kwiat i żadna dziewczyna, które dotąd znałem, równać się nie mogą z księżniczką, którą teraz spotkałem w Gondorze, uroczą i smutną. Kto wie, może zaledwie kilka dni nam zostało, może wkrótce już Ciemności ogarną nasz świat; gdy się to stanie, mam nadzieję, że mężnie spojrzę w twarz klęsce; byłoby mi jednak lżej na sercu, gdybym mógł napatrzeć się na ciebie, dopóki jeszcze słońce świeci. Oboje nas musnął swym skrzydłem straszny Cień i ta sama ręka zawróciła nas na drogę życia.

– Niestety, mnie Cień nie opuścił dotychczas – odparła. – Ode mnie nie oczekuj uzdrowienia. Przywykłam do miecza i tarczy, rękę mam twardą. Ale dziękuję ci, że nie będę musiała leżeć zamknięta w czterech ścianach. Z łaski Namiestnika będę przechadzała się po ogrodzie.

Złożyła mu dworny ukłon i odeszła ku domowi. Faramir długo potem samotnie błądził po ogrodzie, ale wzrok jego częściej zwracał się na okna domu niż na wschodnie mury.

Po powrocie do własnej komnaty wezwał Opiekuna i kazał mu opowiedzieć wszystko, co wiedział o księżniczce Rohanu.

– Nie wątpię – rzekł Opiekun na zakończenie – że więcej o niej może powiedzieć niziołek, który tu również przebywa, brał bowiem udział w wyprawie króla Théodena i do końca bitwy nie odstępował podobno księżniczki.

Musiał więc Merry stawić się u Faramira. Na rozmowie zszedł im czas do wieczora; młody Namiestnik wiele się dowiedział, więcej nawet, niż Merry umiał w słowach wyrazić, i lepiej zrozumiał smutek i niepokój Éowiny. Wieczorem we dwóch z Meriadokiem przechadzali się znów po ogrodzie, lecz Éowina nie przyłączyła się do nich.

Nazajutrz jednak, gdy Faramir wyszedł przed dom, zobaczył ją na murach; biała jej suknia jaśniała w słońcu. Zawołał ją po imieniu i Éowina zeszła do ogrodu; przechadzali się po trawie, odpoczywali w cieniu drzew, trochę milcząc, a trochę rozmawiając. Odtąd spędzali w ten sposób dzień po dniu. Opiekun patrzył na nich z okna z zadowoleniem, cieszyło bowiem lekarza, że choć lęk i troska przytłaczały wówczas wszystkie ludzkie serca, tych dwoje, powierzonych jego pieczy, z każdym dniem nabierało wyraźnie więcej sił i otuchy.

Minęło już pięć dni od pierwszego spotkania księżniczki z Faramirem. Stali właśnie na murach grodu, wyglądając na świat. Wieści nadal nie było żadnych, ludzie w mieście posępnieli coraz bardziej. Pogoda także się popsuła. Było zimno. W nocy zerwał się wiatr z północy, a w ciągu dnia wzmagał się stale; kraj wkoło był szary i posępny.

Faramir i Éowina mieli na sobie ciepłe ubrania i grube płaszcze; księżniczka narzuciła na ramiona sutą płaszcz, szafirowy jak niebo w noc letnią, z gwiazdami wyhaftowanymi srebrem na rąbku u szyi. Faramirowi wydawała się piękna i majestatyczna w tych szatach. Specjalnie dla niej sprowadził do Domu Uzdrowień ten płaszcz i sam go zarzucił na jej ramiona; płaszcz ten utkano niegdyś dla jego matki, Finduilas z Amrothu, zmarłej przedwcześnie; był więc dla Namiestnika pamiątką po szczęściu dzieciństwa i pierwszym w jego życiu smutku i zdawał mu się strojem najstosowniejszym dla uroczej i smutnej księżniczki.

Lecz mimo gwiaździstego płaszcza Éowina zadrżała, patrząc ponad szarymi polami pod wiatr ku północy, gdzie nad widnokręgiem niebo jaśniało czyste i surowe.

– Co tam widzisz, Éowino? – spytał Faramir.
– Tam, na wprost, jest Czarna Brama, prawda? – odpowiedziała. – Już pewnie do niej dotarł. Tydzień upłynął, odkąd wyruszył.
– Tydzień – potwierdził Faramir. – Nie myśl o mnie źle, jeśli ci powiem, że ten tydzień przyniósł mi zarazem radość i ból, jakich dotychczas nie znałem. Radość, że cię widzę; ból – ponieważ lęk i zwątpienie tych dni zaciążyły mi na sercu tym dotkliwiej. Éowino, nie chciałbym, żeby świat się skończył, nie chciałbym tak prędko utracić tego, co dopiero teraz znalazłem.
– Utracić, co znalazłeś? – spytała. Spojrzała mu w oczy poważnie i łagodnie. – Nie wiem, co mógłbyś w tych dniach znaleźć i co obawiasz się stracić. Nie, nie mówmy o tym, przyjacielu. Nie mówmy o niczym! Stoję na jakiejś okropnej krawędzi, ciemności nieprzeniknione wypełniają otchłań u moich stóp i nie wiem, czy za mną jest jakieś światło. Nie mogę się jeszcze odwrócić. Czekam na dopełnienie się losu.
– Wszyscy na to czekamy – rzekł Faramir.

Nie rozmawiali już więcej; wydało im się, gdy tak stali na murach, że wiatr ustał, dzień zmierzchł, słońce zbladło, a wszystkie głosy w grodzie i na polach dokoła ścichły. Nie słyszeli ani szumu wiatru, ani szelestu liści, ani głosów ludzkich, ani świegotu ptaków, ani nawet bicia własnych serc. Czas się zatrzymał.

Ręce ich spotkały się i objęły, ale oni jakby o tym nie wiedzieli. Zastygli w oczekiwaniu, sami nie rozumiejąc, na co czekają.

W pewnej chwili wydało im się, że nad łańcuchem odległych gór wzbiła się inna góra, olbrzymia góra ciemności, wzbierająca niby fala, która gotuje się zalać świat, roziskrzona od błyskawic. Potem drżenie przebiegło ziemię, aż wzdrygnęły się mury grodu. Jak gdyby kraj cały dokoła westchnął, im zaś serca znów zabiły żywiej.

– To przypomina mi Númenor – rzekł Faramir i ze zdziwieniem usłyszał własny głos wypowiadający te słowa.

– Númenor? – spytała Éowina.

– Tak, zaginiony kraj Westernesse i wielką czarną falę, która podniosła się nad zielone pola i ponad góry, wszystko zatapiając nieuchronnie w Ciemnościach. Często śnię o tym.

– A więc myślisz, że zbliżają się Ciemności? Nieuchronne Ciemności? – I mówiąc to, przytuliła się bliżej do niego.

– Nie – odparł Faramir, patrząc jej w oczy. – To tylko obraz, który się zjawił w mojej wyobraźni. Nie wiem, co się dzieje. Trzeźwy rozum mówi mi, że stało się coś bardzo złego i że doszliśmy do kresu naszych dni. Ale serce temu zaprzecza, czuję się lekki, ogarnia mnie radość i nadzieja, których rozum nie może zwyciężyć. Éowino, biała księżniczko Rohanu, w tej chwili nie wierzę, by Ciemności mogły zatryumfować.

I schylając się, ucałował jej czoło.

Stali na murach grodu i znów wiatr dmuchnął potężnie, a krucze i złote włosy rozwiane podmuchem splątały się z sobą w powietrzu. Cień zniknął, słońce wyjrzało na niebo, jasne światło zalało świat; wody Anduiny zalśniły srebrem, we wszystkich domach ludzie zaczęli śpiewać z radości, która z nieodgadnionych źródeł spłynęła do ich serc.

Ledwie słońce minęło zenit, gdy od wschodu nadleciał olbrzymi orzeł, niosąc od wodzów armii Gondoru wieści ponad wszelkie spodziewanie pomyślne.

Śpiewajcie, ludzie z Wieży Anoru,
Bo już skruszona moc Saurona
I w proch upadła Czarna Wieża.

Śpiewajcie, ludzie ze Strażnicy,
Bo niedaremna wasza straż,
Pękła żelazna Czarna Brama,
Przekroczył ją zwycięski król.

Śpiewajcie, wolnych krajów dzieci,
Bo wkrótce wróci do was król
I będzie mieszkał w swej stolicy
Odtąd na zawsze już.

Drzewo, co zwiędło, znów rozkwitnie,
Królewską ręką zasadzone,
A gród szczęśliwe pozna dni.

Śpiewajcie wszyscy radość waszą! [1]

Śpiew rozbrzmiał na wszystkich ulicach grodu.

Nastały potem dni złote, wiosna połączyła się z latem i umaiła pola Gondoru. Gońcy na ścigłych koniach przybyli z Cair Andros z nowinami, miasto zakipiało od przygotowań na przyjęcie króla. Meriodoka wyprawiono z wozami pełnymi prowiantu do Cair Andros, skąd statki miały je powieźć do Osgiliath. Faramir został w Minas Tirith, bo, już uzdrowiony zupełnie, objął urząd Namiestnika, jakkolwiek na krótki czas, żeby w porządku przekazać powiernictwo prawemu władcy.

Została też Éowina, mimo że brat wzywał ją na pola Cormallen. Jej decyzja zdziwiła Faramira. Zajęty doniosłymi obowiązkami, rzadko ją w tych dniach widywał; księżniczka przebywała nadal w Domu Uzdrowień, samotnie przechadzając się po ogrodzie, i znów przybladła. W całym mieście ona jedna zdawała się cierpiąca i smutna.

Kiedy ją Faramir odwiedził, wyszli raz jeszcze we dwoje na mury.

– Éowino, dlaczego zostałaś tutaj i nie pospieszyłaś na radosne uroczystości do obozu za Cair Andros, gdzie oczekuje cię brat? – spytał.

– Czyż nie wiesz dlaczego? – odparła.

– Mogą być dwie przyczyny, nie wiem, która jest prawdziwa.

– Nie chcę się bawić w zagadki, Faramirze. Mów jaśniej.

– Skoro każesz, księżniczko, powiem, co myślę. Nie pospieszyłaś na pola Cormallen, bo tylko brat cię wezwał, a widok tryumfującego

---

[1] Przełożyła Maria Skibniewska.

Aragorna, spadkobiercy Elendila, nie sprawiłby ci radości. Albo dlatego, że ja tam nie jadę, a pragniesz być bliżej mnie. A może dla obu tych powodów naraz i sama nie wiesz, który jest dla ciebie ważniejszy. Czy nie kochasz mnie, czy nie chcesz mnie pokochać, Éowino?

– Chciałam być kochana przez kogoś innego – odparła. – Ale od nikogo nie pragnę litości.

– Wiem. Chciałaś zdobyć miłość króla Aragorna. Ponieważ był wspaniały i potężny, a ty pragnęłaś sławy i chwały, i wyniesienia ponad wszelkie nędzne, pełzające po ziemi i nikczemne robactwo. Olśniewał cię, jak wielki wódz młodego żołnierza. Jest bowiem naprawdę władcą wśród ludzi, największym dziś na ziemi. Ale gdy ofiarował ci tylko wyrozumiałość i współczucie, odtrąciłaś to wszystko i nie pragnęłaś już niczego prócz chwalebnej śmierci w boju. Spójrz na mnie, Éowino!

Patrzyła mu w oczy długo i bez drżenia. Faramir podjął znowu:

– Nie pogardzaj litością, gdy płynie ze szlachetnego serca, Éowino! Ale ja nie litość ci ofiaruję. Jesteś księżniczką wielkiego rodu i męstwa, zdobyłaś sławę, której świat nie zapomni. Jesteś też piękna ponad wszelki wyraz najpiękniejszego języka elfów. Kocham cię. W pierwszej chwili litowałem się nad twoim smutkiem. Teraz jednak kochałbym cię, nawet gdybyś była wolna od smutku, trwogi i tęsknoty, nawet gdybyś jaśniała szczęściem na tronie Gondoru. Czy nie pokochasz mnie, Éowino?

Nagle serce jej odmieniło się, a może tylko w tym momencie zrozumiała, że odmieniło się już przedtem. W nim także zima ustąpiła wiośnie.

– Stoję na murach Minas Anor, Wieży Słońca – powiedziała. – Cień zniknął. Nie będę już dziewiczym rycerzem, nie ruszę w pole z Jeźdźcami Rohanu, nie znajdę szczęścia w bojowych pieśniach. Będę uzdrowicielką, pokocham wszystko, co rośnie i co nie jest jałowe. – Spojrzała znów w oczy Faramira. – Nie pragnę już być królową.

Faramir roześmiał się wesoło.

– To dobrze! Bo ja nie jestem królem. Ale będę mężem Białej Księżniczki Rohanu, jeśli się na to zgodzi. Pojedziemy za Rzekę, w szczęśliwej przyszłości zamieszkamy w Ithilien i tam, na tej pięknej ziemi, założymy ogród. Wszystko będzie rosło i radowało się z przybycia Białej Księżniczki.

– A więc muszę porzucić własny lud, Gondorczyku? – spytała. – Chcesz, żeby twoje dumne plemię mówiło o tobie: „Oto nasz wódz zaślubił dziką księżniczkę z północy. Czy nie mógł znaleźć sobie żony wśród Númenorejczyków?"

– Tak, tego chcę! – odparł Faramir, biorąc ją w ramiona. Całował ją pod słonecznym niebem, nie dbając o to, że wielu ludzi może ich zobaczyć, stojących na wysokim murze. Rzeczywiście widziało ich wielu i wtedy, i później, gdy promieniejąc radością, szli trzymając się za ręce ku Domom Uzdrowień.

– Księżniczka Rohanu jest już uzdrowiona – oznajmił Faramir Opiekunowi.

– A więc zwalniam ją spod mej pieczy i żegnając, życzę, aby nigdy więcej nie cierpiała ran ani choroby. Powierzam ją opiece Namiestnika Gondoru aż do powrotu jej brata – odparł Opiekun.

– Teraz, kiedy wolno mi odejść, wolałabym zostać. Ten dom bowiem stał mi się od wszystkich innych milszy – powiedziała Éowina. Została w Domu Uzdrowień aż do przyjazdu króla.

Wszystko już było gotowe, a wieść rozeszła się szeroko po kraju, od Min-Rimmon aż po Pinnath Gelin i po dalekie wybrzeża morskie; kto żyw, spieszył do ogrodu i zebrała się moc ludzi. Miasto znów zaroiło się od kobiet i ślicznych dzieci, które wracały do domów z naręczami kwiatów; z Dol Amrothu ściągnęli harfiarze, pierwsi mistrzowie muzyki w Gondorze; byli też inni muzykanci, z wiolami, fletami i rogami ze srebra, a także śpiewacy z dolin Lebenninu, obdarzeni najpiękniejszymi głosami.

Nadszedł wreszcie wieczór, gdy już z murów ujrzano rozbity na polach obóz; światła w domach nie pogasły przez noc całą, bo wszyscy czuwali w oczekiwaniu świtu. Słońce wstało jasne nad górami od wschodu, gdzie już nie zalegały cienie. Uderzono w dzwony, rozwinięte sztandary załopotały na wietrze, a nad Białą Wieżą po raz ostatni ukazała się biała chorągiew Namiestników bez godeł i haseł, iskrząc się srebrzyście niby śnieg w słonecznym blasku. Wodzowie wiedli swą armię ku miastu, a lud patrzył, jak zbliżają się szereg za szeregiem, lśniący w promieniach świtu i migocący jak srebro. Podeszli pod Bramę i zatrzymali się w odległości kilkudziesięciu kroków od murów. Ale Bramy nie odbudowano jeszcze po bitwie, tylko wejście zagrodzono w poprzek barierą i postawiono po obu jej stronach gwardzistów w srebrno-czarnych barwach, z obnażonymi długimi mieczami. Za barierą czekali Faramir, Namiestnik Gondoru, Húrin, Strażnik Kluczy, Éowina, księżniczka Rohanu, Elfhelm, marszałek, i grono rycerzy Marchii. Dalej zaś cisnął się zewsząd tłum strojny, różnokolorowy, niosąc wieńce i girlandy kwiatów.

Utworzyła się więc pod murami Minas Tirith wolna przestrzeń, otoczona w krąg przez rycerstwo i żołnierzy Gondoru oraz Rohanu, przez lud miejski i przybyszów z całego kraju. Cisza zaległa w tłumie, gdy z szeregów wystąpili Dúnedainowie, w strojach szarych ze srebrem, a na ich czele Aragorn. Ubrany był w czarną kolczugę, ze srebrnym pasem, i w długi śnieżnobiały płaszcz, spięty pod szyją dużym zielonym kamieniem, który skrzył się z daleka. Głowę miał odsłoniętą. Towarzyszyli mu Éomer z Rohanu, książę Imrahil, Gandalf, cały w bieli, oraz cztery drobne postacie, których widok wielu ludzi zadziwił.

– Nie, krewniaczko, to nie chłopcy – tłumaczyła Ioreth stojącej obok niej kobiecie z Imloth Melui. – To perianowie z dalekiego kraju niziołków; podobno są książętami wielkiej sławy wśród swoich. Dobrze wiem, bo jednego z nich pielęgnowałam w Domach Uzdrowień. Mali są, lecz dzielni. Nie uwierzysz, ale jeden z nich zapuścił się sam, z giermkiem tylko, do Kraju Ciemności i pobił Czarnego Władcę, i podpalił Czarną Wieżę. Tak przynajmniej opowiadają w naszym mieście. To ten, który idzie teraz razem z Kamieniem Elfów. Są, jak słyszałam, w serdecznej przyjaźni. Wspaniały jest nasz król, niezbyt może uprzejmy, za to serce ma złote; wszyscy to mówią. A jego ręce uzdrawiają. „Ręce króla mają moc uzdrawiania" – powiedziałam im. W ten sposób wszystko się wykryło. A Mithrandir rzekł na to: „Ioreth, ludzie długo będą pamiętali twoje słowa". No i...

Ioreth nie mogła dłużej pouczać swojej krewniaczki, bo w tym momencie zagrała trąbka i zapadła wielka cisza. Z bramy wyszedł Faramir, mając u boku jedynie Strażnika Kluczy Húrina; za nimi szli czterej mężowie w wysokich hełmach i zbrojach, niosąc dużą szkatułę z czarnego drewna *lebethron*, okutą srebrem.

Faramir i Aragorn spotkali się pośrodku wolnej przestrzeni. Faramir, przyklęknąwszy, rzekł:

– Ostatni Namiestnik Gondoru prosi, byś mu zezwolił zdać namiestnictwo!

I podał królowi białą różdżkę, lecz Aragorn zwrócił mu ją natychmiast.

– Zadanie twoje nie jest jeszcze skończone – powiedział. – Będziesz nadal piastował tę godność, ty, a po tobie twoi potomkowie, dopóki mój ród nie wygaśnie. A teraz wypełnij swoją powinność.

Faramir wstał i donośnym głosem zawołał:

– Ludu Gondoru, słuchaj, co mówi Namiestnik królestwa! Nareszcie przybył prawy król, by upomnieć się o swoje dziedzictwo. Oto Aragorn, syn Arathorna, pierwszy wśród Dúnedainów z Arnoru, wódz armii Zachodu, rycerz z Gwiazdą Północy, który włada mieczem na nowo przekutym, zwycięski w boju, uzdrowiciel, Kamień Elfów, Elessar z rodu Valandila, syna Isildura z Númenoru. Czy chcecie go na swego króla? Czy chcecie, aby wkroczył do grodu i po wsze czasy osiadł na swej stolicy?

Całe wojsko i lud cały jednym głosem wykrzyknęli: „Tak!"

Ioreth zaś wyjaśniła krewniaczce:

– Taka ceremonia jest u nas w stolicy w zwyczaju, ale jak ci już mówiłam, Kamień Elfów już raz wszedł do grodu i powiedział do mnie...

Ale znów była zmuszona przerwać, ponieważ zabrał głos Faramir:

– Ludu Gondoru! Uczeni nasi powiadają, że wedle starego obyczaju król powinien otrzymać koronę od ojca, przed jego zgonem; gdyby zaś to było niemożliwe, sam ma ją wziąć z rąk ojca spoczywającego w grobie. Dziś wszakże władzą Namiestnika zarządziłem inaczej. Przynoszę z Rath Dínen koronę Eärnura, ostatniego króla, który panował przed wiekiem, za praojców naszych.

Wystąpili czterej gwardziści, Faramir otworzył szkatułę i wyjął z niej starożytną koronę. Kształtem podobna do hełmu gwardzistów Wieży, była jednak jeszcze wyższa i biała, umieszczone zaś na niej po obu bokach srebrne i wysadzane perłami skrzydła przypominały skrzydła morskiej mewy, ptaka, który był godłem królów przybyłych ongi zza Morza. Siedem diamentów zdobiło opaskę na czole, jeden zaś, ze wszystkich najwspanialszy, błyszczał jak płomień u szczytu hełmu.

Aragorn wziął z rąk Faramira koronę i podniósłszy ją w górę, rzekł:

– *Et Eärello Endorenna utúlien. Sinome maruvan ar Hildinyar ten' Ambar-metta!*

Były to słowa, które Elendil wymówił, gdy na skrzydłach wiatru przybył na to wybrzeże: „Zza Wielkiego Morza przybyłem do Śródziemia. Tu pozostanę i tu żyć będą potomkowie moi aż do końca świata".

Ku zdumieniu obecnych Aragorn nie włożył korony na głowę, lecz oddał ją znów Faramirowi, mówiąc:

– Dziedzictwo swe odzyskałem dzięki trudom i męstwu wielu przyjaciół. Na znak wdzięczności życzę sobie, żeby koronę przyniósł mi Powiernik Pierścienia, a Mithrandir, jeśli się zgodzi, niech włoży ją na moją głowę. On bowiem był duszą wszystkiego, co przedsięwzięliśmy, i on to odniósł zwycięstwo, które dziś święcimy.

Frodo wziął od Faramira koronę i podał ją Gandalfowi. Aragorn ukląkł, a Gandalf włożył mu na skronie Białą Koronę, mówiąc:

– Oto nastały dni króla, niech upływają błogosławione, dopóki trwać będą trony Valarów.

Lecz kiedy Aragorn wstał, wszyscy, patrząc na niego, umilkli, bo wydało im się, że go widzą po raz pierwszy. Wysmukły jak dawni zamorscy królowie, górował nad całą świtą; zdawał się dostojny wiekiem, a zarazem w kwiecie lat męskich, mądrość wypisana była na jego czole, ręce miał silne i obdarzone władzą uzdrawiania, od całej zaś postaci bił jasny blask.

– Oto nasz król – rzekł wreszcie Faramir.

Wszystkie trąby naraz zagrały fanfarę, król Elessar zbliżył się do bariery, którą Strażnik Kluczy Húrin usunął przed nim. Wśród muzyki harf, wioli i fletów, wśród chóru czystych głosów król przeszedł ukwieconymi ulicami aż do Wieży i wkroczył do jej wnętrza. Na szczycie pojawił się rozwiany sztandar z białym drzewem i siedmiu gwiazdami i rozpoczęło się panowanie Elessara, opiewane w tysiącu pieśni.

Gród wówczas stał się piękniejszy niż kiedykolwiek w swej historii, piękniejszy nawet niż za czasów pierwszej świetności.

Pojawiły się w nim drzewa i fontanny, bramy wykute z mithrilu i stali, ulice wybrukowane białym marmurem; plemiona z gór pracowały nad upiększeniem stolicy, a plemiona z lasów odwiedzały ją chętnie.

Wszystkie szkody naprawiono i wynagrodzono, domy zapełniły się szczęśliwymi ludźmi i rozbrzmiewały śmiechem dzieci, ani jedno okno nie pozostało ślepe, ani jeden dziedziniec nie świecił pustkami. A gdy skończyła się Trzecia Era świata, pamięć o chwale tych lat przeszła w wiek następny.

Król po koronacji przez kilka dni rozsądzał sprawy i ogłaszał wyroki, siedząc na swym tronie w Wielkiej Sali Białej Wieży. Przyjmował też poselstwa od wielu krajów i ludów, ze wschodu i południa, z pogranicza Mrocznej Puszczy i z Dunlandu na zachodzie.

Wybaczył Easterlingom, którzy zdali się na jego łaskę; odesłał ich wolnych do ojczyzny, zawierając pokój również z południowcami z Haradu. Wyzwolił niewolników Mordoru i dał im na własność kraj leżący wokół jeziora Nûrnen. Przyprowadzono też do króla dzielnych żołnierzy, by z jego rąk otrzymali nagrodę i pochwałę za męstwo.

Na ostatku zaś dowódca gwardii przywiódł na sąd Beregonda.

– Beregondzie! – rzekł król. – Tyś mieczem swoim rozlał krew w miejscu uświęconym, gdzie nie wolno dobywać oręża. Opuściłeś też posterunek bez pozwolenia Namiestnika lub swego dowódcy. Stare prawa za takie przewiny żądają kary śmierci. Muszę więc wydać na ciebie wyrok. Słuchaj! Wszystkie kary odpuszczam ci za męstwo w boju, a także dlatego, żeś wszystko to czynił z miłości do Faramira. Jednakże musisz opuścić szeregi gwardii i gród Minas Tirith.

Krew uciekła Beregondowi z twarzy, z sercem ściśniętym bólem zwiesił głowę. Lecz król mówił dalej:

– Tak być musi, ponieważ odtąd będziesz należał do Białej Kompanii, do gwardii przybocznej Faramira, księcia Ithilien; będziesz dowódcą tej gwardii i zamieszkasz w Emyn Arnen, w sławie i spokoju. Służyć będziesz Faramirowi, dla niego bowiem, żeby go wyrwać śmierci, wszystko postawiłeś na jedną kartę.

Wtedy Beregond, rozumiejąc nareszcie, jak sprawiedliwie i łaskawie król go osądził, ukląkł, ucałował królewską rękę i odszedł z radością w sercu. Aragorn dał Faramirowi krainę Ithilien jako udzielne księstwo, prosząc, by osiedlił się wśród gór Emyn Arnen, w zasięgu spojrzenia z Wieży.

– Minas Ithil w dolinie Morgul będzie zburzone doszczętnie – rzekł – a chociaż z czasem kraj ten się oczyści, nikt tam mieszkać nie powinien przez długie jeszcze lata.

W końcu Aragorn wezwał Éomera, uścisnął go i powiedział:

– Między nami nie potrzeba słów ani nagród, bo jesteśmy braćmi. W szczęśliwy dzień przybył Eorl z północy! Świat nie znał pomyślniejszego sojuszu, niźli sojusz Gondoru z Rohanem, nigdy bowiem żaden z tych sprzymierzonych nie zawiódł się i nigdy się nie zawiedzie na drugim. Złożyliśmy Théodena Sławnego w grobowcu pomiędzy królami Gondoru i tam zostanie, jeśli taka jest twoja wola. Lecz jeśli pragniesz, aby zwłoki jego wróciły do Rohanu, odprowadzimy je tam z czcią.

– Od chwili, gdy mi się pierwszy raz ukazałeś, wstając z trawy na wzgórzach, pokochałem cię i na pewno nie zawiedziesz się na moim sercu. Teraz jednak muszę pospieszyć na czas jakiś do mego królestwa, gdyż wiele spraw wymaga naprawy i uporządkowania. Co do poległego króla, wrócę po niego, gdy wszystko przygotuję na jego przyjęcie. Tymczasem niech tutaj śpi w spokoju.

Éowina rzekła Faramirowi:

– Ja też muszę wrócić do ojczyzny i raz jeszcze spojrzeć na nią, a także pomóc bratu w jego obowiązkach; gdy jednak ten, którego kochałam jak ojca, spocznie w rodzinnej ziemi, powrócę do ciebie.

Tak przeminęły te szczęśliwe dni. Jeźdźcy Rohanu przygotowali się do podróży i ruszyli szlakiem północnym; od bram grodu aż w głąb pól Pelennoru jechali między szpalerem Gondorczyków, którzy zbiegli się, by ich pożegnać z wdzięcznością i czcią. Wszyscy przybysze z dalekich stron wracali z radością do swych domów. W grodzie jednak wrzała robota, do której wielu ochoczo przykładało ręki, odbudowując, naprawiając, zacierając blizny wojenne i wspomnienie Ciemności.

Hobbici przebywali nadal w Minas Tirith, wraz z Legolasem i Gimlim, bo Aragornowi żal było rozstać się z Drużyną.

– Wszystko ma swój koniec – rzekł – ale poczekajcie jeszcze trochę, aż dopełni się cała historia, w której tak dzielnie braliście udział. Zbliża się dzień, do którego tęskniłem przez długie lata, odkąd wyrosłem z młodzieńca na męża, a gdy nadejdzie, chciałbym mieć przyjaciół u swego boku.

Nie wyjaśnił im wszakże, o jakim dniu mówi.

Członkowie Drużyny Pierścienia mieszkali wówczas w pięknym domu razem z Gandalfem, swobodnie przechadzając się po grodzie.

– Czy nie wiesz, jaki to dzień Aragorn miał na myśli? – spytał Frodo Czarodzieja. – Dobrze nam tu i nie rwę się do wyjazdu, lecz czas upływa, Bilbo czeka, a mój dom jest w Shire.

– Jeśli o Bilba ci chodzi – odparł Gandalf – to on również na ten dzień czeka i wie, co was tutaj zatrzymuje. Czas rzeczywiście płynie, lecz mamy dopiero maj, jeszcze daleko do pełni lata. Wprawdzie wydaje się nam, że wszystko bardzo się zmieniło, jak gdyby zamknął się stary wiek świata, ale dla drzew i trawy nie minął jeszcze rok, odkąd wyruszyłeś z domu.

– Pippinie! – rzekł Frodo. – Mówiłeś, że Gandalf jest mniej skryty niż dawniej. Widocznie był zrazu zbyt zmęczony po trudach kampanii. Teraz wraca do siebie.

– Wiele osób lubi z góry wiedzieć, co znajdzie się na stole – odparł Gandalf – lecz ci, którzy pracowali nad przygotowaniem uczty, lubią zachować do końca swój sekret, bo niespodzianka budzi tym głośniejsze pochwały. Zresztą Aragorn także czeka na znak.

Pewnego wieczora Gandalf zniknął i przyjaciele głowili się, co to może znaczyć. A Gandalf wyprowadził tymczasem Aragorna za miasto, do południowych podnóży Mindolluiny, i odnaleźli tam we dwóch ścieżkę, zbudowaną przed wiekami, po której dziś nikt prawie nie śmiał chodzić. Wiodła bowiem ku świętym wyżynom, gdzie tylko królowie mieli prawo przebywać. Pięli się stromo pod górę, aż stanęli na wysokiej półce pod ośnieżonym szczytem, skąd otwierał się widok na przepaść po drugiej stronie Mindolluiny. Świtało już, widzieli więc pola rozpostarte w dole i tuż u swoich stóp miasto, wieże sterczące niby białe pióra w słońcu, całą dolinę Anduiny kwitnącą jak ogród i na widnokręgu Góry Mgliste w złotej mgiełce.

W jedną stronę wzrok sięgał szarych wzgórz Emyn Muil, a wodogrzmoty Rauros błyszczały niby gwiazdy w oddali; patrząc w drugą stronę, dostrzegali Wielką Rzekę niby wstążkę wijącą się aż po Pelargir, a za nią świetlisty rąbek pod niebem przypominał o dalekim Morzu.

– Oto twoje królestwo, zarodek jeszcze większego królestwa przyszłości – powiedział Gandalf. – Trzecia Era świata skończyła się, nowa era się zaczyna. Twoim zadaniem jest pokierować tym początkiem i zachować to, co na trwanie zasługuje. Wiele bowiem ocaliliśmy, lecz wiele również musi teraz zniknąć. Władza Trzech Pierścieni także się skończyła. Wszystkie kraje, które stąd oglądasz, i inne, dalsze jeszcze, będą siedzibami ludzi. Nadchodzi czas panowania człowieka, Najstarsze Plemię zwiędnie lub odejdzie.

– Wiem to dobrze, mój przyjacielu – odparł Aragorn – ale potrzeba mi wciąż jeszcze twoich rad.

– Niedługo będę ci mógł nimi służyć – rzekł Gandalf. – Trzecia Era była moją epoką. Byłem Nieprzyjacielem Saurona, spełniłem swoje zadanie. Wkrótce odejdę. Brzemię przejmiesz ty i twoje plemię.

– Ale ja umrę – powiedział Aragorn. – Jestem śmiertelnym człowiekiem, a chociaż mam w żyłach czystą krew Númenoru i pożyję znacznie dłużej niż inni ludzie, to nie mam już wiele czasu przed sobą; gdy ci, którzy są jeszcze w łonach matek, urodzą się i postarzeją, ja także będę stary. Jeśli nie spełni się moje marzenie, kto wtedy będzie rządził Gondorem i tymi wszystkimi ludami, które na nasz gród patrzą jak na swoją królową? Drzewo na Placu Wodotrysku jest wciąż jeszcze suche i jałowe. Kiedy otrzymam znak, że to się wreszcie zmieni?

– Odwróć twarz od zielonego świata i spójrz tam, gdzie wszystko wydaje się jałowe i zimne – rzekł Gandalf.

Aragorn odwrócił się i spojrzał na kamieniste zbocze opadające spod granicy śniegów. Wśród martwoty jedna jedyna istota była tutaj żywa. Wspiął się ku niej. Na samym skraju śniegu wyrastało na trzy stopy w górę młodziutkie drzewko. Już wypuściło świeże liście, podłużne, kształtne, ciemne z wierzchu, a srebrne od spodu; na smukłej koronie rozkwitł bukiecik kwiatów, których białe płatki miały blask śniegu w słońcu.

– *Yé! Utúvienyes!* – wykrzyknął Aragorn. – Znalazłem! Oto latorośl Najstarszego z Drzew! Skąd się tu wzięła? Nie ma chyba jeszcze siedmiu lat.

Gandalf podszedł, przyjrzał się drzewku i rzekł:

– Tak, to latorośl z rodu pięknej Nimloth z nasienia Galathiliona, z owocu Telperiona o wielu imionach, Najstarszego z Drzew świata. Któż zgadnie, skąd się wzięło, gdy nadeszła ta godzina? Ale to jest miejsce prastare i uświęcone, zapewne ktoś zasiał tutaj ziarno, zanim zabrakło królów i zanim Białe Drzewo zwiędło. Chociaż bowiem owoc jego rzadko, jak mówią, dojrzewa, lecz ziarno zachowuje utajone życie przez wiele lat i nigdy nie można przewidzieć, kiedy się zbudzi i ożyje. Pamiętaj o tym. Ilekroć owoc jakiś dojrzeje, trzeba posiać ziarno, aby ród nie wymarł. To nasienie przetrwało ukryte wśród gór, podobnie jak potomkowie Elendila na pustkowiach północy. Ale ród Nimloth starszy jest niźli twój, królu Elessarze!

Aragorn ostrożnie ujął drzewko ręką i okazało się, że ledwie trzymało się ziemi, bo dało mu się z niej wyciągnąć lekko i bez szkody; król zaniósł je do grodu. Wykopano zwiędłe drzewo, ale z całym szacunkiem; nie spalono go, lecz złożono na spoczynek w ciszy Rath Dínen. Aragorn posadził na Placu Wodotrysku młode drzewko, które szybko i zdrowo zaczęło się tu rozrastać, a w czerwcu okryło się kwieciem.

– Otrzymałem znak. Mój dzień jest już bliski – rzekł Aragorn i rozstawił na murze czaty.

W przeddzień najdłuższego dnia roku przybiegli do grodu gońcy z Amon Dîn z wieścią, że od północy nadciąga orszak elfów i już zbliża się do murów Pelennoru.

– Nareszcie! – powiedział król. – Niech miasto przygotuje się na powitanie gości.

W wigilię więc pełni lata, gdy niebo przybrało barwę szafiru i białe gwiazdy rozbłysły na wschodzie, lecz zachód złocił się jeszcze od słońca, gościńcem północnym pod bramę Minas Tirith nadjechał orszak konny. Prowadzili go Elrohir i Elladan pod srebrną chorągwią, za nimi jechali Glorfindel i Erestor, i wszyscy domownicy dworu w Rivendell, a dalej Pani Galadriela z Celebornem, władcą Lórien, na białych wierzchowcach, w otoczeniu mnóstwa przedstawicieli najpiękniejszego plemienia elfów, w szarych płaszczach i z białymi klejnotami we włosach; wreszcie Elrond, szanowany wśród elfów i ludzi, z berłem Annúminas w ręku; a u jego boku na siwym koniu Arwena, córka Elronda, Gwiazda Wieczorna swego plemienia. Frodo z zachwytem patrzył na nią, gdy się zbliżała jaśniejąca wśród zmierzchu, z gwiazdami nad czołem, w obłoku słodkich woni.

– Teraz wreszcie rozumiem, na cośmy czekali – rzekł do Gandalfa.

– Teraz dopiero kończy się nasza historia. Odtąd nie tylko dzień będzie miły, ale noc także piękna i szczęśliwa, wolna od lęku.

Król przywitał gości, którzy zsiedli z koni. Elrond oddał Aragornowi berło i połączył dłoń swej córki z dłonią króla; wszyscy razem podążyli w górę ku Wysokiemu Grodowi pod niebem roziskrzonym od gwiazd. Aragorn, król Elessar, zaślubił Arwenę Undómiel w swej stolicy, środkowego dnia lata. Tak zakończyła się historia długiego oczekiwania i tęsknoty.

Rozdział 6

Wiele pożegnań

Kiedy minęły dni wesela, a przyjaciele wreszcie zaczęli myśleć o powrocie do swoich własnych domów, Frodo udał się do króla, który odpoczywał przy fontannie pod rozkwitłym bujnie drzewem, słuchając pieśni śpiewanej przez królową Arwenę. Aragorn wstał na powitanie hobbita i rzekł:

– Wiem, co chcesz mi powiedzieć, Frodo! Pragniesz wracać do domu. Tak, przyjacielu kochany, każde drzewo najlepiej rośnie w ziemi swoich przodków; pamiętaj jednak, że wszystkie kraje królestwa zawsze będą przed tobą otwarte. A chociaż twoje plemię dotychczas niewiele zajmowało miejsca w bohaterskich legendach większych ludów, odtąd cieszyć się będzie sławą, jaką nie każde potężne królestwo może się poszczycić.

– Tak, pragnę wrócić do Shire'u – odparł Frodo – przedtem jednak muszę wstąpić do Rivendell. Jeśli bowiem czegoś mi brak w tych dniach szczęścia, to tylko obecności Bilba. Zmartwiłem się, gdy nie zobaczyłem go w orszaku Elronda.

– Czy to cię zdziwiło, Powierniku Pierścienia? – odezwała się Arwena. – Znasz przecież moc tego klejnotu, który dzięki tobie został unicestwiony; wszystko, co z jego władzy powstało, dziś przemija. Twój wuj posiadał Pierścień dłużej niż ty. Dożył wieku sędziwego, wedle miary czasu swego plemienia. Czeka na ciebie, ale sam już nie wybierze się w daleką podróż... chyba w ostatnią.

– Pozwól więc, królu, żebym ruszył natychmiast – rzekł Frodo.

– Za tydzień ruszymy razem – odparł Aragorn. – Wypada nam wspólna droga aż do Rohanu. Za trzy dni Éomer wróci po zwłoki Théodena, będziemy towarzyszyli im do Marchii, żeby uczcić poległego króla. Nim jednak opuścisz nas, chcę potwierdzić słowo Faramira, który przyrzekł tobie i twoim wszelką swobodę ruchu i pomoc w granicach Gondoru. Gdybym rozporządzał nagrodą godną twoich zasług, pewnie bym ci jej nie skąpił. Weźmiesz stąd, co zechcesz, wyjedziesz żegnany z honorami, strojny i zbrojny jak książę.

– Ja mam dla ciebie dar – powiedziała Arwena. – Jestem przecież córką Elronda. Nie odjadę z nim, gdy będzie udawał się do Szarej Przystani, ja bowiem wybrałam, tak jak ongi Lúthien, los słodki i gorzki zarazem. Odstępuję ci moje miejsce, Powierniku Pierścienia; gdy wybije twoja godzina, będziesz mógł – jeśli zechcesz – odpłynąć z elfami za Morze. Jeżeli cię będą jeszcze bolały stare rany i zaciąży pamięć tego, coś dźwigał, wolno ci odejść na daleki zachód, po ukojenie bólu i znużenia. A to noś na pamiątkę Kamienia Elfów i Gwiazdy Wieczornej, z którymi cię życie związało. – To mówiąc, zawiesiła mu na szyi zdjęty z własnej piersi biały klejnot, lśniący na srebrnym łańcuszku jak gwiazda.

– W tym znajdziesz obronę, ilekroć cię nękać będzie wspomnienie strachu i ciemności – rzekła.

Tak jak król zapowiedział, w trzy dni potem przybył Éomer na czele éoredu najznakomitszych rycerzy Rohanu. Powitano go jak przystało, a kiedy wszyscy zasiedli do stołu w Merethrond, w Wielkiej Sali Uczt, i Éomer zobaczył królową Arwenę i Panią Galadrielę, zdziwił się bardzo; nim odszedł na swą kwaterę, zawołał krasnoluda Gimlego, by mu rzec:

– Gimli, synu Glóina, czy masz pod ręką swój topór?

– Nie, ale mogę po niego skoczyć, jeśli trzeba – odparł Gimli.

– Zaraz się to okaże! – powiedział Éomer. – Ja bowiem oznajmiam, że nie Pani Galadriela jest najpiękniejsza na ziemi.

– W takim razie biegnę po toporek – rzekł Gimli.

– Pozwól, że najpierw spróbuję się usprawiedliwić – powiedział Éomer. – Gdybym ją ujrzał w innym otoczeniu, przyznałbym ci pewnie wszystko, czego byś żądał. Ale dziś oddaję pierwszeństwo królowej Arwenie, Gwieździe Wieczornej, i gotów jestem stanąć na ubitej ziemi przeciw każdemu, kto mi zaprzeczy. Czy mam dobyć miecza?

Gimli ukłonił się w pas.

– Jesteś usprawiedliwiony w moich oczach, królu – rzekł. – Wybrałeś Wieczór, gdy ja pokochałem Poranek. Ale serce mi mówi, że ten Poranek wkrótce przeminie.

Wreszcie nadszedł dzień wyjazdu na północ i rycerski orszak przygotował się do opuszczenia grodu. Królowie Gondoru i Rohanu udali się do grobów królewskich przy Rath Dínen. Na złotych marach niesiono króla Théodena przez milczące miasto. Złożono zwłoki bohatera na wspaniałym wozie; rozwinięto sztandar, Jeźdźcy Rohanu otoczyli wóz, a Merry jako giermek Théodena siedział przy nim, trzymając miecz i tarczę zmarłego.

Dla innych członków Drużyny przygotowano wierzchowce stosowne do wzrostu; Frodo i Sam jechali u boku Aragorna, Gandalf dosiadł Cienistogrzywego, Pippin przyłączył się do rycerstwa Gondoru, Legolasa zaś z Gimlim po dawnemu niósł Arod.

Jechali też w orszaku królowa Arwena, Celeborn i Galadriela z gromadką elfów, Elrond i jego synowie, książęta Dol Amrothu i Ithilien, oraz wielu dowódców i rycerzy. Nigdy jeszcze żaden król Marchii nie miał w podróży takiej świty jak Théoden, syn Thengla, gdy wracał spocząć w ziemi swych ojców.

Bez pośpiechu, spokojnie minęli Anórien i zatrzymali się pod Szarym Lasem u stóp Amon Dîn; słyszeli tu wśród gór dudnienie bębnów, lecz nie zobaczyli żywego ducha. Aragorn kazał zadąć w trąby; heroldowie zakrzyknęli:

– Słuchajcie! Przybył król Elessar! Oddaje lasy Drúadanu w wieczyste władanie Ghânowi-buri-Ghânowi i ludowi jego! Noga żadnego człowieka nie postanie odtąd na tej ziemi bez pozwolenia Ghân-buri-Ghâna i jego ludu!

Bębny zagrały głośniej i umilkły.

Wreszcie po dwóch tygodniach podróży przez zielone stepy Rohanu wóz króla Théodena dotarł do Edoras i tu orszak cały zatrzymał się na dłużej. Złoty Dwór, przystrojony kobiercami, jarzył się od świateł; gotów był na uroczystość, jakiej nie pamiętały te mury od dnia, gdy je wzniesiono. W trzy dni później złożono bowiem zwłoki króla Théodena w kamiennym grobowcu wraz ze zbroją, orężem i wielu pięknymi przedmiotami, które mu służyły za życia; usypano nad grobem wysoki kopiec, pokryty darniną i usiany białymi gwiazdkami niezapominek. Tak więc osiem Kurhanów wznosiło się teraz po wschodniej stronie Mogilnego Pola.

Jeźdźcy z królewskiej gwardii na białych koniach otoczyli w krąg Kurhan i zaśpiewali pieśń o Théodenie, synu Thengla, którą ułożył królewski bard Gleowin, nigdy już odtąd nie składając innych wierszy. Głębokie głosy jeźdźców poruszyły wszystkie serca, nawet tych, którzy nie rozumieli mowy Rohirrimów; lecz synom Marchii, gdy słuchali tych słów, rozbłysły oczy i zdawało im się, że słyszą tętent koni pędzących z północy i głos Eorla wydającego rozkazy w bitwie na Srebrnym Polu; w pieśni bowiem zawarta była legenda królów, róg Helma echem rozbrzmiewał wśród gór, nadciągały Ciemności, król Théoden zrywał się do boju z Cieniem i Ogniem, ginął w chwale, a słońce, wbrew rozpaczy, wracało nad świat i ranek błyszczał nad Mindolluiną.

> *Po zwątpieniu, po nocy, na spotkanie świtu*
> *Jechał z pieśnią ku słońcu z nagim mieczem w dłoni,*
> *Wskrzesił zmarłą nadzieję i z nadzieją zginął.*
> *Pokonał śmierć i trwogę, i losu wyroki,*
> *A za cenę żywota sławę zdobył wieczną.* [1]

Merry u stóp zielonego Kurhanu płakał, a gdy pieśń ucichła, zawołał:
– Królu Théodenie, królu Théodenie! Żegnaj! Byłeś mi ojcem, na krótki czas zwróconym. Żegnaj!

Kiedy skończyły się obrzędy pogrzebowe i ucichł płacz kobiet, Théoden został samotny pod Kurhanem, a lud zgromadził się w Złotym Dworze na wielkie święto, wolny już od żałoby; król Théoden dożył przecież sędziwej starości i poległ chlubnie jak najsławniejsi jego przodkowie. Wedle obyczaju Marchii godziło się po upływie kilku dni uczcić zmarłego pucharem wina. Księżniczka Rohanu, Éowina, w szatach mieniących się złotem słońca i bielą śniegu, podała pierwszy puchar Éomerowi.

---

[1] Przełożyła Maria Skibniewska.

Wystąpił bard i kronikarz Rohanu, by wymienić we właściwej kolejności imiona wszystkich władców Marchii: Eorla Młodego, Brega, który wzniósł Dwór, Aldora, brata nieszczęśnika Baldora; Frea, Freawina, Goldowina i Deora, Grama i Helma, który się schronił w swej kryjówce wśród Białych Gór, kiedy wróg zagarnął kraj; tych dziewięciu spało snem wiecznym pod Dziewięciu Kurhanami po zachodniej stronie Mogilnego Pola, na Helmie bowiem kończyła się dynastia, a nową rozpoczynał, złożony po wschodniej stronie Frealaf, siostrzeniec Helma, a dalej szli: Brytta, Walda, Folka, Folkwin, Fengel, Thengel i ostatni — Théoden. Gdy padło to imię, Éowina kazała służbie napełnić znów winem puchary, wszyscy wstali i pijąc zdrowie nowego króla, krzyknęli:

— Niech żyje Éomer, król Marchii!

Wreszcie pod koniec uroczystości przemówił Éomer:

— Zebraliśmy się na ucztę żałobną ku czci króla Théodena, lecz nim się rozejdziemy, chcę wam oznajmić radosną nowinę, wiem bowiem, że zmarły król nie miałby mi tego za złe, kochając siostrę moją Éowinę ojcowską miłością. Wiedzcie tedy, szlachetni goście z Lórien i innych królestw, najdostojniejsi, jakich Dwór ten kiedykolwiek miał zaszczyt witać! Faramir, Namiestnik Gondoru i książę Ithilien, prosił o rękę Éowiny, księżniczki Rohanu. Ona zaś zgodziła się zostać jego żoną. Teraz właśnie w obecności waszej odbędą się ich zaręczyny.

Faramir i Éowina podali sobie ręce, a wszyscy wypili ich zdrowie.

— Tym bardziej się cieszę — rzekł Éomer — że nowe te więzy zacieśnią jeszcze przyjaźń między Marchią a Gondorem.

— Szczodry z ciebie przyjaciel, Éomerze, skoro ofiarowujesz Gondorowi to, co w twoim królestwie najpiękniejsze! — powiedział Aragorn.

Éowina zaś, patrząc Aragornowi prosto w oczy, rzekła:

— Królu, uzdrowicielu mój, życz mi dziś szczęścia.

— Zawszem ci go życzył — odparł — od pierwszej chwili, gdy cię ujrzałem. A widok twojej radości uzdrowił moje serce.

Skończyły się święta, a ci, którzy mieli przed sobą dalszą podróż, pożegnali króla Éomera. Gotowali się w drogę Aragorn i rycerze

Gondoru, elfy z Lórien i ród Elronda z Rivendell, lecz Faramir i książę Imrahil zostawali w Edoras. Zostawała też Arwena, Gwiazda Wieczorna, toteż musiała pożegnać się ze swymi braćmi. Nikt nie był świadkiem jej ostatniej rozmowy z ojcem, poszli bowiem we dwoje w góry i tam spędzili długie godziny; gorzkie musiało być dla nich rozstanie, które miało trwać poza koniec świata.

Wreszcie, nim goście ruszyli, Éomer i Éowina przyszli do Meriadoka, by mu rzec:

– Żegnaj, Meriadoku, rycerzu Shire'u i Wielki Podczaszy Marchii! Szczęśliwej drogi! Uradujesz nas, jeśli prędko znów przybędziesz w odwiedziny.

– Dawni królowie obdarzyliby cię za zasługi na polach Mundburga skarbami, których największy wóz by nie pomieścił; ale ty nie chcesz nagrody prócz zbroi, którą nosiłeś tak chlubnie – dodał Éomer. – Muszę się na to zgodzić, skoro nie mam nic, co by godne było ciebie. Siostra moja prosi jednak, abyś przyjął ten drobiazg na pamiątkę Dernhelma i muzyki rogów, które w Marchii witają każdy poranek.

Éowina podała hobbitowi starożytny róg, mały, lecz misternej roboty, srebrny, na zielonej taśmie; złotnik wyrzeźbił na nim jeźdźców pędzących konno w szeregu i ten ornament wił się w srebrze od ustnika do wylotu rogu, a wplecione weń były runiczne znaki przynoszące szczęście.

– Róg ten był z dawna w naszym rodzie – powiedziała Éowina. – Wyrzeźbiły go krasnoludy, pochodzi ze skarbca smoka Skata. Eorl przywiózł go z Północy. Kto w potrzebie zadmie w ten róg, porazi strachem serca wrogów, a radością napełni serca przyjaciół, którzy przybiegną zaraz na jego głos.

Merry przyjął róg, takiego bowiem daru nie godziło się odrzucać, i ucałował rękę Éowiny. Raz jeszcze Éomer uścisnął hobbita i tak się rozstali.

Na odjezdnym wychylono strzemiennego, po czym podróżni ruszyli w stronę Helmowego Jaru, gdzie odpoczywali znów dwa dni.

Legolas, dotrzymując zawartej z Gimlim umowy, zwiedził z nim Błyszczące Pieczary. Wrócił milczący, nie chciał nic opowiadać, twierdząc, że tylko Gimli znajduje w tym przypadku odpowiednie słowa.

– Nigdy się jeszcze dotychczas nie zdarzyło, aby krasnolud krasomówstwem przewyższał elfa – rzekł. – Toteż musimy z kolei powędrować do lasów Fangornu, tam pewnie wyrównam rachunek.

Z Zielonej Roztoki skierowali się na Isengard, gdzie gospodarowały teraz enty. Zburzyły i usunęły kamienny krąg, kotlinę całą zamieniły w ogród zielony od sadów i lasu, przecięty strumieniem. Pośrodku jaśniało wszakże jezioro, a z niego wyrastała Wieża Orthank, wciąż jeszcze wyniosła i niezdobyta; czarne jej ściany przeglądały się w lustrze wody.

Wędrowcy odpoczywali chwilę w miejscu, gdzie przedtem stała Brama Isengardu, dziś natomiast dwa smukłe drzewa strzegły wejścia na zieloną ścieżkę wiodącą do Orthanku. Podziwiali dokonane tu prace, tym bardziej zdumiewające, że przez czas dłuższy nie było widać nigdzie ani żywej duszy. Wreszcie doszło ich uszu znajome chrząkanie: „Hum, hum" i na ścieżce ukazał się Drzewiec w towarzystwie Żwawca, spieszący na powitanie gości.

– Witajcie w Ogrodzie Orthanku! – rzekł. – Wiedziałem, że przyjedziecie, ale miałem robotę dalej w dolinie. Dużo jest jeszcze tutaj roboty! Wy też nie próżnowaliście w dalekich krajach na południu i wschodzie, jak słyszałem; same dobre rzeczy o was słyszałem, tak, tak!

Chwalił ich czyny, o których, jak się okazało, wiedział wszystko, a w końcu urwał i zatrzymał wzrok na twarzy Gandalfa.

– A ty co powiesz? – spytał. – Dowiodłeś, że jesteś mocniejszy od innych, i wszystkiego, co zamierzałeś, udało ci się dokonać. Dokąd się teraz wybierasz? I po co tutaj przybyłeś?

– Żeby zobaczyć, jak sobie radzicie, przyjacielu – odparł Gandalf – i żeby podziękować wam za pomoc.

– Hm, słusznie, enty zrobiły, co do nich należało – powiedział Drzewiec. – Rozprawiliśmy się nie tylko z tym tu... hm... przeklętym mordercą drzew, ale także z całą bandą *burárum*, szpetno-okich-czarnorękich-krzywonogich-cuchnących i krwiożerczych *morimaitesinkahonda*... hm... No, tak, cała nazwa tych wstrętnych orków byłaby dla uszu waszych pochopnych plemion za długa, nie moglibyście jej zapamiętać. Przyszli bandą z północy, okrążając las

Laurelinodórenan, bo tam nie zdołali się wedrzeć dzięki potędze Wielkich Osób, które tu mam zaszczyt oglądać. – To mówiąc, skłonił się przed Celebornem i Galadrielą, władcami Lórien, po czym ciągnął dalej. – Podli orkowie bardzo się zdziwili, spotykając nas tutaj, bo nigdy jeszcze nie słyszeli o entach, chociaż co prawda wiele przyzwoitszych stworzeń także nie wie nic o nas. I niewielu orków będzie nas pamiętać, bo mało kto z tej bandy ocalał, większość ich połknęła Rzeka. Wasze szczęście, bo żeby na nas się nie natknęli, król stepów niedaleko by zajechał, a w każdym razie nie miałbym już po co do swego domu wracać.

– Wiemy o tym – rzekł Aragorn – i nigdy nie zapomnimy w Minas Tirith ani w Edoras.

– „Nigdy" to za długo nawet dla mnie – odparł Drzewiec. – Chciałeś powiedzieć: póki wasze królestwa przetrwają. Będą musiały trwać długo, żeby entom wydał się ten czas naprawdę długi.

– Zaczyna się Nowa Era – powiedział Gandalf – i może się okazać, że królestwa człowieka przetrwają nawet ciebie, przyjacielu Fangornie. Ale teraz powiedz, jak się wywiązałeś z zadania, które ci wyznaczyłem. Co się dzieje z Sarumanem? Czy jeszcze mu się nie znudził Orthank? Bo nie sądzę, żeby go bawił widok, który urządziłeś pod jego oknami.

Drzewiec rzucił Gandalfowi przeciągłe spojrzenie, prawie chytre – jak stwierdził Merry.

– Ha! – powiedział. – Spodziewałem się tych pytań od ciebie. Czy mu się znudził Orthank? Bardzo, ale nie tak bardzo jak mój głos. Hm... Opowiedziałem mu kilka dość długich historii, przynajmniej dość długich wedle waszych pojęć.

– Dlaczego więc słuchał ich? Czyś go odwiedzał w Wieży? – spytał Gandalf.

– Hm, nie, ja do Wieży nie wchodziłem, ale on stał w oknie i słuchał, bo innym sposobem nie mógłby się dowiedzieć żadnych nowin, a chociaż te nowiny były mu niemiłe, chciwie na nie czekał. Już ja dopilnowałem, żeby go nie ominęły co weselsze. I od siebie sporo dodawałem takich rzeczy, które uważałem, że wyjdą mu na zdrowie, jak się nad nimi zastanowi. Znudził się z czasem. Zawsze był zanadto pochopny. To go właśnie zgubiło.

– Spostrzegam, kochany Fangornie, że wciąż mówisz: „słuchał", „znudził się", „był". Ani razu nie powiedziałeś: „jest". Czyżby umarł?

– Hm, nie, nie umarł, o ile mi wiadomo. Ale się stąd wyniósł. Tak, poszedł sobie. Wypuściłem go. Zresztą niewiele z niego zostało, jak zobaczyłem, kiedy z Wieży wylazł, a ten gad, który mu dotrzymywał towarzystwa, wyglądał po prostu jak cień. Proszę cię, Gandalfie, nie mów, że obiecałem go przypilnować, bo sam pamiętam to dobrze. Ale wiele się od tego czasu zmieniło. Trzymałem go tutaj, póki groziło, że może nam zaszkodzić. Powinieneś wiedzieć, że nie cierpię więzić żywych istot i nawet takiego podłego stwora nie mogłem więzić w klatce dłużej, niż to było konieczne. Nawet żmiję, gdy jej wyrwano jadowite zęby, można wypuścić na wolność, niech pełza, gdzie jej się podoba.

– Może masz rację – odparł Gandalf – ale tej żmii został, jak mi się zdaje, jeszcze jeden ząb. Trucizna była w jego głosie, myślę, że nawet ciebie umiał nim zbałamucić, znając słabą stronę twego serca. Ale trudno, stało się, nie będziemy więcej o tym mówili. Wieża Orthank jednak wraca teraz we władanie króla, do którego z prawa należy. Jakkolwiek pewnie mu nie będzie już potrzebna...

– Czas to okaże – powiedział Aragorn. – Całą tę dolinę oddaję w każdym razie entom, niech gospodarują wedle swej woli, byle strzegły Wieży i nie wpuściły tam nikogo bez mego pozwolenia.

– Jest zamknięta – rzekł Drzewiec. – Kazałem Sarumanowi zamknąć i oddać klucze. Żwawiec je przechowuje.

Żwawiec skłonił się jak drzewo przygięte wiatrem, wręczając Aragornowi dwa wielkie czarne klucze wycięte w zawiłe kształty i połączone stalowym kółkiem.

– Jeszcze raz dziękuję wam – powiedział Aragorn. – Tymczasem żegnajcie! Oby las rósł znowu w spokoju. Gdyby wam w dolinie zrobiło się kiedyś za ciasno, jest dość miejsca na zachód od gór, gdzie mieszkały niegdyś enty.

Drzewiec posmutniał.

– Lasy pewnie się rozrosną – rzekł. – Ale enty się nie rozrodzą. Nie ma już małych enciąt.

– Może jednak teraz będziecie mogły wznowić poszukiwania z większą nadzieją – powiedział Aragorn. – Otwarły się przed wami różne krainy na wschodzie, które dotychczas były niedostępne.

– Za daleka droga! – odparł Drzewiec, potrząsając głową. – I za wiele mieszka dziś wszędzie ludzi... Ale ja tu gadam i zaniedbuję obowiązki grzeczności. Czy zechcecie łaskawie gościć u nas dłużej? A może ktoś z was chciałby przejść przez Fangorn i skrócić sobie w ten sposób drogę do domu?

Pytająco spoglądał na Celeborna i Galadrielę, wszyscy jednak oświadczyli, że muszą niestety pożegnać się i bez zwłoki ruszać dalej na południe lub na zachód. Tylko Legolas zakrzyknął:

– Słyszysz, Gimli? Za pozwoleniem samego Fangorna możemy obaj zapuścić się w głąb jego lasów; zobaczymy drzewa, jakich nigdzie indziej nie ma w Śródziemiu. Dotrzymasz chyba umowy i pójdziesz ze mną? Będziemy razem wędrowali aż do naszych ojczystych krajów, do Mrocznej Puszczy i poza nią.

Gimli zgodził się, lecz bez wielkiego, jak się zdawało, zapału.

– Tak w końcu rozwiązuje się ostatecznie Drużyna Pierścienia – powiedział Aragorn. – Ale mam nadzieję, że wkrótce zobaczę was w moim kraju. Obiecaliście przecież pomóc w odbudowie.

– Przyjdziemy, jeśli nasi władcy nam pozwolą – odparł Gimli. – No, żegnajcie, hobbici! Teraz chyba zawędrujecie bez przygód do domu, nareszcie będę mógł spać spokojnie, zamiast martwić się o was. Przy pierwszej okazji przyślę wam słówko, a myślę, że będziemy się od czasu do czasu widywali. Ale obawiam się, że cała kompania już się nigdy nie zgromadzi.

Drzewiec pożegnał każdego z osobna, a przed Celebornem i Galadrielą trzy razy kiwnął się z wolna w pokłonie z wielkim szacunkiem.

– Dawno, dawno to było, kiedy się poznaliśmy u korzeni i u fundamentów – powiedział. – *A vanimar, vanimálion nostari!* Smutno, że spotykamy się po raz drugi dopiero teraz, kiedy wszystko się kończy. Bo świat się zmienia. Czuję to w smaku wody i ziemi, i powietrza. Nie mam nadziei, żebyśmy się jeszcze kiedyś mogli zobaczyć.

– Nie wiem, co ci odpowiedzieć, Najstarszy! – rzekł Celeborn.

– Nie spotkamy się w Śródziemiu – powiedziała Galadriela – dopóki ziemia, którą nakryły fale, nie zostanie ponownie wydźwignięta. Wtedy może się spotkamy wiosną pod wierzbami na łąkach Tasarinan. Żegnaj!

Ostatni żegnali się z Drzewcem Merry i Pippin. Stary ent poweselał, patrząc na nich.

– No i co, weseli ludkowie, czy nie napijecie się nawet ze mną na pożegnanie? – spytał.

– Bardzo chętnie! – zawołali.

Drzewiec zaprowadził ich parę kroków w bok, gdzie w cieniu drzew stał ogromny kamienny dzban. Napełnił trzy kubki i pili wszyscy trzej; hobbici zauważyli, że ent znad swego kubka przygląda się im bacznie swoimi dziwnymi oczyma.

– Uważajcie, uważajcie! – powiedział. – Bardzo już urośliście od ostatniego spotkania.

Śmiejąc się, wychylili napój do dna.

– Do widzenia! I nie zapominajcie przysłać mi słówka, gdybyście w waszej ojczyźnie usłyszeli coś o żonach entowych – powiedział Drzewiec. Machał wielkimi rękami na pożegnanie kompanii, kiedy ruszyła w drogę, a potem zawrócił i zniknął między drzewami.

Jechali teraz szybciej, zmierzając ku Bramie Rohanu. Aragorn pożegnał się z nimi wreszcie opodal miejsca, w którym ongi Pippin zajrzał w kryształ Orthanku. Hobbitów zasmucało rozstanie. Aragorn przecież nigdy ich nie zawiódł w żadnej potrzebie i pod jego przewodem wyszli cało z wielu niebezpieczeństw.

– Chciałbym mieć taki kryształ, w którym by można widzieć wszystkich przyjaciół – rzekł Pippin. – Chciałbym znać sposób, żeby z nimi rozmawiać choćby z daleka.

– Jeden tylko został teraz kryształ, którego mógłbyś używać – odparł Aragorn. – Tego bowiem, co pokazałby ci kryształ z Minas Tirith, z pewnością wolałbyś nie oglądać. Lecz *palantír* Orthanku zatrzyma sam król, żeby wiedzieć wszystko, co dzieje się w jego państwie i co robią jego podwładni. Pamiętaj, Peregrinie, że pasowano cię na rycerza Gondoru, a ja nie myślę zwalniać cię ze służby. Puszczam cię na urlop, ale mogę wezwać cię wkrótce znowu. Pamiętajcie też, przyjaciele z Shire'u, że królestwo moje obejmuje również Północ; któregoś dnia przybędę tam z pewnością.

Z kolei Aragorn pożegnał się z Celebornem i Galadrielą.

– Kamieniu Elfów! – powiedziała pani z Lórien. – Przez Ciemności doszedłeś do ziszczenia nadziei i masz dziś wszystko, czego pragnąłeś. Użyj jak najlepiej danych ci dni!

– Żegnaj, krewniaku – rzekł Celeborn. – Oby los był łaskawszy dla ciebie niż dla mnie! Obyś skarb swój zachował do końca!

Z tym się rozstali. Słońce właśnie zachodziło i gdy hobbici po chwili odwrócili się, ujrzeli króla na koniu, pośród rycerzy; w blasku zachodu zbroje świeciły jak czerwone złoto, a biały płaszcz Aragorna zdawał się płomieniem. Król podniósł w górę swój zielony klejnot i szmaragdowy ogień roziskrzył mu się w ręku.

Uszczuplona gromadka wkrótce stanęła nad Iseną, przeprawiła się na drugi brzeg, gdzie ciągnęły się rozległe pustkowia, i skręcając ku północy, posuwała się wzdłuż granic Dunlandu. Mieszkańcy tutejsi uciekali, kryjąc się przed nimi, bardzo bowiem lękali się elfów, chociaż elfowie rzadko odwiedzali ich kraje. Wędrowcy natomiast nie bali się Dunlendingów; byli przecież w dość jeszcze licznej kompanii i zaopatrzeni dobrze. Jechali więc swobodnie, rozbijając namioty, gdzie im się podobało. Tymczasem lato upływało.

Za Dunlandem znaleźli się w krainie bezludnej, gdzie nawet zwierza lub ptaka rzadko się widywało, i jechali przez las schodzący tu ze wzgórz u podnóży Gór Mglistych, które mieli teraz wciąż po prawej ręce. Wydostając się z lasu znowu na otwartą przestrzeń, dogonili starca wspierającego się na lasce i odzianego w łachmany brudnobiałej barwy; trop w trop za nim wlókł się drugi żebrak, zgarbiony i pochlipujący.

– Dokąd to, Sarumanie? – spytał Gandalf.

– Co ci do tego? – odparł starzec. – Czy chcesz nadal mi rozkazywać? Czy nie dość ci mojej klęski?

– Znasz z góry odpowiedź na wszystkie trzy pytania: nie, nie i nie! Ale czas moich trudów dobiega końca. Brzemię z mych barków przejął król. Gdybyś był poczekał w Orthanku, ujrzałbyś go i przekonał się o jego mądrości i miłosierdziu.

– Tym bardziej cieszę się, że nie czekałem – rzekł Saruman – bo nie chcę mu nic zawdzięczać. Jeśli chcesz znać odpowiedź na swoje pierwsze pytanie, wiedz, że szukam wyjścia poza granice jego królestwa.

– W takim razie znowu obrałeś złą drogę – odparł Gandalf. – Na tej bowiem nie widzę dla ciebie nadziei. Czy wzgardzisz naszą pomocą? Bo ofiarujemy ci pomoc.

– Mnie? – rzekł Saruman. – Nie, nie uśmiechaj się do mnie. Wolę już, kiedy marszczysz czoło. A co do Pani, którą widzę w waszym gronie, to nie ufam jej; zawsze nienawidziła mnie i spiskowała na twoją korzyść. Pewnie umyślnie sprowadziła cię na tę drogę, żeby naigrawać się z mojej nędzy. Gdyby mnie przestrzeżono o tym pościgu, postarałbym się nie dostarczyć wam tej przyjemności.

– Sarumanie – powiedziała Galadriela – mamy inne zadania i inne troski, pilniejsze w naszych oczach niż tropienie ciebie. Powinieneś cieszyć się, że nas spotkałeś. To uśmiech szczęścia, ostatnia twoja szansa.

– Będę się cieszył, jeśli naprawdę okaże się ostatnią – odparł Saruman – abym nie musiał drugi raz trudzić się odrzucaniem jej. Moja nadzieja runęła. Ale nie chcę dzielić waszej. Jeśli ją macie...
– Oczy rozbłysły mu na chwilę. – Tak! Nie na próżno ślęczałem tyle lat nad tajemnymi księgami. Wiem, że wy też jesteście skazani na zagładę. Wy także o tym wiecie. Będzie to pewną pociechą dla tułacza, że niszcząc mój dom, zburzyliście także swój własny. Jakiż statek poniesie was z powrotem przez tak wielkie morze? – spytał szyderczo. – Ach, szary statek pełen widm – zaśmiał się, ale głos jego skrzeczał szkaradnie. – Wstawaj, głupcze! – krzyknął na drugiego żebraka, który przysiadł na ziemi, i uderzył go laską. – Zawracaj! Jeśli ci szlachetni państwo idą naszą drogą, my obierzemy inną. Ruszaj się, a żywo, bo nie dostaniesz nawet ochłapów na wieczerzę.

Żebrak odwrócił się i powlókł, chlipiąc:

– Biedny stary Gríma! Biedny stary Gríma! Stale bity i lżony. Jak ja go nienawidzę! Och, żebym mógł go porzucić!

– A więc porzuć go! – rzekł Gandalf.

Gadzi Język rzucił tylko na Gandalfa spojrzenie swych spłoszonych, wyblakłych oczu, i pokuśtykał co prędzej za Sarumanem. Kiedy para nieszczęśników, mijając orszak podróżnych, znalazła się przy hobbitach, Saruman zatrzymał się i popatrzył na nich, lecz spotkał ich wzrok pełen litości.

– A więc wy także przyszliście tutaj, żeby się napatrzeć mojej nędzy? – powiedział. – Nie obchodzi was, że cierpię niedostatek, co?

Wam za to nie brak niczego, jadła, pięknych strojów i najlepszego ziela do fajek. Tak, tak, wiem wszystko. Wiem, skąd je macie. Nie dalibyście żebrakowi choć garsteczki?

– Dałbym, gdybym miał – rzekł Frodo.

– Oddam ci resztkę, którą mam jeszcze – powiedział Merry – jeśli chwilę poczekasz. – Zszedł z konia i zaczął szperać w podróżnym worku przytroczonym do siodła. Wreszcie podał Sarumanowi skórzaną sakiewkę. – Bierz! Przyjmiesz ją pewnie chętnie, bo to część zdobyczy wyłowionej z powodzi Isengardu.

– Moja własność, za wysoką cenę kupiona! – krzyknął Saruman, chwytając łapczywie sakiewkę. – Ale to tylko symboliczne odszkodowanie, wziąłeś przecież z pewnością dużo więcej. No cóż, żebrak musi być wdzięczny, jeśli złodziej zwraca mu bodaj cząstkę zrabowanej własności. Będziesz się miał z pyszna, kiedy po powrocie do swego kraju zobaczysz, że w Południowej Ćwiartce nie wszystko wygląda tak, jak byś sobie życzył. Przez długie lata niełatwo będzie w Shire o fajkowe liście.

– Dziękuję za dobre słowo – odparł Merry. – W takim razie oddaj mi sakiewkę, która nigdy do ciebie nie należała i od dawna ze mną wędruje. Zawiń sobie liście we własne szmaty.

– Za kradzież wypada płacić kradzieżą – powiedział Saruman i odwracając się do Meriadoka plecami, przynaglił swego niewolnika kopniakiem, po czym obaj oddalili się w stronę lasu.

– Coś podobnego! – prychnął Pippin. – Kradzież! Jakby nam się nie należała odpłata za porwanie i wleczenie wśród orków przez stepy Rohanu!

– Łajdak – rzekł Sam. – Co on mówił, że kupił to ziele? Jakim sposobem, ciekaw jestem. Bardzo mi się też nie podobała ta wzmianka o Południowej Ćwiartce. Czas, żebyśmy znaleźli się już w kraju.

– Racja – przyznał Frodo. – Ale nie można skrócić drogi, jeśli mam zobaczyć się z Bilbem. Cokolwiek się zdarzy, najpierw muszę wstąpić do Rivendell.

– Tak, sądzę, że tak powinieneś postąpić – rzekł Gandalf. – Nieszczęsny ten Saruman! Obawiam się, że nie da się już nic dla niego zrobić. I mimo wszystko ten nikczemnik może jeszcze wyrządzić jakieś szkody, choćby pomniejsze, ale dotkliwe.

Następnego dnia wkroczyli do północnego Dunlandu; nikt tam teraz nie mieszkał, choć kraina była zielona i pełna uroku. Wrzesień zaczął się złotymi dniami i srebrnymi nocami, oni zaś wędrowali bez pośpiechu, aż wreszcie dotarli do Łabędzianki i odnaleźli stary bród na wschód od wodospadu, którym rzeka przelewała się gwałtownie na położone niżej łęgi. Daleko na zachodzie mgliście przezierał obraz mokradeł i ostrowów, wśród których nurt wił się, by na koniec wpłynąć do Szarej Wody. Bez liku łabędzi zamieszkiwało ową zarośniętą trzcinami krainę.

Tak oto znaleźli się w Eregionie, i wreszcie pewnego pięknego poranka, gdy słońce wzbiło się nad roziskrzone mgły, wędrowcy, spoglądając ze swego obozu, rozbitego na niewysokim wzgórzu, zobaczyli na wschodzie trzy szczyty, które wystrzeliły w niebo poprzez żeglujące nisko obłoki: Caradhras, Celebdil i Fanuidhol. Byli więc już w pobliżu wejścia do Morii.

Zostali tu przez cały tydzień, zbliżała się bowiem godzina nowego rozstania, przed którym wzdrygały się serca. Wkrótce Celeborn i Galadriela, wraz ze swą świtą, mieli skręcić na wschód i przez Przełęcz Czerwonego Rogu, a dalej Schodami Dimrilla zejść nad Srebrną Żyłę, dążąc do własnego kraju. Nadłożyli sporo drogi, ponieważ mieli sobie wiele do opowiedzenia z Gandalfem i Elrondem; nawet teraz ociągali się jeszcze, spędzając dni na rozmowach z przyjaciółmi. Często do późna w noc, gdy hobbici spali już smacznie, tamci czuwali pod gwiazdami, wspominając dawne, minione czasy, wszystkie swoje trudy i radości, albo też naradzając się nad przyszłością nowego wieku. Przechodzień, który by ich przypadkiem zaskoczył, niewiele by zobaczył i usłyszał; wydaliby mu się szarymi postaciami wykutymi w kamieniu, pomnikami zapomnianych spraw, porzuconymi w wyludnionej już krainie.

Nie uciekali się bowiem w rozmowie do gestów ani słów, lecz czytali wzajem w swych umysłach, tylko błyszczące oczy poruszały się i rozbłyskiwały do wtóru przepływającym myślom.

W końcu wszystko zostało powiedziane i rozstali się na krótko, zanim przyjdzie czas, aby Trzy Pierścienie odeszły ze Śródziemia. Elfowie z Lórien w swych szarych płaszczach znikli szybko wśród głazów, kierując się ku górom. Reszta kompanii, która miała stąd ruszyć do Rivendell, patrzyła za oddalającymi się ze wzgórza, dopóki nie ujrzała we mgle krótkiej błyskawicy, po czym wszystko zginęło jej sprzed oczu. Frodo zrozumiał, że Galadriela na pożegnanie błysnęła podniesionym pierścieniem.

– Szkoda, że nie mogę wrócić do Lórien – westchnął Sam.

W końcu pewnego wieczora dotarli na krawędź porosłej wrzosem wyżyny i nagle – jak zwykle wydawało się podróżnym – ukazała się u ich stóp głęboka dolina Rivendell i daleko w dole świecące latarnie domu Elronda. Zeszli w dolinę, przeprawili się mostem za rzekę i stanęli u drzwi, a wtedy cały dom rozbłysnął światłami i rozdźwięczał pieśnią, witając radośnie powrót Elronda.

Hobbici, zanim umyli się i posilili, w płaszczach jeszcze, pobiegli szukać Bilba. Zastali go samotnego w jego pokoiku, zasypanym kartkami papieru, piórami i ołówkami. Bilbo siedział w fotelu przed małym, wesoło trzaskającym na kominku ogniem. Zdawał się bardzo stary, ale spokojny i senny. Kiedy weszli, otworzył oczy i odwrócił głowę.

– Witajcie! – powiedział. – A więc jesteście z powrotem. Jutro moje urodziny. Trafiliście doskonale. Czy wiecie, że kończę sto dwadzieścia dziewięć lat? Za rok, jeśli pożyję, dorównam staremu Tukowi. Chciałbym go prześcignąć, ale zobaczymy.

Po uroczystościach urodzinowych czterej hobbici zostali jeszcze w Rivendell kilka dni, przesiadując dużo ze starym przyjacielem, który prawie cały czas spędzał w swoim pokoiku, wychodząc tylko na wspólne posiłki do jadalni. W tych bowiem sprawach nadal przestrzegał punktualności i rzadko się zdarzało, by przespał godzinę śniadania lub obiadu. Siedząc z nim przy kominku, opowiedzieli mu kolejno wszystko, co zapamiętali ze swoich wędrówek i przygód. Z początku Bilbo próbował niby notować, lecz usypiał często, a budząc się mówił: „Jak to wspaniale! Jak to cudownie! Na czym to stanęliśmy?". Wtedy musieli zaczynać swoje historie znów od miejsca, przy którym staruszek się zdrzemnął. Naprawdę wzruszył go i zainteresował najżywiej jedynie opis koronacji i zaślubin Aragorna.

– Byłem oczywiście zaproszony na wesele – powiedział. – Czekałem przecież na nie tyle lat! Ale gdy wreszcie do tego przyszło, jakoś nie mogłem się wybrać; mam tutaj moc roboty, zresztą z pakowaniem rzeczy zawsze jest okropny kłopot.

Tak minęły dwa tygodnie, aż któregoś ranka Frodo, spojrzawszy przez okno, stwierdził, że nocą osiadł szron i pajęczyny babiego lata zmieniły się w siatkę bieli. Nagle uświadomił sobie, że pora ruszać w drogę i pożegnać Bilba. Pogoda wciąż jeszcze trzymała się spokojna i piękna po najpiękniejszym lecie za pamięci ludzkiej. Ale nastał już październik, można było spodziewać się lada dzień słoty i wichrów. A czekała Froda podróż daleka. W gruncie rzeczy jednak nie lęk przed zmianą pogody skłaniał hobbita do pośpiechu. Frodo czuł, że powinien wracać już do Shire'u. Sam podzielał to zdanie. Właśnie poprzedniego wieczora powiedział:

– Byliśmy daleko i widzieliśmy wiele, a mimo to jakoś nie znaleźliśmy na świecie lepszego miejsca niż Rivendell. Nie wiem, proszę pana, czy dobrze się wyrażam, ale tutaj wydaje się, że odnajdujemy po trosze i Shire, i Złoty Las, i Gondor, i królewski dwór, i gospody przydrożne, i łąki – i wszystko naraz. A jednak czuję, nie wiem dlaczego, że trzeba wkrótce stąd wyruszyć. Jeśli mam być szczery, powiem panu, że niepokoję się o Dziadunia.

– Masz rację, Samie, tutaj wszystkiego jest po trosze, oprócz Morza – odparł Frodo. I powtórzył jakby do siebie: – Oprócz Morza.

Tego dnia Frodo porozmawiał z Elrondem i postanowiono, że hobbici wyruszą nazajutrz. Ku ich radości Gandalf oznajmił:

– Jadę z wami. Przynajmniej aż do Bree. Mam interes do Butterbura.

Wieczorem poszli do Bilba, żeby się z nim pożegnać.

– No cóż, jeśli tak trzeba, to nie ma rady – rzekł Bilbo. – Szkoda. Będzie mi was brakowało. Przyjemnie było wiedzieć, że jesteście w pobliżu. Ale teraz bardzo mi się chce spać.

Podarował Frodowi swoją mithrilową kolczugę i Żądło, zapomniawszy, że mu już raz te rzeczy dał; ofiarował też siostrzeńcowi kilka książek, poświęconych wiedzy i historii, a napisanych jego ręką cienkimi pajęczymi literami w różnych okresach życia, tomy oprawne w czerwone okładki i opatrzone wyjaśnieniem: „Przełożył z języka elfów B. B."

Samowi wręczył niedużą sakiewkę pełną złota.

– To już ostatki zdobyczy ze skarbca Smauga – rzekł. – Przyda ci się, zwłaszcza jeśli zechcesz się ożenić, Samie.

Sam zaczerwienił się po uszy.

– Wam, młodzi przyjaciele, nic nie mam do ofiarowania prócz dobrej rady – powiedział Bilbo do Meriadoka i Pippina. A na zakończenie krótkiego kazanka dorzucił żarcik w stylu mówców Shire'u: – Uważajcie, żeby wam głowy nie wyrosły z kapeluszy. Jeśli nie przestaniecie rosnąć w tym tempie, wkrótce kapelusze i ubrania będą za drogie na waszą kieszeń.

– Jeśli ty chcesz pobić wiekiem starego Tuka, czemuż my nie mielibyśmy przerosnąć Bullroarera? – spytał Pippin.

Bilbo roześmiał się i wyciągnął z kieszeni dwie piękne fajki; miały ustniki z masy perłowej, okute misternie rzeźbionym srebrem.

– Myślcie o starym Bilbie, pykając z tych fajek – rzekł. – Zrobili je dla mnie elfowie, ale ja już nie palę. – Nagle głowa mu się kiwnęła i na chwilę zasnął. Gdy się ocknął, powiedział: – Na czym to stanęliśmy? Aha, rozdawałem prezenty. To mi coś przypomina... Słuchaj no, Frodo, gdzie podział się ten pierścień, który ci kiedyś dałem?

– Zgubiłem go, Bilbo kochany – odparł Frodo. – Widzisz, pozbyłem się go.

– Co za szkoda! – westchnął Bilbo. – Chętnie bym go znów zobaczył. Ale nie, głupstwa plotę! Przecież właśnie po to wyruszyłeś w podróż, prawda? Żeby się go pozbyć. Trudno się połapać, tyle różnych spraw z tym się łączy, zadanie Aragorna i Biała Rada, i Gondor, i jeźdźcy, i południowcy, i olifanty... Naprawdę widziałeś je, Samie?... i pieczary, i wieże, i złote drzewa, i... kto by tam spamiętał wszystko!

Teraz widzę, że zbyt prostą drogą wróciłem ongi z mojej wyprawy. Szkoda, że Gandalf nie pokazał mi wtedy więcej świata. Tylko że w takim razie spóźniłbym się na licytację mojego domu i miałbym z tym jeszcze gorsze kłopoty. No, dziś już i tak za późno; zresztą uważam, że znacznie wygodniej siedzieć tutaj i słuchać o tych różnych dziwach. Po pierwsze, bardzo tu przytulnie, a po drugie, elfowie są na każde zawołanie pod ręką. Czegóż więcej pragnąć?

A droga wiedzie w przód i w przód,
Za drzwiami się zaczyna tuż,
Daleko zaszła droga ta.
Kto może, niech ją goni już!

Niech w podróż nową puszcza się,
Lecz ja zdrożone nogi mam,
Światło gospody wzywa mnie,
Prześpię się i wypocznę tam. [1]

Szepcząc ostatnie słowa piosenki, Bilbo zwiesił głowę na piersi i zasnął.

Mrok wieczorny zgęstniał w pokoju, ogień na kominku rozpalił się jaśniej, przyjaciele patrzyli na śpiącego Bilba; stary hobbit uśmiechał się przez sen. Czas jakiś siedzieli w milczeniu, wreszcie Sam rozejrzał się wkoło, na cienie tańczące po ścianach, i zwracając się do Froda, powiedział z cicha:

– Coś mi się zdaje, proszę pana, że pan Bilbo niewiele napisał przez czas naszej nieobecności. Chyba już nie napisze naszej historii.

Bilbo otworzył oczy, jak gdyby usłyszał tę uwagę. Uniósł głowę.

– No, widzicie, znowu mi się chce spać – powiedział. – Jeżeli mam czas na pisanie, lubię naprawdę tylko układać wiersze. Chciałem się zapytać, czy bardzo wielki sprawiłoby ci to kłopot, mój Frodo kochany, gdybyś trochę uporządkował moje papiery, zanim odjedziesz? To znaczy, gdybyś pozbierał zapiski i luźne kartki i zabrał je z sobą. Rozumie się, jeśli masz ochotę. Widzisz, ja już nie mam dość czasu, żeby wybrać co trzeba i skomponować, i tak dalej. Sam mógłby ci pomóc, a jak to wszystko jakoś uładzisz, przywieziesz mi do przejrzenia. Obiecuję, że nie będę krytykował zbyt surowo.

– Oczywiście, zrobię to chętnie – odparł Frodo. – Oczywiście, przyjadę wkrótce znowu, teraz podróż nie grozi już niebezpieczeństwami. Mamy przecież nowego króla, już on zaprowadzi spokój i porządek na drogach.

– Dziękuję ci, mój drogi – powiedział Bilbo. – Zdejmujesz wielki ciężar z mego serca.

I Bilbo znów zasnął głęboko.

---

[1] Przełożył Andrzej Nowicki.

Nazajutrz Gandalf i hobbici pożegnali Bilba raz jeszcze, wstąpiwszy do jego pokoiku, bo na dworze za zimno było dla staruszka. Potem pożegnali Elronda i domowników.

Gdy Frodo stanął w progu, Elrond, życząc mu szczęśliwej podróży, rzekł:

– Myślę, że nie będziesz miał po co wracać tutaj, jeśli bardzo się z tym nie pospieszysz. Mniej więcej o tej porze za rok, kiedy liście ozłocą się, nim opadną, czekaj na Bilba w lasach Shire'u. Ja będę z nim także.[1]

Nikt inny tych słów nie słyszał, a Frodo z nikim się nimi nie podzielił.

---

[1] W tym jedynym wypadku dar przewidywania zawiódł Elronda – a może pomylił się przepisujący tekst kopista? Do spotkania Froda z Bilbem i elfami doszło nie za rok, lecz za dwa lata od owego czasu. Ponieważ ta pomyłka nie została nigdy skorygowana w angielskiej wersji powieści, w przekładzie również jej nie poprawiamy (przyp. redaktora).

Rozdział 7

Do domu!

Teraz wreszcie jechali prosto do domu. Pilno im było zobaczyć znowu Shire, ale z początku posuwali się dość wolno, bo Frodo czuł się nieswój. Gdy przybyli do Brodu Bruinen, zatrzymał całą kompanię i najwyraźniej wzdragał się przed wejściem w wodę.

Przyjaciele zauważyli, że przez chwilę wzrok miał nieprzytomny, jakby nie widział ich i całego otoczenia. Do wieczora milczał potem.

Był to dzień szósty października.

– Czy ci coś dolega? – spytał Gandalf z cicha, przysuwając się z koniem do Froda.

– Tak – odparł Frodo. – Ramię. Stara rana boli, a wspomnienie Ciemności ciąży na sercu. Dziś właśnie rocznica.

– Niestety, są rany, które nigdy się całkowicie nie goją – powiedział Gandalf.

– Obawiam się, że moja rana do takich należy – odparł Frodo. – Nie ma w gruncie rzeczy powrotu. Może nawet dojadę do Shire'u, ale nic już nie będzie takie jak dawniej, bo ja jestem inny. Skaleczyły mnie sztylet, jadowite żądło, ostre zęby, długo dźwigane brzemię. Gdzie znajdę spoczynek?

Gandalf nie odpowiedział.

Pod wieczór następnego dnia ustał ból i minął niepokój, Frodo znów poweselał, jak gdyby nie pamiętał o czarnych myślach poprzedniego ranka. Odtąd jechali bez przygód, a dni płynęły szybko; wędrowali swobodnie, często odpoczywając w pięknych lasach, gdzie drzewa w jesiennym słońcu mieniły się czerwienią i złotem.

W końcu znaleźli się pod Wichrowym Czubem. Zapadł zmierzch, gęsty cień leżał na drodze. Frodo poprosił przyjaciół o popędzenie koni i nie chciał spojrzeć na górę, lecz cień jej przekroczył ze spuszczoną głową, otulając się szczelniej płaszczem. W nocy pogoda się zmieniła, wiatr od zachodu przyniósł deszcz, dął ostry i zimny, a żółte liście wirowały jak ptactwo w powietrzu. Gdy dotarli do Zalesia, drzewa stały już niemal nagie, a wielka kurtyna deszczu przesłaniała im widok na wzgórze Bree.

Tak więc przed wieczorem wietrznego i dżdżystego dnia pod koniec października pięciu podróżnych wjechało w końcu stromą drogą na wzgórze i stanęło u południowej bramy miasteczka Bree. Brama była zamknięta na cztery spusty, deszcz chłostał ich twarze, po ciemnym niebie pędziły chmury, a serca wędrowców ścisnęły się zawiedzione, bo spodziewali się bardziej przyjaznego przyjęcia.

Po wielokrotnych nawoływaniach zjawił się wreszcie odźwierny. W ręku miał grubą pałkę. Popatrzył na gości lękliwie i nieufnie, ale gdy dostrzegł między nimi Gandalfa i w jego towarzyszach poznał, mimo dziwnych strojów i zbroi, hobbitów, rozchmurzył czoło i przywitał ich życzliwie.

– Wjeżdżajcie! – powiedział, otwierając bramę. – Trudno gawędzić tutaj, na deszczu i zimnie w tę okropną noc, ale stary Barley z pewnością przyjmie was serdecznie „Pod Rozbrykanym Kucykiem", a tam dowiecie się wszystkich nowin.

– A ty potem dowiesz się z pewnością wszystkich nowin, które my wieziemy – zaśmiał się Gandalf. – Jak się miewa Harry?

Odźwierny skrzywił się wyraźnie.

– Nie ma go – odparł. – Spytaj o niego Barlimana. Dobranoc!

– Dobranoc! – odpowiedzieli i pojechali dalej; spostrzegli, że za żywopłotem przy drodze wyrósł długi niski budynek i że zza ściany krzewów śledzą ich oczy wielu mężczyzn. Koło zagrody Billa Ferny'ego żywopłot był niestrzyżony i zachwaszczony, okna zaś domu zabite deskami.

– Może tyś go wtedy zabił jabłkami, Samie – powiedział Pippin.

– Na tyle szczęścia nie liczę – odparł Sam – ale bardzo jestem ciekawy, co się stało z tym biednym konikiem. Nieraz myślałem o nim, został wtedy nieborak pod drzwiami Morii wśród wyjących wilków.

Gospoda „Pod Rozbrykanym Kucykiem" z pozoru zdawała się niezmieniona. Za czerwonymi zasłonami w oknach parteru świeciły światła. Dzwonek zadzwonił, Nob przybiegł i uchyliwszy drzwi, wyjrzał przez szparę. Na widok gości stojących w blasku latarni krzyknął ze zdumienia.

– Panie Butterbur! Gospodarzu! – wrzasnął. – Wrócili!

– Co mówisz! No, już ja ich odprawię! – rozległ się głos Butterbura, który chwilę potem wypadł za drzwi, wymachując tęgim kijem.

Poznając przybyłych, osłupiał, a groźny mars na jego czole rozpłynął się w wyrazie zdziwienia i radości.

– Nob, ty barani łbie, nie mogłeś to starych przyjaciół nazwać po imieniu? Porządnego stracha napędził mi dureń, i to w dzisiejszych czasach! Witam, witam! Skąd przybywacie? Nie spodziewałem się, że was w życiu jeszcze zobaczę, słowo daję. Poszliście przecież z Obieżyświatem do Dzikich Krajów, gdzie roi się od najgorszych ludzi. Cieszę się bardzo, że was widzę, a już najbardziej Gandalfa. Proszę, proszę, wchodźcie. Pokoje chcecie chyba te same co wtedy? Są wolne. W ogóle większość pokoi stoi pustkami, nie myślę tego przed wami taić, bo i tak prędko byście sami to zauważyli. Zobaczę, co się znajdzie dla was na kolację, i postaram się podać raz dwa, ale ciężko będzie, bo służby nie ma wiele. Nob, ty gamoniu, zawołaj Boba! Co też ja mówię, zapomniałem, Boba przecież już nie ma, zawsze teraz przed zmrokiem wraca do swoich, do rodziny. Zabierz kucyki do stajni, Nob. A ty, Gandalfie, pewnie swego konia sam zechcesz odprowadzić? Piękny wierzchowiec, już ci to powiedziałem, jakem go pierwszy raz zobaczył. Proszę, wchodźcie. Rozgośćcie się jak w domu.

Butterbur bądź co bądź nie stracił wymowy i po dawnemu żył w stałym pospiesznym zamęcie. Ale w gospodzie prawie nikogo nie było widać ani słychać, ze wspólnej izby dochodził nikły szmer jakby dwóch tylko czy trzech głosów. Kiedy zaś przybysze dokładniej przyjrzeli się gospodarzowi w blasku dwóch świec, które zapalił, oświetlając przed nimi drogę, stwierdzili, że twarz starego Butterbura jest pomarszczona i zatroskana.

Prowadził ich korytarzem do bawialni, w której przed rokiem spędzili tak niezwykłą noc. Szli za nim z pewnym zaniepokojeniem, bo jasne było, że Barliman buńczuczną miną pokrywa jakieś kłopoty. W Bree widocznie wszystko się zmieniło. Nie mówili jednak nic, czekali.

Tak, jak się spodziewali, Butterbur przyszedł do bawialni po kolacji zapytać, czy są zadowoleni. Oczywiście byli, ponieważ „Pod Rozbrykanym Kucykiem" po staremu piwo i jedzenie miało smak doskonały.

– Nie ośmielę się dzisiaj namawiać, abyście resztę wieczoru spędzili we wspólnej izbie – powiedział Butterbur. – Jesteście pewnie zmęczeni, zresztą prawie nikogo tam nie ma. Ale jeśli zechcecie użyczyć mi przed pójściem do łóżek małej półgodzinki, chciałbym bardzo pogadać z wami spokojnie i bez postronnych świadków.

– Zgadłeś nasze życzenia – odparł Gandalf. – Nie jesteśmy zmęczeni. Podróżowaliśmy wygodnie. Byliśmy przemoknięci, zziębnięci i głodni, ale z tego jużeś nas wyleczył. Siadaj, Barlimanie. Jeżeli dasz nam w dodatku trochę fajkowego ziela, będziemy cię błogosławić.

– Wołałbym, żebyście zażądali czegokolwiek innego – powiedział Butterbur. – Ziela właśnie nam brak najbardziej, bo tyle go tylko mamy, ile sami wyhodujemy, a to oczywiście za mało na nasze potrzeby. Z Shire'u teraz nie sposób coś dostać. Ale postaram się w miarę możności.

Poszedł i w chwilę później wrócił z wiązką niepokrajanych liści, które mogły im wystarczyć na jakieś dwa dni do fajek.

– Najlepsze, jakie mam, niezłe, ale nie umywają się do liści z Południowej Ćwiartki, zawsze to mówiłem, chociaż na ogół, za przeproszeniem, wolę Bree od Shire'u.

Przysunęli dla gospodarza obszerny fotel do kominka, Gandalf usadowił się naprzeciwko, hobbici zaś na niskich krzesełkach między nimi; przegadali nie jedną półgodzinkę, ale kilka, wymieniając nowiny, których Butterbur chciał słuchać albo nawzajem udzielać. Niemal wszystko, co opowiadali wędrowcy, zdumiewało starego Barlimana i nie mieściło mu się w głowie, toteż nie doczekali się innych uwag z jego ust jak wielokrotne okrzyki powtarzane tak, jakby zacny Butterbur nie ufał własnym uszom: „Co ja słyszę, panie Baggins, a raczej panie Underhill? Bo już mi się poplątało z kretesem... Co ja słyszę, mistrzu Gandalfie? Nie do wiary! Kto by to pomyślał! W naszych czasach!"

Butterbur także miał niemało do opowiadania. W Bree wcale nie było spokojnie. Interesy szły marnie, a prawdę rzekłszy, nawet całkiem kiepsko.

– Nikt z zagranicy nie przybywa już do nas – mówił. – Miejscowi siedzą w domach zamknięci na cztery spusty. Wszystko przez tych obcych przybyszów, włóczęgów, co do nas zaczęli ściągać Zieloną Ścieżką przed rokiem, jak pewnie pamiętacie; potem zjawiało się ich coraz więcej, całe gromady. Trafiali się między nimi po prostu biedacy, uciekający przed burzą, ale większość to byli źli ludzie, złodzieje i podstępni zbójcy. Doszło u nas w Bree do bardzo przykrych rzeczy, nawet do prawdziwej potyczki, w której padło kilku zabitych, na śmierć zabitych! Słowo daję, nie przesadzam.

– Wierzę – powiedział Gandalf. – Ilu?

– Trzech i dwóch – odparł Butterbur, oddzielnie licząc Dużych Ludzi i hobbitów. – Nieborak Mat Heathertoes, Rowlie Appledore i mały Tom Pickthorn zza Wzgórza, a także Willie Banks i jeden z Underhillów ze Staddle. Wszystko zacne dusze, po których stracie nie pocieszyliśmy się dotąd. A Harry, ten co był odźwiernym przy zachodniej bramie, i Bill Ferny przeszli na stronę obcych przybłędów i potem razem z nimi uciekli; myślę, że to oni wpuścili napastników do miasta tej nocy, kiedy wybuchła bójka. Na krótko przedtem, jakoś pod koniec roku, pokazaliśmy im bramy i wyrzuciliśmy ich bez ceregieli, a zaraz po Nowym Roku, kiedy spadły duże śniegi, zdarzyły się te awantury.

Harry i Bill poszli na rozbój i teraz siedzą w lasach za wioską Archet albo na pustkowiach, gdzieś na północ od Wzgórza. Zupełnie jak w strasznych czasach, o których opowiadają stare bajki. Na gościńcach nikt się nie czuje bezpieczny, wszyscy unikają dalszych podróży i co wieczór wcześnie zamykają się w domach. Musimy trzymać warty wszędzie wzdłuż żywopłotu i obsadziliśmy bramy wzmocnionymi strażami.

– Nas jakoś nikt nie zaczepiał – rzekł Pippin – chociaż jechaliśmy powoli i bez ubezpieczenia. Myśleliśmy, że wszystkie kłopoty zostały już za nami.

– Oj, nie, nie, panie Peregrinie, kłopotów jeszcze dość przed wami – odparł Butterbur. – Nic też dziwnego, że was zbóje nie napastowali. Woleli nie porywać się na zbrojnych, którzy mają miecze, hełmy, tarcze i tak dalej. Każdy by się dwa razy namyślił, zanimby was zaczepił. Prawdę mówiąc, ja też na wasz widok trochę się wystraszyłem.

Nagle hobbici zrozumieli, że jeśli miejscowa ludność przyglądała im się ze zdumieniem, to nie tyle dziwiła się ich powrotowi, ile ich zbrojom. Sami tak się już oswoili z wojennym rynsztunkiem, obracając się wśród dobrze uzbrojonych plemion, że nie pomyśleli, jak niezwykłe wrażenie w ich ojczystych stronach zrobią kolczugi błyszczące spod płaszczy, hełmy Gondorczyków i Rohirrimów oraz tarcze zdobione pięknymi godłami. A na domiar wszystkiego Gandalf jechał na wielkim siwym koniu, cały w bieli, okryty sutym płaszczem mieniącym się od błękitu i srebra, z długim mieczem Glamdringiem u pasa.

– A to dobre! – zaśmiał się Gandalf. – Jeśli nasza piątka napędza im stracha, to pocieszmy się, bo gorszych przeciwników spotykaliśmy w naszej wędrówce. Przynajmniej możesz być spokojny, że nie spróbują cię napadać, póki my tu jesteśmy.

– Ale czy to długo potrwa? – rzekł Butterbur. – Nie przeczę, chętnie bym was zatrzymał tutaj na jakiś czas. Bo to, jak wiecie, myśmy do takich bójek nie przywykli, a Strażnicy podobno wszyscy wynieśli się z naszych stron. Widzę dopiero teraz, że dawniej nie doceniliśmy, ile im zawdzięczamy. Bo kręcą się dokoła groźniejsi jeszcze od zbójów wrogowie. Zeszłej zimy wilki wyły pod żywopłotem. W lesie czają się jakieś ciemne stwory, tak okropne, że na samą myśl o nich krew w żyłach zastyga. Doprawdy bardzo, bardzo to wszystko było niepokojące.

– Rzeczywiście – przyznał Gandalf. – Wszystkie prawie kraje przeżywały ostatnio wielki niepokój. Ale pociesz się, Barlimanie. Bree znalazło się na krawędzi bardzo ciężkich kłopotów i z ulgą stwierdzam, że nie wpadło w nie głębiej. Świtają teraz lepsze czasy. Tak dobrych czasów nikt już pewnie tu nie pamięta! Strażnicy wrócili. My wróciliśmy wraz z nimi. I znowu mamy króla, Barlimanie; król wkrótce przypomni sobie o tej części swojego królestwa. Ożyje Zielona Ścieżka, gońcy królewscy będą po niej mknęli tam i z powrotem, a złe stwory znikną, wyparte z dzikich krain. Pustkowia zaludnią się i zamienią w pola uprawne.

Butterbur kiwał głową.

– Pewnie, trochę uczciwszych podróżnych na gościńcach nikomu nie zaszkodzi. Ale nie życzymy sobie więcej nicponiów i zabijaków. Nie chcemy widzieć obcych w Bree ani nawet w pobliżu Bree. Niech nas zostawią w spokoju. Nie chcę, żeby tłum obcych tutaj się panoszył i osiedlał, karczując puszczę dokoła.

– Będziecie mieli spokój, Barlimanie – odparł Gandalf. – Dla wszystkich starczy miejsca pomiędzy Iseną a Szarą Wodą lub też na południowym brzegu Brandywiny; nikt nie będzie się cisnął pod same granice Bree. Niegdyś mnóstwo ludzi mieszkało na północy, o sto mil albo dalej stąd, u końca Zielonej Ścieżki, na Północnych Wzgórzach i nad Jeziorem Evendim.

– Na Północy, za Szańcem Umarłych? – z rosnącym powątpiewaniem odrzekł Butterbur. – To są podobno kraje nawiedzane przez upiory. Nikt prócz zbójców tam się nie zapuści.

– A jednak Strażnicy tam bywają – powiedział Gandalf. – Mówisz: Szaniec Umarłych. Tak rzeczywiście zwą to miejsce od wielu lat; prawdziwa jednak dawna nazwa brzmi Fornost Erain, Norbury, Północny Gród Królów. I pewnego dnia król tam powróci, a wtedy zobaczysz na gościńcu wspaniałych podróżnych.

– No, tak, to już daje trochę lepsze widoki na przyszłość – rzekł Butterbur – i można by się wtedy spodziewać poprawy interesów. Byle ten król zostawił Bree w spokoju.

– Na pewno zostawi – odparł Gandalf. – Zna wasz kraj i kocha.

– A to jakim cudem? – zdziwił się Butterbur. – Nie rozumiem. Skoro siedzi sobie na wspaniałym tronie w potężnym zamku setki mil stąd, skądże by mógł nas znać? Pewnie pija wino ze złotych pucharów. Cóż dla niego znaczy moja gospoda i piwo w kuflach? Chociaż co do piwa, to nie możesz, Gandalfie, zaprzeczyć, że jest dobre. Nabrało wyśmienitego smaku od jesieni zeszłego roku, kiedyś nas odwiedził i obdarzył je łaskawym słowem. To była jedyna dla mnie pociecha w tych ciężkich czasach.

– Król mówi, że zawsze u ciebie piwo było dobre – wtrącił się Sam.

– Król?

– A jakże! Przecież to Obieżyświat! Wódz Strażników. Czy jeszcze nic ci w głowie nie świta?

Zaświtało i Butterbur zbaraniał ze zdziwienia. Oczy mu omal z orbit nie wyskoczyły, rozdziawił usta i sapał głośno.

– Obieżyświat! – krzyknął wreszcie, odzyskując dech. – Obieżyświat w koronie, ze złotym pucharem! Czego to dożyliśmy!

– Lepszych czasów, w każdym razie dla Bree – rzekł Gandalf.

– Pewnie, pewnie, teraz już w to wierzę – odparł Butterbur. – No, wiecie państwo, od dawna nie gadało mi się z nikim tak miło jak z wami. Szczerze powiem, że tej nocy zasnę z lżejszym sercem. Jest o czym myśleć po tej rozmówce, ale odłożę to do jutra. Teraz ciągnie mnie już do łóżka, a was z pewnością także. Hej, Nob! – zawołał, podchodząc do drzwi. – Nob, niezguło! – Palnął się ręką w czoło. – ...Zaraz, zaraz... Nob? Coś mi to przypomina, ale co?

– Może znów jakiś zapomniany list? – spytał Merry.

– Nieładnie, że mi pan jeszcze nie wybaczył starej historii, panie Meriadoku! Przerwał mi pan wątek. Na czym to stanąłem? Nob... stajnia... Aha! Mam tu na przechowaniu coś, co jest waszą własnością. Jeżeli pamiętacie Billa Ferny'ego, tego koniokrada, i kucyka, którego Bill wam sprzedał, no to właśnie o niego chodzi. Kucyk wrócił do mnie sam, dobrowolnie. Skąd? To już wy lepiej wiecie niż ja. Przyszedł kudłaty jak stare psisko i chudy jak patyk, ale żywy. Nob go tutaj pielęgnuje.

– Nie może być! Mój Bill! – wrzasnął Sam. – W czepku się urodziłem, niech Dziadunio mówi, co chce. Znowu spełnione życzenie! Gdzie on jest?

Sam nie chciał się położyć, dopóki nie odwiedził kucyka w stajni.

Wędrowcy zostali w Bree przez cały następny dzień, a Butterbur nie mógł uskarżać się na zastój w interesach, przynajmniej tego drugiego wieczora. Ciekawość okazała się silniejsza od strachu i w gospodzie było rojno jak nigdy. Hobbici przez grzeczność zaszli do wspólnej izby i odpowiedzieli na mnóstwo pytań. A że ludzie z Bree mają dobrą pamięć, wielu z nich pytało Froda, czy napisał swoją książkę.

— Jeszcze nie — odpowiadał. — Jadę do domu, tam dopiero uporządkuję przywiezione zapiski.

Musiał obiecać, że nie pominie nadzwyczajnych wydarzeń, które w Bree się rozegrały, ponieważ bez tego wydawała im się za mało interesująca książka, poświęcona przeważnie dalekim i znacznie mniej ważnym wypadkom „gdzieś na południu".

Potem jeden z młodszych mężczyzn poprosił o piosenkę. Ale wtedy zaległa nagle cisza, starsi ukradkiem zgromili lekkomyślnego młokosa i nikt prośby nie podtrzymał. Jasne było, że ludzie z Bree nie pragnęli powtórzenia się niesamowitych awantur w gospodzie.

Nic też nie zakłóciło spokoju we dnie ani w nocy, dopóki podróżni gościli w Bree. Nazajutrz jednak zerwali się o świcie, bo z uwagi na dżdżystą wciąż pogodę chcieli dotrzeć do Shire przed wieczorem, a drogę mieli dość daleką. Ludzie z Bree stawili się tłumnie, żeby ich pożegnać, w weselszym nastroju niż zazwyczaj w ciągu ubiegłego roku; kto przedtem nie widział gości w pełnym rynsztunku, ten otwierał teraz oczy z podziwu, gdy ukazał się Gandalf z białą brodą, cały promieniejący światłem, w błękitnym płaszczu, który zdawał się jak obłok przesłaniający słońce, a przy Czarodzieju czterej hobbici niby błędni rycerze z dawnych, niemal zapomnianych legend. Nawet ci, którzy zrazu wyśmiewali nowiny o królu, zaczęli podejrzewać, że jest w nich mimo wszystko trochę prawdy.

— Ano, szczęśliwej podróży i szczęśliwego powrotu do domów! — rzekł Butterbur. — Może powinienem wcześniej uprzedzić was, że w Shire także niedobrze się dzieje, takie przynajmniej do nas słuchy dochodzą. Podobno zdarzyły się tam dziwne rzeczy. Ale wciąż to to, to owo, człowiek ma za dużo własnych kłopotów na głowie. Co prawda, jeśli wolno mówić szczerze, przyjechaliście z tej podróży tacy odmienieni, że z pewnością dacie sobie radę ze wszystkimi kłopotami. Nie wątpię, że prędko zaprowadzicie u siebie porządek. Życzę szczęścia! A pamiętajcie, że im częściej będziecie się pokazywali „Pod Rozbrykanym Kucykiem", tym bardziej się wami ucieszę.

Pożegnali go nawzajem serdecznie i ruszyli przez Bramę Zachodnią w stronę Shire. Kucyka Billa wzięli z sobą, a chociaż musiał znów dźwigać spore juki, biegł raźno obok wierzchowca Sama i zdawał się bardzo zadowolony.

– Ciekawe, co też stary Barliman miał na myśli – odezwał się Frodo.

– Trochę zgaduję – posępnie odparł Sam. – Pewnie to, co zobaczyłem kiedyś w zwierciadle Pani Galadrieli: ścięte drzewa i mojego Dziadunia wygnanego z domu. Żałuję, że się bardziej nie spieszyłem z powrotem.

– Na pewno też coś niedobrego stało się w Południowej Ćwiartce – powiedział Merry. – Wszędzie brak fajkowego ziela.

– Cokolwiek tam się złego święci, założę się, że Lotho w tym palce macza – rzekł Pippin.

– Palce może macza, ale na dnie kto inny wodę mąci – powiedział Gandalf. – Zapomnieliście o Sarumanie. On wcześniej niż Mordor zaczął interesować się Shire.

– Ale przecież ty jesteś z nami – rzekł Merry – więc wszystko prędko się naprawi.

– Jestem z wami teraz – odparł Gandalf – wkrótce jednak się rozstaniemy. Nie pojadę do Shire. Sami musicie swoje sprawy załatwić, do tego właśnie od dawna was przygotowywałem. Czy jeszczeście nie zrozumieli? Mój czas minął, nie jest już moim zadaniem wprowadzanie ładu na świecie ani nawet pomaganie innym, gdy się do tego zabierają. Wy zresztą, przyjaciele, już nie potrzebujecie pomocy. Wyrośliście bardzo wysoko, dosięgliście największych, o was wszystkich już mogę być spokojny.

Wiedzcie, że wkrótce skręcę w inną ścieżkę. Zamierzam pogawędzić z Bombadilem, i to tak obszernie, jak jeszcze nigdy w życiu. On był tym kamieniem, który mchem obrasta, podczas kiedy mnie wypadło toczyć się po świecie. Ale już skończyły się moje wędrówki, teraz będziemy mieli sobie dużo do powiedzenia z Bombadilem.

W jakiś czas potem dotarli do tego miejsca na Wschodnim Gościńcu, gdzie niegdyś pożegnali Bombadila. Hobbici marzyli, a nawet oczekiwali, że ujrzą go tutaj, spodziewając się, że wyjdzie na ich spotkanie. Lecz nie dał znaku życia; od południa szara mgła słała się na Kurhanach, a Stary Las w oddali zniknął za jej gęstą zasłoną.

Zatrzymali się na chwilę; Frodo tęsknie spoglądał na południe.

– Bardzo bym chciał zobaczyć znów starego przyjaciela – rzekł. – Ciekaw jestem, jak mu się wiedzie.

– Doskonale, jak zawsze, ręczę ci za to – odparł Gandalf. – Beztroski Bombadil pewnie nawet niezbyt się interesuje tym, co zdziałaliśmy i widzieli, chyba tylko waszym spotkaniem z entami. Może później przyjdzie i na to czas, żebyś go odwiedził. Teraz na twoim miejscu nie marudziłbym ani chwili, bo inaczej nie zdążycie przed zamknięciem bramy mostu na Brandywinie.

– Ależ tam nie ma żadnej bramy! – zawołał Merry. – Nie na tym szlaku! Wiesz to chyba, Gandalfie, równie dobrze jak ja. W Bucklandzie jest brama, oczywiście, ale tę otworzą przede mną o każdej porze.

– Powiedz raczej, że przedtem na tym szlaku bramy nie było – odparł Gandalf. – Teraz ją tam zastaniesz. I nawet w Bucklandzie możesz się natknąć na większe trudności, niż myślisz. Ale przezwyciężysz je szczęśliwie. Do widzenia, przyjaciele kochani! Nie rozstajemy się na zawsze. Jeszcze nie. Do widzenia.

Skierował Cienistogrzywego w bok od gościńca; rumak przesadził lekko szeroki zielony wał ciągnący się tu wzdłuż drogi. Gandalf zakrzyknął na niego i Cienistogrzywy pomknął w stronę Kurhanów jak wiatr z północy.

– Ano zostało nas czterech, tak jak z domu ruszaliśmy – rzekł Merry. – Wszystkich towarzyszy, jednego po drugim, zostawiliśmy po drodze. Można by pomyśleć, że to sen, który powoli się rozwiewa.

– Mnie się zdaje przeciwnie – powiedział Frodo – że teraz zasypiam z powrotem.

Rozdział 8

Porządki w Shire

Już po zmroku zmoknięci i zmęczeni wędrowcy zajechali nad Brandywinę i zastali tam drogę zagrodzoną. U dwóch końców mostu jeżyły się ostrokołowe bramy. Na drugim brzegu rzeki dostrzegli nowo zbudowane domy, piętrowe, z wąskimi, prostokątnymi oknami, nagie i źle oświetlone, ponure i obce.

Stukali w bramę i wołali, nikt jednak zrazu nie odpowiedział; potem usłyszeli ze zdumieniem głos rogu i zobaczyli, że w domach za rzeką światła gasną. Ktoś w ciemności krzyknął:

– Kto tam? Odstąpcie spod bramy. Nie wjedziecie teraz. Czy nie umiecie czytać? Jest przecież napis: „Zamknięte od zachodu do wschodu słońca".

– Rozumie się, że nie umiemy czytać po ciemku – odkrzyknął Sam. – Ale jeśli hobbici z Shire'u mają przez ten wasz napis moknąć przez całą zimną noc, to poszukam tego ogłoszenia i zerwę je zaraz.

Rozległ się trzask zamykanego okna i z domu po lewej stronie wysypał się tłum hobbitów z latarniami w rękach. Otworzyli na drugim końcu bramę, a niektórzy nawet przebiegli most. Na widok podróżnych przystanęli wystraszeni.

– Chodźże tu bliżej, Hobie Hayward! – zawołał Merry, rozróżniając w świetle latarni jednego z dawnych znajomych. – Nie widzisz, że to ja, Merry Brandybuck? Wytłumacz mi, co to wszystko znaczy, co tu robi porządny Bucklandczyk, jak ty? O ile pamiętam, byłeś odźwiernym przy Zielonej Bramie?

– O rety! Pan Meriadok, oczy mnie nie mylą, a uzbrojony jak na wojnę! – krzyknął stary Hob. – A tu już opowiadali, że pan zginął.

A w każdym razie, że pan zabłądził w Starym Lesie. To radość, że pana widzę całego i żywego!

– Zamiast się na mnie gapić przez szpary w płocie, otwórz lepiej bramę! – powiedział Merry.

– Niech mi pan wybaczy, nie mogę. Mamy taki rozkaz.

– Kto go wam dał?

– Wódz z Bag End.

– Wódz, jaki wódz? Chciałeś powiedzieć: Lotho? – spytał Frodo.

– Tak, ale kazał mówić teraz na siebie: Wódz.

– To pięknie; przynajmniej nie używa nazwiska Bagginsów – odparł Frodo. – Ale, jak widzę, pora, żeby krewni zajęli się nim i przywołali go do porządku.

Zza bramy dobiegł zgorszony i przerażony szept:

– Lepiej takich rzeczy nie mówić. On się może dowiedzieć. A poza tym jak będziecie tak hałasowali, gotów się zbudzić Duży Człowiek Wodza.

– Już my go obudzimy tak, że się nieprędko przestanie dziwić – rzekł Merry. – Jeżeli to znaczy, że twój wspaniały Wódz wziął do swej służby najemnych zbirów z Pustkowi, to widzę, żeśmy rzeczywiście za długo czekali z powrotem. – Zeskoczył z kuca, a dostrzegłszy w błysku latarni ogłoszenie, zdarł je i cisnął za bramę.

Hobbici cofnęli się, żaden nie podszedł, by otworzyć skoble. – Do mnie, Pippin! Nas dwóch wystarczy.

Merry i Pippin wdrapali się na bramę. Hobbici uciekli z mostu. Znowu zagrał róg. Z większego domu po prawej stronie wychynęła duża, ciężka postać, wyraźnie widoczna na tle oświetlonych drzwi.

– Co to za hałasy! – warknął, zbliżając się. – Kto się ośmielił przez bramę włazić? Jazda stąd, bo karki poskręcam, nędzne pokurcze.

Nagle stanął, bo dostrzegł błysk mieczy.

– Billu Ferny! – rzekł Merry. – Jeżeli w ciągu dziesięciu sekund nie otworzysz bramy, gorzko pożałujesz. Nauczę cię posłuchu tym oto żelazem. Otwórz bramę i wynoś się za nią. Żebym cię tu więcej nie spotkał, łotrzyku, zbóju!

Bill Ferny skulił się, powlókł pod bramę, otworzył rygle.

– Oddaj klucz! – powiedział Merry.

Ale zbój cisnął mu klucze w twarz i dał nura w ciemność. Kiedy mijał kuce, jeden z nich wierzgnął i trafił go kopytami.

Bill Ferny zawył i zniknął w mroku. Nigdy nikt więcej o nim nie posłyszał.

– Brawo, Billy – pochwalił kucyka Sam.

– A więc wasz Duży Człowiek już załatwiony – rzekł Merry. – Z Wodzem policzymy się w swoim czasie. Na razie potrzebujemy na noc kwatery, a że, jak widzę, zburzyliście gospodę, która stała przy moście, i zamiast niej pobudowali te szkaradne domy, musicie nas jakoś w nich umieścić.

– Bardzo przepraszam, panie Meriadoku, ale to zabronione – odparł Hob.

– Co jest zabronione?

– Przyjmowanie podróżnych, jedzenie poza porami regularnych posiłków i w ogóle różne takie rzeczy.

– Co się tu dzieje? – spytał Merry. – Czy mieliście w tym roku klęskę nieurodzaju? Zdawało mi się, że lato było piękne i zbiory bogate.

– Owszem, rok był dość dobry – odparł Hob. – Zebraliśmy dużo plonów, ale nie wiadomo dokładnie, co się z nimi stało. Rozeszło się chyba między rozmaitych „poborców" i „szafarzy", co to chodzą po kraju, liczą, mierzą i odstawiają wszystko do składów. Więcej zbierają, niż rozdzielają, i prawie nic z tego potem do nas nie wraca.

– Słowo daję, to takie nudne, że nie mam siły słuchać dłużej po nocy – rzekł Pippin, ziewając. – Mamy prowianty w workach podróżnych. Dajcie nam byle jaką izbę, żebyśmy mogli głowy skłonić. Nocowało się już gorzej po drodze!

Hobbici spod bramy wciąż jeszcze zdawali się zaniepokojeni, najwidoczniej propozycja Pippina nie zgadzała się z obowiązującymi przepisami; nikt jednak nie ośmielił się sprzeciwiać dłużej tak groźnie uzbrojonym podróżnym, z których dwaj byli na dobitkę wyjątkowo rośli i silni. Frodo kazał bramę z powrotem zaryglować. Ostrożność taka miała bądź co bądź pewien sens, skoro w okolicy kręcili się zbóje. Potem czterej przyjaciele weszli do hobbickiej kordegardy i rozgościli się tam jak mogli. Była to izba naga i brzydka, ze skąpym kominkiem, który nie pozwalał na rozpalenie porządnego ognia. Na piętrze w sypialniach wartowników ciągnęły się rzędy twardych łóżek, a na ścianach wisiały różne pouczenia i długa lista przepisów. Pippin zdarł je natychmiast. Piwa nie było wcale, jadła bardzo mało, ale z prowiantów, które wydobyto z podróżnych worków i rozdzielono między wszystkich obecnych, złożyła się niezła kolacja. Pippin, łamiąc przepis numer cztery, dorzucił na palenisko prawie całą wiązkę drew przeznaczonych na dzień następny.

– Przydałaby się teraz fajeczka, paląc, milej by się słuchało waszej opowieści o tym, co się dzieje w Shire – powiedział.

– Ziela fajkowego nie ma – odparł Hob – a raczej jest tylko dla Dużych Ludzi Wodza. Cały zapas podobno się wyczerpał. Jak słyszeliśmy, karawany wozów załadowanych liśćmi wysłano z Południowej Ćwiartki starą drogą, przez Bród Sarn. Stało się to pod koniec zeszłego roku, wkrótce po waszym wyjeździe. Ale podobno wcześniej jeszcze ziele cichcem wyciekało z kraju w mniejszych ilościach. Ten Lotho...

– Trzymaj język za zębami, Hobie Hayward! – krzyknęło kilku hobbitów naraz. – Wiesz, że takie gadanie jest zabronione. Wódz dowie się, co mówiłeś, a wtedy wszyscy będziemy w opałach.

– Nie dowiedziałby się, gdyby między wami nie było lizusów – odparł zapalczywie Hob.

– Spokojnie, spokojnie! – rzekł Sam. – Wiemy już dość. Nie trzeba ani słowa więcej, gościnności nie ma, piwa nie ma, ziela do fajki nie ma, za to przepisów w bród i kłótnie jak wśród orków. Spodziewałem się, że odpocznę wreszcie, ale widzę, że czekają nas nowe trudy i kłopoty. Tymczasem chodźmy spać i odłóżmy te sprawy do rana.

Nowy „Wódz" najwidoczniej miał swoje sposoby, żeby wiedzieć o wszystkim. Od mostu do Bag End było czterdzieści mil z hakiem, ale ktoś niewątpliwie pospieszył z wiadomościami. Frodo i jego towarzysze wkrótce się o tym przekonali.

Nie mieli ustalonych ściśle planów, lecz zamierzali najpierw udać się do Ustroni na krótki wypoczynek. Teraz jednak, widząc, co się święci, postanowili jechać wprost do Hobbitonu. Wyruszyli więc nazajutrz gościńcem, popędzając konie. Wiatr przycichł, ale niebo było chmurne. Kraj zdawał się smutny i opuszczony; co prawda był to już pierwszy dzień listopada, koniec jesieni. Mimo wszystko ogniska płonęły nawet na tę porę roku niezwykle gęsto, a wszędzie dokoła dym wzbijał się nad ziemię i ciężką chmurą płynął w stronę Leśnego Zakątka.

Pod wieczór wędrowcy zbliżyli się do Żabiej Łąki – sporej wsi przy gościńcu, oddalonej o dwadzieścia dwie mile od mostu. Tam chcieli przenocować, pamiętając, że gospoda „Pod Pływającą Kłodą" cieszy się dobrą sławą. Ale u wjazdu do wsi natknęli się na barierę zagradzającą gościniec i opatrzoną wielką tablicą z napisem: „Wstęp wzbroniony". Za barierą stał liczny oddział szeryfów z pałkami w garści i z piórami na czapkach; miny mieli nadęte i trochę wystraszone zarazem.

– Co to wszystko ma znaczyć? – spytał Frodo, powstrzymując się od śmiechu.

– Znaczy to, panie Baggins – odparł dowódca szeryfów, hobbit odznaczający się podwójnym piórem na czapce – że jest pan aresztowany za włamanie się przez bramę, zdarcie ogłoszeń urzędowych, napaść na odźwiernego, bezprawne przekroczenie granic, nocowanie w budynku państwowym bez zezwolenia i przekupienie poczęstunkiem wartowników pełniących służbę.

– Nic więcej? – spytał Frodo.

– Ja bym mógł coś niecoś dorzucić, jeśli chcecie – powiedział Sam.

– Nazwanie Wodza po imieniu, świerzbienie ręki, żeby mu kułakiem zamalować tę jego pryszczatą buzię, a także posądzenie szeryfów, że są bandą durniów.

– Dość tego! Zgodnie z rozkazem Wodza macie iść tam z nami bez oporu. Zaprowadzimy was Nad Wodę i oddamy w ręce Dużych Ludzi Wodza. Wszystko, co macie do powiedzenia, powiecie na rozprawie. Ale jeśli nie chcecie dłużej jeszcze posiedzieć w więzieniu, radzę wam za wiele nie gadać.

Szeryfowie speszyli się mocno, kiedy Frodo wraz z całą kompanią wybuchnął na to gromkim śmiechem.

– Nie pleć głupstw – rzekł Frodo. – Pojadę, gdzie mi się spodoba, i wtedy, kiedy zechcę. Przypadkiem wybieram się do Bag End, gdzie mam interesy, ale jeśli upierasz się iść tam z nami, proszę bardzo, to twoja sprawa.

– Niech i tak będzie, panie Baggins – odparł dowódca szeryfów – ale niech pan nie zapomina, że pana aresztowałem.

– Nie zapomnę! – rzekł Frodo. – Nigdy! Ale może ci to kiedyś wybaczę. W każdym razie dzisiaj nigdzie dalej nie jadę, bądź więc łaskaw odprowadzić mnie do gospody „Pod Pływającą Kłodą".

– Nie mogę, proszę pana. Gospoda zamknięta. Jest tylko dom szeryfów na drugim końcu wsi. Tam was zaprowadzę.

– Zgoda – powiedział Frodo. – Idź naprzód, jedziemy za tobą.

Sam tymczasem, przeglądając szeregi, wypatrzył wśród szeryfów dawnego znajomka.

– Ejże, Robinie Smallburrow! Chodź no bliżej, chciałbym z tobą pogadać! – zawołał.

Robin Smallburrow zerknął lękliwie na dowódcę, który nasrożył się, lecz nie śmiał oponować, po czym cofnął się i podszedł do Sama.

Sam zeskoczył z kucyka.

– Słuchaj no, Robinku – rzekł – wychowałeś się w Hobbitonie i powinieneś mieć więcej oleju w głowie. Czy ci nie wstyd napastować pana Froda? I co to ma znaczyć, że gospoda zamknięta?

– Wszystkie gospody zamknięto – odparł Robin. – Wódz piwa nie cierpi. Od tego się przynajmniej zaczęło. Bo teraz, prawdę mówiąc, Duzi Ludzie Wodza piją, ile chcą. On nie cierpi też, żeby się ktoś po kraju kręcił, więc jeśli już któryś hobbit musi albo chce podróżować, ma zgłaszać się w domach szeryfów po drodze i tłumaczyć się, po co i skąd wędruje.

– Wstydziłbyś się brać udział w takich głupich bezeceństwach – rzekł Sam. – Pamiętam, żeś zawsze wolał gospody oglądać od środka niż z zewnątrz. Na służbie czy poza służbą, chętnie wpadałeś na kufelek piwa.

– I dalej bym to chętnie robił, gdybym mógł. Ale nie bądź dla mnie za surowy, Samie. Cóż poradzę? Wstąpiłem do szeryfów na służbę siedem lat temu, kiedy nikomu nie śniło się o takich porządkach, jakie dziś mamy. Myślałem, że będę miał okazję włóczyć się po kraju, słuchać plotek, gdzie piwo lepsze. Stało się teraz inaczej.

– No, to rzuć to do licha, nie bądź dłużej szeryfem, skoro to przestało być zajęciem stosownym dla uczciwego hobbita – rzekł Sam.

– To wzbronione – odparł Robin.

– Jeżeli jeszcze raz usłyszę to piękne słówko, rozgniewam się na dobre – powiedział Sam.

– Szczerze mówiąc, nawet bym się nie zmartwił – odparł Robin, zniżając głos. – Gdybyśmy rozgniewali się wszyscy razem, może by dało się coś zrobić. Ale zrozum, Samie, Wódz ma swoich Dużych Ludzi. Rozsyła ich wszędzie, a jeśli ktoś z nas, małych ludzi, upomina się o swoje prawa – zamykają go w więzieniu. Pierwszego zamknęli naszego starego tłuściocha Willa Whitfoota, burmistrza, a potem wielu innych. Ostatnio dzieje się coraz gorzej. Często biją więźniów.

– Dlaczego więc dla nich pracujesz? – spytał Sam ze złością.
– Kto cię posłał do Żabiej Łąki?
– Nikt. Stale tam jesteśmy na posterunku w dużym domu szeryfów. Należę do pierwszej grupy Wschodniej Ćwiartki. Razem jest teraz paruset szeryfów i werbują ich jeszcze więcej, bo wyszły nowe przepisy. Większość służy wbrew woli, ale nie wszyscy. Nawet w Shire są tacy, którzy lubią wścibiać nosy w cudze sprawy i udawać ważnych. Co gorsza, nie brak też szpiegów, donoszących o wszystkim Wodzowi i jego Dużym Ludziom.

– Ha! Więc tym sposobem o nas się dowiedział, czy tak?
– Tak. Zwykłym obywatelom nie wolno korzystać z pospiesznej poczty, ale oni jej używają i trzymają umyślnych gońców w różnych punktach kraju. Jeden taki goniec przybiegł w nocy z Bamfurlong z „tajną wiadomością", drugi poniósł ją stąd dalej. A dziś po południu przyszedł tą drogą rozkaz, żeby was aresztować i odstawić Nad Wodę, nie wprost do więzienia. Wódz chce widocznie rozprawić się z wami jak najprędzej.

– Odechce mu się, jak pan Frodo z nim pogada – rzekł Sam.

Dom szeryfów w Żabiej Łące nie był lepszy od kordegardy przy moście. Nie miał piętra, lecz okna równie wąskie, i zbudowany był z brzydkiej, szarej cegły, niedbale kładzionej. Wnętrze okazało się wilgotne i ponure, a kolację podano na długim stole z nieheblowanych desek, których na dobitkę od dawna nikt porządnie nie wyszorował. Jadło było zresztą niegodne lepszego stołu.

Podróżni nie mieli ochoty zatrzymywać się tu dłużej, a że od Wody dzieliło ich jeszcze około osiemnastu mil, ruszyli o dziesiątej rano w drogę. Wyruszyliby znacznie wcześniej, gdyby nie to, że zwłoka wyraźnie złościła dowódcę szeryfów. Wiatr skręcił z zachodu na północ, pochłodniało, lecz deszcz nie padał.

Kawalkada, opuszczając wieś, wyglądała dość zabawnie, mimo to kilku tutejszych mieszkańców, którzy wylegli z domów, żeby popatrzeć na odjazd podróżnych, wahało się, nie wiedząc, czy śmiech jest dozwolony. Dwunastu szeryfom kazano eskortować „więźniów", lecz Merry zmusił ich, żeby maszerowali na czele, podczas gdy Frodo ze swą kompanią jechał za nimi. Merry, Pippin i Sam śmiali się, śpiewali i gawędzili swobodnie, szeryfowie natomiast kroczyli sztywno, usiłując nadać sobie surowy i poważny wygląd. Frodo milczał, zdawał się smutny i zamyślony. Ostatnią osobą, którą we wsi mijali, był krzepki staruszek zajęty właśnie strzyżeniem żywopłotu.

– Hola, hola! – zawołał na ich widok. – Kto tu właściwie kogo aresztował?

Dwaj szeryfowie, odłączając się natychmiast od oddziału, skierowali się ku niemu.

– Panie oficerze! – krzyknął Merry. – Proszę natychmiast przywołać swoich podwładnych do porządku, jeśli nie chcesz, żebym ja to zrobił.

Dwaj hobbici na ostry rozkaz dowódcy wrócili z ponurymi minami do szeregu.

– Naprzód, marsz! – zakomenderował Merry.

Jeźdźcy postarali się, żeby piesza eskorta musiała dobrze wyciągać nogi. Słońce wyjrzało zza chmur i mimo chłodnego wiatru szeryfowie zasapali się i spocili porządnie.

Przy Kamieniu Trzech Ćwiartek dali za wygraną. Przebiegli blisko czternaście mil z jednym tylko popasem w południe. Teraz była już godzina trzecia. Głodni, z poobijanymi nogami, nie mogli dłużej dotrzymać kroku kucykom.

– No, trudno, przyjdziecie za nami, kiedy zdołacie – rzekł Merry. – My jedziemy dalej.

– Do widzenia, Robinku! – powiedział Sam. – Czekam cię przed „Zielonym Smokiem", jeśli nie zapomniałeś drogi do gospody. Nie marudź za długo!

– Aresztanci, uciekając, łamią znów przepisy – markotnie stwierdził dowódca. – Ja za to nie chcę brać odpowiedzialności.

– Nie bój się, złamiemy jeszcze niejeden bez twojego pozwolenia – odparł Pippin. – Życzę szczęścia!

Puścili się kłusem i gdy słońce zaczęło zniżać się na zachodnim widnokręgu ku Białym Wzgórzom, dotarli Nad Wodę, nad wielki staw. Tu czekał ich pierwszy naprawdę bolesny wstrząs. Były to przecież rodzinne strony Froda i Sama, obaj też dopiero w tym momencie zrozumieli, że są im droższe niż wszystkie kraje świata. Wielu znajomych domów brakowało. Niektóre, jak się zdawało, spłonęły. W północnym stoku wzgórza Nad Wodą miłe hobbickie norki opustoszały; ogródki, dawniej zbiegające barwnym kobiercem aż na brzeg, były zapuszczone i pełne chwastów. Co gorsza, tam gdzie przedtem droga do Hobbitonu ciągnęła się tuż nad stawem, wyrósł rząd szpetnych nowych budowli. Niegdyś wzdłuż drogi szumiały drzewa. Dziś wszystkie zniknęły. Patrząc z rozpaczą w stronę Bag End, ujrzeli w oddali wysoki komin z cegły. Pluł czarnym dymem pod wieczorne niebo. Sam nie posiadał się z oburzenia.

– Nie wytrzymam, panie Frodo! – krzyknął. – Jadę tam! Muszę przekonać się, co to znaczy. Muszę odszukać Dziadunia.

– Najpierw trzeba się dowiedzieć, co nas tam czeka – rzekł Merry. – „Wódz" pewnie ma pod ręką bandę swoich zbirów. Powinniśmy przede wszystkim znaleźć tu kogoś, kto nam wyjaśni, jak sprawy stoją.

Ale Nad Wodą wszystkie domy i norki były zamknięte, nikt nie wyszedł powitać wędrowców. Dziwiło ich to, wkrótce jednak zrozumieli przyczynę. Kiedy bowiem dojechali do gospody „Pod Zielonym Smokiem", mieszczącej się w ostatnim domu przy drodze do Hobbitonu – martwym teraz i ziejącym powybijanymi szybami – zobaczyli pod ścianą zaczajoną grupę Dużych Ludzi, rosłych i złowrogich. Mieli skośne oczy i śniadą cerę.

– Przypomina się Bill Ferny z Bree – rzekł Sam.

– I wielu jego współplemieńców z Isengardu – mruknął Merry.

Zbóje mieli pałki w rękach i rogi u pasa, lecz poza tym – na ile hobbici mogli dostrzec z tej odległości – nie byli uzbrojeni. Kiedy podróżni zbliżali się, tamci wyskoczyli na gościniec i zagrodzili przejazd.

– Dokąd to? – spytał jeden z nich, największy i najszpetniejszy ze wszystkich. – Dalej jechać nie wolno. Gdzie się podziała wasza sławetna eskorta?

– Idą za nami – odparł Merry. – Trochę ich już nogi bolą. Obiecaliśmy, że tu na nich zaczekamy.

– A co, nie mówiłem? – rzekł zbój, zwracając się do swych kamratów. – Od razu powiedziałem Sharkeyowi, że tym małym durniom ufać nie można. Powinien był wysłać paru naszych.

– Na to samo by wyszło – powiedział Merry. – Co prawda nie przywykliśmy do pieszych rozbójników w naszym kraju, ale potrafimy sobie i z nimi dać radę.

– Rozbójników? Tak się o nas mówi? Radzę ci zmienić ton po dobroci, bo inaczej z tobą pogadam. Przewróciło się pokurczom w głowach. Nie liczcie zanadto na miękkie serce Wodza. Jest teraz Sharkey i Wódz zrobi to, co mu Sharkey każe.

– A cóż on każe? – spytał spokojnie Frodo.

– Ten kraj trzeba obudzić i nauczyć praw – oświadczył zbój. – Sharkey to zrobi i nie będzie się z wami cackał, jeśli go rozgniewacie. Wam trzeba większego władcy. I będziecie go mieli, nim ten rok upłynie, jeśli nie przestaniecie się buntować. Dostanie nauczkę ten szczurzy pomiot.

– Ach, tak! Dobrze, że mi wyjaśniłeś plany – rzekł Frodo. – Jadę właśnie do pana Lotho, który pewnie również się nimi zainteresuje.

Zbir wybuchnął śmiechem.

– Lotho! Lotho je zna. Nie martw się o niego. Lotho posłucha Sharkeya. Bo jeśli Wódz grymasi, to zmienia się Wodza. Rozumiesz? A jeśli mały ludek próbuje mieszać się do nie swoich spraw, to się go unieszkodliwia. Rozumiesz?

– Owszem – rzekł Frodo. – Po pierwsze widzę, że bardzo tu jesteście opóźnieni i nie wiecie nic o tym, co się na szerokim świecie dzieje. A tymczasem na południu wiele się zmieniło, odkąd je opuściłeś. Skończyły się twoje czasy, czasy zbójców. Czarna Wieża padła, w Gondorze panuje król. Isengard zburzony, twój sławetny mistrz błądzi po pustkowiu i jest żebrakiem. Minąłem go po drodze. Teraz już nie łotrzykowie z Isengardu, ale wysłańcy króla będą przybywali do nas Zieloną Ścieżką.

Zbój patrzył na Froda z szyderczym uśmiechem.

– Żebrakiem, powiadasz? Czyżby? – zadrwił. – Przechwalaj się, przechwalaj, zadufku. Nie przeszkodzi to nam żyć wygodnie w tym sytym kraiku, gdzie dość długo hobbici próżnowali. A co do królewskich wysłańców – rzekł, prztykając palcami przed nosem Froda – to tyle sobie z nich robię! Tyle! Jeśli w ogóle będę łaskaw na nich zwrócić uwagę.

Tego było Pippinowi za wiele. Wspomniał pola Cormallen i krew w nim zakipiała, że taki zezowaty łotr ośmiela się Powiernika

Pierścienia nazywać zadufkiem. Odrzucił płaszcz z ramion, dobył miecza i w blasku srebra na czerni Gondoru wysunął się z koniem naprzód.

– Jestem wysłańcem króla! – rzekł. – Mówisz z królewskim przyjacielem, który wsławił się w krajach Zachodu. Jesteś nie tylko łotrem, ale też głupcem. Na kolana, w proch, błagaj o przebaczenie, jeśli nie chcesz, żebym cię pokarał tym ostrzem, które gromiło trollów.

Miecz błysnął w zachodzącym słońcu. Merry i Sam także sięgnęli do broni i przysunęli się do Pippina, żeby go wesprzeć w walce. Frodo jednak nie drgnął. Zbóje cofnęli się z drogi. Dotychczas łatwo sobie radzili z bezbronnymi wieśniakami w Bree albo z oszołomionym ludem w Shire. Nieustraszeni hobbici z lśniącymi mieczami i surowymi twarzami byli dla nich wielką niespodzianką. W głosie podróżnych brzmiał ton, jakiego nie słyszeli jeszcze nigdy. Zdjął ich strach.

– Precz stąd! – rzekł Merry. – A jeśli poważycie się kiedykolwiek znowu mącić spokój tej wioski, pożałujecie!

Czterej hobbici powędrowali dalej, zbójcy uciekli drogą w przeciwnym kierunku, lecz w biegu trąbili na rogach.

– Ano, nie za wcześnie wróciliśmy! – powiedział Merry.

– Na pewno. Może nawet za późno, przynajmniej za późno, żeby ocalić Lotha – rzekł Frodo. – Nikczemny głupiec, ale mi go żal.

– Ocalić Lotha? Co mówisz? – zdziwił się Pippin. – Chciałeś chyba powiedzieć zniszczyć.

– Zdaje się, że niezupełnie rozumiesz tę sprawę, Pippinie – odparł Frodo. – Lotho nie zamierzał doprowadzić kraju do tej klęski. Był głupi i nikczemny, ale teraz znalazł się w pułapce. Zbójcy wzięli wszystko w swoje ręce, rabują, tyranizują lud, rządzą i burzą samowolnie, posługując się jego imieniem. A nawet już zaczynają obywać się bez tego imienia. Lotho jest w gruncie rzeczy więźniem w Bag End i pewnie drży ze strachu. Musimy spróbować, czy nie da się go ocalić.

– W głowie mi się kręci! – rzekł Pippin. – Wszystkiego się spodziewałem na zakończenie naszej wyprawy, ale nie tego, że będę musiał bić się z półorkami i zbójami na własnej ziemi, i to w obronie pryszczatego Lotha!

– Bić się? Tak, może i do tego przyjdzie – odparł Frodo. – Ale pamiętaj: nie wolno ci zabić żadnego hobbita, nawet gdyby stał po stronie przeciwników, to znaczy nawet gdyby im naprawdę sprzyjał, bo nie mówię o tych, którzy ze strachu ulegają rozkazom łotrów. Nigdy jeszcze w Shire hobbit nie zabił umyślnie hobbita. Nie odstąpimy od tej tradycji. Innych też staraj się oszczędzać, nie zadawaj śmierci, chyba że będzie to naprawdę nieuniknione. Powściągaj zapalczywość i własne ręce aż do ostatniej chwili.

– Jeśli zbirów jest dużo – odparł Merry – nie da się uniknąć walki. Nie uratujemy Lotha ani Shire'u samym oburzeniem i smutkiem, mój Frodo.

– Nie, nie będzie łatwo drugi raz ich nastraszyć – powiedział Pippin. – Tych się udało spłoszyć, bo ich zaskoczyliśmy. Słyszeliście, że dęli w rogi? Są więc z pewnością inni zbóje w pobliżu. W gromadzie będą odważniejsi. Trzeba rozejrzeć się za jakimś schronieniem na noc. Bądź co bądź jest nas tylko czterech, chociaż uzbrojonych.

– Mam pomysł! – rzekł Sam. – Chodźmy do starego Toma Cottona. Mieszkał przy Południowej Ścieżce i zawsze był zacnym hobbitem. Ma też kupę synów, a wszyscy – moi przyjaciele.

– Nie! – odparł Merry. – Nie zda się na nic „szukać schronienia". Tak właśnie postępował zazwyczaj tutejszy ludek, i to ułatwia sprawę zbirom. Przyjdą po nas w przeważającej sile, osaczą w kryjówce i albo z niej wypędzą, albo spalą z nią razem. Nie, musimy działać, nie zwlekając.

– Jak? – spytał Pippin.

– Wzniecić w Shire powstanie – rzekł Merry. – Zaraz! Budźcie hobbitów! Oni wszyscy nienawidzą nowych porządków, to jasne. Wszyscy z wyjątkiem może paru łajdaków i paru głupców, którzy chcą w ten sposób zdobyć stanowiska, nie rozumiejąc wcale, co się naprawdę dzieje. Ale hobbici w Shire tak długo cieszyli się spokojem i wygodami, że teraz nie wiedzą, co robić. Wystarczy jednak przytknąć żagiew, a kraj stanie w ogniu. Ludzie Wodza pewnie to wiedzą. Będą próbowali nas zdeptać i zgasić możliwie szybko. Nie ma chwili do stracenia. Samie, jeśli chcesz, skocz na farmę Cottona. To najbardziej szanowany gospodarz w okolicy i najdzielniejszy. Żywo! Zadmę w róg Rohanu. Jeszcze tu nie słyszano takiej muzyki.

Galopem wrócili do środka wsi. Sam skręcił w boczną ścieżkę i pognał do zagrody Cottona. Nie zdążył się oddalić, gdy nagle dobiegł jego uszu czysty, bijący ku niebu śpiew rogu. Daleko w górach i na polach odpowiedziały echa, a tak było to wezwanie naglące, że Sam omal nie zawrócił z miejsca, by pospieszyć za tym głosem. Kucyk stanął dęba i zarżał.

– Naprzód! Naprzód! – zawołał Sam. – Nie bój się, wkrótce zawrócimy.

Potem usłyszał, jak Merry, zmieniwszy nutę, gra pobudkę Bucklandu, aż powietrze drży od okrzyku:

– Zbudźcie się! Zbudźcie! Trwoga, napaść, pożoga! Zbudźcie się! Gore! Napaść!

Za plecami Sama, we wsi, rozległ się gwar, szczęk, trzask zamykanych drzwi. Przed nim w zmierzchu wybłysnęły światła, zaszczekały psy, zatupotały spieszne kroki. Nim dotarł do końca ścieżki, spotkał biegnących hobbitów, starego Cottona i trzech jego synów: Toma, Jolly'ego i Nicka. Z toporami w ręku zastąpili mu drogę.

– Nie, to nie zbój! – wstrzymał synów stary gospodarz. – Ze wzrostu wygląda na hobbita, ale ubrany dziwnie. Hej! – krzyknął. – Coś za jeden i co to za alarm?

– To ja, Sam Gamgee! Wróciłem.

Stary Cotton podszedł bliżej i przyjrzał mu się bacznie w półmroku.

– A to dopiero! – wykrzyknął. – Głos Sama i twarz Sama, nie gorsza, niż była. Ale takeś się ustroił, że mógłbym się o ciebie otrzeć na drodze i nie zgadłbym, z kim mam zaszczyt. Jak słyszę, podróżowałeś daleko? Baliśmy się, że już nie żyjesz.

– Żyję, żyję – odparł Sam. – I pan Frodo żyje. Jest tutaj z przyjaciółmi. Właśnie dlatego ten alarm: budzimy Shire do powstania. Trzeba przepędzić zbirów i tego ich Wodza. Ruszamy zaraz.

– Dobra nowina! – zawołał Cotton. – Nareszcie! Przez cały ten rok świerzbią mnie ręce. Ale nikt nie chciał mi pomóc. W dodatku muszę pilnować żony i Różyczki. Te zbiry nie na próżno się tutaj kręcą. Ale skoro tak, dalejże, chłopcy! Nad Wodą powstanie! My z nim!

– A co będzie z waszą żoną i Różyczką? – spytał Sam. – Niebezpiecznie, żeby zostały tu bez obrony.

– Nibs ich strzeże. Jeśli uważasz, że trzeba mu pomóc, to jedź do nich – rzekł stary Cotton z domyślnym uśmiechem. Po czym wraz z synami pobiegł ku wsi.

Sam pospieszył do domu Cottonów. W głębi rozległego podwórka na najwyższym stopniu schodów w okrągłych drzwiach stała matka z córką, a przed nimi młody Nibs z widłami wzniesionymi w ręku.

– To ja, Sam Gamgee! – zawołał w pędzie jeszcze Sam. – Nie próbuj mnie nadziać na widły, Nibsie! Zresztą, mam na sobie kolczugę.

Zeskoczył z kuca i wbiegł na schodki. Tamci wpatrywali się w niego w osłupieniu.

– Dobry wieczór, pani Cotton! – rzekł. – Dobry wieczór, Różyczko.

– Dobry wieczór, Samie – odpowiedziała Różyczka. – Gdzieżeś to bywał? Mówili, żeś zginął, ale ja od wiosny już czekałam na ciebie. Nie bardzo się spieszyłeś.

– Może – odparł Sam – za to teraz bardzo się spieszę. Robimy porządek ze zbirami i muszę wracać do pana Froda. Chciałem tylko wpaść na chwilkę i zobaczyć, jak się miewacie, pani Cotton i ty, Różyczko.

– Miewamy się doskonale – odpowiedziała pani Cotton. – A raczej miewałybyśmy się dobrze, gdyby nie ci rabusie, zbóje.

– No, Samie, umykaj! – powiedziała Różyczka. – Jeśli przez tak długi czas opiekowałeś się panem Frodem, to nieładnie, że go opuszczasz teraz, gdy zaczyna być naprawdę niebezpiecznie.

Sam oniemiał wobec tak niesprawiedliwego zarzutu. Zawrócił na pięcie, skoczył na kucyka. W ostatniej chwili Różyczka zbiegła jednak ze schodków.

– Wiesz, Samie, wyglądasz wspaniale! – powiedziała. – Jedź! Ale bądź ostrożny i jak tylko przepędzisz tych zbirów, wracaj prosto do nas.

We wsi tymczasem już wrzało. Sam po powrocie zastał nie tylko gromadkę młodzików, ale też przeszło setkę starszych, krzepkich hobbitów, uzbrojonych w topory, ciężkie młoty, długie noże i grube kije; niektórzy mieli nawet myśliwskie łuki. Z okolicznych farm przybywało coraz więcej ochotników.

Paru wieśniaków rozniecono duże ognisko, po pierwsze dlatego, że było to przez Wodza surowo zabronione. Ogień rozjarzył się jasno, gdy już zapadła noc. Inni na rozkaz Meriadoka ustawili w poprzek drogi zapory na obu końcach wsi. Oddział szeryfów, natknąwszy się na jedną z nich, stanął zdumiony, a gdy szeryfowie zorientowali się o co chodzi, większość zdarła pióra z kapeluszy i przyłączyła się do powstania. Reszta zbiegła chyłkiem.

Gdy Sam nadszedł, Frodo i jego przyjaciele rozmawiali właśnie ze starym Tomem Cottonem, a tłum wieśniaków z Nad Wody otaczał ich w krąg z ciekawością i podziwem.

– Od czego więc zaczniemy? – pytał Cotton.

– Jeszcze tego nie rozstrzygnąłem, muszę najpierw zebrać więcej wiadomości – odparł Frodo. – Ilu zbirów jest w pobliżu?

– Trudno powiedzieć – rzekł Cotton. – Kręcą się wciąż, to przychodzą, to odchodzą. Około pół setki w tej ich budzie przy drodze do Hobbitonu; stamtąd rozłażą się po okolicy, kradnąc czy też, jak to nazywają, "rekwirując". Ale zwykle co najmniej dwudziestu trzyma się przy naczelniku, bo tak Wodza tytułują. Wódz mieszka czy też mieszkał w Bag End, ale ostatnio wcale się nie pokazuje. Nikt od paru już tygodni go nie widział. Co prawda jego Ludzie nie dopuszczają nikogo w pobliże tej siedziby.

– Nie tylko w Hobbitonie są Ludzie Wodza, prawda? – spytał Pippin.

– Gdzie ich nie ma! – odparł Cotton. – Spora banda na południu, w Longbottom i nad Brodem Sarn, jak słyszałem; siedzą też przyczajeni w Leśnym Zakątku i mają swoją budę przy Rozdrożu. A poza tym są lochy, to znaczy stare podziemne składy w Michel Delving, zamienione teraz na więzienia dla tych, którzy ośmielają się zbirom przeciwstawić. Razem nie ma tych łajdaków więcej niż trzy setki w całym Shire, a może trochę mniej. Damy im radę, jeśli weźmiemy się do kupy.

– Broń mają? – spytał Merry.

– Nahajki, noże i pałki. To im wystarcza do tej brudnej roboty. Z inną bronią jak dotąd jeszcze się nie zdradzili – odparł Cotton – ale myślę, że sięgną po coś więcej, jeśli przyjdzie do walki. Niektórzy mają na pewno łuki. Ustrzelili paru hobbitów.

– A widzisz, Frodo! – zawołał Merry. – Mówiłem ci, że bez walki się nie obejdzie. Tamci pierwsi zaczęli zabijać.

– Niezupełnie – wyjaśnił Cotton. – W każdym razie nie oni zaczęli strzelaninę, ale Tukowie. Pański ojciec, panie Peregrinie, od początku nie chciał się z Lothem zadawać, mówił, że jeśli ktoś ma w naszych czasach rządzić Shire'em, to chyba tylko prawowity than, a nie samozwaniec. A kiedy Lotho nasłał na niego swoich ludzi, pan Tuk nie dał sobie dmuchać w kaszę. Tukowie to szczęściarze, mają w Zielonych Wzgórzach głębokie nory, Wielkie Smajale i tak dalej, więc zbiry nie mogły się do nich dobrać, a Tukowie nie chcą nawet wpuszczać łajdaków na swoją ziemię. Jeśli któryś się tam zapędzi – wyganiają. Trzech, których przyłapali na rabunku, zastrzelili. Odtąd zbiry tym gorzej się rozsierdziły. I mają oko na Tuków. Nikt tam teraz nie dostanie się ani stamtąd nie wyjdzie.

– Górą Tukowie! – zawołał Pippin. – Ale ktoś jednak do Tukonu się dostanie. Jadę do Smajalów. Kto ze mną?

Zgłosiło się kilku młodzików na kucach i Pippin ruszył wraz z nimi.

– Do prędkiego zobaczenia! – krzyknął na odjezdnym. – Na przełaj mamy nie więcej niż czternaście mil. Jutro rano stawię się z całą armią Tuków.

Merry zadął w róg, gdy znikali w gęstym już zmroku. Hobbici wszyscy krzyknęli im na wiwat.

– Mimo wszystko – rzekł Frodo do stojących najbliżej przyjaciół – nie chcę zabijania, oszczędzajcie nawet zbirów, chyba że nie byłoby innego sposobu obrony życia hobbitów.

– Dobrze – odparł Merry. – Ale możemy lada chwila spodziewać się odwiedzin tej bandy z Hobbitonu. Nie przyjdą na pogawędkę. Będziemy starali się potraktować ich wspaniałomyślnie, musimy jednak być przygotowani na najgorsze. Mam pewien plan.

– Zgoda – rzekł Frodo. – Ty zarządź wszystko.

W tej właśnie chwili nadbiegło paru hobbitów wysłanych przedtem na zwiady w stronę Hobbitonu.

– Idą już! – oznajmili. – Około dwudziestu zbirów, może więcej. Ale dwaj skręcili przez pola na zachód.

– Z pewnością do Rozstajów – powiedział Cotton – po posiłki. Bądź co bądź mają piętnaście mil w każdą stronę do przebycia. Na razie możemy się o to nie martwić.

Merry pospieszył wydać rozkazy. Tom Cotton oczyścił drogę, odsyłając do domu wszystkich z wyjątkiem starszych hobbitów zaopatrzonych w jakąś broń. Nie czekali długo. Wkrótce usłyszeli donośne głosy, a potem tupot ciężkich stóp. Zaraz też cały oddział zbirów pokazał się na drodze. Na widok zapory wybuchnęli śmiechem. Nie wyobrażali sobie, żeby w tym kraiku znalazł się ktoś, kto stawi czoło dwom dziesiątkom Dużych Ludzi.

Hobbici otworzyli zaporę i ustawili się na skraju drogi.

– Dziękujemy! – szyderczo zawołali ludzie. – A teraz jazda stąd do domów, pod pierzynę, jeśli nie chcecie dostać lania. – I maszerując przez ulicę wsi, wrzeszczeli: – Gasić światła! Wszyscy do domów, niech nikt nie waży się nosa wytknąć. W razie nieposłuszeństwa weźmiemy pięćdziesięciu tutejszych hobbitów na rok do lochów. Do domów! Naczelnik traci już cierpliwość.

Nikt nie zważał na te rozkazy, lecz gdy oddział przeszedł, hobbici sformowali się w szeregi i ruszyli za nim. Przy ognisku zbiry zastały samotnego Toma Cottona, grzejącego sobie ręce.

– Jak się zwiesz i co tu robisz? – spytał dowódca zbirów.

Tom Cotton z wolna podniósł na niego wzrok.

– Właśnie o to samo chciałem was zapytać – powiedział. – To nie wasz kraj i nikt was tu sobie nie życzy.

– Ale my życzymy sobie ciebie obejrzeć z bliska – odparł dowódca. – Brać go, chłopcy! Do Lochów z nim! A po drodze dajcie mu nauczkę, żeby się uspokoił.

Paru zbirów podbiegło ku niemu, lecz od razu stanęli jak wryci. Zewsząd wkoło rozległy się głosy i napastnicy zrozumieli nagle, że stary farmer nie jest tu sam. Byli otoczeni. W mroku, na skraju światła promieniującego od ogniska, stali kręgiem hobbici, którzy cichcem podpełzli pod osłoną ciemności. Było ich prawie dwustu i wszyscy uzbrojeni.

Wystąpił Merry.

– Spotkaliśmy się już raz i ostrzegałem cię, żebyś się więcej tu nie pokazywał – rzekł do dowódcy. – Ostrzegam cię po raz wtóry: stoisz w pełnym świetle, a nasi łucznicy wzięli cię na cel. Jeśli któryś z was tknie tego gospodarza czy też innego hobbita, dosięgną go strzały. Odrzućcie wszelką broń, jaką macie przy sobie.

Dowódca zbirów rozejrzał się wkoło. Był w pułapce. Nie zląkł się jednak, czuł się pewnie, mając dwudziestu kamratów u boku. Za mało znał hobbitów, żeby docenić niebezpieczeństwo. W swym zaślepieniu postanowił walczyć. Wydawało mu się, że będzie bardzo łatwo przebić się przez szeregi oblegających.

– Bić ich, chłopcy! – krzyknął. – Bić, nie żałować!

Z długim nożem w jednej ręce, z kijem w drugiej, rzucił się na krąg hobbitów, chcąc przedostać się z powrotem do Hobbitonu. Napotkał na swej drodze Meriadoka i z furią zamachnął się na niego kijem. Lecz w tym samym momencie padł martwy, przeszyty czterema strzałami. Nauka nie poszła w las. Reszta zbirów poddała się hobbitom. Odebrano im broń, związano powrozami w szeregi i zaprowadzono do pustego budynku, który sami sobie zbudowali; tam spętanych zostawiono pod kluczem i pod strażą. Zabitego dowódcę pochowano opodal drogi.

– Aż za łatwo poszło, prawda? – rzekł Cotton. – Przepowiadałem, że damy im radę. Potrzebny był nam tylko sygnał. Wróciliście w samą porę, panie Merry!

– Jeszcze mamy sporo do zrobienia – odparł Merry. – Jeżeli twój rachunek był słuszny, unieszkodliwiliśmy dopiero dziesiątą część przeciwników. Ale teraz już ciemno. Trzeba chyba z następnym krokiem czekać do rana. Wtedy złożymy wizytę Wodzowi.

– Czemu nie zaraz? – spytał Sam. – Ledwie szósta godzina. A mnie pilno zobaczyć Dziadunia. Czy nie wie pan, co u niego słychać, panie Cotton?

– Nic dobrego, ale też nic bardzo złego – odpowiedział farmer. – Rozkopali całą skarpę nad Bagshot, a to był dla Dziadunia ciężki cios. Musiał przenieść się do jednego z nowych domów, które pobudowali Ludzie Wodza w tym okresie, kiedy jeszcze zajmowali się czymś poza paleniem i kradzieżą; mieszka teraz o niespełna milę od granicy wsi Nad Wodą. Odwiedza mnie przy każdej sposobności; wydaje się lepiej odżywiony niż wielu innych biedaków. Tak jak wszyscy jest przeciwnikiem nowych porządków. Zaprosiłbym go na stałe do siebie, ale to wzbronione.

– Dziękuję, panie Cotton, nigdy panu tego nie zapomnę – rzekł Sam. – Chcę koniecznie zobaczyć Dziadunia. Ten cały Wódz i jego Sharkey, czy jak go tam zwą, mogliby w ciągu nocy uknuć jakieś łotrostwo.

– Rób, jak uważasz, Samie – odparł Cotton. – Dobierz sobie do kompanii chłopaka albo ze dwóch i sprowadźcie Dziadunia do mego domu. Nie będziesz musiał wcale zbliżać się do starego Hobbitonu Nad Wodą. Jolly pokaże ci drogę.

Sam wybrał się niezwłocznie. Merry rozesłał zwiady w okolicę wsi i rozstawił na noc warty przy zaporach. Potem wraz z Frodem poszedł do domu Cottona. Siedzieli w gronie jego rodziny w ciepłej kuchni; Cottonowie grzecznie zadali kilka pytań o historię ich podróży, ale słuchali odpowiedzi jednym uchem, zanadto pochłonięci wydarzeniami w kraju.

– Zaczęło się wszystko przez tego Pypcia, jak przezwaliśmy Lotha – mówił Cotton. – I zaczęło się wkrótce po pańskim odejściu, panie Frodo. Pypeć miał dziwne pomysły. Wszystko chciał zagarnąć, a potem rządzić wszystkimi. Prędko się wydało, że już od dawna nagromadził wielki majątek, co mu wcale na zdrowie nie wyszło. Ale dalej skupował coraz więcej, chociaż nie wiadomo, skąd brał na to pieniądze. Już miał młyny i browary, i gospody, i farmy, i plantacje fajkowego ziela. Podobno jeszcze zanim się sprowadził do Bag End, kupił od Sandymana młyn.

Oczywiście, od początku miał po ojcu duże dobra w Południowej Ćwiartce i sprzedawał, jak chodziły słuchy, najlepsze liście za granicę, wywożąc je cichcem już od dwóch lat. Pod koniec zeszłego roku zaczął wysyłać już nie liście, ale przygotowane ziele, i to całymi karawanami wozów. Zaczęło ziela w kraju brakować, a na domiar złego zbliżała się zima. Hobbici burzyli się na to, lecz umiał ich uspokoić. Na wozach zjechała gromada Dużych Ludzi, przeważnie zbójów; niektórzy mieli się zająć przewożeniem towaru na południe, inni zostali na dobre w Shire. Potem ściągnęło ich jeszcze więcej. Zanim się opatrzyliśmy, już ich było pełno wszędzie; wycinali drzewa, kopali, budowali sobie szopy i domy, robili, co chcieli. Zrazu Pypeć płacił za wyrządzone przez nich szkody, ale wkrótce rozpanoszyli się tak, że po prostu brali, co im się podobało.

W kraju zaczęto szemrać, nie dość jednak głośno. Stary burmistrz, Will, wybrał się z protestem, ale nie doszedł do Bag End. Po drodze opadły go zbiry, zawlokły do Lochów w Michel Delving i tam po dziś dzień biedak siedzi. Stało się to jakoś zaraz po Nowym Roku, a gdy zabrakło burmistrza, Pypeć ogłosił się Naczelnym Szeryfem i odtąd rządził samowolnie wszystkim. Kto się ośmielił, jak to oni teraz nazywają, na „krnąbrność", tego spotykał los Willa. Z każdym dniem było gorzej. Ziela do fajek nikt nie miał prócz Ludzi Wodza; Wódz nie lubi piwa, więc go hobbitom odmówił, pozwalając pić tylko swoim Ludziom;

wszystkiego było coraz mniej, tylko przepisów coraz więcej, żeby nikt nie mógł nic z własnego dobra zachować, gdy zbiry plądrowały dom po domu, niby to dokonując „sprawiedliwego rozdziału"; w rzeczywistości brali wszystko dla siebie, a hobbitom nie dawali nic, prócz resztek, które można nabyć w domach szeryfów, ale to paskudztwo nie do strawienia. Źle się działo. Odkąd jednak zjawił się Sharkey, nastała istna klęska.

– Kto zacz ten Sharkey? – spytał Merry. – Jeden ze zbirów coś nam o nim wspominał.

– Zbir nad zbirami, o ile mi wiadomo – odparł Cotton. – Pierwszy raz usłyszeliśmy jego imię mniej więcej w okresie żniw, jakoś pod koniec września. Nigdyśmy go nie widzieli; podobno mieszka w Bag End. On to, jak się domyślam, jest teraz naszym prawdziwym władcą. Zbiry wykonują jego wolę, a on każe rąbać, palić, burzyć. Ostatnio także – zabijać. Już w tym nie sposób dopatrzyć się sensu, bodaj nawet złośliwego. Walą drzewa i zostawiają na miejscu, żeby gniły. Palą domy i przestali nowe budować.

Posłuchajcie, jak było z młynem Sandymana. Pypeć go zburzył, jak tylko sprowadził się do Bag End. Potem sprowadził bandę Dużych Ludzi, z minami zbójów, żeby zbudowali nowy młyn, większy i pełen różnych zagranicznych wynalazków. Tylko durny Ted cieszył się z tego i pracuje przy czyszczeniu machin u Dużych Ludzi na tym miejscu, gdzie jego ojciec był młynarzem i gospodarzem.

Pypeć zapowiadał, że w jego młynie będzie się mełło więcej i szybciej. Ma takich młynów kilka. Ale żeby mleć, trzeba mieć ziarno, a do nowego młyna nie dostarczano go więcej niż do starego. Odkąd Sharkey panuje, w ogóle nie ma co mleć. Wciąż tylko słychać łoskot, dym bucha z komina, smród zapowietrza okolicę, a w Hobbitonie nikt nie zazna spokoju za dnia ani w nocy. Umyślnie wylewają jakieś brudy, zapaskudzili nimi w dolnym biegu wodę i całe to plugastwo spływa do Brandywiny. Jeśli im o to chodzi, żeby Shire zamienić w pustynię, to wybrali dobrą drogę. Nie przypuszczam, żeby ten głupi Pypeć do tego dążył. Moim zdaniem to robota Sharkeya.

– Na pewno! – odezwał się młody Tom Cotton. – Przecież uwięzili starą matkę Pypcia, Lobelię, którą Pypeć bardzo kocha, ją chyba jedną na świecie. Hobbici z Hobbitonu widzieli, jak to się stało. Lobelia szła ścieżką z Pagórka i miała w ręku swój stary parasol. Spotkała kilku zbirów jadących wielkim wozem pod górę.

– Dokąd jedziecie? – pyta.
– Do Bag End.
– Po co?
– Budować szopy dla Sharkeya.
– Kto wam pozwolił?
– Sharkey – odparli. – Ustąp z drogi, stara jędzo.
– Ja wam pokażę Sharkeya, podli zbóje, złodzieje! – krzyknęła i z parasolem w garści rzuciła się na przywódcę, dwa razy większego niż ona. Oczywiście obezwładnili ją i zabrali. Powlekli do lochów, a to przecież starowina. Więżą innych, bardziej nam miłych i potrzebnych, nie da się jednak zaprzeczyć, że Lobelia okazała się dzielniejsza od wielu hobbitów.

W tym momencie rozmowa się urwała, bo do kuchni wpadł Sam, prowadząc Dziadunia. Stary Gamgee z pozoru nie postarzał się przez ten rok, ale ogłuchł jeszcze bardziej.

– Dobry wieczór, panie Baggins – powiedział. – Cieszę się, że cię widzę z powrotem całego i zdrowego. Ale mam z panem na pieńku, że tak powiem, jeśli wolno mi być szczerym. Nie powinien pan był sprzedawać Bag End, od początku to mówiłem. Od tego zaczęły się wszystkie biedy. A przez ten czas, kiedy pan sobie podróżował po obcych krajach, wojując w górach z Czarnym Ludem – jeśli dobrze zrozumiałem, co Sam plecie, bo z nim trudno się dogadać – tutaj zbóje przekopali nasz Pagórek i zniszczyli moje ziemniaki.

– Bardzo mi przykro, panie Gamgee – odparł Frodo. – Teraz, skoro wróciłem, postaram się w miarę moich sił naprawić szkody.

– Sprawiedliwie pan mówi – rzekł Dziadunio. – Pan Frodo Baggins jest uczciwym hobbitem, zawsze to powiadałem, chociaż nie o wszystkich osobach tego nazwiska, za przeproszeniem, można to samo powiedzieć. Mam nadzieję, że mój Sam sprawował się w podróży przyzwoicie i że pan z niego jest zadowolony?

– Najzupełniej! – odparł Frodo. – Nie wiem, czy mi pan uwierzy, ale Sam teraz jest osobistością sławną na całym świecie; we wszystkich krajach, stąd aż do Morza i na drugim brzegu Rzeki, ludzie śpiewają pieśni o nim i o jego czynach.

Sam zaczerwienił się, ale z wdzięcznością spojrzał na Froda, bo Różyczce oczy zabłysły i uśmiechnęła się do młodego bohatera.

– Trudno w to uwierzyć – rzekł Dziadunio. – Ale widzę, że mój Sam dostał się w dziwną kompanię. Co on za kubrak ma na sobie? Nie podoba mi się, żeby rozsądny hobbit ubierał się w żelastwo, chociaż możliwe, że to się nie zedrze tak prędko jak inne ubrania.

Nazajutrz rodzina Cottonów i jej goście wstali o świcie. Noc minęła spokojnie, ale można było spodziewać się, że dzień przyniesie z pewnością niejedną przygodę.

– Tak wygląda, jakby w Bag End nie było już zbirów – rzekł stary Cotton – ale banda z Rozstajów zjawi się lada chwila.

Ledwie zjedli śniadanie, nadjechał goniec z Tukonu. Był pełen zapału.

– Than zerwał na nogi cały kraj – powiedział. – Wieść szerzy się wszędzie jak pożar, zbóje, którzy pilnowali Tukonu, a raczej ci z nich, którzy uszli z życiem, zbiegli na południe. Than ściga ich, żeby nie dopuścić do połączenia się na drodze z wielką bandą. Pana Peregrina jednak odesłał z tylu hobbitami, ilu mogli ze swego oddziału bez narażenia wyprawy odstąpić.

Następna nowina była mniej pomyślna. Merry, który całą noc spędził na koniu, przyjechał około dziesiątej na farmę.

– Silna banda nadciąga, są nie dalej niż o cztery mile stąd – oznajmił. – Idą gościńcem od Rozstajów, ale po drodze przyłączyli się do nich ludzie z różnych oddziałów. Będzie razem koło stu, a wszystko, co im się nawinie w marszu, podpalają. Łajdacy!

– Ha! Ci nie będą się wdawali w układy, idą zabijać – rzekł stary Cotton. – Jeśli Tukowie nie zjawią się wcześniej niż oni, musimy się ukryć i z zasadzki strzelać bez ostrzeżenia. Nie obejdzie się bez walki, zanim przywrócimy ład, panie Frodo!

Tukowie jednak wyprzedzili nieprzyjaciół. Przymaszerowała z Tukonu i Zielonych Wzgórz setka dziarskich hobbitów z Pippinem na czele. Merry miał teraz dość podkomendnych, żeby rozprawić się ze zbirami. Zwiadowcy donieśli, że przeciwnicy trzymają się zwartą kupą. Wiedzieli już, że kraj powstał przeciw nim, i najwyraźniej zamierzali stłumić bunt bez litości, a przecież Nad Wodą był główny ośrodek ruchu. Banda zdawała się groźna i zawzięta, brakowało jej wszakże dowódcy biegłego w sztuce wojennej. W marszu nie zachowywała żadnej ostrożności. Merry szybko ułożył plan działania.

Zbójcy maszerowali Wschodnim Gościńcem, po czym, nie zatrzymując się, zboczyli na drogę prowadzącą Nad Wodę; droga ta biegła czas jakiś stokiem w dół pomiędzy wysokimi skarpami porośniętymi u szczytu niskim żywopłotem. Za pierwszym skrętem, o niespełna ćwierć mili od gościńca, zbójcy natknęli się na przeszkodę: drogę zagradzał ciężki przewrócony wóz chłopski. To wstrzymało pochód. W tym samym momencie spostrzegli, że po obu stronach za żywopłotem, wprost nad ich głowami, stoi mur hobbitów. Inni hobbici tymczasem już wtaczali wozy, ukryte na polach, i barykadowali drogę, zamykając zbójom odwrót. Z góry rozległ się głos:

– Tak więc wleźliście w potrzask – mówił Merry. – To samo przytrafiło się waszym kamratom z Hobbitonu; jeden z nich poległ, inni są naszymi więźniami. Złóżcie broń! Cofnijcie się o dwadzieścia kroków i siądźcie. Kto by próbował ucieczki, tego zastrzelimy.

Ale zbójcy nie dali się tak łatwo nastraszyć. Kilku chciało posłuchać wezwania, lecz natychmiast współtowarzysze wybili im to z głowy. Ze dwudziestu zawróciło i rzuciło się na wozy tarasujące drogę. Sześciu padło od strzał, lecz inni przedarli się, zabijając dwóch hobbitów, i w rozsypce puścili się przez pola w kierunku Leśnego Zakątka. Dwaj z nich polegli dosięgnięci w biegu strzałami. Merry głośno zadął w róg i z oddali odpowiedziało mu granie rogów.

– Nie uciekną daleko – rzekł Pippin. – Cała okolica roi się teraz od naszych sprzymierzeńców.

Tymczasem zamknięci w pułapce na drodze zbójcy, których tu było jeszcze z osiemdziesięciu, próbowali wdrapywać się na barykady lub na skarpy, tak że hobbici musieli użyć łuków i toporów. Mimo strat, wielu najsilniejszych i najbardziej zawziętych zbójów wydostało się na zachodni stok i stąd nacierało z furią na przeciwnika, szukając teraz krwawej pomsty raczej niż ucieczki. Kilku hobbitów poległo, opór już zaczynał słabnąć, gdy ze wschodniej strony nadbiegli Merry i Pippin i rzucili się w wir walki. Merry własną ręką ściął dowódcę zbirów, zezowatego dzikiego wielkoluda, podobnego do ogromnego orka. Potem wycofał oddział, zostawiając wkoło garstki niedobitków szeroki krąg łuczników.

Wreszcie było po wszystkim. Blisko siedemdziesięciu zbójów padło w walce, kilkunastu dostało się do niewoli. Straty hobbitów wynosiły dziewiętnastu zabitych i trzydziestu rannych. Trupy zbójów załadowano na wozy, przewieziono do dołu pobliskiej kopalni piasku i pogrzebano. Odtąd miejsce to nazywało się Bitewnym Dołem. Poległych hobbitów złożono we wspólnym grobie na stoku wzgórza i postawiono tam później wielki kamień z napisem, a wokół zasadzono ogród. Tak się skończyła bitwa Nad Wodą w roku 1419, ostatnia bitwa stoczona na ziemiach Shire'u i pierwsza, jaka w tym kraju rozegrała się od dnia bitwy na Zielonych Polach, w Północnej Ćwiartce, w roku 1147. Toteż, chociaż nie nazbyt krwawa, zajęła cały rozdział w Czerwonej Księdze, a imiona jej uczestników spisano, tak że kronikarze Shire'u umieli je na pamięć. Od tego czasu datuje się znaczny wzrost sławy i majętności rodu Cottonów; na czele jednak listy we wszystkich sprawozdaniach stały nazwiska dowódców: Meriadoka i Peregrina.

Frodo był w tej bitwie, lecz nie dobył miecza z pochwy; rola jego polegała głównie na tym, że powściągał hobbitów, uniesionych gniewem i bólem wobec straty tylu przyjaciół, i nie dopuścił, by ktokolwiek tknął przeciwnika zdającego się na łaskę zwycięzców. Po bitwie i pogrzebaniu ofiar Merry, Pippin i Sam wraz z Frodem ruszyli z powrotem do zagrody Cottonów. Gdy zjedli obiad, Frodo westchnął i rzekł:

– Teraz, jak myślę, pora rozprawić się z „Wodzem".

– Tak jest, im prędzej, tym lepiej – powiedział Merry. – I nie bądź zbyt łagodny! To on przecież jest odpowiedzialny za sprowadzenie do Shire'u zbirów i za wszystkie krzywdy, które w kraju wyrządzili.

Stary Cotton zebrał świtę złożoną z dwudziestu kilku dzielnych hobbitów.

– Przypuszczam, że w Bag End nie ma już zbirów – rzekł – ale na pewno tego nie wiadomo.

Oddział wymaszerował; Frodo, Sam, Merry i Pippin prowadzili.

Były to najsmutniejsze godziny w ich życiu. Przed nimi sterczał w niebo olbrzymi komin, a gdy się zbliżali do starego osiedla, położonego na drugim brzegu Wody, idąc drogą pomiędzy dwoma rzędami nowych, lichych domów, zobaczyli nowy młyn w całej jego złowrogiej i brudnej brzydocie: duży budynek z cegły okraczał rzeczkę i plugawił jej nurt, wylewając weń potoki dymiącej i cuchnącej cieczy. Wszędzie wzdłuż drogi ścięto drzewa.

Kiedy przeszli przez most i podnieśli oczy na Pagórek, z wrażenia dech im zaparło w piersi. Nawet wizja, która Samowi ukazała się w Zwierciadle Galadrieli, nie przygotowała ich na tak okropny widok. Po zachodniej stronie stary spichlerz zburzono i na jego miejscu wyrosły umazane smołą budy. Drzewa kasztanowe znikły. Zielone skarpy i żywopłoty zniszczono. Na dawnym trawniku ciągnęło się nagie udeptane pole, a na nim stały rozrzucone bezładnie ogromne wozy. Gdzie przedtem była uliczka Bagshot Row, ział rozkopany dół i piętrzyło się usypisko piachu zmieszanego ze żwirem. Samego Bag End nie mogli dostrzec, bo dawną siedzibę Bagginsów przesłaniały skupione na stoku duże szopy.

– Ścięli urodzinowe drzewo! – krzyknął Sam. Wskazywał miejsce, gdzie niegdyś rosło drzewo, pod którym Bilbo wygłosił swoją pożegnalną mowę. Zwalone i martwe, leżało pośród pola. Jak gdyby ta ostatnia kropla przepełniła miarę, Sam wybuchnął płaczem.

Odpowiedział mu szyderczy śmiech. Hobbit, który wyglądał zza niskiego muru, opasującego dziedziniec młyna, miał prostacką, roześmianą, usmoloną gębę i czarne od brudu ręce.

– Nie w smak ci to wszystko, Samie, co? – zadrwił. – Zawsześ był mazgajem. Myślałem, żeś odpłynął na jednym z tych statków, o których tyle bajek plotłeś, i że sobie żeglujesz po morzach. Po co wracasz? My tutaj teraz ciężko pracujemy.

– A widzę! – odparł Sam. – Takiś zapracowany, aż zabrakło ci czasu, żeby się umyć, ale starczyło, żeby się gapić zza płotu. Mamy z sobą stare porachunki, radzę ci nic do nich więcej swoimi dowcipami nie dodawać, bo i tak nie wiem, czy własną skórą nie będziesz musiał dopłacać.

Ted Sandyman splunął ponad murem.

– Nie boję się ciebie – rzekł. – Palcem mnie nawet nie odważysz się tknąć, bo jestem przyjacielem Wodza. On za to ciebie tknie, i to nie palcem, jeśli choć słowo jeszcze piśniesz.

– Nie trać czasu dla tego durnia, Samie – powiedział Frodo. – Mam nadzieję, że niewielu hobbitów tak zgłupiało jak ten. Byłoby to smutniejsze niż wszystkie inne szkody, które nam zbójcy wyrządzili.

– Brudas i gbur z ciebie, Sandymanie – rzekł Merry. – A w dodatku trafiłeś kulą w płot. Idziemy na Pagórek, żeby wyrzucić stąd twojego Wodza. Jego ludzi już rozbiliśmy w puch.

Ted zbaraniał, w tej bowiem chwili dopiero zobaczył zbrojną świtę, która na rozkaz Meriadoka maszerowała właśnie przez most.

Umknął do młyna, lecz natychmiast wyskoczył znów z rogiem w ręku i zadął w niego donośnie.

– Oszczędzaj tchu – zaśmiał się Merry – bo ja mam lepszy głos.

Podniósł do ust srebrny róg i zagrał; czysta muzyka wzbiła się na Pagórek, a z wszystkich nor, bud i szpetnych domów Hobbitonu odpowiedzieli na ten zew hobbici, wybiegając tłumnie na drogę, by wśród wiwatów i radosnych okrzyków towarzyszyć wyprawie do Bag End.

U szczytu ścieżki cała gromada zatrzymała się, tylko Frodo z przyjaciółmi poszedł dalej; znaleźli się wreszcie w tej niegdyś ukochanej siedzibie. Ogród był zabudowany szopami i budami, a niektóre stały tak blisko okien wychodzących na zachód, że nie dopuszczały do nich światła. Wszędzie piętrzyły się kupy śmieci i odpadków. Drzwi były odrapane, sznur od dzwonka zwisał oderwany, a dzwonek nie dzwonił. Na kołatanie nie doczekali się odpowiedzi. W końcu naparli siłą na drzwi, które ustąpiły. Weszli.

Wnętrze cuchnęło, brudne i nieporządne: można by myśleć, że od dawna nikt tu nie mieszka.

– Gdzież się ten nikczemny Lotho schował? – spytał Merry. Przeszukali wszystkie pokoje i nie znaleźli żywej duszy, prócz szczurów i myszy. – Może każemy ochotnikom przetrząsnąć szopy i budy?

– Gorsze to niż Mordor – powiedział Sam. – Tak, dużo gorsze, bardziej rani serce, bo to przecież dom rodzinny, który pamiętamy z dawnych dni, zanim go zniszczono.

– To jest Mordor – powiedział Frodo. – Jedno z dzieł Mordoru. Saruman dla Mordoru pracował nawet wtedy, gdy mu się zdawało, że dąży do własnych celów. Tak samo jak wszyscy, którzy dali się Sarumanowi opętać, na przykład Lotho.

Merry rozglądał się z rozpaczą i wstrętem.

– Wyjdźmy stąd! – rzekł. – Gdybym wiedział o wszystkim, co tutaj nabrojono, wepchnąłbym Sarumanowi sakiewkę z zielem pięścią do gardła.

– Pewnie, pewnie! Aleś tego nie zrobił, dzięki czemu mogę cię dziś tutaj powitać!

W progu stał Saruman we własnej osobie, dobrze odżywiony i zadowolony; oczy mu błyszczały złośliwością i rozbawieniem.

Frodo w nagłym olśnieniu zrozumiał.

– Sharkey! – krzyknął.

Saruman zaśmiał się głośno.

– A więc słyszałeś już moje imię? Tak mnie nazywali podwładni jeszcze w Isengardzie. Myślę, że w dowód przywiązania[1]. Oczywiście nie spodziewałeś się spotkać mnie w Bag End.

– Nie – odparł Frodo. – A mogłem był to przewidzieć. Mała, nikczemna złośliwość! Gandalf ostrzegał mnie, że do tego jeszcze zachowałeś zdolność.

– Całkowitą – rzekł Saruman. – Zdolny jestem nawet do wcale niemałych złośliwości. Śmiać mi się chciało, kiedy patrzyłem na was, hobbiccy półpankowie, jak jedziecie w orszaku wielkich ludzi tacy dufni, tacy zadowoleni ze swoich małych osóbek. Zdawało wam się, że cała ta historia już się szczęśliwie zakończyła i że po prostu spacerkiem pojedziecie do swego kraju, gdzie resztę życia spędzicie miło i wygodnie. Można było zburzyć dom Sarumanowi i wygnać go na tułaczkę, ale mowy o tym być nie może, by ktoś naruszył ten wasz dom. Co to, to nie! Przecież wami opiekuje się Gandalf...
– Saruman znów się zaśmiał. – Ale nie znacie Gandalfa. Skoro narzędzia w jego ręku wykonały robotę, rzuca je w kąt. Wyście jednak czepiali się go nadal, marudząc, gadając, podróżując okrężną drogą, dwa razy dłuższą od prostej.

Jeśli są tak głupi – pomyślałem – wyprzedzę ich i dam nauczkę. Wet za wet, z kolei ja sprawię im niespodziankę. Nauczka byłaby jeszcze lepsza, gdybyście mi zostawili trochę więcej czasu i gdybym miał więcej ludzi na swoje usługi. Ale i tak zdziałałem sporo, przekonacie się, nie starczy wam życia, żeby to wszystko naprawić albo odrobić. Miła to dla mnie myśl, znajdę w niej pewne zadośćuczynienie za swoje krzywdy.

– Jeśli w tym znajdujesz przyjemność, żal mi cię, Sarumanie – rzekł Frodo. – Obawiam się zresztą, że wkrótce zostanie ci po tej przyjemności co najwyżej wspomnienie. A teraz odejdź stąd i nie wracaj nigdy.

---

[1] Wyraz ten prawdopodobnie pochodził z języka orków, w którym *sharkû* znaczy „staruszek".

Hobbici z wiosek zauważyli Sarumana wychodzącego z którejś szopy i natychmiast zbiegli się tłumnie pod drzwi. Gdy usłyszeli rozkaz Froda, zaczęli szemrać gniewnie:

– Nie wypuszczać go z życiem! Zabić go! To łotr i morderca. Zabić!

Saruman powiódł wzrokiem po wrogich twarzach i uśmiechnął się szyderczo.

– Zabić? – rzekł. – Spróbujcie, jeśli wam się zdaje, że macie dość sił, żeby się porwać na to, moi poczciwi hobbici! – Wyprostował się i wbił w nich spojrzenie posępnych czarnych oczu. – Ale nie myślcie, że wraz z całym mieniem utraciłem całą moc. Ktokolwiek podniesie na mnie rękę, ściągnie na siebie klątwę. A jeśli moja krew splami Shire, ziemia ta zwiędnie i nigdy już nie zagoi swoich ran.

Hobbici cofnęli się, a Frodo rzekł:

– Nie wierzcie mu! Stracił moc, zachował tylko głos, który będzie was straszył i oszukiwał, jeśli mu się poddacie. Nie chcę jednak, byście go zabijali. Na nic się nie zda zemstą płacić za zemstę, tak nie zbuduje się nic dobrego. Odejdź, Sarumanie, odejdź jak najprędzej.

– Gadzie, Gadzie! – zawołał Saruman. Z sąsiedniej szopy pełznął, płaszcząc się jak pies, Gadzi Język. – Znowu ruszamy w drogę, Gadzie! – powiedział Saruman. – Ci szlachetni hobbici i półpankowie wypędzają nas znów na tułaczkę. Chodźmy!

Saruman odwrócił się i ruszył, a Gadzi Język poczłapał za nim. Lecz gdy mijali Froda, w ręku Sarumana znienacka błysnął nóż. Dźgnął błyskawicznie. Ostrze wygięło się na ukrytej pod płaszczem kolczudze i pękło. Kilkunastu hobbitów z Samem na czele skoczyło naprzód, obaliło łotra na ziemię. Sam wyciągnął miecz.

– Stój, Samie! – krzyknął Frodo. – Nawet teraz nie zabijaj! Nie zranił mnie. A w każdym razie nie pozwolę, byś go zabił w tak haniebny sposób. Był kiedyś wielki, należał do szlachetnego bractwa, przeciw któremu żaden z nas nie śmiałby podnieść ręki. Upadł, nie w naszej mocy go dźwignąć. Ale oszczędźmy jego życie w nadziei, że znajdzie się ktoś, kto go będzie umiał podźwignąć.

Saruman wstał i popatrzył na Froda. Oczy jego miały zagadkowy wyraz podziwu, szacunku i nienawiści zarazem.

– Wyrosłeś, niziołku – powiedział. – Tak, tak, bardzo wyrosłeś. Jesteś mądry i okrutny. Odarłeś moją zemstę ze słodyczy i muszę stąd odejść z gorzkim poczuciem, że zawdzięczam życie twojej litości. Nienawidzę ciebie. Odchodzę, nie będę cię więcej niepokoił. Nie spodziewaj się jednak ode mnie życzeń zdrowia i długiego życia. Nie będziesz się cieszył ani jednym, ani drugim. Ale to już nie za moją sprawą. Ja tylko przepowiadam.

Gdy odchodził, hobbici rozstąpili się, otwierając mu przejście, lecz tak silnie ściskali w garści broń, że kostki na rękach im zbielały. Gadzi Język wahał się chwilę, potem ruszył za swym panem.

– Gadzi Języku! – zawołał Frodo. – Nie jesteś zmuszony iść za nim. O ile mi wiadomo, nie wyrządziłeś mi nic złego. Możesz odpocząć i odżywić się tutaj, a gdy nabierzesz sił, pójść własną drogą.

Gadzi Język przystanął i obejrzał się na Froda, jak gdyby prawie już zdecydowany pozostać. Lecz Saruman odwrócił się szybko.

– Nic złego ci nie wyrządził? – zaskrzeczał. – Och, nie! Nawet gdy się wymykał po nocach, chciał tylko popatrzeć na gwiazdy. Ale czy mi się zdawało, czy też ktoś pytał, gdzie schował się biedny Lotho? Ty coś o tym wiesz, Gadzie, prawda? Może im powiesz?

Gadzi Język skulił się i wyjąkał:

– Nie, nie!

– A więc ja powiem – rzekł Saruman. – Gadzi Język zabił waszego Wodza, biednego malca, poczciwego naczelnika. Prawda, Gadzie? Zadźgałeś go śpiącego, jak przypuszczam. I pochowałeś, mam nadzieję; chociaż nie wiem, bo Gad ostatnio był bardzo zgłodniały. Nie, Gad nie jest przyjemną osobistością. Radzę wam oddać go pod moją opiekę.

Dzika nienawiść zabłysła w przekrwionych oczach Gadziego Języka.

– To tyś mi kazał, tyś mnie zmusił – syknął.

– A ty zawsze robisz, co Sharkey każe, czy tak? – zaśmiał się Saruman. – Więc teraz powiadam ci: chodź ze mną.

Kopnął w twarz kulącego się na ziemi niewolnika, odwrócił się i już miał odejść, gdy nagle Gadzi Język, jakby na sprężynie, zerwał się i wyciągnąwszy ukryty w fałdach odzieży sztylet, skoczył Sarumanowi na kark, szarpnął wstecz głowę i poderżnął gardziel, po czym z krzykiem pomknął ścieżką w dół. Zanim Frodo zdążył oprzytomnieć i przemówić, trzy cięciwy hobbickich łuków zadzwoniły jednocześnie i Gadzi Język padł martwy.

Ku zdumieniu wszystkich zgromadzonych szara mgła spowiła ciało Sarumana i wzbijając się z wolna ku niebu, niby dym z ogniska zawisła nad szczytem Pagórka jak blada, całunem okryta postać ludzka. Chwilę kołysała się tam, zwrócona ku zachodowi, lecz w tym momencie dmuchnął zimny zachodni wiatr; postać przygięła się i z westchnieniem rozpłynęła w nicość.

Frodo z litością i zgrozą patrzył na wyciągnięte u swych stóp martwe ciało, bo wyglądało tak, jakby nagle w nim objawiły się długie lata śmierci; malało w oczach, skurczona twarz przeobraziła się w strzęp skóry spowijający ohydną czaszkę. Frodo chwycił rąbek porzuconego obok brudnego płaszcza, nakrył nim ten straszny zewłok i odwrócił się.

– A więc koniec – rzekł Sam. – Paskudny koniec, wolałbym go nie oglądać. W każdym razie pozbyliśmy się ich.

– A zarazem Wojna skończyła się już ostatecznie – powiedział Merry.

– Mam nadzieję! – westchnął Frodo. – To był ostatni cios. Że też musiał spaść właśnie tutaj, w progu Bag End! Wśród tylu nadziei i obaw, tego nie przewidywałem.

– Prawdziwie skończy się wojna dopiero wtedy, kiedy naprawimy wszystkie szkody – rzekł ponuro Sam. – Zajmie to wiele czasu i pracy!

Rozdział 9

Szara Przystań

Rzeczywiście, z przywracaniem w kraju ładu było niemało roboty, wszystko to jednak trwało krócej, niż Sam się obawiał. Nazajutrz po bitwie Frodo pojechał do Michel Delving, żeby uwolnić z lochów więźniów. Wśród pierwszych od razu znalazł się Fredegar Bolger – już teraz niezasługujący na przezwisko Grubasa. Ludzie Wodza uwięzili go, gdy wyparli z kryjówek w Krzywych Jamach koło wzgórz Scary całą grupę opornych, którym przewodził Fredegar.

– Okazuje się, że byłbyś lepiej wyszedł, idąc z nami w świat, biedaku! – powiedział Pippin, gdy więźnia wynoszono z Lochów, bo nieborak był doszczętnie wyczerpany.

Fredegar otworzył jedno oko i zdobył się na uśmiech.

– A to co za olbrzym przemawia tak potężnym głosem? – spytał szeptem. – Niemożliwe, żeby to był nasz mały Pippin. Który numer kapelusza nosisz teraz?

Wśród wyzwolonych była też Lobelia. Wyciągnięto ją z ciemnej i ciasnej celi, bardzo starą i okropnie wychudłą. Uparła się jednak, że wyjdzie na własnych nogach, a gdy się ukazała, wsparta na ramieniu Froda, trzymając wciąż jeszcze parasol w zaciśniętej dłoni, tłum przywitał ją owacyjnie, nie szczędząc oklasków i wiwatów, tak że Lobelia wzruszyła się do łez. Po raz pierwszy pozyskała ogólną sympatię. Zmiażdżyła ją dopiero wiadomość o śmierci Lotha i nie chciała wracać do Bag End. Oddała z powrotem Frodowi jego dawną siedzibę, a sama osiadła u swoich krewnych, Bracegirdle'ów w Kamiennym Siole.

Gdy następnej wiosny zmarła – miała bądź co bądź ponad sto lat – Froda spotkała wzruszająca niespodzianka: biedna Lobelia zostawiła mu w testamencie cały majątek swój i Lotha, prosząc, by zużył go na wsparcie dla hobbitów poszkodowanych w czasie powszechnych zamieszek. Tak się zakończyła stara rodzinna waśń.

Sędziwy Will Whitfoot przesiedział w Lochach dłużej niż inni więźniowie, a chociaż niejednego traktowano tam gorzej niż jego, musiał porządnie odżywiać się, zanim odzyskał postawę, jaka przystoi burmistrzowi stolicy hobbitów. Na razie więc, póki Will nie nabrał odpowiedniej tuszy, zastępował go Frodo. Właściwie przeprowadził w okresie burmistrzowania jedną tylko reformę: zmniejszył liczbę szeryfów i ograniczył ich funkcję do poprzedniego stanu. Obowiązek wytępienia resztek zbirów powierzono Meriadokowi i Pippinowi, którzy też prędko wywiązali się z tego zadania. Bandy południowców, na wieść o bitwie Nad Wodą, umykały z Shire, nie stawiając niemal oporu wojsku thana. Przed końcem roku niedobitków otoczono w lasach, a tych, którzy się poddali, odstawiono do granicy kraju.

Tymczasem wrzała praca nad odbudową i Sam uwijał się od rana do wieczora. Hobbici bywają pracowici niczym mrówki, gdy zajdzie potrzeba i gdy chcą. Nie brakowało teraz tysięcy ochoczych rąk, od małych, lecz zręcznych rączek chłopięcych i dziewczęcych, aż do spracowanych i sękatych rąk dziadków i babek. Nim nadszedł dzień zimowego przesilenia, cegła na cegle nie została z nowych domów szeryfów i ze wszystkich budowli wzniesionych przez Ludzi Wodza. Cegieł jednak nie zmarnowano, lecz użyto ich do naprawy starych hobbickich nor, które dzięki temu stały się bardziej przytulne i suchsze. W szopach, stodołach i odludnych norach odkryto wielkie ilości sprzętów, zapasy prowiantów i piwa, pochowane tam przez zbirów; zwłaszcza w tunelach pod Michel Delving i w starych kamieniołomach pod Wypłoszem znaleziono mnóstwo ukrytych towarów, żywności, beczek piwa, więc tegoroczne gody można było obchodzić hucznie i wesoło.

Przede wszystkim – nawet przed rozbiórką nowego młyna – przystąpiono do uporządkowania Pagórka i Bag End oraz do odbudowy zaułka na zboczu. Nową kopalnię piasku i żwiru zasypano, stok Pagórka zamieniono w duży, zaciszny ogród, a w południowym zboczu wydrążono nowe norki, obszerne i wyłożone cegłą. Dziadunio wprowadził się z powrotem pod numer trzeci; powtarzał też każdemu, kto chciał słuchać:

– Nie ma tego złego, co by na dobre nie wyszło. A wszystko dobre, co się dobrze kończy.

Trochę się spierano, jak nazwać odbudowaną uliczkę. Jedni głosowali za „Ogrodem Bitwy", inni woleli „Lepsze Smajale". Ostatecznie zwyciężył zdrowy hobbicki rozsądek i wybrano po prostu nazwę: Uliczka Nowa. Nad Wodą dowcipnisie czasem jednak nazywali ją „Nagrobkiem Sharkeya".

Najdotkliwszą stratą było wyniszczenie drzew, bo na rozkaz Sharkeya wycięto je bez litości na całym obszarze kraju. Sam ubolewał nad tym bardziej niż nad innymi szkodami wyrządzonymi przez zbirów. Ta rana nie mogła się bowiem zagoić przed upływem długich lat i Sam myślał, że dopiero jego prawnuki zobaczą Shire taki, jaki być powinien.

Wśród nawału pracy nie miał czasu na wspomnienia o przygodach wyprawy, nagle jednak pewnego dnia przypomniał sobie dar Galadrieli. Wyjął szkatułkę i pokazał ją innym Wędrowcom – bo tak ich teraz powszechnie nazywano – prosząc o radę.

– Zastanawiałem się już, kiedy wreszcie o tym pomyślisz – rzekł Frodo. – Otwórz szkatułkę.

Wypełniał ją szary pył, miękki i drobnoziarnisty, a pośrodku tkwiło w nim nasienie podobne do orzecha w srebrnej łupinie.

– Co mam z tym zrobić? – spytał Sam.

– Rzuć na wiatr w pierwszy wietrzny dzień, a o resztę się nie troszcz – powiedział Pippin.

– Ale co z tego wyniknie?

– Wybierz kawałek ziemi na pólko doświadczalne; zobaczysz, jak będą się tam rośliny czuły – rzekł Merry.

– Pani Galadriela z pewnością nie życzyłaby sobie, żebym wszystko zużył we własnym ogrodzie, skoro tylu innych hobbitów poniosło straty.

– Musisz, Samie, kierować się rozsądkiem i doświadczeniem, a tego daru użyj tak, żeby wspomógł twoją pracę i polepszył jej wyniki – powiedział Frodo. – Szkatułka jest mała, a każde ziarenko ma zapewne wielką wartość.

Sam posadził więc młode drzewka wszędzie, gdzie źli ludzie zniszczyli szczególnie piękne i kochane drzewa, i przy korzeniach każdej sadzonki umieścił w ziemi po jednym cennym pyłku z Lórien. Przemierzył cały kraj wzdłuż i wszerz, pracując pilnie, lecz najtroskliwiej opiekował się Hobbitonem i sadami Nad Wodą – czego nikt nie mógł mu wziąć za złe. Gdy w końcu stwierdził, że została mu jeszcze odrobina pyłu, poszedł do Kamienia Trzech Ćwiartek, znaczącego niemal dokładnie środek Shire'u, i rozrzucił tę resztkę na cztery strony świata. Srebrny orzeszek zasadził na trawniku w Bag End, gdzie odbywały się niegdyś zabawy urodzinowe i gdzie dawniej rosło pamiętne drzewo. Bardzo był ciekaw, co z tego nasienia wyrośnie. Zimę przeczekał jako tako cierpliwie, chociaż korciło go wciąż, żeby zaglądać w to miejsce, czy nic tam się jeszcze nie dzieje.

Wiosna przewyższyła jego najśmielsze nadzieje. Drzewa puszczały pędy i rosły tak gwałtownie, jakby czas przyspieszył biegu i chciał w ciągu jednego roku spełnić zadania dwudziestu lat. Na urodzinowym trawniku wystrzeliło z ziemi śliczne młodziutkie drzewko; korę miało srebrną, liście podłużne, a w kwietniu okryło się złotymi kwiatami. Był to prawdziwy *mallorn*, który stał się przedmiotem podziwu całej okolicy. Po latach, gdy wyrósł bujnie i wypiękniał jeszcze bardziej, zasłynął szeroko; z daleka przybywali goście, żeby go zobaczyć, był to bowiem jedyny *mallorn* na zachód od Gór i na wschód od Morza, a piękniejszego nie znalazłoby się na całym świecie.

Rok 1420 zapisał się w ogóle w Shire wyjątkowym urodzajem. Słońce świeciło wspaniale, deszcz świeży spadał zawsze w porę i w miarę, a co dziwniejsze, powietrze tchnęło ożywczym, pobudzającym zapachem i blask, nieznany śmiertelnikom w innych latach, ożłocił przelotnie Śródziemie. Dzieci poczęte lub urodzone tego roku – a było ich mnóstwo i wszystkie urodziwe i silne – miały przeważnie bujne złote włosy, co wśród hobbitów przedtem należało do rzadkości. Owoce tak obrodziły, że małe hobbicięta niemal kąpały się w truskawkach ze śmietaną, a później, siedząc w trawie pod śliwą, jadły śliwki dopóty, dopóki z pestek nie zbudowały miniaturowych piramid, niby zwycięzcy piętrzący na pobojowisku czaszki rozgromionych wrogów. Nikt się jednak od tego nie rozchorował i wszyscy byli zadowoleni oprócz kosiarzy, którzy potem kosili trawę.

W Południowej Ćwiartce winorośl uginała się od gron winnych, a plon liści fajkowych zebrano zdumiewająco obfity; wszystkie też spichrze pomieścić nie mogły ziarna po żniwach. Jęczmień w Północnej Ćwiartce tak się udał, że hobbici zapamiętali na długo piwo ze zbiorów roku 1420 i nawet stało się ono przysłowiowe. W wiele pokoleń później można było w gospodzie usłyszeć, jak stary hobbit po dobrze zasłużonym kufelku wzdycha: „Dobre! Prawie jak w czterysta dwudziestym roku".

Sam z początku wraz z Frodem mieszkał u Cottonów, gdy jednak zbudowano Nową Uliczkę, przeniósł się tam z Dziaduniem. Poza wszystkimi swoimi pracami kierował również uprzątaniem i odnawianiem siedziby w Bag End, często wszakże wyjeżdżał sadzić i pielęgnować drzewa na całym obszarze Shire'u. Dlatego też nie było go w domu w pierwszej połowie marca i nie wiedział nic o tym, że Frodo zachorował. Trzynastego marca stary Cotton znalazł Froda leżącego w łóżku; zaciskał w ręku biały kamień, który stale nosił na łańcuszku u szyi, i zdawał się pogrążony w półśnie.

– Zniknął na zawsze – szeptał. – A teraz została tylko ciemność i pustka.

Atak minął i gdy Sam dwudziestego piątego wrócił, Frodo był już zdrów; nic też przyjacielowi o swej chorobie nie wspomniał. Właśnie w tym czasie ukończono porządki w Bag End, a Merry i Pippin przywieźli z Ustroni stare meble oraz sprzęty, tak że stara siedziba wyglądała jak za dawnych dni. Gdy wszystko było gotowe, Frodo spytał Sama:

– Kiedy wprowadzisz się, żeby znów mieszkać ze mną, Samie?

Sam trochę się zmieszał.

– Nie chcę cię przynaglać – rzekł Frodo – jeśli nie masz ochoty. Ale Dziadunio byłby naszym najbliższym sąsiadem, a wdowa Rumble zaopiekuje się nim na pewno troskliwie.

– Nie o to mi chodzi, proszę pana – odparł Sam, czerwieniąc się jak burak.

— A więc powiedz, o co?

— O Różyczkę, o Różę Cotton. Była, jak się okazuje, bardzo nierada, biedulka, kiedy puszczałem się w daleką podróż; ale że ja jej wtedy nic nie powiedziałem, nie mogła pierwsza przemówić. A ja milczałem, bo najpierw wypadało uporać się z robotą. Teraz wreszcie wyznałem Różyczce, co miałem na sercu, a ona mi tak odpowiedziała: „Rok już zmarnowałeś, po co dłużej zwlekać?". A ja na to: „Zmarnowałem? Nie, w tym ci racji nie mogę przyznać!". No, ale rozumiem, co miała na myśli. Można by rzec, że czuję się tak, jakby mnie na dwoje rozdarto.

— Rozumiem — odparł Frodo. — Chcesz się ożenić, ale także chcesz mieszkać razem ze mną w Bag End. Samie kochany, nic łatwiejszego! Ożeń się co prędzej i wprowadź do mego domu razem z Różyczką. W Bag End starczy miejsca dla wszystkich, choćbyś nawet najliczniejszą rodzinę założył.

Tak się też stało. Sam Gamgee ożenił się z Różyczką Cotton wiosną 1420 roku (słynnego między innymi również z mnóstwa wesel), a młoda para zamieszkała w Bag End. Jeśli Sam uważał to za wielkie szczęście, Frodo czuł się tym bardziej uszczęśliwiony; w całym Shire nie było bowiem hobbita otoczonego czulszą opieką niż on. Kiedy plany odbudowy zostały opracowane, a wszystkie roboty zorganizowane, Frodo mógł wieść spokojny żywot, wiele czasu poświęcając na pisanie i przegląd nagromadzonych zapisków. W dzień Sobótki, podczas Wolnego Jarmarku, złożył urząd burmistrza i przez następnych lat siedem zacny Will Whitfoot znowu przewodniczył na oficjalnych bankietach.

Merry i Pippin czas jakiś razem mieszkali w Ustroni; ruch wtedy panował ożywiony między Bucklandem a Bag End. Dwaj młodzi Wędrowcy olśniewali cały Shire pieśniami, opowieściami, a także elegancją i wspaniałymi przyjęciami. Przezwano ich „królewiętami", ale bez złośliwości, bo wszystkie serca rosły na widok tych hobbitów dosiadających koni, strojnych w błyszczące kolczugi, z pięknymi godłami na tarczach, zawsze roześmianych i gotowych śpiewać pieśni z dalekich stron. Wzrost mieli niezwykły i postawę imponującą, lecz poza tym nic się nie zmienili, chyba tylko o tyle, że nabrali wymowy, a wesołości i chęci do zabawy jeszcze im przybyło.

Frodo i Sam jednak wrócili do zwykłych hobbickich ubrań, z tą różnicą, że w potrzebie zarzucali na ramiona szare długie płaszcze z przedziwnie delikatnej tkaniny, spięte pod szyją misterną klamrą. Frodo nosił też zawsze na łańcuszku biały kamień i często dotykał go palcami.

Wszystko szło dobrze i była nadzieja, że będzie coraz lepiej; Sam miał pracy i radości tyle, ile hobbicka dusza może zapragnąć. Nic nie zaćmiewało jego szczęścia w tym roku, prócz niejasnej obawy o kochanego pana. Frodo bowiem cichcem usunął się od wszelkich spraw. Sam z bólem obserwował, jak mało ten najbardziej zasłużony z hobbitów odbiera hołdów w ojczyźnie. Nieliczni tylko wiedzieli czy chcieli wiedzieć o jego czynach i przygodach, cały podziw i całą cześć skupiono na Meriadoku i Pippinie, a także na Samie, który wszakże nawet tego nie spostrzegł. W dodatku jesienią pojawił się znów cień dawnych niedoli.

Pewnego wieczora Sam, wchodząc do pracowni, zastał Froda dziwnie zmienionego. Był blady, a jego oczy zdawały się zapatrzone w jakiś odległy widok.

– Co się stało, panie Frodo? – spytał Sam.

– Jestem ranny – odparł Frodo. – Rana nigdy się nie zagoi naprawdę.

Ale wstał, można się było łudzić, że słabość przeminęła, bo nazajutrz zachowywał się zupełnie normalnie. Dopiero później Sam uprzytomnił sobie, że zdarzyło się to dnia szóstego października, w drugą rocznicę owego dnia pod Wichrowym Czubem, gdzie ich ogarnęły po raz pierwszy Ciemności.

Czas płynął, zaczął się rok 1421. W marcu Frodo znów zachorował, lecz wielkim wysiłkiem woli zataił to przed Samem, który właśnie miał zgoła co innego w głowie. Dwudziestego piątego marca bowiem, w dniu odtąd dla Sama pamiętnym, Różyczka urodziła mu pierwsze dziecko.

– Jesteśmy w kłopocie, proszę pana – oznajmił Frodowi – bo zamierzaliśmy dać mu na imię Frodo, za pozwoleniem pańskim. A tymczasem zamiast syna przyszła na świat córka. Zresztą śliczne dziewczątko jak rzadko, wzięła na szczęście piękność nie z ojca, ale z matki. No i teraz nie wiemy, jak ją nazwać.

– A czemuż by nie trzymać się starych dobrych zwyczajów? – odparł Frodo. – Wybierz imię kwiatu, jak na przykład Róża. Połowa dziewcząt w Shire nosi takie imiona, cóż znajdziesz lepszego?

– Może i racja, proszę pana – rzekł Sam. – Słyszałem co prawda, wędrując po świecie, wiele pięknych imion, ale trochę, że tak powiem, za wspaniałych na powszedni użytek. Dziadunio powiada: „Daj jej krótkie imię, żebyś dla wygody nie potrzebował go do połowy obcinać". Jeśli jednak będzie to nazwa kwiatu, nie będę się troszczył nawet o jej krótkość. Musi to być piękny kwiat, bo ta mała, proszę pana, wydaje mi się bardzo ładna, a z pewnością wyrośnie jeszcze piękniejsza.

Frodo chwilę się namyślał.

– A jak by ci się podobało imię Elanor, co znaczy gwiazda słoneczna; pamiętasz chyba te drobne złote kwiatki w trawach Lothlórien?

– Jak zawsze utrafił pan w sedno! – odparł Sam zachwycony. – Właśnie to, co mi się marzyło.

Mała Elanor miała sześć miesięcy i rok 1421 chylił się ku jesieni, gdy pewnego dnia Frodo wezwał Sama do swej pracowni.

– W czwartek przypadają urodziny Bilba – powiedział. – Prześcignie starego Tuka. Kończy sto trzydzieści jeden lat!

– Brawo! – rzekł Sam. – Pan Bilbo jest nadzwyczajny.

– W związku z tym, mój Samie, chciałbym, żebyś porozmawiał z Różą i spytał, czy obejdzie się bez ciebie przez czas jakiś, ażebyś mógł ze mną pojechać w małą podróż. Oczywiście, teraz nie możesz wybierać się daleko ani na długo – dodał Frodo z lekką nutką żalu w głosie.

– Rzeczywiście, proszę pana, trudno by mi było.

– Rozumiem. Nie o to jednak chodzi. Chciałbym tylko, żebyś mi towarzyszył kawałek drogi. Powiedz Róży, że twoja nieobecność nie przeciągnie się ponad dwa tygodnie i że wrócisz na pewno cały.

– Chętnie pojechałbym z panem aż do Rivendell i rad bym zobaczyć pana Bilba – rzekł Sam. – A przecież naprawdę chcę przebywać tylko w jednym miejscu na świecie, to znaczy tutaj. Rozdarty jestem na dwoje.

– Biedny Samie! Obawiałem się, że będziesz się tak czuł – powiedział Frodo. – Ale wkrótce się z tego wyleczysz. Stworzony jesteś na zdrowego i silnego hobbita z jednej bryły i takim też będziesz.

Przez parę dni Frodo wraz z Samem przeglądał papiery i zapiski, a potem przekazał wiernemu giermkowi klucze. Najważniejszą część jego dobytku stanowiła gruba księga oprawna w gładką czerwoną skórę; niemal wszystkie jej stronice były już zapisane, pierwsze chwiejną nieco ręką Bilba, ale większość energicznym charakterem Froda. Całość dzieliła się na rozdziały, osiemdziesiąty rozdział był jednak niedokończony i pozostało jeszcze kilka białych kartek. Na pierwszej stronie kilka tytułów kolejno wykreślono, a brzmiały one tak:

Mój dziennik. Niespodziewana podróż.
Tam i z powrotem, i co się stało później.

Przygody pięciu hobbitów. Historie Wielkiego Pierścienia,
zebrane przez Bilba Bagginsa z własnych spostrzeżeń i opowieści przyjaciół.

Nasz udział w Wojnie o Pierścień.

Na tym kończyło się pismo Bilba i ręka Froda dodała:

Upadek Władcy Pierścieni
i
Powrót Króla

(tak, jak te sprawy przedstawiły się oczom Małego Ludu; według pamiętników Bilba i Froda z Shire'u, uzupełnionych relacjami przyjaciół i nauką Mędrców)

oraz wyjątki z Ksiąg Wiedzy
przetłumaczone przez Bilba w Rivendell.

– Widzę, że pan prawie dokończył księgi! – zakrzyknął Sam. – Trzeba przyznać, że pracował pan wytrwale.
– Skończyłem całkowicie – rzekł Frodo. – Ostatnie strony zostawiłem tobie.

Dwudziestego pierwszego września wyruszyli, Frodo na kucyku, który go niósł przez całą drogę z Minas Tirith i wabił się teraz Obieżyświat, a Sam na swoim ukochanym Billu. Ranek był pogodny i słoneczny; Sam domyślał się celu podróży, o nic więc nie pytał.
Skręcili zaraz za wzgórzem na Drogę do Słupków w kierunku Leśnego Zakątka, pozwalając kucykom biec swobodnie truchtem.

Przenocowali w Zielonych Wzgórzach i dwudziestego drugiego późnym popołudniem zjeżdżali łagodnym stokiem w dół ku pierwszym drzewom lasu.

– To za tym chyba drzewem skrył się pan, panie Frodo, kiedy po raz pierwszy zobaczyliśmy Czarnego Jeźdźca – rzekł Sam, wskazując w lewo. – Dziś wydaje się, że to był sen.

Wieczór zapadł i gwiazdy błyszczały na zachodnim niebie, gdy mijali zwalony dąb na ścieżce opadającej łagodnie między gęstwiną leszczyny. Sam milczał zatopiony we wspomnieniach. Nagle usłyszał, że Frodo nuci z cicha, jakby dla siebie tylko, starą piosenkę podróżną, ale zmieniając w niej słowa:

> *Kto wie, co zakręt bliski kryje,*
> *Drzwi tajemnicy, dziwną ścieżkę.*
> *Tylem ją razy w życiu mijał,*
> *Aż przyjdzie chwila, gdy nareszcie*
> *Otworzy mi się droga nowa*
> *Tam, dokąd księżyc nam się chowa,*
> *I zaprowadzi mnie najdalej,*
> *Tam, skąd nad ziemią słońce wstaje.* [1]

Jak gdyby w odpowiedzi z doliny dobiegł śpiew:

> *A! Elbereth Gilthoniel!*
> *silivren penna míriel*
> *o menel aglar elenath,*
> *Gilthoniel, A! Elbereth!*
> *W dalekich krajach, w zielonym borze*
> *Pamiętał lud nasz Gwiazdy blask,*
> *Co srebrem lśni nad Morzem.* [2]

Frodo i Sam bez słowa zatrzymali się i siedząc w łagodnym cieniu, czekali, aby migocący światłami orszak przybliżył się do nich. Zobaczyli Gildora wśród gromady pięknych elfów, a potem, ku

---

[1] Przełożyła Maria Skibniewska.
[2] Przełożyła Maria Skibniewska.

zdumieniu Sama, ukazali się Elrond i Galadriela. Elrond miał na ramionach szary płaszcz, a na czole gwiazdę, w ręku zaś srebrną harfę, a na palcu złoty pierścień z ogromnym błękitnym kamieniem – pierścień Vilya, najpotężniejszy z Trzech. Galadriela jechała na białym koniu, w białej sukni, świetlistej jak obłoki wokół księżyca; zdawało się, że postać jej cała promieniuje łagodnym światłem. Na palcu miała Nenyę, pierścień z mithrilu, w którym jeden jedyny biały kamień iskrzył się jak lodowa gwiazda. Za nimi z wolna, kiwając się jakby we śnie, człapał na małym siwym kucyku Bilbo. Elrond pozdrowił hobbitów poważnie i serdecznie, a Galadriela uśmiechnęła się do nich.

– Słyszałam, że dobrze użyłeś mojego daru, Samie Gamgee! – powiedziała. – Shire będzie teraz bardziej niż kiedykolwiek krainą błogosławioną i kochaną.

Sam skłonił się, ale zabrakło mu słów, by odpowiedzieć. Zapomniał, jak piękna jest pani z Lórien. Bilbo nagle ocknął się i otworzył oczy.

– Jak się masz, Frodo! – rzekł. – No, widzisz, prześcignąłem dziś starego Tuka. To więc już załatwione. Teraz, zdaje się, gotów jestem do nowej podróży. Czy jedziesz z nami?

– Tak – odparł Frodo. – Powiernicy Pierścienia powinni odejść razem.

– Dokąd pan się wybiera? – krzyknął Sam, bo w tej chwili dopiero zrozumiał, co się dzieje.

– Do Przystani, Samie – odpowiedział Frodo.

– A ja nie mogę tam iść z panem!

– Nie, Samie, nie możesz. W każdym razie jeszcze nie teraz i nie dalej niż do Przystani. Wprawdzie ty także byłeś Powiernikiem Pierścienia, chociaż przez krótki tylko czas. Może i dla ciebie wybije kiedyś godzina. Nie smuć się, Samie. Nie możesz być zawsze rozdarty na dwoje. Musisz być zdrów i cały, z jednej bryły, przez wiele, wiele lat. Tyle przed tobą radości, tyle zadań, tyle roboty!

– Ale ja marzyłem, że przez długie lata pan też będzie się cieszył Shire'em po tym wszystkim, czego pan dokonał – powiedział Sam ze łzami w oczach.

– Ja też kiedyś o tym marzyłem. Ale za głębokie są moje rany. Starałem się uratować Shire i uratowałem, ale nie dla siebie. Często tak bywa, Samie, gdy jakiś skarb znajdzie się w niebezpieczeństwie: ktoś musi się go wyrzec, utracić, by inni mogli go zachować. Ty jesteś moim spadkobiercą, wszystko, cokolwiek posiadałem, co mi się należy – oddaję tobie. Poza tym masz Różę i Elanor, a z czasem zjawią się mały Frodo i mała Różyczka, i Merry, i Złotogłówka, i Pippin. Może jeszcze inni, których nie widzę w tej chwili. Bardzo będą potrzebne i twoje ręce, i twój rozum. Zostaniesz oczywiście burmistrzem, będziesz tę godność piastował tak długo, jak zechcesz, i zasłyniesz jako najlepszy w dziejach Shire ogrodnik. Będziesz odczytywał Czerwoną Księgę i podtrzymywał wśród hobbitów wspomnienie minionego wieku, aby pamiętając o Strasznym Niebezpieczeństwie tym bardziej kochali swój kraj. Będziesz miał tyle pracy i tyle szczęścia, ile można mieć w Śródziemiu; przynajmniej twój rozdział w historii będzie do końca radosny!

A teraz w drogę, odprowadzisz mnie.

Elrond i Galadriela odjeżdżali, bo skończyła się Trzecia Era, minęły dni Pierścieni, dobiegała końca historia i pieśń tej epoki. Odchodziło z nimi mnóstwo Elfów Wysokiego Rodu, nie chcąc dłużej pozostawać w Śródziemiu. Między nimi, przepełnieni smutkiem, ale smutkiem szczęśliwym, niezatrutym goryczą, jechali Sam, Frodo i Bilbo, a elfowie odnosili się do nich z wielkim szacunkiem.

Jechali cały wieczór i całą noc przez Shire, lecz nikt ich nie widział prócz leśnych i polnych zwierząt; może zresztą jakiemuś zapóźnionemu wędrowcowi mignęły w mroku pod drzewami blaski albo światła na przemian z cieniem sunące po trawie, w miarę jak księżyc przepływał ku zachodowi. A kiedy znaleźli się poza granicami Shire'u, omijając od południa Białe Wzgórza, dotarli do Dalekich, a potem do Wieżowych Wzgórz, skąd ujrzeli w oddali Morze. Wreszcie przez Mithlond przybyli do Szarej Przystani nad długą, wąską Zatoką Księżycową.

Budowniczy okrętów, Círdan, wyszedł na ich powitanie do bramy. Był wysokiego wzrostu, brodę miał po pas, zdawał się bardzo stary, ale oczy mu błyszczały jak gwiazdy. Skłonił się, mówiąc:

– Wszystko gotowe.

Poprowadził ich do Przystani, gdzie kołysał się na wodzie biały okręt, a na nabrzeżu czekał ktoś, cały w bieli. Gdy się odwrócił i podszedł bliżej, Frodo poznał Gandalfa. Czarodziej miał na palcu Trzeci Pierścień, Naryę, z kamieniem czerwonym jak żywy płomień. A wszyscy, którzy mieli odpłynąć statkiem, ucieszyli się, że Gandalf popłynie razem z nimi.

Ale Sam stał na brzegu i serce ściskało mu się z bólu; myślał, że gorzka jest rozłąka, ale jeszcze smutniejsza będzie długa samotna droga do domu. Lecz w ostatniej chwili, gdy elfowie już wchodzili na pokład i kończono ostatnie przygotowania, rozległ się spieszny tętent i Merry z Pippinem nadjechali galopem, osadzając konie w miejscu na wybrzeżu. Pippin śmiał się, chociaż łzy płynęły mu z oczu.

– Raz już próbowałeś nam się wymknąć chyłkiem i nie udało ci się to, mój Frodo! – powiedział. – Tym razem niewiele brakowało, a byłbyś nas zwiódł, ale jednak cię dogoniliśmy. Tylko że teraz nie Sam zdradził twój sekret, lecz Gandalf we własnej osobie.

– Tak – rzekł Gandalf. – Nie chciałem, żeby Sam wracał bez towarzystwa, wolę, żebyście stąd do kraju jechali we trzech. Dziś, przyjaciele, na tym wybrzeżu kończy się ostatecznie nasza bratnia wspólnota w Śródziemiu. Zostańcie w pokoju! Nie powiem: nie płaczcie, bo nie wszystkie łzy są złe.

Frodo ucałował Meriadoka i Pippina, a na ostatku Sama i wstąpił na pokład; wciągnięto żagle, dmuchnął wiatr i z wolna statek zaczął się oddalać po szarej wodzie Zatoki; szkiełko Galadrieli w ręku Froda rozbłysło i zniknęło. Statek wypłynął na pełne Morze i żeglował ku zachodowi, aż wreszcie pewnej dżdżystej nocy Frodo poczuł słodki zapach w powietrzu i usłyszał śpiew dolatujący nad wodą. Wydało mu się, jak we śnie tamtej nocy w domu Bombadila, że szara zasłona deszczu przemienia się w srebrne szkło i rozsuwa, ukazując białe wybrzeże, a za nim daleko zielony kraj w blasku wschodzącego szybko słońca.

Ale dla Sama tego wieczora, gdy stał w Przystani, noc zapadła ciemna, i na szarym Morzu nie widział nic prócz cienia sunącego po falach i niknącego na zachodzie. Czekał długo w noc, słysząc tylko westchnienia i szmer fal bijących o ląd Śródziemia, i głos ten zapadł mu głęboko w serce. Obok niego stali milczący Merry i Pippin.

W końcu trzej przyjaciele odwrócili się od Morza i już nie oglądając się za siebie ni razu, z wolna ruszyli w stronę domu. Żaden nie przemówił, póki nie znaleźli się znów w granicach Shire'u, mimo to każdy czerpał pociechę z obecności przyjaciół na tej długiej, szarej drodze.

Gdy wreszcie ze wzgórz zjechali na Wschodni Gościniec, Merry i Pippin skręcili do Bucklandu; już znów śpiewali, cwałując przez znajome okolice. Sam zawrócił Nad Wodę i pod wieczór dotarł na Pagórek. Wspinając się po zboczu, z daleka zobaczył żółte światełko w oknie i odblask ognia płonącego na kominku. Wieczerza była gotowa, tak jak się spodziewał. Różyczka wciągnęła go do domu, usadowiła w fotelu i posadziła mu na kolanach małą Elanor. Sam odetchnął głęboko.

– Ano, wróciłem! – powiedział.

Dodatki

Dodatek A

Kroniki królów i władców

Źródła, z których zaczerpnąłem większą część materiałów zawartych w Dodatkach, szczególnie w Dodatkach A–D, wskazane są w Nocie do prologu. Część III Dodatku A pt. „Plemię Durina" prawdopodobnie oparta jest na relacjach Gimlego, gdyż krasnolud ten podtrzymywał przyjazne stosunki z Peregrinem i Meriadokiem, często spotykając się z nimi w Gondorze i Rohanie.

W źródłach tych legendy, opowieści oraz informacje o charakterze naukowym przedstawione są bardzo obszernie, toteż w niniejszej książce mogłem zamieścić jedynie wybór, i to przeważnie ze znacznymi skrótami. Głównym ich celem jest zilustrowanie Wojny o Pierścień oraz jej przyczyn, a także uzupełnienie luk w zasadniczym wątku historii. Starożytne legendy Pierwszej Ery, stanowiące przedmiot największego zainteresowania Bilba, wspominamy jedynie pokrótce, gdyż dotyczą przodków Elronda i królów oraz wodzów Númenoru.

Wszystkie daty dotyczą Trzeciej Ery, jeśli nie zaznaczono, że chodzi o Drugą lub Czwartą. Na ogół za koniec Trzeciej Ery przyjmowano wrzesień 3021 roku, kiedy Trzy Pierścienie opuściły Śródziemie, lecz w Gondorze liczono Czwartą Erę od 25 marca tegoż roku. Jak przeliczać daty ery Shire'u na kalendarz Gondoru, wyjaśniliśmy w tomie I na s. 21.

Podane po imionach królów i władców daty wymieniają rok ich śmierci; przy niektórych tylko imionach figuruje też druga data

– rok urodzenia. Znaczek krzyża oznacza śmierć na polu bitwy lub inny gwałtowny rodzaj śmierci, chociaż jej okoliczności nie zawsze są opisane. Odnośniki odsyłają czytelników do trylogii *Władca Pierścieni* lub do książki *Hobbit*[1].

---

[1] W odnośnikach do *Władcy Pierścieni* podajemy tom i stronę, w odnośnikach do *Hobbita* (II wyd. polskie *Hobbit czyli Tam i z powrotem*, „Iskry", Warszawa 1985 oraz późniejsze wznowienia) – tylko stronę.

I. Królowie Númenoru

1. *Númenor*

Fëanor był wśród Eldarów najbieglejszy w sztukach i nauce, lecz zarazem najbardziej pyszny i samowolny. Jego dziełem były trzy klejnoty – Silmarile. Obdarzył je blaskiem dwóch czarodziejskich drzew: Telperiona i Laurelinu [1], oświetlających krainę Valarów. Nieprzyjaciel, Morgoth, pożądał tych klejnotów i ukradł je, a po zniszczeniu cudownych drzew zabrał Silmarile ze sobą do Śródziemia i strzegł ich w twierdzy Thangorodrim [2].

Fëanor wbrew woli Valarów opuścił Błogosławione Królestwo, udając się na obczyznę, do Śródziemia, i uprowadzając ze sobą znaczną część swego plemienia; zaślepiony pychą postanowił przemocą odebrać Morgothowi klejnoty. Tak doszło do beznadziejnej wojny, w której Eldarowie i Edainowie wspólnymi siłami próbowali zdobyć Thangorodrim i ponieśli w końcu straszliwą klęskę. Edainami (Atani) nazywano trzy plemiona ludzi przybyłe najwcześniej na Zachód Śródziemia i na wybrzeża Wielkiego Morza; te plemiona były sprzymierzeńcami Eldarów w walce z Nieprzyjacielem.

W dziejach zdarzyły się tylko trzy związki małżeńskie między Eldarami a Edainami: Lúthien z Berenem, Idril z Tuorem, Arweny z Aragornem. W tym ostatnim małżeństwie połączyły się dwie z dawna rozdzielone linie półelfów i odnowiony został ich ród.

---

[1] T. I, s. 312, t. II, s. 251, t. III, s. 312: w Śródziemiu nie zachował się żaden wizerunek Złocistego Drzewa Laurelin.
[2] T. I, s. 310, t. II, s. 398.

Lúthien Tinúviel była córką Thingola zwanego Szarym Płaszczem, króla Doriath w Pierwszej Erze, i Meliany, należącej do Valarów. Beren był synem Barahira z Pierwszego Domu Edainów. Lúthien z Berenem wydarli z żelaznej korony Morgotha piękny Silmaril[1]. Lúthien, poślubiając człowieka, wyrzekła się nieśmiertelności i opuściła plemię elfów. Syn jej miał na imię Dior, a jego córka Elwinga przechowywała cenny Silmaril.

Idril Celebrindal była córką Turgona, króla ukrytego państwa Gondolin[2]. Tuor był synem Huora z Rodu Hadora, Trzeciego Domu Edainów; wsławił się w wojnach z Morgothem. Synem Idril i Tuora był Eärendil Żeglarz.

Eärendil poślubił Elwingę, wspierany czarem Silmarila przeszedł przez Ciemności[3] i dotarł na Najdalszy Zachód; przemawiając w imieniu zarówno elfów, jak i ludzi, uzyskał pomoc, dzięki której pokonano Morgotha. Eärendilowi jednak nie pozwolono wracać pomiędzy śmiertelników; statek Eärendila uniósł Silmaril w niebiosa, gdzie odtąd klejnot błyszczał w postaci gwiazdy na znak nadziei dla mieszkańców Śródziemia, uciskanych przez Wielkiego Nieprzyjaciela i jego sługi[4]. Silmarile przechowały dawne światło Dwóch Drzew Valinoru kwitnących dopóty, dopóki ich Morgoth nie zatruł. Dwa inne zginęły pod koniec Pierwszej Ery. Całą ich historię oraz wiele innych wiadomości dotyczących elfów i ludzi można znaleźć w książce pt. *Silmarillion*.

Synami Eärendila byli Elros i Elrond, *peredhil*, czyli półelfowie. W nich tylko przetrwała linia bohaterskich wodzów Edainów z Pierwszej Ery. Po upadku Gil-galada[5] tylko ich potomkowie reprezentowali w Śródziemiu linię królewską elfów.

Pod koniec Pierwszej Ery Valarowie zażądali od półelfów, by nieodwołalnie wybrali, do którego z dwóch plemion chcą należeć. Elrond wybrał plemię elfów i stał się mistrzem wiedzy. Przysługiwał

---

[1] T. I, s. 261, t. II, s. 414.
[2] *Hobbit*, s. 45; t. I, s. 416.
[3] T. I, s. 310–313.
[4] T. I, s. 478, t. II, s. 414, 424, t. III, s. 230, 248.
[5] T. I, s. 83, 251.

mu więc ten sam przywilej co Elfom Wysokiego Rodu przebywającym jeszcze w Śródziemiu, mieli oni mianowicie prawo, gdy poczuli się już znużeni życiem wśród śmiertelników, wejść w Szarej Przystani na pokład statku i odpłynąć na Najdalszy Zachód; przywilej ten zachował moc nawet po odmianie świata. Dzieciom Elronda również dano wybór: mogły albo wraz z nim odejść z tych krain, albo tracąc dar nieśmiertelności, zostać w Śródziemiu i tu umrzeć, gdy się czas dopełni. Dlatego to Elrondowi czy to pomyślne, czy niepomyślne zakończenie Wojny o Pierścień musiało przynieść boleść i smutek[1].

Elros wybrał plemię ludzkie i pozostał wśród Edainów, ale zarówno on, jak i jego potomni cieszyli się szczególną długowiecznością.

Valarowie, Opiekunowie Świata, dali Edainom w nagrodę za ofiary poniesione w walkach z Morgothem kraj odgrodzony od niebezpieczeństw nękających Śródziemie. Większość więc Edainów pożeglowała za Morze i kierując się światłem gwiazdy Eärendila, dopłynęła do wielkiej wyspy Elenny, położonej najdalej na zachód ze śmiertelnych krajów. Tam założyli królestwo Númenor.

Pośrodku wyspy wznosiła się wysoka góra, Meneltarma; z jej szczytu człowiek obdarzony bystrym wzrokiem mógł dostrzec białą wieżę przystani Eldarów w Eressëi. Eldarowie nawiązali z Edainami przyjazne stosunki, wzbogacając ich wiedzą i hojnymi darami; jedno wszakże wyznaczono Edainom ograniczenie, Zakaz Valarów: nie wolno im było żeglować dalej na zachód, niż sięgali wzrokiem ze swoich wybrzeży, ani postawić stopy w Krajach Nieśmiertelnych. Chociaż bowiem długowieczni w pierwszych czasach żyli trzykroć dłużej niż zwykli ludzie – musieli pozostać śmiertelni, bo Valarowie nie mieli prawa pozbawić ich Przywileju Człowieka. (Czy może Przekleństwa Człowieka – jak później ten dar nazwano).

Elros był pierwszym królem Númenoru i zapisał się w dziejach pod imieniem Tar-Minyatur – tak bowiem brzmiało to w języku

---

[1] T. III, s. 318, 322.

elfów. Potomkowie jego żyli długo, ale podlegali śmierci. Później, gdy zdobyli znaczną potęgę, mieli żal do praojca, który wybrał los ludzi; zazdrościli nieśmiertelności przysługującej Eldarom i szemrali na Zakaz Valarów. Tak się zaczął ich bunt, podsycany przewrotnymi radami Saurona, bunt, który doprowadził do upadku Númenoru i ruiny dawnego świata – o czym opowiada księga *Akallabêth*.

Oto imiona królów i królowych Númenoru: Elros Tar-Minyatur, Vardamir, Tar-Amandil, Tar-Elendil, Tar-Meneldur, Tar-Aldarion, Tar-Ankalimë (pierwsza panująca królowa), Tar-Anárion, Tar-Súrion, Tar-Telperiën (druga królowa), Tar-Minastir, Tar-Ciryatan, Tar-Atanamir Wielki, Tar-Ancalimon, Tar-Telemmaitë, Tar-Vanimeldë (trzecia królowa), Tar-Alcarin, Tar-Calmacil.

Następcy Calmacila, porzucając imiona elfów, panowali pod imionami wziętymi z języka númenorejskiego (czyli adûnajskiego): Ar-Adûnakhôr, Ar-Zimrathôn, Ar-Sakalthôr, Ar-Gimilzôr, Ar-Inziladûn. Inziladûn jednak, żałując tej zmiany, przybrał imię Tar-Palantir – „Dalekowidzący". Córka jego miała być czwartą królową, Tar-Míriel, lecz siostrzeniec królewski zagarnął podstępnie tron i władał jako Ar-Pharazôn Złoty, ostatni król Númenoru.

Za czasów Tar-Elendila pierwsze statki Númenorejczyków przybiły znów do brzegów Śródziemia. Pierworodna jego córka, Silmariën, miała syna Valandila, który był pierwszym władcą zachodniego kraju Andúnië i przyjaźnił się z Eldarami. Potomkami Valandila w prostej linii byli Amandil, ostatni władca Andúnië, i jego syn Elendil Smukły.

Szósty król zostawił jednego tylko potomka – córkę. Była pierwszą królową Númenoru, stało się bowiem prawem dynastii królewskiej, że berło przejmuje pierworodne dziecko króla, czy to syn czy córka.

Królestwo Númenoru przetrwało do końca Drugiej Ery, a nawet wzrosło w potęgę i chwałę; Númenorejczycy zaś aż do drugiej połowy tej ery również wzrastali w mądrości i szczęściu. Pierwsza zapowiedź cienia, który miał zaćmić ich los, zjawiła się za panowania Tar-Minastira, jedenastego z królów. On to wysłał znaczne siły na pomoc Gil-galadowi. Kochał Eldarów, lecz zazdrościł im. Númenorejczycy stali się podówczas znakomitymi żeglarzami, a poznawszy obszar mórz daleko na wschód, zaczęli marzyć o wyprawach na zachód i o zakazanych wodach; im zaś szczęśliwsze było ich życie, tym goręcej pragnęli nieśmiertelności, którą cieszyli się Eldarowie.

Co gorsza, królowie, następcy Minastira, zapałali chciwością bogactw i władzy. Początkowo Númenorejczycy przybyli do Śródziemia jako nauczyciele i przyjaciele słabszych ludzkich plemion, zagrożonych przez Saurona; teraz jednak przystanie ich zamieniły się w twierdze panujące nad rozległymi nadbrzeżnymi krainami. Atanamir i jego spadkobiercy ściągali ciężkie haracze, a statki Númenorejczyków wracały załadowane łupem.

Pierwszy wystąpił przeciw Zakazowi Valarów Tar-Atanamir, oświadczając, że z prawa należy mu się wieczne życie jak Eldarom. Cień wtedy pogłębił się nad krajem, a myśl o śmierci trwożyła serca ludzkie. Nastąpił wśród Númenorejczyków rozłam: jedni stali przy królach i ich zwolennikach, zrywając więzy z Eldarami i Valarami; drudzy – nieliczna garstka, mieniąca się Wiernymi – skupili się głównie w zachodniej części królestwa.

Królowie oraz ich zwolennicy stopniowo porzucali mowę Eldarów, aż wreszcie dwudziesty król przybrał imię wzięte z języka númenorejskiego: Ar-Adûnakhôr, co znaczy „Władca Zachodu". Wydało się ono złowróżbne Wiernym, oni bowiem dotychczas tytułowali w ten sposób jedynie najdostojniejszych Valarów lub samego Odwiecznego Króla[1]. Rzeczywiście Ar--Adûnakhôr zaczął prześladować Wiernych i karał tych, którzy jawnie używali języków elfów. Eldarowie już nie odwiedzali Númenoru.

Potęga i bogactwa Númenorejczyków wzrastały nadal, lecz żyli coraz krócej i coraz bardziej lękali się śmierci, a radość ich opuściła. Tar-Palantir próbował naprawić zło, było jednak już za późno; w Númenorze rozpętały się bunty i zwady. Po zgonie Tar-Palantira przywódca rebeliantów zagarnął tron pod mianem

---

[1] T. I, s. 313.

króla Ar-Pharazôna. Ar-Pharazôn Złoty był najdumniejszym i najpotężniejszym z królów i nic prócz panowania nad całym światem nie mogło go zadowolić.

Postanowił Sauronowi Wielkiemu odebrać władzę nad Śródziemiem i pożeglował na czele silnej floty do Umbaru. Tak wielka była potęga i bogactwa Númenorejczyków, że nawet właśni słudzy Saurona opuścili go, on zaś musiał ukorzyć się, złożyć zwycięzcy hołd i prosić go o łaskę. Wówczas Ar-Pharazôn zaślepiony pychą wziął Saurona z sobą jako jeńca do Númenoru. Sauron nie potrzebował wiele czasu, by opętać króla i owładnąć jego doradcami; wkrótce też przeciągnął serca wszystkich Númenorejczyków – z wyjątkiem garstki Wiernych – z powrotem na stronę Ciemności.

Sauron okłamał króla, zapewniając go, że kto zapanuje nad Nieśmiertelnymi Krajami, zyska wieczne życie, i że Zakaz został mu narzucony dlatego tylko, by królowie ludzcy nie mogli przewyższyć Valarów. „Ale wielki władca sam bierze to, do czego ma prawo" – mówił.

W końcu Ar-Pharazôn posłuchał rady Saurona, czuł bowiem, że zbliża się do kresu swoich dni, a strach przed śmiercią zaćmiewał mu rozum. Zgromadził najpotężniejszy oręż, jaki znał ówczesny świat, a gdy wszystko było gotowe, kazał zagrać trębaczom pobudkę i pożeglował na wojnę. Złamał Zakaz Valarów, próbował zdobyć nieśmiertelność przemocą w walce z Władcami Zachodu. Gdy jednak Ar-Pharazôn wstąpił na wybrzeże Błogosławionego Amanu, Valarowie, zrzekając się swej opiekuńczej roli, odwołali się do Jedynego i cały świat się odmienił. Númenor runął pochłonięty przez Morze, a Nieśmiertelne Kraje odsunęły się daleko, poza okręgi świata. Tak się skończyła chwała Númenoru.

Ostatni przywódcy Wiernych, Elendil i jego synowie, ocaleli, uciekając na dziewięciu statkach i zabrali z sobą nasienie Nimloth oraz Siedem Kryształów Jasnowidzenia (dary otrzymane przez ród Elendila od Eldarów)[1]. Na skrzydłach burzy przeniesieni na brzeg Śródziemia, tu założyli w północno-zachodnim jego kącie Królestwa Númenorejskie na Wygnaniu: Arnor i Gondor[2]. Elendil był Królem Najwyższym i zamieszkał w Annúminas na północy, oddając połud-

---

[1] T. II, s. 259, t. III, s. 315.
[2] T. I, s. 322.

niowe prowincje dwóm swoim synom, Isildurowi i Anárionowi. Oni to zbudowali Osgiliath między dwiema wieżami – Minas Ithil i Minas Anor[1], opodal granicy Mordoru. Tyle bowiem dobrego wynikło z zagłady Númenoru, że przynajmniej Sauron również w niej zginął – jak sądzili.

Mylili się co do tego; Sauron wprawdzie został dotknięty katastrofą Númenoru tak, że stracił cielesną powłokę, w której od dawna znany był światu, lecz ze złym wichrem umknął z powrotem do Śródziemia jako duch nienawiści. Odtąd nigdy już nie zdołał odzyskać postaci, która by ludziom wydawała się piękna; czarny i wstrętny, zachował jedną tylko broń dającą mu władzę: broń postrachu. Wrócił do Mordoru i przez czas jakiś krył się tu, nie dając znaku życia. Zapałał jednak srogim gniewem, dowiadując się, że Elendil, którego bardziej niż kogokolwiek nienawidził, ocalał i zakłada królestwo tuż pod progiem jego własnej siedziby.

Dlatego to wkrótce potem rozpoczął wojnę z Wygnańcami, by nie dopuścić do umocnienia się ich państwa w tych stronach. Orodruina znów wybuchła płomieniem i w Gondorze nadano jej nazwę Amon Amarth – Góra Przeznaczenia. Sauron wszakże uderzył za wcześnie, zanim zdążył odbudować swoją potęgę, podczas gdy potęga Gil-galada wzrosła już znacznie. Związani Ostatnim Przymierzem sojusznicy pokonali Saurona, odbierając mu Jedyny Pierścień[2]. Na tym zakończyła się Druga Era.

---

[1] T. I, s. 324.
[2] T. I, s. 323.

2. Królestwa na wygnaniu

Linia Północna
Spadkobiercy Isildura

Arnor. Elendil † Druga Era 3441; Isildur † 2; Valandil 249[1]; Eldakar 339; Arantar 435; Tarcil 515; Tarondor 602; Valandur † 652; Elendur 777; Eärendur 861.

Arthedain. Amlaith z Fornostu[2] (najstarszy syn Eärendura) 946; Beleg 1029; Mallor 1110; Celefarn 1191; Celebrindor 1272; Malvegil 1349[3]; Argeleb I † 1356; Arveleg I 1409; Araphor 1589; Argeleb II 1670; Arvegil 1743; Arveleg II 1813; Araval 1891; Arafant 1964; Arvedui Ostatni Król † 1975. Koniec Królestwa Północy.

Wodzowie. Aranarth (najstarszy syn Arvedui) 2106; Arahael 2177; Aranuir 2247; Aravir 2319; Aragorn I † 2327; Araglas 2455; Arahad I 2523; Aragost 2588; Aravorn 2654; Arahad II 2719; Arassuil 2784; Arathorn I † 2848; Argonui 2912; Arador † 2930; Arathorn II † 2933; Aragorn II, Czwarta Era 120.

Linia Południowa
Spadkobiercy Anáriona

Królowie Gondoru. Elendil, (Isildur) i Anárion † Druga Era 3440; Meneldil, syn Anáriona 158; Cemendur 238; Eärendil 324; Anardil 411; Ostoher 492; Rómendacil I (Tarostar) † 541; Turambar 667; Atanatar I 748; Siriondil 830. Potem następują czterej Królowie Żeglarze:

Tarannon Falastur 913 – pierwszy król bezdzietny, zostawił tron bratankowi, synowi Tarciryana. Eärnil I † 936; Ciryandil † 1015; Hyarmendacil I (Ciryaher) 1149. Gondor osiąga szczyt potęgi.

---

[1] Valandil był czwartym synem Isildura, urodzonym w Imladris. Jego bracia polegli w bitwie na Polach Gladden.
[2] Od Eärendura królowie już nie nosili imion z języka elfów.
[3] Od Malvegila królowie na Fornoście znów zaczęli rościć sobie prawo do władzy nad całym Arnorem i do imion swych dodawali przedrostek „ar" na znak tych roszczeń.

Atanatar II Alcarin „Sławny" 1226; Narmacil I 1294 – drugi król bezdzietny; po nim objął władzę jego młodszy brat Calmacil 1304; Minalcar (regent 1240–1304), koronowany jako Rómendacil II 1304, zmarł 1366; Valacar; za jego czasów rozpoczęła się klęska Gondoru – bratobójcze waśnie.

Eldacar, syn Valacara (zwany początkowo Vinitharya), strącony z tronu w 1437; Castamir Samozwaniec † 1447; Eldacar po raz wtóry obejmuje tron, umiera w 1490.

Aldamir (drugi syn Eldacara) † 1540; Hyarmendacil II (Vinyarion) 1621; Minardil † 1634; Telemnar † 1636; Telemnar wraz z całym potomstwem zginął w czasie moru; jego następcą został bratanek, syn Minastana, który był młodszym synem Minardila; Tarondor 1798; Telumehtar Umbardacil 1850; Narmacil II † 1856; Calimehtar 1936; Ondoher † 1944. Ondoher wraz z dwoma synami poległ w boju. Po roku 1945 koronę oddano zwycięskiemu wodzowi Eärnilowi, potomkowi Telumehtara Umbardacila. Eärnil II 2043; Eärnur † 2050. Na nim urywa się linia królów, wznowiona dopiero w 3019 przez Elessara Telcontara. Królestwem rządzili tymczasem Namiestnicy.

Namiestnicy Gondoru. Ród Húrina: Pelendur 1998. Rządził przez rok po śmierci Ondohera i skłonił Gondorczyków, aby odrzucili pretensje Arvedui do tronu Gondoru. Vorondil Łowca 2029 [1]. Mardil Voronwe „Stateczny", pierwszy Namiestnik rządzący krajem. Jego następcy zarzucili imiona elfów.

Namiestnicy rządzący Gondorem. Mardil 2080; Eradan 2116; Herion 2148; Belegorn 2204; Húrin I 2244; Túrin I 2278; Hador 2395; Barahir 2412; Dior 2435; Denethor I 2477; Boromir 2489; Cirion 2567. Za czasów Ciriona przybyli do Calenardhon Rohirrimowie.

Hallas 2605; Húrin II 2628; Belecthor I 2655; Orodreth 2685; Ecthelion I 2698; Egalmoth 2743; Beren 2763; Beregond 2811; Belecthor II 2872; Thorondir 2882; Túrin II 2914; Turgon 2953; Ecthelion II 2984; Denethor II – ostatni rządzący Namiestnik, po

---

[1] Porównaj t. III, s. 26. Dzikie białe bawoły, które wówczas jeszcze pasły się w pobliżu Morza Rhûn, wywodziły się, jak głosi legenda, od bawołów Arawa, myśliwca należącego do Valarów, on jedyny z Valarów często odwiedzał Śródziemie za Dawnych Dni. Imię jego w języku Elfów Wysokiego Rodu brzmi Oromë.

nim nastąpił syn jego, Faramir, książę Emyn Arnen, Namiestnik króla Elessara, Czwarta Era 82.

3. Eriador, Arnor i dziedzice Isildura

„Eriadorem nazywano z dawna wszystkie ziemie leżące między Górami Mglistymi a Błękitnymi; granicę ich od południa stanowiła Szara Woda i wpadająca do niej ponad Tharbadem rzeka Glanduina. W okresie największego rozkwitu Arnor obejmował cały Eriador z wyjątkiem okolic Rzeki Księżycowej i ziem położonych na wschód od Szarej Wody oraz Grzmiącej Rzeki, gdzie znajdowały się Rivendell i Hollin. Od Rzeki Księżycowej zaczynały się krainy elfów, zielone i ciche, nieodwiedzane przez ludzi, krasnoludowie wszakże mieszkali i po dziś dzień mieszkają po wschodniej stronie Gór Błękitnych, zwłaszcza w tej ich części, która ciągnie się na południe od Zatoki Księżycowej, gdzie mają kopalnie, czynne dotychczas. Dlatego w drodze na wschód często wędrują Wielkim Gościńcem, podobnie jak niegdyś, zanim my osiedliliśmy się w Shire. W Szarej Przystani mieszkał Círdan, Budowniczy Okrętów; chodzą słuchy, że mieszka tam nadal i że pozostanie, dopóki ostatni okręt nie odpłynie na zachód. Za dni królów większość Elfów Wysokiego Rodu, przebywających jeszcze w Śródziemiu, mieszkała wraz z Círdanem lub też w nadmorskich krajach Lindonu. Dziś w Śródziemiu elfów jest bardzo mało – a może już nie ma ich wcale".

Królestwo Północne i Dúnedainowie

Po Elendilu i Isildurze panowało w Arnorze ośmiu królów. Gdy jednak synowie ostatniego z nich, Eärendura, nie mogli się z sobą pogodzić, podzielono królestwo na trzy części: Arthedain, Rhudaur i Cardolan. Arthedain, część północno-zachodnia, obejmował ziemie między Brandywiną a Rzeką Księżycową, jak również kraj na północ od Wielkiego Gościńca aż po Wichrowy Czub. Rhudaur leżał na północo-wschodzie między Ettenmoors a Wichrowym Czubem i Górami Mglistymi, lecz obejmował również Klin między Szarą

Wodą a Grzmiącą Rzeką. Granice południowej części – Cardolanu – wyznaczały Brandywina i Szara Woda oraz Wielki Gościniec.

W Arthedain dynastia Isildura utrwaliła się na długo, lecz w Cardolanie i Rhudaurze wkrótce wygasła. Często wybuchały między tymi królestwami spory i walki, wskutek czego Dúnedainowie ginęli. Główną kością niezgody były Wichrowe Wzgórza oraz kraj ciągnący się na zachód od nich w stronę Bree. Zarówno Rhudaur, jak i Cardolan pragnął zawładnąć Wichrowym Czubem (który zwał się Amon Sûl) stojącym na granicy obu królestw, ponieważ na Wieży Amon Sûl przechowywano najważniejszy *palantír* północy, podczas gdy dwa pozostałe znajdowały się w Arthedainie.

„W Arthedainie zaczął panować Malvegil, gdy po raz pierwszy na Arnor padł cień trwogi. Wtedy bowiem powstało na północy, za Ettenmoors, królestwo Angmar. Ziemie jego leżały po obu stronach gór i skupiło się tam mnóstwo złych ludzi, orków i innych dzikich stworów. (Władca Angmaru, znany pod mianem Czarnoksiężnika, był, jak się dopiero znacznie później wykryło, wodzem Upiorów Pierścienia i przybył na północ po to, by zniszczyć Dúnedainów z Arnoru, niezgoda bowiem panująca wśród nich sprzyjała jego planom, podczas gdy Gondor zdawał się niezwyciężony).

Za panowania Argeleba, syna Malvegila, królowie Arthedainu znów wystąpili z pretensjami do tronu w Arnorze na tej podstawie, że nie było tam już potomków Isildura. Rhudaur jednak sprzeciwił się temu. Dúnedainów zostało niewielu, władzę przejął zły człowiek, przywódca plemion górskich pozostający w tajnym sojuszu z Angmarem. Argeleb zbudował fortyfikacje na Wichrowych Wzgórzach[1], lecz poległ na wojnie z Rhudaurem i Angmarem. Arveleg, syn Argeleba, z pomocą Cardolanu i Lindonu odparł przeciwników z Wichrowych Wzgórz; przez wiele lat później Arthedain i Cardolan trzymały silne straże na granicy pod pasmem Wzgórz, wzdłuż Wielkiego Gościńca oraz nad górnym biegiem Szarej Wody. Podobno w tym okresie nawet Rivendell było kiedyś oblegane. Wielka armia nadciągnęła z Angmaru w roku 1409 i przekroczywszy rzekę, wtargnęła do Cardolanu, otaczając Wichrowy Czub.

---

[1] T. I, s. 249.

Dúnedainowie ponieśli klęskę, Arveleg padł w boju. Wieża Amon Sûl została spalona i zburzona, lecz *palantír* uratowano i ukryto w Forności, stolicy dalekiej północy; Rhudaur dostał się pod władzę złych ludzi służących Angmarowi[1], a niedobitki Dúnedainów zbiegły na zachód. Najeźdźcy zniszczyli Cardolan. Araphor, syn Arvelega, był podówczas niedorosłym jeszcze, ale mężnym chłopcem; z pomocą Círdana wypędził nieprzyjaciół z Fornostu i z Północnych Wzgórz. Resztki wiernych Dúnedainów z Cardolanu broniły się w Tyrn Gorthad (na Kurhanach) lub uciekły w lasy.

Podobno elfowie z Lindonu na czas jakiś poskromili Angmar; Elrond przyprowadził im też posiłki z Rivendell i zza Gór, z Lórien. Wtedy to Stoorowie, którzy mieszkali w klinie między Szarą Wodą a Grzmiącą Rzeką, przenieśli się stąd na zachód i na południe, z powodu wojen, strachu przed Angmarem oraz klimatu, pogarszającego się coraz bardziej zwłaszcza we wschodniej części Eriadoru. Niektórzy wrócili w Dzikie Kraje nad rzeką Gladden, przeobrażając się w plemię rybaków.

Za panowania Argeleba II z południo-wschodu pojawił się w Eriadorze mór, od którego wyginęła większa część ludności Cardolanu, szczególnie w Minhiriath. Mocno też wówczas ucierpieli hobbici, lecz plaga słabła w miarę posuwania się na północ, tak że północne prowincje Arthedainu nie doznały już od niej większych szkód. W tym czasie nastąpił zmierzch Dúnedainów w Cardolanie, a złe siły z Angmaru i Rhudauru zajęły opustoszałe wzgórza i na długo tu się umocniły.

Wieść głosi, że wzgórza Tyrn Gorthad, zwane później Kurhanami, bardzo są starożytne i że wiele z nich usypali w zamierzchłych czasach Pierwszej Ery praojcowie Edainów, zanim przeprawili się za Góry Błękitne do Beleriandu, kraju, z którego tylko Lindon przetrwał. Dlatego to Dúnedainowie po powrocie w te strony czcili Kurhany i wielu ich królów i wodzów tam właśnie pogrzebano. Zdaniem niektórych kronikarzy Kurhan, gdzie uwięziono Powiernika Pierścienia, był grobowcem ostatniego księcia Cardolanu, poległego w 1409 roku".

---

[1] T. I, s. 271.

„W 1974 roku potęga Angmaru znów wzrosła, a Czarnoksiężnik przed końcem zimy napadł na Arthedain. Podbił Fornost i wyparł większość żyjących tam jeszcze Dúnedainów za Rzekę Księżycową; wśród nich byli synowie króla. Lecz król Arvedui do ostatka bronił się na Wzgórzach Północnych, po czym zbiegł z garstką przybocznej straży dalej jeszcze na północ; ocaleli dzięki chyżości wierzchowców.

Czas jakiś Arvedui krył się w pieczarach dawnych kopalń krasnoludzkich w odległej części gór, lecz wreszcie głód zmusił go do szukania pomocy u Lossothów, Śnieżnych Ludzi znad Zatoki Forochel[1]. Natknął się na ich obóz na wybrzeżu, oni jednak nie kwapili się z pomocą, bo król nie miał nic do zaoferowania w zamian prócz paru klejnotów, które u nich nie były w cenie.

Obawiali się też Czarnoksiężnika, który – jak powiadali – zsyłał mróz albo odwilż wedle swej woli. Jednakże, trochę z litości nad wygłodzonym królem i jego świtą, trochę zaś ze strachu przed ich orężem, dali biedakom nieco jedzenia i pobudowali dla nich chaty ze śniegu. Tam Arvedui musiał czekać jakiejś pomocy z południa, stracił bowiem wszystkie konie.

Gdy Círdan dowiedział się od Aranartha, syna Arvedui, o ucieczce króla na północ, wysłał natychmiast po niego statek do Forochel. Statek wiele dni płynął, walcząc z przeciwnym wiatrem, aż wreszcie zawinął do Forochel i żeglarze zobaczyli z daleka małe ognisko, które tułacze rozpalili i stale podtrzymywali z niemałym trudem. Lecz zima owego roku długo nie wyzwalała wód ze swych okowów i chociaż zaczął się już marzec, Zatoka na znacznej przestrzeni pokryta była przy brzegu lodem.

Śnieżni Ludzie na widok okrętu zdumieli się i przerazili, nigdy bowiem jeszcze za ich pamięci żaden statek nie pojawił się w tych

---

[1] Jest to dziwne, nieprzyjazne plemię, szczątki ludu Forodwaith, Dawnych Ludzi, nawykłych do ostrych mrozów w królestwie Morgotha. Jakkolwiek kraj ten oddalony jest ledwie o sto staj na północ od Shire'u, panuje w nim srogie zimno. Lossothowie budują sobie domy ze śniegu i podobno umieją biegać po lodzie na przytwierdzonych do podeszew kościanych łyżwach; używają też wozów bez kół. Większość ich mieszka na niedostępnym Przylądku Forochel, zamykającym od północy ogromną zatokę tej samej nazwy; często jednak koczują na południowych wybrzeżach Zatoki u stóp gór.

stronach. Nabrali jednak większej przychylności dla króla i niedobitków jego świty; na saniach przewieźli ich jak się dało najdalej po lodzie, gdzie spuszczona ze statku łódź mogła już dotrzeć.

Śnieżni Ludzie niepokoili się jednak, twierdząc, że czują w powietrzu niebezpieczeństwo. Przywódca Lossothów powiedział królowi Arvedui: «Nie dosiadaj tego morskiego potwora! Jeśli żeglarze mają z sobą zapasy, niech nam udzielą żywności i innych potrzebnych rzeczy, abyście mogli zostać z nami, póki Czarnoksiężnik nie odejdzie do swego kraju. Latem siły jego zawsze słabną, lecz teraz dech tchnie śmiercią, a zimne ramię sięga daleko». Arvedui nie posłuchał tej rady. Podziękował Śnieżnym Ludziom i żegnając się, dał przywódcy pierścień, mówiąc: «To rzecz więcej warta, niż możesz sobie wyobrazić. Choćby tylko dla swej starożytności! Nie tkwi w nim żaden czar, prócz tego, że budzi szacunek każdego, kto kocha mój ród. Nie pomoże ci w niebezpieczeństwach, ale w potrzebie, jeżeli ten pierścień zaniesiesz do moich współplemieńców, wykupią go na pewno za cenę, jakiej zażądasz»[1].

Czy Śnieżny Człowiek miał dar przeczuwania niebezpieczeństw, czy też przypadkiem, w każdym razie okazało się, że radził dobrze, zanim bowiem wypłynęli na pełne morze, zerwała się wielka burza i wichura, niosąc śnieżną zamieć z północy i spychając okręt z powrotem na lód, który spiętrzył się wokół niego. Nawet żeglarze Círdana byli bezradni; nocą lód przebił kadłub i statek zatonął. Tak zginął Averdui, ostatni król, a z nim razem poszły na dno palantíry[2]. Dopiero wiele lat później od Śnieżnych Ludzi dowiedziały się inne plemiona o tym zdarzeniu".

---

[1] W ten sposób ocalał pierścień rodu Isildura, wykupili go bowiem potem Dúnedainowie. Był to podobno ten sam pierścień, który Felagund z Nargothrondu dał Barahirowi, a Beren odzyskał po niebezpiecznej przygodzie.

[2] Były to kryształy z Annúminas i Amon Sûl. Został na północy tylko jeden *palantír*, w Wieży na Emyn Beraid, zwrócony ku Zatoce Księżycowej. Strzegli go elfowie i chociaż nic o nim nie wiedzieliśmy, pozostawał tam, dopóki Círdan nie zaniósł go na statek, którym odpływał Elrond (t. I, s. 71, 153). Słyszeliśmy jednak, że różnił się od pozostałych palantirów i nie mógł z nimi współdziałać: był skierowany tylko ku Morzu. Tak go nastawił Elendil, aby móc patrzeć prosto na Eressëę na utraconym Zachodzie, ale zagięte morza na zawsze skryły zatopiony Númenor.

Mieszkańcy Shire'u ocaleli, chociaż wojna przeszła przez ich kraj i wielu musiało się ratować ucieczką. Na pomoc królowi posłali oddział łuczników, którzy nigdy już nie wrócili do domów; inni wzięli udział w bitwie, w której rozbito wreszcie potęgę Angmaru (obszerniej o tym wspominają kroniki Południa). W czasach pokoju, który później zapanował, lud Shire'u urządził się samodzielnie i pomyślnie. Wybierał sobie thana na miejsce króla i żył szczęśliwie, chociaż przez długie lata tęsknił jeszcze do powrotu króla. W końcu wszakże zapomniał o tej nadziei i zachowało się tylko przysłowie: „Jak król wróci", używane, gdy mowa była o niedostępnym a pożądanym przedmiocie lub też o niedającym się odwrócić nieszczęściu. Pierwszym thanem był niejaki Bukka z Moczarów, od którego wywodzi się rodzina Oldbucków. Objął on swój urząd w roku 379 według kalendarza Shire'u, czyli w 1979 kalendarza Gondoru.

Ze śmiercią Arvedui skończyło się Królestwo Północy, Dúnedainów bowiem zostało niewielu i wszystkie plemiona Eriaduru były przetrzebione. Ród królów wszakże przetrwał w wodzach Dúnedainów, z których pierwszym był Aranarth, syn Arvedui. Syn Aranartha, Arahael, wychowywał się w Rivendell jak i wszyscy późniejsi synowie wodzów; tam też przechowywano dziedzictwo rodu, pierścień Barahira, strzaskany miecz Narsil, gwiazdę Elendila i berło z Annúminas[1].

„Odtąd królestwo przestało istnieć, Dúnedainowie usunęli się z widowni i żyli w ukryciu, wędrując po świecie, a trudy ich i czyny rzadko opiewali bardowie lub zapisywali kronikarze. Teraz, gdy

---

[1] Berło, jak nam król wyjaśnił, było głównym godłem władzy w Númenorze, a także w Arnorze, gdzie królowie nie nosili korony, lecz tylko pojedynczy biały kamień, Elendilmir, Gwiazdę Elendila, na srebrnej opasce nad czołem (t. I, s. 193, t. III, s. 150, 170, 300). Berło Númenoru podobno zginęło wraz z królem Ar-Pharazônem. Berłem Annuminasu była srebrna różdżka władców Andúnië, najstarsze chyba dzieło rąk ludzkich zachowane do dziś w Śródziemiu. Liczyło sobie ponad pięć tysięcy lat, gdy je Elrond przekazał Aragornowi (t. III, s. 313). Korona Gondoru wzorowana była na dawnym wojennym hełmie Númenorejczyków. Początkowo miała postać zwykłego hełmu; miał to być ten sam hełm, który Isildur nosił podczas bitwy na polach Dagorladu (hełm Anáriona został zmiażdżony, gdy kamień rzucony z Barad-dûr ugodził króla śmiertelnie w głowę). Za czasów Atanatara Alcarina hełm ten zastąpiono innym, zdobnym w drogie kamienie. Tym właśnie hełmem ukoronowano Aragorna.

Elrond odpłynął z Śródziemia, mało nam już o tych sprawach wiadomo. Nim jeszcze skończył się okres Niespokojnego Pokoju, złe siły zaczęły nękać Eriador, napastując go jawnie lub tajemnie; mimo to większość wodzów dożyła późnego wieku. Podobno Aragorna Pierwszego rozszarpały wilki, które stanowiły zawsze wielkie dla Eriadoru niebezpieczeństwo, po dziś nie całkiem zażegnane. Za czasów Arahada Pierwszego nagle dali o sobie znać orkowie, którzy – jak się później okazało – od dawna przyczaili się w warowniach pośród Gór Mglistych, aby zagrodzić wszelkie przełęcze do Eriadoru. Gdy bowiem w roku 2509 żona Elronda, Celebriana, jechała do Lórien przez przełęcz Czerwonego Rogu, napadli znienacka, rozbili orszak, a ją samą porwali. Elladan i Elrohir puścili się w pogoń i odbili matkę, lecz ucierpiała w niewoli i odniosła ciężką ranę od zatrutej broni[1]. Wróciła do Imladris, gdzie Elrond uzdrowił ją z cielesnych ran, nie mogła jednak odtąd przywyknąć do życia w Śródziemiu i w rok później udała się do Przystani, by odpłynąć za Morze. Potem, za czasów Arassuila, orkowie rozmnożyli się w Górach Mglistych i rozzuchwalili tak, że niszczyli okoliczne kraje, a Dúnedainowie wraz z synami Elronda musieli ich zwalczać. W tym to okresie duża banda orków zapuściła się na zachód aż w granice Shire'u i przepędzona została przez Bandobrasa Tuka"[2].

Było piętnastu wodzów przed urodzeniem się szesnastego, Aragorna II, który był potem królem Gondoru i Arnoru zarazem. „Nazywamy go Naszym Królem i wszyscy obywatele Shire'u radują się, ilekroć król odwiedza północ i w drodze do swego odbudowanego dworu w Annúminas odpoczywa nad Jeziorem Evendim. Nigdy jednak nie przekracza granic naszego kraju, stosując się do prawa, które sam wydał, zabraniającego Dużym Ludziom naruszać ziemię hobbitów. Często wszakże w otoczeniu swej świty przybywa na Wielki Most i tam spotyka się z przyjaciółmi oraz tymi wszystkimi, którzy pragną go widzieć. Nieraz też hobbici przyłączają się do królewskiego orszaku lub odwiedzają króla w jego domu, gdzie goszczą tak długo, jak mają ochotę. W ten sposób często odwiedzali

---
[1] T. I, s. 302.
[2] T. I, s. 21, t. III, s. 368.

króla than Peregrin, a także burmistrz Pan Samwise; córka Sama, śliczna Elanor, jest dwórką królowej Arweny – Gwiazdy Wieczornej".

Linia Północna, ku podziwowi świata i na swą chlubę, mimo utraty potęgi i rozproszeniu ludu, przechowała z ojca na syna dziedzictwo nieprzerwane. A chociaż okres życia wszystkich Dúnedainów w Śródziemiu kurczył się stale, ród z Północy żył przecież dłużej niż mu pokrewny ród z Gondoru po wygaśnięciu dynastii ich królów; wielu wodzów północy przeżyło dwukrotny wiek ludzki, osiągając sędziwość nieznaną nawet wśród hobbitów; Aragorn żył do stu dziewięćdziesięciu lat, a więc dłużej niż ktokolwiek z jego przodków od czasów króla Arvegila; w nim bowiem – w Elessarze – odrodziła się godność dawnych królów.

4. Gondor i spadkobiercy Anáriona

Po Anárionie, który poległ pod Barad-dûr, Gondor miał trzydziestu jeden królów. Chociaż na pograniczach wojna nigdy nie wygasała, Dúnedainowie z południa gromadzili przez tysiąc przeszło lat coraz większe bogactwa i władzę na lądzie i na morzu, aż do czasów Atanatara Drugiego, zwanego Alcarinem, czyli Wspaniałym. Pojawiały się wszakże już wcześniej pierwsze oznaki zapowiadające zmierzch, bo mężowie z najdostojniejszych rodów południa żenili się późno i niewiele mieli potomstwa. Pierwszym bezdzietnym królem był Falastur, drugim Narmacil I, syn Atanatara Alcarina.

Siódmy król, Ostoher, odbudował Minas Anor i tam odtąd królowie przenosili się zwykle na lato zamiast pozostawać w Osgiliath. Za panowania Ostohera także po raz pierwszy napadli na Gondor Dzicy Ludzie ze wschodu, lecz syn króla, Tarostar, odparł napastników; dlatego nazwano go Rómendacilem – Zwycięzcą Wschodu. Rómendacil zginął później w walce z inną hordą Easterlingów. Śmierć ojca pomścił Turambar, rozszerzając znacznie granice Gondoru na wschód.

Od dwunastego króla, Tarannona, zaczyna się dynastia Królów Żeglarzy, którzy budowali okręty i rozciągnęli władzę Gondoru na wybrzeża położone na zachód i południe od ujścia Anduiny. By upamiętnić zwycięstwa odniesione na czele armii, Tarannon przybrał imię Falastura, co znaczy: Władca Wybrzeży.

Bratanek jego i następca na tronie, Eärnil I, odbudował starą przystań Pelargir i stworzył potężną flotę. Obległ od morza i lądu Umbar, zdobył go i zamienił na wielki port i zarazem twierdzę Gondoru[1].

Eärnil jednak niedługo cieszył się swym tryumfem, zatonął bowiem wraz z wielu okrętami i żeglarzami podczas burzy przy brzegach Umbaru. Syn jego Ciryandil nadal rozbudowywał flotę,

---

[1] Duży przylądek i zamknięta Zatoka Umbaru od dawnych czasów należały do Númenorejczyków, lecz zrobili z tego miejsca swą twierdzę Ludzie Królewscy, którzy ulegli wpływom Saurona; nazwano ich Czarnymi Númenorejczykami. Ci ponad wszystko nienawidzili zwolenników Elendila. Po upadku Saurona plemię to szybko wymarło lub pomieszało się z innymi ludami Śródziemia, lecz zachowało żywą wrogość wobec Gondoru. Toteż zdobycie Umbaru było ciężkim i trudnym zwycięstwem.

lecz ludzie z Haradu, podburzeni przez wygnanych z Umbaru władców, napadli na twierdzę przeważającymi siłami, a król Ciryandil poległ w bitwie w Haradwaith.

Nieprzyjaciel przez lata całe oblegał Umbar, lecz gród pozostał niezdobyty dzięki potędze morskiej Gondoru. Syn Ciryandila, Ciryaher, przeczekał cierpliwie, dopóki nie zgromadził wielkich sił; wówczas dopiero zaatakował od lądu i od morza oblegających, przeprawił się na czele armii przez rzekę Harnen i rozbił doszczętnie wojska ludzi z Haradu, zmuszając ich królów do uznania zwierzchnictwa Gondoru (1050). Ciryaher przybrał miano Hyarmendacila – Zwycięzcy Południa.

Do końca długiego życia Hyarmendacila nikt nie śmiał podać w wątpliwość jego zwierzchniej władzy. Królował on przez sto trzydzieści cztery lata – było to najdłuższe, z jednym wyjątkiem, panowanie w dziejach dynastii Anáriona. Gondor wówczas osiągnął szczyt potęgi. Królestwo rozciągało się na północy do rzeki Celebrant i do południowego skraju Mrocznej Puszczy; na zachód – do Szarej Wody; na wschód – do Wewnętrznego Morza Rhûn; na południe – do rzeki Harnen, a dalej wybrzeżem do półwyspu i przystani Umbaru. Ludzie z dolin Anduiny uznawali jego władzę, królowie Haradu składali mu hołd, a ich synowie jako zakładnicy przebywali na dworze króla Gondoru. Mordor kipiał gniewem, lecz nie mógł nic przedsięwziąć, strzeżony przez potężne warownie czuwające na wszystkich przełęczach.

Na Hyarmendacilu skończyła się dynastia Królów Żeglarzy. Syn jego, Atanatar Alcarin, pędził życie w wielkim przepychu, tak że mówiono, iż „w Gondorze dzieci bawią się drogocennymi kamieniami jak piaskiem". Atanatar jednak lubił tylko używać życia, nie trudząc się podtrzymywaniem odziedziczonej potęgi.

Jeszcze przed jego śmiercią zaczął się zmierzch Gondoru, co niewątpliwie nie uszło uwagi nieprzyjaciół. Zaniedbano też straży na granicach Mordoru. Dopiero jednak za panowania Valacara zarysowało się pierwsze prawdziwe niebezpieczeństwo: wybuchła Waśń Rodzinna i wojna domowa, która spowodowała wielkie zniszczenia i straty, nigdy w pełni niepowetowane.

Syn Calmacila, Minalcar, odznaczał się wielką energią, toteż Narmacil, chcąc się pozbyć wszelkich kłopotów, mianował go w 1240 roku regentem. Odtąd Minalcar rządził Gondorem z ramienia króla, dopóki nie odziedziczył tronu po ojcu. Troszczył się głównie o Nortów.

Nortowie w okresie pokoju, ubezpieczonego potęgą Gondoru, wzrośli znacznie w siły; królowie okazywali im łaskawość, byli to bowiem wśród zwykłych ludzi najbliżsi pobratymcy Dúnedainów (jako po większej części potomstwo plemienia, z którego wywodzili się starożytni Edainowie). Nortowie otrzymali więc z łaski królów rozległe ziemie na drugim brzegu Anduiny, na południe od Wielkiego Zielonego Lasu; mieli stanowić straż Gondoru przed Easterlingami, którzy z dawna najczęściej napadali od strony równin ciągnących się między Wewnętrznym Morzem a Górami Popielnymi.

Napaści te ponowiły się za czasów Narmacila Pierwszego, jakkolwiek zrazu były niezbyt groźne. Okazało się jednak wtedy, że Nortowie nie zawsze dochowują wierności Gondorowi i że niektórzy z nich łączą się z Easterlingami, czy to z żądzy łupów, czy to wskutek zastarzałych waśni między ich książętami. Toteż Minalcar w 1248 roku wyruszył na czele potężnej armii, pomiędzy Rhovanionem a Morzem Wewnętrznym rozbił znaczne siły Easterlingów i zburzył ich osady oraz obozy na wschód od Morza. Po tym zwycięstwie przybrał imię Rómendacila.

Rómendacil umocnił więc wschodnie brzegi Anduiny aż po ujście Mętnej Wody i zamknął przed obcymi drogę rzeczną na południe od Emyn Muil. Wtedy też zbudował królewskie kolumny Argonath u wejścia na Jezioro Nen Hithoel. Ponieważ jednak potrzebował ludzi i pragnął zacieśnić więzy przyjaźni z Nortami, wielu z nich przyjął do swej służby i niektórym powierzył wysokie stanowiska w armii.

Rómendacil szczególnymi łaskami darzył Vidugavię, który mu pomógł w czasie wojny. Nazwał siebie Królem Rhovanionu i był rzeczywiście najmożniejszym z książąt Północy, chociaż własne jego królestwo leżało pomiędzy Zielonym Lasem a Celduiną (czyli Bystrą Rzeką). W 1250 roku Rómendacil posłał swego syna Valacara jako ambasadora do Vidugavii, pragnąc, by młodzieniec poznał język, obyczaje i politykę Nortów. Lecz Valacar nie poprzestał na tym, rozmiłował się bowiem w kraju i jego mieszkańcach, a wkrótce też zaślubił Vidumavi, córkę Vidugavii. Do ojczystego kraju wrócił dopiero po kilku latach. Małżeństwo to stało się później przyczyną wojny zwanej Waśnią Rodzinną.

„Albowiem dumni Gondorczycy krzywo patrzyli na Nortów piastujących w ich armii wysokie godności; było też rzeczą niesłychaną, aby dziedzic korony i syn królewski brał za żonę kobietę z mniej szlachetnego i obcego plemienia. Gdy Valacar postarzał się, w prowincjach południowych wybuchł przeciw niemu bunt. Królowa była piękną i godną panią, lecz, jak wszyscy ludzie z mniej dostojnych plemion, nie miała przywileju długowieczności, toteż Dúnedainowie obawiali się, że potomstwo z niej zrodzone również będzie żyło krótko i że ród królów wśród ludzi straci wskutek tego swój prastary majestat. Nie chcieli więc uznać za króla jej syna, który wprawdzie nosił imię Eldacara, lecz urodził się w obcym kraju i w dzieciństwie zwany był Vinitharyą w języku swej matki.

Gdy więc Eldacar objął po ojcu tron, rozpętała się w Gondorze wojna. Młody król okazał się uparty w obronie swoich praw. Prócz dziedzictwa krwi ojcowskiej miał w żyłach mężną, bojową krew Nortów. Gdy sprzysiężeni przeciw niemu Gondorczycy pod wodzą innych królewskich potomków zaatakowali go, bronił się do ostatka zawzięcie. Oblężony w Osgiliath, trzymał się tam długo, póki głód i miażdżąca przewaga wrogów nie zmusiły go do opuszczenia płonącej twierdzy. Podczas tych walk i pożaru zniszczona została Wieża Kryształu Osgiliath, a *palantír* utonął w nurtach rzeki.

Eldacar wymknął się jednak z rąk przeciwników i zbiegł na północ, do swych krewnych w Rhovanionie. Skupiło się przy nim wielu zwolenników, zarówno spośród Nortów, służących w armii Gondoru, jak i spośród Dúnedainów mieszkających w północnych prowincjach; wielu z nich bowiem nabrało szacunku dla Eldacara, a jeszcze więcej pałało nienawiścią do jego rywala. Tym rywalem był Castamir, wnuk Calimenthara, młodszego brata Rómendacila Drugiego. Castamir nie tylko legitymował się najbliższym pokrewieństwem z panującym rodem, lecz ponadto miał więcej niż inni pretendenci popleczników, bo jako Dowódca Floty cieszył się poparciem mieszkańców wybrzeża i wielkich portów: Pelargiru oraz Umbaru.

Wkrótce po objęciu władzy Castamir zraził sobie ludzi wyniosłością i skąpstwem; był też okrutny, z czym zdradził się jeszcze podczas oblężenia Osgiliath. Skazał na śmierć wziętego do niewoli

Ornendila, syna Eldacara, a rzeź i zniszczenie, jakie z jego rozkazu spadły na gród, nie dały się usprawiedliwić koniecznością wojenną. Nie zapomniano tego nowemu królowi w Minas Anor i w Ithilien; do reszty zaś stracił Castamir miłość ludu, gdy przekonano się, że nie dba o ziemię, kocha tylko swoją flotę i dlatego zamierza przenieść stolicę do Pelargiru.

Po dziesięciu latach jego panowania Eldacar uznał, że przyszedł czas pomyślny, by odzyskać tron; z wielką armią wtargnął od północy, a wtedy z Calenardhonu, z Anorien i z Ithilien podążyli na jego spotkanie liczni zwolennicy. W Lebennin, nad brodem na rzece Erui, rozegrała się wielka bitwa, w której przelano dużo najszlachetniejszej krwi Gondoru. Eldacar własną ręką zabił w boju Castamira, biorąc zemstę za straconego syna. Lecz synowie Castamira ocaleli i długo jeszcze na czele krewnych oraz przyjaciół bronili się w Pelargirze.

Eldacar nie rozporządzał flotą, aby ich osaczyć od Morza, wreszcie więc, zgromadziwszy znaczne siły, wypłynęli z Pelargiru, by osiąść na dobre w Umbarze. Umbar stał się odtąd schronieniem wszystkich wrogów króla i państewkiem niezależnym od korony; przez wiele pokoleń prowadził z Gondorem wojnę, zagrażając nadbrzeżnym prowincjom i żegludze królewskiej floty. Nigdy się całkowicie nie poddał – dopóki nie powrócił król Elessar – a cały południowy Gondor stał się na długie wieki ziemią sporną między korsarzami a królami.

Strata Umbaru boleśnie dotknęła Gondor nie tylko dlatego, że umniejszyło to południowe prowincje królestwa i osłabiło jego władzę zwierzchnią nad Haradem, lecz także dlatego, że było to miejsce pamiętne zwycięstwem Ar-Pharazôna Złotego, ostatniego króla Númenoru, który tu wylądował i złamał potęgę Saurona. Jakkolwiek potem Ar-Pharazôn ściągnął na Númenor zagładę, nawet zwolennicy Elendila chlubili się wspomnieniem floty Ar-Pharazôna, jego wielkiej armii, która wynurzyła się jak gdyby z Morza; totéż na najwyższym wzgórzu przylądka nad przystanią postawili jako upamiętnienie ogromny biały słup, a na nim umieścili kryształową kulę, by łowiła promienie słońca lub księżyca i świeciła niby jasna gwiazda, widoczna przy pięknej pogodzie nawet z wybrzeży Gondoru lub z dalekich wód zachodniego Morza. Pomnik ten przetrwał aż do ponownego wzrostu potęgi Saurona, wówczas bowiem Umbar dostał się pod panowanie jego sług i obalono pamiątkę upokorzenia Władcy Ciemności".

Od powrotu na tron Eldacara krew królewskiego rodu i innych Dúnedainów częściej mieszała się z krwią mniej dostojnych plemion. Wielu bowiem najszlachetniejszych synów Gondoru zginęło w domowej wojnie, a przy tym Eldacar popierał Nortów, którzy mu pomogli odzyskać koronę, i zaludniał spustoszony kraj mnóstwem nowych osadników sprowadzanych z Rhovanionu.

Przemieszanie to nie spowodowało zrazu gwałtownego osłabienia Dúnedainów, jak się obawiano; stopniowo jednak życie ich skracało się nadal. Niewątpliwie działał tu wpływ Śródziemia, a przy tym od upadku Gwiaździstej Krainy z wolna Dúnedainowie tracili dary Númenoru. Co do Eldacara, to przeżył lat dwieście trzydzieści pięć, a królem był przez lat pięćdziesiąt osiem, z czego dziesięć spędził na wygnaniu.

Drugie i gorsze jeszcze nieszczęście spadło na Gondor za panowania Telemnara, dwudziestego szóstego króla, którego ojciec, Minardil, syn Eldacara, poległ w Pelargirze w walce z korsarzami z Umbaru. (Przewodzili im Angamaitë i Sangahyando, prawnukowie Castamira). Wkrótce potem czarny wiatr od wschodu przyniósł morową zarazę. Umarł król i wszystkie jego dzieci, wyginęło mnóstwo ludzi, zwłaszcza spośród mieszkańców Osgiliath. Wobec zdziesiątkowania ludności i powszechnego zgnębienia osłabła czujność na granicach Mordoru, a twierdze strzegące przełęczy pozostały bez załogi.

Później dopiero zauważono, że wszystko działo się w czasie, gdy w Zielonym Lesie stopniowo gęstniał mrok i zaczęły pojawiać się licznie różne złe stwory, co było nieomylnym znakiem, że Sauron znów wzrasta w siły. Wprawdzie ucierpieli od tych plag również przeciwnicy Gondoru – gdyby nie to, skorzystaliby z jego osłabienia, aby nim zawładnąć – Sauron jednak wolał czekać, ponieważ przede wszystkim pragnął uwolnienia Mordoru spod straży.

Po śmierci króla Telemnara zwiędło i umarło Białe Drzewo w Minas Anor, lecz bratanek i następca Telemnara, Tarondor, posadził na dziedzińcu Cytadeli nowe. Tarondor właśnie przeniósł na stałe siedzibę królewską do Minas Anor, Osgiliath bowiem opustoszał i zaczął się rozsypywać w gruzy. Mieszkańcy, którzy ze strachu przed pomorem zbiegli do Ithilien lub do zachodnich dolin, nie mieli ochoty powracać stamtąd.

Tarondor młodo wstąpił na tron i panował najdłużej ze wszystkich królów Gondoru, nie zdołał jednak wiele dokonać poza tym, że przywrócił wewnątrz państwa porządek i z wolna odbudowywał jego siły obronne. Syn jego, Telumehtar, pamiętając śmierć Minardila i zaniepokojony zuchwalstwem korsarzy, którzy zapuszczali się w łupieżczych wyprawach aż do Anfalas, zgromadził wojsko i w roku 1810 zdobył szturmem Umbar. W tej wojnie zginęli ostatni potomkowie Castamira, Umbar zaś znowu wrócił pod władzę królów. Telumehtar dodał do swego imienia przydomek Umbardacil – Zwycięzca Umbaru. Lecz wkrótce w nowej zawierusze Umbar odpadł od korony i dostał się w ręce ludzi z Haradu.

Trzecim nieszczęściem były najazdy Woźników, nękające osłabiony kraj przez sto niemal lat. Woźnicy, obce plemię, a raczej zlepek wielu plemion ze wschodu, w tym okresie wzmocnili swe siły i uzbroili jak nigdy przedtem. Plemię to wędrowało w wielkich krytych wozach, a jego wojownicy ruszali do walki na rydwanach. Podburzeni, jak się później okazało przez wysłanników Saurona, Woźnicy napadli znienacka na Gondor i w roku 1856 w bitwie na drugim brzegu Anduiny zabili króla Narmacila II. Ujarzmili wschodnią i południową część Rhovanionu, a granica Gondoru cofnęła się do Anduiny i wzgórz Emyn Muil. (W tym czasie, jak można przypuszczać, Upiory Pierścienia powróciły do Mordoru).

Calimehtar, syn Narmacila II, wykorzystując powstanie w Rhovanionie, pomścił śmierć ojca, gdy w 1899 roku odniósł na polach Dagorlad walne zwycięstwo nad Easterlingami. W ten sposób na czas jakiś niebezpieczeństwo z tej strony zostało zażegnane. Za panowania Arafanta na północy, a Ondohera, syna Calimehtara, na południu dwa królestwa po długim okresie rozdziału i milczenia znów spotkały się na wspólną naradę. W końcu bowiem zrozumiano, że tymi atakami z różnych stron na niedobitków Númenoru kieruje jakaś jedna potęga i wola. Wtedy to Arvedui, spadkobierca

Arafanta, poślubił Firiel, córkę Ondohera (1940). Dwa królestwa nie mogły wszakże wspomóc się wzajemnie, bo kiedy Angmar ponowił napaść na Arthedain, potężne bandy Woźników najechały Gondor.

Wielu Woźników już wcześniej przedostało się na południe od Mordoru i sprzymierzyło z ludźmi z Khand i z Bliskiego Haradu; uderzając z wielką siłą od północy i południa, napastnicy omal nie rozbili doszczętnie Gondoru. W roku 1944 król Ondoher wraz z dwoma synami, Artamirem i Faramirem, poległ w bitwie na północ od Morannonu, a nieprzyjaciel wtargnął do Ithilien. Jednakże Eärnil, dowódca Armii Południa, odniósł w południowej części Ithilien wielkie zwycięstwo, niszcząc wojska Haradu, które przeprawiły się za rzekę Poros. Spiesząc na północ, Eärnil zebrał rozproszone resztki Armii Północy i zaskoczył główny obóz nieprzyjacielski w chwili, gdy Woźnicy, upojeni tryumfem, przekonani o całkowitej bezsilności Gondoru, ucztowali, myśląc, że nie pozostało im już do roboty nic prócz rabunku w podbitym kraju. Eärnil rozbił obóz pierwszym impetem, podpalił wozy i wypędził z Ithiliern ogarniętych paniką najeźdźców. Wielu z nich, uciekając przed Gondorczykami, potonęło w Martwych Bagnach.

„Po śmierci Ondohera i jego synów swe prawa do korony Gondoru zgłosił władca Północnego Królestwa, Arvedui, jako potomek w prostej linii Isildura i małżonek Fíriel, jedynej pozostałej przy życiu dziedziczki Ondohera. Odrzucono wszakże jego roszczenia, głównie za sprawą Pelendura, który był ongiś Namiestnikiem króla Ondohera.

Rada koronna Gondoru taką dała odpowiedź: «Korona i władza w Gondorze należą się wyłącznie spadkobiercom Meneldila, syna Anáriona, któremu Isildur odstąpił to królestwo. Wedle zwyczajów Gondoru prawo dziedzictwa przysługuje tylko potomkom męskim, o ile zaś nam wiadomo, w Arnorze obowiązuje ten sam obyczaj».

Na to Arvedui odparł: «Elendil miał dwóch synów, z których Isildur jako pierworodny był spadkobiercą ojca. Słyszeliśmy, że imię Elendila po dziś dzień otwiera linię królów Gondoru, i słusznie, on bowiem uznany był za zwierzchnika wszystkich królów na ziemiach Dúnedainów. Za życia Elendila synowie z jego ręki otrzymali we wspólne władanie Królestwo Południowe, lecz kiedy Elendil zginął,

Isildur udał się na północ, by objąć tron po ojcu, zlecając władzę nad południem synowi swego brata. Nie wyrzekł się nigdy zwierzchniej władzy nad Gondorem ani też nie myślał, by królestwo Elendila miało na zawsze pozostać rozdzielone. Ponadto w dawnym Númenorze korona przechodziła na najstarsze dziecko króla, czy to był syn, czy też córka. Tego starego prawa nie przestrzegano w królestwach na wygnaniu, trapionych ustawicznie wojnami, lecz prawo to istniało w naszym plemieniu i do niego się dzisiaj odwołujemy, skoro synowie Ondohera zginęli bezpotomnie»[1].

Na to Gondor już nic nie odpowiedział. O koronę ubiegał się Eärnil, zwycięski dowódca wojsk; oddano mu ją za zgodą wszystkich Dúnedainów z Gondoru, należał bowiem do królewskiego rodu. Był synem Siriondila, syna Calimmacila, syna Arciryasa i brata Narmacila II. Arvedui nie dochodził swoich praw; nie miał sił ani chęci, by sprzeciwiać się woli Dúnedainów z Gondoru. Potomkowie jego wszakże nie zapomnieli o tych prawach, nawet wówczas, gdy Północne Królestwo upadło. W latach bowiem, o których mówimy, upadek Północnego Królestwa był już bliski.

Arvedui był ostatnim królem Północy, co zresztą wyraża się w jego imieniu. Podobno nadał mu je zaraz po narodzeniu Wieszczek Malbeth, mówiąc jego ojcu: «Dasz mu na imię Arvedui, bo on będzie ostatnim władcą Arthedainu. Będzie wprawdzie dany Dúnedainom wybór, a jeśli wybiorą drogę pozornie bardziej beznadziejną, syn twój zmieni imię i zostanie królem wielkiego królestwa. W przeciwnym razie czeka ich wiele trosk i trudów i dużo pokoleń ludzkich przeminie, zanim Dúnedainowie znów się dźwigną i zjednoczą».

W Gondorze również po Eärnilu jeden tylko król panował. Być może, gdyby dwa królestwa połączyły się pod jednym berłem, utrzymałaby się linia królów nieprzerwana i uniknięto by wielu nieszczęść. Eärnil był zresztą mądrym człowiekiem i nie unosił się

---

[1] Prawo to – jak nam król wyjaśnił – wprowadzono w Númenorze, gdy szósty król, Tar-Aldarion, pozostawił tylko córkę jedynaczkę. Była to pierwsza rządząca królowa, Tar-Ancalimë. Przedtem wszakże obowiązywały inne prawa. Następcą czwartego króla, Tar-Elendila, był syn, Tar-Meneldur, chociaż żyła starsza od niego córka królewska, Silmariën. Elendil jednak wywodził się właśnie od Silmariën.

pychą, jakkolwiek jemu też, jak większości Gondorczyków, królestwo Arthedain wydawało się, mimo szlachetnego pochodzenia panujących tam władców, kraikiem niewartym większej uwagi. Posłał do Arvedui gońców z zawiadomieniem, że otrzymał koronę Gondoru zgodnie z prawem i w myśl interesów Południowego Królestwa. «Nigdy jednak nie zapomnę o królestwie Arnoru ani też nie wyprę się więzów braterstwa, nie chcąc, aby królestwa Elendila stały się sobie obce – zapewniał. – W potrzebie dostarczę wam zawsze pomocy w miarę mych sił».

Przez długi jednak czas potem Eärnil sam nie dość czuł się bezpieczny, aby móc spełnić tę obietnicę. Król Arafant mimo słabnących sił starał się odpierać napaści Angmaru, gdy po ojcu objął panowanie, w końcu wszakże, jesienią 1973 roku, doszły do Gondoru wieści, że Arthedain jest śmiertelnie zagrożony i że Czarnoksiężnik przygotowuje nowy, ostateczny cios. Wtedy jak najspieszniej Eärnil wysłał na północ flotę i tylu wojowników, ilu mógł bez narażania własnych granic wyprawić, a na czele tych posiłków postawił swego syna Eärnura. Zanim jednak Eärnur dotarł do brzegów Lindonu, Czarnoksiężnik podbił całe królestwo Arthedain, ostatni zaś król, Arvedui, stracił życie.

W Szarej Przystani, gdy Eärnur do niej zawinął, ludzie i elfowie powitali go z radością i podziwem. Flota była tak liczna, a przy tym wielkie okręty zanurzały się tak głęboko, że nie mogły wszystkie znaleźć schronienia w porcie, chociaż zapełniły również przystanie w Harlond i Forlond. Z pokładów zeszła wspaniała armia, zaopatrzona i uzbrojona do wojny między potężnymi królami. Tak się przynajmniej zdawało ludziom z Północy, bo w rzeczywistości była to zaledwie część potęgi Gondoru, wydzielona na tę daleką wyprawę. Największy zachwyt budziły konie, przeważnie wyhodowane w dolinach Anduiny, a dosiadali ich jeźdźcy rośli i piękni, dumni książęta Rhovanionu.

Círdan wezwał pod broń wszystkich zdolnych do walki mężów z Lindonu i Arnoru, a gdy cała armia była gotowa, przeprawiła się przez Rzekę Księżycową i pospieszyła na północ przeciw Czarnoksiężnikowi, władcy Angmaru. Mieszkał on wówczas, jak już wspominaliśmy, w Fornoście, zagarnąwszy siedzibę królów wraz z ich władzą, i skupił przy sobie wielu złych ludzi. Zadufany w swe siły, nie czekał, aż go przeciwnicy zaatakują w jego twierdzy, lecz wyszedł im na spotkanie na czele swych wojsk, pewny, że zmiażdży ich jednym uderzeniem, podobnie jak przedtem armię północną.

Armia Zachodu zagrodziła mu drogę, wychodząc z gór Evendim i wielka bitwa rozegrała się na równinie między Nenuial a Wzgórzami Północnymi. Wojska Angmaru już się załamały i zaczęły cofać się w kierunku Fornostu, gdy niespodzianie konnica Gondoru, która okrążyła góry, zaskoczyła cofających się od północy. Odwrót zamienił się w pogrom i paniczną ucieczkę. Czarnoksiężnik z garstką niedobitków umknął, zdążając wprost do Angmaru. Zanim zdążył się schronić w Carn Dûm, dopędzili go jeźdźcy Gondoru z Eärnurem na czele. Jednocześnie z Rivendell przybył na pomoc Gondorowi zastęp elfów prowadzony przez Glorfindela. Klęska Angmaru była tak druzgocąca, że ani jeden poplecznik Czarnoksiężnika, czy to człowiek, czy ork, nie pozostał na zachód od Gór.

Podobno jednak, gdy sprawa Angmaru zdawała się już stracona, zjawił się nagle sam Czarnoksiężnik, w czarnym płaszczu, w czarnej masce i na karym koniu. Strach poraził ludzi na jego widok. On wszakże za cel swej straszliwej nienawiści obrał wodza Gondoru i z krzykiem natarł wprost na niego. Eärnur gotów był stawić mu czoło, lecz wierzchowiec przerażony uskoczył w bok i uniósł jeźdźca, który nie zdążył go w porę opanować.

Czarnoksiężnik zaśmiał się, a nikt z ludzi, którzy słyszeli ten śmiech, nie mógł odtąd zapomnieć jego grozy. Wtedy jednak wysunął się z szeregów Glorfindel na białym koniu. Śmiech uwiązł Czarnoksiężnikowi w gardle. Zawróciwszy na miejscu, czarny jeździec pomknął galopem i zginął w ciemnościach, noc bowiem zapadła już nad polem bitwy. Czarnoksiężnik zniknął, nikt nie wiedział, gdzie się skrył.

Eärnur właśnie wrócił, lecz Glorfindel, wpatrując się w gęstniejący mrok, powiedział:

– Nie ścigaj go! Nigdy już nie wróci do tej krainy. Zguba dosięgnie go daleko stąd, nieprędko i nie z ręki męża.

Wielu Gondorczyków zapamiętało te słowa elfa. Eärnur kipiał jednak gniewem i pragnął pomścić doznane upokorzenie.

Tak się skończyło nikczemne królestwo Angmaru. Tak też Eärnur, wódz Gondoru, zasłużył sobie na straszliwą nienawiść Czarnoksiężnika; wiele wszakże lat musiało upłynąć, zanim wyszło to na jaw".

Dopiero po latach również odkryto, że właśnie wówczas, za panowania króla Eärnila, Czarnoksiężnik, opuściwszy Północ, udał się do Mordoru i tam zwołał Upiory Pierścienia, których był wodzem. Nie wcześniej jednak niż w roku 2000 Upiory Pierścienia przekroczyły przełęcz Cirith Ungol i poprowadziły armię pod Minas Ithil. Po dwóch latach oblężenia słudzy Mordoru zdobyli tę Wieżę wraz z przechowywanym tam palantírem i utrzymali ją w swych rękach do końca Trzeciej Ery. Minas Ithil, Wieża Wschodzącego Księżyca, stała się siedliskiem grozy i zmieniła nazwę na Minas Morgul – Wieża Złych Czarów. Większość ludzi zamieszkujących Ithilien opuściła te strony.

„Eärnur dorównywał swemu ojcu męstwem, lecz nie mądrością. Był krzepki i porywczy; nie chciał pojąć żony, bo znajdował uciechę tylko w bitwie i w ćwiczeniu wojska. Władał bronią tak dzielnie, że nikt nie mógł dotrzymać mu pola podczas turniejów, które nade wszystko lubił, podobniejszy do siłacza i mistrza szermierki niźli do wodza czy króla. Zachował też siłę i zręczność do niezwykle późnego wieku".

Gdy w roku 2043 Eärnur przejął koronę, król Minas Morgul wyzwał go do walki w pojedynkę, przypominając szyderczo, że niegdyś nie ośmielił się z nim potykać w bitwie na północy. Tym razem Namiestnik królewski Mardil zdołał gniewnego Eärnura powstrzymać od szaleństwa. Głównym grodem Gondoru i siedzibą królów od czasów króla Telemnara była Minas Anor – Wieża Wschodzącego Słońca, przezwana wówczas Minas Tirith – Wieżą Czat, ponieważ czuwano w niej nieustannie pod grozą Morgulu. W siedem lat później władca Morgulu powtórzył wyzwanie, szydząc z Eärnura, że za młodu już miał zajęcze serce, teraz zaś pewnie jest nie tylko tchórzem, lecz w dodatku słabym starcem. Mardil nie mógł dłużej powściągnąć gniewu króla, który z nieliczną świtą stawił się pod bramą Minas Morgul. Ani o królu, ani o żadnym z jego towarzyszy nie usłyszano więcej w Gondorze. Powszechnie mniemano, że zdradziecki Nieprzyjaciel porwał Eärnura i że król umarł torturowany w Minas Morgul. Nie było jednak świadków śmierci króla, więc władzę w jego imieniu sprawował przez wiele lat Mardil, zwany Dobrym Namiestnikiem.

Potomków królewskiej linii było już wtedy niewielu. Wojna domowa zdziesiątkowała ród, a ponadto od czasów tej waśni królowie, zazdrośni o władzę, nieufnie odnosili się do krewniaków. Często któryś z nich, czując się śledzony i podejrzewany, uciekał do Umbaru i przyłączał się do buntowników. Niejeden też, wyrzekając się przywilejów Númenoru, brał żonę z pośledniejszego plemienia. Nie znalazł się więc pretendent do tronu czystej krwi númenorejskiej, i to taki, na którego inni zechcieliby się zgodzić. Wspomnienie wojny domowej ciążyło na wszystkich, obawiano się jej nawrotu, rozumiejąc, że w obecnym położeniu waśń zgubiłaby ostatecznie Gondor. Toteż lata płynęły, a Gondorem rządził nadal Namiestnik, korona zaś Elendila spoczywała u stóp króla Eärnila w Domu Umarłych, tam gdzie ją Eärnur zostawił.

Namiestnicy

Ród Namiestników zwał się rodem Húrina, bo wywodził się od Namiestnika króla Minardila (1621–1634), o imieniu Húrin. Húrin z Emyn Arnen miał w żyłach szlachetną krew Númenoru. Następni królowie zawsze wybierali sobie Namiestników spośród jego potomstwa, a od czasów Pelendura godność ta stała się tak samo dziedziczna jak korona i przechodziła z ojca na syna lub najbliższego spadkobiercę.

Każdy nowy Namiestnik, obejmując urząd, składał przysięgę, że będzie rządził w „imieniu króla aż do jego powrotu". Wkrótce jednak słowa te stały się czczą formułą, do której niewiele przywiązywano wagi, bo Namiestnicy w rzeczywistości mieli pełną władzę królewską. Wśród Gondorczyków przetrwała mimo to wiara, że król kiedyś wróci; niektórzy pamiętali też o istnieniu Północnej Linii rodu królewskiego i krążyły słuchy, że jej potomkowie żyją w ukryciu. Namiestnicy woleli zamykać uszy na takie pogłoski. Nigdy jednak żaden Namiestnik nie zasiadał na starodawnym tronie ani nie nosił korony i berła. Godłem ich władzy była biała różdżka, a białej chorągwi namiestnikowskiej nie zdobiły żadne znaki, podczas gdy na królewskiej pośród czarnego pola widniało białe kwitnące drzewo pod siedmiu gwiazdami.

Linię rozpoczyna Mardil Voronwë, uznawany za protoplastę, po czym następują imiona dwudziestu czterech rządzących Gondorem Namiestników i zamyka listę dwudziesty szósty, ostatni z nich – Denethor II. Początkowo rządy ich upływały w ciszy, bo trwał okres Niespokojnego Pokoju, kiedy to Sauron cofnął się przed potęgą Białej Rady, a Upiory Pierścienia czaiły się w ukryciu Doliny Morgul. Dopiero od czasów Denethora ciszę zamąciły ustawiczne groźne starcia na pograniczu, chociaż nikt wojny jawnie nie wypowiedział.

Pod koniec rządów Denethora I pojawiło się z Mordoru plemię Uruków, czarnych orków niezwykłej siły, a w roku 2475 banda ich wtargnęła do Ithilien i szturmem wzięła Osgiliath. Boromir, syn Denethora (na którego pamiątkę nosił to imię Boromir, uczestnik Wyprawy Dziewięciu), rozgromił orków i oswobodził Ithilien, lecz Osgiliath zostało ostatecznie zburzone, a wielki kamienny most rozbity. Boromir był wielkim wodzem i bał się go nawet Czarnoksiężnik. Szlachetny, piękny, krzepkiego ciała i silnej woli, Boromir odniósł w tej walce ranę zatrutą jadem Morgulu, która skróciła mu życie; wyniszczony cierpieniem, ledwie o dwanaście lat przeżył swego ojca.

Po nim nastąpiły długoletnie rządy Ciriona, przezornego i sumiennego Namiestnika, który wszakże niewiele mógł zdziałać, bo Gondor miał już ruchy bardzo skrępowane. Cirion starał się bronić granic, ale nie było w jego mocy odparowanie ciosów, złośliwie zadawanych przez przeciwników, a raczej przez tajemną siłę, która nimi kierowała. Korsarze łupili wybrzeża, główne jednak niebezpieczeństwo groziło Gondorowi od północy. Na rozległych ziemiach Rhovanionu, między Mroczną Puszczą a Bystrą Rzeką, osiedlił się teraz dziki lud, całkowicie pogrążony w cieniu Dol Guldur. Rzesze owych Balków rosły, bo przyłączały się do nich coraz to nowe pokrewne szczepy ciągnące z Dzikich Krajów, podczas gdy plemię z Calenardhonu wymierało. Cirion z największym trudem utrzymywał linię Anduiny.

„Przewidując burzę, Cirion w roku 2510 posłał gońców na północ, prosząc o pomoc, lecz było już za późno. Balkowie zdążyli tymczasem zbudować mnóstwo dużych łodzi i tratew na wschodnim brzegu Anduiny, przeprawili się hurmą przez rzekę i rozbili obrońców. Armii maszerującej z południa odcięli drogę, po czym odepchnęli ją ku północy aż za Mętną Wodę, skąd, znienacka zaatakowana przez orków z Gór, musiała wycofać się nad Anduinę. Wówczas jednak nadeszła niespodziewana pomoc. W Gondorze po raz pierwszy usłyszano muzykę rogów Rohirrimów. Eorl Młody na czele swych jeźdźców rozproszył nieprzyjacielską hordę i ścigał Balków, tępiąc ich na całym obszarze Calenardhonu. Cirion oddał więc ten kraj we władanie Eorlowi, który zaręczył słowem i poprzysiągł władcom Gondoru przyjaźń i pomoc w potrzebie lub na każde wezwanie".

Za rządów Berena, dziewiętnastego Namiestnika, Gondor znalazł się w gorszym jeszcze niebezpieczeństwie. Trzy wielkie floty korsarskie, od dawna przygotowywane, nadpłynęły z Umbaru i Haradu, atakując potężnymi siłami wybrzeże; w wielu miejscach nieprzyjaciel zdołał wylądować, docierając na północ aż do ujścia Iseny. Jednocześnie na Rohirrimów dokonano napaści od zachodu i wschodu, tak że musieli z zalanego przez napastników kraju uchodzić w doliny Białych Gór. W roku owym – 2758 – Długa Zima przyniosła wcześnie z północy i wschodu mróz i śnieżyce, a trwała blisko pięć miesięcy. Helm z Rohanu wraz z dwoma synami poległ na wojnie, śmierć i nieszczęścia zapanowały w Eriadorze i Rohanie. W Gondorze jednak, położonym na południe od Gór, działo się nieco lepiej i jeszcze przed wiosną Beregond, syn Berena, rozgromił najeźdźców. Natychmiast wysłał posiłki do Rohanu. Beregond był największym wodzem Gondoru od czasów Boromira, toteż gdy w roku 2763 objął po ojcu władzę, kraj zaczął dźwigać się szybko. Rohan wszakże wolniej wracał do sił po odniesionych ranach. Dlatego Beren chętnie przyjął Sarumana i oddał mu klucze Orthanku. Odtąd, czyli od roku 2759, Saruman zamieszkał w Isengardzie.

Za rządów Beregonda krasnoludowie toczyli wojnę z orkami w Górach Mglistych (2793–2799), o czym na południu dowiedziano się dopiero wtedy, gdy uciekający z Nanduhirionu orkowie usiłowali przez Rohan przedostać się w Białe Góry, aby się tam osiedlić. Wiele walk rozegrało się w dolinach, nim zażegnano niebezpieczeństwo. Gdy zmarł Belecthor II, dwudziesty pierwszy Namiestnik, Białe Drzewo zwiędło w Minas Tirith, ponieważ jednak nie można było znaleźć nigdzie nasienia, zostawiono martwy pień na miejscu „do powrotu króla".

Za Túrina II nieprzyjaciele Gondoru znów się zaczęli ruszać, Sauron bowiem nabierał już nowych sił i zbliżał się dzień odrodzenia jego potęgi. Tylko garstka najdzielniejszych ludzi została w Ithilien, większość przeniosła się na zachodni brzeg Anduiny, uciekając przed bandami orków z Mordoru. Wtedy to Túrin zbudował w Ithilien dla swych żołnierzy tajne schrony, z których najdłużej przetrwał i był w użyciu Henneth Annûn. Túrin też umocnił wyspę Cair Andros[1] ku obronie Ithilien. Przede wszystkim jednak Gondor zagrożony był od południa. Haradrimowie bowiem zajęli południowe prowincje, a nad rzeką Poros ustawicznie toczyły się walki. Gdy orkowie znacznymi siłami wtargnęli do Ithilien, król Rohanu Folkwin dotrzymał złożonej przez Eorla przysięgi i spłacił dług zaciągnięty niegdyś u Beregonda, wysyłając liczny zastęp wojowników do Gondoru. Z ich pomocą Túrin odniósł zwycięstwo u brodu na Poros, lecz obaj synowie Folkwina polegli w tej bitwie. Jeźdźcy Rohanu pogrzebali ich wedle obyczaju swego plemienia i braciom-bliźniakom usypali wspólny kurhan. Przez długie lata wznosił się ten Haudh in Gwanur nad brzegiem rzeki, a wrogowie Gondoru bali się tędy przeprawiać.

Po Túrinie objął namiestnictwo Turgon, lecz z okresu jego rządów upamiętniło się jedynie to zdarzenie, iż na dwa lata przed jego zgonem Sauron znów powstał, wystąpił jawnie i wkroczył z powrotem do Mordoru, od dawna gotowego na przyjęcie Władcy Ciemności. Znowu więc wyrosły mury Barad-dûr, a Góra

---

[1] Nazwa ta znaczy „Okręt na spienionej fali", bo wyspa miała kształt wielkiego statku z wysokim dziobem zwróconym na północ, o którego skały fale Anduiny rozbijały się białą pianą.

Przeznaczenia wybuchła ogniem, ostatni zaś mieszkaniec uciekł z Ithilien. Gdy Turgon umarł, Saruman zawładnął Isengardem i zamienił go w niezdobytą fortecę.

„Ecthelion II, syn Turgona, był rozumnym władcą. Wszystkich sił, jakimi jeszcze rozporządzał, użył do umocnienia kraju od napaści Mordoru. Chętnie przyjmował na służbę szlachetnych ludzi z daleka lub z bliska, a tych, którzy się okazali godni zaufania, nagradzał hojnie i wyróżniał. Wielkiej pomocy i rady udzielał mu znakomity wódz, którego Namiestnik pokochał bardziej niż innych. Nazywano tego wodza w Gondorze Thorongilem, Orłem Gwiazdy, był bowiem szybki, wzrok miał bystry, a na płaszczu nosił gwiaździsty znak; nikt wszakże nie znał jego prawdziwego imienia ani też nie wiedział, z jakiego kraju pochodzi. Przybył na dwór Ectheliona z Rohanu, gdzie przedtem służył królowi Thenglowi, nie był jednak rodowitym Rohirrimem. Na morzu i lądzie zasłynął jako wódz znakomity i znajdował wielki posłuch u ludzi, zniknął jednak przed zgonem Ectheliona równie tajemniczo, jak się przedtem pojawił. Thorongil nieraz przekonywał Ectheliona, że potęga buntowników z Umbaru stanowi groźbę dla Gondoru i dla lenników na południu, a może się okazać śmiertelnym niebezpieczeństwem, w razie gdyby Sauron otwarcie zaczął wojnę. Wreszcie uzyskał zezwolenie Namiestnika, zgromadził całą flotę, znienacka zaskoczył nocą Umbar i spalił tam większą część korsarskich okrętów. W bitwie na wybrzeżu zabił komendanta przystani, po czym wycofał się z nieznacznymi stratami. Gdy wszakże flota zawinęła do Pelargiru, ku zdziwieniu i smutkowi podwładnych nie chciał wraz z nimi wracać do Minas Tirith, gdzie czekały go zaszczyty i nagroda. Przez gońca przekazał Ecthelionowi słowa pożegnania: «Wzywają mnie teraz inne obowiązki i wiele zapewne czasu upłynie, wiele niebezpieczeństw będę musiał przezwyciężyć, zanim powrócę do Gondoru – jeśli taki będzie wyrok losu». Nikt nie wiedział, jakie wzywały go obowiązki ani skąd otrzymał wezwanie, lecz wiedziano, w którą stronę odszedł. Przeprawił się bowiem łodzią przez Anduinę, pożegnał towarzyszy i oddalił się samotnie. Kiedy go widzieli po raz ostatni, był twarzą zwrócony ku Górom Cienia. W Minas Tirith wieść o odejściu Thorongila wzbudziła wielki żal, wszystkim zdawało się to ciężką stratą. Wszystkim – z wyjątkiem Denethora, syna Ectheliona, który był podówczas już mężem dojrzałym do objęcia władzy i wkrótce też, bo w cztery lata po śmierci ojca, został Namiestnikiem.

Denethor był dumny, rosły, dzielny; od wielu pokoleń ludzie w Gondorze nie mieli władcy tak królewskiej postawy; był przy tym mądry, przewidujący, uczony w księgach dziejów. Między nim a Thorongilem istniało niemal braterskie podobieństwo, lecz dotychczas zawsze musiał temu obcemu przybyszowi ustępować pierwszego miejsca zarówno w sercach ludzi, jak i w szacunku ojca. Wielu Gondorczyków myślało podówczas, że Thorongil usunął się, by nie doczekać chwili, gdy rywal stanie się jego zwierzchnikiem; ale w rzeczywistości Thorongil nigdy nie współzawodniczył z Denethorem ani też nie wynosił się ponad stan, który przyjął: sługi Ectheliona. W jednej tylko sprawie rady ich różniły się bardzo. Thorongil przestrzegał Namiestnika, aby nie ufał Sarumanowi Białemu z Isengardu, lecz raczej zaprzyjaźnił się z Gandalfem Szarym; między Denethorem a Gandalfem nigdy nie nawiązała się przyjaźń, a po śmierci Ectheliona Szary Pielgrzym nie doznawał już zbyt miłego przyjęcia w Minas Tirith. Toteż później, gdy wszystko już się wyjaśniło, wielu ludzi sądziło, że Denethor, obdarzony przenikliwym umysłem, sięgający wzrokiem dalej i głębiej niż inni, wcześnie odkrył, kim był naprawdę dziwny cudzoziemiec, i podejrzewał, że Thorongil wraz z Mithrandirem spiskują przeciw niemu, chcąc go pozbawić władzy.

Gdy Denethor został Namiestnikiem (2984), okazał się władcą silnej ręki i mocno dzierżył ster rządów w Gondorze. Mówił mało, słuchał rad, ale potem robił zawsze wszystko wedle własnej myśli. Ożenił się późno (2976), biorąc za żonę Finduilas, córkę Adrahila, księcia Dol Amrothu. Była to pani wielkiej urody i tkliwego serca, lecz zmarła po dwunastu zaledwie latach małżeństwa. Denethor na swój sposób kochał ją goręcej niż kogokolwiek w świecie, z wyjątkiem może starszego z dwóch synów, którymi go żona obdarzyła. Zdawało się jednak, że Finduilas więdnie w kamiennym grodzie, jak kwiat z nadmorskich dolin przesadzony na jałowy, skalisty grunt.

Cień padający od Mordoru przerażał ją, odwracała wciąż oczy na południe, ku Morzu, do którego tęskniła.

Po jej śmierci Denethor spochmurniał i stał się bardziej jeszcze milczący niż przedtem; dni całe przesiadywał w wieży pogrążony w rozmyślaniach, przewidując, że gdy dopełni się czas, Mordor zaatakuje jego kraj nieuchronnie. Powszechnie później przypuszczano, że Denethor, żądny wiedzy, a tak dumny, iż ufał sile swej woli, ośmielił się wówczas zajrzeć w *palantír* Białej Wieży. Żaden z poprzednich Namiestników na to się nie odważył, nawet królowie Eärnil i Eärnur nie czynili tego, odkąd po upadku Minas Ithil *palantír* Isildura dostał się do rąk Nieprzyjaciela, kryształ bowiem przechowywany w Minas Tirith, czyli *palantír* Anáriona, związany był ściśle z kryształem, który teraz należał do Saurona.

Tak Denethor zdobył sposób, by wiedzieć o wszystkim, co działo się w jego państwie, a także daleko poza jego granicami; ludzie podziwiali jego przenikliwość, lecz Namiestnik opłacił ją wielką ceną i postarzał się przedwcześnie, wyczerpany zmaganiem się z wolą Saurona. Rosła w jego sercu duma wraz z rozpaczą, aż w końcu wszystkie inne sprawy przesłoniła mu ta jedna: walka władcy Białej Wieży z władcą Barad-dûr; nie ufał nikomu, kto wprawdzie przeciwstawiał się Sauronowi, lecz nie służył wyłącznie Władcy Gondoru.

Tymczasem zbliżał się wybuch Wojny o Pierścień, a synowie Denethora wyrośli na dojrzałych mężów. Boromir, o pięć lat starszy, ulubieniec ojca, był do niego podobny z urody i dumy, lecz z niczego więcej. Przypominał raczej króla Eärnura, jak on bowiem nie ożenił się i nade wszystko kochał wojenne rzemiosło; odważny, silny, nie miał zamiłowania do starych ksiąg, chociaż lubił opowieści o dawnych bitwach. Młodszy, Faramir, podobny był do brata z twarzy i postawy, lecz nie z usposobienia. Przenikał serca ludzkie równie jasno jak jego ojciec, ale to, co w nich czytał, budziło w nim częściej litość niż wzgardę. Łagodnego obejścia, kochał księgi i muzykę, toteż niejeden, sądząc z pozoru, niżej cenił jego męstwo niż męstwo Boromira. Naprawdę dorównywał odwagą bratu, lecz nie szukał chwały w narażaniu się bez potrzeby na niebezpieczeństwa. Ilekroć Gandalf przybywał do grodu, Faramir witał go przyjaźnie i uczył się od niego mądrości, a to – podobnie jak wiele innych rzeczy w młodszym synu – bardzo się nie podobało Denethorowi.

Bracia jednak kochali się szczerze od dzieciństwa; starszy Boromir zawsze wspierał i bronił Faramira. Później też nie powstała między nimi nigdy zazdrość ani rywalizacja o łaski ojcowskie i o pochwały ludzkie. Faramirowi wydawało się niemożliwe, by ktokolwiek w Gondorze współzawodniczyć mógł z Boromirem, spadkobiercą Denethora, dowódcą straży Białej Wieży. Boromir podzielał co do tego zdanie brata. Los miał dowieść, że się mylili obaj. Ale o wszystkim, co się tym trzem ludziom zdarzyło podczas Wojny o Pierścień, opowiedziano w innym miejscu. Po zakończeniu tej wojny skończyły się też rządy Namiestników w Gondorze, powrócił bowiem spadkobierca Isildura, królestwo zostało wskrzeszone, a na wieży Ectheliona powiała znów chorągiew z godłem Białego Drzewa".

5. *Fragment historii Aragorna i Arweny*

„Arador był dziadkiem króla. Syn Aradora, Arathorn, pojął za żonę Gilraenę Piękną, córkę Dírhaela, który wywodził się z krwi Aranartha. Dírhael sprzeciwiał się temu małżeństwu, ponieważ Gilraena nie osiągnęła jeszcze wieku, w którym Dúnedainowie zwykli swe córki wydawać za mąż.

– Ponadto – rzekł – Arathorn jest poważnym człowiekiem w kwiecie lat i wkrótce, prędzej niż się ludzie spodziewają, zostanie wodzem, ale serce ostrzega mnie, że nie będzie żył długo.

Ivorwena jednak, żona Dírhaela, także obdarzona jasnowidzeniem, odparła:

– Tym bardziej trzeba się spieszyć! Niebo się chmurzy, nadciąga burza, wielkie rzeczy będą się rozstrzygały. Jeśli tych dwoje zwiążemy teraz małżeństwem, może z nich zrodzi się nadzieja naszego plemienia, lecz jeśli małżeństwo ich się odwlecze, wiek nasz przeminie, zanim wzejdzie nadzieja.

Zdarzyło się rzeczywiście, że w rok po zaślubinach Arathorna z Gilraeną Arador wpadł na Zimnych Polach na północ od Rivendell, w zasadzkę górskich trollów i zginął. Arathorn został wodzem Dúnedainów.

W rok później Gilraena urodziła syna i dano mu na imię Aragorn. Aragorn miał dwa lata, gdy Arathorn ruszył wraz z synami Elronda na wyprawę przeciw orkom i poległ od strzały z łuku, która przebiła mu źrenicę. Sprawdziła się przepowiednia, żył niezwykle krótko jak na długowiecznego Dúnedaina, miał bowiem wówczas zaledwie sześćdziesiąt lat.

Aragorn był więc spadkobiercą Isildura; zamieszkał wraz z matką w domu Elronda, który zastępował mu ojca i kochał go nie mniej niż rodzonych synów. Nazywano chłopca Estelem, to znaczy nadzieją, prawdziwe zaś imię i rodowód trzymano w tajemnicy. Tak zarządził Elrond, mędrcy bowiem wiedzieli, że Nieprzyjaciel poszukuje Spadkobiercy Isildura, niepewny, czy ten prawowity dziedzic królów żyje na ziemi.

Gdy Estel miał lat dwadzieścia, wrócił kiedyś okryty chwałą z wyprawy, którą podejmował w towarzystwie synów Elronda. Elrond przyjrzał mu się z zadowoleniem. Estel bowiem był piękny i szlachetny, wcześnie dojrzały, chociaż miał jeszcze urosnąć zarówno ciałem, jak i duchem. Tego więc dnia Elrond nazwał go własnym jego imieniem, powiedział mu, czyim jest synem, i wręczył mu dziedzictwo rodu.

– Oto pierścień Barahira – rzekł – znak naszego dalekiego pokrewieństwa; weź też szczątki Narsila. Może tym orężem dokonasz jeszcze wielkich czynów, przepowiadam ci bowiem, że będziesz żył długo nad miarę ludzkiego wieku, chyba że ulegniesz złej sile albo że nie wytrzymasz próby. Próba będzie ciężka i długa. Berła Annúminas jeszcze ci nie daję, musisz na nie zasłużyć.

Nazajutrz o zachodzie słońca Aragorn samotnie przechadzał się po lesie, a serce miał pełne radości; śpiewał, bo nadzieja świeciła mu jasno, a świat był piękny. Nagle zobaczył młodą dziewczynę idącą przez zieloną trawę między białymi pniami brzóz. Stanął zdumiony, wydało mu się bowiem, że zabłądził w kraj snów albo że otrzymał dar elfów-minstreli, którzy umieją przed oczyma słuchaczy wyczarowywać to, o czym mówi ich pieśń.

Aragorn śpiewał właśnie pieśń, która opowiada o spotkaniu Lúthien z Berenem w lesie Neldoreth i oto stanęła przed nim w Rivendell Lúthien w płaszczu srebrnym i błękitnym, piękna jak zmierzch w domu elfów; podmuch wiatru rozwiał jej ciemne włosy, nad czołem klejnoty błyszczały jak gwiazdy.

Chwilę Aragorn patrzył na nią w milczeniu, lecz bojąc się, by nie odeszła i nie zniknęła mu na zawsze, krzyknął wreszcie tak jak ongi, za Dawnych Dni, Beren: – Tinúviel! Tinúviel!

Piękna dziewczyna zwróciła się do niego z uśmiechem, pytając:

– Ktoś jest? I dlaczego wołasz mnie tym imieniem?

– Ponieważ uwierzyłem, że naprawdę widzę Lúthien Tinúviel, o której śpiewałem – odparł. – Jeśli nawet nią nie jesteś, wyglądasz jak jej rodzona siostra.

– Mówiono mi to nieraz – odpowiedziała z powagą – ale noszę inne imię. Kto wie, czy nie czeka mnie los do jej losu podobny. Ale kim ty jesteś?

– Nazywano mnie Estelem – rzekł – lecz jestem Aragorn, syn Arathorna, spadkobierca Isildura, wódz Dúnedainów.

Mówiąc to, poczuł nagle, że wszystkie dostojeństwa, które tak go cieszyły, stają się teraz małe i nic niewarte wobec godności i urody nieznajomej. Ona jednak roześmiała się wesoło.

– A więc jesteśmy dalekimi krewnymi. Nazywam się Arwena, córka Elronda, a niekiedy zwą mnie też Undómiel.

– Często się zdarza – powiedział Aragorn – że w czasach niebezpiecznych ludzie kryją swój najcenniejszy klejnot. Mimo to dziwię się twemu ojcu i braciom, że chociaż przebywam w ich domu od dzieciństwa, nigdy ani słowem nie wspomnieli mi o tobie. Jak się to stało, że nie spotkaliśmy się dotychczas? Ojciec chyba nie trzymał cię zamkniętej w skarbcu?

– Nie – odparła, spoglądając ku górom spiętrzonym na wschodzie. – Mieszkałam czas jakiś w ojczyźnie mojej matki, w dalekim kraju Lothlórien. Niedawno dopiero wróciłam do domu ojca w odwiedziny. Od wielu lat nie tknęłam stopą trawy Imladris.

Aragorn zdziwił się, bo nie wydała mu się starsza od niego, który ledwie dwadzieścia lat przeżył w Śródziemiu. Arwena jednak spojrzała mu prosto w oczy, mówiąc:

– Nie dziw się! Dzieci Elronda mają przecież dar życia Eldarów.

Wtedy Aragorn zmieszał się bardzo, dostrzegł bowiem w jej oczach światło elfów i mądrość wielu lat. W tej wszakże chwili pokochał Arwenę Undómiel, córkę Elronda.

Przez następnych dni kilka był milczący i zadumany, aż matka zauważyła, że syn zmienił się dziwnie; wreszcie uległ i na jej pytania opowiedział o przedwieczornym spotkaniu w lesie.

– Synu – rzekła Gilraena – wysoko mierzysz, bardzo wysoko nawet dla potomka królów. To jest bowiem najpiękniejsza dziewczyna i córka najdostojniejszego rodu, jaki żyje na tej ziemi. Nie godzi się, aby człowiek śmiertelny szukał małżonki wśród elfów.

– A jednak jest między nami odległe pokrewieństwo – odparł Aragorn – jeżeli historia moich przodków, której mnie uczono, mówi prawdę.

– Mówi prawdę – rzekła Gilraena – lecz było to dawno temu, w innym wieku Śródziemia, zanim plemię nasze skarlało. Toteż zmartwiłeś mnie, widzę bowiem, że jeżeli nie uzyskasz zgody Elronda, ród spadkobierców Isildura wygaśnie wkrótce. Nie spodziewam się, aby Elrond w tej sprawie zechciał spełnić twoje życzenie.

– Gorzki wtedy byłby mój los – rzekł Aragorn. – Odejdę stąd i będę odtąd samotnie błąkał się po pustkowiach.

– Tak, taki cię czeka los – powiedziała Gilraena. Ona też miała w pewnej mierze dar zgadywania przyszłości, ale na razie nic więcej synowi nie mówiła o swym niepokoju ani też nikomu nie powtórzyła jego zwierzeń.

Elrond jednak miał oczy otwarte i czytał w sercach ludzkich. Pewnego dnia tego samego roku, zanim nastała jesień, zawołał Aragorna do swej komnaty i rzekł:

– Słuchaj mnie, Aragornie, synu Arathorna, wodzu Dúnedainów! Przed tobą wielki los: albo się wzniesiesz ponad wszystkich swoich przodków od dni Elendila, albo upadniesz w ciemności wraz ze wszystkim, co zostało jeszcze twojemu plemieniu. Czekają cię długie lata ciężkich prób. Nie wolno ci pojąć żony ani nawet związać słowem żadnej kobiety, dopóki się czas nie dopełni i dopóki nie będziesz uznany za godnego chwały i szczęścia.

Aragorn zmieszał się bardzo.

– Czyżby matka moja powiedziała ci coś o mnie? – spytał.

– Nie, ale oczy twoje cię zdradziły – odparł Elrond. – Nie mówię jednak tylko o mojej córce. Teraz nie wolno ci związać się z żadną dziewczyną. Co do Arweny Pięknej, księżniczki Imladris i Lórien,

Gwiazdy Wieczornej swego plemienia, należy ona do rodu wspanialszego niż twój i chodzi po świecie od dawna, tak że wobec niej ty jesteś jak jednoroczny pęd wobec młodej brzozy, która kwitnie już od kilku wiosen. Arwena stoi wyżej, za wysoko dla ciebie. Myślę, że ona sama też tak tę sprawę osądza. Nawet jednak gdyby się jej serce do ciebie skłaniało, przyjąłbym to ze smutkiem, z powodu wyroku przeznaczenia, który nad nami ciąży.

– Jakiż to wyrok? – spytał Aragorn.

– Arwena ma cieszyć się długo młodością Eldarów, dopóki ja mieszkam tutaj – rzekł Elrond – a gdy odejdę, będzie mogła odejść wraz ze mną, jeśli taki los wybierze.

– Rozumiem, podniosłem oczy na klejnot nie mniej cenny niż skarb Thingola, którego Beren ongi zapragnął. Taki mój los – rzekł Aragorn. Nagle jednak, w przebłysku jasnowidzenia, które było przywilejem jego rodu, dodał: – Ale przecież, Elrondzie, czas oczekiwania już niedługi, wkrótce dzieci twoje będą musiały wybierać między rozłąką z tobą a porzuceniem Śródziemia.

– Prawda! – odparł Elrond. – Czasu zostało mało, jeśli mierzyć naszą miarą, lecz wedle rachuby ludzkiej upłynąć musi wiele jeszcze lat. Zresztą dla ukochanej córki mojej Arweny nie będzie wyboru, chyba że ty staniesz między nami i zgotujesz jednemu z nas – mnie albo sobie – gorycz rozłąki na czas dłuższy niż trwanie świata. Sam nie wiesz, czego żądasz ode mnie! – Westchnął i po chwili, poważnie spoglądając na młodzieńca, podjął znowu: – Czekajmy, co czas przyniesie. Nie będziemy do tej sprawy wracali aż za wiele lat. Niebo się chmurzy, wkrótce zaczną się srogie burze nad Śródziemiem.

Tak więc Aragorn pożegnał Elronda serdecznie, a potem pożegnał też matkę i Arwenę, wyruszając na pustkowia. Przez blisko trzy dziesiątki lat trudził się dla dobrej sprawy w walce z Sauronem; zawarł przyjaźń z Gandalfem Mądrym i wiele się od niego nauczył. Razem odbywali niebezpieczne podróże, z czasem jednak Aragorn coraz częściej wędrował samotnie. Długie to były i niełatwe wędrówki, toteż twarz Aragorna spochmurniała i zdawała się sroga – z wyjątkiem chwil, gdy ją rozjaśniał uśmiech; mimo to ludzie poznawali w nim człowieka godnego czci, jak gdyby króla na wygnaniu, gdy nie ukrywał swej prawdziwej postaci. Często bowiem chadzał po świecie w przebraniu i zasłynął pod wielu różnymi imionami. Jeździł w szeregach Rohirrimów do bitwy i walczył w imię władcy Gondoru na lądzie i na morzu, a po zwycięstwie zniknął z oczu ludzi Zachodu, odchodząc samotnie daleko na południe i na wschód, badając serca ludzkie, zarówno dobre, jak i złe, wykrywając spiski i knowania służalców Saurona.

Zahartował się w trudach tak, że nikt ze śmiertelnych ludzi nie mógł się z nim równać, wyćwiczył w ich umiejętnościach i nauczył ich historii, a mimo to inny był niż oni, miał bowiem mądrość elfów, a gdy blask rozjarzał mu się w oczach, mało kto mógł znieść ogień tego spojrzenia. Twarz jego była smutna i surowa, ponieważ ciążył mu los, który mu przypadł, ale w głębi serca zachował nadzieję i z niej nieraz jak źródło ze skały tryskała wesołość.

Zdarzyło się, gdy Aragorn miał lat czterdzieści dziewięć, że wracał kiedyś z niebezpiecznej wyprawy w mroczne pogranicza Mordoru, gdzie Sauron już znowu mieszkał i knuł przewrotne swoje plany. Aragorn był znużony i zamierzał iść do Rivendell, by odpocząć czas jakiś przed następną podróżą do odległych ziem, lecz po drodze zaszedł na skraj Lórien i Pani Galadriela zaprosiła go do ukrytego kraju elfów.

Aragorn nie wiedział o tym, lecz przebywała tam wówczas Arwena, która znów odwiedziła ojczyznę swojej matki. Niewiele się zmieniła, bo lata, bezlitosne dla śmiertelników, ją oszczędzały, ale twarz miała poważniejszą i rzadziej się uśmiechała niż dawniej. Aragorn natomiast dojrzał przez ten czas duchem i ciałem. Galadriela poleciła mu zrzucić zniszczony strój podróżny, ubrała go w szaty srebrne i białe, okryła szarym płaszczem elfów i ozdobiła mu czoło błyszczącym klejnotem. Wyglądał w tym piękniej niż król ludzkiego plemienia, jak książę elfów z dalekich zachodnich wysp. Takiego zobaczyła go Arwena po raz pierwszy po latach rozłąki, gdy spotkali się pod kwitnącymi złociście drzewami Caras Galadhon. W tej też chwili dokonała wyboru i los jej został przypieczętowany.

Przez całą wiosnę przechadzali się razem po lesie Lothlórien, aż nadeszła pora i Aragorn musiał ruszyć znów w drogę. Wieczorem przed najkrótszą nocą lata Aragorn, syn Arathorna, i Arwena, córka Elronda, weszli na piękne wzgórze Cerin Amroth, wznoszące się pośrodku tej krainy, i tam bosymi stopami brodzili w trawie niewiędnącej nigdy i usianej kwiatami *nifredil* i *elanor*. Z wysoka patrzyli na Wschód okryty Cieniem i na Zachód w Zmierzchu. Przyrzekli sobie nawzajem miłość i byli szczęśliwi.

– Czarny jest Cień – powiedziała Arwena – ale serce moje raduje się, bo ty, Estelu, będziesz wśród najmężniejszych, którzy ten Cień zniszczą.

– Niestety! – odparł Aragorn. – Nie widzę jeszcze przed sobą tego dnia i nie wiem, jak tego dokonam. Ale twoja nadzieja krzepi moją. Odtrącam od siebie Cień na zawsze. Lecz Zmierzch także jest nie dla mnie, należę do śmiertelników, a jeśli ty wytrwasz przy mnie, Gwiazdo Wieczorna, będziesz musiała również wyrzec się Zmierzchu.

Arwena stała u jego boku nieruchoma jak srebrzyste drzewo, zapatrzona w zachód, i po długiej chwili dopiero odpowiedziała:

– Wytrwam przy tobie, Dúnadanie, odwrócę się od Zmierzchu. Ale tam jest ojczyzna mojego plemienia i odwieczny kraj mojego rodu.

Bardzo kochała swego ojca, Elronda.

Gdy Elrond dowiedział się o wyborze córki, serce mu się ścisnęło z bólu, a wyrok losu, chociaż od dawna wiadomy, nie wydał mu się przez to łatwiejszy do zniesienia. Powitał jednak Aragorna w Rivendell z miłością i powiedział:

– Synu, nadchodzą lata, gdy nadzieja przygaśnie, i nie widzę jasno, co po nich nastąpi. Cień leży pomiędzy nami. Może tak jest sądzone, że ja muszę utracić królestwo, aby ludzie odzyskali swoje. Chociaż więc kocham cię, powiadam: Arwena Undómiel może wyrzec się przywileju elfów tylko dla największej sprawy. Jeśli poślubi śmiertelnego człowieka, to tylko króla obu królestw, Gondoru i Arnoru. Mnie nawet wówczas zwycięstwo przyniesie jedynie smutek i rozłąkę, tobie – nadzieję szczęścia na krótki czas. Na krótki czas! Tak, synu, lękam się, że Arwenie los człowieczy wyda się w końcu zbyt srogi.

Na tym między nimi stanęło i nie mówili więcej o tej sprawie, lecz Aragorn wkrótce znów wyruszył na niebezpieczną wyprawę i podjął nowe trudy. Niebo nad światem pociemniało, strach padł na Śródziemie, potęga Saurona rosła, mury Barad-dûr coraz wyżej i potężniej piętrzyły się nad Mordorem, a tymczasem Arwena mieszkała w Rivendell i gdy Aragorn wędrował po dalekich krajach, czuwała nad nim myślą; powodowana nadzieją sporządziła wspaniały królewski sztandar, jaki przystoi władcy Númenorejczyków i spadkobiercy Isildura.

W kilka lat później Gilraena pożegnała Elronda i wróciła do własnej rodziny w Eriadorze. Tam żyła samotnie, rzadko widując syna, który lata całe spędzał w dalekich krajach. Gdy wreszcie kiedyś Aragorn przybył na północ i odwiedził ją, powiedziała mu przed rozstaniem:

– To nasze ostatnie pożegnanie, Estelu, synu mój. Wśród trosk postarzałam się wcześnie, tak jakbym była z krótkowiecznego plemienia. Teraz jednak, gdy zbliża się burza, nie mogę ścierpieć Ciemności naszych czasów, które zbierają się nad Śródziemiem. Wkrótce odejdę.

Aragorn starał się pocieszyć matkę, mówiąc:

– Za ciemnymi chmurami pewnie świeci słońce, a jeśli to prawda, zobaczysz je i będziesz się nim cieszyła.

Odpowiedziała mu wierszem z pieśni:

«*Onen i-Estel Edain, û-chebin estel anim...*»[1].

Aragorn odszedł z ciężkim sercem. Gilraena umarła przed następną wiosną.

Tak płynęły lata, zbliżała się Wojna o Pierścień, o której opowiedziano szerzej w innym miejscu, wiemy tedy, jak się znalazł nieprzewidziany sposób zniszczenia potęgi Saurona i jak się spełniły nadzieje. Wiemy też, że w godzinie klęski zjawił się Aragorn, przybywając od strony Morza i rozwinął sztandar Arweny podczas bitwy na polach Pelennoru, potem zaś przywitano w jego osobie powracającego króla. Wreszcie odzyskał dziedzictwo praojców, otrzymał koronę Gondoru i berło Arnoru, a wtedy w najdłuższy dzień lata w roku upadku Saurona wprowadził Arwenę Undómiel za rękę do Minas Tirith i w stolicy odbyły się królewskie gody. Trzecia Era skończyła się zwycięstwem w blasku nadziei, ale wśród smut-

---

[1] „Nadzieję odstępuję Dúnedainom, nie mam jej dla siebie".

ków tych dni najsmutniejsze było pożegnanie Elronda z Arweną, miało ich bowiem do końca świata i poza koniec świata rozdzielić Morze i wyrok losu.

Kiedy został zniszczony Najpotężniejszy z Pierścieni, Trzy Pierścienie elfów także straciły swoją moc, Elrond zaś, zmęczony wreszcie długim życiem w Śródziemiu, opuścił je, by już nigdy nie wrócić. Arwena jednak, poślubiając Aragorna, przyjęła los śmiertelnej kobiety, chociaż miała umrzeć wtedy dopiero, gdy wszystko, co za tę cenę zdobyła, utraci.

Jako królowa elfów i ludzi przeżyła z Aragornem sto dwadzieścia lat w szczęściu i chwale; gdy wreszcie Aragorn poczuł, że starość się zbliża i że dobiegają końca odmierzone, jakkolwiek długie dni, powiedział do Arweny:

– Teraz, Gwiazdo Wieczorna, najpiękniejsza w świecie i najbardziej ukochana, słońce zachodzi nad moim światem. Zbieraliśmy plony i spożywaliśmy je, przyszła godzina zapłaty.

Arwena zrozumiała jego myśl, z dawna przewidziała tę godzinę; mimo to ogarnął ją wielki smutek.

– Czy chcesz, królu mój, przed czasem opuścić lud, który czci każde twoje słowo? – spytała.

– Nie przed czasem – odparł. – Jeśli bowiem nie odejdę teraz dobrowolnie, wkrótce będę musiał odejść po niewoli. Nasz syn Eldarion dojrzał już do królowania.

Udał się więc Aragorn do Domu Królów przy ulicy Milczenia i ułożył się na przygotowanym dla niego od dawna łożu. Pożegnał się z Eldarionem i w jego ręce złożył skrzydlatą koronę Gondoru oraz berło Arnoru. Potem wszyscy wyszli, zostawiając go samego z Arweną, która stała u jego wezgłowia. A chociaż była to pani tak wielkiego rodu i wielkiej mądrości, nie mogła się wstrzymać od prośby, żeby został z nią jeszcze choć chwilę. Nie czuła się jeszcze znużona i syta życia, toteż poznała gorzki smak losu śmiertelnych ludzi, który zgodziła się podzielić.

– Gwiazdo Wieczorna – powiedział Aragorn – ciężka to godzina, ale była nam przeznaczona od tego dnia, gdy spotkaliśmy się pod białymi brzozami w ogrodzie Elronda, po którym dziś nikt już się nie przechadza; tego dnia, gdy na wzgórzu Cerin Amroth wyrzekliśmy się oboje zarówno Ciemności, jak i Zmierzchu, przyjęliśmy nasz los.

Spytaj sama siebie, ukochana, czy chciałabyś, abym czekał, aż zwiędnę i bez sił, bez rozumu osunę się z mego wysokiego tronu. Nie, Gwiazdo moja, jestem ostatnim z Númenorejczyków, ostatnim królem Dawnych Dni; wymierzono mi miarę trzech pokoleń ludzi Śródziemia i dano mi prawo, bym sam wybrał godzinę odejścia. Pora zwrócić użyczony dar. Zasnę już teraz. Nie próbuję cię pocieszać, bo świat nie zna pociechy na taki ból. Masz po raz ostatni wybór, cofnij się, jedź do przystani, zabierz z sobą za Morze pamięć naszych dni, które tam na zawsze zostaną utrwalone, ale tylko we wspomnieniu; albo też – poddaj się losowi człowieczemu.

– Nie, królu mój, wybrałam już od dawna – odparła Arwena. – Nie ma już w przystani okrętu, który by mnie zabrał, i muszę się poddać losowi człowieczemu, czy chcę, czy nie chcę. Ale wiedz, królu Númenorejczyków, że dopiero w tej chwili zrozumiałam dzieje twojego plemienia i jego upadku. Gardziłam twymi współplemieńcami, myśląc, że to są złe i głupie istoty, teraz jednak współczuję im wreszcie. Gorzko przyjąć to, co jest – jak mówią Eldarowie – darem Jedynego dla ludzi.

– Tak się wydaje – odparł Aragorn – ale nie dajmy się załamać w ostatniej próbie, my, cośmy niegdyś wyrzekli się Ciemności i Pierścienia. Musimy odejść w smutku, lecz nie w rozpaczy. Nie na zawsze przykuci jesteśmy do okręgów świata, poza nimi zaś istnieje coś więcej niż wspomnienie. Żegnaj!

– Estelu! Estelu! – krzyknęła, Aragorn zaś ujął jej rękę, ucałował ją i zasnął. Twarz jego zajaśniała niezwykłą pięknością, tak że wszyscy, którzy weszli potem do Domu Królów, patrzyli na niego z podziwem, ujrzeli bowiem Aragorna w uroku młodości i w sile lat męskich, a zarazem w pełni mądrości i w majestacie sędziwego wieku. Długo spoczywał tak i widzieli w nim obraz chwały królów ludzkich w nieprzyćmionym blasku, jak o poranku świata.

Kiedy jednak Arwena wyszła z Domu Królów, oczy miała przygasłe i wydało się ludowi Gondoru, że królowa jest teraz zimna i szara jak bezgwiezdna zimowa noc. Pożegnała się z Eldarionem, z córkami i z wszystkimi, których kochała, opuściła Minas Tirith, udała się do Lórien, by zamieszkać tam samotnie pod więdnącymi drzewami. Galadriela bowiem odpłynęła także za Morze, odszedł też Celeborn, a las elfów milczał.

Wreszcie, gdy liście mallornów opadły już, a wiosna jeszcze nie nadeszła, mogła Arwena położyć się na spoczynek na wzgórzu Cerin Amroth. Tam zieleni się jej mogiła i będzie tak, dopóki świat się nie odmieni. Ludzie, którzy przyszli potem na ziemię, zapomnieli o Arwenie i nic nie wiedzą o jej życiu, a elanory i nifredile nie kwitną już na wschodnim wybrzeżu Morza.

Taki jest koniec historii, która do nas doszła z Południa; odejściem Gwiazdy Wieczornej zamyka się w księdze rozdział Dawnych Dni".

II. Ród Eorla

"Eorl Młody był władcą ludzi z Éothéodu. Kraj ten leżał opodal źródeł Anduiny, między ostatnim łańcuchem Gór Mglistych a północną częścią Mrocznej Puszczy. Éothéodowie przesiedlili się tutaj za panowania króla Eärnila II, opuszczając dolinę rzeczną położoną między Samotną Skałą a Polami Gladden; lud ten był blisko spokrewniony z plemieniem Beorna i mieszkańcami zachodniego skraju puszczy. Przodkowie Eorla, wywodzący swój ród od królów Rhovanionu, którzy przed najazdami Woźników władali krajem za Mroczną Puszczą, uważali za swoich krewnych królów Gondoru, potomków Eldacara. Lubili żyć na równinach, bo kochali się w koniach i w sztuce jeździeckiej, ponieważ jednak w dolinach środkowego biegu Anduiny mieszkało podówczas mnóstwo ludzi, a w dodatku cień Dol Guldur sięgał w nie coraz dalej, Éothéodowie na wieść o rozgromieniu potęgi Czarnoksiężnika postanowili szukać sobie przestronniejszego miejsca na północy i tam osiedli, wypędzając resztki ludności Angmaru na wschód, za Góry. Za czasów wszakże Léoda, ojca Eorla, lud ten tak się rozmnożył, że na nowej ziemi znów było mu za ciasno.

W roku 2510 Trzeciej Ery nowe niebezpieczeństwo zawisło nad Gondorem. Silne bandy Dzikich Ludzi z północo-wschodu opanowały Rhovanion i posuwając się od Brunatnych Pól nad Anduinę, przeprawiły się na tratwach na jej zachodni brzeg. Jednocześnie, dziwnym zbiegiem okoliczności – a może w myśl uknutego pierwotnie planu – orkowie, którzy wtedy, nieosłabieni jeszcze wojną z krasnoludami, rozporządzali wielką potęgą, wtargnęli z Gór na równiny; napastnicy zajęli Calenardhon; Cirion, Namiestnik Gondoru, posłał na Północ wezwanie o pomoc, z dawna bowiem ludzi z dolin Anduiny wiązała przyjaźń z Gondorczykami. Lecz w dolinach została ledwie garstka ludzi, i to rozproszonych, niezdolnych do udzielenia szybkiej i skutecznej pomocy. Wreszcie o groźnym położeniu Gondoru dowiedział się Eorl, a chociaż zdawało się, że już jest za późno na ratunek, wyruszył natychmiast z licznym zastępem swoich jeźdźców.

Zdążył zjawić się w dniu, gdy toczono bitwę na Polach Celebrantu, jak zwała się zielona kraina między Srebrną Żyłą a Mętną Wodą. Północnej armii Gondoru groziła klęska; pobita na Płaskowyżu, odcięta od południa, zmuszona przekroczyć Mętną Wodę, została tutaj nagle zaatakowana przez orków i zepchnięta nad Anduinę. Zdawało się, że wszelka nadzieja stracona, gdy niespodzianie z Północy przybyli z odsieczą jeźdźcy i natarli na nieprzyjacielskie tyły. Losy bitwy odmieniły się błyskawicznie, orkowie zdziesiątkowani umykali za Mętną Wodę. Eorl na czele swych wojowników ścigał ich, a taki postrach budzili powszechnie jeźdźcy Północy, że napastnicy na Płaskowyżu również ulegli panice; rzucili się do ucieczki, Rohirrimowie zaś, nie ustając w pogoni, wytępili rozproszonych po równinie Calenardhonu niedobitków".

Ludność tych okolic, przerzedzona na skutek pomoru, wyginęła do reszty w czasie ustawicznych napadów okrutnych Easterlingów. W nagrodę więc za pomoc Cirion oddał wyludniony kraj między Anduiną a Iseną na wieczne czasy Eorlowi i jego plemieniu. Jeźdźcy sprowadzili z Północy żony i dzieci, zwieźli dobytek i osiedli w Calenardhonie. Nazwali ten kraj Marchią Jeźdźców, siebie zaś – Eorlingami, lecz w Gondorze nazywano ich państwo Rohanem, a jego mieszkańców Rohirrimami, co znaczy: mistrzowie koni. Tak Eorl został pierwszym królem Marchii i obrał na swą stolicę miejsce na zielonym wzgórzu u stóp Białych Gór, które stanowiły południowy mur obronny jego królestwa. Odtąd Rohirrimowie żyli tam jako lud wolny, rządzony przez własnego króla i własne prawa, lecz w wieczystym przymierzu z Gondorem.

„Pieśni Rohanu utrwaliły imiona wielu mężnych władców i wojowników, pięknych i dzielnych kobiet, których po dziś dzień nie zapomniano na Północy. Wedle tych pieśni Frumgar wyprowadził swój lud do Éothéodu. Syn jego, Fram, zabił ogromnego smoka Skata z Ered Mithrin i na zawsze uwolnił kraj od krwiożerczych potworów. Ów Fram zdobył niezmierne bogactwa, lecz naraził się na waśń z krasnoludami, którzy rościli sobie prawa do skarbu Skata. Fram nie chciał im ani grosza ustąpić, posłał zamiast tego naszyjnik z zębów smoka, oznajmiając: «Takich klejnotów na pewno nie macie w swoim skarbcu, bo niełatwo je nabyć!». Podobno krasnoludowie, mszcząc się za tę zniewagę, zabili Frama. W każdym razie nigdy między nimi a Éothéodami nie było wielkiej przyjaźni.

Ojciec Eorla miał na imię Léod. Był mistrzem w ujeżdżaniu dzikich koni, bo podówczas mnóstwo ich żyło na stepach. Złowił kiedyś siwego źrebca, który wkrótce wyrósł na silnego, dumnego i pięknego konia. Nikt jednak nie mógł go okiełznać. Gdy Léod ośmielił się go dosiąść, rumak poniósł jeźdźca i zrzucił daleko w polu. Léod uderzył głową o kamień i poniósł śmierć. Miał zaledwie czterdzieści dwa lata, a syn jego był szesnastoletnim chłopcem.

Eorl przysiągł, że pomści ojca. Długo szukał w stepie, aż wreszcie wypatrzył siwego konia. Towarzysze spodziewali się, że zechce go podejść na odległość strzały i zabić. Lecz gdy się zbliżył, Eorl wyprostował się i zawołał gromkim głosem: «Chodź no tu, Ludobójco, abym ci nadał nowe imię!». Ku powszechnemu zdumieniu koń spojrzał na Eorla, podbiegł i stanął przed nim. Eorl rzekł: «Odtąd będziesz się zwał Felaróf, miłośnik wolności; nie mogę cię potępiać za to, że ją kochasz, ale winien mi jesteś wielki okup i musisz zrzec się wolności, a poddać mojej woli do końca twego życia».

Eorl dosiadł konia. Felaróf nie sprzeciwił mu się i zaniósł go do domu, bez wędzidła ani uzdy. Zawsze potem tak na nim Eorl jeździł. Siwy rumak rozumiał mowę ludzką, nigdy jednak nie pozwolił dosiąść się nikomu z wyjątkiem Eorla. Właśnie Felaróf zaniósł Eorla do bitwy na polach Celebrantu, okazał się bowiem długowieczny jak ludzie i ten sam przywilej odziedziczyło jego potomstwo. Konie po Felarófie nazywano mearasami. Nie służyły nikomu prócz królów Marchii oraz ich synów, aż do czasu, gdy Cienistogrzywy oddał się w służbę Gandalfowi. Wśród ludzi zachowała się wieść, że Béma (którego Eldarowie nazywali Oromë) przyprowadził ich praojca zza zachodniego Morza.

Spośród królów Marchii panujących między Eorlem a Théodenem najwięcej mówią stare pieśni o Helmie Żelaznorękim. Był to człowiek posępny, wielkiej siły. Żył podówczas w Marchii niejaki Freka, który podawał się za potomka króla Fréawina, jakkolwiek w rzeczywistości miał w żyłach krew Dunlandu, co poznać było można po ciemnych włosach. Freka wzbogacił się i zwielmożniał, posiadał bowiem rozległe włości na obu brzegach Adornu – dopływu Iseny spływającego z zachodnich zboczy Ered Nimrais. W pobliżu źródeł tej rzeki zbudował sobie twierdzę i lekceważył króla. Helm mu nie ufał, lecz wzywał go na narady, a Freka albo stawiał się na wezwanie, albo nie, wedle własnej woli.

Pewnego razu przyjechał na naradę z liczną świtą i poprosił króla o rękę jego córki dla swego syna, Wulfa. Helm odparł: «Urosłeś, Freko, od naszego ostatniego spotkania, ale głównie, jak widzę, przybyło ci sadła». Wszyscy się roześmiali, bo Freka rzeczywiście miał brzuch potężny.

Freka, rozwścieczony, zasypał króla obelgami, a zakończył je tak: «Starzy królowie, którzy odtrącają ofiarowaną podporę, zwykle potem proszą o nią na kolanach!». Helm odpowiedział: «Milcz! Małżeństwo twojego syna to błahostka. O niej Helm z Freką pogada później w cztery oczy. Teraz król i jego doradcy mają ważniejsze sprawy do rozważania».

Po skończonej naradzie Helm wstał i kładąc ciężką rękę na ramieniu Freki, rzekł: «Król nie pozwala na burdy w swoim domu; więcej wolno awanturnikom na polu!». Wypchnął Frekę za drzwi i za bramę Edoras. Jego ludziom, którzy nadbiegli, powiedział: «Precz stąd! Nie potrzeba nam świadków. Będziemy rozmawiali o poufnych sprawach sam na sam. Wy możecie tymczasem pogadać z moimi żołnierzami!». Widząc, że król ma przewagę liczebną, ustąpili.

«Teraz, Dunlendingu – rzekł król – masz tylko z Helmem do czynienia, i to z Helmem bezbronnym. Ale mówiłeś dość, na mnie kolej. Freko, razem z brzuchem urosła twoja głupota. Wspomniałeś o podporze. Helm, jeśli mu się nie podoba koślawy kij, który mu ofiarowują, łamie go, ot tak!». I to rzekłszy, uderzył pięścią Frekę, on zaś ogłuszony padł na wznak; wkrótce potem umarł.

Helm ogłosił syna Freki i jego najbliższych krewnych wrogami królewskimi. Musieli uciekać z kraju, bo wysłał natychmiast jeźdźców, aby ich pojmali w zachodnich prowincjach Rohanu".

W cztery lata później, w 2758 roku, Rohan przeżywał ciężkie chwile, a od sojuszników nie mógł oczekiwać posiłków, bo trzy floty korsarskie napadły Gondor i wojna wrzała na wszystkich jego wybrzeżach. Jednocześnie Easterlingowie znów wtargnęli do Rohanu, a Dunlendingowie skorzystali z tego, by przeprawić się za Isenę i natrzeć od strony Isengardu. Okazało się, że prowadził ich Wulf. Natarli znacznymi siłami, ponieważ przyłączyli się do nich wrogowie Gondoru, którzy wylądowali przy ujściu rzeki Lefnui i Iseny.

Rohirrimowie ponieśli klęskę, Nieprzyjaciel zajął cały kraj; kto z mieszkańców nie zginął lub nie dostał się do niewoli, chronił się w dolinach wśród gór. Helm z ciężkimi stratami wycofał się od brodów na Isenie do Rogatego Grodu i ukrytego za nim wąwozu (który odtąd nazywano zawsze Helmowym Jarem). Tu wytrzymał długie oblężenie. Wulf zdobył Edoras, zasiadł na tronie w Meduseld i ogłosił się królem. U bram stolicy jako ostatni z obrońców poległ Haleth, syn Helma.

Wkrótce potem nastała Długa Zima, śnieg zasypał Rohan na pięć miesięcy (od listopada do marca 2758–59). Zarówno Rohirrimowie, jak i ich przeciwnicy cierpieli srodze od mrozów, a dłużej jeszcze od niedostatku. W Helmowym Jarze zapanował od zimowego przesilenia straszliwy głód. Młodszy syn Helma, Háma, w porywie desperacji wbrew zakazowi ojca wyprowadził spory oddział na zbrojną wycieczkę i poszukiwanie prowiantu, lecz zginął wraz z wszystkimi ludźmi pośród śniegów. Wygłodniały i zrozpaczony Helm stał się straszny. Bano się go tak, że sam dźwięk jego imienia starczał za dziesięciu obrońców twierdzy. W pojedynkę, okryty białym płaszczem, zakradał się niby śnieżny troll do nieprzyjacielskich namiotów i gołymi rękami dusił zaskoczonych wrogów. Mówiono o nim, że dopóki chodzi bez broni, oręż go się nie ima. Dunlendingowie opowiadali, że jeśli innego jadła nie znajdował, pożerał ludzkie mięso. Długo ta legenda krążyła po Dunlandzie. Helm miał wielki róg i zauważono, że przed wyruszeniem na każdą wyprawę dmie weń, aby echo zwielokrotnione powtórzyło w Jarze głos, który poraził strachem przeciwników tak, że zamiast się zebrać razem, ująć Helma lub zabić, rozbiegali się w panice po Zielonej Roztoce.

Pewnej nocy ludzie słyszeli głos rogu, ale Helm nie wrócił z wycieczki. Rankiem po raz pierwszy od wielu dni zaświeciło słońce i wtedy ujrzeli białą postać nieruchomo stojącą na szańcu i samotną, bo żaden z Dunlendingów nie ośmielił się do niej zbliżyć. To był Helm; martwy, skamieniały, nie ugiął jednak kolan. Ludzie wszakże opowiadali, że nieraz jeszcze słyszeli w Jarze głos jego rogu i że upiór Helma błądzi między wrogami Rohanu, którzy padają martwi, przerażeni jego widokiem.

Wkrótce potem zima ustąpiła. Wtedy z Dunharrow, gdzie schroniło się wielu Rohirrimów, wyszedł Fréaláf, syn Hildy, siostry Helma; z małym oddziałem desperatów natarł znienacka w Meduseld na Wulfa, zabił go i odbił Edoras. Po śnieżnej zimie nastąpiły roztopy, wody wezbrały, dolina Rzeki Entów zamieniła się w olbrzymie moczary. Najeźdźcy wyginęli lub zbiegli. Wreszcie też zjawiły się posiłki z Gondoru, dążąc drogami po zachodniej i wschodniej stronie gór. Nim skończył się rok 2795, wypędzono Dunlendingów z całego kraju, wyparto ich nawet z Isengardu, a Fréaláf został królem. Zwłoki Helma przewieziono z Rogatego Grodu do Edoras i pochowano pod Dziewiątym Kurhanem. Białe *simbelmynë* kwitły na nim tak obficie, że zdawał się zawsze jakby obsypany śniegiem. Gdy umarł Fréaláf, zapoczątkowano nowy szereg mogił.

Wojna, głód, strata koni i bydła – wszystko to bardzo osłabiło Rohirrimów; szczęściem przez wiele następnych lat żadne groźniejsze niebezpieczeństwo nie nawiedziło ich kraju, bo dopiero za panowania króla Folkwina odzyskali dawne siły.

Na uroczystość koronacji Fréaláfa przybył Saruman; przyniósł dary i wychwalał męstwo Rohirrimów. Uznano go powszechnie za miłego gościa. Wkrótce potem osiedlił się na dobre w Isengardzie. Zezwolił mu na to Beren, Namiestnik Gondoru, bo Isengard był twierdzą tego królestwa, nie zaś Rohanu. Beren też powierzył Sarumanowi klucze Orthanku. Wieży nie zdołał zniszczyć ani zdobyć żaden nieprzyjaciel.

W ten sposób Saruman zaczął się rządzić jak władca, zrazu bowiem otrzymał Isengard z rąk Namiestnika w powiernictwo i miał w jego imieniu strzec wieży. Lecz Fréaláf rad był z tego postanowienia Berena, myśląc, że ma teraz w Isengardzie potężnego przyjaciela.

Dość długo Saruman uchodził za przyjaciela Rohanu i może nawet z początku był nim naprawdę. Później dopiero zaczęto podejrzewać, że obejmując Isengard, taił nadzieję, iż znajdzie tam kryształ Jasnowidzenia, i zamierzał twierdzę przeobrazić w fundament własnej potęgi. Z pewnością po ostatnim zebraniu Białej Rady (2953) żywił już w stosunku do Rohanu złe zamiary, jakkolwiek jeszcze się z nimi krył. Zawładnął Isengardem, zbudował twierdzę niezdobytą i siejącą postrach wkoło, rywalkę niejako wieży Barad-dûr. Otoczył się poplecznikami i sługami, skupiając przy sobie wszelkie istoty nienawidzące Gondoru i Rohanu, zarówno ludzi, jak i inne, gorsze stwory.

Królowie Marchii

Pierwsza dynastia

Rok[1]

1. Eorl Młody (2485–2545). Taki otrzymał przydomek, ponieważ bardzo młodo odziedziczył władzę po ojcu i zachował jasne włosy oraz siły młodzieńcze do końca swych dni. Czas życia skrócił mu ponowny napad Easterlingów, Eorl bowiem poległ w bitwie na Płaskowyżu. Na jego cześć usypano Pierwszy Kurhan. Z nim razem pogrzebano jego konia Felarófa.

2. Brego (2512–2570). Wypędził nieprzyjaciół z Płaskowyżu, po czym Rohan przez wiele lat nie doznał napaści. W 2569 ukończył budowę pałacu Meduseld. Podczas uczty syn Brega, Baldor, przysiągł, że odważy się przejść Ścieżkę Umarłych, lecz z niej nie powrócił.[2] Brego w rok później umarł z żalu.

3. Aldor Stary – młodszy syn Brega (2544–2645). Przezwano go Starym, bo dożył sędziwego wieku i panował przez 75 lat. Za jego czasów Rohirrimowie rozmnożyli się i wyparli lub ujarzmili resztki Dunlandczyków mieszkających jeszcze na wschodnim brzegu Iseny. W Harrowdale i innych dolinach górskich założono osiedla. O na-

---

[1] Daty podano tu według rachuby czasu Gondoru; dotyczą one Trzeciej Ery. Daty w nawiasie oznaczają rok urodzenia i śmierci.
[2] T. III, s. 68, 80.

stępnych trzech królach nie ma wiele do powiedzenia, Rohan bowiem kwitł wówczas w pokoju i dobrobycie.

4. Fréa (2570–2659). Najstarszy syn, ale czwarte dziecko Aldora. Objął panowanie w podeszłym już wieku.

5. Fréawin (2594–2680).

6. Goldwin (2619–2699).

7. Déor (2644–2718). W jego czasach Dunlendingowie często dokonywali wypadów za Isenę. W 2710 zajęli opuszczony krąg Isengardu i nie dało się ich stamtąd przepędzić.

8. Gram (2668–2741).

9. Helm Żelaznoręki (2691–2759). Pod koniec jego panowania Rohan poniósł ciężkie straty wskutek najazdów oraz srogiej zimy. Helm i dwaj jego synowie polegli na wojnie. Królem został syn jego siostry, Fréaláf.

Druga dynastia

10. Fréaláf, syn Hildy (2726–2798). Za jego czasów Saruman osiadł w Isengardzie, z którego wypędzono Dunlendingów. Rohirrimowie zrazu skorzystali na przyjaźni z Sarumanem podczas głodu i późniejszego osłabienia ich kraju.

11. Brytta (2752–2842). Przez współplemieńców zwany Léofa, to znaczy „umiłowany", bo go wszyscy kochali. Był hojny i chętnie każdego wspomagał w potrzebie. Za jego czasów toczyła się wojna z orkami, którzy, wypędzeni z Północy, szukali schronienia w Białych Górach[1]. Po śmierci Brytty mniemano, że orkowie są raz na zawsze pokonani. Okazało się, że była to pomyłka.

---

[1] T. III, s. 425.

12. Walda (2780–2851). Panował tylko przez dziewięć lat. Zginął wraz ze swą świtą, wpadłszy w zasadzkę orków, gdy jechał górskimi ścieżkami z Dunharrow.

13. Folka (2804–2864). Rozmiłowany w łowach, ślubował jednak, że nie będzie polował na zwierzynę, dopóki nie przepędzi z Rohanu ostatniego orka. Gdy wykryto i zniszczono ostatnią kryjówkę orków, Folka wybrał się na polowanie i ubił w lesie Firien olbrzymiego dzika z Everholt, lecz zmarł od ran, jakie dzik mu zadał kłami.

14. Folkwin (2830–2903). Gdy został królem, Rohirrimowie powrócili do sił. Odbił pogranicze zachodnie (między Adorną a Iseną) zagrabione przez Dunlendingów. Rohan w złych dniach otrzymał wiele pomocy z Gondoru, toteż na wieść, że Haradrimowie napadli znacznymi siłami na Gondor, Folkwin posłał Namiestnikowi na odsiecz jeźdźców; chciał sam ruszyć z nimi, lecz odradzono mu to, i zastąpili go dwaj synowie: Folkred i Fastred (urodzony w r. 2858). Obaj polegli w bitwie o Ithilien (2885). Túrin II, Namiestnik Gondoru, wypłacił Folkwinowi w złocie hojny okup przelanej krwi.

15. Fengel (2870–2953). Czwarte dziecko, a trzeci syn Folkwina. Nie zostawił chlubnej pamięci. Był łakomy u stołu i chciwy złota, wadził się ze swymi doradcami i z własnymi dziećmi. Thengel, jego trzecie dziecko i zarazem jedyny syn, dorósłszy, opuścił Rohan i długo przebywał w Gondorze, gdzie w służbie Turgona zyskał sławę.

16. Thengel (2905–2980). Ożenił się bardzo późno, dopiero w r. 2943, z Morweną z Lossarnach, prowincji Gondoru, o osiemnaście lat młodszą od niego. Urodziła mu w Gondorze troje dzieci, a między nimi jednego tylko syna – Théodena. Po śmierci Fengla Rohirrimowie wezwali Thengla, który, choć niechętnie, powrócił do kraju. Okazał się dobrym i mądrym królem, jakkolwiek na jego dworze panował język Gondoru, co nie wszystkim się podobało. Już w czasie pobytu w Rohanie urodziły mu się dwie córki; najmłodsza, Théodwina, chociaż późno się zjawiła (2963), była najpiękniejsza. Brat kochał ją serdecznie.

Wkrótce po powrocie Thengla do kraju Saruman ogłosił się władcą Isengardu i zaczął niepokoić Rohan, szarpiąc granice i popierając jego wrogów.

17. Théoden (2948–3019). W kronikach Rohanu nazwano go Théodenem Odrodzonym, ponieważ za sprawą czarów Sarumana zniedołężniał, lecz został przez Gandalfa uzdrowiony i w ostatnim roku swego życia, dźwignąwszy się z niemocy, poprowadził jeźdźców do zwycięstwa pod Rogatym Grodem, a wkrótce potem na pola Pelennoru, gdzie rozegrała się największa bitwa Trzeciej Ery. Poległ u bram Mundburga. Czas jakiś zwłoki jego spoczywały w kraju, gdzie się urodził, wśród zmarłych królów Gondoru, po czym przewieziono je i pochowano pod Ósmym Kurhanem jego dynastii w Edoras. Po nim zaczęła się dynastia nowa.

Trzecia dynastia

W roku 2989 Théodwina zaślubiła Éomunda ze Wschodniej Bruzdy, naczelnego wodza Marchii. Syn jej, Éomer, urodził się w 2991 roku, córka zaś, Éowina, w 2995. Sauron podówczas już ponownie wzrósł w potęgę, a cień Mordoru dosięgał Rohanu. Orkowie zaczęli napaści na wschodnie części kraju, mordując lub porywając konie. Inne bandy napadały od Gór Mglistych, przeważnie olbrzymi orkowie Uruk-hai, na służbie Sarumana – jakkolwiek to odkryto dopiero znacznie później. Główne zadania obronne miał Éomund na pograniczach wschodnich; kochał bardzo konie, a nienawidził orków. Nieraz, na wieść o pojawieniu się napastników, ruszał przeciw nim natychmiast w porywie gniewu na czele garstki ludzi. Jedna z takich wypraw w roku 3002 skończyła się jego śmiercią, ścigając bowiem małą bandę orków aż po stoki Emyn Muil, wpadł tam wśród skał w zasadzkę i zginął w walce z przeważającymi siłami.

Wkrótce potem, ku wielkiej żałości króla, Théodwina zachorowała i umarła. Król wziął dzieci jej na swój dwór i nazywał je swym synem i swoją córką. Miał rodzonego syna, jedynaka, podówczas dwudziestoczteroletniego Théodreda; królowa Elfhilda umarła przy jego urodzeniu, a Théoden nie ożenił się powtórnie. Éomer i Éowina wychowywali się więc w Edoras i widzieli, jak cień ogarnia stopniowo dwór Théodena. Éomer podobny był do ojca, lecz Éowina miała smukłą postać, wdzięk i dumę południowego plemienia po swej babce, Morwenie z Lossarnach, której Rohirrimowie dali przezwisko „Kwiat ze Stali".

Éomer Éadig [2991–63 Czwartej Ery (3084)]. Młodo mianowany wodzem Marchii (3017), odziedziczył po ojcu obowiązki obrony wschodnich pograniczy. W Wojnie o Pierścień Théodred poległ w boju z Sarumanem u Brodu na Isenie. Dlatego Théoden, przed swą śmiercią na polach Pelennoru, wyznaczył Éomera na swego następcę i przyszłego króla Rohanu. Wtedy też Éowina okryła się chwałą, walcząc w przebraniu męskim i zasłynęła później w Marchii jako „Księżniczka ze Strzaskanym Ramieniem"[1].

Éomer był znakomitym władcą, a że objął tron za młodu, panował przez sześćdziesiąt pięć lat, czyli dłużej niż inni królowie Rohanu z wyjątkiem Aldora Starego. Podczas Wojny o Pierścień związał się przyjaźnią z królem Elessarem i z księciem Dol Amrothu, Imrahilem, często też bywał gościem w Gondorze. W ostatnim roku Trzeciej Ery pojął za żonę Lothiriel, córkę Imrahila. Syn ich, Elfwin Piękny, panował po ojcu.

Za panowania Éomera każdy w Marchii, kto chciał, mógł cieszyć się pokojem; ludność w dolinach i na równinie wzrosła w dwójnasób, stadniny rozmnożyły się wielokrotnie. Nad Gondorem i Arnorem panował wówczas król Elessar; był władcą wszystkich krajów dawnego królestwa prócz Rohanu, odnowił bowiem dar Ciriona, Éomer zaś powtórzył wobec króla przysięgę Eorla. Nieraz miał sposobność dotrzymywać jej, bo chociaż Sauron zniknął, nienawiści przez niego wzniecone i zło przez niego posiane żyły nadal; królowie Gondoru i Rohanu mieli licznych wrogów, których musieli

---

[1] Lewe ramię, na którym nosiła tarczę, strzaskał jej podczas walki maczugą Król Upiorów, lecz sam został unicestwiony; tak się spełniła przepowiednia Glorfindela, objawiona ongi królowi Eärnurowi, że Król Upiorów nie zginie z ręki męża, a nawet nie z ręki człowieka. Éowinie bowiem, jak mówią stare pieśni Marchii, pomagał w bitwie giermek Théodena, niziołek z dalekiego kraju; Éomer nadał temu niziołkowi tytuł Holdwine i godności Marchii, przyjmował go też z czcią na swym dworze.
[Chodzi oczywiście o Meriadoka Wspaniałego, dziedzica Bucklandu].

pokonać, aby Białe Drzewo mogło rozkwitać w pokoju. Ilekroć król Elessar ruszał na wojnę, król Éomer mu towarzyszył; tętent koni Rohirrimów rozlegał się nieraz grzmotem w odległych ziemiach, za Morzem Rhûn i na polach dalekiego południa, a zielona chorągiew z białym koniem łopotała na różnych wichrach, dopóki Éomer się nie postarzał.

III. Plemię Durina

Co do początków krasnoludzkiego plemienia dziwne legendy krążyły zarówno wśród Eldarów, jak i wśród samych krasnoludów, ponieważ jednak są to sprawy bardzo zamierzchłej przeszłości, niewiele o nich mówi nasza księga. Imieniem Durin nazywali krasnoludowie najstarszego z Siedmiu Ojców plemienia, przodka wszystkich królów plemienia Długobrodych[1]. Spał on samotnie, dopóki pewnego dnia, w pomroce dziejów, nie zbudził się jego lud; wtedy on przybył do Azanulbizar i w pieczarach nad Kheled-zâram, na wschodnich zboczach Gór Mglistych, założył swoją siedzibę; później powstały na tym miejscu kopalnie Morii, rozsławione w pieśniach. Żył tak długo, że świat szeroki poznał go pod mianem Durina Nieśmiertelnego. W końcu jednak umarł, i to zanim przeminęły Dawne Dni, a grobowiec zbudowano mu w Khazad-dûm; ród wszakże przetrwał i pięciokrotnie wśród jego potomstwa rodził się syn tak podobny do praojca, iż dawano mu na imię Durin. Krasnoludowie nawet byli przekonani, że pięć razy powrócił do nich Nieśmiertelny, mieli bowiem najdziwniejsze legendy i wierzenia dotyczące swojej rasy i jej roli pośród świata.

Gdy skończyła się Pierwsza Era, gdy padł Thangorodrim, a starożytne miasta Nogrod i Belegost w Górach Błękitnych zostały zburzone, Khazad-dûm rozkwitł i wzbogacił się, przybyło nie tylko ludu, lecz rozwinęła się też wiedza i rozmaite rzemiosła. Moria, nieosłabiona, przetrwała Czarne Lata i pierwszy okres władzy Saurona, chociaż bowiem Eregion był spustoszony, a bramy Morii zamknięte, Sauron nie mógł z zewnątrz zdobyć głębokich podziemi

---
[1] *Hobbit*, s. 46.

Khazad-dûm, w których żyło plemię liczne i dzielne. Długo przechowały się tam nienaruszone bogactwa, nawet wtedy gdy ludu już ubywało. W połowie Trzeciej Ery panował nad krasnoludami znów Durin, szósty król tego imienia. Sauron, sługa Morgotha, wzrastał w potęgę, jakkolwiek nie domyślano się jeszcze wtedy, co oznacza Cień zalegający lasy ciągnące się na wschód od Morii. Wszystkie złe stwory zaczęły się budzić do życia. Krasnoludowie podówczas kopali głęboko pod górą Barazinbar, szukając mithrilu, bezcennego metalu, który z każdym rokiem trudniej było zdobywać[1]. Przy tych pracach zbudziły ze snu[2] okropnego potwora, który, uciekłszy z Thangorodrimu, od dnia przybycia tam armii Beleriandu ukrywał się w fundamentach ziemi. Był to Balrog, jeden ze służalców Morgotha; z jego to ręki zginął Durin, a w rok później syn Durina, Náin I. Tak przeminęła świetność Morii, a jej lud zdziesiątkowany rozproszył się po świecie.

Większość uciekinierów powędrowała na północ; Thráin I, syn Náina, dotarł do Ereboru i pod Samotną Górą, opodal wschodniego skraju Mrocznej Puszczy, założył nowe kopalnie. Thráin został królem spod Góry. W Ereborze znalazł drogocenny kamień, klejnot nad klejnotami, Serce Góry[3]. Lecz syn Thráina, Thorin I, przeniósł się dalej na północ, w Góry Szare, gdzie wówczas zgromadziło się najwięcej krasnoludów, były to bowiem góry bardzo bogate, a mało jeszcze znane. Niestety, na pustkowiach za nimi żyły smoki, które w wiele lat później, gdy rozmnożyły się i odzyskały siły, zaczęły gnębić plemię Durina i napastować podziemne państwo. Wreszcie Dáin I wraz ze swym młodszym synem Frórem zabity został przez olbrzymiego zimnego smoka w progu własnej komnaty.

Wkrótce potem plemię Durina opuściło Góry Szare. Trzeci syn Dáina, Grór, osiadł ze sporym zastępem swych zwolenników wśród Żelaznych Wzgórz, ale Thror, spadkobierca Dáina, razem ze swym stryjem Borinem i resztą plemienia wrócił do Ereboru. Klejnot nad

---

[1] T. I, s. 418.
[2] Zbudziły lub może tylko wyzwoliły z więzienia; potwór zapewne wcześniej został obudzony za sprawą Saurona.
[3] *Hobbit*, s. 179.

klejnotami znów znalazł się w wielkiej sali Thráina, a plemię krasnoludów żyło wśród pomyślności i bogactw, przyjaźniąc się z ludźmi mieszkającymi w tej okolicy. Krasnoludowie wyrabiali bowiem nie tylko przedmioty podziwiane dla ich piękna, lecz także oręż i zbroje, które ceniono wysoko; utrzymywali w związku z tym ożywione stosunki ze swymi pobratymcami z Żelaznych Wzgórz, wymieniając z nimi kruszce. Nortowie, mieszkający między Celduiną (Bystrą Rzeką) a Carnenem (Rudą Wodą), zaopatrzeni dobrze w broń, wzrośli w potęgę i odparli wszystkich wrogów napastujących ich wschodnie granice, plemię Durina zaś żyło dostatnio, ucztując i śpiewając w podziemnych pałacach Ereboru[1]. Wieść o skarbach Ereboru rozeszła się szeroko i dosięgła uszu smoków, a w każdym razie największego z nich, Smauga Złotego; Smaug znienacka napadł na królestwo Thróra i w płomieniach opadł na Górę. W krótkim czasie zniszczył cały kraj, pobliskie miasto Dal opustoszało i zamieniło się w ruinę, Smaug zaś wtargnął do Wielkiej Hali i tam legł na kopcu złota.

Niewielu krasnoludów ocalało z tego pogromu; ostatni z niedobitków wydostał się z podziemi przez tajemne drzwi – sam Thrór wraz z synem, Thráinem II. Ruszyli z rodzinami[2] i garstką współplemieńców, krewnych i najwierniejszych przyjaciół na południe i długo potem pędzili życie tułacze.

W wiele lat później Thrór, już stary, biedny i zrozpaczony, oddał synowi Thráinowi jedyny klejnot, jaki jeszcze posiadał: ostatni z Siedmiu Pierścieni; po czym w towarzystwie starego przyjaciela Nára opuścił gromadę. Na pożegnanie powiedział Thráinowi:

– Może ten Pierścień stanie się dla ciebie zaczątkiem nowego bogactwa, chociaż wydaje się to mało prawdopodobne. Żeby złoto rozmnożyć, trzeba je mieć.

– Nie zamierzasz chyba, ojcze, wracać do Ereboru? – spytał Thráin.

– To już w moim wieku na nic by się nie zdało – odparł Thrór. – Pomstę na Smaugu zostawiam tobie i twoim synom. Ale zmęczyło mnie ubóstwo i wzgarda ludzka. Spróbuję poszukać lepszej doli.

---

[1] *Hobbit*, s. 31
[2] Między innymi były tam dzieci Thráina II: Thorin (zwany potem Dębową Tarczą), Frerin i Dís. Thorin wedle pojęć krasnoludzkich był wówczas młokosem. Później okazało się, że spod Samotnej Góry ocalało więcej krasnoludów, niż zrazu przypuszczano, większość jednak udała się do Żelaznych Wzgórz.

Nie powiedział, dokąd się wybiera. Od starości, biedy i rozmyślań o dawnych bogactwach Morii za dni jego pradziadów zapewne rozum mu się trochę zmącił albo też Pierścień zaczął wywierać zły czar teraz, gdy jego władca zbudził się znów do życia, i skusił sędziwego króla krasnoludów do szaleńczej, zgubnej próby. Thrór powędrował z Dunlandu, gdzie ostatnio mieszkał, na północ, przeprawił się przez przełęcz Czerwonego Rogu i zszedł w Dolinę Azanulbizar. Bramę Morii zastał otwartą. Nár błagał króla, by nie narażał się na niebezpieczeństwo, lecz Thrór nie chciał go słuchać. Wkroczył do Morii dumnie, jak powracający prawowity spadkobierca. Nikt go już więcej żywego nie ujrzał. Nár przez wiele dni czekał, kryjąc się w pobliżu bramy. Pewnego dnia usłyszał głośny okrzyk, głos rogu i łoskot ciała staczającego się ze schodów. Obawiając się, że to Thróra spotkała tak zła przygoda, podczołgał się bliżej i wtedy zza bramy dobiegł go głos:

– Chodź no tu, brodaczu! Widzę cię dobrze. Nie bój się, tym razem jesteś mi potrzebny, żeby zanieść ode mnie wiadomość swoim kamratom.

Nár podszedł do bramy i zobaczył ciało Thróra, lecz bez głowy, która odrąbana leżała obok, twarzą do ziemi. Kiedy przyklękł nad nią, z ciemności rozległ się szyderczy śmiech i ten sam głos orka podjął znowu:

– Tak oto przyjmuję żebraka, jeśli zamiast czekać pokornie pod drzwiami wślizguje się do wnętrza i próbuje kraść. Każdy z was, który by ośmielił się kiedykolwiek wetknąć tutaj swoją wstrętną brodę, dostanie taką samą nauczkę. Idź i powiedz to swoim! A jeżeli jego krewniacy są ciekawi, kto teraz panuje w Morii, mogą imię króla odczytać na twarzy tego żebraka. Wypisałem je! Zabiłem go! Ja tutaj jestem panem.

Nár odwrócił martwą głowę i ujrzał wypalone na czole Thróra runami krasnoludzkimi, które umiał czytać, imię Azog. Odtąd to imię wypalone było na zawsze w sercu Nára i wszystkich krasnoludów. Nár pochylił się, chcąc zabrać głowę króla, lecz Azog[1] wstrzymał go krzykiem:

– Rzuć to! Idź precz! Masz tu na piwo, brodaty żebraku.

Mała sakiewka uderzyła go w twarz. Było w niej ledwie kilka marnych groszy.

---

[1] Azog był ojcem Bolga.

Z płaczem Nár uciekł brzegiem Srebrnej Żyły, raz jednak obejrzał się za siebie i zobaczył orków, którzy wylęgłszy przed bramę, rąbali ciało króla na sztuki, rzucając je na żer czarnym krukom.

Taką opowieść przyniósł Nár Thráinowi; Thráin płakał i szarpał z rozpaczy brodę, a potem zamilkł. Przez siedem dni nie odezwał się ani słowem. Wreszcie wstał i rzekł: – Tego dłużej znosić nie można!

Tak się zaczęła wojna krasnoludów z orkami, długa i krwawa, toczona przeważnie głęboko pod ziemią.

Thráin natychmiast rozesłał na cztery strony świata gońców z wieścią o losie starego króla, lecz upłynęły trzy lata, zanim krasnoludowie przygotowali się do walki. Plemię Durina wystawiło zbrojny zastęp, przyłączyły się do niego liczne pułki spośród dzieci innych Ojców plemienia, bo zniewaga, wyrządzona spadkobiercy najstarszego Ojca krasnoludzkiej rasy, wszystkich rozjątrzyła do żywego. Gdy wszystko było gotowe, ruszyli i zdobywali kolejno warowne grody orków rozrzucone między górą Gundabad a rzeką Gladden. Obie strony walczyły bez litości, ciemne noce i jasne dni wypełniły się śmiercią i okrucieństwem. Krasnoludowie zwyciężyli dzięki męstwu i dzięki doskonałej broni, a także dlatego że straszny gniew nie wygasł w ich sercach, gdy tropili Azoga we wszystkich lochach pod górami.

W końcu orkowie zbiegli z całej krainy do Morii, a krasnoludzka armia dotarła w pościgu do Azanulbizaru. Była to wielka dolina między ramionami gór otaczającymi jezioro Kheled-zâram; stanowiła ongi część królestwa Khazad-dûm. Kiedy krasnoludowie ujrzeli otwartą w stoku górskim bramę swej dawnej wspaniałej siedziby, gromki okrzyk wyrwał się ze wszystkich piersi. Ale nad nimi na zboczach już się rozstawiły potężne zastępy przeciwników, z bramy zaś wysypała się banda orków, zachowana tam przez Azoga na ostatnią, rozstrzygającą bitwę.

Zrazu los nie sprzyjał krasnoludom; dzień był ciemny, zimny i bezsłoneczny, toteż orkowie nacierali śmiało, a mieli przytłaczającą liczebną przewagę i wygodniejsze do walki stanowisko. Tak zaczęła się bitwa w Azanulbizarze (czyli, w języku elfów, w Nanduhirionie), na której wspomnienie orkowie dotychczas drżą, a krasnoludowie płaczą. Przednią straż, którą do ataku poprowadził sam Thráin, orkowie odparli, zadając jej ciężkie straty; Thráin musiał cofnąć się w las, rosnący po dziś dzień opodal jeziora Kheled-zâram. Tam poległ syn jego, Frerin, krewniak Fundin i wielu innych, a Thráin i Thorin odnieśli rany [1]. Wszędzie wkoło szale bitwy wahały się to na jedną, to na drugą stronę, z wielkim krwi przelewem, dopóki nie zjawiła się armia z Żelaznych Wzgórz. Wojownicy, których wiódł Náin, syn Gróra, ubrani w kolczugi, przybyli ostatni, za to niezmęczeni marszem, i pędzili przed sobą orków aż pod próg Morii, z okrzykiem „Azog! Azog!", waląc oskardami każdego, kto im próbował drogę zagrodzić. Náin stanął pod bramą Morii i wielkim głosem zawołał:

– Azogu! Jeśli tam jesteś, wyjdź! A może cię strach obleciał?

Azog wyszedł. Olbrzymi ork, z ciężkim żelaznym hełmem na głowie, był mimo to zwinny i niezwykle silny. Za nim sypnęli się z bramy inni, podobnej postawy, wojownicy z jego przybocznej straży. Ci starli się z towarzyszami Náina, a tymczasem Azog rzekł do Náina szyderczo:

– Co widzę? Drugi żebrak pod moimi drzwiami? Czy ciebie też będę musiał napiętnować?

I z tymi słowy rzucił się na niego. Náin był niemal ślepy z gniewu, a przy tym znużony po bitwie; Azog – wypoczęty, dziki i przebiegły. Náin, zbierając resztki sił, z rozmachem rąbnął oskardem, lecz Azog uchylił się i odskoczył, kopiąc przeciwnika w nogę. Oskard pękł, uderzając o kamień, Náin potknął się i pochylił naprzód. Azog błyskawicznie chlasnął szablą po jego szyi. Ostrze nie przecięło kolczugi, ale cios był tak potężny, że zmiażdżył kark i Náin padł martwy.

Azog wybuchnął śmiechem i zadarłszy głowę, chciał okrzyknąć swój tryumf, lecz nagle głos zamarł mu w gardle. Zobaczył bowiem, że w całej dolinie wojska jego cofają się w popłochu, a krasnoludowie prą naprzód, ścieląc drogę trupami przeciwników; który z orków zdołał ujść z życiem, wrzeszcząc, umykał na południe. Tuż obok Azog ujrzał trupy własnych gwardzistów, wybitych co do nogi. Zawrócił i pędem puścił się z powrotem ku bramie.

---

[1] Podobno wówczas Thorin, gdy tarcza jego pękła, odrąbał toporem gałąź dębową i nią osłaniał się od ciosów lub też sam ciosy zadawał. Stąd powstał jego przydomek „Dębowa Tarcza".

Skoczył za nim na schody krasnolud ze skrwawionym toporem w ręku. Był to Dáin Żelazna Stopa, syn Náina. Dopadł Azoga niemal w progu i straszliwym zamachem rąbnął w głowę. Wielką sławę przyniósł ten czyn Dáinowi, tym bardziej że wśród krasnoludów uchodził za młodzika. Czekało go długie życie i wiele bitew, aż wreszcie stary, lecz do końca nieugięty, polec miał w Wojnie o Pierścień. Ale w owym dniu, mimo hartu i gniewnego uniesienia, wrócił spod drzwi Morii z twarzą poszarzałą, jak gdyby przeżył tam chwilę okropnej grozy.

Wreszcie bitwa skończyła się zwycięstwem. Krasnoludowie, którzy z niej wyszli żywi, zgromadzili się w Dolinie Azanulbizar. Głowę Azoga nadziali na pal, wtłoczywszy do jej ust sakiewkę z kilku nędznymi groszakami. Nie było jednak uczty ani śpiewów tej nocy, bo poległych współplemieńców nawet zliczyć nikt nie umiał. Podobno ledwie połowa z tych, co walczyli w tej bitwie, trzymała się jeszcze na nogach lub mogła żywić nadzieję, że powstanie z ran. Mimo to nazajutrz Thráin przemówił do swych wojowników. Stracił bezpowrotnie wzrok w jednym oku i kulał ciężko, ale powiedział:

– Dobrze, bracia. Zwyciężyliśmy, Khazad-dûm jest nasz.

Na to wszakże odrzekli mu:

– Jesteś spadkobiercą Durina, ale nawet jednym okiem powinieneś widzieć lepiej. Ruszyliśmy na tę wojnę, żeby wziąć pomstę i pomstę mamy. Ale nie jest słodka. Jeśli to ma być zwycięstwo, za małe są nasze ręce, żeby je utrzymać.

Inni, którzy nie należeli do plemienia Durina, mówili:

– Khazad-dûm nie naszych Ojców był domem. Czymże jest dla nas, jeśli nie nadzieją bogatej zdobyczy? Jeśli musimy wracać bez nagrody i bez należnej zapłaty za przelaną krew, wolimy przynajmniej wrócić jak najprędzej do własnych krajów.

Wtedy Thráin zagadnął Dáina:

– Ale ty, krewniaku, chyba nie opuścisz mnie? – spytał.

– Nie – odparł Dáin. – Jesteś ojcem naszego plemienia, na twoje słowo przelewaliśmy krew i nigdy ci jej nie odmówimy. Ale do Khazad-dûm nie wejdziemy. Ty także nie wejdziesz tam. Ledwie zajrzałem w ciemność za bramę. Za nią czyha nadal Zguba Durina.

Świat musi się odmienić, inna niż nasza moc musi zwyciężyć, zanim plemię Durina znów przekroczy próg Morii.

Tak więc po bitwie w Dolinie Azanulbizar krasnoludowie znów się rozproszyli. Najpierw jednak w niemałym trudzie rozebrali ze zbroi wszystkich poległych, żeby orkowie nie mogli zagarnąć obfitego łupu oręża i kolczug. Podobno każdy krasnolud wracający z tego pobojowiska uginał się pod brzemieniem podwójnej zbroi. Zbudowali mnóstwo stosów i spalili ciała zabitych współbraci. Na te stosy ścięli drzewa w dolinie, która odtąd została jałowa na zawsze, a dym bijący znad ognisk dostrzeżono nawet w Lórien[1].

Gdy z tych strasznych ognisk zostały tylko popioły, sprzymierzeńcy odeszli do własnych siedzib, a Dáin Żelazna Stopa poprowadził plemię swego ojca z powrotem do Żelaznych Wzgórz. Thráin zaś, stanąwszy przed palem, rzekł do Thorina zwanego Dębową Tarczą:

– Drogo zapłaciliśmy za tę głowę. Daliśmy za nią co najmniej nasze królestwo. Czy wrócisz razem ze mną do kuźni? Czy też wolisz żebrać pod drzwiami pyszałków?

– Wracam do kuźni – odparł Thorin. – Młot bądź co bądź pozwoli mi zachować siłę w rękach, póki znów nie będę mógł chwycić w nie ostrzejszego narzędzia.

Tak więc Thráin i Thorin z garstką niedobitków, między którymi znaleźli się Balin i Glóin, wrócili do Dunlandu, a wkrótce stamtąd ruszyli na wędrówki po Eriadorze, aż wreszcie osiedli na wygnaniu we wschodniej części Ered Luin, za Rzeką Księżycową. Tu wprawdzie kuli przeważnie żelazo, lecz powodziło im się niezgorzej i z wolna plemię się rozmnażało[2]. Ale – jak słusznie powiedział Thrór – Pierścień, by rozmnożyć złoto, musiałby mieć go choć trochę na początek, a w Ered Luin ani złota, ani innych szlachetnych kruszców nie znajdowano wcale lub też znikome ilości.

---

[1] Krasnoludowie z ciężkim sercem musieli postąpić tak ze swoimi zmarłymi, było to bowiem sprzeczne z ich obyczajem; ale budowa grobów, które zwykli kuć w kamieniu, nie zaś kopać w ziemi, trwałaby kilka lat. Woleli więc oddać zwłoki płomieniom, niż je zostawić na pastwę orków i karmiących się trupami kruków. Pamięć poległych w Azanulbizar czcili jednak zawsze i po dziś dzień niejeden krasnolud chlubi się pradziadem „spalonym", a wszyscy rozumieją, co to znaczy.

[2] Było w nim bardzo niewiele krasnoludzkich kobiet. Córka Thráina, Dís, urodziła w Ered Luin dwóch synów, którzy nosili imiona Fíli i Kíli. Thorin nigdy się nie ożenił.

Wypada z kolei powiedzieć słów parę o tym Pierścieniu. Plemię Durina wierzyło, że jest to pierwszy z Siedmiu, najwcześniej z nich wykuty; krasnoludowie twierdzili, że dostał go król Khazad-dûm, Durin III, od złotników-elfów, nie zaś od Saurona, jakkolwiek z pewnością ciążyły na nim przewrotne czary Saurona, który przecież pomagał w wykuwaniu wszystkich Siedmiu. Właściciele Pierścienia nigdy go publicznie nie pokazywali i rzadko wyrzekali się go wcześniej niż w przededniu śmierci; postronni nie wiedzieli też nigdy dokładnie, gdzie Pierścień jest przechowywany. Niektórzy myśleli, że pozostał w Khazad-dûm, w tajemnym grobowcu królewskim, jeśli nie znaleźli go tam rabusie. W najbliższym otoczeniu spadkobiercy Durina przypuszczano (niesłusznie), że Thrór miał Pierścień przy sobie, gdy nieopatrznie wybrał się na starość z powrotem do siedziby przodków; co się stało z klejnotem po śmierci Thróra, nie wiedziano. W każdym razie nie odnaleziono go przy zabitym Azogu.[1]

Później dopiero krasnoludowie zaczęli się domyślać, być może trafnie, że Sauron dzięki swym czarom odkrył, kto posiada ów Pierścień, ostatni z Siedmiu jeszcze pozostający na wolnym świecie, i że nieszczęścia prześladujące spadkobierców Durina były dziełem jego złośliwości. Krasnoludów bowiem nie udało się ujarzmić za pośrednictwem Pierścienia; wywierał na nich tylko ten wpływ, że rozpalał w nich namiętne pożądanie złota i klejnotów tak, iż wszystko inne, najlepsze nawet rzeczy, mieli za nic i pałając strasznym gniewem na tych, którzy im te najbardziej umiłowane skarby wydarli, gotowi byli krwawo pomścić swą krzywdę. Plemię to jednak od początku taką miało naturę, że sprzeciwiało się stanowczo wszelkiej narzuconej władzy. Można było krasnoludów zabijać i rujnować, nigdy wszakże nie dali się zamienić w cienie i nie ulegli cudzej woli. Dlatego też Pierścień nie oddziałał na ich życie, nie przedłużył go ani nie skrócił. Sauron z tego powodu szczególnie ich nienawidził i pragnął im wydrzeć Pierścień.

W pewnej mierze zapewne złym czarom Pierścienia należy przypisać niepokój i rozgoryczenie, które w kilka lat później ogarnęły

---

[1] T. I, s. 356.

Thráina. Dręczyła go żądza złota. Wreszcie, nie mogąc tego dłużej znieść, zaczął myśleć o Ereborze i postanowił tam wrócić. Nie zwierzył się Thorinowi ze swych tajemnych planów, lecz wraz z Balinem, Dwalinem i garstką innych ruszył w drogę.

Niewiele wiadomo o jego późniejszych losach. Zdaje się, że wkrótce wędrującą gromadkę wytropili gońcy Saurona. Napastowały ją wilki, otaczali orkowie, złe ptaki śledziły jej kroki, a w miarę, jak posuwała się na północ, napotykała coraz cięższe przeszkody. Pewnej ciemnej nocy, gdy Thráin i jego towarzysze znajdowali się za Anduiną, czarny deszcz zmusił ich do schronienia się pod drzewa Mrocznej Puszczy. Rankiem Thráin zniknął z obozu i przyjaciele daremnie go nawoływali po lesie. Kilka dni czekali, nie ustając w poszukiwaniach, wreszcie stracili nadzieję i zawrócili z drogi, by po długiej tułaczce dotrzeć do Thorina. Dopiero w wiele lat później okazało się, że Thráina ujęto żywcem, porwano i zawleczono do lochów Dol Guldur; torturowany, obrabowany z Pierścienia, wkrótce zmarł w więzieniu.

Tak więc spadkobiercą Durina został Thorin, lecz nie dostała mu się w spadku nadzieja. Miał dziewięćdziesiąt lat, gdy zginął Thráin, był krasnoludem wspaniałej i dumnej postawy, lecz nie rwał się, by opuścić Eriador. Pracował tam od dawna, kupczył wyrobami swych kuźni i zdobył trochę mienia; plemię jego rozrosło się, bo liczni tułający się krasnoludowie przybywali, znęceni wieścią o nowej siedzibie założonej na Zachodzie. W górach pobudowano piękne podziemne sale, składy zapełniły się wyrobami krasnoludzkiej sztuki, życie płynęło znośnie, chociaż pieśni wciąż przypominały o straconej, dalekiej Samotnej Górze.

Mijały lata. Zdawało się, że w sercu Thorina popiół przysypał żar, lecz ogień nie zgasł i z czasem rozpalał się coraz żywiej, gdy król rozpamiętywał krzywdy swego rodu i obowiązek zemsty na smoku, przekazany w dziedzictwie przez ojca. Ciężki młot dzwonił wytrwale w kuźni, a Thorin, pracując, myślał o broni, o zbrojach, o sojuszach. Armie jednak były rozproszone, sojusze zerwane, a we własnym plemieniu niewiele mógł naliczyć bojowych toporów. Toteż straszny gniew, nieostudzony nadzieją, palił jego serce, gdy Thorin kuł czerwone żelazo na kowadle.

Wreszcie los zdarzył, że Thorin spotkał Gandalfa, i to spotkanie nie tylko rozstrzygnęło o dalszych losach plemienia Durina, lecz doprowadziło do innych jeszcze, o wiele donioślejszych zdarzeń. Pewnego razu (15 marca 2941 roku) Thorin, wracając z podróży na zachód, zatrzymał się na nocleg w Bree. Znalazł się tam tego dnia również Gandalf; wędrował do Shire'u, którego nie odwiedzał już od dwudziestu lat. Był znużony i chciał trochę odpocząć.

Wśród innych trosk nękała go myśl o niebezpieczeństwie grożącym północy. Wiedział bowiem, że Sauron już przygotowuje się do wojny i że, gdy zbierze dostateczne siły, uderzy najpierw na Rivendell. Wiedział, że jeśli Nieprzyjaciel spróbuje odzyskać Angmar i północne przełęcze górskie, nikt mu nie stawi oporu prócz krasnoludów z Żelaznych Wzgórz. A za tymi wzgórzami ciągnęły się pustkowia i panował nad nimi smok. Sauron mógł smoka użyć do swych celów z jak najokropniejszym skutkiem.

Gandalf rozmyślał więc, jak unieszkodliwić smoka Smauga. Siedział pogrążony w tych myślach, gdy stanął przed nim Thorin i rzekł:

– Mistrzu Gandalfie, znam cię tylko z widzenia, ale chciałbym z tobą pogadać. Często bowiem ostatnimi czasy wspominałem cię i coś mi szeptało, żeby cię odszukać. Posłuchałbym tej rady z pewnością, ale nie miałem pojęcia, gdzie się podziewasz.

Gandalf spojrzał na niego zdumiony.

– Dziwna rzecz! – powiedział. – Ja właśnie też ciebie wspominałem, Thorinie Dębowa Tarczo! Wybrałem się do Shire'u, ale pamiętałem, że tędy prowadzi droga również do twojej siedziby.

– Zbyt pięknie nazywasz ją, Gandalfie. To zaledwie przytułek wygnańca! – odparł Thorin. – Ale będziesz gościem zawsze mile widzianym. Słyszałem, że jesteś mądry i więcej niż inni wiesz o tym, co się na świecie dzieje. Mam poważne troski i chciałbym zasięgnąć twojej rady.

– Przyjdę! – rzekł Gandalf. – Zdaje się, że teraz nareszcie mamy obaj tę samą troskę na sercu. Mnie bowiem dręczy myśl o smoku z Ereboru, a sądzę, że wnuk Thróra również o nim nie zapomniał.

W innej książce zawarta jest opowieść o przygodach, które wynikły z tego spotkania, o niezwykłym planie, który Gandalf ułożył po myśli Thorina, o wyprawie, którą Thorin z przyjaciółmi podjął, ruszając z Shire'u ku Samotnej Górze, i o nieoczekiwanym, a wspaniałym zakończeniu tego przedsięwzięcia. Na tych kartkach przypomnę tylko zdarzenia związane bezpośrednio z historią ludu Durina.

Smok zginął od strzały Barda z Esgaroth, a na polach Dal rozegrała się wielka bitwa. Na wieść bowiem o powrocie krasnoludów orkowie co prędzej wtargnęli do Ereboru, a przewodził im Bolg, syn Azoga, którego Dáin za młodu uśmiercił. W tej pierwszej bitwie w dolinie Dal Thorin Dębowa Tarcza odniósł ciężkie rany i zmarł; pochowano go w grobowcu pod Górą, kładąc klejnot nad klejnotami na piersiach. Polegli również i Fíli, i Kíli, jego siostrzeńcy. Dáin Żelazna Stopa, krewny Thorina, który przybył mu na pomoc, a był również prawowitym spadkobiercą Durina, został królem i jako Dáin II panował nad królestwem spod Samotnej Góry, wskrzeszonym zgodnie z życzeniem Gandalfa. Dáin II okazał się wielkim i rozumnym władcą, a krasnoludowie za jego czasów cieszyli się pomyślnością i odzyskiwali dawną siłę.

Pod koniec lata tego samego roku (2941) Gandalf wreszcie skłonił Sarumana i Białą Radę do podjęcia wyprawy przeciw Dol Guldur; Sauron musiał wycofać się do Mordoru, gdzie czuł się całkowicie bezpieczny. Dlatego też, gdy wojna wreszcie wybuchła, pierwsze główne uderzenie skierował na południe; a jednak Sauron ręce miał długie i pewnie by prawicą dosięgnął północy, wyrządzając wiele zła w położonych tam krajach, gdyby król Dáin i król Brand nie zagrodzili mu drogi. Gandalf tłumaczył to później Gimlemu i Frodowi, gdy razem czas jakiś przebywali w Minas Tirith. Właśnie na krótko przedtem dotarły do Gondoru wieści z odległych stron.

– Opłakiwałem śmierć Thorina – rzekł Gandalf – a teraz dowiadujemy się, że Dáin poległ, także w boju na polach Dale, i to w dniu, w którym my tutaj walczyliśmy również. Nazwałbym tę śmierć ciężką stratą, gdyby nie to, iż raczej dziwić się trzeba, że Dáin mimo sędziwego wieku mógł jeszcze władać toporem tak dzielnie, jak podobno władał, stojąc nad ciałem króla Branda przed bramą Ereboru, póki nie zapadła noc.

Mogło się stać inaczej i znacznie gorzej. Ilekroć pomyślicie o bitwie w Pelennorze, nie zapominajcie też o bitwie w Dale i o męstwie Durinowego plemienia. Zastanówcie się, co mogło się zdarzyć. Ogień smoczy i szable dzikusów w Eriadorze, ciemności nad Rivendell. Mogłoby nie być królowej w Gondorze. Moglibyśmy po zwycięstwie wrócić tu do ruin i zgliszcz tylko. Tego wszystkiego uniknęliśmy, ponieważ w pewien przedwiosenny wieczór przed laty spotkałem w Bree Thorina Dębową Tarczę. Zbieg okoliczności – jak mówią w Śródziemiu!

Dís była córką Thráina II. Jest to jedyna krasnoludzka kobieta, której imię zapisano w kronikach. Gimli opowiadał, że w jego plemieniu kobiet jest bardzo mało, nie stanowią nawet trzeciej części ludności. Bez koniecznej potrzeby nie pokazują się nigdzie poza domem. Z głosu i postawy tak są podobne do swych mężów, zwłaszcza że wybierając się w podróż, odziewają się tak samo jak oni, iż obcy nie mogą ich odróżnić. Stąd powstała wśród ludzi niedorzeczna legenda, że krasnoludzkich kobiet w ogóle nie ma, a krasnoludowie rodzą się „na kamieniu".

Z powodu tak małej liczby kobiet plemię krasnoludzkie rozmnaża się bardzo powoli, a istnienie jego jest zagrożone, gdy brak bezpiecznych siedzib. Nigdy bowiem więcej niż raz w życiu nie wiążą się małżeństwem i zazdrośnie strzegą, jak zresztą we wszelkich innych dziedzinach, swoich praw. W praktyce żeni się mniej niż trzecia część krasnoludów, bo nie wszystkie ich kobiety wychodzą za mąż; niektóre nie życzą sobie w ogóle męża, niektóre pragną nie tego, kogo mieć mogą, innego zaś nie chcą. Mężczyźni też nie zawsze mają ochotę do żeniaczki, bo pochłaniają ich inne sprawy.

Wielką sławę zdobył Gimli, syn Glóina, należał bowiem do Dziewiątki Wędrowców, czyli do Drużyny Pierścienia, i przez cały czas wojny przebywał u boku króla Elessara. Nazwano go przyjacielem elfów, ponieważ wzajemne serdeczne przywiązanie łączyło go z Legolasem, synem króla Thranduila, i ponieważ uwielbiał Panią Galadrielę.

Po upadku Saurona Gimli sprowadził część plemienia krasnoludów z Ereboru na południe i został władcą Błyszczących Jaskiń. Wraz ze swym ludem wykonał wiele pięknych dzieł w Rohanie i Gondorze. Na miejscu zburzonej przez upiornego Czarnoksiężnika bramy w Minas Tirith krasnoludowie wykuli nową, z mithrilu i stali. Legolas również ściągnął z Zielonego Lasu na południe elfów, którzy osiedli w Ithilien; kraj ten znów rozkwitł i zasłynął jako najpiękniejszy zakątek Śródziemia.

Gdy jednak król Elessar wyrzekł się życia, Legolas posłuchał wreszcie głosu swojej dawnej tęsknoty i odpłynął za Morze.

A oto jeden z ostatnich zapisków Czerwonej Księgi:

„Doszły nas słuchy, że Legolas zabrał z sobą Gimlego, syna Glóina, ze względu na łączącą ich przyjaźń, jakiej nigdy w dziejach nie spotkano poza tym między elfem a krasnoludem. Jeśli to prawda, stała się rzecz bardzo niezwykła. Nie do wiary, żeby krasnolud dobrowolnie opuścił Śródziemie dla jakiejkolwiek miłości i żeby Eldarowie zechcieli przyjąć krasnoluda, i żeby władcy zamorscy na to zezwolili. Wieść jednak głosi, że Gimli odpłynął za Morze, ponieważ bardzo pragnął zobaczyć znów jasne oblicze Galadrieli; kto wie, czy nie ona właśnie, ciesząc się wśród Eldarów wielką czcią, uzyskała dla krasnoluda tę wyjątkową łaskę. Więcej nic o tym powiedzieć się nie da".

Dodatek B

Kronika Lat
(Kronika Królestw Zachodnich)

Pierwsza Era skończyła się Wielką Bitwą, w której zastępy Valinoru zdruzgotały Thangorodrim[1] i obaliły Morgotha. Większość Noldorów wróciła potem na daleki Zachód[2] i osiadła w Eressei, na widnokręgu Valinoru, a wielu Sindarów odpłynęło też za Morze. Druga Era skończyła się pierwszym upadkiem Saurona, sługi Morgotha, i odebraniem mu Jedynego Pierścienia.

Trzecia Era dobiegła kresu po rozegraniu Wojny o Pierścień, lecz za początek Czwartej Ery uznano dzień, w którym Elrond odpłynął z Przystani, wtedy bowiem zaczęło się panowanie ludzi i zmierzch wszelkich innych istot obdarzonych mową i żyjących dotąd w Śródziemiu[3].

W Czwartej Erze wszystkie poprzednie nazywano Dawnymi Dniami, lecz ściślej ta nazwa odnosi się do czasów poprzedzających wygnanie Morgotha. Opowieści z tamtych Dawnych Dni nie są zawarte w naszej księdze.

---

[1] T. I, s. 322.
[2] T. II, s. 260; *Hobbit*, s. 132.
[3] T. III, s. 314.

Druga Era

Były to dla ludzi ze Śródziemia złe czasy, ale dla Númenoru dni chwały. O zdarzeniach w Śródziemiu mamy z tej epoki nieliczne tylko i krótkie wzmianki, a daty są przeważnie niepewne.

Na początku Drugiej Ery żyło jeszcze w Śródziemiu wielu Elfów Wysokiego Rodu. Większość z nich mieszkała w Lindonie, na zachód od Ered Luin, lecz zanim wybudowano Barad-dûr, wielu Sindarów przeniosło się dalej na wschód, a niektórzy z nich założyli królestwa w odległych lasach. Poddanymi ich były w większości Elfy Leśne. Jednym z takich władców był Thranduil, król północnej części Wielkiego Zielonego Lasu. W Lindonie, na północ od Rzeki Księżycowej, osiedlił się Gil-galad, ostatni spadkobierca królów Noldorów na wygnaniu. Uznawano go za Najwyższego Króla elfów na Zachodzie. W Lindonie, na południe od Rzeki Księżycowej, mieszkał przez pewien czas Celeborn, krewniak Thingola; jego żoną była Galadriela, najsławniejsza z kobiet elfów, siostra Finroda Felagunda, Przyjaciela Ludzi, ongi króla Nargothrondu, który zginął, ratując życie Berena, syna Barahira.

Później część Noldorów zawędrowała do Eregionu, na zachód od Gór Mglistych, w pobliżu Zachodniej Bramy Morii. Znęciła ich tam wieść o odkryciu w Morii żył mithrilu[1]. Noldorowie, biegli w rzemiosłach i sztukach, na ogół mniej nieżyczliwie odnosili się do krasnoludów niż Sindarowie, lecz wyjatkowa przyjaźń rozwinęła się między plemieniem Durina a kowalami-elfami z Eregionu. Władcą Eregionu i największym jego mistrzem rzemiosł był Celebrimbor; był on potomkiem Fëanora.

Rok
1 Budowa Szarej Przystani i założenie królestwa Lindonu.

32 Edainowie docierają do Númenoru.

ok. 40 Wielu krasnoludów, opuszczając stare siedziby w Ered Luin, przenosi się do Morii, dokąd ściągają coraz liczniej ich współplemieńcy.

---

[1] T. I, s. 418.

442 Śmierć Elrosa Tar-Minyatura.

ok. 500 Sauron zaczyna znów działać w Śródziemiu.

548 Silmariën rodzi się w Númenorze.

600 Pierwsze okręty Númenorejczyków pojawiają się u wybrzeży.

750 Noldorowie zakładają Eregion.

ok. 1000 Sauron, zaniepokojony rosnącą potęgą Númenorejczyków, obiera Mordor za swą siedzibę i warownię. Zaczyna budowę Barad-dûr.

1075 Tar-Ankalimë zostaje pierwszą rządzącą królową Númenoru.

1200 Sauron próbuje zjednać sobie Eldarów. Gil-galad nie chce z nim rokować, ale kowale z Eregionu dają się zwieść jego obłudnymi słowami. Númenorejczycy zaczynają budować sobie stałe przystanie.

ok. 1500 Elfowie-kowale pouczeni przez Saurona osiągają mistrzostwo w swym rzemiośle. Zaczynają wykuwać Pierścienie Władzy.

ok. 1590 Trzy Pierścienie gotowe w Eregionie.

ok. 1600 Sauron we wnętrzu góry Orodruiny wykuwa Jedyny Pierścień. Kończy budowę Barad-dûr. Celebrimbor odgaduje plany Saurona.

1693 Zaczyna się wojna między elfami a Sauronem. Trzy Pierścienie znajdują się w ukryciu.

1695 Wojska Saurona napadają na Eriador. Gil-galad wysyła Elronda do Eregionu.

1697 Spustoszenie Eregionu. Śmierć Celebrimbora. Zamknięcie bram Morii. Elrond wycofuje się wraz z niedobitkami Noldorów i zakłada siedzibę w Imladris.

1699 Sauron opanowuje Eriador.

1700 Tar-Minastir wysyła silną flotę z Númenoru do Lindonu. Porażka Saurona.

1701 Wypędzenie Saurona z Eriadoru. Kraje zachodnie mogą cieszyć się przez czas jakiś spokojem.

ok. 1800 Od tego mniej więcej czasu Númenorejczycy zaczynają utrwalać swoje panowanie nad wybrzeżami. Sauron rozszerza swoją władzę na wschód. Cień pada na Númenor.

2251 Tar-Atanamir obejmuje tron. Początki buntu i rozdziału wśród Númenorejczyków. Mniej więcej w tym czasie Nazgûle, czyli Upiory Pierścienia, pojawiają się po raz pierwszy.

2280 Umbar staje się potężną twierdzą Númenoru.

2350 Budowa Pelargiru, który staje się głównym portem Wiernych Númenorejczyków.

2899 Ar-Adûnakhôr obejmuje tron.

3175 Skrucha Tar-Palantira. Wojna domowa w Númenorze.

3255 Ar-Pharazôn Złoty przejmuje berło.

3261 Ar-Pharazôn odpływa z Númenoru i ląduje w Umbarze.

3262 Sauron wzięty do niewoli Númenoru; 3262–3310 Sauron zyskuje wpływ na króla i deprawuje Númenorejczyków.

3310 Ar-Pharazôn rozpoczyna wielkie zbrojenia.

3319 Ar-Pharazôn napada na Valinor. Upadek Númenoru. Elendil z synami uchodzi.

3320 Założenie Królestw na Wygnaniu: Arnoru i Gondoru. Rozdział kryształów jasnowidzenia między dwa królestwa (t. II, s. 250–251). Sauron wraca do Mordoru.

3429 Sauron napada na Gondor, zdobywa Minas Ithil, pali Białe Drzewo. Isildur ucieka w dół Anduiny i udaje się na północ do Elendila. Anárion broni Minas Anor i Osgiliath.

3430 Zawiązuje się Ostatnie Przymierze.

3431 Gil-galad i Elendil ruszają na wschód, do Imladris.

3434 Wojska Przymierza przekraczają Góry Mgliste. Bitwa na polach Dagorladu i klęska Saurona. Zaczyna się oblężenie Barad-dûr.

3440 Śmierć Anáriona.

3441 Sauron pokonany przez Elendila i Gil-galada, którzy giną. Isildur zabiera Jedyny Pierścień. Sauron znika, a Upiory Pierścienia kryją się w ciemnościach. Koniec Drugiej Ery.

Trzecia Era

Był to okres zmierzchu Eldarów. Od dawna cieszyli się pokojem, rozporządzając Trzema Pierścieniami, podczas gdy Sauron spał, a Pierścień Jedyny był zagubiony; nie szukali jednak niczego nowego, żyjąc wspomnieniami przeszłości. Krasnoludowie ukryli się w głębokich podziemiach, strzegąc swoich skarbów, lecz gdy złe siły zaczęły znów działać, a smoki pojawiły się ponownie jeden po drugim, gdy rozgrabiono starożytne krasnoludzkie skarbce, plemię rozproszyło się i podjęło żywot tułaczy. Moria przez długi czas pozostała bezpieczna, lecz ubywało z niej ludu, aż wreszcie ogromne jej hale opustoszały i zapanowały w nich ciemności.

Númenorejczycy, odkąd zmieszali się z ludźmi mniej szlachetnej krwi, tracili stopniowo przywilej mądrości i długiego życia. W jakieś tysiąc lat potem, kiedy pierwszy cień padł na Wielki Zielony Las, zjawili się w Śródziemiu czarodzieje, czyli Istari. Później opowiadano, że przybyli zza Morza, z Najdalszego Zachodu, przysłani po to, aby przeciwstawić się potędze Saurona i zjednoczyć tych wszystkich, którzy chcieli Sauronowi stawić opór; zabroniono im jednak walczyć tą samą co Sauron bronią i zdobywać władzę nad elfami lub ludźmi przemocą i postrachem.

Zjawili się więc pod postacią ludzką, jakkolwiek nigdy nie byli młodzi, a starzeli się bardzo powoli; znali wiele sztuk, zarówno umysły, jak i ręce mieli wyćwiczone. Mało komu zwierzali swe prawdziwe imiona [1], przyjmując te, które im w Śródziemiu nadawano. Dwaj najdostojniejsi z tego bractwa (które podobno liczyło pięciu członków) nazwani zostali przez Eldarów Curunirem – Mistrzem Rzemiosł, i Mithrandirem – Szarym Pielgrzymem, a przez ludzi z Północy – Sarumanem i Gandalfem. Curunir często zapuszczał się na wschód, ale osiadł w końcu w Isengardzie. Mithrandir zaprzyjaźnił się najserdeczniej z Eldarami, wędrował przeważnie po krajach zachodnich i nie obrał sobie nigdy stałej siedziby.

W ciągu całej Trzeciej Ery nikt nie wiedział, gdzie przechowywane są Trzy Pierścienie – prócz tych, którzy je posiadali. W końcu wszakże okazało się, że początkowo były w rękach trojga najdostojniejszych Eldarów: Gil-galada, Galadrieli i Círdana. Gil-galad oddał swój Pierścień Elrondowi, Círdan – Mithrandirowi.

Círdan bowiem dalej i głębiej sięgał wzrokiem niż ktokolwiek z mieszkańców Śródziemia i on to witał Mithrandira w Szarej Przystani, wiedząc, skąd przybył i dokąd kiedyś powróci.

– Weź ten Pierścień, Mistrzu – powiedział – bo zadanie będziesz miał bardzo trudne do spełnienia; on cię podtrzyma, gdy znużysz się brzemieniem. Jest to Pierścień Ognia, z jego pomocą będziesz mógł rozpalać na nowo serca na tym ziębnącym świecie. Co do mnie, to serce moje związane jest z Morzem, zostanę na wybrzeżu, póki nie odpłynie ostatni okręt. Będę tutaj na ciebie czekał.

---

[1] T. II, s. 343.

Rok 2 Isildur sadzi młode Białe Drzewo w Minas Anor. Oddaje Królestwo Południowe Meneldilowi. Klęska na Polach Gladden; Isildur ginie wraz z trzema swymi starszymi synami.

3 Ohtar przynosi szczątki miecza Narsila do Imladris.

10 Valandil zostaje królem Arnoru.

109 Elrond zaślubia Celebrianę, córkę Celeborna.

130 Narodziny Elladana i Elrohira, synów Elronda.

241 Narodziny Arweny Undómiel.

420 Król Ostoher odbudowuje Minas Anor.

490 Pierwsza napaść Easterlingów.

500 Romendacil I zwycięża Easterlingów.

541 Romendacil ginie w boju.

830 Falastur rozpoczyna dynastię Królów Żeglarzy w Gondorze.

861 Śmierć Eärendura i podział Arnoru.

933 Król Eärnir I zdobywa Umbar, który staje się twierdzą Gondoru.

936 Eärnil ginie na morzu.

1015 Król Ciryandil ginie podczas oblężenia Umbaru.

1050 Hyarmendacil podbija Harad. Gondor osiąga szczyt potęgi. Mniej więcej w tym czasie cień ogarnia Zielony Las, który ludzie zaczynają nazywać Mroczną Puszczą. Po raz pierwszy w kronikach pojawia się wzmianka o *periannath* – niziołkach, gdyż Harfootowie przybywają do Eriadoru.

ok. 1100 Mędrcy (Istari-czarodzieje oraz najwięksi z Eldarów) odkrywają, że w Dol Guldur złe siły zbudowały sobie twierdzę; przypuszcza się, że osiadł w niej jeden z Nazgûlów.

1149 Początek panowania Atanatara Alcarina.

ok. 1150 Fallohidzi przybywają do Eriadoru. Stoorowie przez przełęcz Czerwonego Rogu dostają się do Klina i do Dunlandu.

ok. 1300 Znów mnożą się w Śródziemiu złe stwory. Orkowie z Gór Mglistych napastują krasnoludów. Ponownie ukazują się Nazgûle. Wódz ich przybywa na północ, do Angmaru. Perianowie przenoszą się dalej na zachód. Wielu z nich osiedla się w Bree.

1356 Król Argeleb I ginie w wojnie z królestwem Rhudaur. W tym czasie Stoorowie opuszczają Klin i część ich wraca do Dzikiego Kraju.

1409 Czarnoksiężnik, król Angmaru, napada na Arnor. Śmierć króla Arvelega I. Obrona Fornostu i Tyrn Gorthad. Zburzenie wieży Amon Sûl.

1432 Śmierć króla Gondoru Valacara; początek Waśni Rodzinnej i wojny domowej.

1437 Spalenie Osgiliath i strata palantíru. Eldacar ucieka do Rhovanionu, syn jego Ornendil ginie zamordowany.

1447 Powrót Eldacara i wypędzenie samozwańca Castamira. Bitwa u Brodu na Erui. Oblężenie Pelargiru.

1448 Buntownicy uciekają i zajmują Umbar.

1540 Król Aldamir ginie na wojnie z Haradem i korsarzami z Umbaru.

1551 Hyarmendacil II zwycięża ludzi z Haradu.

1601 Perianowie, emigrujący z Bree, otrzymują ziemię za Baranduiną od króla Argeleba II.

ok. 1630 Przyłączając się do nich, Stoorowie przybywają z Dunlandu.

1634 Korsarze łupią Pelargil i zabijają króla Minardila.

1636 Wielki mór w Gondorze. Śmierć króla Telemnara i jego dzieci. Białe Drzewo usycha w Minas Anor. Mór szerzy się na północ i zachód; wiele okolic Eriadoru pustoszeje. Perianowie utrzymują się za Baranduiną mimo ciężkich strat.

1640 Król Tarondor przenosi siedzibę królewską do Minas Anor i zasadza nowe Białe Drzewo. Osgiliath zaczyna rozsypywać się w gruzy. Straże nie czuwają już na granicach Mordoru.

1810 Król Telumehtar Umbardacil odbija Umbar i wypędza korsarzy.

1851 Początek najazdów Woźników na Gondor.

1856 Gondor traci ziemie na wschodzie, Narmacil II ginie na polu bitwy.

1899 Król Calimehtar zwycięża Woźników na polach Dagorladu.

1900 Calimehtar buduje Białą Wieżę w Minas Anor.

1940 Gondor i Arnor wznawiają łączność i zawierają sojusz. Arvedui zaślubia córkę Ondohera z Gondoru, Fíriel.

1944 Ondoher ginie w bitwie. Eärnil wypiera nieprzyjaciół z południowej części Ithilien. Zwycięża w bitwie o obóz i wypędza Woźników na Martwe Bagna. Arvedui zgłasza swe prawa do korony Gondoru.

1945 Koronacja Eärnila II.

1974 Koniec Królestwa Północnego. Czarnoksiężnik napada na Arthedain i zdobywa Fornost.

1975 Arvedui tonie w Zatoce Forochel. Giną palantíry z Annúminas i Amon Sûl. Eärnur prowadzi flotę do Lindonu. Klęska Czarnoksiężnika pod Fornostem: ścigany aż do Ettenmoors, opuszcza Północ.

1976 Aranarth zostaje wodzem Dúnedainów. Spuściznę Arnoru bierze na przechowanie Elrond.

1977 Frumgar prowadzi Éothéodów na Północ.

1979 Wybór Bukki z Moczarów na pierwszego thana Shire'u.

1980 Czarnoksiężnik przybywa do Mordoru i tam gromadzi Nazgûlów. W Morii pojawia się Balrog i zabija Durina VI.

1981 Ginie Náin I. Krasnoludowie uciekają z Morii. Wielu leśnych elfów z Lórien uchodzi na południe. Giną Amroth i Nimrodel.

1999 Thráin I przybywa z Ereboru i zakłada krasnoludzkie królestwo pod Samotną Górą.

2000 Nazgûle z Mordoru atakują i oblegają Minas Ithil.

2002 Upadek Minas Ithil, wieży przezwanej później Minas Morgul. Nieprzyjaciel zdobywa *palantír*.

2043 Eärnur zostaje królem Gondoru. Czarnoksiężnik znieważa go i wyzywa do walki.

2050 Powtórne wyzwanie. Eärnur rusza pod Minas Ithil i znika bez wieści. Mardil obejmuje rządy jako Namiestnik.

2060 Wzrost potęgi Dol Guldur. Mędrcy obawiają się, że to Sauron wraca w nowej postaci.

2063 Gandalf udaje się do Dol Guldur. Sauron wycofuje się i kryje dalej na wschodzie. Początek Niespokojnego Pokoju. Nazgûle przyczajeni w Minas Morgul nie dają znaków życia.

2210 Thorin I opuszcza Erebor, wędrując na północ ku Szarym Górom, gdzie skupiają się teraz najliczniej resztki Durinowego plemienia.

2340 Isumbras I zostaje trzynastym thanem, jest pierwszym na tym urzędzie przedstawicielem rodu Tuków. Oldbuckowie zajmują Buckland.

2460 Koniec Niespokojnego Pokoju. Sauron ze wzmożonymi siłami wraca do Dol Guldur.

2463 Utworzenie Białej Rady. W tym mniej więcej czasie Déagol, ze szczepu Stoorów, znajduje Jedyny Pierścień i ginie zamordowany przez Sméagola.

2470 Sméagol-Gollum kryje się w Górach Mglistych.

2475 Ponowna napaść na Gondor. Ostateczne zburzenie Osgiliath i kamiennego mostu.

ok. 2480 Orkowie zaczynają budować tajemne twierdze w Górach Mglistych, żeby zagrodzić przejścia do Eriadoru. Sauron zaczyna zaludniać Morię potworami, które są na jego służbie.

2509 Orkowie z zasadzki napadają na przełęczy Czerwonego Rogu Celebrianę, która tamtędy jechała do Lórien, porywają ją i ranią zatrutą bronią.

2510 Celebriana odpływa za Morze. Orkowie i Easterlingowie napadają na Calenardhon. Eorl Młody zwycięża nad Celebrantem. Rohirrimowie osiedlają się w Calenardhonie.

2545 Śmierć Eorla w bitwie na Płaskowyżu.

2569 Brego, syn Eorla, kończy budowę Złotego Dworu.

2570 Baldor, syn Brega, przekracza Zakazane Wrota i ginie. W tym czasie na dalekiej północy pojawiają się znów smoki i zaczynają nękać krasnoludów.

2589 Smok zabija Dáina I.

2590 Thrór wraca do Ereboru. Brat jego Grór osiada w Żelaznych Wzgórzach.

ok. 2670 Tobold zakłada w Południowej Ćwiartce pierwszą plantację fajkowego ziela.

2683 Isengrim II zostaje dziesiątym thanem i rozpoczyna budowę Wielkich Smajalów.

2698 Ecthelion I odbudowuje Białą Wieżę w Minas Tirith.

2740 Orkowie wznawiają napaści na Eriador.

2747 Bandobras Tuk gromi bandę orków w Północnej Ćwiartce.

2758 Rohan, napadnięty jednocześnie od zachodu i wschodu, dostaje się w ręce nieprzyjaciół. Gondor walczy z korsarzami. Helm z Rohanu chroni się w Helmowym Jarze. Wulf zdobywa Edoras.

2758–59 Długa Zima. Ludność Eriadoru i Rohanu ponosi dotkliwe straty. Gandalf spieszy z pomocą mieszkańcom Shire'u.

2759 Śmierć Helma. Fréaláf wypędza Wulfa i daje początek nowej dynastii królów Marchii. Saruman osiada w Isengardzie.

2770 Smok Smaug napada na Erebor. Zniszczenie Dale. Thrór ucieka, a z nim Thráin II i Thorin II.

2790 Olbrzymi ork zabija Thróra w Morii. Krasnoludowie przygotowują się do wojny odwetowej. Narodziny Gerontiusa, znanego później pod mianem Starego Tuka.

2793 Początek wojny krasnoludów z orkami.

2799 Bitwa w Nanduhirion pod Wschodnią Bramą Morii. Dáin Żelazna Stopa wraca do Żelaznych Wzgórz. Thráin II i jego syn Thorin wędrują na zachód. Osiedlają się w południowej części Gór Błękitnych, na zachód od Shire'u (2802).

2800–64 Orkowie z północy nękają Rohan; zabijają króla Waldę (2851).

2841 Thráin II postanawia udać się do Ereboru, lecz jest tropiony przez sługi Saurona.

2845 Thráin uwięziony w Dol Guldur. Nieprzyjaciel odbiera mu ostatni z Siedmiu Pierścieni.

2850 Gandalf ponownie przybywa do Dol Guldur i przekonuje się, że panuje tam rzeczywiście Sauron, który chce w swym ręku skupić wszystkie Pierścienie, a szczególnie poszukuje Jedynego Pierścienia i zbiera wiadomości o spadkobiercy Isildura. Gandalf spotyka się z Thráinem, który mu oddaje klucz do tajemnych drzwi Ereboru. Thráin umiera w Dol Guldur.

2851 Zebranie Białej Rady. Gandalf nakłania do wyprawy na Dol Guldur, lecz przeważa zdanie Sarumana[1]. Saruman rozpoczyna poszukiwania w okolicy Pól Gladden.

2852 Śmierć Belecthora II, króla Gondoru. Białe Drzewo usycha; ponieważ w Gondorze nie ma nowego nasienia, martwy pień pozostaje na miejscu.

2885 Podburzeni przez wysłańców Saurona Haradrimowie przeprawiają się przez Poros i napadają na Gondor. Synowie króla Rohanu, Folkwina, giną w obronie Gondoru.

---

[1] Dopiero znacznie później wyjaśniło się, że Saruman już wtedy pragnął Jedynego Pierścienia dla siebie; liczył na to, że Pierścień objawi się, poszukując swego pana i dlatego chciał przez czas jakiś oszczędzać Saurona.

2890 Narodziny Bilba w Shire.

2901 Większość pozostałych mieszkańców Ithilien opuszcza ten kraj, nękany napaściami Uruków z Mordoru. Budowa tajnego schronu Henneth Annûn.

2907 Narodziny Gilraeny, matki Aragorna II.

2911 Sroga Zima. Baranduina i inne rzeki skute lodem. Białe wilki napadają z północy na Eriador.

2912 Wielka powódź nawiedza Enedwaith i Minhiriath. Zniszczenie Tharbadu.

2920 Śmierć Starego Tuka.

2929 Arathorn, syn Aradora, wodza Dúnedainów, zaślubia Gilraenę.

2930 Arador ginie zabity przez trollów. W Minas Tirith narodziny Denethora II, syna Ectheliona II.

2931 Narodziny Aragorna, syna Arathorna II.

2933 Śmierć Arathorna II. Gilraena przenosi się z synem do Imladris. Elrond zastępuje mu ojca i nadaje mu imię Estel (Nadzieja); prawda o pochodzeniu Aragorna trzymana jest w tajemnicy.

2939 Saruman odkrywa, że słudzy Saurona przeszukują Anduinę w okolicy Pól Gladden, a więc że Sauron wie o losie Isildura. Saruman, zaniepokojony, nie dzieli się jednak tymi wiadomościami z Białą Radą.

2941 Thorin Dębowa Tarcza i Gandalf odwiedzają Bilba w Shire. Bilbo spotyka Golluma i znajduje Pierścień. Zebranie Białej Rady. Saruman zgadza się na zaatakowanie Dol Guldur, teraz bowiem pragnie przeszkodzić Sauronowi w dalszych poszukiwaniach na dnie Anduiny. Sauron, ustaliwszy swe plany, opuszcza Dol Guldur. Bitwa Pięciu Armii w Dolinie Dale. Śmierć Thorina II. Bard z Esgaroth zabija smoka Smauga. Dáin z Żelaznych Wzgórz zostaje królem pod Górą (Dáin II).

2942 Bilbo wraca do Shire'u z Pierścieniem. Sauron potajemnie wraca do Mordoru.

2944 Bard odbudowuje Dale i zostaje królem. Gollum opuszcza Góry i udaje się na poszukiwanie „złodzieja", który zabrał Pierścień.

2948 Narodziny Théodena, syna Thengla, króla Rohanu.

2949 Gandalf i Balin odwiedzają Bilba w Shire.

2950 Narodziny Finduilas, córki Adrahila, księcia Dol Amrothu.

2951 Sauron występuje jawnie i gromadzi siły w Mordorze. Zaczyna odbudowę Barad-dûr. Gollum wędruje do Mordoru. Sauron wysyła Nazgûle, żeby zajęły znowu Dol Guldur. Elrond wyjawia Estelowi jego prawdziwe imię i dziedzictwo, oddaje mu szczątki Narsila. Arwena po powrocie z Lórien spotyka Aragorna w lesie Imladris. Aragorn rusza na pustkowia.

2953 Ostatnie posiedzenie Białej Rady. Debata o Pierścieniach. Saruman kłamliwie zapewnia, że Jedyny Pierścień spłynął Anduiną do Morza. Saruman wycofuje się do Isengardu, obejmuje go na własność i umacnia. Zazdrosny o Gandalfa i bojąc się go, szpieguje jego posunięcia; zauważa, że Gandalf interesuje się Shire'em. Wkrótce nasyła swoich szpiegów do Bree i do Południowej Ćwiartki.

2954 Góra Przeznaczenia znów wybucha ogniem. Ostatni mieszkańcy Ithilien uchodzą za Anduinę.

2956 Spotkanie Aragorna z Gandalfem i początek ich przyjaźni.

2957–80 Aragorn podejmuje swe wielkie podróże i wędrówki. W przebraniu służy Thenglowi w Rohanie i Ecthelionowi II w Gondorze.

2968 Narodziny Froda.

2976 Denethor pojmuje za żonę Finduilas z Dol Amrothu.

2977 Bain, syn Barda, zostaje królem Dale.

2978 Narodziny Boromira, syna Denethora II.

2980 Aragorn odwiedza Lórien i spotyka tu Arwenę Undómiel; ofiarowuje jej pierścień Barahira: na wzgórzu Cerin Amroth Aragorn i Arwena wymieniają przyrzeczenie wierności. Mniej więcej w tym czasie Gollum dociera do granic Mordoru i spotyka Szelobę. Théoden zostaje królem Rohanu.

2983 Narodziny Faramira, syna Denethora. Narodziny Sama.

2984 Śmierć Etcheliona II. Denethor II zostaje Namiestnikiem Gondoru.

2988 Finduilas umiera młodo.

2989 Balin opuszcza Erebor, udając się do Morii.

2991 Narodziny Éomera, syna Éomunda, w Rohanie.

2994 Balin ginie. Rozgromienie krasnoludów w Morii.

2995 Narodziny siostry Éomera, Éowiny.

ok. 3000 Cień Mordoru rozszerza się; Saruman odważa się użyć palantíru Orthanku i zostaje usidlony przez Saurona, który rozporządza palantírem z Minas Ithil. Saruman zdradza Białą Radę. Staje się szpiegiem Saurona, donosi mu, że Strażnicy czuwają szczególnie nad Shire'em.

3001 Pożegnalne przyjęcie u Bilba. Gandalf nabiera podejrzeń, że pierścień Bilba jest poszukiwanym Jedynym Pierścieniem.

Podwojenie czujności wokół Shire'u. Gandalf szuka wieści o Gollumie i wzywa na pomoc Aragorna.

3002 Bilbo odwiedza Elronda i na zawsze osiada w Rivendell.

3004 Gandalf odwiedza Froda w Shire i odtąd powtarza często swe wizyty przez cztery następne lata.

3007 Brand, syn Baina, zostaje królem Dale. Śmierć Gilraeny.

3008 Jesienią Gandalf po raz ostatni odwiedza Froda.

3009 Gandalf i Aragorn wznawiają poszukiwania Golluma i w ciągu ośmiu lat tropią go w dolinach Anduiny, w Mrocznej Puszczy, w Rhovanionie, na pograniczu Mordoru. W tym samym czasie Gollum ośmiela się zapuścić do Mordoru i wpada w ręce Saurona. Elrond posyła po Arwenę, która wraca do Imladris; góry i kraje położone na wschód od gór stają się obszarem zagrożonym.

3017 Wypuszczenie Golluma z Mordoru. Aragorn spotyka Golluma na Martwych Bagnach i odprowadza do Mrocznej Puszczy, powierzając pieczy Thranduila. Gandalf odwiedza Minas Tirith i odczytuje stare dokumenty Isildura.

Wielkie Lata

3018

Kwiecień
(12) Gandalf przybywa do Hobbitonu.

Czerwiec
(20) Sauron napada na Osgiliath. Mniej więcej jednocześnie orkowie napastują Thranduila i Gollum ucieka.

Lipiec
(4) Boromir wyrusza z Minas Tirith.
(10) Gandalf uwięziony w Orthanku.

Sierpień
Gollum znika bez śladu. Prawdopodobnie, ścigany zarówno przez elfów, jak i przez sługi Saurona, schronił się w Morii, lecz chociaż w końcu odkrył drogę do Zachodniej Bramy, nie mógł wyjść.

Wrzesień
(18) Uwolnienie Gandalfa z Orthanku. Czarni Jeźdźcy przeprawiają się przez bród na Isenie.

(19) Gandalf jako żebrak przybywa do Edoras, gdzie odmawiają mu wstępu.

(20) Gandalf dostaje się do Edoras. Théoden każe mu opuścić swój dom, ale pozwala mu wybrać ze swej stadniny konia.

(21) Gandalf spotyka Cienistogrzywego, lecz koń nie pozwala mu zbliżyć się do siebie. Gandalf idzie za nim w głąb stepu.

(22) Czarni Jeźdźcy przybywają wieczorem do Brodu Sarn i wypłaszają Strażników. Gandalf odnajduje Cienistogrzywego w stepie.

(23) Czterej Czarni Jeźdźcy o świcie przekraczają granicę Shire'u. Inni ścigają Strażników uciekających na wschód, po czym wracają, by strzec Zielonego Gościńca. Czarny Jeździec zjawia się w Hobbitonie. Frodo opuszcza Bag End. Gandalf, oswoiwszy Cienistogrzywego, wyjeżdża na nim z Rohanu.

(24) Gandalf przeprawia się przez Isenę.

(26) Stary Las. Frodo gości u Bombadila.

(27) Gandalf przeprawia się przez Szarą Wodę. Druga noc u Bombadila.

(28) Upiór Kurhanu więzi hobbitów. Gandalf dociera do Brodu Sarn.

(29) Frodo wieczorem przybywa do Bree. Gandalf odwiedza starego Dziadunia Gamgee.

(30) Nocny napad na Ustroń i na gospodę w Bree. Frodo opuszcza Bree. Gandalf wstępuje do Ustroni po drodze do Bree, gdzie przybywa wieczorem.

Październik
(1) Gandalf opuszcza Bree.
(3) Napaść na Gandalfa na Wichrowym Czubie.

(6) Obóz pod Wichrowym Czubem przeżywa nocną napaść. Frodo ranny.

(9) Glorfindel wyrusza z Rivendell.

(11) Glorfindel wypłasza jeźdźców z mostu na Mitheithel (Szara Woda).

(13) Frodo przejeżdża przez most.

(18) Glorfindel spotyka o zmroku Froda. Gandalf przybywa do Rivendell.

(20) Przeprawa przez Bród Bruinen.

(24) Frodo odzyskuje przytomność. Przybycie Boromira do Rivendell.

(25) Narada u Elronda.

Grudzień
(25) Drużyna Pierścienia wyrusza o zmroku z Rivendell.

3019

Styczeń
(8) Drużyna przybywa do Hollinu.

(11, 12) Śnieżyca pod Caradhrasem.

(13) Przed świtem napad wilków. O zmroku Drużyna dociera do bram Morii. Gollum zaczyna tropić Powiernika Pierścienia.

(14) Noc w sali Dwudziestej Pierwszej.

(15) Walka na moście Khazad-dûm. Gandalf spada w przepaść. Późną nocą Drużyna dochodzi nad strumień Nimrodel.

(17) Wieczorem Drużyna przybywa do Caras Galadhon.

(23) Gandalf w ślad za Balrogiem wspina się na szczyt Zirak--zigil.

(25) Gandalf strąca z góry Balroga i odchodzi ze świata. Ciało jego zostaje na szczycie.

Luty
(14) Zwierciadło Galadrieli. Gandalf zostaje przywrócony do życia, leży w letargu na szczycie.

(16) Pożegnanie z Lórien. Gollum ukryty na zachodnim brzegu śledzi odjazd Wędrowców.

(17) Gwaihir przenosi Gandalfa do Lórien.

(23) W pobliżu Sarn Gebir orkowie nocą atakują łodzie Drużyny.

(25) Drużyna przepływa przez Argonath i biwakuje w Parth Galen. Pierwsza bitwa u Brodów na Isenie, śmierć Théodreda, syna Théodena z Rohanu.

(26) Rozbicie Drużyny. Śmierć Boromira; głos jego rogu dochodzi do Minas Tirith. Meriadok i Peregrin dostają się do niewoli. Frodo i Sam docierają do wschodniej części Emyn Muil. Aragorn wieczorem rusza w pogoń za orkami. Éomer otrzymuje wiadomość o bandzie orków, która wtargnęła od wzgórz Emyn Muil do Rohanu.

(27) Aragorn o świcie staje na zachodniej krawędzi Płaskowyżu. O północy Éomer wbrew rozkazom Théodena rusza ze Wschodniej Bruzdy przeciw orkom.

(28) Éomer zagradza orkom drogę tuż pod lasem Fangorn.

(29) Meriadok i Peregrin uciekają z niewoli i spotykają Drzewca. Rohirrimowie o wschodzie słońca staczają bitwę i zadają klęskę orkom. Frodo schodzi z grani Emyn Muil i spotyka Golluma. Faramir zauważa na rzece łódź niosącą zwłoki Boromira.

(30) Początek wiecu entów. Éomer wraca do Edoras i spotyka Aragorna.

Marzec
(1) Frodo rozpoczyna o świcie marsz przez Martwe Bagna. Wiec entów trwa. Aragorn spotyka Gandalfa Białego i razem udają się do Edoras. Faramir rusza z Minas Tirith na wyprawę do Ithilien.

(2) Frodo dociera do końca bagien. Gandalf w Edoras uzdrawia Théodena. Rohirrimowie ruszają na zachód przeciw Sarumanowi. Druga bitwa u Brodów na Isenie. Porażka Erkenbranda. Po południu rozwiązuje się wiec entów. Nocny marsz do Isengardu.

(3) Théoden wycofuje się do Helmowego Jaru. Początek bitwy o Rogaty Gród. Entowie dopełniają zniszczenia Isengardu.

(4) Théoden i Gandalf wyruszają z Helmowego Jaru w kierunku Isengardu. Frodo znajduje się wśród wysypisk żużlu na skraju Pustaci Morannonu.

(5) W południe Théoden przybywa do Isengardu. Rokowania z Sarumanem pod Wieżą Orthanku. Skrzydlaty Nazgûl przelatuje nad obozem w Dol Baran. Gandalf z Peregrinem wyruszają do Minas Tirith. Frodo kryje się przed oczyma wartowników Morannonu i o zmroku rusza w dalszą drogę.

(6) Przed świtem Dúnedainowie odnajdują w stepie Aragorna. Théoden rusza z Rogatego Grodu do Harrowdale, Aragorn wkrótce po nim.

(7) Żołnierze Faramira spotykają Froda i prowadzą go do Henneth Annûn. Aragorn przybywa wieczorem do Dunharrow.

(8) Aragorn o świcie wstępuje na Ścieżkę Umarłych, o północy staje na szczycie Erech. Frodo opuszcza Henneth Annûn.

(9) Gandalf przybywa do Minas Tirith. Faramir opuszcza Henneth Annûn. Aragorn z Erech dociera do Calembel. Frodo o zmroku znajduje się na drodze do Morgulu. Théoden przybywa do Dunharrow. Z Mordoru zaczynają napływać nad świat ciemności.

(10) Dzień bez świtu. Przegląd wojsk Rohanu. Rohirrimowie ruszają z Harrowdale. Gandalf ratuje Faramira na przedpolach grodu, Aragorn przeprawia się przez rzekę Ringló. Armia z Morannonu wkracza do Anorien, zdobywając po drodze Cair Andros. Frodo mija Rozstaj i obserwuje wymarsz wojsk z Morgulu.

(11) Gollum odwiedza Szelobę, lecz patrząc na uśpionego Froda, niemal żałuje swojej zdrady. Denethor wysyła Faramira do Osgiliath. Aragorn dociera do Linhiru i wkracza do Lebennin. Napaść z północy na wschodnie prowincje Rohanu. Pierwszy atak na Lórien.

(12) Gollum zwabia Froda do kryjówki Szeloby. Faramir cofa się ku fortom na grobli. Théoden biwakuje pod Minrimmonem. Aragorn wypiera nieprzyjaciół w kierunku Pelargiru. Entowie rozbijają napastników grożących Rohanowi.

(13) Frodo wpada w ręce orków z Wieży na Cirith Ungol. Nieprzyjaciel zajmuje Pelennor. Faramir odnosi ranę. Aragorn przybywa do Pelargiru i zdobywa flotę. Théoden obozuje w lesie Drúadan.

(14) Sam odnajduje Froda na Wieży. Oblężenie Minas Tirith. Rohirrimowie, za przewodem Dzikich Ludzi, docierają do Szarego Lasu.

(15) Po północy Czarnoksiężnik burzy bramę grodu. Denethor wstępuje na stos. O pierwszych kurach dobiega głos rogów Rohanu. Bitwa na polach Pelennoru. Śmierć Théodena. Frodo i Sam uciekają z wieży orków i rozpoczynają wędrówkę na północ wzdłuż grzbietu Morgai. Bitwa pod drzewami w Mrocznej Puszczy. Thranduil odpiera napaść z Dol Guldur. Drugi atak na Lórien.

(16) Narada wodzów. Frodo ze szczytu Morgai obserwuje obóz i w oddali Górę Przeznaczenia.

(17) Bitwa w Dale. Śmierć króla Branda i króla Dáina Żelaznej Stopy. Krasnoludowie i ludzie chronią się w Ereborze, gdzie przetrzymują oblężenie. Szagrat przynosi do Barad-dûr płaszcz, kolczugę i miecz Froda.

(18) Armie Gondoru i Rohanu wyruszają z Minas Tirith. Frodo zbliża się do Żelaznej Paszczy i na drodze z Durthangu do Udûnu wpada w ręce orków.

(19) Armia wkracza w dolinę Morgulu. Frodo i Sam uciekają orkom i zaczynają wędrówkę wzdłuż gościńca do Barad-dûr.

(22) Okropny wieczór, Frodo i Sam skręcają z drogi na południe, ku Górze Przeznaczenia. Trzeci atak na Lórien.

(23) Armia opuszcza Ithilien, Aragorn zwalnia małodusznych. Frodo i Sam porzucają broń i sprzęt.

(24) Frodo i Sam podejmują ostatni marsz od stóp Góry Przeznaczenia. Armia obozuje na Pustaci Morannonu.

(25) Armia otoczona na kopcach żużlu. Frodo i Sam osiągają Sammath Naur. Gollum wyrywa Frodowi Pierścień i spada w Szczeliny Zagłady. Upadek Barad-dûr i koniec Saurona.

Po upadku Czarnej Wieży i zniknięciu Saurona Cień rozwiał się i wszyscy jego przeciwnicy odetchnęli swobodnie, lecz strach padł na jego sługi i sojuszników. Z Dol Guldur trzykrotnie atakowano Lórien, lecz elfowie bronili się mężnie, a ponadto czarodziejska moc tej krainy zbyt była potężna, by ją mogły zwyciężyć inne siły, chyba że Sauron we własnej osobie wziąłby udział w walce. Piękne drzewa na skraju lasu ucierpiały srodze, napaść wszakże odparto, a gdy cień przeminął, Celeborn poprowadził zastęp elfów z Lórien, przeprawił się na łodziach przez Anduinę i zdobył Dol Guldur. Galadriela zaklęciem zburzyła mury twierdzy i zamknęła ziejące szyby. Las został oczyszczony.

Na północy także szerzyła się wojna i działały złe siły. Napadły one na królestwo Thranduila, pod drzewami rozegrała się wielka bitwa, las został w wielu miejscach zniszczony mieczem i ogniem, w końcu jednak Thranduil zwyciężył. W dzień Nowego Roku (według kalendarza elfów) Celeborn i Thranduil spotkali się pośrodku puszczy i nadali jej nową nazwę Eryn Lasgalen, to znaczy Puszcza Zielonych Liści. Thranduil zajął północną jej część aż pod góry wyrastające z lasu, a Celeborn włączył do swego królestwa część południową jako wschodnią prowincję Lórien; środkowy wszakże rozległy obszar, dzielący dwa państwa elfów, oddano we władanie plemieniu Beorna i Leśnym Ludziom. Lecz w kilka lat po odpłynięciu Galadrieli Celeborn poczuł się znużony życiem w swym królestwie, udał się do Imladris i zamieszkał tam z synami Elronda. Elfy Leśne spokojnie mieszkały w Zielonym Lesie, w Lórien natomiast wiodło smutne życie niewielu już tylko z jego dotychczasowych mieszkańców i w Caras Galadhon nie stało światła ni pieśni.

Kiedy potężne armie oblegały Minas Tirith, inne wojska, złożone z sojuszników Saurona od dawna zagrażających państwu króla

Branda, przekroczyły rzekę Carnen i zepchnęły obrońców w Dolinę Dal. Brandowi przyszli na pomoc krasnoludowie z Ereboru i u stóp Samotnej Góry stoczono wielką bitwę. Trwała ona trzy dni; obaj królowie – Brand i Dáin Żelazna Stopa – polegli. Easterlingowie tryumfowali, nie mogli jednak zdobyć Bramy Ereboru, a krasnoludowie i ludzie, którzy się za nią schronili, przetrwali oblężenie.

Kiedy nadeszła wieść o zwycięstwie królów na południu, panika ogarnęła północne armie Saurona; oblężeni dokonali wypadu za Bramę i rozbili nieprzyjacielskie zastępy, które zdziesiątkowane uciekły, by nigdy odtąd nie napastować już Dal. Królem tego kraju został Bard II, syn Branda, a pod Górą objął panowanie Thorin III Kamienny Hełm, syn Dáina. Obaj władcy wysłali posłów na koronację króla Elessara. Królestwa ich przetrwały długie wieki, a zawsze żyły w przyjaźni z Gondorem, należały do koronnych krajów króla Zachodu i pozostawały pod jego opieką.

Najważniejsze daty okresu od upadku Barad-dûr do końca Trzeciej Ery[1]

3019
Według kalendarza Shire'u 1419

27 marca. Bard II i Thorin III Kamienny Hełm wypędzają z Dale nieprzyjaciół. 28. Celeborn przekracza Anduinę, rozpoczyna się burzenie Dol Guldur.

6 kwietnia. Spotkanie Celeborna z Thranduilem. 8. Powiernicy Pierścienia odbierają hołd na polach Cormallen.

---

[1] Miesiące i dni podane są według kalendarza Shire'u.

1 maja. Koronacja króla Elessara. Elrond i Arwena wyruszają z Rivendell. 8. Éomer i Éowina wyjeżdżają do Rohanu z synami Elronda. 20. Elrond i Arwena przybywają do Lórien. 27. Świta Arweny opuszcza Lórien.

14 czerwca. Synowie Elronda spotykają się z eskortą i udają się z nią do Edoras. 16. Wyruszają do Gondoru. 25. Król Elessar znajduje pęd Białego Drzewa.

1 lipca. Arwena przybywa do grodu.

Dzień Środka Roku. Gody Elessara i Arweny.

18 lipca. Éomer powraca do Minas Tirith. 19. Wyrusza orszak pogrzebowy króla Théodena.

7 sierpnia. Orszak przybywa do Edoras. 10. Pogrzeb króla Théodena. 14. Goście opuszczają dwór króla Éomera. 18. Przybywają do Helmowego Jaru. 22. Przybywają do Isengardu i o zachodzie słońca rozstają się z królem Elessarem. 28. Spotykają Sarumana; Saruman zwraca się w kierunku Shire'u.

6 września. Popas w górach opodal Morii. 13. Rozstanie z Celebornem i Galadrielą, reszta Wędrowców zmierza do Rivendell. 21. Przybycie do Rivendell. 22. Sto dwudzieste dziewiąte urodziny Bilba. Saruman zjawia się w Shire.

5 października. Gandalf i hobbici opuszczają Rivendell. 6. Przeprawiają się przez Bród Bruinen; nawrót bólu w ranie Froda. 28. Wieczorem przybywają do Bree. 30. Wyjeżdżają z Bree i po ciemku docierają do mostu na Brandywinie.

1 listopada. Szeryfowie zatrzymują ich w Żabiej Łące. 2. Przybywają Nad Wodę i zrywają ludność Shire'u do powstania. 3. Bitwa Nad Wodą i unicestwienie Sarumana. Koniec Wojny o Pierścień.

3020
Według kalendarza Shire'u 1420: Rok Obfitości.

13 marca. Choroba Froda (w rocznicę wsączenia jadu przez Szelobę).

6 kwietnia. Na urodzinowej Łące zakwita *mallorn*.

1 maja. Wesele Sama i Róży.

Dzień Środka Roku. Frodo zrzeka się godności burmistrza, którą obejmuje z powrotem Will Whitfoot.

22 września. Sto trzydzieste urodziny Bilba.

6 października. Ponowna choroba Froda.

3021
Według kalendarza Shire'u 1421: Ostatni Rok Trzeciej Ery.

13 marca. Nowy nawrót choroby Froda. 25. Narodziny Elanor Pięknej[1], córki Sama. Według kalendarza Gondoru tego dnia zaczęła się Czwarta Era.

21 września. Frodo z Samem wyjeżdżają z Hobbitonu. 22. W Leśnym Zakątku spotykają się Powiernicy Pierścieni, by razem ruszyć na Ostatnią Wyprawę. 29. Przybywają do Szarej Przystani. Frodo i Bilbo odpływają za Morze wraz z Trzema Pierścieniami. Koniec Trzeciej Ery.

6 października. Powrót Sama do Bag End.

---

[1] Elanor, córka Sama, wyglądała podobno bardziej na córkę elfa niż hobbita. Miała złote włosy, co było w Shire rzadkością, ale dwie następne córki Sama również miały takie włosy, jak wiele dzieci urodzonych w tym okresie.

Późniejsze wypadki dotyczące członków Drużyny Pierścienia

Rok według kalendarza Shire'u.

1422 Z początkiem tego roku zaczęła się według kalendarza Shire'u Czwarta Era, lecz lata liczono po dawnemu.

1427 Will Whitfoot składa urząd. Hobbici wybierają na burmistrza Sama Gamgee. Peregrin zaślubia Perełkę z Long Cleeve. Król Elessar ogłasza prawo, na mocy którego Dużym Ludziom wzbroniony jest wstęp do Shire'u, wolnego kraju pod opieką Północnego Królestwa.

1430 Narodziny Faramira, syna Peregrina.

1431 Narodziny Złotogłówki, córki Sama.

1432 Meriadok, zwany Wspaniałym, zostaje zarządcą Bucklandu. Otrzymuje hojne dary od króla Éomera i Éowiny z Ithilien.

1434 Peregrin zostaje Tukiem i thanem. Król Elessar mianuje thana, zarządcę i burmistrza członkami Rady Królestwa Północy. Sam Gamgee ponownie w wyborach zdobywa godność burmistrza.

1436 Król Elessar w podróży na północ zatrzymuje się nad Jeziorem Evendim. Spotyka przyjaciół pośrodku mostu na Brandywinie. Obdarowuje Sama Gwiazdą Dúnedainów. Elanor zostaje dwórką w świcie królowej Arweny.

1441 Sam Gamgee po raz trzeci otrzymuje urząd burmistrza.

1442 Sam z żoną i córką Elanor gości przez rok w Gondorze. Zastępuje go na urzędzie młody Tolman Cotton.

1448 Sam zostaje burmistrzem po raz czwarty.

1451 Elanor Piękna wychodzi za mąż za Fastreda z Greenholmu.

1452 Król rozszerza granice Shire'u, włączając do niego Marchię Zachodnią (od Dalekich Wzgórz po Wzgórze Wieżowe – Emyn Beraid)[1]. Wielu hobbitów tam się przeniosło.

1454 Narodziny Elfstana, syna Fastreda i Elanor.

1455 Sam po raz piąty zostaje burmistrzem. Na jego prośbę than mianuje Fastreda, męża Elanor, Opiekunem Zachodniej Marchii (nowo zasiedlonego okręgu); Fastred i Elanor zamieszkują w domu Pod Wieżami na Wieżowych Wzgórzach, gdzie żyć będzie potem wiele pokoleń ich potomstwa.

1462 Sam po raz szósty zostaje burmistrzem.

1463 Faramir Tuk poślubia Złotogłówkę, córkę Sama.

1469 Sam zostaje burmistrzem po raz siódmy i ostatni; w roku 1476, składając urząd, liczy sobie lat dziewięćdziesiąt sześć.

1482 W połowie lata śmierć Róży, żony Sama. 22 września Sam opuszcza Bag End. Odwiedza na Wieżowych Wzgórzach córkę Elanor i powierza jej Czerwoną Księgę, która odtąd przechowywana jest w rodzie Fairbairnsów. Istnieje też w tym rodzie tradycja, pochodząca od Elanor, że Sam podążył za góry do Szarej Przystani, by odpłynąć za Morze, jako ostatni z Powierników Pierścienia.

1484 Wiosną przybył z Rohanu do Bucklandu goniec z wieścią, że król Éomer pragnie zobaczyć raz jeszcze pana Holdwine'a. Meriadok był już stary (102 lata), lecz zawsze krzepki. Po naradzie ze swym przyjacielem thanem obaj przekazali synom mienie oraz urzędy i przeprawili się przez Bród Sarn. Nigdy więcej nie widziano ich w Shire. Doszły jednak słuchy, że Meriadok przebywał w Edoras aż do jesieni, kiedy to zmarł król Éomer. Wówczas Meriadok

---
[1] T. I, s. 23; t. III, s. 403.

i Peregrin udali się do Gondoru i tam spędzili resztę lat, jakie im do życia zostały, a gdy zmarli, pochowano ich w grobowcach Rath Dínen wśród najznakomitszych mężów Gondoru.

1541 Tego roku[1] opuścił Śródziemie król Elessar. Podobno Meriadok i Peregrin spoczęli na wieczny sen po obu stronach króla w jego grobowcu. Wtedy to Legolas zbudował w Ithilien szary okręt i popłynął z biegiem Anduiny ku Morzu. Z nim, jak wieść głosi, pożeglował krasnolud Gimli. I tak, gdy okręt zniknął z widnokręgu, zamknęła się w dziejach Śródziemia karta Drużyny Pierścienia.

---

[1] Rok 120 Czwartej Ery, według rachuby Gondoru.

Dodatek C

Rodowody

W rodowodach tych figuruje tylko część imion wybranych spośród mnóstwa. Wymieniono tych, którzy brali udział w pożegnalnym przyjęciu u Froda, lub ich bezpośrednich przodków. Imiona gości pamiętnej zabawy podkreślono. Włączono również imiona osób związanych z opowiedzianymi w książce zdarzeniami. Wreszcie podano parę wiadomości o pochodzeniu Sama, założyciela rodu Ogrodników, który w późniejszych czasach zdobył wpływy i rozgłos. Daty umieszczone pod imionami oznaczają lata urodzenia (i śmierci – jeśli jest druga data). Wszystkie daty oznaczono według kalendarza Shire'u, który za rok pierwszy przyjął rok przekroczenia Brandywiny przez braci Marcha i Blanka (rok 1601 Trzeciej Ery).

BAGGINSOWIE Z HOBBITONU

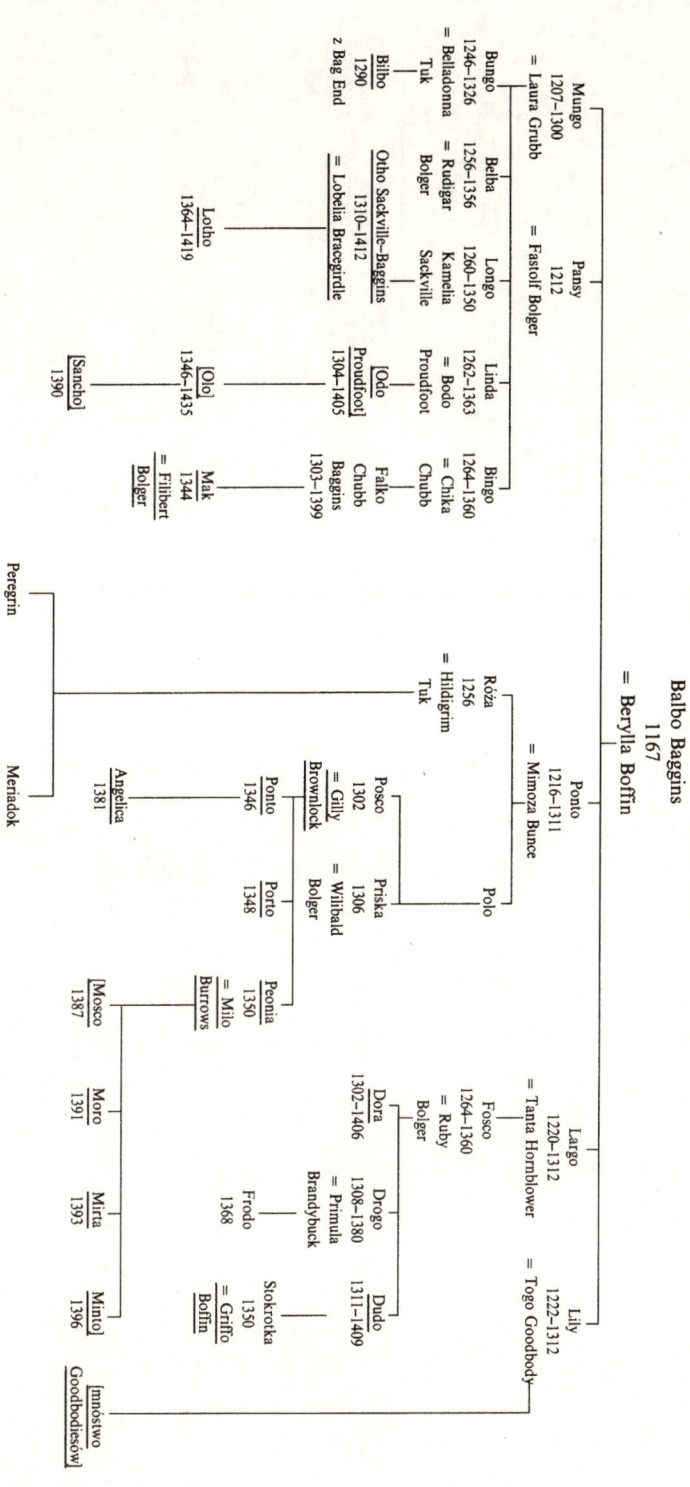

Balbo Baggins
1167
= Berylla Boffin

Mungo 1207–1300 = Laura Grubb
- **Bungo** 1246–1326 = Belladonna Tuk
  - **Bilbo** 1290 z Bag End
- **Belba** 1256–1356 = Rudigar Bolger
- **Longo** 1260–1350 = Kamelia Sackville
  - **Otho Sackville-Baggins** 1310–1412 = Lobelia Bracegirdle
    - **Lotho** 1364–1419
- **Linda** 1262–1363 = Bodo Proudfoot
  - **Odo Proudfoot** 1304–1405
    - **Olo** 1346–1435
      - **Sancho** 1390
- **Bingo** 1264–1360 = Chika Chubb
  - **Falko Chubb Baggins** 1303–1399
    - **Mak** 1344 = Filibert Bolger

Pansy 1212 = Fastolf Bolger

Ponto 1216–1311 = Mimoza Bunce
- **Róża** 1256 = Hildigrim Tuk
  - Peregrin
  - Meriadok
- **Polo**
  - **Posco** 1302 = Gilly Brownlock
    - **Ponto** 1346
      - **Angelica** 1381
    - **Porto** 1348
  - **Priska** 1306 = Wilibald Bolger
    - **Peonia** 1350 = Milo Burrows
      - **Mosco** 1387
      - **Moro** 1391
      - **Mirta** 1393
      - **Minto** 1396
        - **Imnóstwo Goodbodiesów**

Largo 1220–1312 = Tanta Hornblower
- **Fosco** 1264–1360 = Ruby Bolger
  - **Dora** 1302–1406
  - **Drogo** 1308–1380 = Primula Brandybuck
    - **Frodo** 1368
  - **Dudo** 1311–1409
    - **Stokrotka** 1330 = Griffo Boffin

Lily 1222–1312 = Togo Goodbody

TUKOWIE Z WIELKICH SMAJALÓW

Isengrim II (Dziesiąty Than z rodu Tuków)
1020–1122
Isumbras III
1066–1159

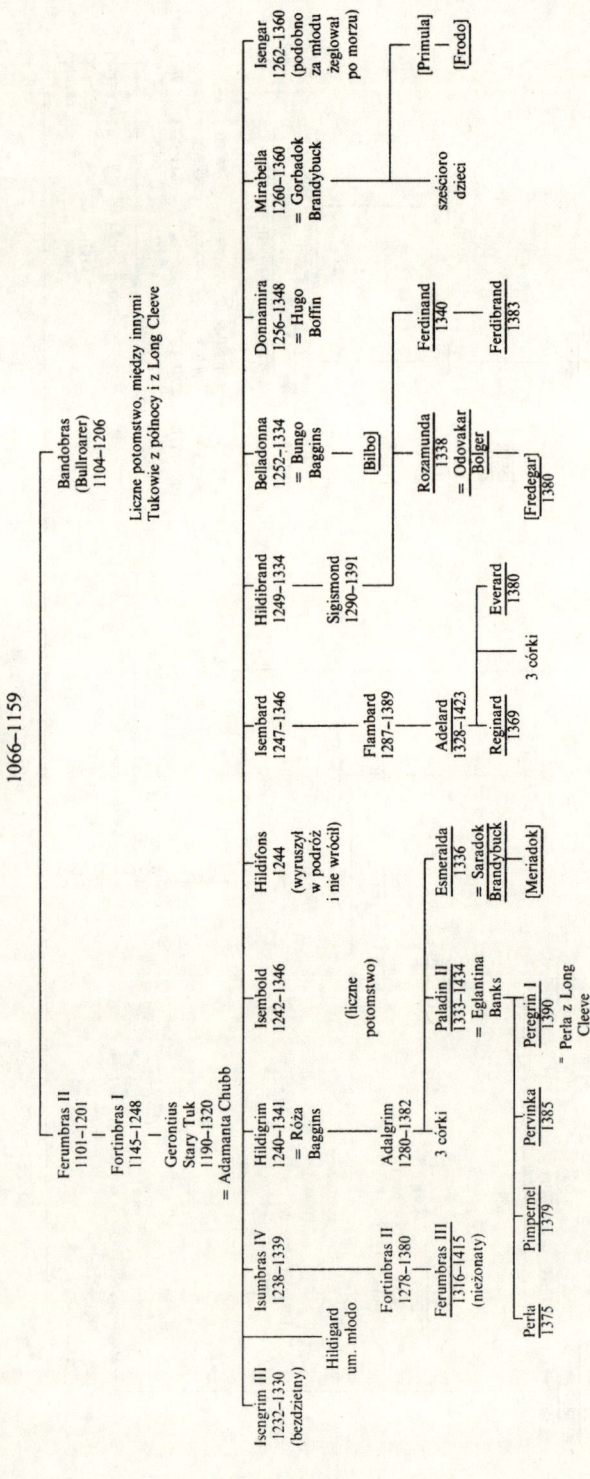

Ferumbras II 1101–1201
Fortinbras I 1145–1248
Gerontius Stary Tuk 1190–1320 = Adamanta Chubb

Bandobras (Bullroarer) 1104–1206
Liczne potomstwo, między innymi Tukowie z północy i z Long Cleeve

Dzieci Gerontiusa:

- **Isengrim III** 1232–1330 (bezdzietny)
- **Hildigard** um. młodo
- **Isumbras IV** 1238–1339
  - **Fortinbras II** 1278–1380
    - **Ferumbras III** 1316–1415 (nieżonaty)
- **Hildigrim** 1240–1341 = Róża Baggins
  - **Adalgrim** 1280–1382
    - 3 córki
    - **Paladin II** 1333–1434 = Eglantina Banks
      - **Perla** 1375
      - **Pimpernel** 1379
      - **Pervinka** 1385
      - **Peregrin I** 1390 = Perła z Long Cleeve 1395
        - **Faramir I** 1430 = Złotogłówka, córka Sama Gamgee
- **Isembold** 1242–1346
  - (liczne potomstwo)
- **Hildifons** 1244 (wyruszył w podróż i nie wrócił)
- **Isembard** 1247–1346
  - **Flambard** 1287–1389
    - **Adelard** 1328–1423
      - **Reginard** 1369
      - **Everard** 1380
      - 3 córki
- **Hildibrand** 1249–1334
  - **Sigismond** 1290–1391
- **Belladonna** 1252–1334 = Bungo Baggins
  - [Bilbo]
- **Donnamira** 1256–1348 = Hugo Boffin
- **Mirabella** 1260–1360 = Gorbadok Brandybuck
  - sześcioro dzieci
- **Isengar** 1262–1360 (podobno za młodu żeglował po morzu)

Potomkowie Mirabelli (przez sześcioro dzieci):
- **Esmeralda** 1336 = Saradok Brandybuck
  - [Meriadok]
- **Rozamunda** 1338 = Odovakar Bolger
  - [Fredegar] 1380
- **Ferdinand** 1340
  - **Ferdibrand** 1383
- [Primula] = [Frodo]

BRANDYBUCKOWIE Z BUCKLANDU

Gorhendad Oldbuck z Marish ok. 740 zaczął budować Brandy Hall i zmienił rodowe nazwisko na Brandybuck

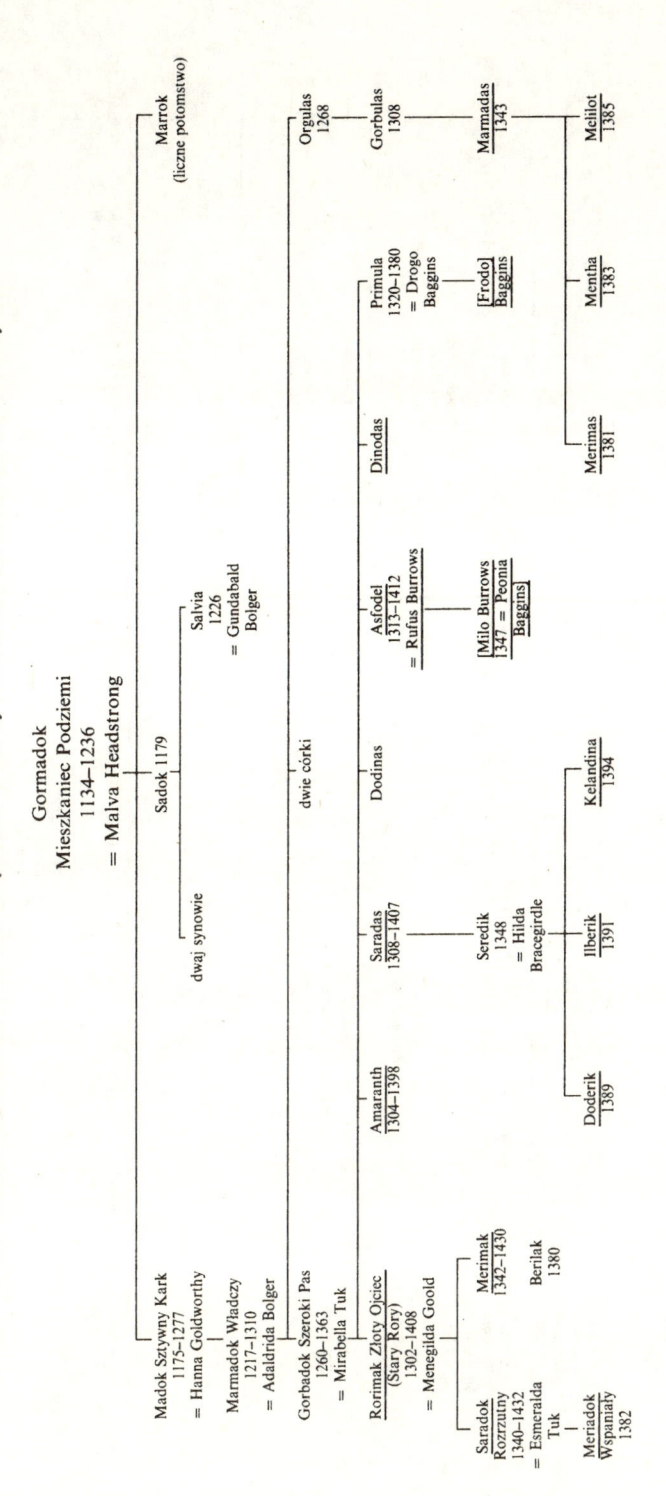

Gormadok
Mieszkaniec Podziemi
1134–1236
= Malva Headstrong

- **Sadok** 1179
  - dwaj synowie
  - **Salvia** 1226 = Gundabald Bolger
- **Madok Sztywny Kark** 1175–1277 = Hanna Goldworthy
- **Marmadok Władczy** 1217–1310 = Adaldrida Bolger
- **Marrok** (liczne potomstwo)

Gorbadok Szeroki Pas 1260–1363 = Mirabella Tuk

- dwie córki
- **Amaranth** 1304–1398
- **Saradas** 1308–1407
  - **Seredik** 1348 = Hilda Bracegirdle
    - **Doderik** 1389
    - **Ilberik** 1391
    - **Kelandina** 1394
- **Dodinas**
- **Asfodel** 1313–1412 = Rufus Burrows
  - [Milo Burrows] 1347 = Peonia [Baggins]
- **Dinodas**
- **Primula** 1320–1380 = Drogo Baggins
  - [Frodo Baggins]
- **Orgulas** 1268
- **Gorbulas** 1308
- **Marmadas** 1343
- **Meliot** 1385
  - **Mentha** 1383
  - **Merimas** 1381

Rorimak Złoty Ojciec (Stary Rory) 1302–1408 = Menegilda Goold

- **Saradok Rozrzutny** 1340–1432 = Esmeralda Tuk
  - **Meriadok Wspaniały** 1382
- **Merimak** 1342–1430
  - **Berilak** 1380

RODOWÓD SAMA GAMGEE

obrazujący także pochodzenie rodu Ogrodników z Pagórka i Fairbairnów z Wieżowych Gór

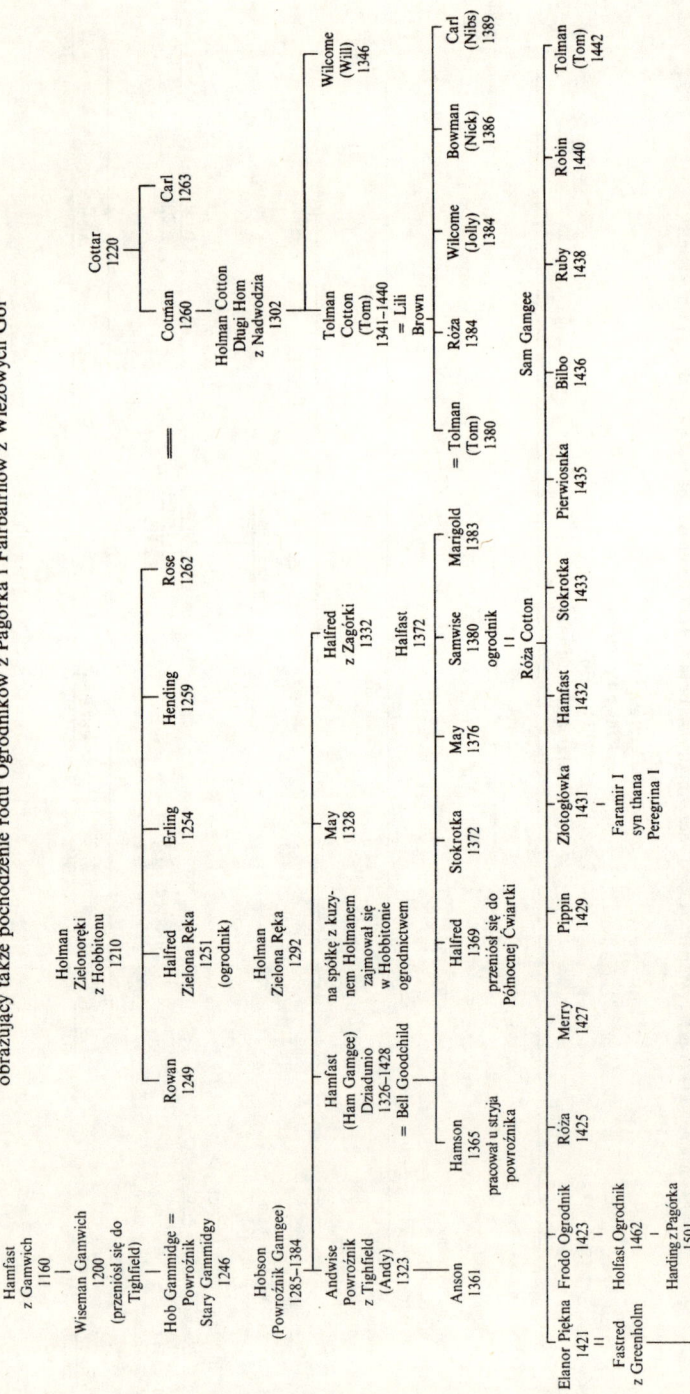

```
Hamfast
z Gamwich
1160
│
Wiseman Gamwich            Holman
1200                       Zielonoręki
(przeniósł się do          z Hobbitonu
Tighfield)                 1210
│                          │
Hob Gammidge  =  Rowan    Halfred            Holman
Powroźnik        1249     Zielona Ręka       Zielona Ręka
Stary Gammidgy            1251               1292
1246                      (ogrodnik)
│
Hobson
(Powroźnik Gamgee)
1285–1384
│
┌──────────────────┬──────────────────┐
Andwise            Hamfast                                        Halfred
Powroźnik          (Ham Gamgee)         na spółkę z kuzy-         z Zagórki
z Tighfield        Dziadunio            nem Holmanem              1332
(Andy)             1326–1428            zajmował się              │
1323               = Bell Goodchild     w Hobbitonie              Halfast
│                  │                    ogrodnictwem              1372
Anson              │                                              
1361               │
pracował u stryja  │
powroźnika         │
                   ┌────────┬────────┬────────┬────────┬────────┬────────┐
                   Hamson   Róża    Halfred   May     Samwise          Marigold
                   1365     1425    1369      1328    1380             1383
                                    przeniósł się     ogrodnik
                                    do Północnej     =
                                    Ćwiartki         Róża Cotton

Sam Gamgee
```

```
Cottar
1220
│
┌─────────┐
Cotman    Carl
1260      1263
│
Holman Cotton
Długi Hom
z Nadwodzia
1302
│
Tolman                        Wilcome
Cotton                        (Will)
(Tom)                         1346
1341–1440
= Lili
Brown
│
┌────────┬────────┬────────┐
Róża     Wilcome  Bowman   Carl
1384     (Jolly)  (Nick)   (Nibs)
         1384     1386     1389
= Tolman
  (Tom)
  1380
```

Dzieci Sama Gamgee i Róży Cotton:

| Elanor Piękna | Frodo Ogrodnik | Róża | Merry | Pippin | Złotogłówka | Hamfast | Stokrotka | Pierwiosnka | Bilbo | Ruby | Robin | Tolman (Tom) |
| 1421 | 1423 | 1425 | 1427 | 1429 | 1431 | 1432 | 1433 | 1435 | 1436 | 1438 | 1440 | 1442 |

= Fastred z Greenholm
│
Holfast Ogrodnik 1462
│
Harding z Pagórka 1501

Faramir I
syn thana
Peregrina I

(drzewo ślubne górne: Halfred Zielona Ręka 1251 = ; Erling 1254 – Hending 1259 – Rose 1262)

Przenieśli się do Zachodniej Marchii, kraju wówczas zagospodarowanego (a otrzymanego w darze od króla Elessara). Między Wzgórzami Dalekimi a Wieżowymi. Od nich wywodzą się Fairbairnowie z Wież, Opiekunowie Marchii Zachodniej, którzy odziedziczyli Czerwoną Księgę i przepisali ją, dodając późniejsze wiadomości oraz wyjaśnienia.

RODOWÓD KRASNOLUDÓW Z EREBORU SPISANY PRZEZ GIMLEGO, SYNA GLÓINA NA ŻYCZENIE KRÓLA ELESSARA

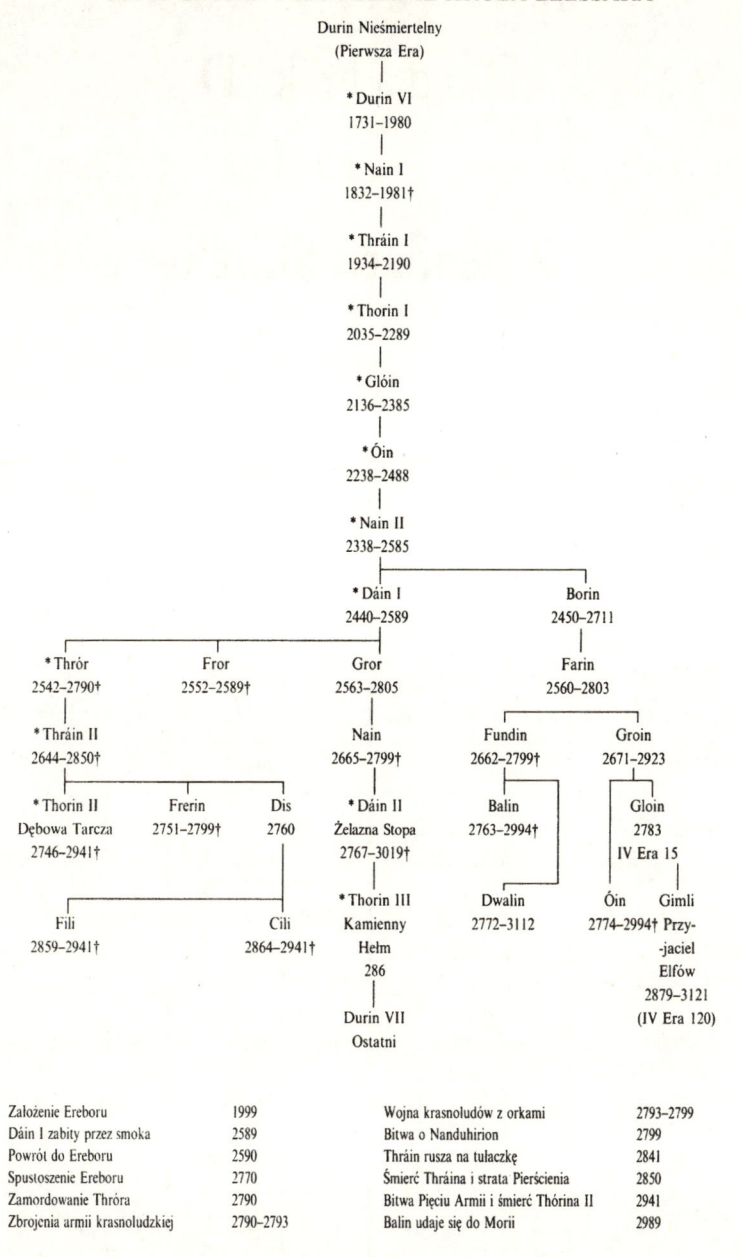

```
                        Durin Nieśmiertelny
                           (Pierwsza Era)
                                |
                            *Durin VI
                            1731–1980
                                |
                             *Nain I
                            1832–1981†
                                |
                            *Thráin I
                            1934–2190
                                |
                            *Thorin I
                            2035–2289
                                |
                             *Glóin
                            2136–2385
                                |
                              *Óin
                            2238–2488
                                |
                            *Nain II
                            2338–2585
                                |
                    ┌───────────┴───────────┐
                  *Dáin I                 Borin
                2440–2589               2450–2711
                    |                        |
    ┌───────────┬───┴────┐               ┌───┴────┐
  *Thrór      Fror     Gror            Farin
 2542–2790†  2552–2589† 2563–2805   2560–2803
    |                    |                    |
    |                   Nain              ┌───┴────┐
    |                 2665–2799†        Fundin    Groin
    |                    |            2662–2799† 2671–2923
 *Thráin II              |                |          |
 2644–2850†              |                |        Gloin
    |                    |              Balin     2783
    |                    |            2763–2994†  IV Era 15
    |                    |                |          |
 ┌──┴────┬────────┐   *Dáin II           Dwalin   ┌──┴────┐
*Thorin II Frerin  Dis Żelazna Stopa   2772–3112  Óin    Gimli
Dębowa    2751–2799† 2760 2767–3019†              2774–2994† Przy-
Tarcza                    |                                -jaciel
2746–2941†            *Thorin III                          Elfów
    |                 Kamienny                          2879–3121
┌───┴───┐             Hełm                              (IV Era 120)
Fili   Cili           286
2859–2941† 2864–2941†  |
                      Durin VII
                      Ostatni
```

Założenie Ereboru	1999		Wojna krasnoludów z orkami	2793–2799
Dáin I zabity przez smoka	2589		Bitwa o Nanduhirion	2799
Powrót do Ereboru	2590		Thráin rusza na tułaczkę	2841
Spustoszenie Ereboru	2770		Śmierć Thráina i strata Pierścienia	2850
Zamordowanie Thróra	2790		Bitwa Pięciu Armii i śmierć Thórina II	2941
Zbrojenia armii krasnoludzkiej	2790–2793		Balin udaje się do Morii	2989

Gwiazdkami oznaczono imiona tych, którzy byli uznawani za królów Durinowego plemienia, chociażby na wygnaniu. Spośród innych towarzyszy wyprawy Thorina Dębowej Tarczy do Ereboru należeli do rodu Durina Ori, Nori i Dori, a dalsi krewni: Bifur, Bofur i Bombur wywodzili się od krasnoludów z Morii, ale nie z linii Durina. Krzyżyk oznacza śmierć w boju lub inną śmierć gwałtowną.

Dodatek D

Kalendarz Shire'u

Można go stosować każdego roku

(1) *Afteryule*	(4) *Astron*	(7) *Afterlithe*	(10) *Winterfilth*
YULE 7 14 21 28	1 8 15 22 29	LITHE 7 14 21 28	1 8 15 22 29
1 8 15 22 29	2 9 16 23 30	1 8 15 22 29	2 9 16 23 30
2 9 16 23 30	3 10 17 24 –	2 9 16 23 30	3 10 17 24 –
3 10 17 24 –	4 11 18 25 –	3 10 17 24 –	4 11 18 25 –
4 11 18 25 –	5 12 19 26 –	4 11 18 25 –	5 12 19 26 –
5 12 19 26 –	6 13 20 27 –	5 12 19 26 –	6 13 20 27 –
6 13 20 27 –	7 14 21 28	6 13 20 27 –	7 14 21 28 –
(2) *Solmath*	(5) *Thrimidge*	(8) *Wedmath*	(11) *Blotmath*
– 5 12 19 26	– 6 13 20 27	– 5 12 19 26	– 6 13 20 27
– 6 13 20 27	– 7 14 21 28	– 6 13 20 27	– 7 14 21 28
– 7 14 21 28	1 8 15 22 29	– 7 14 21 28	1 8 15 22 29
1 8 15 22 29	2 9 16 23 30	1 8 15 22 29	2 9 16 23 30
2 9 16 23 30	3 10 17 24 –	2 9 16 23 30	3 10 17 24 –
3 10 17 24 –	4 11 18 25 –	3 10 17 24 –	4 11 18 25 –
4 11 18 25 –	5 12 19 26 –	4 11 18 25 –	5 12 19 26 –
(3) *Rethe*	(6) *Forelithe*	(9) *Halimath*	(12) *Foreyule*
– 3 10 17 24	– 4 11 18 25	– 3 10 17 24	– 4 11 18 25
– 4 11 18 25	– 5 12 19 26	– 4 11 18 25	– 5 12 19 26
– 5 12 19 26	– 6 13 20 27	– 5 12 19 26	– 6 13 20 27
– 6 13 20 27	– 7 14 21 28	– 6 13 20 27	– 7 14 21 28
– 7 14 21 28	1 8 15 22 29	– 7 14 21 28	1 8 15 22 29
1 8 15 22 29	2 9 16 23 30	1 8 15 22 29	2 9 16 23 30
2 9 16 23 30	3 10 17 24 LITHE	2 9 16 23 30	3 10 17 24 YULE
	DZIEŃ ŚRODKA ROKU		
	(OVERLITHE)		

Każdy rok rozpoczynał się pierwszego dnia tygodnia, w sobotę, a kończył ostatniego dnia tygodnia, w piątek. Sobótka – Dzień Środka Roku, a w latach przestępnych także Overlithe (dzień po Sobótce), nie miały żadnych nazw dni tygodnia. Wigilia Sobótki nazywała się 1 Lithe, natomiast dniem po Sobótce było 2 Lithe. Dzień Godów (ang. *Yule*) w samym końcu roku nazywany był 1 Yule, a ten, który rok rozpoczynał – 2 Yule. Overlithe było dniem wyjątkowego święta, o którym niestety nie ma mowy w historii Jedynego Pierścienia. Obchodzono je natomiast w roku 1420, roku wspaniałych żniw i cudownego lata. Powiadają też, że uroczystości i zabawy tamtego roku zapisały się w pamięci i kronikach jako najznamienitsze w dziejach.

O kalendarzach

Kalendarz w Shire rozmaitymi szczegółami różnił się od naszego. Rok[1] niewątpliwie miał tę samą długość, bo chociaż, gdy mierzyć długością lat i żywotów ludzkich, tamte czasy zdają się bardzo dawne, nie są one tak odległe w skali pamięci Ziemi. Przekazy hobbitów sięgały czasów, gdy – za dni swej wędrówki – nie znali pojęcia tygodnia i chociaż Księżyc, lepiej lub gorzej, kierował hobbickimi miesiącami, daty przez nich wyznaczane były bardzo niedokładne. W zachodnich krainach Eriadoru, gdzie wkrótce się osiedlili, przyjęli królewską rachubę Dúnedainów, mającą swe źródła już u Eldarów, jednak hobbici wprowadzili do niej wiele pomniejszych udoskonaleń. Ten kalendarz, zwany kalendarzem Shire'u, ostatecznie przyjął się też w Bree, z wyjątkiem tego, że tam nie liczono pierwszego roku od dnia kolonizacji Shire'u.

Czasem w starych opowieściach i dawnej tradycji niełatwo odnaleźć informacje precyzyjnie tłumaczące rzeczy dobrze znane naszym przodkom – rzeczy, które były w ich czasach całkiem oczywiste (jak nazwy dni tygodnia, liter, długość miesięcy i ich nazwy). Ale

---

[1] Czyli 365 dni, 5 godzin, 48 minut, 46 sekund.

dzięki zainteresowaniu hobbitów genealogią oraz dzięki temu, że po Wojnie o Pierścień wzrosło nagle wśród nich zainteresowanie starożytną historią, mieli oni bardzo wiele do czynienia z datami, a nawet rysowali skomplikowane tablice, ukazujące relacje między ich kalendarzem a innymi. Nie jestem zbyt uzdolniony w tych sprawach i mogłem narobić mnóstwo błędów; w każdym razie chronologia tak kluczowych lat 1418 i 1419 wg kalendarza Shire'u została przedstawiona bardzo dokładnie w Czerwonej Księdze i nie może tu być mowy o jakichkolwiek niedokładnościach.

To oczywiste, że Eldarowie w Śródziemiu, którzy, jak słusznie zauważył Samwise, mieli do dyspozycji więcej czasu, dzielili ten czas na długie odcinki i wyraz *yén* w języku quenya, zwykle tłumaczony jako „rok" (część I, str. 495), w rzeczywistości oznacza 144 nasze lata. Jeśli tylko to było możliwe, Eldarowie woleli liczyć szóstkami i dwunastkami. Dobę (dzień) nazywali *re* i liczyli ją od zachodu Słońca do ponownego zachodu. *Yén* zawierał w sobie 52 596 takich dni. Z przyczyn raczej religijnych niż praktycznych, tydzień Eldarów, czyli *enquië*, składał się z sześciu dni. *Yén* miał 8766 takich *enquier*, które stale zliczano w danym okresie.

W Śródziemiu Eldarowie posługiwali się krótszą jednostką czasu – rokiem słonecznym. Zwali go *coranar* – obieg Słońca – wiążąc go w ten sposób z zaobserwowanym zjawiskiem astronomicznym. Zwykle jednak określali rok terminem *loa*, wzrastanie (szczególnie w krainach północno-zachodnich), nawiązując w szczególności do sezonowych zmian w świecie roślinnym, co charakterystyczne jest właśnie dla elfów. *Loa* dzielił się jeszcze na krótsze odcinki – długie miesiące lub krótkie pory roku – jak kto woli. Niewątpliwie różniły się one w zależności od regionu, ale hobbici przekazali nam jedynie informacje o kalendarzu z Imladris. W nim zaś było sześć takich „pór roku". W języku quenya nosiły one nazwy: *tuilë*, *lairë*, *yávië*, *quellë*, *hrívë* i *coirë*, które można przetłumaczyć jako: wiosna, lato, jesień, szaruga, zima, przedwiośnie. Sindarińskie nazwy pór roku to: *ethuil*, *laer*, *iavas*, *firith*, *rhîw* i *echuir*. Szaruga jesienna nosiła też nazwę *lasse-lanta*, „opadanie liści" lub – w sindarinie – *narbeleth* – „zanikanie Słońca".

Zarówno *lairë*, jak i *hrívë* liczyły po 72 dni; pozostałe pory po 54 dni każda. *Loa* rozpoczynał się z dniem *yestarë*, bezpośrednio poprzedzającym *tuilë*, a kończył się *mettarë*, dniem następującym zaraz po *coirë*. Pomiędzy *yávië* i *quellë* znajdowały się trzy *enderi*, czyli „dni środkowe". To powodowało, że rok liczył 365 dni, a co dwanaście lat był uzupełniany przez podwojenie *enderi* (dodawano trzy dni).

Dokładnie nie wiemy, jak były traktowane wszystkie tego typu niedokładności. Jeżeli rok był wówczas tej samej długości co dziś, *yén* stawał się o jeden dzień dłuższy, niż należało. O tym, że istniała kwestia takiej niedokładności, świadczy uwaga do kalendarzy w Czerwonej Księdze stwierdzająca, że w rachubie z Rivendell ostatni rok co trzeciego *yén* skracano o trzy dni – pomijano wówczas zwyczajowe podwojenie trzech *enderi*. Lecz, jak się tam stwierdza, „nic takiego nie miało miejsca w naszych czasach". Poza tym fragmentem nie ma już mowy o poprawkach pozostałych nieścisłości.

Númenorejczycy zmienili ten porządek. Podzielili *loa* na krótsze odcinki o bardziej regularnej długości. Trzymali się też zwyczaju rozpoczynania roku w środku zimy – zwyczaju ludzi północnego zachodu z Pierwszej Ery, od których się wywodzili. Wkrótce ich tydzień zaczął liczyć siedem dni, a doba trwała od wschodu Słońca nad morskim horyzontem do kolejnego wschodu.

Zarówno w Númenorze, jak i na obszarze Arnoru i Gondoru, númenorejski system zwał się Kalendarzem Królów. Zwykły rok składał się z 365 dni. Był podzielony na dwanaście *astar*, czyli miesięcy, z których dziesięć miało po 30, a dwa po 31 dni. „Długie" *astar* rozdzielono po jednym w każdym półroczu. Znajdowały się one przed i po Dniu Środka Roku i w przybliżeniu odpowiadały naszemu czerwcowi i lipcowi. Pierwszy dzień roku zwał się *yestarë*, środkowy (sto osiemdziesiąty trzeci) – *loëndë*, a ostatni – *mettarë*; te trzy dni nie należały do żadnego miesiąca. Co cztery lata – oprócz ostatniego roku w danym wieku (*haranyë*) – dwa *enderi* były używane w zastępstwie jednego *loëndë*.

W Númenorze zaczęto liczyć czas wraz z pierwszym rokiem Drugiej Ery. Regulowanie deficytu przez odejmowanie jednego dnia od ostatniego roku danego wieku nie wystarczało, by dopełnić ostatni rok każdego tysiąclecia. Milenijny deficyt wynosił 4 godziny, 46 minut, 40 sekund. W latach 1000, 2000, 3000 Drugiej Ery dodawano ten czas. Po Upadku Númenoru w roku 3319 Drugiej Ery system ten przetrwał, przejęty przez wygnańców, lecz został bardzo poważnie naruszony wraz z początkiem Trzeciej Ery. Z nową numeracją 3442 rok Drugiej Ery stał się pierwszym rokiem Trzeciej Ery. Ponieważ 4 rok Trzeciej Ery uznano za rok przestępny w miejsce 3 r. T.E. (3444 r. D.E.), wprowadzenie jednego więcej krótkiego 365-dniowego roku powiększyło deficyt do 5 godzin, 48 minut, 46 sekund. Milenijnych poprawek dokonano 441 lat później: w roku 1000 T.E. (4441 r. D.E.) i w 2000 r. T.E. (5441 r. D.E.). Aby zlikwidować w ten sposób powstałe błędy i nagromadzony deficyt, namiestnik Mardil stworzył i wydał poprawiony kalendarz. Obowiązywał on od 2060 r. T.E., po wcześniejszym dodaniu dwóch dni do roku 2059 (5500 r. D.E.) – pięć i pół tysiąca lat od początku númenorejskiej rachuby. Jednak wciąż jeszcze pozostawał deficyt około ośmiu godzin. Hador dodał do roku 2360 jeden dzień, mimo iż deficyt nie osiągnął jeszcze takiej sumy. Później nie wprowadzano już żadnych korekt – w roku 3000 Trzeciej Ery, pod groźbą wiszącej nad głowami wojny, tego typu sprawy zostały zaniedbane. W końcu Trzeciej Ery, 600 lat później, deficyt nie osiągnął jeszcze jednego pełnego dnia.

Wprowadzony przez Mardila poprawiony kalendarz nazywał się Kalendarzem Namiestników i ostatecznie został przejęty przez wszystkie ludy mówiące językiem westron – wszystkie oprócz hobbitów. W nowym kalendarzu wszystkie miesiące miały po 30 dni, a dwa dodatkowe dni poza miesiącami umieszczono między trzecim i czwartym miesiącem (marcem i kwietniem) oraz między dziewiątym i dziesiątym (wrześniem i październikiem). Wszystkie te pozamiesięczne dni – *yestarë, tuilérë, loëndë, yáviérë* i *mettarë* – były świętami.

Konserwatywni hobbici w dalszym ciągu używali Kalendarza Królów przyporządkowanego ich własnym zwyczajom. Wszystkie miesiące miały po 30 dni. Trzy Letnie Dni, zwane w Shire dniami Sobótki [*Lithe, Lithedays*], obchodzono między czerwcem i lipcem. Ostatni dzień roku i pierwszy roku następnego nazywano Godami [*Yuledays*]. Gody i Sobótki pozostawały poza miesiącami, zatem 1 stycznia był drugim, a nie pierwszym dniem roku. Co cztery lata, prócz ostatniego roku w stuleciu[1], w środku lata świętowano cztery Sobótki [*Lithedays*]. Sobótki i Gody były głównymi świętami hobbitów, okresem wielkich uroczystości. Ów dodatkowy sobótkowy dzień, wprowadzany po Dniu Środka Roku – sto osiemdziesiąty czwarty dzień roku przestępnego – zwał się Overlithe i był szczególnym świętem. Pełne Gody obejmowały sześć dni – ostatnie trzy i pierwsze trzy dni każdego roku.

Lud Shire'u wprowadził jedną małą innowację własnego pomysłu (ostatecznie przyjętą też w Bree), którą nazwał Reformą Shire'u. Stwierdzono, że niewygodna i kłopotliwa jest taka zmienność i nieporządek w relacjach między dniami tygodnia i datami. Zatem za czasów Isengrima II hobbici umówili się, że ten dodatkowy sobótkowy dzień, który wprowadza tyle bałaganu, nie będzie miał nazwy dnia tygodnia. Od tego czasu Dzień Środka Roku (i następujący po nim Overlithe) znany był już tylko pod swą własną nazwą i nie należał do żadnego tygodnia. W wyniku tej reformy rok zawsze zaczynał się Pierwszym Dniem tygodnia, a kończył Ostatnim Dniem tygodnia. Co roku ta sama data miała przyporządkowany ten sam dzień tygodnia i mieszkańcy Shire'u już nigdy nie musieli kłopotać się pisaniem nazw dni tygodnia w swoich listach i pamiętnikach[2].

Było to bardzo wygodne w domu, ale nie tak wygodne, gdy ktoś wybierał się w podróż dalszą niż do Bree.

W powyższych uwagach oraz w samej książce używałem naszych współczesnych terminów w odniesieniu do miesięcy i dni tygodnia, chociaż oczywiście ani Eldarowie, ani Dúnedainowie, ani też hobbici ich nie używali. Tłumaczenie poszczególnych nazw z westronu wydawało mi się niezbędne do uniknięcia bałaganu, jako że charakter

---

[1] Tak było w Shire, gdzie rok 1 odnosił się do 1601 roku Trzeciej Ery. W Bree, gdzie rok 1 był równoznaczny z 1300 rokiem Trzeciej Ery, był to pierwszy rok stulecia.
[2] Patrząc na kalendarz Shire'u, można dostrzec, że jedynym dniem, który nie rozpoczynał żadnego miesiąca, był piątek. Toteż w Shire można było sobie żartować, mówiąc: „Pierwszego w piątek..." o dniu, który nigdy nie istniał albo w którym wydarzyły się jakieś niemożliwe rzeczy, np. ktoś widział latające świnie lub (szczególnie w Shire) chodzące drzewa. Dla podkreślenia niezwykłości mówiono: „Pierwszego w piątek w Summerfilth" (czyli również w miesiącu, który nie istniał).

i znaczenie tych związanych z porami roku nazw są mniej więcej takie same w Shire i u nas. Ponadto wydaje się, że Dzień Środka Roku – Sobótka – w jakimś stopniu pokrywa się z dniem przesilenia letniego, to zaś sprawia, że daty w Shire wyprzedzają nasze o jakieś dziesięć dni. Zatem nasz Nowy Rok przypada mniej więcej na 9 stycznia w Shire.

Nazwy miesięcy w języku quenya zwykle przyjmowały się w westronie, podobnie jak nazwy łacińskie są szeroko stosowane w naszych językach. Brzmiały one następująco: *Narvinyë, Nénimë, Súlimë, Víressë, Lótessë, Nárië, Cermië, Urimë, Yavannië, Narquelië, Hísimë, Ringarë*. Nazwy sindarińskie (używane tylko przez Dúnedainów) to *Narwain, Nínui, Gwaeron, Gwirith, Lothron, Nórui, Cerveth, Urui, Ivanneth, Narbeleth, Hithui, Girithron*.

W nazewnictwie miesięcy hobbici, zarówno ci z Shire'u, jak i ci z Bree, trzymali się starych, archaicznych, lokalnych nazw ze swego pierwotnego języka, które, jak się zdaje, w starożytności przejęli od ludzi z doliny Anduiny. W każdym razie podobne nazwy można było spotkać w Dale i w Rohanie (patrz uwagi o językach, t. III, s. 549–550). Tym samym różnili się od innych ludów używających westronu. Znaczenie tych określeń, wymyślonych przez ludzi, w zasadzie zostało zapomniane przez hobbitów, nawet jeśli pierwotnie wiedzieli, co one znaczą. W konsekwencji formy nazw stały się niezrozumiałe. Na przykład: *-math* na końcu wielu z nich jest redukcją wyrazu *month* [czyli miesiąc].

Nazwy miesięcy używane w Shire znajdują się w przedstawionym na wstępie kalendarzu. Warto zauważyć, że *Solmath* był zwykle wymawiany, a nawet pisany jako *Somath*. *Thrimidge* pisano też *Thrimich* (pierwotnie *Thrimilch*), natomiast *Blotmath* wymawiano *Blodmath* lub *Blommath*. W Bree nazwy trochę się różniły i brzmiały: *Frery, Solmath, Rethe, Chithing, Thrimidge, Lithe, Letnie Dni, Mede, Wedmath, Harvestmath, Wintring, Blooting* i *Yulemath*. *Frery, Chithing* i *Yulemath* były też używane we Wschodniej Ćwiartce[1].

---

[1] W Bree funkcjonowało żartobliwe powiedzonko: „Winterfilth w (bagnistym) Shire." [*winter*, „zima", *filth*, „brud"]. Jednakże zgodnie z tym, co twierdzili hobbici w Shire, obowiązująca w Bree nazwa *Wintring* była zniekształceniem nazwy starszej, która pierwotnie nawiązywała do dopełniania [*to fill*] roku przed nastaniem zimy. Pochodziła jeszcze z czasów przed przyjęciem przez hobbitów pełnego Kalendarza Królów, a więc z czasów, gdy Nowy Rok następował po żniwach.

Hobbicki tydzień został zapożyczony od Dúnedainów i nazwy dni były dosłownym tłumaczeniem tych, których używano w dawnym Królestwie Północy, a które z kolei wzięto od Eldarów. Sześciodniowy tydzień elfów miał dni poświęcone: Gwiazdom, Słońcu, Księżycowi, Dwóm Drzewom, Niebiosom i Valarom (czyli Mocom), które od nich zostały nazwane: *Elenya, Anarya, Isilya, Aldúya, Menelya* i *Valanya* (lub *Tárion*). Sindarińskie nazwy to: *Orgilion, Oranor, Orithil, Orgaladhad, Ormenel* i *Orbelain* (lub *Rodyn*).

Númenorejczycy przejęli od elfów ową kolejność i nazwy. Zmienili jednak czwarty dzień na *Aldëa* (*Orgaladh*), nawiązując do Białego Drzewa, bo jak wierzyli, Nimloth rosnąca na Królewskim Dziedzińcu w Númenorze była jego potomkinią. Zażyczywszy też sobie siódmego dnia w tygodniu, a będąc wspaniałymi żeglarzami, wprowadzili „Dzień Morza" – *Earenya* (*Oraearon*) po Dniu Niebios.

Hobbici przejęli ten system, lecz wkrótce zapomnieli znaczenia przetłumaczonych przez siebie nazw lub po prostu o to nie dbali i formy uległy znacznej redukcji, szczególnie w szybkiej codziennej wymowie. Prawdopodobnie númenorejskie nazwy przetłumaczono po raz pierwszy dwa tysiące lub więcej lat przed końcem Trzeciej Ery, kiedy to tydzień Dúnedainów (ten sposób ich rachowania, który najwcześniej przejęty obce ludy) został zapożyczony przez ludzi północy. Hobbici nazwy te potraktowali podobnie jak nazwy miesięcy, tłumacząc je po prostu na swój własny język, chociaż na innych obszarach, na których posługiwano się westronem, ludy używały nazw quenejskich.

Niewiele starożytnych dokumentów przetrwało w Shire. W końcu Trzeciej Ery najbardziej godnym uwagi archiwalium była księga zwana Żółtoskórą, czyli Rocznik z Tukonu.[1] Jak się wydaje, najwcześniejsze zrobione w nim notatki zapisano co najmniej dziewięćset lat przed czasami, w których żył Frodo; są one często cytowane w annałach i genealogiach w Czerwonej Księdze. Tam też nazwy dni tygodnia występują w formach archaicznych, a najstarsze z nich to:

---

[1] Zawierał on zapisy urodzin, ślubów i dat śmierci rodziny Tuków oraz inne notatki, jak ceny sprzedaży ziemi oraz opisy rozmaitych zdarzeń.

(1) *Sterrendei*, (2) *Sunnendei*, (3) *Monendei*, (4) *Trewesdei*, (5) *Hevenesdei*, (6) *Meresdei* i (7) *Highdei*. W języku z czasów Wojny o Pierścień brzmiały one następująco: *Sterday, Sunday, Monday, Trewsday, Hevenesday* (lub *Hensday*), *Mersday, Highday*.

Przetłumaczyłem te nazwy na współczesną angielszczyznę, rozpoczynając oczywiście od *Sunday* [niedzieli] i *Monday* [poniedziałku], które w hobbickim tygodniu noszą identyczne nazwy jak angielskie. Trzeba jednak pamiętać, że skojarzenia związane z poszczególnymi dniami były w Shire całkiem odmienne. Ostatni dzień tygodnia – piątek (*Highday*) – był dniem wolnym od pracy, po południu świętowanym i kończonym wieczornymi przyjęciami. Zatem sobota odpowiadała bardziej naszemu poniedziałkowi, a czwartek naszej sobocie[1].

Można jeszcze wspomnieć o kilku innych terminach odnoszących się do okresów czasu – wszelako nie tak już precyzyjnych. Pory roku zwykle zwano: *tuilë* – wiosna, *lairë* – lato, *yávië* – jesień (czyli żniwa) i *hrívë* – zima. Nazwy te nie były precyzyjne i dla nazwania późnej jesieni i początku zimy używano też słów *quellë* lub *lasselanta*.

Eldarowie przywiązywali szczególne znaczenie do brzasku (w krajach położonych bardziej na północ), przede wszystkim gdy dotyczyło czasu wschodzenia i zachodzenia gwiazd. Znali wiele terminów określających to zjawisko, z nich zaś najczęściej używali nazw *tindómë* i *undómë*. Pierwsza z nich odnosiła się do chwili przed wschodem Słońca, a druga do pory wieczornej po zachodzie. W sindarinie zjawiska te określano wyrazem *uial*, który mógł występować w formie precyzyjniejszej jako *minuial* i *aduial*. W Shire odpowiednie słowa brzmiały: *morrowdim* („jutrzenka") i *evendim* („zmierzch"). Dlatego też nazwa Jeziora Evendim to tłumaczenie elfickiego Nenuial.

Kwestie rachuby czasu w Shire oraz daty są jednymi z istotnych aspektów opowieści poświęconej Wojnie o Pierścień. W Czerwonej Księdze każdy dzień, miesiąc i rok został podany wedle kalendarza Shire'u i przekształcony w termin hobbicki lub zestawiony z nim

---

[1] Dlatego też w piosence Bilba (t. I, s. 215–217) zamiast czwartku i piątku mowa jest o sobocie i niedzieli.

w przypisach. Dlatego też miesiące i dni we *Władcy Pierścieni* odnoszą się do kalendarza Shire'u. Jedyne miejsca, w których wyraźniej zaznaczają się rozbieżności między nim a naszym kalendarzem, przypadające na kluczowy okres końca 3018 i początku 3019 roku (czyli 1418 i 1419 roku ery Shire'u), są następujące: październik 1418 roku ma tylko 30 dni, 1 stycznia przypada na drugi dzień 1419 roku, a następujący później luty ma 30 dni. Zatem 25 marca – dzień upadku Barad-dûr – może być utożsamiany z naszym 27 marca, jeśli przyjmiemy, że nasz rok rozpoczyna się w tym samym dniu co rok hobbitów. W Kalendarzu Królów i w Kalendarzu Namiestników był to niemniej jednak 25 marca.

Nowa rachuba czasu zaczęła obowiązywać wraz z odbudową Królestwa w 3019 roku Trzeciej Ery. Przywrócono w ten sposób Kalendarz Królów przystosowany do liczenia początku roku wiosną – jak w eldarińskim *loa* [1].

W tym nowym kalendarzu rok rozpoczynał się 25 marca według starego stylu, dla upamiętnienia upadku Saurona i czynów Powierników Pierścienia. Miesiące zachowały swe dawne nazwy. *Viressë* (kwiecień) rozpoczynał teraz rok, ale obejmował okres, który pierwotnie był o pięć dni późniejszy. Każdy miesiąc miał 30 dni. Pomiędzy *Yavannië* (wrześniem) i *Narquelië* (październikiem) znajdowały się trzy *Enderi* – „Dni Środkowe" – z których drugi nazywał się *Loëndë*. Odpowiadały one datom 23, 24 i 25 września starego stylu. Na cześć Froda 30 *Yavannië*, odpowiadający dawnemu 22 września, dniowi jego urodzin, obchodzono jako święto, a w roku przestępnym podwajano go, dodatkowy dzień nazywając *Cormarë* – „Dniem Pierścienia".

Uważano, że Czwarta Era rozpoczęła się z dniem odejścia Mistrza Elronda, we wrześniu 3021 roku. Ale gdy przyszło zapisać ten rok w kronikach, za pierwszy rok Czwartej Ery przyjęto ten, który otwierał nową rachubę, a więc rozpoczynający się 25 marca 3021 roku według starego stylu.

---

[1] Chociaż faktycznie *yestarë* w nowej rachubie czasu przypadało wcześniej niż w kalendarzu z Imladris, gdzie wypadało ono mniej więcej na 6 kwietnia (wg kalendarza Shire'u).

Za panowania króla Elessara ta rachuba czasu przyjęła się we wszystkich krajach z wyjątkiem Shire'u, gdzie pozostano przy starym kalendarzu i kontynuowano dawną rachubę Shire'u. Zatem pierwszy rok Czwartej Ery zwano rokiem 1422, a jakkolwiek uznano zmianę ery, utrzymywano, że rozpoczęła się ona dnia 2 Yule roku 1422, a nie w marcu.

W pamięci ludu hobbitów w Shire nie zapisały się jakoś szczególnie obchody jakiegokolwiek 25 marca lub 22 września. Jednakże w Zachodniej Ćwiartce, a szczególnie wokół Hobbitonu i Pagórka, narodził się obyczaj świętowania 6 kwietnia i tańców na Urodzinowej Łące, jeśli pogoda na to pozwalała. Jedni twierdzili, że to dzień urodzin Sama Ogrodnika, inni, że w tym dniu po raz pierwszy zakwitło Złote Drzewo w roku 1420, a jeszcze inni, że to Nowy Rok elfów. O zachodzie słońca każdego 2 listopada w Bucklandzie dęto w Róg Marchii, a potem następował czas palenia wielkich ognisk i wesołego ucztowania [1].

Tłumaczył Ryszard Derdziński

---

[1] W rocznicę dnia, gdy zadęto weń po raz pierwszy w Shire, w 3019 roku.

Dodatek E

Pisownia i rodzaje liter

1. Wymowa wyrazów i nazw własnych

Westron, czyli Wspólną Mowę, w całości przetłumaczono na język angielski. Stąd wszelkie hobbickie imiona i nazwy własne należy wymawiać zgodnie z regułami tego właśnie języka. Dla przykładu głoska *g* w nazwisku Bolger brzmi tak samo jak w angielskim słowie *bulge* [zatem jest to polskie *dż*], a *mathom* rymuje się z angielskim słowem *fathom*.

Podczas transkrypcji starożytnych rękopisów starałem się możliwie dokładnie odtworzyć oryginalne dźwięki (oczywiście na tyle, na ile się dało), a jednocześnie usiłowałem stworzyć takie słowa i nazwy, które nie wyglądałyby dziwacznie napisane współczesnym alfabetem. Quenyę Elfów Wysokiego Rodu zapisałem jak łacinę, w stopniu, na jaki pozwalały głoski tego języka. Z tego powodu *c* zastępuje głoskę *k* w obydwu językach Eldarów.

Tych, którzy interesują się podobnymi detalami, mogą zainteresować następujące uwagi.

Spółgłoski

C zawsze czytamy jak *k*, nawet przed *e* oraz *i*: *celeb* „srebro" powinniśmy wymawiać *keleb*.

CH reprezentuje wyłącznie dźwięk, który słyszymy w słowie *bach* (w języku niemieckim lub walijskim), nie zaś w angielskim *church* [jest to zatem polskie *h*, a nie *cz*]. Z wyjątkiem sytuacji, gdy głoska ta występuje na końcu wyrazu lub przed *t*, w wymowie Gondoru osłabła ona do *h* [tak zapisujemy tu polską gloskę bezdźwięczną *ch*]. Przemianę tę obserwujemy w kilku nazwach, takich jak *Rohan*, *Rohirrim*. (*Imrahil* to imię númenorejskie).

DH to dźwięczne *th*, jak w angielskim *these clothes* [w transkrypcji fonetycznej to ð, czyli *z* wymawiane z językiem między zębami]. Najczęściej głoska ta jest spokrewniona z *d* – na przykład sindarińskie *galadh* „drzewo" to w języku guenejskim *alda*. Niekiedy jednak pochodzi ono z zestawienia *n+r*, np. nazwa *Caradhras* „Czerwony Róg" od *caran-rass*.

F to zwykłe *f* – tylko na końcu wyrazów używa się go do przedstawienia głoski *v* [polskiego *w*], jak w nazwach *Nindalf*, *Fladrif*.

G to zawsze wyłącznie *g* jak w angielskich wyrazach *give* i *get* [czyli polskie *g*], dlatego *gil* „gwiazda" w nazwach własnych *Gindor*, *Gilraen*, *Osgiliath* zaczyna się jak angielskie *gild*.

H, gdy stoi osobno, nie sąsiadując z innymi spółgłoskami, ma wartość *h*, czyli taką jak w angielskich słowach *house* i *behold* [i nie różni się zasadniczo od polskiego *ch*]. Quenejska kombinacja *ht* brzmi jak *cht* w niemieckich *echt* i *acht* – na przykład w nazwie *Telumehtar* „Orion"[1]. Zob. także CH, DH, L, R, TH, W, Y.

I, gdy w sindarinie znajduje się na początku wyrazu, przed inną samogłoską, to zawsze reprezentuje spółgłoskowe angielskie *y*, jak w *you* i *yore* [czyli polskie *j*]: np. *Ioreth*, *Iarwain*. Zobacz Y.

K zostało użyte, by prezentować głoskę *c* [polskie *k*] w nazwach własnych pochodzących z języków innych niż mowa elfów; a zatem *kh* to to samo co *ch* w orkowym *Grishnákh* czy w pochodzącym z języka adûnaic (númenorejskiego) *Adûnakhôr*. W sprawie języka krasnoludzkiego (khuzdul) patrz uwagi końcowe.

L brzmi prawie tak samo, jak początkowe *l* w języku angielskim – jak w słowie *let*. Głoska ta była jednak do pewnego stopnia „spalatalizowana" pomiędzy *e*, *i* a spółgłoską lub na końcu, po *e* lub *i* (Eldarowie zapisaliby prawdopodobnie angielskie *bell*, *fill* jako *beol*,

---

[1] Znany w sindarinie zazwyczaj jako *Menelvagor* (t. I, s. 118), a w języku quenya *Menelmacar*.

fiol). LH reprezentuje bezdźwięczną wersję tej spółgłoski (zwykle wywodzącą się z początkowego *sl-*). W (archaicznym) quenya zapisywano tę spółgłoskę jako *hl*, lecz w Trzeciej Erze powszechnie wymawiano ją jak *l*.

NG jest to *ng* jak w angielskim *finger* [lub polskim *hangar*]. Wyjątkiem jest sytuacja, gdy NG występuje na końcu wyrazu – wtedy brzmi tak jak w angielskim *sing* [w polskim w takich słowach jak *bank*, *ping-pong*, w transkrypcji fonetycznej ŋ]. Ostatnio wymieniony dźwięk występował też w języku quenya na początku wyrazów – ja jednak w transkrypcji umieszczałem tam *n* (jak *Noldo*), zgodnie z wymową Trzeciej Ery.

Ph reprezentuje tę samą głoskę co *f*. Użyto jej (1) gdy głoska *f* występuje na końcu wyrazu, np. *alph* „łabędź"; (2) gdy głoska *f* jest spokrewniona lub pochodzi od *p*, jak w *i-Pheriannath* „niziołki" (*perian*); (3) pojawia się też w środku wyrazu, gdzie reprezentuje długie *ff* (pochodzące od *pp*), jak w *Ephel* „zewnętrzne ogrodzenie"; oraz (4) spotkamy ją w języku adûnaic i w westronie, np. *Ar-Pharazôn* (od *pharaz* „złoto").

QU użyto do zapisania *cw* [czyli *ku*] – jest to kombinacja bardzo częsta w języku quenya i niewystępująca wcale w sindarinie.

R to wibrujące *r* niezależnie od umiejscowienia [identyczne z polskim r]. Dźwięk ten nie zanikał przed spółgłoskami jak w języku angielskim (np. w słowie *part*). Powiada się, że orkowie i krasnoludy, ale tylko niektóre, używali ponoć *r* tylnego, dla Eldarów brzmiącego okropnie. RH reprezentuje bezdźwięczne *r* (zwykle pochodzące od starszego, występującego na początku wyrazów *sr-*). W quenya zapisywano je jak *hr*. Patrz L.

S [takie samo jak w polskim] w angielszczyźnie jest to *s* bezdźwięczne, jak w słowach *so*, *geese*. Głoski z nie spotkalibyśmy w ówczesnym języku quenya lub w sindarinic. SH spotykane w westronie, w mowie krasnoludów oraz orków reprezentuje głoskę podobną do angielskiego *sh* [czyli mniej więcej do polskiego sz].

TH to bezdźwięczne *th* [w transkrypcji fonetycznej Θ], jak w angielskim *thin cloth*. W potocznej odmianie języka quenya głoska ta wymawiana była jak *s*, chociaż ciągle zapisywano ją inną literą, np. w quenya *Isil*, sindarińskie *Ithil* „Księżyc".

TY reprezentuje prawdopodobnie dźwięk podobny do *t* w angielskim słowie *tune* [coś pomiędzy polskim *t* i *ć*]. Głównie wywodził się on od *c* lub od *t+y*. Mówiący językiem westron mieli tendencję do zastępowania tej głoski dźwiękiem *ch* [mniej więcej polskie *cz*, *ć*], bardzo częstym w tym języku. Patrz HY przy omawianiu Y.

V ma wartość angielskiego *v* [polskiego *w*]. Nie używano tej litery na końcu wyrazów. Patrz F.

W reprezentuje angielskie *w* [polskie *u* niezgłoskotwórcze]. HW to bezdźwięczna odmiana *w*, jak w angielskim *white* (chodzi o wymowę w północnej Anglii). W języku quenya nie był to rzadki dźwięk na początku wyrazów, choć zdaje się, że w tej książce nie znajdujemy tego rodzaju przykładów. W transkrypcji języka quenya użyto zarówno *v*, jak i *w* – choć w łacinie brak takiego rozróżnienia – gdyż obydwie te głoski, o odmiennym pochodzeniu, występowały w tym języku.

Y w języku quenya prezentuje angielską spółgłoskę *y* [polskie *j*], jak w słowie *you*. Natomiast w sindarinie *y* to samogłoska [jak polskie *y*] – patrz niżej. HY jest w tej samej relacji do *y* jak HW do *w* i reprezentuje głoskę często słyszaną w angielskim *hew*, *huge* [zatem nie polskie *hj*, a raczej dźwięk słyszany w niemieckim *ich*]. To samo brzmienie miało quenejskie *h* w złożeniach *eht*, *iht*. Mówiący w westronie zastępowali ten dźwięk głoską *sh* [po polsku *sz*, *ś*], bardzo powszechną w tym języku. Zobacz TY – powyżej. HY zazwyczaj pochodziło od *sy-* i *khy-*; w obu przypadkach pokrewne słowa sindarińskie mają tam początkowe *h*, np. w quenya *Hyarmen* „południe", sindarińskie *Harad*.

Należy zauważyć, że spółgłoski pisane podwójnie, jak *tt*, *ll*, *ss*, *nn*, reprezentują długie, czyli „podwójne" głoski [podobnie jak w języku polskim]. Na końcu wyrazu mającego więcej niż jedną sylabę ulegały one zazwyczaj skróceniu: np. *Rohan* z *Rochann* (forma archaiczna *Rochand*).

W sindarinie kombinacje *ng*, *nd*, *mb*, szczególnie rozpowszechnione we wczesnych językach eldarińskich, uległy różnym zmianom. Na przykład *mb* stało się *m* we wszystkich przypadkach, choć przy akcentowaniu wciąż zaliczało się do długich spółgłosek i, gdy istniały wątpliwości co do przyłożenia akcentu, zapisywano je jako *mm*¹. Kombinacja *ng* nie uległa zmianie z wyjątkiem początku i końca wyrazu, gdzie przekształciła się w prostą głoskę nosową (jak w angielskim *sing*). Inna kombinacja – *nd* – przekształciła się w *nn*, np. w słowie *Ennor* „Śródziemie", w quenya *Endóre*. Wyjątkowo *nd* nie uległo przemianie na końcu w pełni akcentowanych wyrazów jednosylabowych – takich jak *thond* „korzeń" (zob. *Morthond* „Czarny Korzeń"), oraz przed *r* – jak w *Andros* „długa piana". Takie *nd* spotykamy też w niektórych starożytnych nazwach własnych pochodzących z odległej przeszłości, takich jak *Nargothrond, Gondolin, Beleriand*. W Trzeciej Erze końcowe *nd* poprzez *nn* przekształciło się w *n* w długich wyrazach – np. w *Ithilien, Rohan, Anórien*.

Samogłoski

Do zaznaczenia samogłosek użyto liter *i, e, a, o, u* oraz (tylko w sindarinie) *y*. Na tyle, na ile da się to określić, widać jasno, że głoski reprezentowane przez te litery nie wyróżniały się czymś szczególnym, chociaż naszej uwadze umykają pewne lokalne różnice². Zatem głoski przedstawiane za pomocą liter *i, e, a, o, u* [prawie identyczne z polskimi wartościami tych liter] odpowiadają samogłoskom w angielskich słowach *machine, were, father, for, brute*, niezależnie od iloczasu.

W języku sindarińskim długie *e, a, o* były po prostu dłużej wymawianymi odmianami krótkich samogłosek, od których względnie niedawno się wyodrębniły (starsze *é, á, ó* uległy zmianom). W poprawnej wymowie języka quenya, np. w wykonaniu Eldarów,

---

¹ Jak w zwrocie *galadhremmin ennorath* (t. I, s. 315) „drzewami tkane krainy Śródziemia". *Remmirath* (t. I, s. 118) zawiera *rem* „sieć", w quenya *rembe*, + *mir* „klejnot".
² Szeroko rozpowszechniona wymowa długiego *e* i *o* jako *ei* [polskie *ej*] i *ou* [polskie *ou*], mniej więcej jak w angielskim *say no*, w westronie i w charakterystycznej dla mówiących tym językiem wymowie nazw quenejskich oddana jest w piśmie za pomocą *ei* i *ou* (lub ich odpowiedników w ówczesnych alfabetach). Uważano jednak taką wymowę za niepoprawną, a nawet prostacką. Rzecz jasna w Shire była ona na porządku dziennym. Stąd wszyscy, którzy wymawiają *yeni unotime* „długie lata niezliczone" w sposób naturalny dla angielszczyzny [to znaczy mniej więcej jak *jejni unoutaimi*] odchodzą od właściwej wymowy tylko trochę bardziej niż Bilbo, Meriadok albo Peregrin. O Frodzie zaś powiadano, że wykazywał wielkie „zdolności do obcych dźwięków".

długie *é* i *ó* były bardziej „ściśnięte" i zwarte niż samogłoski krótkie.

Sindarin jako jedyny język tamtych czasów posiadał „zmodyfikowane", czyli przednie *u*, podobne do *u* we francuskim słowie *lune*. Była to częściowo modyfikacja *o* i *u*, po części zaś głoska ta pochodziła od wcześniejszych dwugłosek *eu* i *iu*. Do zaznaczenia tej głoski użyto litery *y* (jak w dawnej angielszczyźnie): np. *lyg* „wąż", w quenya *leuca*; oraz *emyn*, liczba mnoga słowa *amon* „wzgórze". W Gondorze *y* wymawiano jak *i*.

Długie samogłoski zaznaczano zazwyczaj ukośną kreseczką podobną do akcentu nad literą, jak w niektórych odmianach pisma Fëanora. W sindarinie długie samogłoski w jednosylabowych wyrazach akcentowanych zaznaczono za pomocą cyrkumfleksu (daszka nad literą), jako że istniała tendencja do szczególnego ich wydłużania[1]; stąd *dûn*, ale i *Dúnadan*. Użycie cyrkumfleksu w innych językach, na przykład w języku adûnaic lub w języku krasnoludów, nie ma szczególnego znaczenia – chodziło o podkreślenie ich obcości w stosunku do języków elfów (podobnie jak to było z użyciem *k*).

Końcowe *e* nigdy nie jest nieme, nigdy też nie jest jedynie oznacznikiem długości, jak w języku angielskim. Aby zaznaczyć tę jego cechę, stosuje się (choć niekonsekwentnie) znak *ë*.

Złożenia *er*, *ir*, *ur* (na końcu wyrazu lub przed spółgłoską) wymawiamy jak w angielskim *air*, *eer*, *oor*, nie zaś jak *fern*, *fir*, *fur* [i z grubsza tak, jak się je czyta w języku polskim].

W quenya *ui*, *oi*, *ai* oraz *iu*, *eu*, *au* są dyftongami, czyli dwugłoskami (oznacza to, że są wymawiane jako jedna sylaba). Wszystkie inne pary samogłosek wymawiamy jak dwie sylaby. Zaznaczono to przez pisanie *ëa (Ëa)*, *äo*, *oë*.

---

[1] Zatem także w *Annûn* „zachód Słońca", *Amrûn* „wschód Słońca" – pod wpływem pokrewnych *dûn* „zachód" i *rhûn* „wschód".

W sindarinie dyftongi zapisano jako *ae, ai, ei, oi, ui* oraz *au*. Pozostałe kombinacje nie są dyftongami. Zapisywanie końcowego *au* jako *aw* jest w zgodzie z angielską tradycją i też nieobce było ortografii feanoryjskiej.

Wszystkie te dyftongi były dwugłoskami „opadającymi"[1], to znaczy, że nacisk w wymowie padał na pierwszy element, i złożone były z połączonych samogłosek. Dlatego też *ai, ei, oi, ui* [polskie *aj, ej, oj, uj*] wymawiamy jak angielskie *rye* (nie *ray*) *grey, boy, ruin*, natomiast *au* (*aw*) [w polskim *au*] jak w wyrazach *loud, how* – a nie jak w *laud, haw*.

Dwugłoski *ae, oe, eu* nie mają swych ścisłych odpowiedników w języku angielskim; *ae* i *oe* mogą być wymawiane jak *ai* i *oi* [po polsku wymawiamy je jak *ai, oi, eu*].

Akcent

Miejsc, gdzie pada akcent, nie zaznaczano, gdyż w językach eldarińskich zależy to od formy wyrazu. W słowach dwusylabowych pada on praktycznie zawsze na pierwszą zgłoskę. W wyrazach dłuższych akcent pada na sylabę przedostatnią, gdy zawiera ona długą samogłoskę, dyftong bądź samogłoskę, po której następują dwie (lub więcej) spółgłoski. Jeżeli przedostatnia sylaba zawiera (a tak jest w większości przypadków) krótką samogłoskę, po której jest tylko jedna spółgłoska (lub nie ma żadnej), to akcent pada na poprzednią sylabę, trzecią od końca. Wyrazy tego ostatniego rodzaju przeważają w językach eldarińskich, szczególnie w języku quenya.

W poniższych przykładach samogłoskę akcentowaną zaznaczono wielką literą: *isIldur, Orome, ErEssëa, fËanor, ancAlima, elentÁri; dEnethor, periAnnath, ecthElion, pelArgir, silIvren*. Wyrazy typu *elentÁri*, „królowa gwiazd", w których występują samogłoski *é, á, ó*, są rzadkie w języku quenya, chyba że (jak w tym przypadku) są

---

[1] Pierwotnie, bo już w Trzeciej Erze *iu* w języku quenya wymawiano jak dyftong wznoszący – np. jak *yu* w angielskim *yule*.

to wyrazy złożone. Częściej natomiast spotykamy takie, które zawierają samogłoski *í, ú* – jak w *andÚne* „zachód słońca, zachód". Nie występują one w sindarinie z wyjątkiem wyrazów złożonych. Istotne jest też i to, że sindarińskie *dh, th, ch* są pojedynczymi spółgłoskami i w oryginalnych tekstach zapisane są za pomocą pojedynczych liter.

Uwagi

W przypadku nazw własnych pochodzących z innych niż eldariński języków zastosowano te same wartości liter, chyba że powyżej zaznaczono inaczej. Wyjątkiem jest mowa krasnoludów. W języku krasnoludzkim, który nie posiada głosek opisanych wyżej jako *th* i *ch (kh)*, złożenia *th* i *kh* są aspiratami – znaczy to, że po *t* i *k* następuje *h*, mniej więcej jak w angielskich słowach *backhand* i *outhouse*.

W wypadku występowania *z* czytamy tę głoskę jak angielskie [i polskie] z. Występujące w Czarnej Mowie i w języku orków *gh* jest tak zwanym „tylnym aspirantem" [jest to spółgłoska szczelinowa] – np. *ghâsh, agh*. Ma się do *g* jak *dh* do *d*.

Ludzkie, czyli „jawne" imiona krasnoludów podane zostały wedle zasad przyjętych na Północy, ale wartość liter odpowiada w nich wyżej opisanym regułom. Tak samo postąpiono w przypadku nazw osobowych i miejscowych pochodzących z Rohanu (jeżeli nie zostały one zmodernizowane), z tym tylko, że *éa* i *éo* są dyftongami. Oddać je można za pomocą *ea* w angielskim *bear* i *eo* w *Theobald; y* w tym przypadku jest zmodyfikowanym *u*. Formy uwspółcześnione [które często zostały przetłumaczone na język polski, np. Gadzi Język, ang. *Wormtongue*] czytamy zgodnie z regułami języka angielskiego. W większości są to nazwy miejscowe, np. *Dunharrow*, które pochodzi od staroangielskiego *Dúnharg*.

2. Alfabety i pisma

W zasadzie wszystkie systemy pism i liter w Trzeciej Erze miały swe początki w dziele Eldarów i już w tamtych czasach wzbudzały wielki szacunek swą starożytnością. Choć niektóre z nich osiągnęły status w pełni rozwiniętego alfabetu, to wciąż w użyciu były takie dawne odmiany pisma, w których literami oznaczano tylko spółgłoski.

Istniały wówczas dwa podstawowe, powstałe całkiem niezależnie, alfabety: *tengwar*, czyli *tîw*, słowo tutaj przetłumaczone jako „litery", i *certar* – w sindarinie *cirth*, tu przełożony jako „runy". Litery tengwaru służyły do pisania pędzlem lub piórem, a ich ostra i kanciasta odmiana ryta w metalu lub w kamieniu wywodziła się wprost z formy pisanej. Runy certaru przeznaczone były do wyskrobywanych lub nacinanych inskrypcji.

Tengwar był bardziej starożytny – stworzyli go Noldorowie, szczep Eldarów najbardziej uzdolniony w podobnych materiach, na długo przed swym wygnaniem. Najstarszego z elfowych pism, tengwaru Rúmila, nie znano nigdy w Śródziemiu. Młodsze litery tengwaru Fëanora, chociaż były już w zasadzie czymś zupełnie nowym, to jednak wiele zawdzięczały dziełu Rúmila. Do Śródziemia przynieśli je uchodzący Noldorowie i tym sposobem pismo to stało się znane wśród Edainów, a potem i wśród Númenorejczyków. W Trzeciej Erze litery tego pisma rozprzestrzeniły się na tym obszarze, na którym posługiwano się Wspólną Mową.

W Beleriandzie Sindarowie stworzyli *cirth*, pismo, które przez wiele wieków służyło upamiętnianiu imion i zapisywaniu krótkich pamiątkowych inskrypcji rytych w drewnie lub kamieniu. Stąd pochodzą ich kanciaste kształty, które tak bardzo upodobniają je do runów w naszych czasach, chociaż istnieje wiele detali różniących je od siebie, a już najwięcej rozbieżności jest w sferze znaczeniowej. W Drugiej Erze *cirth*, w swej starszej i prostszej formie, rozprzestrzeniły się na Wschodzie, by stać się znane wielu plemionom – krasnoludom, ludziom, a nawet orkom. Wśród nich też *cirth* często ulegał różnym zmianom, zgodnie z ich potrzebami i umiejętnościami lub ich brakiem. Takiej właśnie prostszej odmiany cirthu wciąż jeszcze używali ludzie z Dale, podobnej zaś Rohirrimowie.

Tengwar

I	II	III	IV
1	2	3	4
5	6	7	8
9	10	11	12
13	14	15	16
17	18	19	20
21	22	23	24
25	26	27	28
29	30	31	32
33	34	35	36

Jednak przed końcem Pierwszej Ery w Beleriandzie cirth, częściowo pod wpływem nowo przybyłego z Zachodu tengwaru Noldorów, został raz jeszcze uporządkowany i udoskonalony. Jego najświetniejsza, najbardziej zalecana forma znana była jako alfabet Daerona, bo, jak powiadała tradycja elfów, stworzył ją Daeron – minstrel i najznakomitszy uczony na dworze króla Thingola w Doriath. Alfabet ten nigdy wśród Eldarów nie zyskał ręcznej formy pisanej, ponieważ elfowie przy pisaniu używali zazwyczaj liter

Fëanora. W istocie z czasem elfowie z Zachodu w większości całkiem odrzucili runy. Wyjątkiem był Eregion, gdzie alfabet Daerona przetrwał i był wciąż w użyciu, stamtąd zaś zawędrował do Morii. Tamtejsi krasnoludowie stosowali go z upodobaniem przez całe wieki i z nimi dostał się on na Północ. Odtąd często alfabet ten zwano *Angerthas Moria*, czyli „Długie szeregi run z Morii". Krasnoludowie używali takiego pisma, jakie w danym momencie było najpowszechniejsze, a wielu z nich potrafiło bardzo zręcznie stawiać litery Fëanora; jednak we własnym języku zawsze używali runów cirth. Wykształcili nawet z runów takie litery, które można było zapisać piórem.

Litery Fëanora

Przedstawiona dalej tabela w przystępny sposób ukazuje wszystkie litery tak powszechnie używane w zachodnich krainach Śródziemia w Trzeciej Erze. W takim porządku zazwyczaj je recytowano; był on wówczas najpopularniejszy.

Pismo to nie powstało jako „alfabet", czyli seria przypadkowych liter o odrębnych wartościach fonetycznych, podawanych w umownej kolejności, niemającej odniesienia do ich kształtu czy funkcji[1]. Był to raczej system znaków spółgłoskowych, zbliżonych do siebie kształtem i podobnych w stylu, które można było stosować do zapisu spółgłosek wybranego języka Eldarów. Żadna z liter nie miała sama w sobie przyporządkowanej jakiejś stałej wartości, choć powszechnie uznawano istnienie między nimi pewnych relacji.

System ten składał się z 24 liter podstawowych, ułożonych w cztery *témar* (serie), z których każda posiadała po sześć *tyeller* (rzędów). Do tego dochodziły litery dodatkowe (25–36). Tylko dwie z nich – 27 i 29 – to litery w pełnym tego słowa znaczeniu, pozostałe są po prostu modyfikacjami innych. Poza tym system zawierał też pewną liczbę

---

[1] Jedyne pokrewieństwo między literami naszego alfabetu, które byłoby zrozumiałe dla Eldara, zachodzi między literami P i B. Absurdem zaś zdałoby mu się odseparowanie ich od siebie, jak i od F, M i W.

znaków *tehtar* o przeróżnym zastosowaniu. Znaków tych nie pokazano w tabeli.[1]

Litery podstawowe składały się zawsze z *telco* (trzonu) i *lúva* (łuku). Formy 1–4 uważano za pierwotne i podstawowe – ulegające przekształceniom. Trzon bywał podnoszony, jak w przypadku 9–16, bądź skracany, jak w przypadku liter 17–24. Łuk mógł być otwarty (serie I i III) albo zamknięty (II i IV). Zawsze też można go było podwoić, np. 5–8.

Teoretyczna swoboda w stosowaniu liter uległa w Trzeciej Erze pewnym zwyczajowym ograniczeniom. Seria I używana była zazwyczaj do zapisu głosek zębowych, czyli grupy *t* (*tincotéma*), a seria II do wargowych – grupy *p* (*parmatéma*). Serie III i IV miały różne zastosowanie w zależności od języka, któremu służyły. W takich językach jak westron, w których często pojawiały się spółgłoski[2] takie jak *ch* [czyli polskie *cz*], *sh* [polskie *sz*], *j* [polskie *dż*], do ich zapisu stosowana była seria III; w tym wypadku serii IV używano do grupy *k* (*calmatéma*). W języku quenya, gdzie oprócz *calmatéma* są też głoski miękkie (*tyelpetéma*) i zlabializowane [„uwargowione"] (*quessetéma*), te pierwsze reprezentował znak diakrytyczny „następujące *y*" (zazwyczaj dwie kropki pod literą), a te drugie – litery grupy *kw*, czyli serii IV.

Zazwyczaj przestrzegano również następujących reguł: rząd 1 służył do zapisywania bezdźwięcznych głosek zwartych – *t, p, k* itd.; podwojenie łuku oznaczało udźwięcznienie – gdy 1, 2, 3, 4 = *t, p, ch* [polskie *cz*], *k* (albo *t, p, k, kw*), to 5, 6, 7, 8 oznaczały kolejno – *d, b, j* [polskie *dż*], *g*, (albo *d, b, g, gw*); podniesienie trzonu oznaczało otwarcie spółgłoski do spiranta, zatem przy podanych powyżej wartościach rzędu 1 – rząd 3 (9–12) = *th, f, sh* [polskie *sz*], *h* (albo *th, f, kh, khw/hw*), a rząd 4 (13–16) = *dh, v, zh* [polskie *ż*], *gh* (albo *dh, v, gh, ghw/w*).

System Fëanora pierwotnie posiadał też rząd liter o rozciągniętym trzonie – pod i ponad poziomem łuku. Zwykle reprezentował on spółgłoski, które uległy aspiracji [wymawiane na przydechu – efek-

---

[1] Ich przykłady znajdziemy na stronie tytułowej oraz w inskrypcji w t. I na s. 78, której transkrypcja znajduje się na s. 337. Głównie wyrażano za ich pomocą samogłoski albo, w zwięzły sposób, pewne częste kombinacje spółgłosek.

[2] Patrz poprzednie rozważania o wymowie spółgłosek.

tem słabe *h* po spółgłosce], to znaczy *t+h*, *p+h*, *k+h*. Rzędu tego używano też do przedstawienia innych wariacji spółgłoskowych. W Trzeciej Erze w żadnym z języków zapisywanych tym pismem nie istniała potrzeba używania takich liter. A jednak owe rozciągnięte formy były dość często stosowane jako warianty (lepiej odróżniające się od rzędu 1) rzędów 3 i 4.

Rząd 5 (17–20) reprezentował zazwyczaj spółgłoski nosowe – a zatem znaki 17 i 18 oznaczały najczęściej *n* i *m*. Zgodnie z dotychczas obserwowaną regułą rząd 6 powinien opisywać bezdźwięczne spółgłoski nosowe (na przykład walijskie *nh* czy staroangielskie *hn*), ponieważ jednak w interesujących nas językach pojawiały się one nader rzadko, rząd 6 (21–24) służył najczęściej do zapisu najsłabszych, „półwokalicznych" głosek każdej serii. Rząd ten to najprostsze i najmniejsze z liter podstawowych. Znak 21 oznaczał zwykle słabe, niewibrujące *r*, występujące pierwotnie w języku quenya i uważane w systemie tego języka za najsłabszą spółgłoskę w serii *tinocotéma*. Znaku 22 używano powszechnie jako *w* [polskie *u* niezgłoskotwórcze], a tam, gdzie potrzebne były miękkie, spalatalizowane spółgłoski i dla nich przeznaczono serię III, znak 23 oznaczał spółgłoskowe *y* [polskie *j*].[1]

Ponieważ niektóre ze spółgłosek rzędu 4 wykazywały tendencję do osłabienia w wymowie, a także zbliżały się, czy wręcz zlewały, z tymi z rzędu 6 (jak to powiedziano powyżej), wiele z tych ostatnich przestało pełnić wyraźniejszą funkcję w językach eldarińskich. To właśnie w większości z tych znaków wywodziły się późniejsze litery reprezentujące samogłoski.

Uwagi

Standardowa ortografia języka quenya odbiegała od rozwiązań omówionych powyżej. Rzędu 2 używano dla *nd*, *mb*, *ng*, *ngw* – kombinacji bardzo powszechnych w tym języku – zaś głoski *b*, *g*, *gw*

---

[1] Inskrypcja z zachodniej Bramy Morii dostarcza nam przykładu na jeden ze sposobów zapisywania głosek sindarinu, gdzie rząd 6 reprezentował proste nosówki; ale rząd 5 reprezentował, często stosowane w sindarinie, podwójne spółgłoski nosowe: 17 = *nn*, ale 21 = *n*.

występowały jedynie w takich złożeniach, a dla *rd, ld* używano specjalnych liter 26 i 28 (by zapisać *lv*, ale nie *lw*, wielu użytkowników tego języka stosowało *lb* – pisane jako 27+6, ponieważ nie istniało złożenie *lmb*). Podobnie rzędu 4 używano dla *nt, mp, mk, nqu*, bo w języku quenya nie było głosek *dh, gh, ghw*; a dla *v* zaadaptowano znak 22. Zobacz poniżej nazwy liter w języku quenya.

Litery dodatkowe. Znaku 27 używano powszechnie do zapisu głoski *l*. Litera 25 (pierwotnie modyfikacja znaku 21) reprezentowała "pełne", wibrujące *r*. Znaki 26 i 28 były modyfikacjami tychże. Zazwyczaj odniosły się do bezdźwięcznego *r* (*rh*) i *l* (*lh*). Jednakże w języku quenya używano ich dla *rd* i *ld*. Litera 29 reprezentowała *s*, a 31 (z podwojonym zawijasem) *z* w językach, w których takie głoski występowały. Odwrócone ich warianty 30 i 32, chociaż mogły być wykorzystane jako znaki niezależne, zazwyczaj były tylko odmianą 29 i 31 dla potrzeb zapisu – na przykład ułatwiały stawianie *tehtar*.

Numer 33 pierwotnie reprezentował którąś z odmian (słabszych) litery 11. W Trzeciej Erze jego najczęstszą wartością było *h*. Najczęściej (o ile nie zawsze) litera 34 oznaczała bezdźwięczne *w* (*hw*) [czyli odmianę polskiego *u*]. Znaki 35 i 36 jako spółgłoski najczęściej odnosiły się do *y* i *w* [czyli polskich *j* i *u*].

Samogłoski w wielu systemach przedstawiano za pomocą *tehtar* – znaków umieszczanych zazwyczaj ponad spółgłoską. W takich językach jak quenya, gdzie większość wyrazów kończyła się samogłoską, *tehta* umieszczano nad poprzednią spółgłoską. Natomiast w językach typu sindarin, gdzie to spółgłoska najczęściej kończyła wyrazy, znaki te umieszczano ponad następną spółgłoską. Jeżeli w wymaganym miejscu nie znajdowała się żadna spółgłoska, *tehta* pisano nad specjalnym "krótkim powiernikiem", który w swej formie przypominał literę *i* bez kropki. W różnych językach istniały różne warianty owych *tehtar*. Formy najczęściej używane, przeznaczone dla głosek *e, i, a, o, u*, zostały pokazane w podanych w naszej książce przykładach. Trzy kropki, które w starannej kaligrafii reprezentowały głoskę *a*, w pisowni szybszej przekształcić się mogły w cyrkumfleks albo w ogóle je opuszczano[1]. Pojedyncza kropka oraz znak w formie kreski używanej dla zaznaczenia akcentu często oznaczały samogłoski *i* i *e* (choć niekiedy też *e* i *i*). Znaki w formie zawijasów stosowano dla *o* i *u*. W inskrypcji na Pierścieniu zawijas otwarty na prawo reprezentuje głoskę *u*, ale na stronie tytułowej taki znak zastępuje głoskę *o*, natomiast *u* – zawijas odwrócony w lewo. Zazwyczaj preferowano w użyciu zawijas otwarty na prawo, a jego zastosowanie zależało od wymagań danego języka – np. w Czarnej Mowie *o* było rzadkością.

Samogłoski długie przedstawiano najczęściej jako znak *tehta* umieszczony nad tak zwanym „długim powiernikiem", przypominającym naszą literę *j* bez kropki. Ale w tym samym celu można było po prostu podwoić znak *tehta*. Ma się rozumieć, najłatwiej było to zrobić z zawijasami i czasem z akcentem. Dwie kropki najczęściej oznaczały następujące *y* [czyli w polskiej wymowie *j*].

Inskrypcja na zachodniej bramie Morii to przykład tak zwanego „pełnego pisma", gdzie samogłoski przedstawiane są jako niezależne litery. Znajdziemy tam przykłady wszystkich liter, a godne uwagi jest przedstawienie samogłoski *y* za pomocą znaku 30 i użycie dwóch kropek „następującego *y*" ponad samogłoskami dla zaznaczenia dyftongów. Dla wyrażenia następującego *w* [czytanego po polsku jak *u*] w dwugłoskach *au*, *aw* zazwyczaj używano zawijasa oznaczającego *u* lub jego modyfikacji: ∂. Często jednak dyftongi zapisywano dwoma znakami, tak samo jak w transkrypcji. W omawianym teraz stylu pisania długość samogłoski zaznaczano „akcentem", w tym przypadku zwanym *andaith* „znak długości".

Oprócz wymienionych powyżej znaków *tehtar* w użyciu była jeszcze wielka liczba innych. Wymyślano je w celu skrócenia pisania, a wyrażały one kombinacje spółgłosek po to, aby nie trzeba było zapisywac ich w całości. Wśród nich „beleczka" (albo znak hiszpańskiej tyldy) nad spółgłoską oznaczała często, że spółgłoskę tę poprzedza inna – nosowa – z tej samej serii (jak w przypadku *nt, mp*

---

[1] W języku quenya, gdzie *a* było bardzo częste, znak tej głoski często całkiem pomijano. Zatem słowo *calma* „lampa" można by zapisać *clm* – czytano by to *calma*, gdyż w quenya nie istnieje kombinacja *cl* na początku wyrazu, a *m* nigdy nie spotkamy na końcu. Możliwe jest też odczytanie tego jako *calmama*, ale taki wyraz po prostu nie istniał.

lub *nk*). Podobny znak umieszczony pod spółgłoską oznaczał, że taka spółgłoska jest „długa", czyli podwojona. Skierowany w dół „haczyk" przymocowany do łuku litery to „następujące *s*" – szczególnie w kombinacjach *ts*, *ps*, *ks* (*x*), tak popularnych w języku quenya.

Naturalnie nie istniał żaden „styl" dostosowany do wymagań języka angielskiego [i polskiego], choć można oczywiście wyprowadzić taki zapis fonetyczny z systemu Fëanora. Krótki przykład zapisu na stronie tytułowej angielskiego wydania *Władcy Pierścieni* nie jest tego próbą – jest to raczej przykład tego, co mógłby stworzyć mieszkaniec Gondoru wahający się pomiędzy wartościami liter w jego własnym alfabecie a tradycyjną ortografią języka angielskiego. Warto zauważyć, że kropka pod literą (zazwyczaj stosowana do zaznaczenia słabych, zanikających samogłosek) reprezentuje tu ciche, końcowe *e* – jak w słowie *here*, ale także użyto jej w nieakcentowanym spójniku *and*. Przedimki *the*, *of* oraz *of the* zostały tam wyrażone za pomocą specjalnych „skrótów": rozciągniętego *dh*, rozciągniętego *v* i tego ostatniego znaku z kreseczką u dołu.

Nazwy liter. W każdej z odmian tego systemu, w poszczególnych językach, wszystkie litery i znaki miały własne nazwy. Zostały one nadane po to, aby zaprezentować i opisać ich fonetyczne zastosowanie w poszczególnych odmianach. Jednak – szczególnie podczas prób opisania wartości fonetycznej liter w odmianach – zaistniała potrzeba takich powszechnych nazw, które stale będą kojarzone z poszczególnymi kształtami liter. W tym celu używano powszechnie pochodzących z języka quenya „pełnych" nazw, nawet gdyby miały się one odnosić do zastosowań osobliwych i niespotykanych w tym języku. Każda taka „pełna" nazwa była rzeczywistym quenejskim słowem, w którym występowała odpowiednia głoska. Na ile to było możliwe, rozpoczynała ona dane słowo; jeśli owa głoska lub kombinacja głosek nie mogły rozpoczynać wyrazu, znajdowały się one zaraz po pierwszej samogłosce. A oto nazwy wszystkich liter z tabeli: (1) *tinco* „metal", *parma* „księga", *calma* „lampa", *quesse* „pióro"; (2) *ando* „brama", *umbar* „przeznaczenie", *anga* „żelazo", *ungwe* „pajęczyna"; (3) *thúle* (*súle*) „duch", *formen* „północ", *harma*

„skarb" (lub *aha* „gniew"), *hwesta* „wietrzyk"; (4) *anto* „usta", *ampa* „hak", *anca* „paszcza", *unque* „jama"; (5) *númen* „zachód", *malta* „złoto", *noldo* (dawniej *ngoldo*) „członek szczepu Noldorów", *nwalme* (dawniej *ngwalme*) „cierpienie"; (6) *óre* „serce" („wewnętrzna świadomość"), *vala* „moc anielska", *anna* „dar", *vilya* „powietrze", „niebo" (dawniej *wilya*); *rómen* „wschód", *arda* „obszar", *lambe* „język", *alda* „drzewo"; *silme* „gwiezdny blask", *silme nuquerna* (*s* odwrócone), *áre* „światło słoneczne" (lub *esse* „imię"), *áre nuquerna*; *hyarmen* „południe", *hwesta sindarinwa*, *yanta* „most", *úre* „upał".

Widoczne rozbieżności – warianty nazw – to skutek ewolucji języka quenya, która dokonała się wśród Wygnańców po nadaniu nazw literom. Stąd litera numer 11 została nazwana *harma*, gdy przedstawiała szczelinowe *ch* (spirant), niezależnie od umiejscowienia – gdy jednak na początku wyrazów dźwięk ten przekształcił się w *h* na przydechu[1] (choć nie uległ tej przemianie w środku wyrazów), nadano mu nazwę *aha*. Pierwotnie nazwa *áre* miała postać *áze*, ale gdy głoska z przestała różnić się od tej pod numerem 21, zaczęto używać owego znaku do reprezentowania bardzo popularnego w tym języku *ss* i nadano mu nazwę *esse*. Literę *hwesta sindarinwa* „*hw* Elfów Szarych", nazwano tak dlatego, że w języku quenya już numer 12 służył głosce *hw* i specjalne oddzielne znaki dla *hw* i *chw* nie były po prostu potrzebne. Istniały takie nazwy liter, które były znane i używane niezwykle powszechnie – były to 17 *n*, 33 *hy*, 25 *r* i 9 *f*, czyli *númen*, *hyarmen*, *rómen*, *formen* – „zachód", „południe", „wschód", „północ" (w sindarinie *dûn* lub *annûn*, *harad*, *rhûn* lub *amrûn*, *forod*). Pełniły one tę samą funkcję co nasze W, S, E, N, – nawet w językach, które dla stron świata miały całkiem inne terminy. W krajach Zachodu wymieniono je w takiej właśnie kolejności – głównym kierunkiem był zachód i od niego rozpoczynano wymienianie stron świata. Słowa *hyarmen* i *formen* w rzeczywistości znaczą „kraina na lewo" i „kraina na prawo" (inaczej niż w wielu ludzkich językach).

---

[1] Dla *h* na wydechu używano pierwotnie w quenya pojedynczego pnia bez łuku, zwanego *halla* „wysoki". Znak ten umiejscowiony przed spółgłoską oznaczał, że jest ona bezgłośna i wymawiana na przydechu. W ten sposób zaznaczano bezdźwięczne *r* i *l*, w transkrypcji *hr* i *hl*. Litery 33 używano dla niezależnego *h*, a *hy* zaznaczano przez dodanie do niej *tehta* „następującego *y*".

Angerthas

Wartości znaków

1	p	16	zh	31	l	46	e
2	b	17	nj—z	32	lh	47	ĕ
3	f	18	k	33	ng—nd	48	a
4	v	19	g	34	s—h	49	ă
5	hw	20	kh	35	s—'	50	o
6	m	21	gh	36	z—ŋ	51	ŏ
7	(mh) mb	22	ŋ—n	37	ng*	52	ö
8	t	23	kw	38	nd—nj	53	n*
9	d	24	gw	39	i(y)	54	h—s
10	th	25	khw	40	y*	55	*
11	dh	26	ghw,w	41	hy*	56	*
12	n—r	27	ngw	42	u	57	ps*
13	ch	28	nw	43	ū	58	ts*
14	j	29	r—j	44	w		+h
15	sh	30	rh—zh	45	ŭ		&

Cirth

Certhas Daeron stworzono pierwotnie tylko do zapisu dźwięków języka sindarin. Najstarszymi runami *cirth* były numery: 1, 2, 5, 6; 8, 9, 12; 18, 19, 22; 29, 31; 35, 36; 39, 42, 46, 50 oraz *certh* 13 albo 15. Wartości tych znaków nie były usystematyzowane. Runy 39, 42, 46 i 50 były samogłoskami i tak pozostało nawet po późniejszych przekształceniach. Znaków 13 i 15 używano dla spółgłoski *h* lub *s*, w zależności od tego, jaką wartość przyjęto dla runy 35 – czy *s*, czy *h*. Tendencja do wahań w zapisie *s* i *h* przetrwała i w późniejszych, rozwiniętych odmianach. Wśród tych run, które składały się z „pnia" i „gałęzi" – czyli od numeru 1 do 31 – gdy gałąź miała być przyłączona tylko z jednej strony, wybierano zazwyczaj prawą stronę. Nierzadko czyniono to i z drugiej strony, ale nie miało to żadnego fonetycznego znaczenia.

Rozszerzenie i nowe opracowanie run *certhas*, w swej starszej formie, nazywało się *Angerthas Daeron*, ponieważ dodanie nowych run do starszego *cirth* i ich reorganizację przypisywano Daeronowi. Jednakże podstawowych zmian – wyprowadzenia dwóch nowych serii: 13–17 oraz 23–28 – dokonali najprawdopodobniej Noldorowie z Eregionu, bo serii tych używano dla głosek obcych językowi sindarin.

W nowym uporządkowaniu run *Angerthas* dostrzec można następujące zasady (niewątpliwie inspirowane systemem Fëanora): (1) dodanie kreseczki obok gałęzi udźwięczniało spółgłoskę; (2) odwrócenie runy *certh* oznaczało przemianę spółgłoski w spirant [spółgłoskę szczelinową]; (3) umieszczenie gałęzi po obydwu stronach pnia oznaczało udźwięcznienie i nazalizację. Zasady te sprawdzały się bez zarzutu z jednym wyjątkiem. Sindarin (archaiczny) wymagał znaku dla szczelinowego *m* (lub nosowego *v*), a ponieważ do tego celu najlepsze by było odwrócenie znaku dla *m*, zdatny do odwracania numer 6 przeznaczono do zapisu tej głoski – jednak runie 5 musiano nadać wartość *hw*.

Teoretyczną wartością znaku 36 było *z*, ale w ortografii sindarinu i języka quenya ta runa służyła do zapisu *ss* – patrz numer 31 w systemie Fëanora. Znaku 39 używano zarówno dla *i*, jak i *y* [czyli spółgłoski, jak polskie *j*]. Bez rozróżnienia 34 i 35 służyły do zapisu *s*, a znak 38 reprezentował bardzo rozpowszechnioną kombinację *nd*, chociaż swym kształtem nie nawiązywał bezpośrednio do głosek zębowych.

W tabeli opisującej głoskowe wartości run za każdym razem, gdy wartości zostały rozdzielone znakiem pauzy, ta z nich, która jest po lewej stronie, odnosi się do dawniejszego *Angerthas*. Natomiast wartości po prawej dotyczą krasnoludzkiego *Angerthas Moria*[1]. Krasnoludowie z Morii wprowadzili, jak widzimy, całą masę nieusystematyzowanych zmian w wartościach run, włączając też nowe *cirth*: 37, 40, 41, 53, 55, 56. Przemieszczenie wartości znaków głównie polegało na: (1) zmianie znaczenia run 34, 35, 54 dotyczącego *h* (czyste rozpoczęcie wyrazu przez samogłoskę, jak to miało miejsce w języku khuzdul) oraz *s*; (2) zrezygnowaniu z 14 i 16, które zostały przez krasnoludów zastąpione runami 29 i 30. Dostrzec można i inne modyfikacje: w konsekwencji ostatnio wzmiankowanej zamiany głoskę *r* reprezentował teraz znak 12, dla *n* stworzono 53 (co wprowadziło zamieszanie wobec istnienia 22); 17 zaczęto używać jako *z*, co wiązało się z użyciem 54 jako *s*, a w konsekwencji 36 zaczęło reprezentować *n*, dla *ng* zaś stworzono nową *certh* 37. Nowe runy 55 i 56 pisano pierwotnie jako połówki znaku 46, a używano ich dla takich samogłosek jak słyszana w angielskim *butter* – bardzo rozpowszechnionych w języku krasnoludów i w westronie. Kiedy głoski takie słabły, runę często redukowano do zwykłej kreski bez pnia. Przykład *Angerthas Moria* znajdujemy w inskrypcji na grobie Balina.

Krasnoludy z Ereboru posługiwały się dalszą modyfikacją tego systemu, zwaną stylem ereborskim. Przykład tego pisma znjdujemy w Księdze Mazarbul. Jego cechy charakterystyczne to: użycie 43 jako *z*, 17 jako *ks* (*x*) oraz stworzenie dwu nowych *cirth* – 57 i 58 – dla *ps* i *ts*. Krasnoludowie nadali znakom 14 i 16 ponownie wartości *j* i *zh*, ale 29 i 30 używali dla głosek *g* i *gh* jako zwykłe warianty 19 i 21. Osobliwości tych nie zaznaczono w tabeli poza specjalnymi ereborskimi *cirth* 57 i 58.

Tłumaczył
Ryszard Derdziński

---

[1] Te wewnątrz nawiasów ( ) są wartościami używanymi tylko przez elfów; gwiazdka* oznacza *cirth* używane jedynie przez krasnoludów.

Od tłumacza „Dodatku E" na polski

Oto propozycja dostosowania liter Fëanora do systemu fonetycznego języka polskiego, odwołująca się do powyższych uwag J.R.R. Tolkiena. Podstawową zasadą tej wersji polskiego tengwaru jest to, że nie respektuje ona zawiłości polskiej ortografii (która jest wynikiem rozwoju historycznego naszego języka), opierając się na takich głoskach, jakie dziś składają się na polski system fonetyczny.

Spółgłoski

Rząd: (1) *t*, *p*, *cz*, *k*; (2) *d*, *b*, *dż*, *g*; (3) *c*, *f*, *sz*, *h* (*ch*); (4) *dz*, *w*, *ż* (*rz*); (5) *n*, *m*, –, –; (6) *r*, *ł*, *j*, –; litery dodatkowe 25–32: *r*, –; *l*, –; *s*, *s*, *z*, *z*; znaków 33–36 nie używamy.

Wprowadzono tu podwójne warianty dla *r* (21 i 25), *s* (29 i 30) i *z* (31 i 32), aby ułatwić stawianie *tehtar* samogłoskowych. Spółgłoski miękkie: *ć*, *ń*, *ś*, *ź*, *dź* zapisujemy przez umieszczenie znaku „następujące *j*" (dwie kropki) pod znakami spółgłosek: *cz*, *n*, *sz*, *ż*, *dż*. Gdy chcemy zapisać: *ci*, *ni*, *si*, *zi*, *dzi* (spółgłoski zmiękczone przez następujące *i*) to zamiast dwóch kropek stawiamy tylko *tehta i* nad wyżej wymienionymi spółgłoskami.

Samogłoski

Proponuję stawiać samogłoskowe znaki *tehtar* nad poprzedzającymi samogłoskę spółgłoskami – jak przy zapisie języka quenya. Samogłoska *a* to trzy kropki, cyrkumfleks bądź taki znaczek, jaki dla *a* znajduje się w inskrypcji na Pierścieniu; *e* to znak „akcentu"; *i* to pojedyncza kropka; *o* to zawijas w prawo; *u* – zawijas w lewo; *y* to *a* do góry nogami. Samogłoski nosowe *ą* i *ę* to podwojenie *tehtar* dla *o* i dla *e* (bo *ą* to nosówka spokrewniona z *o*, nie z *a*). „Krótkiego powiernika" używamy zgodnie z radą Tolkiena.

Dodatek F

1. Języki i ludy Trzeciej Ery

Czerwona Księga pisana była językiem westron, czyli Wspólną Mową zachodnich krajów Śródziemia w Trzeciej Erze. Język ten w owej epoce rozpowszechnił się i stał się ojczystym językiem dla wszystkich niemal istot obdarzonych mową (z wyjątkiem elfów), zamieszkujących w granicach dawnych królestw Arnoru i Gondoru, to znaczy na wybrzeżach ciągnących się od Umbaru ku północy aż po zatokę Forochel i na ziemiach ciągnących się w głąb lądu aż po Góry Mgliste i Góry Cienia. Wspólna Mowa rozprzestrzeniła się dalej wzdłuż Anduiny ku jej źródłom i zapanowała na zachodnich brzegach rzeki oraz na wschód od Gór, sięgając do Pól Gladden. W okresie Wojny o Pierścień zasięg jej jako mowy ojczystej miał te właśnie granice, jakkolwiek duże połacie Eriadoru były wyludnione i niewielu ludzi żyło nad Anduiną między Gladden a Rauros. Garstka niedobitków pradawnego plemienia Dzikich Ludzi gnieździła się jeszcze w lasach Drúadan w Anorien, a wśród gór Dunlandu przetrwały resztki dawnych mieszkańców, osiadłych tu wcześniej, niż powstał w Śródziemiu Gondor. Ci trzymali się własnej mowy, podczas gdy na równinach Rohanu zagospodarowali się od pięciu stuleci przybysze z północy, Rohirrimowie. Jednakże nawet te ludy, które zachowały odrębny język, znały westron i posługiwały się nim w rozmowach z cudzoziemcami; Wspólnej Mowy używali nawet elfowie nie tylko w Arnorze i Gondorze, lecz we wszystkich dolinach Anduiny i na wschód od Mrocznej Puszczy. Wśród dzikich ludzi i Dunlendingów także można było porozumieć się

Wspólną Mową, oczywiście kaleczoną przez tych odludków stroniących od obcych.

Elfowie

Plemię elfów w zamierzchłej przeszłości, za Dawnych Dni, podzieliło się na dwie główne gałęzie, zachodnich, czyli Eldarów, i wschodnich. Z tej wschodniej gałęzi wywodziły się niemal wszystkie szczepy elfów zamieszkujące Mroczną Puszczę i Lórien, lecz ich język nie występuje w tej opowieści, w której nazwy, imiona i wyrazy podano w formie eldarin[1].

Rozróżniamy w tej książce dwa języki eldarin: język Elfów Wysokiego Rodu, czyli quenya, oraz język Szarych Elfów, czyli sindarin. Quenya był to pradawny język Eldamaru za Morzem, pierwszy, który utrwalono na piśmie. Z czasem wyszedł z powszechnego użycia i stał się dla elfów tym, czym jest dla nas łacina, językiem ceremonialnym, używanym przez Elfów Wysokiego Rodu, którzy pod koniec Pierwszej Ery powrócili jako wygnańcy do Śródziemia, do wyrażania najwznioślejszych spraw nauki i poezji. Sindarin był początkowo blisko spokrewniony z quenya, jako język tych elfów, którzy, przybywszy na brzegi Śródziemia, nie odpłynęli za Morze, lecz pozostali na wybrzeżach Beleriandu. Panował nad nimi w tej krainie Thingol Szary Płaszcz, król Doriath, a w ciągu długiej epoki półmroku na tej zmiennej ziemi śmiertelników język ich uległ przemianom i odbiegł dość daleko od mowy Eldarów żyjących za Morzem. Wygnańcy, żyjąc wśród liczniejszych Elfów Szarych, przyjęli sindarin na codzienny użytek i dlatego to stał się on językiem wszystkich elfów oraz ich

---

[1] W tym okresie w Lórien używano języka sindarińskiego, lecz nadawano mu szczególny miejscowy akcent, ponieważ większość mieszkańców wywodziła się ze szczepu Leśnych Elfów. Ten akcent oraz niedostateczna znajomość języka sindarin wprowadzały w błąd Froda (jak zaznacza pewien gondoryjski komentator w Księdze Thana). Wszystkie cytaty z mowy elfów w tomie I, rozdz. 6, 7, 8 są w rzeczywistości wzięte z języka sindarińskiego, podobnie jak większość nazw geograficznych lub imion własnych. Lecz *Lórien, Caras Galadhon, Amroth, Nimrodel* prawdopodobnie pochodzą z języka Elfów Leśnych i zostały tylko przystosowane do języka sindarin.

książąt w naszej opowieści. Występujący w niej bowiem elfowie należeli do gałęzi Eldarów, nawet jeśli panowali nad ludem mniej szlachetnego pochodzenia. Najdostojniejsza ze wszystkich była Pani Galadriela z królewskiego rodu Finarfina, siostra Finroda Felagunda, który władał Nargothrondem. W sercach Wygnańców nigdy nie cichła tęsknota za Morzem; w sercach Elfów Szarych tęsknota drzemała, lecz raz zbudzona, nie dała się już niczym ukoić.

Ludzie

Westron był mową rodzaju ludzkiego, chociaż wzbogacił ją i złagodził wpływ elfów. Był to pierwotnie język tych, którzy u Eldarów nazywali się Atani lub Edainowie, "Ojcowie ludzi", wywodzący się z Trzech Rodów Przyjaciół Elfów, które przybyły w Pierwszej Erze do Beleriandu i pomogły Eldarom w Wojnie o Wielkie Klejnoty przeciw Władcy Ciemności z północy. Po obaleniu Władcy Ciemności, gdy znaczna część Beleriandu leżała w ruinie lub zalana była przez Morze, Przyjaciołom Elfów udzielono w nagrodę za zasługi tego przywileju, że mogli podobnie jak Eldarowie odpływać na zachód za Morze. Ponieważ jednak wzbroniony był im wstęp do Królestwa Nieśmiertelnych, dostali we władanie osobną wielką wyspę, położoną na zachodniej granicy krainy Śmiertelników. Wyspa nazywała się Númenor (Westernesse). Większość Przyjaciół Elfów osiedlała się więc odtąd w Númenorze, gdzie powstało wspaniałe, potężne królestwo, rozwinęła się sztuka żeglarska i zbudowano mnóstwo okrętów. Ludzie ci byli piękni z oblicza i postawy, a żyli trzykroć dłużej niż mieszkańcy Śródziemia. Zwali się Númenorejczykami, a w języku elfów Dúnedainami i uważano ich za królów wśród ludzi. Spośród wszystkich plemion ludzkich jedynie Dúnedainowie znali język elfów i mówili nim, ponieważ ich praojcowie nauczyli się języka sindarin i przekazywali tę umiejętność z pokolenia na pokolenie jako część skarbu wiedzy, niewiele w tej mowie z biegiem wieków zmieniając. Uczeni wśród Dúnedainów znali język Elfów Wysokiego Rodu, quenya, i cenili go ponad wszystkie inne; z tego też języka czerpali nazwy dla sławnych i czczonych miejscowości oraz imiona dla ludzi królewskiego dostojeństwa i wielkiej sławy [1].

Ojczystą wszakże mową pozostał dla większości Númenorejczyków język ich przodków, adûnaic, i do niego powracali królowie i wodzowie w późniejszych dniach chwały, porzucając język elfów, któremu wierni zostali tylko nieliczni, najściślej związani starą przyjaźnią z Eldarami. W okresie potęgi Númenorejczycy utrzymywali wiele twierdz i przystani na zachodnich wybrzeżach Śródziemia dla obrony swej floty; do głównych obronnych portów zaliczał się Pelargir w pobliżu ujścia Anduiny. Mieszkańcy tutejsi mówili językiem adûnajskim, przeplatając go mnóstwem wyrazów z języków pośledniejszych plemion; i tak powstała Wspólna Mowa, która stąd rozprzestrzeniła się wzdłuż wybrzeży na wszystkie kraje mające jakieś stosunki z Westernesse.

Po upadku Númenoru Elendil sprowadził garstkę ocalonych Przyjaciół Elfów z powrotem na północno-zachodnie wybrzeże Śródziemia. Mieszkało tam już sporo ludzi czystej lub zmieszanej krwi númenorejskiej, lecz mało kto pamiętał język elfów. Od początku Dúnedainów było więc znacznie mniej niż pośledniejszych plemion, wśród których żyli i którymi rządzili, jako władcy obdarzeni długim życiem, wielką potęgą i mądrością. Używali Wspólnej Mowy w stosunkach z innymi plemionami i poddanymi swoich rozległych królestw, lecz rozwinęli ten język i wzbogacili go wielu wyrazami z języka elfów.

W epoce królów númenorejskich ten uszlachetniony język westron rozpowszechnił się szeroko, nawet między nieprzyjaciółmi, a sami Dúnedainowie posługiwali się nim coraz częściej, tak że w latach Wojny o Pierścień tylko mała cząstka ludów Gondoru znała język elfów, a jeszcze mniejsza używała go w codziennej praktyce. Takich ludzi znalazłoby się tylko w Minas Tirith i w najbliższym sąsiedztwie grodu oraz w krajach lennych książąt Dol Amrothu.

---

[1] Z języka quenya pochodziły nazwy i imiona: Númenor (pełne brzmienie Númenore), Elendil, Isildur, Anárion, Gondor, Elessar. Większość imion Dúnedainów pochodzi z języka sindarin, np. Aragorn, Denethor, Gilraena. Często tworzono je na pamiątkę elfów lub ludzi wymienianych w starych pieśniach i legendach z Pierwszej Ery, np. Beren, Húrin. Zdarzają się też nieliczne formy mieszane, jak Boromir.

Mimo to imiona własne i nazwy w Gondorze przeważnie miały formę i znaczenie zaczerpnięte z mowy elfów. Źródłosłów kilku nazw zatarł się z biegiem czasu w pamięci; pochodziły one niewątpliwie z pradawnej epoki, gdy okręty Númenorejczyków jeszcze nie wypłynęły na Morze; do takich nazw należały: Umbar, Arnach, Erech, Eilenach, Rimmon i Forlong.

Większość ludzi z krajów północnych i zachodnich pochodziła od Edainów z Pierwszej Ery lub od ich bliskich pobratymców. Języki ich były więc spokrewnione z językiem adûnajskim i niektóre zachowały podobieństwo do Wspólnej Mowy. Do tej rodziny zaliczały się języki plemion zamieszkujących doliny w górnym biegu Anduiny, Beoringów i Leśnych Ludzi z zachodniej części Mrocznej Puszczy, dalej zaś na północy i wschodzie – ludzi znad Długiego Jeziora i z Dale. Plemię, które w Gondorze znano pod mianem Rohirrimów, Mistrzów Koni, przybyło z krainy położonej między Gladden a Carrock. Zachowując mowę przodków, Rohirrimowie nadali niemal wszystkim miejscowościom w nowym swoim kraju nowe nazwy; sami nazywali siebie Eorlingami albo ludźmi z Marchii. Przywódcy ich jednak biegle władali Wspólną Mową i poprawnie wymawiali słowa na wzór swych sprzymierzeńców z Gondoru; język ten bowiem, który się w Gondorze narodził, tam też przetrwał w najczystszym starym stylu i najpiękniejszym brzmieniu.

Zupełnie obcy był język Dzikich Ludzi z lasu Drúadan. Obcy czy też bardzo daleko spokrewniony był również język Dunlendingów, nielicznego plemienia wywodzącego się od dawnych mieszkańców dolin w Górach Białych. Ich bliskimi krewniakami byli Umarli z Dunharrow. Za Lat Ciemności jednak przodkowie Dunlendingów przeważnie wywędrowali do południowych dolin Gór Mglistych; stamtąd zaś ku północy na pustkowiu aż po Kurhany. Od nich pochodzili ludzie z Bree, lecz ci przed wiekami dostali się w obręb Północnego Królestwa Arnoru i przyjęli Wspólną Mowę. Tylko w Dunlandzie ludzie tej rasy zachowali swój dawny język i dawne obyczaje. Lud ten żył w odosobnieniu, nieprzyjaźnie odnosił się do Dúnedainów i nienawidził Rohirrimów.

Nie ma w tej książce przykładów ich języka prócz nazwy Forgoilów, którą Dunlendingowie nadali Rohirrimom (podobno znaczyło to „Słomiane Łby"). Dunland, Dunlendingowie – to nazwy, którymi określili ów kraj i jego mieszkańców Rohirrimowie od słowa *dunn*, czyli ciemny, bo plemię to miało włosy ciemne i smagłą cerę; nie ma wszakże to słowo nic wspólnego z wyrazem Dûn, który w mowie Szarych Elfów znaczył „zachód".

Hobbici

W czasach, których dotyczy nasza opowieść, Wspólna Mowa zadomowiła się wśród hobbitów z Shire'u i z Bree zapewne już od tysiąca lat. Posługiwano się nią swobodnie i beztrosko, jakkolwiek bardziej wykształceni hobbici rozporządzali również wyrażeniami i formami poprawniejszymi i umieli ich w razie potrzeby używać. Nie zachowały się żadne ślady języka wyłącznie hobbitom właściwego. Jak się zdaje, od najdawniejszych czasów mówili językami ludzi, z którymi sąsiadowali lub wśród których żyli. Po osiedleniu się w Eriadorze szybko przyjęli Wspólną Mowę, w okresie kolonizowania Bree wielu z nich już nawet nie pamiętało swego pierwotnego języka. Musiał on być podobny do ludzkiego języka mieszkańców dolin górnej Anduiny, pokrewny zatem językowi Rohirrimów, chociaż Stoorowie przed przybyciem do północnej części Shire'u mówili zapewne językiem któregoś z plemion dunlandzkich[1].

Za czasów Froda mało już było śladów pierwotnego języka w nazwach miejscowych lub imionach, podobnych na ogół do imion i nazw spotykanych w Dale i w Rohanie. Na uwagę zasługują tylko nazwy dni, miesięcy i pór roku oraz takie pojedyncze wyrazy, używane powszechnie, jak „mathom" i „smajale"; najwięcej starych form zachowało się w nazwach geograficznych na obszarze Shire'u i Bree. Imiona hobbitów również miały charakterystyczne brzmienie i wiele pochodziło z odległej przeszłości.

---

[1] Stoorowie z Klina, którzy powrócili do Dzikich Krajów, znali już Wspólną Mowę, lecz imiona takie, jak Sméagol i Deagol pochodzą z języków ludzi zamieszkujących w okolicach Gladden.

Hobbitami nazywali mieszkańcy Shire'u wszystkich swoich współplemieńców. Ludzie mówili na nich „niziołki", elfowie zaś – *periannath*. Źródłosłowu nazwy hobbit zapomniano, zdaje się jednak, że pierwotnie tak nazywali Harfootów Fallohidzi i Stoorowie i że jest to przekręcona forma wyrazu zachowanego w poprawnej postaci w języku Rohirrimów: *holbytla* – „budowniczy nor ziemnych".

Inne plemiona

Enty

Najstarszym plemieniem, które przetrwało do Trzeciej Ery, byli Onodrimowie, czyli Enydzi. Enty – to nazwa tego plemienia w języku Rohanu. Enty w zamierzchłej przeszłości zetknęły się z Eldarami i właśnie im zawdzięczały jeśli nie język, to w każdym razie chęć władania jakąś mową. Stworzyły sobie język niepodobny do wszystkich innych, powolny, górnolotny, pełen zlepków słów i powtórzeń, doprawdy wymagający głębokiego oddechu; ukształtowany z różnorodnych odcieni samogłosek, akcentów, długości, język tak zawiły, że nawet uczeni Eldarowie nie próbowali go przedstawić w piśmie. Enty używały swego języka tylko między sobą, nie potrzebowały go jednak otaczać tajemnicą, bo nikt prócz nich nie mógł się i tak tej niezwykłej mowy nauczyć. Enty były wszakże zdolne do języków, uczyły się ich szybko, a tego, co raz zapamiętały, nigdy nie zapominały. Bardziej niż inne plemiona lubiły mowę Eldarów, a w szczególności starożytny język Elfów Wysokiego Rodu. Toteż dziwne słowa i nazwy, które hobbici słyszeli z ust Drzewca lub innych entów, są wyrazami czy też fragmentami wyrazów z języka elfów, posklejanymi z sobą na modłę entów[1]. Niektóre z tych wyrazów należą do języka quenya, na przykład: *Taurelilomëa-tumbalemorna*

---

[1] Z wyjątkiem przypadku, gdy hobbici próbowali zapisać pomruki i wołania entów: *a-lalla-lalla-rumba-kamanda-lindor-burume*; nie jest to język elfów, lecz zapis (prawdopodobnie bardzo niedokładny) brzmienia właściwej mowy entów.

Tumbaletaurea Lomeanor, co mniej więcej znaczy: „Wielolesistycienisty głębokodolinnoczarny głębokodolinnoleśny mrocznykraj". Drzewiec w ten sposób dawał do zrozumienia, że „czarny cień leży w głębokich dolinach lasu". Niektóre nazwy pochodzą z języka sindarin, na przykład Fangorn – broda drzewa albo Fimbrethil – smukła brzoza.

Orkowie i Czarna Mowa

Inne plemiona nazywały to nikczemne plemię orkami, a pochodzi ta nazwa z języka Rohanu. W języku sindarin słowo to brzmiało *orch*. Z nią wiąże się zapewne nazwa *uruk*, chociaż odnosiła się ona w Czarnej Mowie zazwyczaj jedynie do szczepu rosłych wojowników-orków, wyhodowanego podówczas w Mordorze i Isengardzie. Dla mniejszych szczepów była w użyciu – zwłaszcza wśród Uruk-hai – nazwa *snaga*, co znaczy: niewolnik.

Orków pierwotnie wyhodował za Dawnych Dni Władca Ciemności na północy. Plemię to podobno nigdy nie miało własnej mowy, lecz chwytało wyrazy z innych języków i przekręcało je wedle swych upodobań; powstała w ten sposób grubiańska gwara, niewystarczająca nawet na ich prymitywne potrzeby, bogata tylko w klątwy i wyzwiska. Stwory te, nienawidzące nawet własnego gatunku, wkrótce rozwinęły tyle barbarzyńskich dialektów, ile było zgrupowań i ośrodków ich rasy; toteż nawet między sobą różne szczepy nie mogły się porozumiewać językiem orków.

Dlatego w Trzeciej Erze orkowie używali w stosunkach między sobą języka westron; wiele grup starszych, na przykład orkowie, którzy przetrwali na północy i w Górach Mglistych, od dawna zresztą uważało westron za swoją mowę ojczystą, jakkolwiek tak ją przetworzyli, że brzmiała nie piękniej od rdzennego orkowego szwargotu. W tym żargonie *tark* – człowiek z Gondoru, był zniekształconą formą słowa *tarkil*, które wywodziło się z języka quenya i używane było w mowie westron na oznaczenie człowieka pochodzenia númenorejskiego[1].

Czarną Mowę podobno wymyślił w Latach Ciemności Sauron, pragnąc narzucić ten język wszystkim swoim sługom, co mu się zresztą nie udało. Z tej jednak mowy przyjęły się i upowszechniły

---
[1] T. III, s. 227.

wśród orków w Trzeciej Erze niektóre wyrazy, jak *ghash* – ogień, lecz język sam w swej pierwotnej postaci po pierwszym upadku Saurona poszedł w zapomnienie i zachowały go jedynie Nazgûle. Gdy Sauron powstał na nowo, ten język zapanował znów w Barad-dûr i między dowódcami sił Mordoru. Napis na Pierścieniu jest przykładem pierwotnej Czarnej Mowy, ale przekleństwa orków przytoczone w tomie II na stronie 54 to zniekształcona jej postać, używana przez żołdaków Czarnej Wieży, których dowódcą był Grisznak. *Sharku* w tej mowie znaczy: staruszek.

Trolle
Nazwa troll jest odpowiednikiem wyrazu *torog* z języka sindarin. Trolle w zamierzchłej epoce półmroku Dawnych Dni były stworami tępymi i niezdarnymi i podobnie jak zwierzęta nie znały mowy. Sauron, chcąc posłużyć się nimi do swoich celów, postarał się je okrzesać na tyle, na ile pozwalała wrodzona tępota tych osiłków, i wzbogacił ich ubogą inteligencję przewrotnością. Trolle więc nauczyły się trochę języka orków, a w krajach zachodnich Trolle Kamienne posługiwały się zniekształconą Wspólną Mową.

Pod koniec wszakże Trzeciej Ery pojawiła się w południowej części Mrocznej Puszczy i w górach na pograniczu Mordoru nowa, nieznana przedtem odmiana trolli. Nazywano je w Czarnej Mowie Ologh-hai. Niewątpliwie wyhodował ten szczep Sauron, nie wiadomo jednak z jakiego plemienia. Niektórzy historycy sądzą, że byli to po prostu olbrzymi orkowie, lecz wydaje się to nieprawdopodobne, bo z postaci i umysłowości różnili się bardzo od najroślejszych nawet orków, znacznie przewyższając ich wzrostem i siłą. Musiały to być trolle, których Władca Ciemności natchnął swoją złą wolą; nikczemna rasa, krzepka, zręczna, dzika i chytra, a twardsza niż kamienie. W przeciwieństwie do pierwotnych trolli z okresu Półmroku, znosiły dobrze światło słoneczne, dopóki wola Saurona je podtrzymywała. Mówiły mało i nie znały innego języka prócz Czarnej Mowy Barad-dûr.

Krasnoludowie
Krasnoludowie to rasa odrębna. O dziwnych jej początkach i o przyczynach, dla których stała się jednocześnie tak bardzo podobna i tak bardzo niepodobna do ludzi, mówi księga *Silmarillion*;

pośledniejsi elfowie ze Śródziemia nie znała jej jednak, a późniejsze krążące wśród ludzi legendy są pełne błędów i zapożyczeń z historii innych plemion.

Krasnoludowie są na ogół hartowni, zawzięci, skryci, pracowici, nie zapominają krzywd (ani dobrodziejstw); kochają kamienie, klejnoty i rzeczy zrobione ręką biegłego rzemieślnika bardziej niż to, co żyje własnym życiem. Nie są wszakże z natury źli i cokolwiek by ludzie bajali, bardzo niewiele krasnoludów dobrowolnie poszło na służbę Sił Ciemności. Ludzie jednak z dawna zazdrościli krasnoludom skarbów i pięknych wyrobów, które z ich rąk wychodziły, dlatego powstała między dwiema rasami nieufność.

W Trzeciej Erze wszakże przyjaźń często łączyła ludzi z krasnoludami; zgodnie ze swą naturą krasnoludowie, po zniszczeniu pierwotnych siedzib zmuszeni wędrować, pracować i handlować w różnych krajach, zaczęli używać języków ludzi, wśród których przebywali. Lecz w tajemnicy – której w przeciwieństwie do elfów nie zdradzali nawet przyjaciołom – posługiwali się własnym dziwnym językiem, prawie niezmieniającym się w ciągu wieków; stał się on bowiem językiem uczonych raczej niż mową dzieciństwa, a był pielęgnowany i strzeżony jak bezcenna spuścizna przeszłości. Nikt chyba z obcoplemieńców go nie znał. W naszej opowieści występuje tylko w nazwach geograficznych, które Gimli zwierzył towarzyszom wędrówki, oraz w okrzyku bojowym, który wydał podczas oblężenia Rogatego Grodu. Ten okrzyk przynajmniej nie wymagał zatajenia i słyszano go na wielu polach bitew od zarania świata: „*Baruk Khazâd! Khazâd ai-mênu!*" – „Topory krasnoludów! Krasnoludowie biją!"

Imię Gimlego, podobnie jak imiona jego pobratymców, wywodzi się z języka ludzi Północy. Własnych, prawdziwych imion, używanych tylko w gronie krasnoludów, nigdy nie ujawniano przedstawicielom innych plemion. Nie pisali ich krasnoludowie nawet na grobowcach.

2. Zasady przekładu

Przedstawiając treść Czerwonej Księgi dzisiejszym czytelnikom, starano się wyrazić ją w miarę możności językiem naszych czasów. Tylko cytaty z języków innych niż Wspólna Mowa pozostawiono w oryginale; co prawda są to przeważnie imiona osób lub nazwy geograficzne.

Wspólną Mowę, język hobbitów i spisane przez nich opowieści, przełożono oczywiście na współczesną angielszczyznę. Zatarły się przy tym odcienie języka westron, nieco odmiennego w różnych krajach. Próbowano te odcienie z lekka zaznaczyć, lecz różnice między wymową oraz idiomami Shire'u a językiem westron w ustach elfów i szlachetnie urodzonych ludzi Gondoru były o wiele większe, niż to można z naszej książki wywnioskować. Hobbici w rzeczywistości używali najczęściej wiejskiego dialektu, podczas gdy w Gondorze i Rohanie zachowały się formy starsze, panował styl bardziej uroczysty i zwięzły.

Między innymi okazała się niemożliwa do uwypuklenia w przekładzie pewna znamienna różnica, polegająca na tym, że westron w zasadzie odróżniał formy oficjalne i poufałe w drugiej osobie czy to liczby pojedynczej, czy też mnogiej: hobbici natomiast do wszystkich zwracali się jednakowo. Formy oficjalne zachowały się tylko między rówieśnikami w Zachodniej Ćwiartce, ale miały tam znaczenie raczej pieszczotliwego zdrobnienia. Tym się tłumaczą przede wszystkim uwagi ludzi z Gondoru, że hobbici mówią trochę dziwnie. Peregrin Tuk na przykład od pierwszego dnia pobytu w Minas Tirith zwracał się w formie poufałej do osób wszelkiej rangi, z Władcą włącznie. Mogło to bawić sędziwego Namiestnika Denethora, ale dziwiło jego podwładnych. Niewątpliwie też ten właśnie zwyczaj Peregrina przyczynił się do rozpowszechnienia pogłoski o jego rzekomo książęcym stanowisku w ojczyźnie. Czytelnik może zauważy, że hobbici, na przykład Frodo, oraz takie postacie, jak Gandalf czy Aragorn, nie zawsze mówią jednakim stylem. Nie jest to przypadek. Wykształceni i zdolniejsi hobbici mieli pewne pojęcie o „języku książkowym", jak go w Shire nazywano; bystro podchwytywali i zapamiętywali styl osób, z którymi się stykali. W każdym razie było rzeczą naturalną, że osoby wiele po świecie podróżujące przejmowały sposób mówienia tych, wśród których się znalazły, zwłaszcza gdy tak jak Aragorn usiłowały ukryć swoje pochodzenie i zamiary. Jednakże wszyscy nieprzyjaciele Nieprzyjaciela szanowali podówczas spuściznę przeszłości, w języku podobnie jak w innych dziedzinach, i sprawiało im satysfakcję pielęgnowanie mowy w granicach swej wiedzy. Eldarowie szczególnie mieli dar słowa i opanowali wiele rozmaitych stylów, jakkolwiek przeważnie trzymali się zwyczajów własnej mowy, bardziej jeszcze starożytnej niż mowa Gondoru. Krasnoludowie również byli obrotni w języku i łatwo przystosowywali się pod tym względem do otoczenia, chociaż wymowę mieli nieco chropawą i gardłową. Natomiast orkowie i trolle mówili byle jak, nie znając miłości do słów jak i do innych rzeczy, toteż język ich był jeszcze bardziej nikczemny i plugawy, niż to w książce uwidoczniono. Nie sądzę, by ktokolwiek żałował, iż autor nie oddał w tym przypadku całej prawdy, jakkolwiek nietrudno by mu było znaleźć współczesne wzory. Podobną mowę słyszy się nieraz w ustach ludzi orkowej natury, ponurą, mało urozmaiconą, ziejącą nienawiścią i wzgardą, od tak dawna już oddaloną od źródeł dobra, że nie zostało jej nic nawet z przekonującej mocy słów i przemawia tylko do uszu tych, którym brutalność wydaje się jedyną siłą.

Taki sposób tłumaczenia jest przyjęty, a nawet nieuchronny, gdy chodzi o historię z odległej przeszłości. Rzadko tłumacz pozwala sobie na więcej, ja jednak na tym nie poprzestałem.

Przetłumaczyłem również imiona własne z języka westron stosownie do ich znaczenia. Angielskie imiona i tytuły użyte w tej książce są odpowiednikami powszechnie wówczas we Wspólnej Mowie używanych imion; obok nich występują imiona wzięte z innych języków (przeważnie z języka elfów).

Nazwy w języku westron były na ogół tłumaczeniem nazw starszych, na przykład Srebrna Igła, Nieprzyjaciel, Czarna Wieża. Niektóre nabrały innego niż pierwotnie znaczenia, jak Góra Przeznaczenia, która nazywała się przedtem Orodruiną, to jest Górą Ognia; Mroczna Puszcza zamiast Taur e-Ndaedelos, czyli „Las Wielkiego Strachu". Niekiedy pozostały nazwy dawne, z języka elfów, ale zniekształcone, jak Brandywina – z Baranduin.

Być może wymaga to pewnego usprawiedliwienia. Wydawało mi się, że dziś wszystkie te nazwy w swoim pierwotnym brzmieniu zaciemniłyby istotne cechy epoki, które dostrzegali hobbici (bo ich punkt widzenia starałem się przede wszystkim zachować), a więc kontrast między językiem zwykłym dla nich i swojskim jak angielski dla Anglików a żywymi zabytkami znacznie starszej i bardziej czcigodnej mowy. Nazwy po prostu podane w transkrypcji byłyby dla współczesnego czytelnika jednakowo obce, na przykład w języku elfów Imladris, a we Wspólnej Mowie Karningul; dałem więc temu miejscu zwykłą angielską nazwę Rivendell. Jeśli ktoś nazywał je Imladris, brzmiało to wtedy tak, jak dla dzisiejszego Anglika brzmi Camelot użyte zamiast Winchester, z tą tylko różnicą, że w Trzeciej Erze w nikim ta dwoistość nazwy nie mogła budzić wątpliwości, dopóki w Rivendell mieszkał sławny władca, znacznie starszy niż byłby król Artur, gdyby po dziś dzień przebywał w Winchester. Nazwy Shire'u (Sûza) oraz innych miejscowości w kraju hobbitów zostały więc zanglicyzowane; nie nastręczało to większych trudności, składały się bowiem na ogół z podobnych elementów jak najpospolitsze nazwy angielskie, a więc takich cząstek jak *hill* czy *ton* (z *town*). Niektóre wszakże wywodziły się, jak już zaznaczyłem, ze starych hobbickich wyrazów, zaniechanych w potocznej mowie, i te wyraziłem przez angielskie odpowiedniki: *wich*, *bottle* (siedziba), *michel* (wielki).

Co do imion własnych odnoszących się do osób, to miały one w Shire i w Bree dość szczególny charakter, a przede wszystkim ustalił się w krajach hobbickich zwyczaj, w owej epoce wyjątkowy, że już od paru stuleci przekazywano w dziedzictwie z pokolenia na pokolenie nazwiska. Większość ich miała w potocznej mowie wyraźne znaczenie i pochodziła niewątpliwie od dawnych przezwisk, często żartobliwych, albo od miejsca zamieszkania czy wreszcie (zwłaszcza w Bree) od nazw roślin i drzew. Nazwiska tego typu łatwo było przetłumaczyć na angielski, pozostało jednak parę starszych, o niezrozumiałym już wówczas znaczeniu, jak Tûk lub Boffin, i te podałem w oryginalnym brzmieniu, dostosowując tylko pisownię do angielskiej ortografii: Took i Bophin[1].

Imiona hobbickie starałem się oddać jak najwierniej zgodnie z tą samą zasadą. Dziewczęta nazywano w Shire zwykle nazwami kwiatów lub drogich kamieni. Chłopcom dawano imiona bez specjalnego znaczenia, zresztą zdarzało się to również kobietom. Tego typu imionami były: Bilbo, Bungo, Polo, Loto, Tanta, Nina itp. Nieuchronnie trafiają się pewne przypadkowe podobieństwa do imion znanych lub używanych dzisiaj, jak Otho, Odo, Drogo, Dora, Kora; zachowałem je, często jednak zmieniając zakończenie, bo u hobbitów końcówka „a" charakteryzowała rodzaj męski, „e" – żeński.

W niektórych starych rodzinach, zwłaszcza pochodzących od Fallohidów, jak Tukowie lub Bolgerowie, były w zwyczaju imiona szumnie brzmiące. Zapożyczano je, jak się zdaje, przeważnie z dawnych legend obu plemion, ludzkiego i hobbickiego, a niektóre, dla hobbitów z Trzeciej Ery nic już nieznaczące, przypominały imiona spotykane wśród Dużych Ludzi osiadłych w Dolinie Anduiny, w Dale czy też w Marchii. Zastąpiłem je przez stare imiona, najczęściej czerpane z legend Franków i Gotów, używane po dziś dzień u nas albo przynajmniej znane z historii i literatury. W ten sposób zachowałem bądź co bądź śmieszny nieraz kontrast między imieniem a przezwiskiem; hobbici sami zdawali sobie z tej śmieszności sprawę doskonale. Do zasobu imion klasycznych sięgałem rzadko, ponieważ najbliższymi odpowiednikami tego, czym dla nas jest greka i łacina, były dla hobbitów języki elfów, ale imion i nazw nie mieli zwyczaju z nich czerpać. Nieliczni zresztą znali „język królów", jak go określano. Nazwy geograficzne w Bucklandzie różnią się od nazw w innych częściach Shire'u. Ludność z Marish oraz z kolonii na drugim brzegu Brandywiny podobno w ogóle wyróżniała

---

[1] Tłumacz polski przywrócił im pisownię hobbicką.

się wśród hobbitów. Wiele osobliwych, starych nazw odziedziczyła ta kraina niewątpliwie z dawnego języka południowych Stoorów. Zostawiłem je bez zmiany, bo chociaż brzmią dziwnie, tak samo dziwiły w Trzeciej Erze. Miały własny charakter, który niejasno wyczuwano, mniej więcej tak, jak my wyczuwamy obcość słów celtyckich.

Ponieważ zachowane ślady starszego języka Stoorów i pierwotnych mieszkańców Bree stanowią pewną analogię do zachowania w Anglii elementów celtyckich, naśladowałem je niekiedy w moim przekładzie. Nazwy Bree, Combe (Coomb), Archet, Chetwood wzorowałem na reliktach brytyjskiego nazewnictwa, dobierając wyrazy stosownie do znaczenia: *bree – hill* (wzgórze), *chet – wood* (las). Z imion osób jedno tylko utworzyłem tą metodą: Meriadoka ochrzciłem tak, nie inaczej, bo w oryginale nosi imię Kali, co w języku westron znaczyło wesoły, żwawy, chociaż był to w rzeczywistości skrót bucklandzkiego, nic nam dziś niemówiącego imienia Kalimac.

Nie używałem w tej adaptacji imion hebrajskich lub z pokrewnych źródeł, nie ma bowiem u hobbitów żadnego odpowiednika dla tego elementu naszej mowy. Jednozgłoskowe imiona, jak Sam, Tom, Tim, Mat, były pospolitymi skrótami hobbickich imion Tomba, Tolha, Matta i tym podobnych. Ale Sam i jego ojciec Ham nazywają się w oryginale Ban i Ran, co jest skrótem od pierwotnych przezwisk Banazîr i Ranugad, które znaczyły „Półmędrek" i „Domator", lecz z czasem, gdy stare słowa wyszły z potocznego użycia, zachowały się jako tradycyjne imiona w pewnych rodzinach. Aby ten ich charakter oddać, wybrałem imiona Samwise i Hamfast, zmodernizowane staroangielskie *samwîs* i *hámfœst*, o możliwie zbliżonym do hobbickich imion znaczeniu.

Skoro podjąłem próbę unowocześnienia i przybliżenia języka oraz imion hobbitów, okazały się potrzebne dalsze transpozycje. Języki Dużych Ludzi, spokrewnione z westronem, powinny być, jak mi się zdawało, również oddane przez formy związane w podobny sposób z angielskim. Dlatego język ludzi z Rohanu upodobniłem do starej angielszczyzny; był przecież spokrewniony (dalej) ze Wspólną Mową i zarazem (bardzo blisko) z pierwotną postacią języka hobbitów z Północy, a w porównaniu z westronem – archaiczny. W Czerwonej Księdze spotyka się wzmianki, że hobbici rozumieli z mowy Rohirrimów wiele słów i że wydawała im się podobna do ich własnego języka; nie miało więc sensu podawanie nazw i wyrazów z Rohanu w całkowicie obcym brzmieniu.

W wielu przypadkach unowocześniłem formy i pisownię geograficznych nazw w tym kraju, na przykład Dunharrow, ale nie przestrzegałem ścisłej konsekwencji, naśladując w tym hobbitów. Oni też w podobny sposób zmieniali zasłyszane nazwy, jeśli w nich poznawali jakieś swojskie cząstki lub jeśli przypominały im nazwy z Shire'u; inne nazwy zostawili jednak bez zmiany, na przykład Edoras – co znaczy: dziedzińce [1].

W ten sposób mogłem też bez trudu zrekonstruować pewne szczególne lokalne wyrazy hobbickie pochodzące z północy. Nadałem im takie formy, jakie mogłyby przybrać zaginione wyrazy angielskie, gdyby przetrwały do naszych czasów. Na przykład *mathom* utworzyłem ze staroangielskiego *mathm*, co stanowi analogię hobbickiej przemiany wyrazu *kast* na *kastu*. Podobnie *smial* (lub: *smile*) – „jama" – wydaje się formą prawdopodobną, pochodną od *smygel*, i oddaje w hobbickim języku przemianę *tran – trahan*. Sméagol i Déagol to odpowiedniki imion Trahald (kopiący jamy, wdrążający się w ziemię) i Nahald (skryty) w językach Północy.

Język plemion z dalej jeszcze na północ wysuniętych krajów, z Dale, reprezentują w naszej książce tylko imiona krasnoludów pochodzących z tamtych stron; przyswoiwszy sobie mowę ludzi, wśród których żyli, z niej zaczerpnęli imiona „jawne". Zarówno w tej książce, jak i w historii pt. *Hobbit* tworzyłem od rzeczownika *dwarf* (krasnolud) liczbę mnogą *dwarves*, jakkolwiek słowniki podają prawidłową formę *dwarfs*. Powinna by ona mieć postać *dwarrows* (lub *dwerrows*), gdyby liczba pojedyncza i liczba mnoga poszły każda własną drogą poprzez wieki, podobnie jak stało się to z rze-

---

[1] Ten zabieg lingwistyczny nie powinien jednak sugerować jakiegoś głębszego podobieństwa między Rohirrimami a dawnymi Anglikami w dziedzinie kultury, sztuki, sposobów wojowania itp. Podobieństwo ogranicza się do ogólnych cech, wynikłych z sytuacji: mamy tu lud prostszy, bardziej prymitywny, żyjący w kontakcie z kulturą wyższą i starszą, zamieszkujący tereny ongiś przez nią zajmowane.

czownikami *man* – l.mn. *men*; *goose* – l.mn. *geese*. Ale rzadziej mówimy o krasnoludach niż o ludziach lub gęsiach; pamięć większości ludzi nie zdołała więc zachować specjalnej formy liczby mnogiej dla plemienia tak dziś odtrąconego w świat legendy ludowej, gdzie przetrwał bodaj nikły cień prawdy, czy też w świat niedorzecznych bajek, w którym z krasnoludów zrobiono po prostu postacie komiczne. W Trzeciej Erze coś niecoś z prawdziwego charakteru dawnej sławy tego ludu przebłyskiwało jeszcze, chociaż już wówczas przyćmionym trochę blaskiem. Byli to potomkowie Naugrimów z Dawnych Dni i w sercach ich płonął jeszcze stary ogień kowala Aulëgo, tliła się też zadawniona niechęć do elfów. Słynęli też jeszcze wtedy jako niedościgli mistrzowie w obróbce kamieni.

To chciałem zaznaczyć, pozwalając sobie na odstępstwo od utartej formy gramatycznej[1]. Sądziłem, że w ten sposób odetnę się od fałszywych wyobrażeń, jakie o krasnoludach dają niedorzeczne bajki z późniejszej epoki. Może bardziej prawidłowa byłaby forma *dwarrows*, lecz tej użyłem jedynie w złożeniu „Dwarrowdelf", nazwie Morii, która we Wspólnej Mowie brzmiała Phurunargian, a znaczyła „Kopalnia krasnoludów"; było to wszakże słowo już wtedy archaiczne. Nazwę „Moria" dali temu miejscu elfowie, którzy odnosili się do niego nieżyczliwie, bo Eldarowie, jakkolwiek w potrzebie – na przykład podczas zażartych wojen z Siłami Ciemności – zakładali podziemne fortece, dobrowolnie nigdy nie przebywali w podziemiach. Kochali zieleń ziemi i światła przystani; Moria w ich języku znaczyło „Czarna Otchłań". Sami krasnoludowie wyjątkowo nie zatajali nazwy, którą to miejsce ochrzcili: Khazad-dûm – „Dwór Khazadów", bo swoją rasę nazywali „Khazadami", starym imieniem, które Aulë nadał im w zamierzchłej przeszłości, u kolebki rodzaju krasnoludzkiego.

Elfowie w oryginale noszą miano Quendi, „Mówiący", bo tak siebie określali Elfowie Wysokiego Rodu; Eldarowie – to nazwa Trzech Pokrewnych Rodów, które szukały Królestwa Nieśmiertelnych i dotarły do niego w zaraniu dziejów świata (z wyjątkiem

---
[1] Tłumacz polski pozwolił sobie również na użycie formy „krasnoludowie" w podobnej intencji.

Sindarów). Nie rozporządzałem lepszą nazwą niż to stare, znane słowo, w pierwotnym znaczeniu naprawdę stosowne dla istot, których pamięć przechowali ludzie, czy też dla wyobrażeń, jakie o nich ludzie niegdyś mieli. Niestety, słowo to z biegiem czasu skarlało i dziś kojarzy się raczej z fantastycznymi duszkami, ładnymi i głupiutkimi, tak niepodobnymi do prawdziwych Quendich jak motyl do sokoła; nie należy jednak z tego porównania wnosić, że Quendi kiedykolwiek posiadali cielesne skrzydła; tak jak i ludzie elfowie nie mieli nigdy skrzydeł. Quendi byli rasą wspaniałą i piękną, najstarszymi dziećmi świata, między nimi zaś królowali Eldarowie, którzy już dawno odeszli, Wielcy Wędrowcy, Plemię Gwiazdy. Smukli, jasnej cery, oczy mieli szare, lecz włosy ciemne z wyjątkiem złotowłosego rodu Finroda; głosy ich brzmiały melodią, o jakiej głos żadnego śmiertelnika dziś nie może dać wyobrażenia. Było to plemię mężne, lecz historia tych elfów, którzy wrócili do Śródziemia i tu żyli na wygnaniu, była bolesna; a chociaż w odległej przeszłości drogi ich skrzyżowały się z drogami naszych praojców, los ich był inny niż los ludzi. Czas ich przeminął dawno, elfowie mieszkają poza obrębem świata i nigdy nie powrócą.

Wyjaśnienie nazw:
hobbit, Gamgee, Brandywina

Hobbit – to wyraz wymyślony przez autora. W języku westron, jeśli w ogóle znajdują się wzmianki o tym plemieniu, określano je nazwą *banakil*, czyli „niziołek". Mieszkańcy Shire'u i Bree nazywali własną rasę „kudukami", lecz nazwą tą nie posługiwano się w żadnym innym kraju. Meriadok zanotował jednak, że król Rohanu użył słowa *kûd-dûkan* – mieszkaniec nor. Ponieważ, jak już mówiłem, stary język hobbitów był blisko spokrewniony z językiem Rohirrimów, wydaje się prawdopodobne, że „kuduk" był skróconą formą *kûd-dûkan*. Przetłumaczyłem te nazwę jako *holbytla* i utworzyłem skróconą jej formę „hobbit" – bo tak przekształciłby się zapewne ten wyraz, gdyby istniał w naszym starym języku.

Gamgee. Wedle tradycji rodzinnej, zapisanej w Czerwonej Księdze, nazwisko Galbasi – lub w formie skróconej Galpsi – pochodzi od nazwy wsi Galabas; powszechnie uważano, że ta nazwa pochodzi od słowa *galab* – zwierzyna, a stary przyrostek *bas* jest mniej więcej odpowiednikiem angielskiego *wick, wich*. Dlatego stosowne wydało mi się brzmienie nazwiska Gamwich (wymawianego jak angielskie *Gammidge*). Redukując jednak Gammidge do Gamgee, żeby stworzyć odpowiednik Galpsi, nie zamierzałem robić aluzji do powiązań Samewise'a z rodziną Cottonów, chociaż byłby to żart w duchu hobbickim – gdyby znajdował usprawiedliwienie filologiczne.

Cotton, w oryginale Hlothran, było dość pospolitą w Shire nazwą wsi, złożoną z *hloth* – dwuizbowe mieszkanie lub nora – i *ran(u)* – grupka takich mieszkań na zboczu góry. Jako przezwisko „Hlothran" było zapewne zniekształceniem wyrazu *hlothram(a)* – zagrodnik. Dziadek farmera Cottona nosił nazwisko Hlothram, w moim przekładzie zmienione na Cotman.

Brandywina. Hobbicka nazwa tej rzeki była zniekształceniem nazwy brzmiącej w języku elfów Baranduin (z akcentem na and), złożonej z *baran* – złotobrunatny – i *duin* – wielka rzeka. Starszą formą hobbicką była „Branda-nîn" – graniczna woda, lecz ze względu na ciemną barwę wody nazywano rzekę żartobliwie „Bralda-hîm" – mocne piwo.

Trzeba wszakże zaznaczyć, że kiedy Oldbuckowie (Zaragamba) zmieniali nazwisko na Brandybuck (Brandagamba), pierwsza część nazwy znaczyła: pogranicze. Bardzo zuchwały musiałby być hobbit, który by zaryzykował nazwanie Dziedzica Bucklandu „Braldagambą".

Spis treści

Synopsis 7

Księga piąta

Rozdział 1
Minas Tirith 15

Rozdział 2
Szara Drużyna 50

Rozdział 3
Przegląd sił Rohanu 73

Rozdział 4
Oblężenie Gondoru 92

Rozdział 5
Droga Rohirrimów 125

Rozdział 6
Bitwa na polach Pelennoru 138

Rozdział 7
Stos Denethora 153

Rozdział 8
Domy Uzdrowień 164

Rozdział 9
Ostatnia narada 183

Rozdział 10
Czarna Brama się otwiera 198

Księga szósta

Rozdział 1
Wieża nad Cirith Ungol 215

Rozdział 2
Kraina Cienia 240

Rozdział 3
Góra Przeznaczenia 262

Rozdział 4
Na polach Cormallen 282

Rozdział 5
Namiestnik i król 295

Rozdział 6
Wiele pożegnań 314

Rozdział 7
Do domu! 334

Rozdział 8
Porządki w Shire 345

Rozdział 9
Szara Przystań 375

Dodatki

Dodatek A
Kroniki królów i władców 391
I. Królowie Númenoru 393
   1. Númenor 393
   2. Królestwa na wygnaniu 400
   3. Eriador Arnor i dziedzice Isildura .. 402

    4. Gondor i spadkobiercy Anáriona 410
    5. Fragment historii Aragorna i Arweny 429
  II. Ród Eorla 440
    Królowie Marchii 446
  III. Plemię Durina 452

Dodatek B
Kronika Lat (Kronika Królestw Zachodnich)   466
  Druga Era 467
  Trzecia Era 470
  Wielkie Lata 482
  Najważniejsze daty okresu od upadku Barad-dûr
    do końca Trzeciej Ery 490
  Późniejsze wypadki dotyczące
    członków Drużyny Pierścienia 493

Dodatek C
  Rodowody 496

Dodatek D
  Kalendarz Shire'u 502
    O kalendarzach 503

Dodatek E
Pisownia i rodzaje liter 513
  1. Wymowa wyrazów i nazw własnych 513
    Spółgłoski 513
    Samogłoski 517
    Akcent 519
    Uwagi 520
  2. Alfabety i pisma 521
    (i) Litery Fëanora 523
    Uwagi 525
    (ii) Cirth 532

Od tłumacza „Dodatku E" na polski	534
Spółgłoski	534
Samogłoski	534

Dodatek F

1. Języki i ludy Trzeciej Ery	535
Elfowie	536
Ludzie	537
Hobbici	540
Inne plemiona	541
2. Zasady przekładu	545
Wyjaśnienie nazw: *hobbit, Gamgee, Brandywina*	552

Książkę wydrukowano na papierze
Creamy HiBulk 2.4 53 g/m²
dostarczonym przez Zing Sp. z o.o.

zing

www.zing.com.pl

Warszawskie Wydawnictwo Literackie
MUZA SA
ul. Marszałkowska 8, 00-590 Warszawa
tel. 22 6297624, 22 6296524
e-mail: info@muza.com.pl

Dział zamówień: 22 6286360
Księgarnia internetowa: www.muza.com.pl

Skład i łamanie: MAGRAF s.c., Bydgoszcz
Druk i oprawa: Drukarnia Wydawnicza im. W.L. Anczyca, Kraków